# Weibersterben

Julia Koch, geboren 1976, wuchs im Herzen der Schweiz auf und studierte an der Universität Bern. Heute lebt sie mit ihrer Familie in Sarnen (OW), wo sie auch Jugendliche unterrichtet. Ihr Erstlingswerk «Schwarze Schwester – Grimoire einer Hexe» erschien 2013.

Dieses Buch ist ein Roman. Handlungen und Personen sind frei erfunden. Ähnlichkeiten mit lebenden oder toten Personen sind nicht gewollt und rein zufällig.
Im Anhang findet sich ein Glossar.

JULIA KOCH

# Weibersterben

KRIMINALROMAN

emons:

**Bibliografische Information der Deutschen Nationalbibliothek**
Die Deutsche Nationalbibliothek verzeichnet diese Publikation in der Deutschen Nationalbibliografie; detaillierte bibliografische Daten sind im Internet über http://dnb.d-nb.de abrufbar.

FSC
www.fsc.org
MIX
Papier aus verantwortungsvollen Quellen
FSC® C083411


Umschlagmotiv: © mauritius images/imageBROKER/Marina Horvat
Umschlaggestaltung: Tobias Doetsch
Gestaltung Innenteil: César Satz & Grafik GmbH, Köln
Lektorat: Christine Derrer
Druck und Bindung: CPI – Clausen & Bosse, Leck
Printed in Germany 2016
ISBN 978-3-95451-798-5
Originalausgabe

Für meine Eltern,
die meine Liebe zu den Buchstaben geweckt haben

*Rossverreckä, grossä Schreckä,*
*Wyyberstärbä, käi Verdärbä*

Sprichwort

# 1

Die Köpfchen mit ihren leeren Augenhöhlen lauerten den Besuchern auf, wenn diese es wagten, ungefragt einen Schritt in ihre Puppenstube zu setzen. Willkommene Besucher gab es nicht, niemals und unter gar keinen Umständen. Sie musste allein sein mit den leeren Köpfen, den Armen und Beinen. Den Füsschen, den Händchen. Den kalten Bäuchlein und den starren Hälsen.

Die Puppen erzählten ihr vom erlebten Unglück. Wie sie von ungeschickten Mädchenhänden zerkratzt und geschlagen wurden. Sie erzählten von den heissen Tränen des ersten Liebeskummers, die ihre Kleidchen aufsogen. Von mädchenhaften Frauen, die ihre Liebe niemals einem echten Kindchen hatten schenken können und deswegen ihre ganze Zuwendung auf die Puppen richteten. Sorgsam auf der Häkeldecke drapiert, bis nach dem plötzlichen Tod der alten Puppenmutter ein entfernter Verwandter die Wohnung ausräumte und sie achtlos in die Mülltonne warf. Die Köpfe erzählten ihr vom Glück, nun von ihren Händen gepflegt zu werden.

Das Zerkratzen ihrer Porzellanhaut konnten die Puppen verkraften, jedoch wenn sie fallen gelassen wurden, zersprengte das ihre Glieder für alle Zeiten.

Sie fuhr mit den Fingerkuppen liebevoll über das antike Füsschen in ihren Händen. So klein. Alle Zehen waren abgesprengt, und die Puppe hatte an Standhaftigkeit verloren. Ihr Daumen strich entlang der scharfen Kante, ein zarter Schnitt frass sich ins Fleisch, hinterliess einen tiefroten Ring auf der Haut. Die Wunde des Puppenmädchens war ungleich grösser, sie würde die Zehen niemals so perfekt nachformen können, dass das hübsche Kind ohne sichtbare Narben weiterleben konnte. Es würde ihr wohl oder übel nichts anderes übrig bleiben, als den Fuss ganz zu ersetzen, da der undankbare Erbe es nicht für nötig befunden hatte, das fehlende Füsschen in der gleichen Tonne zu entsorgen. Sie hätte es sicherlich gefunden, war sie doch in ihrem schönsten Sonntagskleid in diesen Abfallberg gestiegen und hatte die stinkenden Haufen nach dem fehlenden Teil durchwühlt. Ihr war das Herz stehen geblieben, als sie an diesem Sonntagmorgen die Puppe zuoberst in der Tonne liegen sah. Es schien, als sei diese allein deswegen so drapiert worden, damit sie jemand fände.

Ihre Arbeitsstätte befand sich im grössten Raum der Dachwohnung, der Stube, und wurde von einem gewaltigen Holztisch in der Mitte dominiert. Hier war ihr Reich, das sie mit keiner Menschenseele teilen wollte. Nur die misshandelten Puppen fanden den Weg zu ihr in die Puppenstube. Im Glasschrank, der die gesamte Nordseite des Zimmers einnahm, versammelte sich eine Armada kranker Kinder. Hier lagen sie, die Fuss- und Händelosen, die Geköpften, die Zerdrückten. Die Aufgerissenen, die Zerkratzten, die Blicklosen. Die Zu-Tode-Geliebten.

Allesamt stumm. Die Puppenstube durfte niemand betreten. Ausnahmen gab es keine.

***

Nach einem erfüllten Leben voller Arbeit, Bescheidenheit und Fürsorge für seine Familie wurde unser Vater in seinem 73. Lebensjahr aufgrund eines Herzinfarktes plötzlich aus dem Leben gerissen.

**Niklaus von Matt-Gisler**

(Stybli Glois)

In stiller Trauer und im Vertrauen auf Gott, dass unser Vater und Sohn nun wieder mit seiner geliebten Frau vereint ist.

Seine Kinder Hanny und Valentin von Matt, Engenmatt
Seine Mutter Hedwig von Matt, Sarnen
Verwandte und Freunde

| | |
|---|---|
| Traueradresse: | Hanny von Matt, Dorfplatz 4, 6060 Engenmatt |
| Beerdigung: | 28. Oktober, 10.00 Uhr, Kirche Engenmatt |
| Dreissigster: | 27. November, 18.00 Uhr, Kirche Engenmatt |

Nachdem der alte Stybli-Wirt, Niklaus von Matt, der nur Glois genannt wurde, das Zeitliche gesegnet hatte, da er trotz der Ermahnung seines Hausarztes nicht willens gewesen war, den Alltag geruhsamer anzugehen, versammelte sich die gesamte Engenmatter Gemeinschaft auf dem kleinen Friedhof hinter der Dorfkapelle. Einzig die alte Hedwig von Matt, Mutter des Verstorbenen und im hohen Masse dement, blieb in der Stube des Altersheims zurück, da ihren dreiundneunzigjährigen Füssen der Weg bis zum Friedhof an diesem kalten, regnerischen Tag nicht zuzumuten war. Ebenfalls fehlte die junge Antonella Wagner, die just zu dieser Stunde im Kantonsspital in den Wehen lag, was ihren Mann Hugo jedoch nicht davon abhielt, die Beerdigung von Niklaus von Matt zu besuchen. Die Erfahrung mit seinen Kühen sagte ihm, dass die erste Geburt länger dauerte und er auch noch nach dem Zvieri früh genug kommen würde. Daneben hing Martha von Deschwanden am Arm ihres Bruders Arnold und liess jedem Amen des Pfarrers einen lauten Schluchzer folgen. Ansonsten achtete die ältere Jungfer stets auf eine gepflegte Erscheinung, aber an diesem Morgen hatte tiefe und aufrichtige Trauer um den Verstorbenen dies verhindert.

Da waren sie also versammelt, die Engenmatter. Wer daran gedacht hatte, einen Regenschirm mitzunehmen, musste ihn wohl oder übel mit den anderen teilen, da es in Strömen goss. Der Pfarrer war insgeheim froh, dass niemand Kenntnis von seiner neuen Thermowäsche hatte, die er an diesem Morgen unter dem Talar trug. So war ihm angenehm warm, und er musste nicht fürchten, dass seine Zähne beim Vaterunser zu klappern begannen.

Der Tote lag wirklich in einem schönen Sarg, Tanne massiv mit Schnitzereien und Zinkeinlage, das mussten die Engenmatter zugeben. Seine Tochter hatte sich nicht lumpen lassen und auch für einen prächtigen Kranz gesorgt. Die dreissigjährige Hanny hatte ihr langes Haar zu einem dicken Zopf geflochten und trug einen schlecht sitzenden schwarzen Anzug, der an der Brust zu eng und an den Hosenbeinen zu lang war. In ihrem Gesicht verbarg sich eine Schönheit, die sich erst beim zweiten Hinschauen offenbarte. Auf ihrer leichenblassen Haut leuchteten die Sommersprossen und verliehen ihr einen kecken Auftritt. Da stand Hanny von Matt nun ganz allein vor dem Sarg ihres Vaters und weinte hemmungslos aus ihren hellblauen Augen. Er würde nur neun Gräber weiter als ihre Mutter zu liegen kommen, die sich vor einigen Jahren selbst – nun ja, die Engenmatter pflegten diesen Satz nicht zu beenden. Hannys Bruder Valentin hatte sich geweigert, an der Beerdigung teilzunehmen, und nur immer still den Kopf geschüttelt. Sicherlich trieb er sich im Wald oberhalb des Dorfes herum und beobachtete das Geschehen genauestens. Valentin war schon immer etwas eigen gewesen.

Die Engenmatter beobachteten Hannys Trauer interessiert und rechneten sich insgeheim aus, welch grosses Erbe sie nun antreten konnte. Nebst dem grössten Haus im Engenmattquartier gehörte ihr jetzt auch eine florierende Beiz, zudem noch Land und Wald etwas ausserhalb. Man konnte schliesslich nicht erwarten, dass Valentin etwas erben würde, der bald Vierzigjährige wüsste gar nichts damit anzufangen.

Der Pfarrer sprach ein letztes Gebet, segnete den Verstorbenen und die Trauergäste und überlegte sich, ob er die Thermowäsche gleich nach der Messe ausziehen sollte, da er es sonst im Restaurant beim obligaten Znüni zu warm haben würde.

Dieses Znüni wurde in der einzigen Gastwirtschaft abgehalten, die Engenmatt zu bieten hatte: das Stybli. Die Situation entbehrte nicht einer gewissen Absurdität, da man den bisherigen Wirt soeben beigesetzt hatte und die neue Wirtin in Tränen aufgelöst auf dem Friedhof stand, um nur eine Stunde später im Restaurant die Gäste mit Beinschinken und Kartoffelsalat zu versorgen.

Das Stybli war eine gemütliche Gaststube, von altbackener Atmosphäre zwar, jedoch für seine gute Küche und die grosszügigen Portionen weitum bekannt. Die breiten Holztische waren von massiven Holzstühlen umkränzt, und an den Wänden fanden sich Spuren vergangener Siege. Neben Gamsgeweihen und Wildschweinhauern prangten in Holz gebrannte Erfolge des Schützenvereins und des Skiclubs. Selbstverständlich durften hinter dem Buffet mit der schnaubenden Kaffeemaschine die an die Wand gepinnten Leidhelgäli, die gedruckten Ansichtskarten im Gedenken an die Verstorbenen, ebenso wenig fehlen wie die Kinderzeichnungen glücklicher kleiner Schnitzel- und Pommesverzehrer.

Am Stammtisch sassen die Männer nun dicht gedrängt beisammen und erinnerten sich der Heldentaten ihres Glois, Gott hab ihn selig: wie er zwei besoffene Zürcher gleichzeitig aus dem Stybli geworfen hatte, nur weil sie es gewagt hatten, die Engenmatter als Hinterwäldler abzutun. Der Stammtisch freute sich über den nächsten Schenkelklopfer, als sich einer erinnerte, wie Glois nächtelang im Garten gezeltet hatte, um endlich diejenige Katze zu erwischen, die ihm alle Goldfische aus dem Teich gefischt hatte. Sämtliche Katzenbesitzerinnen der Engenmatt hatte er zur Rede gestellt und verlangt, dass sie ihm für den Schaden aufzukommen hätten. Die Engenmattfrauen waren jedoch nicht weniger hartnäckig als ihre Männer und liessen sich von solchen Drohungen nicht aus der Ruhe bringen. Wie sich dann herausstellte, war ein alter Dachs der Fischdieb, und Glois hatte sich mit Blumensträussen – vom Floristen und nicht von der Migros – bei all den Frauen entschuldigt, deren Katzen er aufs Übelste beschimpft und in einem Falle sogar getreten hatte. Ja, ja, so sei er gewesen, der Glois. Kein Aufwand sei ihm zu gross gewesen, um seine Anliegen durchzubringen. Wenn er mal verloren habe, was nicht oft vorgekommen sei, dann sei er stets ein fairer Verlierer gewesen.

«Willst du nicht hinunter nach Sarnen, um deiner Antonella beizustehen?», rief Peter Bucher Hugo zu.

Der werdende Vater sank ein wenig tiefer in die Holzbank, es musste ja nicht jeder gleich merken, dass es ihm am liebsten wäre, die Antonella bringe das Kind allein auf die Welt. Seine Knie waren wackelig, und schnell trank er seinen Kafi Chriiter, schwarzen Kaffee mit einem ordentlichen Schuss Kräuterschnaps, leer. Das heisse Getränk liess auf seinen blassen Wangen rote Flecke erscheinen.

Doch Peter gab keine Ruhe: «Ich würde mich auf den Weg machen, Junge. Sonst ist alles vorbei, und du hast die ersten Momente deines Kindes verpasst.»

«Ich hoffe, es ist alles vorbei, bis ich unten bin», murmelte

Hugo leise und verschränkte seine Finger ineinander, als ob er betete.

Peter Bucher, selbst Vater von sechs, wie er fand, wohlgeratenen Kindern, lachte auf, als er die Angst in Hugos Augen erkannte. «Steh auf und nimm deine Jacke mit, ich fahr dich. Antonella würde es dir im Leben nicht verzeihen, wenn du die Geburt hier im Stybli versäufst.»

Wie recht er doch hatte, Antonella schrie sich just in diesem Moment die Seele aus dem Leib, dass ihr Hugo nun endlich auftauchen möge oder aber für immer aus ihrem Leben zu verschwinden habe. Ja, die Antonella hatte ein temperamentvolles Gemüt, was dem jungen Hugo mächtig imponiert hatte, damals bei seiner ersten Reise ins Tessin.

Glücklicherweise erreichte Hugo den Kreisssaal früh genug, um während der nächsten fünf Stunden seiner Frau in den Wehen beizustehen.

Nachdem alle Gäste das Zvieri im Stybli verzehrt hatten und auch zwei Runden Kafi Chrüter offeriert worden waren, weigerte sich Hanny von Matt hartnäckig, weitere Getränke auszuschenken, und auch dem sitzfreudigsten Engenmatter wurde langsam klar, dass heute das Stybli früher als sonst seine Türen schliessen würde. Zwar leuchtete allen ein, dass Hanny durch den Tod des Vaters mitgenommen war, aber nicht wenige Männer fragten sich nun, was sie mit dem angebrochenen Abend anfangen sollten.

Schon immer tickte die Zeit gemächlicher in der Engenmatt. Die Bewohner dieses Quartiers lebten langsamer. Sie arbeiteten langsamer, sprachen langsamer, es schien, als ob die Männer und Frauen in diesem abgeschiedenen Fleckchen zwischen dem Dorf Sarnen und dem Weiler Stalden sogar langsamer atmeten als ihre Mitlandleute im geschäftigen Hauptort des Kantons Obwalden.

Der Bauer mähte die Wiese gewissenhaft und mit grösster Sorgfalt, jeder Grashalm schien seine ungeteilte Aufmerksamkeit zu erhalten. In der Sägerei arbeitete die Säge mit der Geschwindigkeit, die das Wasser des Giglenbachs ihr vorgab. Die Frauen strickten die grauen Socken mit perfekten Maschen, die Männer schwiegen sich im Stybli lange an, bevor ein wohldurchdachter Satz über ihre Lippen kam. Auch die Kinder der Engenmatt bewegten sich mit der langsamen Bedächtigkeit ihrer Eltern in der Sarner Schule. Wäre da nicht die Schläue gewesen, die jeder Lehrer erkennen konnte, wenn er sich die Mühe machte, einen zweiten Blick auf die Kinder zu werfen.

Die Engenmatt gehörte zu Sarnen wie das Büntenquartier mit seiner Industrie, wie das Gebiet des Enetried mit seinen in unzähligen Wohnungen sortierten Familien. Sie gehörte ebenso dazu wie die Goldmatt mit ihrer privilegierten Lage direkt am See.

Die Engenmatt schaute auf all diese Quartiere herab und lebte ihre eigene Langsamkeit. Sie grenzte sich auch geografisch von den anderen ab. Malerisch am Berghang oberhalb des Hauptortes gelegen, wurde sie von drei Seiten durch einen dichten Wald und im Norden vom Giglenbach begrenzt. So blieb der Zugang der einzigen Strasse vorenthalten, die an der mächtigen Pfarrkirche Sankt Peter und Paul in Sarnen vorbeiführte. Ansonsten war die Engenmatt lediglich über Fusswege zu erreichen. Immer wieder verlangte ein neu Zugezogener eine Optimierung der Strassenverhältnisse angesichts der Gefahren, die eine einzige Strasse mit sich brachte. Die Engenmatter liessen in der Sache nicht mit sich reden. Bislang waren sie gut ohne einen Strassenausbau ausgekommen. Keinesfalls würde einer von ihnen das Wort in einer Gemeindeversammlung ergreifen. Die Engenmatter pflegten die noch viel direktere Politik. Da wurde im Stybli debattiert, Fäuste donnerten in der gleichen Kadenz auf den Stammtisch, wie Kafi Chriiter serviert wurde.

Mit einem lauten Seufzen lehnte sich Hanny gegen die massive Restauranttür. Soeben hatte sie die letzten Gäste hinausbefördert, die immer noch auf der Treppe vor dem Haus lachten und johlten. Erschöpft liess sie sich an der Wand entlang auf den schmutzigen Boden gleiten und legte ihren Kopf in die verschränkten Arme. Ihr Vater war zwar plötzlich verstorben, trotzdem hatten sie mit diesem Ereignis rechnen müssen, seit sie wussten, wie schlecht seine Blutwerte waren. Nichts hatte er ändern wollen, der alte

Starrkopf, und genauso ungesund weitergelebt wie zuvor. Bis er im Badezimmer tot umgefallen war.

Hanny hatte bislang noch keine Zeit gehabt, den Tod ihres Vaters zu begreifen, geschweige denn zu verarbeiten, sie war vollauf damit beschäftigt gewesen, alles für das Begräbnis zu organisieren. Keine Minute, um in Ruhe darüber nachzudenken, was der Verlust für sie und Valentin nun bedeutete. Von ihrem Bruder Valentin, dem stummen Menschenleser, konnte sie keine Hilfe erwarten. Die Familie war ihres Oberhauptes beraubt worden, stand jetzt allein, jedoch keineswegs kopflos da. Die Traurigkeit liess auf sich warten, liess der Erschöpfung den Vortritt, die Hanny in die Arme nahm und fest umschloss.

Laut schluchzend sass sie auf dem Linoleumboden und hörte im ersten Moment das leise Klopfen nicht. Erst als nochmals geklopft wurde, hob sie den Kopf und erkannte, woher das Geräusch kommen musste. Die schweren Beine brannten, als sie sich erhob und durch die Küche hindurch zur Hintertür schlurfte, wo sie sich mit dem Ärmel das tränennasse Gesicht trocknete, bevor sie öffnete. Wenn jetzt noch ein Gast etwas zu trinken über die Gasse wünschte, würde sie ihm die Tür vor der Nase zuschlagen. Sie konnte heute Abend keine Gäste mehr sehen, konnte die Rufe und Bitten nach mehr Bier und Kafi nicht mehr ertragen. Zum dritten Mal wurde an die Tür geklopft.

«Ja, ich komm ja schon», murrte Hanny, linste durch das Fensterchen in der Tür und entdeckte das Gesicht ihrer Freundin Clara von Grünenstein.

«Mach auf, Hanny, ich bin's», rief Clara und hob eine Flasche Rotwein in die Höhe.

Hanny musste trotz ihres Elends lächeln, schloss auf und lag einen Sekundenbruchteil später weinend in den Armen ihrer Freundin.

Die beiden Frauen waren fast gleich alt. Clara überragte Hanny zwar um einen Kopf, dafür konnte diese ein ausladenderes Becken mitsamt Hüftgold aufweisen. Ein gebärfreudiges Becken, kamen die Engenmatter Männer nicht umhin zu bemerken, was keinesfalls als Beleidigung zu verstehen war. Die neu hinzugezogene Clara war dafür bekannt, stets adrett und gepflegt zu erscheinen, und ein Einkauf ohne sorgsam aufgelegtes Make-up kam für sie nicht in Frage. So war Clara auch jetzt, kurz vor dem Einbruch der Nacht, frisch geschminkt. Auf ihrem Haupt thronte eine Krone aus geflochtenem Haar.

Hanny jedoch wusste, dass sich hinter all der Farbe ein herzensguter Mensch verbarg.

Schnell bugsierte Clara Hanny zurück ins Haus, verschloss die Tür und zog sie durch das enge Treppenhaus in deren Wohnung im ersten Stock. Dort setzte sie das heulende Elend auf dem Sofa ab und begab sich nochmals ins Stybli, um zwei Weingläser und einen Korkenzieher zu suchen.

Unterdessen schnäuzte sich Hanny laut und heftig die Nase und versuchte einigermassen die Fassung wiederzuerlangen.

«Hast du Valentin gesehen?», fragte Hanny, als Clara ins Zimmer zurückkehrte.

«Nein, hab ich nicht. Ist er schon den ganzen Tag weg?» Clara reichte ihr ein Weinglas.

«Ja.» Hanny schnäuzte sich nochmals. «Er stromert ja ständig herum, aber ausgerechnet heute mache ich mir Sorgen. Ich weiss nicht, wie er Vaters Tod aufgenommen hat. Er spricht ja nicht. Und ich konnte mir nicht genug Zeit für ihn nehmen.»

«Ist er denn verzweifelt?»

Hanny wiegte den Kopf hin und her. «Schwer zu sagen. Er war eher interessiert, als er Vater im Sarg aufgebahrt sah. Verstehst du? Neugierig, aber nicht verzweifelt. Ich glaube, er hat noch nicht richtig begriffen, was geschehen ist, und deshalb möchte ich bei ihm sein.»

Clara goss Wein in die beiden Gläser und stellte die Flasche auf den Boden. «Ich bin immer wieder erstaunt, wie ihr zwei euch versteht. Er sagt kein Wort, und trotzdem weisst du, was er will oder was ihm auf dem Herzen liegt. Eure ganz eigene Art und Weise, miteinander zu kommunizieren, ist beeindruckend.»

Hanny hob die Schultern. «Er war ja schon stumm, als ich auf die Welt gekommen bin, ich kenne ihn nicht anders. Ich verstehe ihn gut, für Aussenstehende ist es eher schwierig.»

Eine Weile sassen beide schweigend beieinander, bis sich Clara einen Ruck gab und ihr Weinglas hob.

«Nochmals herzliches Beileid. Und trotzdem Gratulation zur Wirtin.»

Hanny lachte auf. «Ja, danke. Ich hab ja schon vor seinem Tod den Laden geschmissen. In den letzten Monaten hat er sich doch eher schwach gefühlt. Der sture Bock, wenn er den Ratschlag des Arztes befolgt hätte, würde er vielleicht noch leben.» Sie atmete tief ein und seufzte dann laut. «Jetzt bin ich also ganz offiziell die neue Wirtin.» Sie trank einen Schluck Wein, schloss die Augen und spürte dem Alkohol in der Kehle nach. «Mein Vater fehlt mir schon jetzt, und er ist noch nicht mal eine Woche tot.»

«Er wird dir noch eine lange Zeit fehlen, und die Trauer wird immer wieder zurückkehren. Zwar immer etwas weniger heftig, trotzdem schmerzt es noch genug.»

«Du sprichst, als ob du damit Erfahrung hättest», sagte Hanny leise.

«Bevor ich vor zwei Monaten in die Engenmatt gezogen bin, ist meine Mutter an Brustkrebs gestorben.»

«Oh, das tut mir leid, davon hast du mir nichts erzählt. Mein Gott, und ich jammere dir die Ohren voll, wie anstrengend mein Leben ist. Du meine Güte, ich bin so eine Egoistin.» Hanny legte einen Arm um Claras Schultern und zog sie an sich heran. «Und der Rest deiner Familie?»

«Mein Vater ist kurz nach meiner Geburt gestorben, und mit meinem Stiefvater habe ich eher ein zweckmässiges Verhältnis. Geschwister habe ich leider keine. Tja, da bleibe wohl nur noch ich übrig.»

«Aber warum ausgerechnet die Engenmatt?», fragte Hanny. «Ich meine, es ist schon schön hier, jedoch ziemlich einsam.»

Clara trank ihr Weinglas mit einem langen Schluck leer und stand auf. Sie streckte Hanny die Hand entgegen. «Komm, heute Nacht schläfst du bestimmt nicht allein in diesem Haus. Du kommst mit zu mir.»

***

In dieser Nacht schrak der neunundsechzigjährige Peter Bucher um zwei Uhr dreissig aus dem Tiefschlaf hoch. Still lag er in seinem Bett und konnte nicht mehr atmen, weil das Brennen in seiner Brust zunahm, bis er zu schreien versuchte. Aber nichts als heisse Luft kam aus seiner Kehle. Panik befiel ihn, als er begriff, dass er seine Stimme verloren hatte, sein Körper wollte ihm nicht mehr gehorchen. *Es* war aufgetaucht und wollte ihn umbringen! Obwohl Peter Bucher *es* nur aus den Erzählungen der Alten kannte, war er sich sicher, dass *es* nun den Weg zu seinem Bett gefunden hatte. Erneut versuchte er, nach Hilfe zu schreien, nicht einmal ein jämmerliches Krächzen kam über seine Lippen. *Es* kroch lautlos durch ein Astloch ins Schlafzimmer, schlich langsam über den Fussboden, den Bettrahmen hinauf und über die Bettdecke bis hoch zu seiner Brust. *Es* drehte sich wie eine Katze im Kreis und suchte nach einem bequemen Platz, bevor *es* sich endgültig niederhockte und zunehmend schwerer wurde, bis *es* dem verzweifelten Schläfer schlussendlich den Atem abdrückte.

Die zitternden Hände folgten Peters Befehlen nicht, die Neuronen fanden den Weg von seinem Gehirn zu den Nervensträngen nicht. Er wollte die Hände hoch zu seiner Brust nehmen, um das Gewicht wegzudrücken, das ihn zu ersticken drohte. Sie bewegten sich keinen Millimeter, gerade so, als ob die Finger einzeln am Bettlaken angenäht wären. Der Druck nahm an Stärke zu, und aus einem Brennen wurde ein Krampf, der sich von seiner Brust hoch zu seinen Schultern ausbreitete. Dieser Schmerz war kaum auszuhalten. Wenn er doch nur einatmen könnte! Sein Herz raste, und er spürte den pochenden Puls in seinen Schläfen.

Atmen, ich muss atmen.

Der Hals wurde starr, und rasende Kopfschmerzen setzten ein. Peter verspürte Todesangst und war sich sicher, dass er den anbrechenden Morgen nicht mehr erleben würde.

***

Es erstaunte Valentin immer wieder, wie das Leben nachts im Wald weiterging. Der gross gewachsene Mann hockte auf einem Felsstück unter einer ausladenden Tanne, beobachtete die Engenmatt und drehte versonnen am Plug in seinem linken

Ohr, den er selbst aus einem Stück Eichenholz geschnitzt und in sein Ohr gestochen hatte. Die Menschen zogen sich in den dunklen Stunden in ihre Häuser zurück, und zumindest in der Engenmatt war niemand auf den nebelfeuchten Strassen zu sehen. Einige Stunden lang leuchteten die gelben Augen der schmucken Einfamilienhäuser noch in die Nacht hinaus, bevor auch sie erloschen und Stille einkehrte. Im Wald kamen erst zu dieser Zeit die nachtaktiven Tiere aus ihren Behausungen gekrochen, um ihren Trieben zu folgen. Dies waren seine liebsten Stunden, und Valentin verbrachte sie mit Beobachtungen von Menschen und Tieren, wobei ihm das Verhalten der Zweibeiner unberechenbarer zu sein schien.

Nicht immer konnte er sich die Gründe für deren Verhalten erklären. Die Menschen verhielten sich in ihren eigenen vier Wänden, wenn sie sich unbeobachtet fühlten, anders als in der Öffentlichkeit. Der fleissigste Arbeiter konnte zu Hause die Faulheit in Person sein und seine Frau mit seinen Wünschen in der Wohnung herumscheuchen. Die brave ledige Jungfer frönte des Nachts dem Betrachten von Filmen, die hart an der Grenze zur Legalität waren, oder schlich neuerdings des Nachts durch die Engenmatt, wie es sonst nur Valentin zu tun pflegte.

Verliess hingegen der Dachs seinen Bau, war es für Valentin klar, dass er auf Nahrungssuche ging, wobei ihm neben Nüssen, Beeren und jungen Vögeln ein fetter Regenwurm am liebsten war. War der leibliche Hunger gestillt, orientierte er sich an der Fährte eines Weibchens. Durch seine häufigen nächtlichen Ausflüge kannte Valentin das Streifgebiet des alten Dachses genau und war stets aufs Neueste entzückt, wenn er die schmale Schnauze mit den zwei weissen Streifen im ansonsten schwarzen Gesicht entdeckte. Die Tiere verhielten sich gemäss ihrer Natur, waren einfach zu lesen, was Valentin von den Menschen nicht behaupten konnte.

Obwohl die Engenmatter ihn als ihnen nicht ebenbürtig betrachteten, wusste er mehr über ihre Geheimnisse, als ihnen lieb sein konnte. Valentin sprach zwar nicht, aber er beobachtete seine Mitmenschen, las in ihren Gesichtern und Bewegungen, in der Hoffnung, sie dadurch besser verstehen zu können. Valentin wusste viel mehr, als die Engenmatter ahnten. Sollten sie dies jemals herausfinden, würde es für ihn in diesem Quartier eng werden. Zum Glück führte seine Andersartigkeit dazu, dass seine Mitmenschen ihn gehörig unterschätzten.

## *1645*

*Ein lauter Schrei zerriss die Stille der Nacht. Drängte sich aus der Lunge der jungen Frau empor in die kühle Nachtstatt, zwängte sich durch Türspalte und Astlöcher. Durchbohrte die Ohren der Wartenden, der Hoffenden und der Furchtsamen. Bestätigte die Meinung eines jeden. Die Wartenden waren sich gewiss, dass es nun nicht mehr lange dauern würde angesichts des gewaltigen Schreis. Die Hoffenden sehnten sich nach dem baldigen, sicherlich guten Ende, und die Furchtsamen interpretierten ihre ungefilterten Ängste in jedes Geräusch hinein.*

*«Magdalena, steh nicht da wie ein Totsch!», fuhr die Alte das fünfzehnjährige Mädchen an. «Bring mir meinen Korb herüber.» Von tiefen Falten gezeichnet, beherrschte jetzt doch die eine grosse Sorgenfalte das Gesicht der alten Frau.*

*Mitten auf der Stirn, zwischen den Augenbrauen, erkannte Magdalena die senkrechte Falte, die niemals etwas Gutes verhiess. So viel hatte sie bei der Hebamme Halter inzwischen gelernt.*

*Frau Bucher lag auf einem hohen Bett, den Rücken in das mit Laub gefüllte Kissen gedrückt, die langen Haare hatten sich aus dem Zopf gelöst und klebten an ihrer Stirn. Die Knie angezogen, wartete sie auf die nächste Wehe, die unverständlicherweise auf sich warten liess, nachdem die schon Stunden andauernde Geburt bis anhin zufriedenstellend verlaufen war.*

*Die alte Hebamme machte sich Sorgen über den plötzlichen Stillstand der Geburt, das konnte Magdalena spüren. Lautlos, um die Gebärende nicht zu stören, huschte Magdalena in die Ecke der Schlafkammer und fasste die Zaine am Henkel.*

*Nachdem die alte Hebamme der Frau durch die schmerzhaften Wehen geholfen hatte, nutzte sie nun die Zeit, um in ihrem Korb nach den Wehen treibenden Kräutern zu suchen.*

*«Hier, nimm dies.» Sie drückte Magdalena ein Leinensäckchen mit den Kräutern, unter die schwarze längliche Körner gemischt waren, in die Hand. «Brüh damit einen Tee auf und mach ihn schön stark.» Schnell wandte sie sich wieder der werdenden Mutter zu und kühlte deren Gesicht mit einem feuchten Leinen. In der Schlafkammer gab*

*es keine Möglichkeit zu heizen, sodass es ziemlich kühl war, Frau Bucher jedoch schwitzte heftig aufgrund der immensen körperlichen Anstrengung.*

*Magdalena öffnete die schwere Zimmertür und stieg über die hohe Schwelle, die kalte Luft und Ungeziefer von der Schlafkammer fernhalten sollte. Schnell stand sie in der Küche, wo der werdende Vater auf einem Schemel vor der Feuerstelle sass und das von Sorgen gezeichnete Gesicht in den Händen hielt. Irritiert blieb sie stehen. Bis anhin hatten die Väter stets das Weite gesucht, war die Geburt doch eine Sache des Wyybervolchs. Nicht ohne Zorn hatte Magdalena schon oft den vermaledeiten Spruch vernehmen müssen: Rossverreckä, grossä Schreckä, Wyyberstärbä, käi Verdärbä. Bei jeder fünften Niederkunft verstarb die Frau unter der Geburt oder innerhalb weniger Tage am Wochenbettfieber, sodass die Männer in ihrer Not wohl zum Galgenhumor neigten, was wiederum den Hebammen zu weit ging. Magdalena hatte schon selbst mitangehört, wie die alte Hebamme die saufenden Männer am Stammtisch im Stybli zurechtgewiesen hatte.*

*Nun stand Magdalena in der Küche der Familie Bucher und wusste nicht, mit welchen Worten sie den zu Recht beunruhigten Mann trösten sollte. Verlegen strich sie sich die wirren Haare unter die Haube zurück und eilte an die Kochstelle zum heissen Wasser, das sie gleich zu Beginn der Geburt aus dem Brunnen im Garten emporgepumpt und über dem Feuer aufgeheizt hatte. So musste sie es nur noch in eine henkellose Tasse füllen und die Kräuter mitsamt den schwarzen Körnern hinzugeben.*

*«Stirbt sie?» Die Stimme des Vaters glich mehr einem Flüstern.*

*«Oh.»*

*Der Mann blickte in Magdalenas erschrockenes Gesicht und wiederholte seine Frage: «Sagt mir die Wahrheit. Stirbt meine Frau?»*

*«Ich bin nur die Lehrtochter, Herr Bucher, ich kann Ihnen keine Antwort geben. Aber schauen Sie hier, diese Kräuter werden Ihrer Frau helfen, das hat mir die Hebamme Halter selber gesagt», sagte sie und eilte mit dem dampfenden Chacheli zurück ins Schlafzimmer.*

*Die junge Frau Bucher war kaum zwanzig, damit nicht viel älter als Magdalena, und es war ihr erstes Kind. Sie tat sich schwer mit der Geburt. Seit dem Morgen warteten die Gebärende und die Hebammen, dass das Kind seinen Weg auf die Welt finden würde, doch bis jetzt liessen die Presswehen auf sich warten. In Magdalenas Magen begann sich ein*

*Kloss zu formen, und sie wurde nervös. Was, wenn die Niederkunft nicht gut ausging und Mutter und Kind womöglich nicht überleben würden? Sie hatte die Hebamme Halter schon bei acht Geburten begleitet, und erfreulicherweise waren diese für Mutter und Kind stets gut gegangen, heute jedoch zweifelte sie an einem positiven Ende.*

*Die alte Hebamme schaute ihr tief in die Augen und drehte somit der Frau Bucher den Rücken zu. «Egal, was geschieht, zeige niemals, dass du Angst hast!», zischte sie und packte Magdalena fest an der Schulter. «Die Gebärende vertraut auf uns, und wenn sie dein ängstliches Gesicht sieht, gerät sie in Panik. So kann sie nicht gebären. Hast du mich verstanden?»*

*Magdalena nickte tapfer und reichte der erschöpften Frau den Tee. «Hier, Frau Bucher, die Hebamme Halter hiess mich Ihnen einen stärkenden Tee aufbrühen, damit Sie wieder an Kraft gewinnen.» Sie sorgte dafür, dass Frau Bucher das Chacheli gut in den Händen hielt und das bittere Gebräu runterschluckte. Als Magdalena wieder aufblickte, sah sie die alte Hebamme nicken. Sie stellte das Gefäss auf den Boden und half Frau Bucher, die Schnüre des Nachthemdes aufzubinden.*

*Nach einiger Zeit gewannen die Wehen an Stärke, und es dauerte nicht mehr lange, bis der kleine Bub auf der Brust der Mutter zum ersten Mal die verklebten Augen zu öffnen versuchte.*

*Magdalena wechselte zusammen mit der alten Hebamme die Bettwäsche, half der frischgebackenen Mutter, sich zu waschen und in ein frisches Nachthemd zu schlüpfen. Magdalena nahm sich sogar noch die Zeit, der erschöpften Frau den Zopf neu zu flechten.*

*«Magst du den Buben baden, Magdalena?»*

*Erfreut über das Vertrauen der alten Hebamme, bereitete sie den Zuber mit dem warmen Wasser zu, legte ein sauberes Leinen und Öl dazu, bevor sie ganz vorsichtig den empörten Winzling vom Bauch seiner Mutter hob. Langsam liess sie das Kind in das lauwarme Wasser gleiten, und die verkrampften Fingerchen lösten sich, die Beinchen streckten sich, der Bub schien das Bad zu geniessen. Mit einem feinen Tüchlein wusch Magdalena das Blut und die Käseschmiere ab. Welches Geschrei aber erhob der kleine Bub, als sie ihn wieder aus der Wanne holte und mit dem Leinen trocken rubbelte.*

*«Er hat eine kräftige Lunge!» Dies waren die ersten Worte der jungen Mutter, und eine zentnerschwere Last schien von ihr abzufallen.*

*Mit einem in Öl getunkten Tüchlein wusch Magdalena dem Säugling Augen, Ohren und Nase aus. Das Weinen steigerte sich.*

*«Wahrlich eine kräftige Lunge, Frau Bucher!», bestätigte die alte Hebamme.*

*Das Weinen nahm ein abruptes Ende, als Magdalena den Buben zurück in die Arme der Mutter legte, wo er prompt erschöpft einschlief.*

*Zu guter Letzt liess es sich die alte Hebamme nicht nehmen, selbst die Tür zur Schlafkammer zu öffnen und dem Vater zur Geburt seines kerngesunden Knaben zu gratulieren. «Der Pfarrer muss sich nicht beeilen. Mutter und Stammhalter sind wohlauf, Herr Bucher. Aber ich ersuche Sie eindringlich, achten Sie darauf, dass sich Ihre Frau die nächsten Tage schont und möglichst nicht aufsteht. Die Niederkunft hat sie sehr erschöpft, sie muss sich ausruhen und gutes Essen zu sich nehmen, damit sie wieder zu Kräften kommt. Haben Sie das verstanden?»*

*«Jawohl, Frau Halter, ich werde meine Schwägerin bitten, meiner Frau zur Hand zu gehen.» Er ergriff ihre Hände, und mit feuchten Augen dankte er ihr für die Hilfe, die sie seiner Frau geleistet hatte. «Ich weiss nicht, wie ich Ihnen das jemals vergelten kann.»*

*«Danken wir Gott, dass alles gut gegangen ist», murmelte die alte Hebamme. Sie beauftragte Magdalena mit der Reinigung des Hörrohrs und dem Einsammeln der benutzten Leinentücher, die sie zu Hause auskochen würde.*

*Magdalena wunderte sich immer wieder über die Aufmerksamkeit, die die Hebamme der Reinlichkeit zuteilwerden liess. Niemals wäre es ihr in den Sinn gekommen, ihre Meisterin in Frage zu stellen, aber eigentümlich fand sie dies schon.*

*Die alte Hebamme überreichte dem glücklichen Vater eine kleine Flasche mit einem Tränkli aus Weidenrinde und Schlafmohn gegen eventuelle Schmerzen und ermahnte ihn, sich zu melden, wenn es Mutter und Kind wider Erwarten nicht gut gehen sollte.*

*Magdalena war erleichtert, dass diese Geburt trotz allem glücklich ausgegangen war.*

*Plötzlich wurde sie von der alten Hebamme am Arm herumgerissen. «Egal, wer immer dich fragt, im Tee war lediglich Eisenkraut. Hast du mich verstanden?»*

*Diesmal war es Magdalena, die still nickte, obwohl ihr tausend Fragen über die schwarzen Kügelchen im Kopf herumschwirrten. Welches Kraut war das gewesen, und weshalb machte die Hebamme solch ein Aufhebens um die Geheimhaltung? Magdalena hatte viel zu viel Respekt vor ihrer Lehrerin, um ihr Tun zu hinterfragen, beschloss aber, Augen und Ohren offen zu halten, um mehr darüber herauszufinden.*

# 2

Als Hanny am nächsten Morgen die Augen öffnete, blickte sie auf eine Wand seelenloser Gesichter mit toten Augen. Adrenalin schoss in Sekundenschnelle durch ihren Körper, liess ihr Herz schneller pochen, den Magen zusammenziehen. Schnell schloss sie die Augen wieder und zog die Bettdecke über ihren Kopf. Noch war sie nicht bereit, sich dem Tag zu stellen. Nur einige Minuten in der Wärme die gnadenlose Wirklichkeit ignorieren und für nichts und niemanden verantwortlich sein.

Als sie eine Stunde später erneut erwachte, hörte sie Clara an der Kaffeemaschine hantieren. Seufzend zog Hanny die Bettdecke vom Kopf und betrachtete die Puppengesichter im Regal, das an der gegenüberliegenden Wand stand. Diesmal jagten sie ihr keinen Schrecken mehr ein, und sie konnte die Porzellanpuppen in aller Ruhe anschauen. Clara hatte die Puppen sauber sortiert. Puppen, die bereits geflickt waren, sassen auf dem obersten Regalbrett und warteten darauf, dass ihre Besitzer die Rechnung bezahlten und sie nach Hause zurückkehren konnten. Auf dem mittleren Tablar sah Hanny beschriftete Kartonschachteln. Hände, Füsse, Köpfe und Torsi verrieten die handgeschriebenen Etiketten deren Inhalt. Clara schien eine begnadete Puppenmacherin zu sein, denn der Pöstler Toni, keine sehr diskrete Person, hatte am Stammtisch damit geprahlt, wie viele Pakete er der Grünenstein abzuliefern habe. Jedes mit dem Aufkleber «Vorsicht, zerbrechlich» gekennzeichnet. Der Toni wusste einiges über die Engenmatter, und er gab sein Wissen nur zu gern weiter.

Die Tür zur Werkstatt, in der Hanny auf dem aufgeklappten Sofa geschlafen hatte, öffnete sich, und Clara, fertig angekleidet und perfekt frisiert, steckte ihren Kopf herein.

«He, du Schlafmütze», sie lachte auf, als sie Hannys Wuschelkopf aus dem Bettzeug auftauchen sah, «bereit fürs Frühstück?»

Statt einer Antwort liess Hanny nur ein Brummen vernehmen.

«Kaffee oder Tee?»

«Tee», seufzte Hanny. «Kamillentee. Ah, mein Magen brennt.» Sie unterdrückte einen Rülpser. «'tschuldigung.»

Clara zog an der Bettdecke und liess die maulende Hanny liegen.

Nach einigen Minuten hatte sie es in die Küche geschafft, wo der kleine Tisch reichlich gedeckt war, der Butterzopf herrlich frisch duftete und die Erdbeerkonfitüre hausgemacht schien. Hanny bezweifelte, dass sie einen Bissen hinunterbekommen würde, nahm sich aber dennoch eine Scheibe Zopf und bestrich sie mit Butter und Konfitüre.

«Los, beiss rein», forderte Clara sie auf, als sie Hannys Leidensmiene betrachtete.

Hanny seufzte auf und biss schicksalsergeben in das Brot. Schlagartig beruhigten sich ihre Magensäfte, und als sie dem Brot noch warmen Kamillentee folgen liess, sah die Welt schon besser aus. Clara trank bereits ihren zweiten Espresso und wirkte unverschämt fit.

«Sag mal, wie viele Flaschen haben wir gestern getrunken?», fragte Hanny.

Clara gab keine Antwort, sondern deutete auf die zwei leeren Weinflaschen, die auf dem Küchenboden auf ihre Entsorgung warteten. «Die letzte hast du fast allein geleert.»

«Das erklärt alles.» Hannys Augen brannten und in ihrem Kopf bohrten gnadenlose Bergarbeiter ihren Weg durchs Gehirn.

«Ist doch kein Problem. Du machst dir heute einen freien Tag.»

«Spinnst du? Ich muss doch das Stybli öffnen!», rief Hanny.

Clara betrachtete die tiefen Schatten unter Hannys Augen, die störrischen Haare und die Faltenabdrücke des Kissens auf der Wange.

«Ich kann unmöglich das Stybli geschlossen halten, was sollen denn die Leute denken? Ja, ja, die Kleine vom Stybli Glois schafft es nicht, wir haben es ja gleich gesagt, dass der Betrieb zu viel ist für ein Fräili. So werden sie reden, die Engenmatter, ich kann das Geschimpfe schon hören.»

«Glaub mir, niemand erwartet von dir, dass du heute arbeitest. Und die Engenmatter können ihren Kaffee ausnahmsweise auch an einem anderen Ort trinken. Schliesslich kann dir niemand verbieten, dass du um deinen Vater trauerst. Im Übrigen siehst du schrecklich aus.»

«Zum Glück weiss niemand, dass ich einen Tag nach der Beerdigung meines Vaters den Kater meines Lebens habe.»

Clara lachte laut. «Gern geschehen. Du kannst natürlich noch hierbleiben und dich erholen. Wenn du nach Hause gehst, fängst du bloss wieder zu arbeiten an. Ich kenne dich zwar noch nicht sehr lange, aber ich glaube, mittlerweile gut genug, um zu wissen, dass du keine Ruhe geben wirst, bis alles blitzblank sauber gewischt, gewaschen und gewienert ist. Bleib hier und erhol dich.»

«Jesus, Maria und Josef!» Hanny sprang auf, und der Küchenstuhl fiel laut krachend zu Boden. «Ich hab den Valentin vergessen. Ich muss mich doch um ihn kümmern!» Schon wollte sie zur Treppe eilen, um ihren Bruder zu suchen, als plötzlich schwarze Flecken vor ihren Augen tanzten. Sie musste sich an der Wand abstützen und einen Moment warten.

«Leg dich wieder hin», befahl Clara. «Ich geh und such deinen Bruder. Wenn ich ihn gefunden habe, bringe ich ihn zu dir.»

Widerstandslos liess sich Hanny zum Bettsofa führen und sank erleichtert in die Kissen. Nie mehr würde sie Alkohol trinken, das schwor sie sich in diesem Augenblick.

Rasch stand sie nochmals auf und kramte in ihrer Handtasche nach den Hausschlüsseln. Sie übergab diese Clara und sich selbst in die Kloschüssel.

Claras Stiefel klatschten auf den regennassen Boden, während sie die Strasse entlangeilte, hastig den Dorfplatz überquerte und nach einigen Minuten vor dem Stybli ankam. Vor der Restauranttür drängten sich drei Männer unter das Vordach und beratschlagten, ob das Stybli heute noch geöffnet werden würde. Ohne von ihnen bemerkt zu werden, machte Clara eine Kehrtwende und lief um das Haus herum, vorbei an Holzbeige, Parkplätzen und leeren Blumentöpfen. Der Regen tropfte in ihren Kragen und liess sie frieren. Mit klammen Händen kramte sie in ihrer Tasche nach Hannys Schlüsseln und öffnete dann die Hintertür.

Sie trat in die Lagerräume, wo Hanny die Vorräte, die nicht

gekühlt gelagert werden mussten, in die Regale gestellt hatte. Gemüsefond, Kräuterdosen und Konserven standen auf durchgebogenen Holzbrettern. Sie durchquerte den Raum und kam in die sauber geputzte Küche. Der Chromstahl der Abdeckung glänzte, und das Geschirr war gewaschen, getrocknet und in den Schränken versorgt. Als Hanny und Clara gestern Abend das Stybli ziemlich angeheitert verlassen hatten, um in Claras Wohnung weiterzutrinken, hatte die Küche noch ganz anders ausgesehen. Das schmutzige Geschirr stapelte sich auf der Ablage, und Reste des Kartoffelsalats warteten darauf, in den Komposteimer zu wandern.

Irgendjemand musste in der Nacht ganze Arbeit geleistet und die Küche auf Vordermann gebracht haben. Da Clara vermutete, dass ausser Valentin niemand sonst einen Schlüssel zum Haus besass, musste Hannys älterer Bruder heimgekehrt sein.

Clara beschloss, die wartenden Männer vor der Restauranttür zu erlösen, und kramte in der Schublade nach Papier und Stift. Auf die Rückseite einer alten Menükarte notierte sie, dass das Stybli wegen Todesfalls bis auf Weiteres geschlossen sei. Nachdem sie endlich Klebestreifen gefunden hatte, befestigte sie die Nachricht auf die Innenseite der Fensterscheibe gleich neben der Haustür. Von draussen hörte sie empörtes Gemurmel, da die Engenmatter erkannt hatten, dass Clara und nicht Hanny den Zettel angebracht hatte. Sie vermeinte, etwas zu hören, das verdächtig danach tönte, welches Recht eine Auswärtige habe, hier das Zepter zu führen. Clara beschloss, die Männer zu ignorieren, und begab sich nach oben, um Valentin zu suchen. Hoffentlich hatte zumindest er nichts gegen eine Auswärtige einzuwenden.

Der erste Stock war durch eine separate Tür abgetrennt und für Gäste nicht zugänglich. Hier bewohnte Hanny eine Drei-Zimmer-Wohnung, während ihr Vater und Valentin die oberste Etage benutzten. Clara schloss auch diese Tür mit Hannys Schlüssel auf und klopfte laut an den Türpfosten, um Valentin mit ihrem plötzlichen Auftauchen nicht zu erschrecken. Nachdem sie seinen Namen gerufen hatte, vernahm sie aus dem zweiten Stock ein Rumpeln. Valentin musste sie also gehört haben. Sie stieg die Treppe hinauf und wartete, bis er die Tür öffnete.

Er sah schrecklich mitgenommen aus. Seine braunen Locken standen wirr von seinem Kopf ab, seine Wangen waren von Bartstoppeln dunkel gefärbt, und er roch nach Schweiss. Fasziniert betrachtete Clara den grossen Holzzapfen in seinem Ohr. Als Valentin sie erkannte, machte er vorsichtshalber einen Schritt zurück, fixierte sie mit stechendem Blick, nickte ihr schlussendlich jedoch zu.

«Hanny hat bei mir übernachtet und erholt sich nun von den Strapazen hier.» Clara deutete nach unten in Richtung Stybli. «Sie macht sich Sorgen um dich, Valentin», sagte Clara und trat einen Schritt zurück. Prompt verfehlte sie die oberste Treppenstufe, weswegen sie fast gefallen wäre, hätte sie nicht im letzten Moment das Geländer zu fassen bekommen. Röte überzog ihre Wangen, und sie fühlte sich unbeholfen. Wie peinlich.

Valentin verzog das Gesicht zu einem schiefen Grinsen, als ob er sagen wollte, dass seine Schwester sich doch keine Sorgen um einen vierzigjährigen Mann zu machen brauche, dann beugte er sich nach vorne und zog Clara schwungvoll auf die Beine.

«Oh, danke.» Clara zupfte ihre Kleider zurecht und sah Valentin in die Augen. «Sie möchte, dass du herüberkommst.»

Valentin überlegte gründlich, nickte dann kaum wahrnehmbar. Er deutete auf seine Haare und die Kleider und gab Clara zu verstehen, dass er sich zuerst frisch machen werde.

«Ist gut, nimm dir Zeit. Ich geh in Hannys Wohnung und such ihr ein paar Sachen heraus.»

Valentin verschwand im Badezimmer, und Clara stieg die Treppe hinunter in den ersten Stock. In Hannys Wohnung griff sie als Erstes nach dem Weidenkorb, der neben der Tür stand, und begab sich in das Schlafzimmer. Sie öffnete Kommode und Kleiderschrank und stellte eine Garnitur Kleidung für Hanny zusammen. Ein eigenartiges Gefühl beschlich sie, als sie in Hannys Kleiderschrank wühlte. Es fühlte sich fremd und verboten an, wie ein ungewollter Eingriff in deren Intimsphäre. Clara staunte über das Vertrauen, das Hanny ihr entgegenbrachte, sie kannten sich doch erst ein paar Wochen.

In Hannys Schlafzimmer stand ein grosses Bett, jedoch lediglich mit einer einzelnen Garnitur Bettwäsche. Die Einrichtung wirkte etwas altbacken mit den vergilbten Rüschenvorhängen, dem Kleiderschrank Modell Dunkelnuss und dem abgetretenen Läufer auf dem Fussboden. Auf der Fensterbank jedoch standen drei prächtige Orchideen in rosa Töpfen. Clara erinnerte sich, wie ihr Hanny in einer ruhigen Minute erklärt hatte, dass sie sich nach einer Beziehung sehne, es aber nicht einfach sei, in der Engenmatt jemanden kennenzulernen, und Zeit, um anderswo einen Mann zu suchen, habe Hanny sich nie nehmen können. Die zwei Männer ihrer Familie, Vater und Bruder, hatten sie voll in Beschlag genommen. Nach der Ausbildung zur Wirtin hatte sie ihrem Vater im Gastbetrieb geholfen und sich zugleich um ihren Bruder gekümmert, da er mehr Unterstützung als andere Menschen brauche. Nein, so sei es wirklich schwierig, die Liebe des Lebens zu finden.

Clara hingegen hatte drei gescheiterte Beziehungen hinter sich und liess nun die Dinge gern auf sich zukommen. Wenn ein Gescheiter des Weges spaziert käme, würde sie sich schon freuen, wenn nicht, ging die Welt auch nicht unter. Sie war momentan vollauf mit ihrer Puppenklinik beschäftigt. Unter anderem.

Vom oberen Stock hörte sie das Prasseln der Dusche, in das sich ein klägliches Miauen mischte. Valentins Kater beherrschte die Küche und gab sich mit nicht weniger als frischer Leber zufrieden, die Glois ihm jeden Abend hinzustellen pflegte. In der letzten Nacht hatte der Kater darauf verzichten müssen und fühlte sich offensichtlich sehr vernachlässigt. Nicht einmal ein richtiger Name war ihm vergönnt, da Valentin darauf bestand, dass das Tier ihm gehöre. Da er aufgrund seiner Sprachlosigkeit keinen Namen nennen konnte, rief alle Welt nur Kater.

Clara hörte, wie Valentin die Dusche abstellte und aus dem Badezimmer in sein Zimmer ging. Sie begab sich in die Küche und wurde sogleich von Kater stürmisch empfangen.

Dreissig Minuten später traten Valentin und Clara aus der Vordertür des Stybli. Der vor ihnen liegende Dorfplatz war menschenleer, die letzten hoffnungsvollen Gäste hatten aufgegeben und waren nach Hause gegangen. Nun, um elf Uhr vormittags, waren die Kinder in der Schule in Sarnen, und deren Mütter standen in der Küche und bereiteten sich auf die Zubereitung des Mittagessens vor. Die Väter arbeiteten zumeist auswärts, denn Arbeitsstellen gab es in der Engenmatt nur wenige, ausser man war selbstständig tätig als Handwerker oder Landwirt.

Clara hatte sich den Korb an den Unterarm gehängt und wartete, bis Valentin die Tür zum Restaurant verschlossen hatte. Sie hoffte, dass Hanny die Stunde genutzt und sich etwas erholt hatte, denn sie fühlte sich allein mit Valentin etwas unwohl. Sie war in seiner Gegenwart unsicher und wusste nicht, wie sie sich verhalten sollte. War ein Gespräch angebracht? Wobei sich dies in Valentins Fall auf einen Monolog seitens Claras beschränken würde, oder sollten sie sich anschweigen, was doch ebenfalls ziemlich peinlich werden konnte.

Valentin gab plötzlich eine Art Knurren von sich und zerrte Clara an ihrer Jacke, sogleich kam der schwere Korb ins Rutschen, und ein Hemd fiel auf den schmutzigen Boden.

Verärgert bückte sie sich, um danach zu greifen. «Mensch, Valentin, was ist denn?»

Statt einer Antwort zog er noch fester an ihrem Ärmel. Genervt stopfte Clara das Hemd in den Korb und stellte diesen auf den Boden, dann drehte sie sich zu ihm um. Was um alles in der Welt konnte denn so wichtig sein?

Sie blickte in Valentins Gesicht. Seine Augen und sein Mund waren weit geöffnet, die Schultern hatte er fast bis zu den Ohren hochgezogen. Es tat Clara im Herzen weh, ihn so verunsichert zu sehen.

«Was, Valentin, was ist?», fragte Clara. «Hab ich was vergessen einzupacken?»

Valentin schüttelte den Kopf und deutete energisch auf den Dorfplatz hinaus.

«Ist was auf dem Dorfplatz?»

Heftiges Kopfnicken.

«Was denn?» Clara blickte sich um.

Der gepflasterte Platz sah aus wie immer, ausser dass der Pöstler Toni, Junggeselle auf Brautschau, wie gewöhnlich im absoluten Halteverbot vor der Kirche parkiert hatte. Die Bäume liessen die regennassen Blätter hängen und boten ein klägliches Bild. Keine

Menschenseele war zu sehen, alle waren bei der Arbeit oder zumindest im Haus. Bei diesem garstigen Wetter hielt man sich nur draussen auf, wenn es unumgänglich war. Nur Martha von Deschwanden huschte in ihrem beigen Regenmantel über den Platz. Hätte Clara den Blick nicht nur auf das Alltägliche gerichtet, sondern auf die Details achtgegeben, hätte sie es gesehen.

Valentin hatte es sofort bemerkt. Er war es gewohnt, auf Kleinigkeiten zu achten. Wenn er schon nicht sprechen konnte, so wollte er stets seine Umgebung unter Kontrolle halten, um alle Eventualitäten voraussehen zu können. So hatte er zumeist Distanz zu den anderen Engenmatter Kindern halten können und war so möglichen Hänseleien aus dem Weg gegangen. Nicht, dass die Engenmatter Kinder ihn bewusst geplagt hätten, keineswegs, ihr Verhalten untereinander war generell rau, aber doch mit Grenzen versehen. Sie hätten Valentin wie ihresgleichen behandelt und ihn in die Raufereien mit einbezogen. Valentin aber wollte das nicht und hielt Abstand, was durch die Tatsache bestärkt wurde, dass sein Vater ihn stets in der Küche benötigte.

Da lag sie. Bleich und starr auf die Spitze des Dorfplatzbrunnens drapiert. Ihre nackten Gliedmassen streckten sich grotesk in die Luft, das weisse Gesicht war himmelwärts gewandt, Regentropfen perlten an der nackten Haut ab und sammelten sich zu Rinnsalen, bevor sie in schweren Tropfen auf die Figur darunter fielen.

Valentin hatte es endlich geschafft, Clara auf das Ding aufmerksam zu machen, und nun standen sie vor dem über zwei Meter hohen Brunnen und betrachteten die Puppe. Dem achteckigen Steinbrunnen hatte man das Wasser abgestellt, damit während des Winters keine Rohre bersten würden. Nun stand seine Statue, der heilige Niklaus von Flüe, still und einsam mitten auf dem Dorfplatz der Engenmatt und trug statt des goldenen Heiligenscheins eine Porzellanpuppe auf dem Kopf.

Clara stellte ihren Korb auf den Boden und stieg ungelenk auf den Brunnenrand. Sie verkniff sich ein Fluchen, konnte aber nicht verhindern, dass Valentin erstaunt ob ihrer Wortwahl die Augenbrauen hob. Vom Brunnenrand aus versuchte sie, die

Puppe zu erreichen, was ihr aber wegen der zu grossen Distanz misslang.

«Du bist grösser als ich», sagte sie zu Valentin. «Nimm du sie herunter.»

Valentin schüttelte genervt den Kopf.

«Du meine Güte, Valentin, das ist doch nur eine Puppe!»

Valentin trat zwei Schritte rückwärts und war drauf und dran, das Weite zu suchen.

«Ist ja schon gut, dann mach ich das halt», murrte Clara. Sie blickte über die Schulter, ob auch wirklich niemand sah, wie sie an der Heiligenstatue emporkletterte. Das gäbe in der Engenmatt ein schönes Gerede, wenn die von Grünenstein dabei beobachtet würde, den Bruder Klaus zu besteigen. Ausgerechnet eine Zugezogene.

Da niemand zu sehen war, stieg sie schnell auf die steinernen Füsse des Heiligen, fand mit ihren hohen Absätzen keinen rechten Halt und hielt sich sicherheitshalber an seinem Hals fest, dann griff sie nach der Puppe. Diese liess sich kaum bewegen, weshalb sie nochmals stärker daran zog. Endlich gab die Puppe nach, und Clara hätte fast das Gleichgewicht verloren, wenn Valentin nicht seine Angst vor Nähe überwunden und sie im letzten Moment gehalten hätte.

«Äh, danke, du kannst jetzt loslassen.» Clara, immer noch auf dem Brunnenrand stehend, hielt die Puppe fest in einem Arm und wartete darauf, dass Valentin seine Hände von ihrem Hintern nahm.

Hier jagte sich ja eine Peinlichkeit nach der anderen, dachte sie.

Wenn Clara gewusst hätte, dass ihr Tun keineswegs so unbemerkt geblieben war, wie sie vermeinte, wäre sie wohl am liebsten im Boden versunken.

Mit einem Sprung landete sie vor Valentins Füssen. Bevor er nach der Puppe greifen konnte, hatte sie diese schon in ihren Korb gepackt und eine von Hannys Blusen darübergezogen. Sie hatte das Mal auf dem blassen Körper gesehen und wollte nicht, dass Valentin mitten auf dem Dorfplatz einen Aufstand deswegen machte.

«Zeit, aus der Kälte zu kommen», sagte sie bestimmt, hängte sich den Korb über den Unterarm und schritt voran. «Hoffentlich ist deine Schwester jetzt wieder ansprechbar.»

In der Tat ging es Hanny besser als noch eine Stunde zuvor. Bis auf die stürmischen Wellen in ihrem Magen fühlte sie sich gut und ausgeruht. Sie hatte Claras Atelier, wo sie übernachtet hatte, gelüftet und das Bett wieder in ein Sofa zurückverwandelt, eine Dusche genommen, sich die Haare geföhnt und nochmals eine Tasse Kamillentee getrunken. Nun wartete sie ungeduldig auf die Rückkehr von Clara und Valentin. Währenddessen nutzte sie die Gelegenheit und durchstöberte Claras Wohnung. Das Badezimmer, klein und nicht ganz klinisch rein, die Küche im selbigen Zustand. Das Atelier hatte sie gestern bereits kennengelernt. Sie staunte immer noch über die Tatsache, dass sie in Claras Heiligtum hatte eindringen dürfen. Bislang war die Puppenstube, wie Clara ihr Arbeitszimmer nannte, stets tabu gewesen.

Im Schlafzimmer stand ein grosses Bett mit blutroter Bettwäsche. Im Kleiderschrank, der bis zum Bersten gefüllt war, dominierten die Farben Schwarz, Grau und Weiss. Clara besass neben den üblichen praktischen Kleidungsstücken wie Jeans und Pullover auch einige sehr schöne Abendkleider. Anscheinend war sie vor ihrem Umzug in die Engenmatt öfter schick ausgegangen, hier oben jedoch würde sie diese festlichen Kleider sicherlich niemals tragen können. Falls die Engenmatter zu einer Hochzeit eingeladen wurden, trugen die Frauen die Tracht oder kauften sich ein Kleid, das für mehrere Anlässe Verwendung fand. Für die Herren stellte sich dieses Problem nicht, sie besassen in der Regel einen grauen oder schwarzen Anzug, der an Hochzeiten ebenso wie an Beerdigungen getragen wurde. Höchstens der Hosenbund musste mit den Jahren etwas ausgelassen werden. Hanny befühlte den feinen Seidenstoff und liess ihre Fingernägel über die filigrane Blumenstickerei gleiten. Noch nie hatte sie sich so schön gekleidet. Sie nahm das Kleid am Bügel aus dem Schrank, schritt zum Spiegel und hielt es vor sich hin. Die eisblaue Farbe würde gut zu ihren Augen passen. Sie drehte sich hin und her. Als sie bemerkte, dass sie nie und nimmer in das Kleid der gertenschlanken Clara von Grünenstein passen würde, hängte sie es beschämt zurück. Das Restaurantessen hatte seine Spuren auf ihren Hüften hinterlassen. Die Engenmatter hielten nichts von Trennkost und leichter Küche, für sie war es schon eine Herausforderung, wenn Hanny ein vegetarisches Menü auf die Karte setzte. Zumeist speisten Arbeiter im Stybli, und die brauchten Energie, um den ganzen Tag die körperliche Schwerstarbeit leisten zu können. Das Kleid wanderte schnell zurück an seinen Platz im Schrank.

Claras Wohnung befand sich im Dachgeschoss eines Mehrfamilienhauses und bot einen phantastischen Blick über den grössten Teil der Engenmatt, das darunterliegende Sarnen und den See. Hanny öffnete das Fenster der Puppenstube und schaute hinaus. Drehte sie den Kopf zur Seite, blickte sie direkt auf den Dorfplatz mit seinem Bruderklausenbrunnen, und noch etwas dahinter vermochte Hanny das Stybli auszumachen. Sie sah, wie Clara mit schnellen Schritten in ihre Richtung eilte und Valentin bedächtig folgte. Er schien nicht guter Laune zu sein, ihr Bruder, und Hanny machte sich auf etwas gefasst. Aber wenigstens hatte Clara ihn gefunden und es geschafft, ihn hierherzubringen.

Einige Sekunden später polterte es vor der Wohnungstür, und Hanny beeilte sich, die Ankommenden zu begrüssen.

«Hier, frische Kleider für dich.» Clara streckte ihr den Korb entgegen, kaum hatte Hanny die Tür geöffnet. Sie war tropfnass und ihr Augen-Make-up lief, schwarze Schlieren hinter sich herziehend, die Wangen hinunter. Schnell schlüpfte sie aus den Schuhen und zog sich ins Badezimmer zurück.

Hanny vermutete, dass es ihr peinlich war, in diesem Zustand gesehen zu werden. Nun stapfte Valentin die Treppe hoch und schaute Hanny erleichtert an. Mit einem grossen Schritt übersprang er die letzten beiden Stufen und nahm sie fest in den Arm.

«He, mein grosser Bruder», sagte Hanny eine Spur zu fröhlich. «Wo hast du dich herumgetrieben?» Sie streichelte ihm liebevoll über den Rücken und löste sich dann von ihm.

Valentin schnaubte laut auf und deutete dann auf sie.

«Du hast ja recht», lachte sie. «Diese Nacht war ich unterwegs und ausnahmsweise nicht du, du Rumtreiber.» Sie strich ihm das nasse Haar aus dem Gesicht und merkte, dass er sich geduscht und rasiert hatte. «Hast du dir Sorgen gemacht, weil ich nicht zu Hause war?»

Valentin winkte ab, als ob ihm dies nichts ausgemacht habe. Wahrscheinlicher aber war, dass er Hannys Fernbleiben gar nicht bemerkt hatte, da Hanny und er nicht in derselben Wohnung lebten und Valentin diese Nacht erst in den frühen Morgenstunden nach Hause zurückgekehrt war.

«Nun zieh die Schuhe aus und komm rein», forderte Hanny ihn auf.

Valentin trat ein und schaute sich neugierig in der Wohnung um. Wie immer konzentrierte er sich auf die Details und prägte sich alles genau ein. Weder die drei leeren Garderobenhaken noch die Staubmäuse unter dem Schuhgestell entgingen ihm. Er bemerkte, dass die Fenster erst kürzlich geputzt worden waren, ein letztes Mal bevor der Winter endgültig einbrach, und dass es aus der Küche nach Kaffee und Kamille roch. Im Badezimmer hörte er Clara hantieren, einige Sekunden später ertönte das Brummen eines Haarföhns.

«Valentin, setz dich in die Küche.» Hanny zeigte auf den hellen Raum gegenüber der Haustür. «Ich zieh mir nur schnell die frischen Sachen an und komm dann gleich zu dir.» Sie nahm den Korb und verschwand in Claras Atelier.

Valentin öffnete den Mund und wollte ihr mitteilen, dass sich im Korb etwas ziemlich Sonderbares befand, aber wieder einmal konnte er sich nicht bemerkbar machen. Frustriert stampfte er mit dem Fuss auf und lief seiner Schwester nach.

Hanny stand mitten im Atelier und hatte sich schon ausgezogen, als Valentin hereinkam. Vor ihrem Bruder schämte sie sich ihrer Nacktheit nicht, aber es ärgerte sie, dass er nicht einmal fünf Minuten allein in einer fremden Küche warten wollte. Sie ignorierte seine Gesten und griff nach der Bluse im Korb. Mit einem Aufschrei liess sie sie sofort wieder zurückgleiten. Bleiche Augen aus einem toten Gesicht. Sie hob die Bluse erneut aus dem Korb.

«Was macht dieses verdammte Ding hier?» Mit spitzen Fingern zog sie die Puppe vorsichtig heraus, legte sie auf Claras Arbeitstisch und sah Valentin fragend an.

Valentin gestikulierte wild, und Hanny begriff, warum er ohne Einladung in ihr Zimmer gestürmt war. Sie lächelte milde. «Alles gut, ich habe mich nur so erschreckt.»

In frischer Unterwäsche, Jeans und sauberer Bluse fühlte sich Hanny gleich wohler. Clara hatte gut ausgewählt.

Als sie sich auf das Sofa setzte, um die Socken überzustreifen, sah sie, wie Valentin vorsichtig auf die Puppe zuging. Immer war er so zögerlich, der Valentin, dachte Hanny. Er fürchtete sich nicht, nachts allein in den Wäldern herumzustreifen, aber alles, was mit seinen Mitmenschen zu tun hatte, war ihm gänzlich suspekt. Einzig Hanny und Grossmutter Hedwig, die in letzter Zeit immer verwirrter wurde, bildeten da eine Ausnahme.

«Wo habt ihr denn die Puppe gefunden?», fragte Hanny.

Valentin deutete aus dem Fenster. Hanny beeilte sich, die zweite Socke überzustreifen, und stellte sich dann neben ihren Bruder. Der Himmel war mit grauen Wolken verhangen, und der Regen fiel in dicken Tropfen auf die Pflastersteine des Dorfplatzes. Die Temperaturen mussten nur noch ein klein wenig fallen, und es würden Schneeflocken daraus. Noch liess der Schnee aber auf sich warten. Valentin zeigte mit seinem Finger in Richtung Dorfbrunnen, Hanny jedoch sah nur das für sie Offensichtliche.

«Im Stybli? Ich wusste gar nicht, dass wir eine so alte Puppe haben. Vielleicht gehörte sie ja Grossmutter Hedwig», rätselte sie.

Valentin knurrte verächtlich und deutete an, dass Hanny auf dem Holzweg sei. Er machte eine wellenartige Bewegung zu sich hin.

«Nicht das Stybli also?»

Kopfnicken.

«Aber an einem Ort, den ich durch das Fenster sehen kann?»

Erneutes Kopfnicken.

«Auf dem Dorfplatz?»

Valentin begann zu lächeln und formte mit seinen Armen einen grossen Kreis.

Hanny sah nochmals hinaus und verstand endlich. «Der Dorfbrunnen!»

Valentin zwinkerte ihr zu und reckte den Daumen nach oben.

«Ja, wir haben die Puppe auf dem Dorfbrunnen gefunden», ertönte eine Stimme aus dem Hintergrund. Clara war eingetreten und hatte in wenigen Sekunden erzählt, was Valentin so eine Mühe gekostet hatte. «Die Puppe wurde diesem Heiligen, wer immer das ist, auf den Kopf gespiesst.»

Clara stellte sich zu den beiden und blickte hinunter. Noch immer war keine Menschenseele zu sehen. Mittlerweile mussten alle Engenmatter beim Mittagessen sein, denn sie waren Gewohnheitstiere und schätzten es, die Mahlzeiten stets zur gleichen Zeit einzunehmen. Dass das Stybli heute geschlossen war, stellte für einige ein grosses Problem dar. Wo sollte man auf die Schnelle ein währschaftes Essen bekommen? Denn nach Sarnen hinunter mochten die wenigsten fahren.

«Es ist der heilige Niklaus von Flüe.»

«Wer?», fragte Clara.

«Na, die Figur auf dem Brunnen», erläuterte Hanny. «Das ist der Bruder Klaus, übrigens der Schutzpatron der Schweiz, den solltest du eigentlich schon kennen, Clara.» Sie stiess ihre Freundin scherzhaft in die Seite.

«Schon eigenartig. Wer legt eine alte Puppe auf eine Brunnenstatue?»

«Ich denke, das wird eine Schnapsidee von einem Spassvogel gewesen sein», sagte Hanny.

Clara widersprach. «Ich glaube nicht. Dieser Fundort könnte zentraler nicht sein. Jemand hat für die Engenmatt eine Botschaft hingelegt.»

Clara drehte sich um und ging zum Arbeitstisch, auf dem die Puppe lag. Sie griff nach einem sauberen Baumwolltuch und begann, die durchnässte Puppe trocken zu tupfen.

«Das ist ein antikes Spielzeug, kein modernes Plastikding», murmelte Clara. Ohne hinzusehen, griff sie sicher nach einem Borstenpinsel im Regal neben sich und strich behutsam Schmutz aus den leeren Augenhöhlen und von den Fingerchen. Die Puppe war gänzlich unbekleidet, besass keine Haare mehr und wies eine Besonderheit auf. Mitten auf ihrer blassen Brust prangte ein dickes mit Filzstift gemaltes Kreuz.

Clara strich mit der Fingerspitze über das Mal, konnte das

Kreuz aber nicht abwischen. «Eine Schande ist das», schimpfte sie. «Eine echte Schildkrötpuppe so zu verschandeln.»

Valentin schaute Clara erstaunt an, und Hanny fragte, was er nicht über die Lippen brachte: «Was hat denn diese Puppe mit Schildkröten zu tun?»

«Schildkröt ist ein renommierter Puppenhersteller aus Thüringen in Deutschland, der schon seit 1896 produziert. Diese Patientin hier hat auch schon viele Jahre auf dem Buckel, sie wurde aus Celluloid gefertigt. Die heutigen Puppen sind aus Vinyl.»

«Aber warum malt jemand ein Kreuz auf die Brust einer Spielzeugpuppe und legt sie dann auf den Kopf der Brunnenstatue?»

«Hanny, ich habe keinen blassen Schimmer!»

Valentin legte den Kopf schief und strich der Puppe traurig über den Kopf, dann drehte er sich abrupt um und ging in die Küche. Clara und Hanny schauten sich an.

«Vielleicht ist es besser, wenn wir diesen Fund zunächst für uns behalten. Zumindest bis wir wissen, was es damit auf sich hat», sagte Hanny. «Die Engenmatter sind da etwas eigen.»

«Wie meinst du das?»

«Lassen wir es bitte einfach dabei bewenden, dass wir niemandem davon erzählen.»

Clara, Hanny und Valentin nahmen ein leichtes Mittagessen zu sich, das aus selbst gemachter Kürbissuppe und Schwarzbrot bestand. Dazu hatte Clara frisch aufgeschnittenes Kernser Hobelfleisch, gepökeltes Rindfleisch, gereicht.

Nach dem Essen setzten sich die beiden Frauen mit ihren Espressi an den Tisch, und Valentin verschwand in Richtung Badezimmer, nur um nach einigen Minuten mit einem zerzausten Teddybären zurückzukehren und ihn Clara unter die Nase zu halten.

«Ja, Valentin, das ist mein Bär, aber den hast du bestimmt nicht im Badezimmer gefunden.»

Valentin schüttelte den Kopf und zeigte in Richtung Schlafzimmer.

«Aber Valentin, du kannst doch nicht einfach das Schlafzimmer einer fremden Wohnung betreten, das ist unhöflich», wies Hanny ihn zurecht. Eine Sekunde später fiel ihr ein, dass sie vor einer Stunde genau das Gleiche getan hatte. Verräterische rote Flecken flammten auf ihren Wangen auf, was Clara jedoch glücklicherweise nicht bemerkte und Valentin nur mit einem spöttischen Lächeln quittierte. Er kannte sie wirklich gut, ihr Bruder.

Erneut wedelte er mit dem Stofftier vor Claras Nase herum.

«Nun hör schon auf damit.» Clara nahm ihm den zerzausten Bären ab und setzte ihn zwischen ausgetrunkenen Kaffeetassen und Biskuitteller mitten auf den Tisch.

Valentin wandte sich an Hanny und begann zu gestikulieren.

«Er möchte wissen, woher du diesen Bären hast», übersetzte Hanny seufzend.

«Den habe ich schon ewig.»

Valentin insistierte, er wollte es genauer wissen.

Hanny übersetzte erneut: «Wer dir diesen Bären geschenkt hat, möchte er wissen.»

«Das weiss ich nicht mehr.» Clara stand auf. «Hast du deinen Kaffee ausgetrunken?»

Betretenes Schweigen trat auf, Hanny und Valentin verstanden den Wink mit dem Zaunpfahl und erhoben sich ebenfalls.

«Nun, es ist Zeit, dass wir uns von dir verabschieden und im Stybli nach dem Rechten sehen.» Hanny umarmte Clara. «Vielen Dank für den Abend gestern und dass ich bei dir übernachten durfte. Ich wusste nicht, dass man auch auf diese Art Trauerarbeit leisten kann.»

Clara erwiderte lächelnd die Umarmung, Valentin wandte sich verlegen ab.

Der verlebte Bär thronte auf dem Esstisch und gab sein Geheimnis nicht preis.

Hanny begab sich sogleich ins Stybli, aber Valentin zog sich an seinen Lieblingsort zurück. Wenn er seiner Mitmenschen überdrüssig war, was öfter vorkam, als jeder Psychologe für gut befunden hätte, floh er in den Wald über der Engenmatt. Dort setzte er sich vor einer Höhle unter die dunkle Tanne, deren unterste Äste fast bis auf den Boden ragten und ihn so geborgen und auch einigermassen trocken hielten. Kater begleitete ihn manchmal auf seinen Ausflügen und hockte auch jetzt neben ihm auf den trockenen Tannenspitzen, beäugte misstrauisch die Umgebung, bevor er sich sein Fell schleckte und dann zu einer Kugel gerollt neben Valentins Füssen einschlief. Von hier aus hatte Valentin die Kontrolle über die Engenmatt mit ihren Einwohnern, wurde seinerseits aber in Ruhe gelassen. Nur seine Erinnerungen, die liessen ihn auch hier nicht in Ruhe.

Immer und immer wieder schlug Valentin sich mit der Faust an den Kopf. Er schloss die Augen und verdrängte die Gedanken an jene schicksalshafte Nacht. Der Schmerz in seiner Brust drückte ihm den Atem ab, eine Träne suchte sich unbeirrbar ihren Weg an der Nase entlang, bevor sie sich auf der Lippe mit dem Regen vermischte. Vor seinem inneren Auge tauchte stets dieselbe Szene auf, die sich immer wieder in der gleichen Art und Weise abspielte. Er sah die verschlungenen, sich windenden Leiber, die vor Gier verzerrten Münder und schlussendlich das zarte, bleiche Gesicht des Todes, das ihn nach wie vor verfolgte, stets begleitet vom unmelodischen Krächzen der Raben. Wenn er versuchte zu schlafen, tauchten die panischen, nach Hilfe rufenden Augen auf. Sie suchten nach ihm, erhofften sich seine Hilfe, aber er hatte das Sterben gesehen und es schmählich zugelassen.

***

Zu dieser Zeit knallten diejenigen Engenmatter Frauen, die einen Mann oder Kinder zu verköstigen hatten, die dampfenden Pfannen auf den Tisch und begannen die Teller für die hungrigen Mäuler zu füllen.

«Die Neue hat sich am Dorfbrunnen zu schaffen gemacht.»

«Ach was! Was hat die am Brunnen zu tun?» Peters Stimme klang aussergewöhnlich matt. Er hatte schlecht geschlafen und wollte deshalb nach dem Mittagessen ein Nickerchen machen.

«Weiss ich doch nicht, aber sie ist dem Bruder Klaus auf die Füsse getreten, hat sich an seinem Hals festgehalten, grad so, als ob sie ihn küssen wollte, und hat dann etwas von seinem Kopf runtergeholt.»

Peter reagierte unwirsch. «Frai, du phantasierst!»

«Aber ich sag doch, dass ich es durch das Küchenfenster gesehen habe, als ich die Leberli für dich gekocht habe.» Emma hatte keinen Blick für ihren Mann übrig, sondern starrte immer wieder aus dem Küchenfenster.

«Was soll denn die Neue für ein Interesse an dem Brunnen haben? Das ist doch absurd.» Er fühlte sich so müde heute, zudem ängstigte ihn eine innere Unruhe. Seine Frau durfte nichts davon erfahren, bestimmt steckte sie ihn mit Zwiebelwickel, einer heissen Wärmflasche und literweise Kamillentee ins Bett. Nein, Emma hatte keine Ahnung, dass er in den letzten Nächten geplagt worden war, und so wie es aussah, hatte *es* auch begonnen, ihn am Tag heimzusuchen.

Emma unterbrach seine Gedanken aufgeregt. «Nein, ich weiss es genau. Ich habe das Öl in der Pfanne erhitzt, und dann habe ich gesehen, wie sie etwas runtergeholt hat. Fast hätte ich vor lauter Aufregung vergessen, das Fleisch in die Pfanne zu geben.»

«Ja, ja, dui bisch ä Prichti.»

«Bigoscht, wenn ich es sage!»

«Also bitte schön, dann erzähl, was sie beim Bruder Klaus gesucht hat, dann kann ich endlich in Ruhe meine Rösti und die Leberli weiteressen, solange sie noch heiss sind.»

«Sie hat ein Baby heruntergeholt», flüsterte Emma Bucher.

«Etz hed s gschlagä.» Peter beeilte sich, das Kreuz über seiner Brust zu schlagen. Obwohl er zuerst die Worte seiner Frau als reines Geschwätz abgetan hatte, so beschlich ihn nun unvermittelt die wohlbekannte Angst. Er schaffte es nicht, ruhig zu bleiben und vernünftig zu denken. Die Unruhe wuchs, sein Herz schlug stolpernd weiter.

«Es war nackt, ganz ohne Haare, und auf der Brust hatte es einen dunklen Fleck.»

«Hör sofort auf, davon zu sprechen!», flüsterte Peter. «Das geht uns nichts an. Wir kümmern uns nicht um die Angelegenheit anderer Leute. Hast du verstanden? Ich verbiete dir, nochmals darüber zu sprechen.» Er wollte nichts mehr hören. Die Nacht hatte ihm arg zugesetzt, weitere Aufregung konnte er nicht brauchen.

«Mpfh.»

So oder so ähnlich tönte es an drei Esstischen zur Mittagszeit. Clara von Grünensteins Tat war nicht ganz so unbemerkt abgelaufen, wie Hanny es gern gehabt hätte.

# 3

Die fallenden Blätter bedeckten die vormals grünen Matten mit einem rotgoldenen Teppich. Die Kälte des Novemberregens drang den Menschen in Mark und Bein, Husten und lästiger Schnupfen plagten die Kleinen, und auch der beste Holundersirup vermochte nicht dagegen ankommen. Petrus meinte es in diesem Spätherbst nicht gut mit den Engenmattern, da heftiger Dauerregen die Wiesen durchtränkte und somit die Hänge in Bewegung brachte. Zwei hässliche Erdrutsche zerstörten bereits die Naturidylle, indem sie breite Schneisen in die Matten gefressen hatten.

Manch eine Hausfrau kämpfte in der einsamen Stube nicht nur gegen die Bedrückung der kurzen Tage, sondern auch mit der Dunkelheit, die der Regen mit sich führte. Brav verrichteten sie ihre täglichen Arbeiten, aber den wohltuenden Schwatz mit den Frauen des Quartiers vermissten sie schmerzlich. Sie hielten nichts davon, die Vormittage in einem Café zu verbringen, wie es die schicken Sarner Frauen im Talboden zu tun pflegten. Nur einen kurzen Café crème im Stybli, um Kraft zu tanken, erlaubten sie sich. In der Engenmatt war Fleiss, oder zumindest den Anschein desselbigen zu erwecken, eine wichtige Tugend.

Während der Sommermonate spielte sich das soziale Leben zwischen den Gemüsebeeten und dem Dorfbrunnen ab, zwischen den frisch gemähten Wiesen und der Wäscheleine mit den sauber gewaschenen Arbeitskleidern. Auch der tägliche Broteinkauf beim Bäcker streckte sich in die Länge, wenn man jeder entgegenkommenden Person einen Gruss entbieten wollte. Es konnte ja nicht sein, dass man weiterlief, ohne die aktuellste Neuigkeit auszutauschen. Das würde sich keine Frau in der Engenmatt getrauen, das gehörte sich einfach nicht.

Nur dem Pöstler Toni war es gelungen, in dieses weibliche Herrschaftsgebiet einzudringen, und er wurde von den Frauen stets belagert, da er sozusagen der Mittelpunkt dieses Informationskreises war. Auf seine Diskretion konnte die schweizerische

Post jedenfalls nicht zählen, auf seine Mitteilungsfreudigkeit den Frauen gegenüber umso mehr.

Um nicht ganz der dunklen Einsamkeit des Novembers zu verfallen, hatten es sich die Engenmatter Frauen angewöhnt, stets pünktlich um neun Uhr dreissig das tägliche Brot einzukaufen. So kam es, dass der Pöstler Toni, der meist ausgerechnet um diese Tageszeit Appetit auf ein frisches Gipfeli verspürte, in der Bäckerei stand und von wissbegierigen Frauen umlagert wurde.

«Hast du sie auch gesehen?»

«Meinst du diä Zuächägluffnig?», fragte Käthy Rohrer und schüttelte ihren Regenschirm aus, bevor sie ihn in den Schirmständer neben der Eingangstür stellte, wo inzwischen zwei weitere Exemplare einen kleinen See auf dem Linoleumboden hinterlassen hatten.

Emma Bucher nickte ihr mit grossen Augen zu. «Ja genau, die Neue. Also weisst du Bescheid?»

Käthy Rohrer und Emma Bucher, beides Frauen über fünfzig, bildeten zusammen mit Martha von Deschwanden, die soeben die Bäckerei betrat, den harten Kern dieser Runde. Eigentlich gehörte die junge Antonella Wagner ebenfalls dazu, jedoch war auf ihre Pünktlichkeit zurzeit kein Verlass, da das Baby sich noch nicht dazu bekehren liess, seine Stillzeiten mit dem Tagesablauf der Engenmatter abzustimmen.

«Nein, ich weiss nur, was mir der Toni erzählt hat, als er mir vor einer halben Stunde die Post gebracht hat», antwortete Käthy Rohrer.

Emma krauste die Nase. «Was hat er dir denn erzählt?»

«Dass die Neue wieder ein grosses Paket bekommen hat und er Mühe hatte, dieses auf seinem Töffli zu befestigen.»

Insgeheim frohlockte Emma, dass sie die Erste in der Bäckerei war, die die Neuigkeit verkünden konnte. Sie öffnete den Mund, um ihre Geschichte von der Rösti und den Leberli zu erzählen und was sie während des Kochens durch das Fenster hindurch beobachtet hatte, als die Verkäuferin Andrea ihren Namen aufrief.

«Frau Bucher, was darf es denn sein? Das helle Pfünderli, wie jeden Dienstag?»

Verärgert drehte Emma sich um und lächelte Andrea knapp an.

«Ja, bitte.» Hinter ihr ertönte schon wieder die Türklingel, und sie wurde nervös. Wenn ihr bloss niemand mit der Geschichte zuvorkam.

«Was darf es sonst noch sein?»

«Guten Morgen, zusammen», schniefte Martha von Deschwanden und zog ihre Nase hoch. «Das ist aber auch wieder ein Wetter heute.»

Emma Bucher beeilte sich, Andrea zu sagen, dass dies alles sei, obwohl sie furchtbar gern noch eine Cremeschnitte für den Nachmittag gekauft hätte, aber das hätte zu viel Zeit beansprucht, sie hörte schon, wie Käthy Rohrer und Martha von Deschwanden ein Gespräch miteinander begannen. Schnell kramte sie das Geld rappengenau aus ihrem Portemonnaie und stopfte das Pfünderli in ihren Korb.

Geschafft! Nun konnte sie sich in aller Ruhe darauf konzentrieren, ihre Geschichte über den Bruder Klaus mit dem Baby auf dem Kopf zu erzählen. Und vor allem, dass die Neue auf den Brunnen gestiegen sei, das Kleine heruntergeholt und mit nach Hause genommen habe. Man stelle sich vor, der nackte Säugling habe einen dunklen Fleck auf der Brust gehabt, das habe sie ganz genau erkennen können.

In diesem Moment öffnete sich die Tür zur Bäckerei erneut, und ein klatschnasser Pöstler Toni betrat den Laden. «Guten Morgen, die Damen. Was gibt's Neues?»

Emmas Augen begannen zu leuchten, als sie Atem holte, um endlich ihre Geschichte zu erzählen.

***

*Es* schlich sich wieder herum, Peter Bucher wusste es. Heute Nacht war *es* endgültig so weit. Das letzte Mal hatte *es* im letzten Moment von ihm abgelassen, aber jetzt kannte *es* keine Gnade mehr. Seine Füsse erstarrten zu Eis. Die Kälte kroch schnell nach oben. Zu schnell. Schon erreichte sie die Knie, die Oberschenkel, seine Hoden.

Blitzartig änderte sich die Eiseskälte zu einer glühenden Hitze, die ihm durch den Bauch bis in die Brust schoss. Magensäure brodelte hoch, ihm wurde schlecht, und er hatte das Gefühl, sich übergeben zu müssen. Sein Körper gehorchte ihm nicht mehr. Unfähig, die Finger zu heben, krallte Peter sie verzweifelt ins Leintuch, zehn menschliche Krallen zerrten den Stoff schlussendlich entzwei. Der Schmerz war unsäglich, und sein linker Arm verkrampfte sich immer mehr. Seine innere Unruhe, die ihn den ganzen Tag geplagt hatte, war nur der Vorbote dessen, was in dieser Nacht passierte. Peter versuchte, seine Emma auf sich aufmerksam zu machen. Herrgott noch mal, merkte seine Frau neben ihm denn nicht, dass er am Verrecken war?

***

Emma fehlte am nächsten Morgen um halb zehn in der Bäckerei. Die Regale hinter der Verkäuferin Andrea waren noch immer gut bestückt mit Ruchbrot, weissen und dunklen Pfünderli, in der Vitrine stapelten sich neben den Schinken- und Käsebroten die Vanillebrötli, Vogelnester und Nussstängel. Andrea in ihrer rosa Rüschenschürze zählte das Wechselgeld für den Pöstler Toni heraus, der sich soeben sein zweites Gipfeli in den Mund stopfte, als Käthy Rohrer ganz aufgeregt in den Laden gestürmt kam.

Sie schüttelte die Tropfen von ihrem Regenmantel und blickte sich um. «Ich bin zu spät, ich weiss», sprach sie ausser Atem, «aber ich musste in der Kapelle noch eine Kerze für Peter spenden.»

«Weshalb spendest du für Peter eine Kerze?», wunderte sich Toni und pflückte die Brosamen von seiner Jacke.

«Ja, hast du es denn nicht mitbekommen?»

Toni zog die Schultern hoch. «Was denn?» Er wirkte nicht sehr interessiert und war schon im Begriff, wieder aufzubrechen, als Martha eintrat und sich zu ihnen gesellte. Legte sie ansonsten viel Wert auf ein gepflegtes Äusseres, so wirkte sie heute leicht derangiert. Bereits zu dieser Stunde hatten sich einige Haarsträhnen aus dem Knoten gelöst, zudem war ihr Mantel falsch zugeknöpft.

Käthy beeilte sich, stellte ihre noch leere Einkaufstasche auf den Boden und begann zu berichten: «Peter, du weisst schon, der Mann von der Emma Bucher, hatte diese Nacht so schlimme Schmerzen in der Brust, dass er notfallmässig mit der Ambulanz ins Spital gebracht werden musste.» Sie machte hastig das Kreuzzeichen. «Hoffentlich ist es nichts allzu Schlimmes. Aber ein bisschen eigenartig ist es schon, dass er es ausgerechnet diese Nacht mit dem Herzen hatte. Du weisst doch, die von Grünenstein hat erst gestern ein Baby vom Brunnen geholt. Mit einem dunklen Mal auf dem Herzen …» Ängstlich hielt sie ihre Hand auf die Brust und atmete schnell ein und aus, als wäre sie die Nächste mit einem Herzleiden.

Toni stand ausnahmsweise sprachlos in der Bäckerei. Klatsch und Tratsch unter die Leute zu bringen, war das eine, aber wenn es einem Engenmatter schlecht ging, fühlte er sich persönlich getroffen. Dies war sein Dorf, und er mochte jeden Einwohner, egal welche Macken er oder sie aufwies. Den Bucher Peter kannte er sehr gut, schon manches Bier hatten sie im Stybli miteinander getrunken. Toni schnappte sich seine Mütze von der Theke, setzte sie auf und nickte den Damen zu.

Heute musste der Rest der Engenmatter etwas länger auf seine Post warten. Er beeilte sich, in die Kapelle zu gelangen, um dort ein Gebet für Peter zu sprechen.

***

Unterdessen beschäftigte sich Clara von Grünenstein mit ihrem neusten Auftrag. Ein Puppenbesitzer aus Basel hatte ihr ein kleines Püppchen geschickt, dem Arme und Beine abgefallen waren, mit der Bitte, es wieder vorzeigbar herzustellen. Clara begab sich an ihren Arbeitsplatz in der Puppenstube, um das einstmals geliebte Spielzeug zu flicken. Sie zog der Puppe das vergilbte weisse Kleidchen aus und bemühte sich, die zarte, in die Jahre gekommene Spitze nicht zu zerreissen. Als es dann nackt und blass vor ihr auf dem Arbeitstisch lag, legte Clara die separat eingepackten Extremitäten an die anatomisch korrekte Stelle. Sie drehte die Lampe so, dass sie besser in das Innere der Puppe sehen konnte. Das würde zwar aufgrund der geringen Grösse der Puppe eine ziemliche Fummelei werden, stellte aber keine grössere Herausforderung für sie dar. Sie musste die Arme und Beine jeweils einzeln mit neuen Gummibändern an den Haken im Puppentorso befestigen. Die Bänder hatten sich gelöst, weil die Befestigung im Laufe der Zeit brüchig geworden war. Die Augen und Haare der Puppe befanden sich noch in einem guten Zustand, sie würde das Puppenmädchen nach getaner Arbeit nur noch reinigen müssen. Clara suchte in den Schubladen das passende Werkzeug heraus, ebenso neues Gummiband, Reinigungsmittel und ein feines Baumwolltuch.

Sie zog das zurechtgeschnittene Band in die Öse des ersten Armes, als ihr Blick auf die Puppe fiel, die sie gestern Morgen auf dem Dorfbrunnen gefunden hatte. Sie wurde immer noch nicht schlau aus dieser Geschichte. Wer um Himmels willen legte eine unbekleidete Puppe, zumal eine ziemlich wertvolle, auf die Statue des Dorfbrunnens? Derjenige musste riskieren, gesehen zu werden, denn rund um den Dorfplatz standen Häuser, und die Engenmatter hatten stets ein waches Auge auf ihre Umgebung. Das hatte Clara in den wenigen Wochen, die sie bereits in diesem Quartier lebte, am eigenen Leib erfahren dürfen. Die Einkäufe auf dem Kassenband wurden mit trockenen Bemerkungen beurteilt. Sie nahmen halt Anteil am Leben der Nachbarn, gaben die Engenmatter zu, auch wenn sie zugestehen mussten, dass ein wenig Neugierde dabei war. Weshalb sonst äugten Männer und Frauen hinter dem Regal hervor, um zu erkennen, dass die von Grünenstein Singleportionen einkaufte?

Clara seufzte, legte das kleine Püppchen zur Seite und widmete sich nun ihrem Fundstück. Die Puppe war ungleich schwerer und hatte fast die Grösse eines Neugeborenen. Clara hielt sie aufrecht vor sich hin und wollte sie genauer begutachten, als sich eine schwarze Träne aus einer der leeren Augenhöhle löste und auf der bleichen Wange eine dunkle Spur zeichnete. Erschrocken liess sie die Puppe fallen und hielt sich die Hand auf das klopfende Herz. Sie sprang so schnell von ihrem Stuhl auf, dass dieser nach hinten kippte und mit einem lauten Knall auf den Holzboden krachte.

Clara schüttelte den Kopf. Da hatte sie sich fast noch irremachen lassen. Dabei war es doch nur Regenwasser, das sich in der Puppe gesammelt hatte, während diese draussen auf dem Heiligen lag. Sie ging in die Küche, füllte kaltes Leitungswasser in ein Glas und trank es in einem Zug aus. Ein schmerzhaftes Ziehen erinnerte Clara daran, dass bald Zeit für ihre Tabletten war. Mit einem prüfenden Blick aus dem Fenster stellte sie fest, dass es noch nicht zu schneien begonnen hatte, obwohl der Pöstler Toni genau dies heute Morgen, als er ein Paket bei ihr ablieferte, behauptet hatte. Sie würde also ohne grössere Mühe nach Sarnen hinunterfahren können.

Wieder etwas ruhiger, ging sie zurück in ihre Puppenstube, um sich erneut dem Findelkind zu widmen. Die alte Puppe lag in ein weiches Baumwolltuch gewickelt auf dem Arbeitstisch und wartete auf Clara. Hätte sie es nicht besser gewusst, sie hätte geglaubt, einen Säugling vor sich liegen zu haben. Sie nahm die Puppe hoch, wickelte sie aus dem Tuch und drehte sie um, damit sie nach der Markierung des Herstellers suchen konnte. Eine Schildkrötpuppe war es, daran bestand kein Zweifel. Die Markierung befand sich auf dem Nacken und war immer noch gut lesbar, obwohl die Puppe offensichtlich viele Jahrzehnte alt war. Das Celluloid war zwar etwas zerkratzt, aber ansonsten noch in Ordnung, keine gröberen Risse oder Dellen. Dass einer Puppe die Haare fehlten, kam öfters vor, es störte Clara nicht besonders, hingegen würde sie sich niemals an die toten Gesichter derjenigen Puppen gewöhnen, denen die Augen fehlten. Zwei dunkle Löcher dominierten das bleiche Gesichtchen und liessen es beängstigend leblos wirken. Die Augen waren es, die dem Kopf Leben einflössten, sie waren ein Zugang zum Inneren. Menschliche Augen offenbarten einem aufmerksamen Betrachter die wahre Stimmung der Person, obwohl diese vielleicht mit einem Lächeln die Traurigkeit zu überdecken suchte. Nein, die Augen waren von immenser Wichtigkeit, sie stellten eine Verbindung zwischen den Menschen her, wenn diese sich denn die Mühe machten, auch richtig hinzusehen. Manch einer sah, ohne das Wahre zu erkennen.

Blindlings langte Clara zum Regal über ihrem Kopf und tastete nach einem kleinen Spachtel. Behutsam kratzte sie damit den Dreck aus den Augenhöhlen und tupfte das herauslaufende Wasser ab. Sie bemerkte auf einmal, dass sie nicht daran gedacht hatte, ihre warmen Wollsocken überzustreifen. Ihre Wohnung war zwar ein prächtiger Altbau, was jedoch zur Folge hatte, dass im Winter stets mit kalten Füssen zu rechnen war. Und so wackelte Clara mit den Zehen, um die Durchblutung anzuregen. Im Hintergrund hörte sie die Kirchenglocken den Mittag einläuten. Sie zog die oberste Schreibtischschublade auf und griff nach der Lupe, etwas irritierte sie an der Puppe. Durch das Glas hindurch betrachtete sie das Celluloid, das eindeutige Gebrauchsspuren aufwies, die winzigen Hände und Füsse waren zerkratzter als der normalerweise bekleidete Bauch der Puppe. Alles entsprach der üblichen Abnutzung eines Spielzeugs, und dennoch wurde sie immer nervöser.

Claras Füsse schienen mittlerweile zu Eisklötzen gefroren, und wenn sie sich nicht erkälten wollte, musste sie sich schleunigst etwas Wärmeres überziehen. Frustriert legte sie die Schildkrötpuppe auf das grosse, weiche Tuch und wickelte sie vorsichtig darin ein. Ohne dass sie einen Grund hätte nennen können, wollte sie die Puppe verpackt wissen, solange sie nicht daran arbeitete. Langsam erhob sie sich, und sofort stach ihr das wohlbekannte Messer in den Rücken. Sie musste unbedingt hinunter nach Sarnen und sich neue Schmerzmittel besorgen, ihr Vorrat ging langsam, aber sicher dem Ende zu.

Am Abend würde sie sich nochmals dem Fundstück vom Brunnen widmen.

## *1645*

*Nachdem die Hebamme Halter ihre junge Lehrtochter verabschiedet hatte, beeilte sich Magdalena Zumstein, nach Hause zu kommen, um ihrem Vater zu helfen. Auf dem Nachhauseweg überlegte sie, was die schwarzen Kügelchen für eine Wirkung auf die Gebärenden hatte. Ihre Lehrerin schien so sehr auf dieses Mittel zu vertrauen, dass sie dieses verabreichte, obwohl deren Einsatz offensichtlich nicht geduldet war. Weshalb sonst hätte die Hebamme solch Wert auf Geheimhaltung gelegt? Magdalena schritt zügig aus, sie wollte vor dem Abendessen zu Hause sein.*

*Sie war eine junge kräftige Frau von erstaunlich starker Gesundheit, was sich auch darin zeigte, dass sie noch alle ihre Zähne besass und kaum einmal länger krank im Bett gelegen hatte. Was man von ihrer Mutter nicht behaupten konnte. Nachdem diese ihrem zehnten Kind, Magdalena, das Leben geschenkt hatte, war ihr Körper zu erschöpft gewesen, um sich zu erholen. Oftmals hatte Vater den Umstand verflucht, dass die Preise für Lebensmittel in die Höhe gestiegen waren. Es war ihm schlicht nicht möglich gewesen, seine im Wochenbett liegende Frau mit stärkender Brühe oder einem saftigen Stück Fleisch zu verwöhnen. Umringt von seinen sieben noch lebenden Kindern hatte er hilflos zusehen müssen, wie seine Frau immer mehr dahinsiechte und schlussendlich verstarb. Das Dorf, unglücklich gesegnet mit solchen Ereignissen, rückte zusammen und nahm sich seiner an. Als Erstes wurde Magdalena einer stillfreudigen Amme in die Arme gedrückt, die sich des Mädchens hingebungsvoll annahm. Anders als andere Männer, denen Ähnliches widerfahren war, weigerte sich Magdalenas Vater, noch einmal zu heiraten, um eine Mutter für seine Kinder und eine Frau im Haushalt zu haben.*

*Magdalenas älteste Schwester, kaum der Pubertät entwachsen, fügte sich klaglos in ihr Schicksal und übernahm die Führung des Hauses und mehr oder weniger erfolgreich die Erziehung ihrer Geschwister, während der Vater im Stall oder auf dem Feld beschäftigt war. Wenn es im Sommer galt, für den Winter das trockene Heu zu Ballen zu binden und im Stall zu stapeln, halfen alle Kinderhände fleissig mit, ein jedes nach seinem Können. Sogar die kleine Magdalena versuchte, mit ihren kleinen Fingerchen kleine Heukugeln zu formen. Wenn sie ausnahmsweise doch einmal unleidig wurde, band der Vater sie mit einem langen Strick um den Bauch an einem Baum an. So konnte sie nicht weglaufen und die steilen Hänge hinunterpurzeln, und der Rest der Familie vermochte zügig zu arbeiten.*

*Magdalena konnte sich nur wenig an diese Zeit erinnern. Obwohl der Verlust der Mutter in der Familie immer noch spürbar war, wurde Magdalena als Jüngste mit Liebe überschüttet. Vielleicht war dies auch dem Umstand zu verdanken, dass durch die üppige Fütterung durch die Amme Magdalena zu einem kugelrunden Kleinkind herangewachsen war, das geradezu zum Knuddeln und Schmusen einlud.*

*Die meisten ihrer Brüder arbeiteten als Knechte in der Fremde, nur der Älteste war auf dem Hof des Vaters geblieben, um dessen Betrieb einmal weiterzuführen. Solange Josef sich keine Braut ausgesucht hatte, war es Magdalena und ihrer ältesten Schwester Hedwig überlassen, den Haushalt zu führen. Nur mit viel gutem Zureden hatte der Vater eingewilligt, dass Magdalena bei der Hebamme Halter in die Lehre gehen durfte. Hedwig, auf die der Vater zu hören pflegte, hatte ein gutes Wort für sie eingelegt, obwohl er eigentlich der Meinung war, dass ein Mädchen keine Bildung brauchte, sondern schnellstmöglich heiraten und eine Familie gründen sollte. Nicht auszudenken, wenn alle Weibsbilder auf solche Ideen kämen. Das Land würde innert kürzester Zeit daniedersinken.*

## 4

Am liebsten würde er Auf Wiedersehen sagen und einfach seines Weges gehen. Ohne einen Blick zurückzuwerfen, laufen, laufen, niemals an den Ort des Geschehens zurückkehren. Frei sein. Kein Bedauern, kein schlechtes Gewissen, das ihn hält. Nein, noch war die Zeit dafür nicht gekommen. Er musste bleiben. Noch.

Vergessen wollte er dieses Dorf und seine Einwohner. Sollte der Teufel sie alle holen, ihm war das egal. Nur ein einziger Mensch sollte verschont bleiben, vielleicht auch zwei. Seine Beine zuckten unkontrolliert, die Spannung in seinem Innern zerriss ihn fast, liess seinen Puls rasen und ihn nachts nicht schlafen. Bewegung war das Einzige, was ihn zur Ruhe brachte.

Er musste sich bewegen während Tagen und Wochen, immer weiterlaufen, auf den Strassen und Wegen vorankommen. Kälte und Hitze ignorieren. Noch musste er bleiben, seine Aufgabe war noch nicht erfüllt. Nichts würde er mitnehmen, keine Fotos, Bilder, Briefe. Am allerwenigsten seine Erinnerungen an das Blut. Niemals würde er verzeihen können.

Er glitt mit der Hand unter sein Hemd und strich sich mit klammen Fingern über die nackte Brust, fuhr den Rippen nach, die hart durch die Haut zu fühlen waren. An dieser Stelle hatte es den Bucher Peter geplagt, er hatte es durch das Fenster gesehen. *Es* suchte sich mit Vorliebe die Brust aus. Die Buchers zogen die Gardinen nie recht zu, und wenn er sich auf die Zehenspitzen stellte, konnte er sie beim Schlafen beobachten. Er hatte gemerkt, dass der Peter in der Nacht geplagt wurde, *es* hatte sich durch die Ritzen der Holzwand geschlichen und sich auf dessen Brust gesetzt, bis ihm das Atmen immer schwererfiel. Valentin hatte beobachtet, wie Peters Finger sich im Bettlaken festkrallten, während seine Frau den Schlaf der Gerechten schlief. In der letzten Nacht ist *es* wiedergekommen und hatte sich länger als sonst auf Peters Brust gelegt, bis der sich derart vor Schmerzen gekrümmt hatte, dass endlich seine Frau aufwachte.

Valentin fragte sich, welche Person als Nächstes heimgesucht werden würde. Unvermittelt kam ihm Clara in den Sinn.

Clara von Grünenstein jedoch hatte weder Zeit noch Lust, sich um andere zu kümmern. Wie eine Süchtige war sie auf der Suche nach ihrem Stoff.

Sie schlüpfte in ihren beigen Wintermantel, stieg in die Lederstiefel und huschte von der Haustür zu ihrem weissen Opel Corsa. Schon waren ihre hochgesteckten Haare nass und schwer und lösten sich aus der Spange. Dummerweise hatte sie vergessen, im Trockenen nach den Autoschlüsseln zu suchen, und nun musste sie im strömenden Regen in ihrer Handtasche wühlen. Ihre Hand ertastete einen Lippenstift, zerknüllte Taschentücher und einen Tampon, bevor sich ihre Finger endlich um das kühle Metall schlossen. Eilig zog sie den Schlüssel aus der Tasche und öffnete die Tür. Sie liess sich schwer in den Autositz fallen, was das Messer in ihrem Rücken zu einer weiteren Umdrehung veranlasste. Clara wurde schlecht vor Schmerzen, und sie widerstand nur schwer der Versuchung, sich die starken Tropfen gegen die Schmerzen zu erlauben. Wenn sie dieses Schmerzmittel einnehmen würde, wäre sie für den Rest des Tages ausser Gefecht gesetzt. Zwar schmerzfrei, aber auch so müde und lethargisch, dass sie zu keiner intellektuellen Tätigkeit mehr fähig wäre. Und Autofahren gehörte definitiv dazu.

Clara atmete tief ein und aus. Zog die kalte Luft hinunter bis zu ihrem Bauchnabel und stiess sie dann wieder fest aus, so wie sie es bei ihrer Schmerztherapeutin gelernt hatte. Sie musste heute noch nach Sarnen fahren, sonst würden ihr für den Notfall die Medikamente ausgehen. Alles andere bekam sie in der Engenmatt, aber nur der Apotheke war es gegen ein ärztliches Rezept erlaubt, das Analgetikum zu verkaufen.

Clara atmete ein letztes Mal tief durch und startete dann den Motor. Sie drehte die Heizung hoch und wartete, bis die Scheibe nicht mehr beschlagen war. Unterdessen kramte sie in der Mittelkonsole nach einer zu ihrer Laune passenden Musik. Entspannungsmusik wäre das Ideale, um sich von den Schmerzen abzulenken, auch wenn sie alles andere als entspannt war. Ihrer

Freundin Hanny hatte sie bei der Beerdigung ihres Vaters zwar nicht beistehen können, aber die darauffolgende Nacht hatte arg an ihren Kräften gezerrt. Obwohl sie hundemüde gewesen war, hatte sie bis weit in die frühen Morgenstunden mit Hanny in der Stube gesessen und eine Weinflasche nach der anderen geleert. Die Suche nach Valentin und der Fund der eigenartigen Puppe hatten sie erschöpft. Und zu guter Letzt war Valentin mit ihrem Bären in der Hand in der Küche aufgetaucht. Warum um alles in der Welt hatte er diesen Bären ausgesucht? Warum nicht eine von den unzähligen Puppen in ihrer Werkstatt? Nein, ausgerechnet der Bär. Sie wagte es nicht, dies als Zufall abzutun.

Die Lüftung im Auto hatte die Sicht so weit geklärt, dass Clara es wagen konnte, die Handbremse zu lösen und loszufahren. Mit der rechten Hand stopfte sie Carl Orffs «Carmina Burana» in den Player und steuerte rückwärts aus dem Parkplatz. An der Engenmattstrasse fuhr sie nicht nach rechts in Richtung Dorfplatz, Bruder Klaus und Stybli, sondern bog links ab. Nachdem sie einige hundert Meter in Richtung Sarnen gefahren war, passierte sie im Wald eine Sägerei, die heutzutage nur noch selten in Betrieb war. Sie sinnierte darüber, dass altes Handwerk immer mehr verdrängt wurde, es war wohl nur noch eine Frage der Zeit, bis die Leute auch ihrer nicht mehr bedurften. Eine Puppenklinik war in Zeiten des Plastikspielzeugs aus China kaum mehr rentabel. Glücklicherweise verfügte sie über genügend ererbtes Eigenkapital, um sich diesen Beruf leisten zu können.

Clara drehte die Lautstärke nochmals etwas höher, als plötzlich ein Schatten vor der Windschutzscheibe vorbeischoss. Reflexartig stieg Clara heftig in die Bremsen, und der kleine Corsa kam schlitternd aus der Spur. Verzweifelt versuchte sie gegenzusteuern, konnte aber nicht mehr verhindern, dass das Auto quer zur Fahrbahn zum Stehen kam. Der Motor starb ab. Clara öffnete die Fahrertür und versuchte auszusteigen. Das Messer in ihrem Kreuz stach besonders heftig, und Tränen liefen ihr über die Wange.

Was oder wen hatte sie überfahren? Hatte sie jemanden tatsächlich erwischt oder nur gestreift? Ihr Puls pochte heftig an der Schläfe, und noch immer schaffte sie es nicht, sich zu erheben, sie war an den Sitz gefesselt. Sie spürte eine Bewegung vor ihrem

Kopf und atmete den Duft des Waldes ein. Ein Arm strich über ihre Brust hinunter zur Hüfte. Clara zappelte verzweifelt, blind vor Panik und Schmerz. Bis sie ein Klicken hörte und die Fesseln sich lösten. Eine Hand griff nach ihrem Schal und trocknete damit ihre Tränen. Clara blinzelte noch ein paarmal und blickte in Valentins dunkle Augen.

Sie konnte nicht verstehen, was hier soeben geschehen war, nur so viel wusste sie: Sie hatte sich erschrocken und war in Panik geraten. Valentin deutete auf den Sicherheitsgurt, den er für sie geöffnet hatte, und sie begriff, dass sie sich soeben aufs Höchste blamiert hatte. Von wegen an den Autositz gefesselt.

Ach du meine Güte! Eine kleine leise Stimme flüsterte in ihrem Hinterkopf, dass Valentin dies zum Glück niemandem weitererzählen konnte.

«Jemand ist mir vor das Auto gesprungen, und ich konnte nicht ausweichen», stammelte sie, nachdem sie es endlich geschafft hatte, aus dem Auto auszusteigen und sich aufzurichten. Das Messer stach noch einige Male zu, gab dann jedoch Ruhe.

Valentin deutete auf sich und zog mit einem schiefen Grinsen die Schultern hoch.

«Nun, Valentin, ich möchte hinunter nach Sarnen. Willst du vielleicht mitfahren?», fragte Clara mit einem Seufzer.

Valentin zögerte keinen Moment und schritt ohne weitere Worte zur Beifahrertür. Clara stieg ebenfalls ein und startete den Motor neu. Sofort schallte Orffs «Carmina» in den Wald, und sie wollte schnell nach der Aus-Taste greifen. Valentin jedoch kam ihr zuvor und korrigierte die Lautstärke etwas nach unten. Clara schaute ihn erstaunt an. Zum ersten Mal betrachtete sie sein Gesicht als das eines Mannes und nicht als das Gesicht des stummen Bruders von Hanny.

Er deutete auf den CD-Player und forderte sie auf, genauer hinzuhören.

«Carmina Burana» begann mit einem gewaltigen Schlag der Pauken, die das Musikstück kraftvoll und bestimmt vorantrieben. Zwischendurch spielten filigran die Streicher, als ob sie versuchten, dem machtvollen Rhythmus der Pauken zu entfliehen. Unvergleichlich und typisch für dieses Stück war der Chor, der abwechselnd mächtig und prall die lateinische Geschichte erzählte, nur um sofort wieder in leisen Gesang zu wechseln. Eine Dramatik, die nur die Musik zu vermitteln vermochte.

Valentins Mund öffnete sich, und Clara beobachtete erstaunt, wie sein Mund die Worte formte. Valentin schien zu sprechen. Lautlos zwar und lediglich geliehene Worte, aber er kommunizierte auf eine Art und Weise, die Clara nicht für möglich gehalten hatte.

Es war höchste Zeit, das Auto von der Strasse zu bringen. Etwas verwirrt schüttelte sie den Kopf und konzentrierte sich dann auf das Wendemanöver. Zum Glück war die Engenmattstrasse nur spärlich befahren, und niemand war just in dem Augenblick aus der Kurve gekommen, als der Opel Corsa quer zur Fahrbahn stand. Nun ja, die Engenmatter hatten wohl recht damit, dass der Ausbau der Strasse noch warten konnte, da so wenige Autofahrer diese Strecke benutzten. Hätten sie jedoch gesehen, wie knapp Clara von Grünenstein dem Abgrund entkommen war, hätten sie sich die Sache vielleicht nochmals überlegt.

Schweigend fuhren sie aus dem Wald hinaus und konnten durch den Nebel die Turmspitze der Pfarrkirche Sankt Peter und Paul erkennen. Nichts war zu sehen von ihrer barocken Fülle, grau in grau präsentierte sie ihre zwei prallen Zwiebeln auf den Türmen. Clara trat auf die Bremse und gelangte an die Kreuzung unterhalb der Kirche. Die Gaststube Mühle präsentierte auf ihrer Tafel die vegetarischen Mittagsmenüs, während auf der gegenüberliegenden Strassenseite der Peterhof Werbung für seine Metzgete machte.

Clara fuhr entlang des Goldmattquartiers hinunter bis zu den Schulhäusern des Hauptortes. Von frisch renoviertem Klassizismus bis hin zu moderner Architektur mit strenger Optik erlebten die Sarner Kinder ihren Schulalltag in prächtigen Häusern. Auf dem Dorfplatz suchte Clara vergebens nach einem Parkplatz, weshalb Valentin sie per Handzeichen durch verwinkelte Strässchen führte, bis sie schlussendlich das Auto in der Milchstrasse, bezeichnenderweise befand sich diese entlang der früheren Molkerei, doch noch parkieren konnten. Allein hätte Clara sich hier nicht zurechtgefunden, war sie doch erst vor einigen Monaten in die Engenmatt gezogen und deshalb in Sarnen noch ziemlich ortsunkundig.

Nachdem sie ausgestiegen waren, ging Valentin zu Clara und hob die Arme zu ihrem Gesicht. Instinktiv war Clara versucht, einen Schritt zurückzutreten, entschied sich aber im letzten Augenblick dagegen.

Valentin strich ihren Mantelkragen glatt und nickte dann. Mit seinen Fingern deutete er auf sich, seine Uhr und zeigte anschliessend auf den Boden. Sein Gesicht hatte einen fragenden Ausdruck angenommen.

Clara vermutete, dass er wissen wollte, wann er wieder hier zu sein hatte, falls er mit ihr wieder hoch in die Engenmatt fahren möchte. Nach einem Blick auf ihre eigene Uhr bemerkte Clara, dass die Zeit schon fortgeschrittener war, als sie angenommen hatte. Bei der Restauration der Puppen war ihr jegliches Zeitgefühl abhandengekommen, das passierte ihr immer wieder. Nun war schon halb fünf, und die Abenddämmerung nahte schnell. Sie wollte noch in die Apotheke und anschliessend einige persönliche Dinge im Einkaufszentrum besorgen. Die Nachbarn mussten ja nicht alles wissen. Obwohl Clara erst seit kurzer Zeit in der Engenmatt wohnte, hatte sie deren Einkaufsverhalten unbewusst übernommen. Alltägliche Dinge wie Lebensmittel oder Waschpulver besorgte man sich im kleinen Dorfladen am Engenmatter Dorfplatz. Für persönliche Einkäufe jedoch fuhr man hinunter nach Sarnen zu einem Grossverteiler und kaufte dort mehr oder weniger anonym ein. Nicht auszudenken das Gerede, das es gäbe, wenn die Engenmatter bemerkten, dass die frischgebackene Mutter Antonella einen Rotwein kaufte, um ihre Lebensgeister, wie sie es nannte, wiederzuerwecken. Die Jungen hatten es in der Engenmatt besonders schwer. Wenn ein junger Mann zum ersten Mal eine Rasierklinge im Dorfladen einzukaufen gedachte, wurde er mit liebevollen, aber durchaus auch verwirrenden Sprüchen bombardiert. Von einem Ladyshave oder gar Kondomen konnte keine Rede sein, das fand sich in keinem Geschäft in der Engenmatt.

«Wenn du um sechs Uhr wieder hier bist, kannst du mit mir hochfahren, in Ordnung?»

Valentin nickte, und ohne eine weitere Verabschiedung wandte er sich ab und schritt in die Gegenrichtung davon.

Clara wunderte sich, was Valentin in Sarnen vorhatte, aber sie konnte ihn ja unmöglich fragen.

Sie beschloss, sich als Erstes ihre Medikamente zu holen, alles andere schien ihr im Moment eher zweitrangig.

***

Der Nebel lichtete sich nur zögerlich, schlich klandestin in die dunkle Nacht davon. Fahle Schatten nahmen Formen an, nur um sich sogleich wieder zu wandeln, kein Sonnenlicht drang hindurch, nur tiefste Düsternis, von grauem Halblicht durchbrochen.

«Komm, komm.» Eine zarte Stimme erweckte Peter Buchers Aufmerksamkeit, liess ihn aufhorchen. Ein sanftes Locken weiblicher Unschuld. Er sehnte sich danach, mehr von ihr zu hören, dürstete nach Zärtlichkeit in dunkelster Nacht, wollte kosten, ergreifen, darin ertrinken.

«Komm, komm, ich bring dich weg von hier.»

Die geflüsterten Worte durchdrangen sein Innerstes, liessen sein Herz bluten, tonnenschwer wiegen. Die Zeit stand still, als der Nebel Peter in dichte Watte hüllte und er sich vorsichtig dem Zipfämeitli näherte.

«Komm, komm. Du musst nicht mehr leiden. Komm.» Das Mädchen begann die Worte in leisen, hohen Tönen zu singen, es lockte ihn.

Und sein Sehnen wurde schier unerträglich, er wollte es, er wollte es unbedingt. Endlich erkannte er in einiger Entfernung die kleine, magere Gestalt eines Mädchens in einfachem Leinengewand, das ihm wohl kaum bis zu den Knien reichte. Er versuchte, das Gesicht zu erkennen, da jedoch die Unschärfe wieder zunahm, machte er lediglich zwei schwarze Löcher aus, die ihn anstarrten. Sie zogen ihn in ihren Bann, lockten und liebkosten ihn zugleich. Wohl wusste er, dass dies unmöglich war, aber er spürte den Blick auf seiner Haut und gab sich diesem nur zu gern hin, auch wenn dieser kalt über seine Haare, beidseits die Schläfen hinunter bis zum Kinn glitt.

Das Mädchen neigte langsam seinen Kopf zur Seite, nur ein wenig, und von unten blickten ihn die Augen flehend an. «Komm, komm», bettelte es. «Komm, ich werde lieb zu dir sein.» Die verheissungsvollen Augen fuhren seine faltigen Lippen entlang, hauchten eisigen Atem darauf, suchten knabbernd seinen Mund zu öffnen und in ihn einzudringen.

Ja, er wollte es, er wollte dem Mädchen folgen, wollte sich der lockenden Macht dieses Wesens hingeben. Wieder strich ein Nebelstreif zwischen ihnen hindurch, dichter als die vorhergegangenen. Liess ihn verzweifeln. Wo war sie? Peter konnte durch den Nebel das Mädchen nicht mehr ausfindig machen, er blickte in graues Nichts. Lediglich die verfilzten Haare, die dem Mädchen wirr vom Kopf abstanden, vermochte er mehr zu erahnen, als zu erkennen. Unvermittelt löste sich der Nebel auf, und er blickte entsetzt in das Gesicht des Mädchens. Es wurde von einem weit geöffneten Mund dominiert, aus welchem ihn spitze, schwarz gefleckte Zähne anfletschten.

Peter Bucher schreckte auf. Seine Augenlider wogen zu schwer, als er sie zu heben versuchte, besser bestellt war es zum Glück um seinen Gehörsinn. Die Töne fanden ihren Weg ins Gehirn, jedoch war dieses von den kürzlich erlebten Strapazen und den starken Medikamenten noch in einem Zustand, den man am ehesten mit einer geistigen Umnachtung umschreiben könnte. Ein leises Piepen drang zu ihm durch, und im Hintergrund vermochte er die Stimme seiner Frau auszumachen, die leise den Rosenkranz betete.

«Gebenedeit seist du Maria, voll der Gnaden.»

Er wunderte sich, weshalb Emma mitten am Tag betete. Von Weitem hörte er seine Frau nach der Schwester rufen. Er fühlte sich müde und erschöpft. Die Augenlider fielen ihm zu.

Als er das zweite Mal erwachte, war es derart ruhig um ihn, dass er fürchtete, nun auch noch mit Taubheit geschlagen worden zu sein. Immerhin gelang es ihm, die Augen zu öffnen. Der Mund seiner Frau war das Erste, was er erblickte. Die Lippen leicht geöffnet, zog dieser mit einer wohltuenden Regelmässigkeit den Atem ein, stiess ihn wieder aus, der kleine Speicheltropfen auf den Lippen trotzte der Schwerkraft und verharrte am Ort. Emma sass zusammengesunken auf einem Plastikstuhl neben seinem Bett und war erschöpft eingeschlafen. Ihre ansonsten akkurat frisierten Haare lockten sich grau und ungezähmt an ihren Schläfen. Peters Herz erwärmte sich. In seinem linken Handrücken steckte eine Infusionsnadel, dick mit Heftpflaster bedeckt, von der mehrere Schläuche nach oben zu einem Ständer führten, von dem wiederum mehrere Beutel herunterhingen.

Sieht aus wie ein Christbaum, dachte er vernebelt. Peter stellte erstaunt fest, dass ihm dies gefiel. Nachdem er an sich hinuntergeblickt und erkannt hatte, dass noch alles an ihm dran war, was man als rechtschaffener Mann haben musste, schaute er sich das Krankenzimmer genauer an. Ein schlichtes Holzkreuz, in sündigem Rot, an der gegenüberliegenden Wand, die Lamellenstoren schräg gestellt, das Fenster geschlossen. Die Luft war stickig im Spitalzimmer. Er lag in einem Zwei-Bett-Zimmer, wobei der Nachbar momentan ausgeflogen war, vermutlich auf der Suche nach einer verbotenen Süssigkeit, einer heimlichen Raucherecke oder einem Schluck Schnaps.

Peter ortete einen grau karierten Morgenmantel am Kleiderhaken und ein halb ausgetrunkenes Glas Tee. Sofort verspürte er mächtigen Durst. Als er sich aufzurichten versuchte, konnte er sich ein Stöhnen nicht verkneifen. Sein Brustkorb wollte ihm nicht gehorchen, als ob eine schwere Last ihn daniederdrückte, er vermochte lediglich seinen Kopf zu heben. Sofort liess ihn ein heftiger Drehschwindel innehalten, ihm wurde schlecht, und in seinen Ohren pfiff ein Teekessel. Das Karussell stand erst still, nachdem er den Kopf wieder in das Kissen gebettet hatte.

Emma wurde von der Unruhe ihres Mannes geweckt und eilte besorgt an dessen Bett. «Gott sei Dank!» Sie strich ihm über die Stirn. «Ich hab dich wieder. Hast du mir eine Angst eingejagt. Wie geht es dir?»

Peter wollte antworten, brachte aber nur ein klägliches Krächzen zustande. Sein Blick suchte das Glas auf dem Nachttisch, und Emma, seine gute Seele, verstand ihn auch ohne Worte. Vorsichtig hob sie mit einer Hand seinen Kopf an und hielt ihm das Getränk an die rissigen Lippen. Peter trank gierig, bis alles ausgetrunken war, dann fiel er erschöpft zurück. Aber etwas wollte er noch loswerden, bevor er sich wieder dem Schlaf hingab, es war zu wichtig. Sein Herz war nicht einverstanden mit dieser Aufregung, der Überwachungsmonitor begann zu piepen.

Er öffnete seinen Mund und versuchte, die Worte auszusprechen, vor allem das eine, das ihn so sehr plagte. Seine Stimme wollte ihm jedoch nicht gehorchen. Emma trat noch näher an ihn heran und hielt ihr Ohr dicht an seinen Mund. Ihre Haare kitzelten an seiner Nase, als er das Wort nochmals zu formulieren versuchte. Heiser gelang es ihm schliesslich, das eine letzte Wort auszusprechen.

«Toggeli!»

***

Clara hatte es nicht geschafft, das passende Antirheumatikum in der Löwenapotheke zu bekommen, da dieses, wie ihr die nette Dame erklärt hatte, bestellt werden müsse und erst am nächsten Tag gegen Mittag geliefert werden könne. Das nächste Mal solle sie bitte vorher anrufen. Ob sie ein Generika wolle? Nein, wollte sie nicht, davon hatte sie das letzte Mal dermassen Magenkrämpfe bekommen, dass sie die Nacht auf der Toilette verbringen musste, das war überhaupt nicht lustig. Dann doch lieber eine durchwachte Nacht aufgrund von Schmerzen, was bedeutete, dass sie durch die Zimmer wandeln würde, bevor sie im Stundentakt versuchte, doch noch in den Schlaf zu finden. Clara beschloss, ihre eigene Vergesslichkeit selten dämlich zu finden. Vor lauter Frust kaufte sie sich einen Badezusatz, der deutlich teurer war, als es sich für eine Seife gehörte, jedoch herrlich nach Lavendel duftete.

Nach dem missglückten Einkaufsversuch in der Apotheke stellte sie fest, dass ihr noch eine Stunde Zeit blieb bis zum ausgemachten Treffpunkt mit Valentin. Die grossen Einkaufszentren schienen ihr wenig verlockend, da Rückenschmerzen prinzipiell mit schlechter Laune einhergingen. Sie entschied, dem Sarner Jesuskindlein einen Besuch abzustatten.

Clara wickelte den Schal enger um ihren Hals, richtete den Mantelkragen hoch und musste unvermittelt an Valentin denken. Wie konnte der erste Eindruck nur so täuschen? Während zweier Monate hatte sie ihn nicht ernst genommen, musste sie sich beschämt eingestehen. Sie hatte von seiner Stummheit auf seinen Intellekt geschlossen. Täuschte sie sich, oder war Valentins Geist wacher, als es den Anschein machte? Nun, die Engenmatter behandelten ihn nach wie vor wie ein Kleinkind.

Mittlerweile war es gänzlich dunkel geworden, und der Dauerregen hatte sich in ein feines Nieseln verwandelt. Beim prächtigen Roten Haus aus dem 16. Jahrhundert, die auffallende Farbe wies den ehemaligen Besitzer als Landammann aus, bog sie links ab, und schon konnte sie die hohen Grundstücksmauern des Frauenklosters Sankt Andreas erkennen. Clara konnte sich nur noch sehr vage an das Innere der Kirche erinnern, und dies waren keine guten Erinnerungen. Das rundbogige Portal liess sich mit einer im Vergleich zur mächtigen Tür filigran wirkenden Klinke öffnen, und Clara trat ein.

Sobald die Tür hinter ihr ins Schloss gefallen war, umgab sie wohltuende Stille. Obwohl mitten im Zentrum des Kantonshauptortes, fand sie sich allein in einer Oase der Ruhe wieder. Die Kirche wirkte erstaunlich modern mit ihrer sich nach oben hin verjüngenden Holzdecke. Im Altar prangte ein gewaltiger Kristall, der eine königliche Würde ausstrahlte, die Gold niemals erreichen würde. Und da sah sie das Kindlein. Leicht erhöht in einer Glasvitrine thronte das Sarner Jesuskind in kostbarsten Gewändern. Das zarte Gesichtchen war von einer fein geschmiedeten Goldaureole eingerahmt und der Körper in grünes, mit Edelsteinen geschmücktes Tuch gehüllt. Laut einer Legende aus dem Jahr 1634 besass das Sarner Jesuskind eine wundersame Kraft und wird seither vor allem von schwangeren Frauen und Kindern aufgesucht und um Rat und Hilfe gebeten.

Durch die schmalen Fenster drang nur schwach das Licht der Strassenlaternen, und das Flackern der vielen elektrischen Kerzen, von Betenden angezündet, liess zuckende Schatten an den Wänden entstehen. Das Kloster Sankt Andreas, das bereits sein vierhundertjähriges Bestehen feiern konnte, wurde nur noch von acht Schwestern bewohnt, die einerseits sehr zurückgezogen lebten, andererseits auch via Internet aktiv am modernen Leben teilnahmen. Vom Blick der Kirchgänger verborgen, konnten die Ordensfrauen der Messe beiwohnen, und ihre Stimmen erfüllten die Grösse des Raumes mit Leichtigkeit.

Clara ging nach vorne zum Altar, setzte sich auf eine Bank, schloss die Augen und dachte über die vergangenen Monate nach. Es war ihr nicht schwergefallen, sich von ihrem Stiefvater zu trennen. Böse war er zu ihr nicht gewesen, keineswegs, eher hatten sie in einer Gleichgültigkeit nebeneinanderher gelebt, seitdem ihre Mutter, seine Ehefrau, verstorben war. Ein Stich schoss in Claras Herz, und sie unterdrückte ein Schluchzen. Sie hatte Hanny in dieser weingeschwängerten Nacht versprochen, dass der Schmerz über den Verlust mit der Zeit nachlassen würde. Hier, an diesem Ort der Besinnung, musste Clara eingestehen, dass sie nicht nur Hanny, sondern auch sich selbst mit diesem Satz belogen hatte. Der Schmerz hatte keineswegs nachgelassen. Sie vermisste ihre Mutter täglich. Obwohl deren Tod schlussendlich eine Erlösung von grossem Leiden gewesen war, fehlte sie. Clara erinnerte sich an die Worte ihrer Mutter auf dem Sterbebett. Worte, die ihre Welt aus den Angeln gehoben und sie in die Engenmatt geführt hatten.

Clara stand auf und stellte sich vor den Kerzenständer, der gefüllt war mit brennenden Kerzen, elektrischen zwar, aber immerhin. Sie liess sechs Franken in das Metallkässeli an der Seite fallen. Es schien, als ob in dieser dunklen Jahreszeit die Menschen besonderen Schutzes bedurften. Zuerst zündete sie eine Kerze für ihren schon lange verstorbenen Vater an, an den sie sich leider nicht mehr erinnern konnte, war er doch kurz nach ihrer Geburt bei einem Arbeitsunfall in der Sägerei verstorben. Ihre Trauer vermischte sich mit dem schalen Beigeschmack, niemals das Gefühl beschützender Vaterarme erfahren zu haben. Ihrer Mutter widmete sie die zweite Kerze, und lange hielt sie stumme Zwiesprache mit ihr.

Weshalb hast du mir nie etwas davon erzählt, als noch Zeit gewesen wäre? Wir hätten gemeinsam auf die Suche gehen können.

Claras Finger umschlossen die dritte Kerze, sie spürte das kalte Metall in ihrer Hand, Wachs wäre ihr lieber gewesen. Sie würde es nicht über sich bringen, die Kerze anzuzünden, die Erinnerungen wogen zu schwer. Tief ein- und ausatmend blickte sie in die flackernden Flammen. Ein Gesicht tauchte darin auf, Clara erkannte weit aufgerissene Augen und einen verzerrten Mund. Die Haare gingen fliessend in die Flammen über, zuckten, flatterten. Mit einem Schrei liess sie die Kerze fallen und eilte aus der Kirche in die Dunkelheit hinaus. Nein, noch war der Zeitpunkt nicht gekommen, sich den Geistern der Vergangenheit zu stellen.

Valentin wartete am ausgemachten Treffpunkt auf Clara und dachte immer wieder an ihre unbedeckte Haut, die kleine Stelle hinter dem Ohr, wo er den pulsierenden Herzschlag erahnte. Viel zu schnell war das Pochen, und er hatte nicht widerstehen können, ihr den Schal enger um den Hals gebunden, viel umständlicher, als es nötig gewesen wäre. Das Kleidungsstück war Valentin herzlich egal, es war ihre nackte Haut gewesen, die er berühren wollte. Die bloss gelegte, nackte Haut lockte ihn. Daran zu riechen, zu schmecken, reinzubeissen. Da er befürchtete, die Kontrolle über sich zu verlieren, hatte er ihren Hals mit dem Schal bedecken müssen. Nicht auszudenken, wenn er hier auf diesem Parkplatz seiner Lust nachgegeben und sie damit überfordert hätte.

Obwohl ihm die meisten Mitmenschen ein Gräuel waren, mit Clara fühlte er sich auf eine seltsame Weise verbunden. Noch konnte er ihr Verhalten ihm gegenüber nicht richtig einschätzen. Vielleicht wartete sie nur darauf, dass er aktiv wurde? Menschen, insbesondere das Wyybervolch, fand er schwierig zu verstehen.

Wenig später sass er neben ihr im Wagen. Sie schien ihn kaum wahrzunehmen, fuhr das Auto ruckartig und deutlich zu schnell den Berg zur Engenmatt hinauf. Er hatte sie beruhigen wollen, aber wie denn, wenn man keine Stimme hatte und es nicht wagen durfte, den Blick des Fahrers auf sich zu lenken?

Die zumeist zweigeschossigen Häuser der Engenmatt waren nur schemenhaft in der Dunkelheit zu erkennen, lediglich die erleuchteten Fenster durchbrachen die Finsternis. Hinter einem dieser Fenster schleppte sich Clara ins Badezimmer, liess heisses Wasser in die Wanne laufen und hoffte, dass die anderen Hausbewohner das warme Wasser noch nicht aufgebraucht hatten. Das Messer in ihrem Rücken glich einem rotierenden Torpedo, und der Schmerz raubte ihr den Atem. Zu allem Übel hatte sie eine ausgewachsene Stinklaune. Mit Tränen in den Augen durchsuchte sie ihre Badezimmerschränke, warf die Pflegeprodukte hektisch auf den Boden und suchte verzweifelt nach einer ausreichend starken Schmerztablette, die ihr Leiden etwas dämpfen würde. Vielleicht hätte sie doch auf die Apothekerin hören und das Generikum kaufen sollen. Eine Nacht mit Magenkrämpfen auf der Toilette zu verbringen, schien ihr jetzt verlockender, als diesen Schmerz auszuhalten. In ihrer Verzweiflung schluckte sie zwei rezeptfreie Schmerztabletten, obwohl sie wusste, dass diese nichts brachten ausser Übelkeit.

Sie überlegte kurz, ob sie noch einen Whisky hinterherspülen sollte, entschied sich dann aber doch dagegen. Mühsam schlüpfte sie aus der Hose, quälte sich mit den Socken ab. Das Messer liess nicht zu, dass sie sich bückte. Endlich hatte sie es geschafft, sich von diesen zu befreien, und entledigte sich der restlichen Kleidung. Mit einem Zeh überprüfte sie, ob das Wasser so heiss wie nur irgendwie erträglich war, und liess sich dann in die Wanne gleiten. Heute hatte sie keinen Gedanken an Kerzen oder gute Musik verschwendet, es ging nur darum, ihre kalten und verspannten Rückenmuskeln zu lockern.

Sie schloss die Augen und genoss es, sich der Umarmung des Wassers hinzugeben. Ein wohliges Gefühl breitete sich in ihr aus, was sie in den letzten Tagen nicht verspürt hatte. Sie streckte ihren Rücken, und dem Knacken der Gelenke folgte ein wohliger Schauer. Endlich löste sich für ein paar Minuten die Verspannung. Sie überlegte, wann sie das letzte Mal etwas mit einem Mann gehabt hatte. Es war länger her, als ihr lieb war.

Sie dachte an die vergangenen Tage. Sich zuerst um die verkaterte Hanny und deren Bruder zu kümmern, anschliessend eine Puppe vom Kopf des heiligen Bruder Klaus zu retten, einen drohenden Autounfall zu überstehen, in der Klosterkirche Panik zu bekommen und schlussendlich die Schmerzen nicht eindämmen zu können, das war eindeutig nicht ihre beste Zeit gewesen. Sie strich die nassen Haare aus dem Gesicht und fuhr mit den Händen über den Hals hinunter zur Brust. Valentin hatte sie zum Nachdenken gebracht. Es hatte ihr gefallen, zusammen mit ihm unterwegs zu sein, obwohl er etwas Dunkles mit sich herumzutragen schien. Aber wer war sie denn, wenn sie genau das jemandem zum Vorwurf machte?

Es knackte erneut in ihrem Rücken, und Erleichterung überkam sie, als der blockierte Wirbel sich löste. Langsam begann sie sich richtig zu entspannen, obwohl ihre Beine keinen Platz in der Wanne fanden und über deren Rand hingen. Valentin hatte ein schönes Gesicht mit dunklen Augen, die mit einem vorteilhafteren Haarschnitt wesentlich besser zur Geltung kommen würden. Clara wusste, dass Valentin zumeist seinem Vater in der Küche geholfen hatte, fragte sich aber, was er ansonsten mit seinem Leben anstellte. Sie würde morgen Hanny danach fragen. Nun aber lag eine endlose Nacht vor ihr, da sie mit diesen Schmerzen sowieso kein Auge würde schliessen können. Und zwölf Stunden in der Badewanne auszuharren, war keine gute Idee, so viel heisses Wasser fasste kein Boiler. Sie beschloss, noch eine Weile in der Wanne zu liegen und sich dann der Schildkrötpuppe zu widmen.

***

Just in diesem Moment schnappte Martha von Deschwanden panisch nach Luft und setzte sich im Bett auf. Sie hatte traumlos geschlafen, als Todesangst sie plötzlich erwachen liess. Was war hier in ihrem Schlafzimmer? Sie lauschte in die Dunkelheit, hörte jedoch nichts anderes als das pulsierende Blut in ihren Ohren. Irgendetwas hatte sie panisch aufwachen lassen, ansonsten würde sie nicht starr vor Angst mit in die Bettdecke gekrallten Händen hier liegen. Zitternd löste sie die verkrampften Finger der rechten Hand und setzte sich auf. Sie brauchte unbedingt Licht. Aber konnte sie es wagen, sich zu bewegen, oder würde *es* sie beim geringsten Geräusch angreifen? Mit vor Verzweiflung aufgerissenen Augen starrte sie in das tiefschwarze Zimmer, während sie zögerlich die Hand zur Nachttischlampe hinübergleiten liess.

Ihr graute davor, dass eine Hand hervorschiessen und ihren Arm packen würde. Endlich hatte sie es geschafft, tastete nach dem Schalter und knipste das Licht an.

Im gelblichen Schein der Lampe wirkte ihre karge Schlafzimmermöblierung wie immer, nichts schien verändert, und doch war sich Martha nicht sicher. Die Ecke gegenüber ihrem Bett war im Schatten verborgen, das Licht vermochte sie nicht zu erhellen. Mit zitternden Händen strich sie sich über die Stirn und spürte erstaunt den kalten Schweiss. Was um Himmels willen hatte sie in solch eine Aufregung versetzt? Auf einmal hörte sie *es*. Tippelnde Schritte, ganz leise nur, aber doch vernehmbar. Sie traute ihren Sinnen nicht, bis sie die feinen Schritte erneut vernahm. Martha kauerte starr in ihrem Bett und wagte kaum zu atmen. Da schon wieder!

Die Schritte schienen aus der dunklen Ecke langsam näher zu kommen, kein Zögern, kein Innehalten, bestimmt und unnachgiebig. Tapp, tapp, tapp, immer näher. Marthas Panik nahm schliesslich überhand, als sie *es* immer noch nicht erkennen konnte. Schnell zog sie die Knie an und hielt sie mit ihren Armen fest an den Körper gepresst. Ihre Zähne klapperten. Sie verlor das letzte Quäntchen Selbstbeherrschung und pinkelte ins Bett. *Es* musste bestimmt schon vor ihrem Bett angekommen sein. Die Schritte hielten nun zu ihren Füssen an. Kurz war es ruhig, als auf einmal ein Gewicht auf die Matratze drückte und Martha klar einen Abdruck erkennen konnte.

Schreiend sprang sie aus dem Bett, rannte nur mit ihrem Nachthemd bekleidet die Treppe hinunter, hinaus zu den Nachbarn Hugo und Antonella, wo sie panisch deren Namen schrie und an die Haustür hämmerte.

*1645*

*Schon von Weitem bemerkte Magdalena, dass kein Rauch aus dem Kamin kam, was nur bedeuten konnte, dass Vater und ihre beiden ältesten Geschwister, die mit ihr als Einzige noch zu Hause wohnten, immer noch mit der Feldarbeit beschäftigt waren. Schnell schritt sie zum Brunnen und wusch sich die Hände und das Gesicht. Das Wasser wurde vom Giglenbach mittels einer Holzrinne zum Hof abgeleitet und war eisig kalt. Magdalena spürte ein wohliges Prickeln auf der Haut. Bevor sie das Haus betrat, schlüpfte sie aus ihren Holzpantinen mit den Lederriemen und zog sich im Flur die warmen Filzpantoffeln über. Hätte sie mehr Talent für Handarbeit gezeigt, so wären diese Finken mit farbigen Blumen bestickt, so aber waren sie schlicht grau. Gerade wollte sie die Haustür schliessen, als Blitz ihrem Namen gerecht wurde und hineinflitzte. Die rote Katzendame war die beste Mäusejägerin, die die Familie bis jetzt erlebt hatte, und nur selten verlangte sie nach Futter. Das Tier schien damit zufrieden zu sein, auf dem warmen Ofenbänkli zu schlafen und ab und an ein Stück Käserinde zu verspeisen.*

*In der Küche schürte Magdalena als Erstes das Feuer neu an und legte zwei Holzscheite aus dem Weidenkorb hinzu. Sie musste Josef unbedingt daran erinnern, die grossen Holzstämme klein zu sägen, das Spalten der kleineren Scheite vermochten auch Frauenarme zu erledigen. In einem Kessel kochte sie geschnittenen Lauch und Kohl im Wasser weich, zusammen mit darin getunkten Brotscheiben ergab dies eine nahrhafte Abendspeise. In der Kammer fand Magdalena noch sechs schrumpelige Äpfel, aus denen sie ein Apfelmus zubereitete. Weil die schwierige Geburt von heute Morgen doch noch gut ausgegangen und Magdalena deswegen besonders heiter gelaunt war, gab sie einen Löffel Honig hinzu. Hedwig würde deswegen bestimmt ärgerlich die Augenbrauen zusammenziehen, aber Magdalena war bereit, das Risiko einzugehen.*

*Nach einer Stunde, die Magdalena neben Blitz auf der Ofenbank zugebracht hatte, in der Hoffnung, ihr Strickwerk möge baldigst beendet sein, hörte sie ihre Familie auf dem Hof eintreffen. Bless bellte begeistert, und der Vater wusch sich laut prustend im Brunnen vor dem Holzhaus.*

*«Du bist zurück. Das ist gut», war sein einziger Kommentar, als*

*er die Küche betrat. Er setzte sich an den Tisch und wartete mit zum Gebet verschränkten Händen, dass Magdalena die Speise auftrug.*

*Sie rührte die Suppe über dem Feuer noch einmal gut um und stellte sie zusammen mit dem Brot auf den Tisch. Sobald Josef und Hedwig ebenfalls Platz genommen hatten, begann die Familie das ganze Vaterunser zu beten, was nichts anderes hiess als das Vaterunser und das Ave-Maria nacheinander. Das karge Mahl nahmen sie wie gewohnt schweigend ein, indem jeder seine Brotstücke in dieselbe Suppenschüssel tunkte und anschliessend mit dem Geeni, dem geschnitzten Holzlöffel, schlürfte.*

*Zu gern hätte Magdalena erzählt, was sie erlebt hatte, und so rutschte sie unruhig auf der schmalen Holzbank hin und her. So lange, bis Hedwig ihr einen warnenden Blick zuwarf. Später!*

*Mit einem erstaunten Blick hatte der Vater das Apfelmus verspeist, und für einmal vergass sogar er die Regel, bei Tisch nicht zu sprechen, und lobte seine Jüngste für ihre Kochkünste. «Handarbeiten kannst du bei Gott nicht», wobei er einen verschmitzten Blick auf ihre Filzpantoffeln warf, «aber kochen kannst du. Du zauberst auch aus wenig eine schmackhafte Speise.» Er vergass, dass Magdalena nicht mehr das knubbelige Kleinkind von früher war, und rubbelte ihr über das Haar. Dicke blonde Haarsträhnen lösten sich aus dem geflochtenen Zopf, und Magdalena strich sie lachend hinter die Ohren.*

*«So, nun ist fertig mit lustig», verkündete der Vater. «Das Tagwerk ist für heute getan. Morgen müssen wir ins Obst. Wir sind in diesem Jahr viel zu spät dran. Magdalena, es ist mir egal, ob eine Frau in den Wehen liegen sollte, du wirst mithelfen. Die Hebamme Halter kann das sehr wohl ohne dich, und du hast schliesslich schon bei einigen Geburten geholfen. Langsam solltest du es selber können, ohne die Hilfe dieses alten Weibes.»*

*«Aber Vater, ich weiss noch lange nicht genug», versuchte sich Magdalena zu wehren.*

*«Genug jetzt, das Obst muss aufgelesen werden, bevor die Vögel und Schnecken darüber herfallen. Wenn du die Mittagsmahlzeit für uns zubereitet hast, wirst du Hedwig mit den Apfelbäumen auf dem oberen Hang helfen. Die Weidenkörbe könnt ihr stehen lassen, Josef wird sie mit dem Fuhrwerk abtransportieren. Hoffen wir, dass es eine reiche Ernte ergibt und wir genügend mosten können.»*

*Bevor sie aufstanden, um ihren abendlichen Tätigkeiten nachzugehen, gedachte die Familie Zumstein dem Erstjahr, also den im letzten Jahr Verstorbenen. «Trescht di God diä armä Seelä.»*

*Damit war alles gesagt und der morgige Tag geplant. Vater würde sich auf der Bank vor dem Haus noch ein kostbares Tabakpfeifchen, seinen einzigen Luxus, gönnen, bevor er sich früh schlafen legte. Die Frauen erledigten den Abwasch im Brunnen, sperrten die Hühner in den Verschlag und dimmten für die Nacht das Feuer ein. Josef schaute im Stall nach den Rindern und Schafen, und alsbald war das Funkeln in Blitz' Augen die einzige Bewegung im Hause Zumstein.*

*Kurz bevor der Schlaf Magdalena endgültig übermannte, fragte sie sich, was das Mutterkorn bei den Gebärenden bewirkte. Schon als kleines Mädchen hatte sie mitgeholfen, die schwarzen Kügelchen vom Getreide zu entfernen. Bislang hatte sie lediglich gedacht, dass sie nicht gut für die Gesundheit wären, aber weshalb sie eine durchaus gewünschte Wirkung bei und nach Geburten haben konnten, das war ihr immer noch ein Rätsel.*

# 5

*Der Mensch plant seinen Weg;*
*doch Gott allein lenkt zum Ziel*
(Sprüche Salomons 16,9)

Mein innigst geliebter Ehemann

**Peter Bucher**

verstarb in seinem 75. Lebensjahr überraschend an den Folgen eines Herzinfarktes.

| | |
|---|---|
| Traueradresse: | Emma Bucher, Dorfplatz 6, 6060 Engenmatt |
| Beerdigung: | 4. November, 10.00 Uhr, Kirche Engenmatt |
| Dreissigster: | 4. Dezember, 18.00 Uhr, Kirche Engenmatt |

Auch am nächsten Morgen beeilten sich die Engenmatter Frauen, pünktlich zum niemals ausgesprochenen Zeitpunkt ihr Brot in der Bäckerei zu besorgen, nur Martha fehlte ausnahmsweise. Zum ersten Mal seit Tagen war auch Emma Bucher wieder anwesend, und sie berichtete ihrer Freundin Käthy Rohrer von den aufwühlenden Stunden im Spital neben dem Bett ihres Mannes. Emmas Gesicht war eingefallen, die Augen vom vielen Weinen gerötet.

Sie richtete ihren Blick auf das Brotregal hinter der Verkäuferin und deutete dann auf ein Pfünderli Halbweisses und eine Cremeschnitte. Während sie den genauen Geldbetrag aus ihrem Portemonnaie heraussuchte, raunte sie Käthy zu, dass Peter von einem Ungeheuer in ihrem gemeinsamen Schlafzimmer gesprochen habe. Käthy täschelte ihr mitfühlend die Schulter, schien aber nicht ganz zu verstehen, was Emma meinte.

Peters Erscheinungen beunruhigten Emma zutiefst. Sie hatte Angst, dass ihr Mann in den letzten Stunden seines Lebens den Verstand verloren haben könnte. Die Alternative jedoch fürchtete sie noch mehr. Ihr Mann könnte recht gehabt haben, dass das Toggeli ihm aufgelauert habe, um ihn schliesslich zu töten.

Emma verliess die Bäckerei zu einem früheren Zeitpunkt als gewohnt, sie brauchte nun Zeit, um sich in aller Ruhe um die nötigen Angelegenheiten, die mit dem Tod eines Angehörigen einhergingen, zu kümmern. An der Ladentür begegnete ihr die nach der Geburt immer noch etwas bleiche Antonella Wagner, die ihr Baby in ein Tuch eingewickelt vor sich hertrug. Emma grüsste leise.

«Herzliches Beileid», sagte Antonella, aber Emma nickte ihr nur kurz zu und ging schnellen Schrittes davon.

Antonella betrat die Bäckerei und begann sogleich zu schwitzen. Schnell nahm sie die Mütze vom Kopf und fächelte sich damit Luft zu. Es genügte nicht, dass seit der Geburt die Hormone in ihrem Körper verrücktspielten, nein, in der Bäckerei heizte der gewaltige Backofen zusätzlich ein. Enttäuscht stellte sie fest, dass ausser Käthy Rohrer noch niemand hier war, und Käthy war damit beschäftigt, ihren Nachmittagsimbiss auszusuchen. Antonella hoffte, dass der kleine Kevin noch ein Weilchen schlief, denn heute war es ihr endlich einmal gelungen, den Zeitpunkt des Stillens so hinzubekommen, dass sie es pünktlich in die Bäckerei schaffte. Und sie hatte doch so viel zu berichten über die letzte Nacht.

Käthy Rohrer drehte sich just in dem Augenblick zu Antonella herum, als der Pöstler Toni in die Bäckerei trat.

«Guten Morgen, die Damen», rief er in den Raum, und die drei Frauen grüssten artig zurück. «Ich hätte gern ein Buttergipfeli und einen Kaffee, wenn Sie so gut wären.»

Andrea blinzelte und verschwand dann in der Backstube, um einen Kaffee aus der Maschine zu lassen. Niemand sonst hatte dieses Privileg inne, nur der Toni, der die Sonderbehandlung jedoch nicht als das erkannte, was es war: ein Wink, endlich den Mund aufzumachen und die verliebte Andrea zu einem gemeinsamen Spaziergang zu bitten. Eine Frau machte doch niemals den ersten Schritt, nein, das war undenkbar. Während Andrea in der Küche nach einem noch warmen Buttergipfeli suchte, drehte sich Toni zu Käthy und Antonella um.

«Garstiges Wetter heute.» Er nahm ebenfalls seine Mütze ab und schüttelte den Kopf.

Käthy verstaute die Einkäufe im Korb und nickte Toni zustimmend zu. «Wird wohl nichts mehr mit einem sonnigen Spätherbst. Wir gehen direkt in den Winter über.»

«Ihr könnt euch ja gar nicht vorstellen, was letzte Nacht bei uns los war», flüsterte Antonella aufgeregt. Das Flüstern war in diesem Fall gänzlich überflüssig, wer sollte schon lauschen, aber es verlieh Antonella die gewünschte Aufmerksamkeit, Toni und Käthy drehten sich prompt zu ihr um.

Antonella genoss den Augenblick und versuchte, sich stolz aufzurichten, so gut das eben ging mit einem an den Bauch geschnallten Säugling. «Gegen fünf Uhr in der Früh hat jemand bei uns Sturm geläutet.» Sie strich mit den Händen über Kevins Rücken. «Wisst ihr, der Kevin will immer noch alle zweieinhalb Stunden gestillt werden. Ihr könnt euch nicht vorstellen, wie kräftezehrend dies ist, zumal meine Brüste, vor allem die rechte, so schmerzen. Die Hebamme hat gesagt, mit einer Brustentzündung sei nicht zu spassen.»

Toni wandte sich angeekelt ab: «Antonella, lass mich mit diesen Frauenthemen in Ruhe, ich will von deinen Dingern nichts wissen.»

Andrea trat aus der Backstube zurück hinter den Verkaufstresen und reichte Toni mit einem schüchternen Lächeln den Kaffee inklusive Rahm und zwei Zuckerstückchen, so wie er es gern mochte, das Buttergipfeli in eine Serviette gewickelt.

Toni schien sie gar nicht wahrzunehmen und wandte sich sofort wieder Antonella zu. «Nun erzähl schon, wer an der Tür war, ich muss nachher wieder auf Tour.»

«Ich habe Hugo an die Tür geschickt», fuhr sie fort. «Man weiss ja nie, wer da mitten in der Nacht umhergeht. Jedenfalls war es die Martha von Deschwanden, völlig verängstigt in ihrem geblümten Nachthemd. Sie hat sich nicht einmal eine Jacke übergezogen, und das bei diesem garstigen Wetter.»

Käthy Rohrer fiel erst jetzt auf, dass ausser Emma auch Martha in der Bäckerei fehlte.

«Ihre Haare standen in alle Himmelsrichtungen ab, und hätte ich es nicht besser gewusst, so hätte ich mich bei ihrem Anblick gefürchtet.»

Tonis Mund stand erstaunt offen, und ein Rest des Gipfelis klebte noch an seiner Lippe. «Was war denn los? Ist sie krank?»

Antonella winkte ab: «Nein, nein, höchstens im Kopf. Die hat doch tatsächlich erzählt, jemand sei in ihrem Zimmer auf und ab gegangen und schlussendlich auf ihre Bettdecke gehüpft. Als sie das Licht angemacht habe, sei niemand zu sehen gewesen. Wenn ihr mich fragt, wird die gute Martha langsam senil.»

Käthy verschluckte die Bemerkung, dass sie das gleiche Alter wie Martha habe und sich keineswegs alt fühle, erkundigte sich dann aber höflich nach Marthas heutigem Befinden.

«Nun, Hugo wollte mit Martha noch in der Nacht zurück in ihr Haus, um nach dem Rechten zu sehen. Aber sie versicherte, sie kehre nur über ihre Leiche des Nachts wieder in ihr Haus zurück. Zuerst müsse der Herr Pfarrer kommen und das Schlafzimmer, am besten gleich das ganze Haus aussegnen.» Antonella schüttelte den Kopf. «Hugo ist dann zur Arbeit gefahren, und ich hatte Martha am Hals. Erst als es richtig hell war, hat sie es gewagt, in ihr Haus zurückzukehren. Mich nimmt wunder, wo sie die nächste Nacht verbringen wird. Bei uns kann sie nicht bleiben, ich hab doch schon den kleinen Kevin, der mich alle zweieinhalb Stunden weckt.»

Prompt begann sich der kleine Junge zu recken und schmatzende Geräusche von sich zu geben.

«Sag mal, wann wird denn das Schätzchen zu einem richtigen Engelein?», fragte Käthy.

Antonella schluckte, bevor sie reagieren konnte. «Wie bitte?»

«Nun ja, Kevin ist nun auch schon einige Tage alt, früher hat man die Kinder so schnell wie möglich getauft. Wenn eine Mutter ihr Neugeborenes nicht innerhalb von drei Tagen taufen liess, so gab es schon Gerede.»

«Zum Glück muss man sich heute nicht mehr so beeilen mit der Taufe», versuchte Toni die Situation zu entschärfen.

Käthy schnaubte auf. «Also ich finde das fahrlässig! Vor allem wenn man bedenkt, wie schnell es gehen kann. Denkt nur an den Peter.»

Die drei blickten in das Gesicht der erregten Käthy und konnten sich nicht erklären, weshalb diese sich so echauffierte.

«Ja, wisst ihr denn nicht, dass ungetaufte Kinder nicht in den Himmel kommen, wenn sie sterben? Sie werden zu Irrlichtern, suchenden Seelen, und müssen bis in alle Ewigkeit durch die Wälder streifen.»

Es war so still in der Bäckerei, dass lediglich Kevins leise Schmatzgeräusche zu vernehmen waren.

Antonella sah verlegen auf die Uhr. «Unglaublich, der kleine Mann hat schon wieder Hunger.» Sie deutete auf ein Kilo Schwanderbrot und zahlte. «Die Martha tickt nicht richtig, sag ich euch. Und mit der Taufe warten wir, bis mein Vater Ferien hat. Dieser Aberglaube mit den Irrlichtern kann mir den Buckel runterrutschen.»

Käthy warf ihr einen wissenden Blick zu und winkte Antonella zum Abschied, als diese mit dem nun brüllenden Kevin die Bäckerei verliess.

«Ich bin nicht so sicher, ob Martha tatsächlich senil wird», murmelte Käthy. «Vielleicht geht ja was herum.»

Toni blickte sie fragend an.

«Ja hast du denn noch nie von den Armen Seelen gehört?»

«Doch, das habe ich schon», antwortete er. «Aber es könnte doch ebenso gut ein Einbrecher gewesen sein. So genau können wir das nicht wissen. Ob eine Nachbarschaftswache zu übertrieben ist?»

Er wandte sich Andrea zu, bezahlte mit einer Zwanzigernote, und als sie ihm das Wechselgeld überreichte, wunderte er sich, dass sie seine Hand etwas länger als nötig in der ihren hielt.

***

Auch Clara war an diesem Morgen früh aufgestanden, sass nun auf der Fensterbank, eine Tasse Kaffee in der Hand, und schaute in die Engenmatt hinunter. Hinter den Häusern erblickte sie den Sarnersee, der grau und matt vor ihr lag. Das Messer in ihrem Rücken hatte sich zurückgezogen, und endlich war es ihr gelungen, wieder tief einzuatmen. Ein befreiendes Gefühl. Ihr war, als ob ihr die ganze Welt zu Füssen läge. Nach einer langen Nacht des Herumwanderns, die Schmerzen waren im Liegen nicht auszuhalten gewesen, war endlich der Morgen gekommen, und sie hatte Punkt acht Uhr vor der noch geschlossenen Apotheke gestanden. Zusammen mit einer jungen Frau mit schwarzen Ringen unter den Augen, die unbedingt Nasentropfen für ihr Kleinkind haben musste, und einem Geschäftsmann, der hektisch auf die Uhr starrte, aus Angst, zu spät zur Arbeit zu kommen. Noch vor Ort nahm sie die erste Tablette ein, und nur eine halbe Stunde später war die Erlösung eingetreten. Die Medikamente bescherten ihr eine bitter nötige Ruhe, ein kurzes Auftanken und Innehalten, bevor die Schmerzen mit aller Wucht wieder zuschlugen.

Clara sah aus dem Fenster, trank ihren Kaffee und verzog das Gesicht, als sie merkte, dass er längst erkaltet war. Plötzlich sah sie zwei Personen über den Dorfplatz rennen. Die hintere, eine kleine, korpulente Frau, gestikulierte heftig mit den Armen, bis der Mann stehen blieb und sich zu ihr umdrehte. Clara versuchte vergeblich, die Personen zu erkennen, aber zum einen waren sie zu weit entfernt, und zum anderen war Clara erst vor zwei Monaten hergezogen und kannte noch nicht alle Engenmatter mit Namen. Die beiden schienen eine heftige Diskussion miteinander zu führen, die so weit ging, dass der Mann die Frau an den Schultern packte und kräftig schüttelte. Clara beobachtete, wie ihr Kopf hin- und hergeschleudert wurde, und fürchtete um das Wohl der Angegriffenen. Rings um den Platz wurden Türen aufgerissen, und Leute stürmten auf den Dorfplatz. Sie hatte recht damit gehabt, dass die Engenmatter ein scharfes Auge aufeinander hielten, und in dieser Situation erwies sich dies als Glücksfall.

Nicht auszudenken, was geschehen wäre, hätte der Mann nicht innegehalten. Das Paar hörte zu streiten auf, stattdessen standen nun rund ein Dutzend Leute in Grüppchen beieinander, und alle schienen aufgeregt miteinander zu debattieren. Clara öffnete das Fenster und versuchte zu verstehen, was die Leute besprachen, was sich allerdings als vergebliche Liebesmüh entpuppte, sie vernahm lediglich die Geräusche der vorbeifahrenden Autos, der Dorfplatz war zu weit weg. Sie beugte sich noch ein wenig mehr aus dem Fenster, ehe sie erschrocken bemerkte, dass die

Engenmatter aufgehört hatten, zu diskutieren, stattdessen blickten alle stumm in ihre Richtung. Ihr wurde heiss an den Schläfen, ihr Magen hüpfte. Schnell zog sie sich in den Schutz des Zimmers zurück und schloss verwirrt das Fenster.

Warum hatten die Leute sie angestarrt? Clara war bewusst, dass es noch sehr, sehr lange dauern würde, bis sie nicht mehr «die Neue» oder «die Fremde» war. So etwas konnte Jahre, wenn nicht sogar Jahrzehnte dauern, hatte Hanny ihr verraten. Aber weshalb sie den Unmut der Engenmatter auf sich gezogen hatte, konnte sie nicht nachvollziehen. Oder doch?

Sie liess den Blick über ihr Puppenatelier schweifen, registrierte den dreckigen Teller und die Schmutzwäsche jedoch nur am Rande. Dort drüben auf ihrem Arbeitstisch lag sie, die Puppe, die sie in ein Wickeltuch gepackt hatte. Eigentlich wollte sie letzte Nacht daran arbeiten, hatte aber eine eigenartige Abneigung dagegen verspürt. Niemals hätte sie es über sich gebracht, das Tuch auseinanderzufalten und den Körper freizulegen. Den Grund dafür vermochte sie nicht zu benennen, es war keineswegs ein Geräusch oder eine andersartige Sinneswahrnehmung, wie es in Filmen stets der Fall war. Nein, sie wollte schlicht und einfach das Paket nicht mitten in der Nacht öffnen, konnte sich dies aber beim besten Willen nicht erklären.

Heute Morgen kamen ihr diese Gedanken lächerlich vor, und sie schalt sich laut eine neurotische Ziege. Sie ignorierte, dass der Kaffee in ihrer Tasse längst erkaltet war, und würgte den letzten Schluck hinunter.

Clara atmete tief ein und trat an ihren Arbeitstisch. Da lag sie nun vor ihr, in feines Tuch gewickelt. Die Puppe, die irgendein Verrückter dem heiligen Bruder Klaus auf den Kopf gelegt und den Blicken des Volkes ausgesetzt hatte. Clara setzte sich auf ihren Arbeitsstuhl und schaltete das Licht an. Behutsam wickelte sie die Puppe aus, um sie in aller Ruhe zu betrachten, bevor sie sich Gedanken darüber machen würde, ob und wie die Puppe repariert werden sollte. Das Schmutzwasser war nun gänzlich aus dem Puppenkörper ausgelaufen und vom Wickeltuch aufgesogen worden, das nun schwärzliche Flecken aufwies. Das Celluloid jedoch war immer noch voller Dreckschlieren. Sie holte die grossen Wattestäbchen aus einer Dose, die milde Seife aus der Schublade und begann, die Puppe behutsam zu reinigen.

«Du armes Ding, was hat man mit dir bloss gemacht?» Clara schüttelte den Kopf. Sie hatte sich angewöhnt, mit ihren verletzten Puppenkindern zu sprechen, was mit ein Grund war, weshalb sie keine Besucher in ihrer Puppenstube, so nannte sie insgeheim ihre Werkstatt, wünschte. Die Leute würden bestimmt denken, sie hätte nicht mehr alle Tassen im Schrank, und sie als Spinnerin abtun.

«Deine Arme und Beine hast du ja noch, und so wie es aussieht, sind keine Finger oder Zehen abgebrochen. Immerhin das.» Sie betrachtete das feine Gesicht, und ein Schauer glitt über ihren Rücken. Der Mund war mit zartem Pinselstrich rosa aufgemalt, deutete ein leichtes Lächeln an, und nachdem sie die Wangen gereinigt hatte, leuchteten sie in einem Hauch von Rot. «Ein hübsches Puppenkind bist du», murmelte Clara ganz in ihre Arbeit vertieft. Die eigenartige Reaktion der Engenmatter auf dem Dorfplatz hatte sie vorerst verdrängt. «Wenn du nur reden könntest.» Sie nahm ein neues Wattestäbchen und pulte weiteren Dreck aus den leeren Augenhöhlen.

Weder bemerkte sie die immer lauter werdenden Stimmen auf dem Dorfplatz noch die Ansage des Radiomoderators, der bekannt gab, dass aufgrund der Föhnlage ein aussergewöhnlicher Wärmeeinbruch am morgigen Tag zu erwarten sei. Clara konzentrierte sich auf ihr momentanes Kind und versuchte, ihm neues Leben einzuhauchen. In einer ihrer Schubladen würden sich wohl noch die passenden Augen finden lassen, ansonsten könnte sie immer noch die Produktionsfirma Schildkröt anschreiben und um Nachschub bitten.

***

Währenddessen berieten sich die Geschwister von Deschwanden über das weitere Vorgehen. Martha stand neben ihrem Bruder im Zentrum des Grauens von letzter Nacht: in ihrem Schlafzimmer. Es roch nach Staub, Schimmel und dem Duft einer ungewaschenen Frau.

«Wenn ich es dir sage», verteidigte sie sich mit zittriger Stimme. «Genau aus dieser Ecke ist *es* gekommen.

Arnold blickte in die dunkle Ecke, sah aber nichts als den blanken Holzboden und die mit rohen Brettern gezimmerte Wand. «Da ist nichts», entgegnete er. «Der Pfarrer hat das ganze Haus gesegnet und das Böse vertrieben. Nun kannst du wieder beruhigt hier schlafen.» Schon wollte er sich abwenden, um nach Hause zu gehen, aber seine Schwester liess sich durch seine Worte nicht beruhigen.

Jahrelang war sie es gewohnt gewesen, allein im Haus ihrer Eltern zu wohnen, nachdem Arnold zu seiner Braut gezogen war. Damals, vor mehr als vierzig Jahren. Martha war ledig geblieben und hatte sich damit abgefunden, allein zu sein. Jetzt aber hatte sich die Situation geändert, und sie hoffte, dass ihr Bruder sie zu sich in sein sicheres Haus holen würde, nun, da er schon seit geraumer Zeit Witwer war.

Arnold von Deschwanden dachte aber nicht daran, eine Frau in sein Haus zu holen, schon gar nicht Martha. Zuerst hatte ihm seine Mutter gesagt, was er zu tun und zu lassen hatte, und anschliessend seine Frau. Auf keinen Fall wollte er jetzt wieder das Gleiche mit seiner Schwester durchmachen. Zum ersten Mal in seinem langen Leben konnte er schalten und walten, wie er wollte, ohne jemandem Rechenschaft darüber ablegen zu müssen.

Er begab sich zur besagten Ecke und ging in die Hocke. Langsam strich er über die Bretterwand, bis seine Finger ein winzig kleines Astloch ausmachten. «Hier, Martha, schau dir das an.»

Zögerlich kam sie näher und beugte sich zu ihm hinunter, sodass sie den Pfeifentabak in seinem Bart riechen konnte. Tatsächlich, ganz unten erkannte sie ein Loch in der Wand.

«Jesus, Maria und Josef!», rief sie aus, bekreuzigte sich und ging vorsichtshalber einige Schritte zurück. «Ich habe recht gehabt.»

«Ja, das glaube ich langsam auch.» Arnold erhob sich ebenfalls, wischte sich die Hand an seinem Hosenbein sauber, gerade so, als ob er sie arg verschmutzt hätte. «Bleib nur hier, ich besorge uns das Nötigste.»

Martha jedoch wollte keine Sekunde länger als nötig allein in diesem Zimmer verbringen, sie zitterte wie Espenlaub und folgte ihm die Treppe hinunter.

«Was können wir dagegen tun?», rief sie ihm hinterher. «Eine Katze drin verhungern lassen? Die kann *es* sich dann holen.»

An diesem Abend war Arnold von Deschwanden der Erste, der sich im Stybli an den Stammtisch setzte und das obligate Bier bestellte. «Hanny, eine Stange bitte», rief er und fügte gleich noch hinzu: «Und noch einen Klaren!»

Hanny hob zwar erstaunt die Augenbrauen, zapfte jedoch das Bier frisch aus dem Hahn und schenkte den Schnaps grosszügig in das Gläschen ein.

Arnold war ansonsten eher bekannt für seine Mässigkeit, und es passte nicht zu ihm, dass er vor sechs Uhr abends nach Schnaps verlangte. Anscheinend hatte der Disput mit seiner Schwester arg an seinen Nerven gezerrt.

Hanny stellte die Getränke auf ein Tablett und ging vom Buffet hinüber zum Stammtisch. «Hier, Arnold.» Sie servierte das Bier mit einem Pappuntersetzer des Bierlieferanten, den Schnaps nahm sich Arnold gleich selbst vom Tablett und trank ihn in einem grossen Schluck auf ex.

«Noch einer», schnaufte er und rieb sich mit beiden Händen die Schläfen. Leise stiess er auf.

«Bist du dir sicher?» Hanny wollte ihm auf nüchternen Magen keinen weiteren Schnaps anbieten. «Soll ich dir ein Faustbrot machen?»

«Ja, bimäich. Ich bleib lieber beim Bier, Hunger hab ich keinen.» Arnold griff nach der Stange und trank sie in einem langen Zug halb leer. «Hast ja recht mit dem Schnaps. Aber meine Schwester bringt mich noch ins Grab mit ihrer Hysterie wegen dem Toggeli. Es wird höchste Zeit, dass sie sich wieder beruhigt. Bring lieber noch mal eine Stange, die hier verdunstet so schnell.»

Hanny hob die Schultern und brachte ihm das Gewünschte. Während Arnold still am Stammtisch sinnierte, kümmerte sich Hanny um die Gedecke für das Abendessen. Viele waren es nicht, vier, vielleicht fünf Personen, die hier heute assen. Mittags war das Restaurant meist gerammelt voll, und Hanny war auf Nadine im Service und den Koch angewiesen. Sie legte die mit Herbstmotiven bedruckten Papiersets auf die Holztische, die Servietten dazu passend mit röhrendem Hirsch, und in die Mitte der Tische stellte sie jeweils ein Glas mit einer roten Kerze. Nur zu gern hätte Hanny frischen Wind in die Einrichtung des Styblis gebracht, aber ihr Vater war ein vehementer Gegner jeglicher dekorativer Erneuerung gewesen. Nun, da nicht mehr Glois der Wirt war, sondern Hanny, musste Neues mit der gebotenen Vorsicht eingeführt werden, wenn sie nicht einen Boykott der Gäste riskieren wollte. Sie war so in ihre Arbeit vertieft, dass sie gar nicht mitbekam, wie zwei weitere Gäste das Stybli betraten.

«Hanny, zwei Stangen bitte!»

Sie sah auf und entdeckte den Pöstler Toni und Hugo Wagner, die ebenfalls am Stammtisch neben Arnold Platz genommen hatten. Sie warteten schweigend, bis Hanny die Getränke auf den Tisch gestellt hatte. Sie prosteten einander zu, dann schüttelte Hugo bedauernd den Kopf, und ein Gespräch über die Komplexität des weiblichen Geschlechts bestimmte die nächste Viertelstunde. Die Überraschung war gross, als auch Käthy Rohrer die Gaststube betrat, die sie üblicherweise nur morgens zum Kaffee nach dem Broteinkauf frequentierte.

Hanny goss Sprudelwasser in ein Glas, gab einen Zitronenschnitz hinein und brachte dies zusammen mit der gewünschten Runde Bier für die Männer an den Stammtisch, bevor sie sich hinter das Buffet zurückzog, unauffällig die Gläser aus dem Geschirrspüler nahm und abtrocknete.

Die Gäste vergassen Hannys Anwesenheit und besprachen die Ereignisse der letzten Tage. Diese beugte sich über einen alten Ordner und hörte nur mit halbem Ohr dem Gespräch zu.

«Ich sag dir, so hab ich deine Schwester noch nie erlebt», meinte Hugo.

«Eigentlich ist sie die Ruhe selbst», gab Arnold zu. «Ich weiss auch nicht, weshalb sie sich so aufregt. Hoffentlich wird das mit dem Alter nicht noch schlimmer.»

«Sie hat mir erzählt, da sei etwas in ihrem Schlafzimmer gewesen, aber als ich nachgeschaut habe, notabene mitten in der Nacht, ist da natürlich nichts gewesen.» Hugo verzog den Mund zu einem schiefen Grinsen. «Sie liess sich nicht davon abbringen, bei uns zu übernachten. Allerdings hat Antonella darauf bestanden, dass Martha auf dem Kanapee schläft.»

Arnold winkte ab. «Danke, du bist ein guter Kerl! Aber sogar der Pfarrer hat es nicht geschafft, Martha zu beruhigen, obwohl er im Haus jedes Zimmer gesegnet hat. Jetzt hat sie sich in den Kopf gesetzt, ein Lebewesen, am besten sei dazu eine Katze geeignet, in das Haus zu sperren und verhungern zu lassen, so habe das Böse sein Opfer gefunden. Wo sie wohl diesen Schwachsinn wieder herhat? Um sie zufriedenzustellen, habe ich ein Astloch mit einem Korken und etwas Ziegenhaaren verstopft. Ihr wisst schon, das sieht dann aus, als habe der Leibhaftige seinen Schwanz dort eingeklemmt und er käme nun weder hinein noch heraus. So sei er eingesperrt, und das Böse könne niemanden mehr plagen.» Er trank sein Bier mit einem langen Zug aus. «Ich glaube aber nicht, dass sie wirklich beruhigt ist. Immer wieder liegt sie mir mit dem Toggeli in den Ohren.»

Käthys Kopf ruckte hoch. «Martha sprach auch vom Toggeli?»

«Wieso auch?», hakte Arnold nach.

«Emma erzählte mir, dass Peter in seinem letzten Atemzug vom Toggeli gesprochen hat. Es schien ihm wichtig zu sein, dass sie Bescheid weiss.»

«Zuerst Peter und nun auch Martha, das ist schon eigenartig», überlegte Hugo. «Die zwei haben sich kaum über diese Puppe abgesprochen.»

Käthy wirkte beunruhigt und klopfte mit den Fingerknöcheln dreimal auf den Holztisch. «Verspotte das Toggeli nicht! Es ist mehr als eine Puppe, viel mehr.»

Sie schaute in die Runde der aufmerksamen Zuhörer und fuhr fort: «Das Toggeli kann grosses Unheil anrichten, vor allem in der Nacht, wenn es sich in dein Schlafzimmer schleicht und dir auf dem Brustkorb sitzt, bis du nicht mehr atmen kannst oder von schrecklichen Alpträumen heimgesucht wirst. Damit ist nicht zu spassen, das sag ich euch!» Sie schlug mit der Faust auf den Tisch, liess die Gläser klirren. «Aber was ich mich frage, weshalb taucht das Toggeli ausgerechnet jetzt auf? Zwei Betroffene in so kurzer Zeit, das kann kein Zufall sein.»

«Auf was willst du hinaus?», fragte Toni nach.

«Du hast selber gesagt, dass das Toggeli eine Art von Puppe sei. Nun, ich denke, man kann durchaus sagen, dass es einer Puppe doch recht nahekommt. Ist es da nicht verwunderlich, dass erst vor wenigen Wochen eine Puppenmacherin in unser Dorf gezogen ist? Vielleicht hat sie das Toggeli mit ihrer Arbeit aufgeweckt?»

Stille beherrschte den Raum, und auch Hanny war mit Glas und Handtuch in ihrer Bewegung erstarrt.

*1645*

*«Sag, mein Kind, bist du eigentlich des Lesens kundig?», wollte die alte Hebamme von Magdalena wissen.*

*Sie sassen gemeinsam vor dem geschindelten Holzhaus der Familie Zumstein und nutzten die rare freie Zeit zu einem spontanen Schwatz. Nur allzu gern zögerte Magdalena die Zeit hinaus, bis sie Hedwig bei den Obstbäumen zu Hilfe kam. Die Gespräche mit der Hebamme waren so viel spannender als das leidige Apfellesen.*

*«Der Pfarrer hat gemeint, bei den Bauernkindern sei dies Zeitverschwendung.» Sie druckste ein wenig herum. «Ich kann aber die Buchstaben lesen. Meine Amme war die Frau vom Pfarrhelfer Riebli, du weisst schon, wen ich meine, gell? Der Herr Riebli kann ganz gut lesen, vielleicht hat er es beim Herrn Pfarrer gelernt. Auf jeden Fall hat er mir jedes Mal die Buchstaben mit Kreide auf einer Schiefertafel aufgezeichnet, wenn ich die Familie Riebli besucht habe.» Verlegen strich sie sich das Leinenkleid glatt. «Ich habe aber versprochen, dass ich es niemandem sage, und nun habe ich es doch getan. Der Herr Riebli hat gemeint, dem Pfarrer wäre es sicherlich nicht recht, wenn ich trotz seinem Verbot die Buchstaben kennen würde.»*

*Die alte Hebamme begann schallend zu lachen, und die Falten gruben sich noch tiefer in ihr Gesicht. «Ich schwöre bei Gott dem Allmächtigen, dass ich unserem lieben Herrn Pfarrer kein Sterbenswörtchen von diesem Gespräch erzählen werde.»*

*Magdalena hörte den feinen Spott aus diesen Worten und staunte über die Art und Weise, wie die Hebamme Halter über den Herrn Pfarrer sprach. Mussten denn nicht alle dem Pfarrer bedingungslos gehorsam sein? Schlussendlich war es doch er, der über Recht und Unrecht am besten Bescheid wusste.*

*Ehe sie sich's recht versah, hielt sie ein einfaches, in Leder gebundenes Büchlein in der Hand.*

*«Pass gut darauf auf, mein Kind!» Sie sah Magdalena ernst in die Augen. «Das Wissen darin ist nicht für jedermann gut. Manch einer könnte es missverstehen.»*

*Magdalena strich über die glatte Oberfläche und betrachtete beim*

*Blättern verblüfft die mit einer zarten Handschrift vollgeschriebenen Seiten.*

*«Ich habe in den letzten Jahren gemerkt, dass meine Kraft stetig abnimmt, und es ist höchste Zeit, dass eine junge Hebamme mein Amt übernimmt.»*

*«Aber ich weiss doch noch so wenig», flüsterte Magdalena, und Tränen der Verzweiflung traten in ihre Augen.*

*«Noch bin ich ja unter den Lebenden», kicherte die alte Hebamme. «Ich möchte aber, dass du das Buch jetzt schon zu dir nimmst, nur für den Fall, dass …»*

*Sie sprach nicht weiter, trotzdem wusste Magdalena, was sie meinte. Für den Fall, dass sie plötzlich versterben sollte und das Büchlein in falsche Hände käme. Nicht auszudenken, der Herr Pfarrer wüsste darum! Er würde es zu Füssen der Besitzerin auf dem Scheiterhaufen verbrennen.*

*«Jetzt hast du während der langen Winterabende etwas zu tun. Pass nur auf, dass deine Familie nichts davon merkt. Sei nicht entmutigt, wenn es mit dem Lesen anfangs nicht so gut klappen will, mit der Zeit wird es immer flüssiger vonstatten gehen. Im Notfall kannst du ja immer noch den Riebli um Hilfe bitten.»*

*Mit knacksenden Knien erhob sich die Hebamme Halter von der Holzbank. «Wenn wir schon von Hilfe sprechen. Bei der Margrit Rohrer wird es bald so weit sein. Ich werde ihr morgen einen Besuch abstatten und schauen, wie weit sie ist. Du tust gut daran, mitzukommen und zu lernen. Wir haben über die Fragen gesprochen, die die Hebamme die Gebärende gleich zu Beginn fragt. Erinnerst du dich? Morgen kannst du dies übernehmen. Mal schauen, wie viel du von der letzten Geburt noch weisst.»*

*Magdalena wusste die Fragen über den Familienstand, die Gesundheit der Frau, die Schwangerschaft sowie über die vorangegangenen Geburten sehr wohl, doch sie war zu aufgeregt, um sie aufzählen zu können.*

*Sie beeilte sich auf die Beine zu kommen und schüttelte der alten Hebamme heftig die Hand. Sie mochte ihre Gefühle kaum in Worte fassen, so sehr freute sie sich über das Vertrauen, das sie ihr entgegenbrachte. Ein eigenes Buch, sie, Magdalena Zumstein, eine einfache Bauerntochter, besass ein eigenes Buch! Sie konnte es kaum abwarten, darin zu lesen, und schöner noch, ihre Gedanken, Rezepte und Listen darin einzutragen.*

# 6

Um möglichst niemandem zu begegnen, wollte Valentin das Stybli wie üblich durch die Hintertür verlassen, als Clara in seine offenen Arme fiel. Mit einem leisen Seufzen sackte sie in sich zusammen und er konnte nur mit Mühe verhindern, dass sie auf dem Boden aufprallte. Erschrocken schaute er über ihre Schulter, konnte aber niemanden erkennen. Alle Engenmatter befanden sich auf dem Dorfplatz, den man durch die Fenster auf der Vorderseite des Styblis erblicken konnte. Er strich Clara die Haare aus dem Gesicht und sah an ihren Augen, dass sie das Bewusstsein verloren hatte.

Schnell zog er sie ins Haus und schloss die Tür mit einem Fusstritt. Clara war eine gross gewachsene, aber sehr schlanke Frau, weshalb es ihm keine besonderen Schwierigkeiten bereitete, sie nach oben zu tragen. Das Treppenhaus allerdings war eng, und Clara rutschte ihm mehrmals fast aus den Armen. Schlussendlich schaffte er es bis in sein Zimmer, wo er sie vorsichtig auf sein Bett legte. Er schämte sich plötzlich seiner ungewaschenen Bettwäsche wegen.

Claras Tasche baumelte noch immer an ihrem Ellenbogen, er nahm sie ihr ab und stellte sie auf den Boden. Dabei bemerkte er, dass ihr Rock bis zu ihrem Schritt hochgeschoben worden war. Schnell schoss seine Hand vor und zog den verrutschten Stoff nach unten, dabei berührte er den strumpfbedeckten Oberschenkel, und Clara reagierte mit einem leisen Stöhnen auf die Berührung. Valentin war froh, dass dies niemand mitbekommen hatte, er könnte in Teufels Küche kommen deswegen, und erklären könnte er sich auch nicht.

«Valentin, was treibst du denn?», rief seine Schwester von unten aus der Küche. «Wag es nicht, dich wieder davonzuschleichen! Ich brauch dich hier, um die Lieferung zu verstauen.»

Clara bewegte sich, ihre Gesichtszüge entspannten sich ein wenig. Valentin blieb neben dem Bett stehen, beobachtete, wie sich ihre Brust bei jedem Atemzug hob und wieder senkte. Er streckte die Hand aus und strich einige Millimeter darüber hinweg; wenn sie doch nur wüsste, dass er sich dies seit ihrer Autofahrt nach Sarnen jede Nacht vorgestellt hatte. In seinen Gedanken hatte er sie ausgezogen, mit seiner Zunge hatte er eine Spur von ihrem Hals hinunter zum Bauchnabel gezogen. Nein, heute sollte es nicht sein. Er zog seine Hand zurück, vergewisserte sich, dass Claras Augen immer noch geschlossen waren, ehe er sich ihre Tasche schnappte und in den Flur hinauseilte.

Dort öffnete er den Reissverschluss und betrachtete erstaunt das Sammelsurium, das die Frau in ihrer Tasche mit sich schleppte. Nebst rezeptpflichtigen Schmerzmitteln und einer unfassbaren Anzahl Kosmetika entdeckte er Pfefferspray, Kaugummi und schlussendlich ihr Portemonnaie. Er lauschte, hörte jedoch nur Hannys Geschimpfe aus der Küche, von Clara jedoch vernahm er keinen Ton. Langsam öffnete er die Brieftasche und durchsuchte die einzelnen Fächer. Führerschein, Identitätskarte, Kassenbons und Kreditkarten interessierten ihn nicht. In einem der hinteren Fächer fand er eine schon in die Jahre gekommene Fotografie. Das alte Bild klebte am Leder des Portemonnaies und liess sich nur mühsam herausziehen. Endlich hielt er es in seiner Hand. Konzentriert betrachtete er die abgebildeten Personen darauf.

Valentins Kehle schnürte sich zu. Er hatte Mühe, ruhig zu bleiben. Der Körper reagierte vor dem Verstand. Sein Instinkt rief nach Flucht, weg, nur weg hier. Verschwinde, bring dich in Sicherheit, du weisst, wohin.

Wer war diese Frau, die vor ein paar Monaten in die Engenmatt gezogen war und ihm den Kopf verdrehte? Er fühlte sich nicht nur körperlich zu ihr hingezogen, nein, das wäre doch zu einfach, da musste noch mehr sein!

Sie kam ihm merkwürdig bekannt vor, ihr Lachen zum Beispiel oder wie sie ihre Haare in den Nacken warf. Aber bislang hatte er nicht herausgefunden, woher er sie kannte. Ihre Bewegungen, die Art, wie sie die Leute stets konzentriert musterte, bevor sie ihre Meinung kundtat, er schien das alles schon einmal gesehen zu haben. Valentin rätselte seit Wochen, weshalb Clara von Grünenstein ihn in seinem Innersten berührte. Bis er in ihrem Schlafzimmer den Teddybären entdeckt hatte.

Sein Herz hatte heftig geschlagen, er wollte sie so gern zur Rede stellen, sie mit der Wahrheit konfrontieren, dass er sie durchschaut habe, aber die Worte waren in seinem Hals stecken geblieben. Oh, wie verfluchte er den Tag, an dem er seine Sprache verloren hatte! Sechs Jahre lang war er ein fröhlicher Bub gewesen, der so viel redete, dass man ihm seinen Mund separat abstellen musste, wenn er schlafen ging. So drückte es jedenfalls seine Grossmutter Hedwig immer aus. Plötzlich, von einem Tag auf den anderen, waren die Worte weg gewesen. Sie waren nur noch in seinem Kopf, hatten aber den Weg nicht mehr nach aussen gefunden.

Das Knarren des Bettes riss ihn aus seinen Gedanken, und als er sich umdrehte, sah er eine völlig verwirrte Clara vor sich stehen. Sie blickte zuerst auf ihn, dann auf die Handtasche am Boden, bis sie schlussendlich das Bild in seinen Händen entdeckte. Ihre Gesichtszüge erstarrten, und ihre Augen sahen Valentin durchdringend an, versuchten zu begreifen, was dies nun für sie beide bedeutete.

Endlich begriff Valentin, wen er wirklich vor sich hatte. Er durchschaute das ganze Geflecht, das in der Vergangenheit so sorgsam in der Engenmatt gewoben worden war, und sein Gehirn schloss blitzschnell Verbindungen, ungeklärte Fragen fanden endlich ihre Erklärung. Langsam streckte er seine Hand aus und gab Clara das Bild zurück.

Sie zögerte, schnappte es sich dann schnell und stürmte auf wackligen Beinen an Valentin vorbei, die Treppe hinunter bis in die Küche. Obwohl sie sich nach der Ohnmacht immer noch schwach fühlte und in ihrem Kopf ein Hornissenschwarm dröhnte, schaffte sie es ohne weiteren Zusammenbruch nach unten.

Sie stiess die schwenkbare Küchentür auf. «Hanny, ich brauch einen Schnaps.»

«Ach du meine Güte!», schrie Hanny erschrocken. «Was ist denn mit dir passiert?» Schnell packte sie die leichenblasse Clara am Arm und schob sie auf einen Küchenhocker. «Kannst du sitzen bleiben? Nur kurz?»

Sie liess Claras Arm los, um zu prüfen, ob diese ihr Gleichgewicht würde halten können. «Ich besorg dir einen Steinrautenschnaps. Er wird aus der echten Edelraute gebrannt, die eigentlich in unserer Region nicht gepflückt werden darf.» Sie schmunzelte. «Ist verboten, steht aber in jedem anständigen Obwaldner Haushalt.»

«Nein. Ja. Oder lieber doch keinen Schnaps», stöhnte Clara verwirrt. «Davon wird mir noch übler.» Sie lehnte sich mit ihrem Rücken an die Küchentheke und liess dabei die Fotografie unauffällig in ihrer Handtasche verschwinden. Dann schloss sie die Augen. Sofort war der Schwindel zurück. Wann hatte sie das letzte Mal richtig gegessen? Sie vermochte sich nur noch an die trockene Scheibe Brot am frühen Morgen erinnern, und nun war bereits Nachmittag.

«Hier.» Hanny drückte ihr das bauchige Schnapsglas in die Hand. «Schnaps. Pur. Ohne Eis. So wie er sein muss. Runter damit!»

«Nein», antwortete sie, überlegte es sich dann anders und trank den Schnaps in einem Zug aus. «Mehr.»

«Ich weiss nicht, Clara, wegen der Schmerzmittel», widersprach Hanny, aber Clara drückte ihr das Glas vehement in die Hand.

Wider besseres Wissen verliess Hanny die Küche und ging nach vorne ans Buffet, um das Glas nochmals aufzufüllen. Durch die Fenster in der Gaststube erkannte sie, dass Käthy, Toni und Martha noch immer auf dem Dorfbrunnen beieinanderstanden, die Köpfe verschwörerisch zusammengesteckt.

«Was hat dich denn so durcheinandergebracht?», fragte Hanny, als sie in die Küche zurückkehrte.

Clara war mittlerweile aufgestanden und streckte die Hand nach den frischen Bretzeln aus. «Darf ich?»

Hanny nickte und hielt ihr den Schnaps hin.

Dieser wurde wie sein Vorgänger auf ex konsumiert, und Clara liess ihm einige Bissen des Bretzels folgen, bevor sie sich stark genug fühlte, um zu antworten.

Hanny hatte sich mittlerweile auf einen weiteren Küchenhocker gesetzt und beobachtete Clara. Hanny war erstaunt, sie so ausser sich zu sehen. Stets war sie die Ruhe in Person, niemals hatte sie über die Stränge geschlagen und jetzt dieser Auftritt. Hanny wusste nicht so recht, was sie davon halten sollte.

«Ich habe den ganzen Morgen an meinen Puppen gearbeitet, Aufträge fertiggestellt und Rechnungen geschrieben», begann Clara. «Tja, ich war so vertieft in meine Arbeit, dass ich sogar das Mittagessen vergessen habe. Ich hatte eine Pause nötig und wollte mal bei dir vorbeischauen, allerdings habe ich nicht mit der Inquisition auf dem Dorfplatz gerechnet.» Sie machte eine Handbewegung in Richtung Platz.

«Inquisition?», unterbrach Hanny sie. «Was meinst du damit?»

Clara zog eine Grimasse und fuhr dann fort. «Ich wollte einen Spaziergang machen und bin deshalb zu Fuss gekommen und diese, diese», Clara geriet ins Stottern, «Käthy Rohrer, diese Hexe, hat mir doch tatsächlich vorgeworfen, ich habe das Böse aufgeweckt. Stell dir vor, sie sagte, meine Puppen hätten Schuld daran. Wie krank ist das denn? Warte, sie sagte, die toten Puppen hätten das Böse aufgeweckt, und deshalb sei Peter nun tot.»

Hanny hielt die Hand vor den Mund und sah sie erschrocken an.

«Kannst du dir nun vorstellen, wie mir zumute ist? Auf dem Dorfplatz haben mich alle angestarrt, als ob sie mich töten wollten! Am liebsten wäre ich gleich an Ort und Stelle im Erdboden versunken. Irgendwie habe ich es dann doch bis hierher geschafft.»

Clara beschloss in diesem Augenblick, Hanny nichts davon zu erzählen, dass sie in Valentins Bett aufgewacht war, und auch nicht, wie sie ihn mit der Fotografie in der Hand überrascht hatte. Aus irgendeinem Grund wollte sie dies vorerst noch für sich behalten.

«Wer hat dir das vorgeworfen?», wollte Hanny wissen.

«Die Käthy Rohrer, ich kann diese alte Schachtel nicht ausstehen!»

«Nun, das passt schon.»

Empört stand Clara auf. «Sag du jetzt nicht auch noch, ich trage die Schuld an diesem Todesfall!»

«Blödsinn.» Hanny erhob sich ebenfalls und band sich die Küchenschürze um. «Hilf mir, die Lebensmittel in den Kühlraum zu bringen, danach mach ich uns etwas zu essen. Währenddessen erkläre ich dir, weshalb dieser Vorwurf, aus Käthys Sicht wohlgemerkt, durchaus Sinn ergibt.» Sie fuhr sich durch die Haare. «Ob Valentin mit uns essen möchte?»

Nein, Valentin hatte keineswegs vor, mit seiner Schwester und deren Freundin zu essen, ganz im Gegenteil, er brauchte etwas Zeit, um nachzudenken, weshalb er die Einladung ablehnte. Er zog sich in sein Zimmer zurück und liess sich auf das Bett fallen. Die Arme hinter dem Kopf verschränkt, dachte er über die letzte halbe Stunde nach. Claras Geruch haftete noch immer am Kopfkissen, und er atmete ihn tief ein.

Er hatte die wahre Clara von Grünenstein erkannt, und sie wusste, dass er es wusste. Als er ihr im Gang mit der Fotografie gegenübergestanden hatte, war es ihm endlich klar geworden, nur wusste er noch nicht, was er mit diesem Wissen anstellen sollte.

«Es kann sich in jedes Schlafzimmer schleichen. Es kriecht durch Türspalte, Astlöcher und Mauerritzen. Langsam, ganz langsam nähert es sich dem Schlafenden, bis es plötzlich auf seine Brust springt. Wiegt es zuerst nur ein klein wenig mehr als ein Kätzchen, nimmt es dann immer mehr an Gewicht zu, bis es dem arglosen Schläfer den Atem wegdrückt», erklärte Hanny.

Sie warf unterdessen klein gehackte Zwiebeln, in Würfel geschnittene Kartoffeln und rohe Magronen in die heisse Butter. Dann rührte sie kräftig in der Pfanne, und bevor der Inhalt zu rösten begann, goss sie heisse Bouillon dazu, bis die Teigwaren knapp mit Wasser bedeckt waren.

Clara stand daneben und beobachtete Hannys Tun genau. Das Gericht erinnerte sie an ihre Kindheit, aber sie hatte die Mahlzeit schon seit Ewigkeiten nicht mehr auf diese den Obwaldnern ganz eigene Art zubereitet gegessen.

«Das sind doch Älplermagronen, oder nicht?», fragte sie.

«Ja, schon, aber nur unser Obwaldner Rezept ist das richtige», prahlte Hanny, und Clara konnte sich ein Schmunzeln nicht verkneifen. «Wir kochen eigentlich das Ganze rückwärts, da der Älpler auf seiner Alp lediglich einen Kessel zur Verfügung hatte, und so gab es meistens Mahlzeiten, die sich in einem einzigen Kochtopf zubereiten liessen. Anstatt zum Beispiel die Zwiebeln zum Schluss in einer zweiten Pfanne zu rösten und kurz vor dem Servieren auf die Teigwaren zu streuen, beginnen wir mit ihnen und lassen sie gemeinsam mit den Magronen und den Kartoffeln lind werden.»

Hanny verschwand im Vorratsraum und kam mit einem Glas selbst gemachtem Apfelmus zurück. «Und wag es ja nicht, das Apfelmus über die Älplermagronen zu geben, das wird separat gegessen. Wir sind hier nicht bei den Pfadfindern.»

Clara verdrehte lachend die Augen und stiess Hanny in die Rippen. Es wurde höchste Zeit, dass sie etwas in den Magen bekam, der Alkohol in ihrem Blut feierte Bruderschaft mit den Schmerztabletten.

Hanny reduzierte die Hitze, rührte nochmals kräftig um und drehte sich dann Clara zu. «Wo war ich stehen geblieben? Ach ja, das Toggeli hockt sich dem Schlafenden auf die Brust und raubt ihm nicht nur den Schlaf. In anderen Gegenden wird diese Erscheinung auch Alb oder Mahr genannt, bei uns sprechen wir vom Toggeli. Noch niemand hat dieses Wesen gesehen, aber alle wissen von diesem bösartigen und launischen Nachtgespenst.»

Clara lauschte gebannt, und Hanny fuhr fort: «Ja, es drückt dem Menschen den Atem ab, bis er zu keiner Bewegung mehr fähig ist, obwohl er hellwach und bei klarem Verstand ist.»

«Was für eine fürchterliche Vorstellung!»

«Du sagst es. Es muss ein Horrorerlebnis sein, vom Toggeli heimgesucht zu werden. Du kannst dich nicht dagegen wehren, weder mit Taten noch mit Worten. Währenddessen hast du das Gefühl zu ersticken.»

Hanny schüttelte den Kopf, nahm den Holzlöffel in die Hand und rührte vorsichtig die Älplermagronen, damit nichts am Pfannenboden anbrennen konnte. «Ich bin nicht erpicht darauf, dem Toggeli zu begegnen.» Sie klopfte mit den Knöcheln dreimal laut auf die Arbeitsplatte, um das Unglück abzuwehren.

«Sicherlich gibt es eine Abwehr dagegen, oder?», erkundigte sich Clara.

«Ja, es gibt nicht wenige, aber ein Patentrezept wirst du vergebens suchen. Am stärksten soll der Bann wirken, wenn man ein Messer in die Wand schlägt und dabei die drei heiligsten Namen ruft, oder man stopft die Löcher und Risse in den Schlafzimmerwänden zu. Am besten, man verschliesst sie noch zusätzlich mit einem bildlichen Zauber wie etwa einem Spiegel, in dem sich das Toggeli erblicken und sich so selbst in die Flucht schlagen sollte.»

«Das Toggeli soll sich vor seinem eigenen Spiegelbild erschrecken?» Clara lächelte etwas unsicher. «Kommt mir irgendwie bekannt vor.»

Hanny goss reichlich Rahm in die Pfanne und fügte geriebenen Alpkäse hinzu. «Ich hoffe, du bist nicht auf Diät.»

Clara lachte auf. «Ich bin ein Allesverwerter. Glücklicherweise kann ich futtern, was ich will, ohne an Gewicht zuzulegen.»

«Du bist zu beneiden.» Hanny seufzte theatralisch auf, fischte mit einem Löffel eine Magrone und ein Kartoffelstückchen heraus. Nachdem sie gekostet hatte, nickte sie zufrieden. Sie stellte die Herdplatte aus und folgte Clara in die Gaststube.

Gemeinsam deckten sie den Tisch mit Suppentellern, Besteck und Glasschälchen für das Apfelmus, dazu Gläser mit frisch gepresstem Apfelmost. Dann genossen sie schweigend die Innerschweizer Spezialität.

Ein Glück, dass Hanny das Stybli nach dem Mittagessen schloss und erst gegen Abend wieder öffnete, dachte Clara. Wir könnten mit den schweren Bäuchen kaum die Gäste bewirten, und so haben wir auch Ruhe, um miteinander zu reden, ohne dass ein durstiger Gast ein Bier orderte.

«Sag mal», begann sie, «du glaubst doch nicht an diesen Hokuspokus?»

Hanny löffelte die letzten Reste Apfelmus aus dem Schälchen, bevor sie antwortete: «Ich habe es noch nie erlebt. Aber jetzt mal ehrlich, ich habe eine Heidenangst davor.»

«Nun hör aber auf!», schimpfte Clara. «Es ist doch ganz klar, dass dieses Toggeli herhalten muss für allerlei Unerklärbares. Nehmen wir doch mal den Druck auf der Brust, das lässt sich doch wunderbar mit Herzproblemen erklären. Einem Herzinfarkt zum Beispiel, wie ihn Peter Bucher vor Kurzem erleben musste.» Sie stockte, als sie Hannys verlegenen Blick sah. «Sag bloss, jemand gibt dem Toggeli die Schuld?»

«Nun ja, ganz genau so ist es.» Hanny getraute sich nicht, Clara in die Augen zu blicken, nickte jedoch schüchtern. «Clara, Peter Buchers letztes Wort war: Toggeli.»

«Pff. Ich denke, wir warten doch erst mal ab, was der Arzt über die Todesursache zu sagen hat, bevor wir diesem Aberglauben aufsitzen.» Clara räusperte sich. «Aber langsam beginne ich zu begreifen. Käthy Rohrer hat mich beschuldigt, ich hätte das Böse geweckt mit meinen Puppen. Damit meinte sie das Toggeli, nicht wahr?»

Hanny wackelte unsicher mit dem Kopf, wie sollte sie einer Person, die nicht in den Bergen aufgewachsen war, erklären, dass gewisse Erscheinungen nicht wissenschaftlich zu belegen und somit auch nicht abschliessend zu beantworten waren. «Ich glaube nicht, dass du um deine Sicherheit fürchten musst, aber ich an deiner Stelle würde nachts nicht ohne Begleitung rausgehen.»

Clara machte ein murrendes Geräusch, als Hanny plötzlich auflachte. «Aber weisst du, was das beste Gerücht über dich ist?»

«Über mich wird geredet?»

«Nun sei mal nicht so naiv. Natürlich wird über dich geschwatzt, wie über jeden hier, zudem bist du erst vor Kurzem hergezogen und deshalb ein besonderes Gesprächsthema, Frischfleisch sozusagen. Nun, du seist eine männerverschlingende Emanze. Immerhin bist du ohne Begleitung in die Engenmatt gezogen. Ein anderes Gerücht lautet, dass du dich bei uns vor der Steuerfahndung versteckst, da du schwer reich sein sollst.»

«Schön wär's, aber vom Puppenreparieren wird niemand Millionär.»

«Warte, es kommt noch besser!» Hanny gackerte laut lachend auf. «Du habest dem Bruder Klaus ein Baby vom Kopf gepflückt, und dieses Kind trug das Mal des Teufels auf der Brust.» Hanny lachte, bis ihr die Tränen kamen. «Aber das war dann doch zu viel des Guten. Die Engenmatter haben der Emma Bucher kein Wort geglaubt.»

«Du sprichst von der Schildkrötpuppe, die ich zusammen mit Valentin von der Brunnenstatue geholt habe?»

«Genau!», bestätigte Hanny. «Die falschen Gerüchte werden einfach so geglaubt, ohne dass jemand nach einem Beweis verlangt, aber die einzig wahre Begebenheit tun sie als Hochstapelei der Emma Bucher ab. Na ja, wenn man mal vom Teufelszeichen absieht.»

Plötzlich bemerkte Clara, dass die Schwingtür zur Küche ein wenig offen stand. Sie konnte Valentins Haarschopf dahinter erkennen. Anscheinend hatte er doch nicht so lange geschlafen und das gesamte Gespräch mitverfolgt.

Sie blickte ihm in die Augen, ohne dass Hanny dies bemerkt hätte, und sprach laut in den Raum hinaus: «Welch ein Glück, dass die Engenmatter dem Gerücht keinen Glauben schenken, sonst käme es zu einer Hexenverfolgung.»

«Nun, wenn wir Käthys Reaktion dir gegenüber in Betracht ziehen, könnte sich die Situation heute doch noch geändert haben. Sie schien wegen Peters Tod sehr aufgebracht zu sein, zusammen mit den Gerüchten über das Baby vom Brunnen könnte das Pulverfass bald hochgehen. Immerhin hat sie dich beschuldigt, das Böse mit deinen Puppen aufgeweckt zu haben. Schlussendlich sind deine Puppen die Verbindung vom Bösen zu dir, denn die stärkste Kraft gegen das Toggeli sind wohl Puppen mit vielen Haaren. Man stellt sie abends neben das Bett, sodass das Toggeli sich in der Nacht damit vergnügt, der Puppe das Haar zu zerzausen, und somit den Menschen in Ruhe lässt. Viele Frauen haben ein Toggeli neben ihrem Bett stehen.» In Hannys Gesicht hatten sich erstmals Sorgenfalten geschlichen. «Vielleicht ist es doch besser, wenn du dich für einige Tage nicht blicken lässt.»

«Ich lass mich nicht aus der Engenmatt vertreiben», schimpfte Clara, und in Gedanken fügte sie ein «nicht schon wieder» hinzu.

## *1650*

*Mittlerweile waren fünf weitere Winter ins Land gezogen, und Magdalena Zumstein hatte viele stille Abende damit verbracht, das Buch der Hebamme Halter zu entziffern und mit der Zeit auch zu verstehen. Auf die Hilfe der alten Hebamme konnte sie nicht mehr zählen, denn die Grippe hatte diese bereits vor drei Jahren ins Grab gebracht. Trotzdem war es der alten Frau noch gelungen, das altbewährte Wissen um die Geburt an die nächste Generation weiterzugeben. Magdalena wusste nun auch, was es mit den schwarzen Kügelchen auf sich hatte, die keine Hebamme bei sich haben durfte und doch stets im Geheimen besass.*

*Die Obrigkeit, die Regierung des Kantons Ob dem Walde, konnte so viel beratschlagen und beschliessen, wie sie wollte, ob die Hebammen ihr wirklich auch Folge leisteten, stand auf einem anderen Blatt. Die edlen Herren sassen schliesslich nicht stundenlang neben einer Gebärenden, die zu verbluten drohte. Die schwarzen Kügelchen, Mutterkorn genannt, stammten von einem Pilz, der die Ähren des Getreides befiel und durch seine dunkle längliche Form erkennbar war. Da die Inhaltsstoffe Wehen auszulösen vermochten, wurde der Pilz häufig auch zum Zwecke der Abtreibung der Leibesfrucht angewandt, was der Obrigkeit und vor allem auch der Kirche äusserst missfiel. Dass das Mutterkorn aber auch hilfreich war, um Blutungen nach der Geburt zu stillen, erachteten die edlen Herren als weniger wertvoll. Und wieder erinnerte sich Magdalena an den leidigen Spruch: Rossverrecken, grosser Schrecken, Weibersterben, kein Verderben.*

*Magdalena ging bei Gott nicht leichtfertig mit dem Mutterkorn um und überlegte sich jedes Mal sehr genau, ob sie bei den Frauen davon Gebrauch machen sollte. Wenn aber die Maria Berchtold im Alter von sechsundzwanzig Jahren ihr zehntes Kind erwartete, obwohl die Verhältnisse, in denen sie und ihre Familie lebten, äusserst misslich waren, konnte es gut sein, dass Magdalena sich der Frau erbarmte. Immer wieder wurde sie in ihrem Beruf daran erinnert, dass sie selbst es gewesen war, die der Mutter die letzte Lebenskraft geraubt und sie somit ins Grab gebracht hatte. Die grosse Seuche, die Pest, die vor mehr als fünfzehn Jahren durchs Land gezogen war, hatten diese starken Frauen überlebt, nur um dann während der Geburt oder kurz danach im Wochenbett zu sterben.*

*Magdalena tat, was in ihrer Macht stand, aber auch sie kam immer wieder an ihre Grenzen. Wie gern wäre sie ein richtiger doctor medicinae geworden oder wenigstens ein Wundarzt. Undenkbar für ein Bauernmädchen.*

*«Pass auf, dass dich niemand mit dem Mutterkorn erwischt, mein Kind!», hatte die alte Hebamme Halter sie immer wieder ermahnt. Seitdem die Seuche im Land gewütet hatte, waren die Schrecken der Hexenverfolgungen vor allem für die Hebammen spürbar. Die Obrigkeit und die Kirche beobachteten das Handeln und Wissen der Hebammen stets mit Argusaugen. Da die Mannen nur äusserst selten Einsicht in diese Arbeit bekamen, wogen die Vorurteile schwer, und aus manch einem zusammengesponnenen Gedanken wurde ein Todesurteil. Nur schon der Besitz des Mutterkorns war unter Todesstrafe gestellt. Magdalena trug die schwarzen Kügelchen keineswegs in ihrem Weidenkorb mit sich herum, das wäre viel zu auffällig gewesen. Sie hatte sich in Nabelhöhe eine Innentasche in den Unterrock genäht, worin das Mutterkorn vor Nässe geschützt auf seinen Einsatz wartete. Nicht einmal ihre Geschwister wussten darüber Bescheid. Ihr Vater selig hatte bis zu seinem Lebensende darauf gepocht, dass Magdalena sich verheirate und ihr Einkommen somit gesichert sei.*

*«Von dem Lohn einer Hebamme kann kein Mensch leben, lieber Vater», hatte sie ihm immer wieder zugestimmt, «aber ich will einen Mann heiraten, der mir gefällt und der mein Schaffen gutheisst.»*

*So war ihr Vater nun schon seit vier Jahren unter der Erde, und weder sein ältester Sohn noch seine beiden Töchter Magdalena und Hedwig waren verheiratet. Die drei lebten zufrieden auf dem geerbten Hof und hatten keine Eile, eine Familie zu gründen. Hedwig hätte sich dies zwar schon gewünscht, aber sie ging auf die vierzig zu, und kein Mann wollte eine alte Jungfer ehelichen. Ebenso hielt es die junge Magdalena. Eine Heirat und die mit grösster Wahrscheinlichkeit kommenden Kinder würden sie in ihrer Tätigkeit einschränken. Zwar wurde sie als Hebamme nicht reich, oftmals bezahlten sie die Familien der Frauen lediglich mit Nahrungsmitteln, ganz selten mit Geld. Eine schöne runde Butter und zwei Viertel Mehl hatte sie für die letzte Geburt bekommen. Die zwei Gulden für die Geburtsbetreuung bei der Frau des Landammanns waren bislang unübertroffen, und sie hatte sie mit einem kleinen Ausrufezeichen in ihrem Hebammenbuch markiert.*

*Als Hebamme sollte sie lediglich die Eckdaten einer Geburt, also Name und Alter der Mutter, deren Verlauf sowie die Genesung von Mutter und Kind, niederschreiben. Magdalena konnte jedoch ihrem inneren Drang nicht widerstehen, des Nachts, wenn alle schliefen, wieder aufzustehen und im Licht der Kerzen ihre Gedanken zur Situation der Frauen rund um die Geburt festzuhalten. Oftmals hinderte sie die Tatsache, dass so viele Gebärende während oder kurz nach der Geburt starben, am Einschlafen. Noch immer hoffte sie darauf, dereinst ein Mittel zu finden, das den Frauen das Überleben sicherte. Dafür würde sie sich auch dem Pfarrer widersetzen!*

# 7

Die Hände der dreiundneunzigjährigen Hedwig von Matt erzählten die Geschichte eines entbehrungsreichen Lebens. Die Täler und Berge auf den mit Altersflecken übersäten Handrücken liessen sich nie mehr glatt streichen und zeugten von der Reife der Besitzerin. Gesichter konnten geliftet, Haare getrimmt, gezupft und gewachst werden, Hals und Kinn gestrafft, Brüste gehoben. Mit Händen konnte man nichts dergleichen tun. Sie logen niemals.

Valentin hielt die linke Hand seiner Grossmutter sanft in seinen eigenen und strich mit dem Zeigefinger über die geschwollenen Adern. Seine Grossmutter lag schlafend in ihrem Bett und bemerkte seine Anwesenheit nicht. Wie schon öfters hatte sich Valentin mitten in der Nacht in das Altersheim geschlichen, um ihr nahe zu sein, denn seit ihrem Schlaganfall vor einigen Monaten schwand ihre Lebenskraft wie das Licht einer herunterbrennenden Kerze. Es war nur noch eine Frage der Zeit, bis die Dunkelheit auch ihre Augen erreichte.

Valentin seufzte laut, und ihre Lider begannen zu zittern. Leise, um die Pflegekräfte nicht auf sich aufmerksam zu machen, summte er ihr das Kinderlied vor, das sie ihm vor vielen Jahren immer wieder vorgesungen hatte, um ihn zu beruhigen, wenn seine Angst vor dem Leben wieder einmal übermächtig geworden war. Wenn er in seiner Kindheit nicht in der Restaurantküche hatte helfen müssen, hatte Valentin sich bei seiner Grossmutter diejenige Liebe geholt, die sein Vater nie fähig gewesen war zu geben.

Valentins Mutter war schon früh verstorben, und Hedwig von Matt hatte darauf bestanden, ihn und seine kleine Schwester Hanny unter ihre Fittiche zu nehmen. Gemeinsam mit seinem Vater hatten sie in den Räumen über dem Stybli gewohnt, wobei Glois von Matt mehr im Gastbetrieb als in den Wohnräumen anzutreffen gewesen war. So hatte er erst mitbekommen, dass seine Mutter, Valentins Grossmutter, dem Jungen Lesen und

Schreiben beigebracht hatte, als es bereits zu spät gewesen war, um es zu verbieten. Seiner Meinung nach sollte der Junge glücklicher in stummer Unwissenheit bleiben, als durch Bildung Wünsche und Begehren in ihm zu wecken, die er doch niemals erreichen könnte. Weshalb sollte der stumme Bub Lesen und Schreiben lernen, wenn er niemals in der Gesellschaft seinen Mann würde stehen können? Dem Bub würde es besser gehen mit simpler, aber anstrengender körperlicher Arbeit in der Obhut seiner Familie. Glois jedoch hatte die Rechnung ohne Grossmutter Hedwig gemacht. Sie hatte ihrem Enkel nicht nur das Allgemeinwissen beigebracht, sondern ihm die Sagen und Geschichten aus den umliegenden Alpen erzählt, so oft, dass der kleine Junge sie jedes Mal lautlos mitsprach. Valentins Fortschritte, aber auch die Diskussionen mit ihrem Sohn hatte sie in ihren Tagebüchern aufgeführt.

Valentin beugte sich vor und strich Hedwig eine graue Haarsträhne aus dem Gesicht. Er würde niemals vergessen, wie sie als einzige Erwachsene erkannt hatte, dass von seiner Unfähigkeit zur verbalen Kommunikation nicht auf mangelnden Intellekt zu schliessen war. Einige Jahre später hatte seine Schwester Hanny unbewusst das Verhalten ihrer Grossmutter nachgeahmt und ihn stets unterstützt und gefördert. Sie hatte sogar ihrem Vater die Stirn geboten, als sie ihm drohte, das Sozialamt in Sarnen zu kontaktieren, wenn er nicht endlich Valentin zur Schule liesse. Für ihre damaligen zehn Jahre war Hanny eine mutige Schwester gewesen. Glois von Matt hatte ihre Forderung mit einem gezielten Faustschlag zunichtegemacht. Nein, Hanny war nicht verletzt worden dabei, in der Schule hätte jemand auf die blauen Flecken aufmerksam werden können. Es war Valentin gewesen, er hatte hinhalten müssen, wenn dem Vater der ohnehin schon feine Geduldsfaden gerissen war.

Grossmutters Hände waren nicht mehr rissig und schrundig wie früher, als sie häufig im Gemüsegarten gearbeitet hatte, sondern zart und fein durch das sorgfältige Eincremen durch das Pflegepersonal. Niemals hatte sie ihre Hände gegen die Kinder erhoben, höchstens eine Augenbraue oder, wenn er etwas gar Dummes angestellt hatte, ihre Stimme. Aber auch sie kam gegen

Glois, ihren eigenen Sohn, nicht an, wenn sie verlangte, den Buben in die Schule zu schicken. So also war es gekommen, dass Hedwig von Matt, verwitwete Grossmutter, gelernte Hebamme, billige Arbeitskraft im Stybli, zur heimlichen Lehrerin ihres stummen Enkels geworden war.

Valentin lauschte aufmerksam auf die Hintergrundgeräusche des Altersheims und hörte deshalb früh genug die quietschenden Gummisohlen der Nachtwache auf dem Linoleum. Im Nachbarzimmer wurde gesprochen, und Valentin konnte sich ein Grinsen nicht verkneifen. Er hörte, wie die Pflegende dem verwirrten Herrn Gasser zu erklären versuchte, dass es nun keineswegs Zeit für das Mittagessen sei, sondern drei Uhr morgens. Für Valentin bedeutete dies, dass er sich für eine Weile unsichtbar machen musste, wenn er nicht entdeckt und hinausgeworfen werden wollte. Die Angestellten des Altersheims kannten ihn gut und achteten ihn für seine Geduld und Fürsorge, die er seiner Grossmutter entgegenbrachte, aber mitten in der Nacht solle er Frau von Matt doch bitte schlafen lassen. Gelenkig kroch er unter das Krankenbett und zog an der Wandseite das Leintuch so weit herunter, dass er sich dahinter verstecken konnte. Um ihn zu entdecken, müsste man schon sehr weit in die Knie gehen und zudem noch den Stoff anheben.

Kaum hatte er sich eingerichtet, wurde die Tür geöffnet, und die Nachtwache trat ins Zimmer, leuchtete Hedwig von Matt mit einer Taschenlampe ins Gesicht und vergewisserte sich, dass es ihr gut ging, bevor sie das Zimmer wieder verliess und flüsterte: «Machen Sie nicht mehr zu lange, Herr von Matt, auch Sie brauchen Ihren Schlaf!»

Mit einem heiseren Lachen robbte er unter dem Bett hervor und wischte sich den nicht vorhandenen Staub von der Kleidung. Mit der jungen Nachtschwester hatte er schon manch lustige Begebenheit erlebt, damals, als seine Grossmutter noch sprechen konnte. Sie war die Einzige hier, die wusste, dass er sich des Nachts öfters zu Hedwig ins Zimmer schlich. Valentin drehte sich zu seiner Grossmutter um, die noch immer unverändert dalag. Bei jedem Besuch wurde ihm deutlicher bewusst, dass ihre Kraft nicht mehr lange ausreichen würde. Ihre Wangen wirkten eingefallen, und die Haut verlor immer mehr an Spannkraft. Nur das noch kräftige Anheben des Brustkorbes zeugte bei jedem Atemzug von Leben. Valentin beugte sich zu ihr hinunter und küsste sie an der empfindsamen Stelle zwischen den Augenbrauen, bevor er sich schweren Herzens abwandte.

Zwischen dem Krankenbett und der Tür stand das einzige Möbelstück, das Hedwig mit ins Altersheim gezügelt hatte. Ein alter Wohnzimmerschrank, gefüllt mit Andenken an ein dreiundneunzigjähriges Leben. Valentin brauchte nicht lange zu suchen, seine Grossmutter hatte ihn öfters darum gebeten, dieses und jenes für sie aus dem Schrank zu holen. Auf den offenen Regalen in der Mitte hatte Hanny eine Menge gerahmter Fotografien aufgestellt, die ein glückliches Familienleben in der Engenmatt vorgaukelten. Daneben stand eine selbst gezogene Kerze, die aus Brandschutzgründen des Altersheimes niemals angezündet werden durfte. Das linke obere Kästchen barg Grossmutters grössten Schatz. Stets hatte sie ihm versichert, dass er dieses Buch nach ihrem Tod an sich nehmen solle, es gehöre ihm. Nun, noch war es nicht so weit, aber er wollte auf Nummer sicher gehen, und so streckte er sich und öffnete das Türchen. Hinter den sorgfältig bestickten Taschentüchern hatte es die letzten Jahre über geschlafen, heute Nacht würde es geweckt werden. Blind tastete er mit den Händen, bis er den Kartoneinband des Buches fühlte. Schnell zog er es heraus und sah auf den Einband des Buches, das ihn durch seine gesamte Kindheit hindurch begleitet hatte, obwohl sein Inhalt für Kinderohren nicht unbedingt tauglich gewesen war. Er erinnerte sich mit Grausen an die Erzählung über den schwarzen Raben, der die kleinen Kinder verschleppte, um sie anschliessend zu fressen.

Neben diesem dicken Sagenbuch lag ein verblasster Kartonhefter. Vorsichtig zog er auch diesen heraus und war überrascht von dessen Gewicht. Auf der Seite quoll Papier heraus, und die Hanfschnur, die das Bündel zusammenhielt, wirkte brüchig, gerade so, als ob sie seit Jahrzehnten nicht mehr aufgebunden worden war. Valentin beschloss, auch diesen Hefter mitzunehmen, und steckte ihn zusammen mit dem Sagenbuch unter seinen Pullover.

Im Hintergrund hörte er ein leises Aufseufzen von Grossmutter von Matt.

Ohne seine Grossmutter eines letzten Blickes zu würdigen, schlich er so leise hinaus, wie er gekommen war, und überlegte dabei, was er mit dem Rest der Nacht anstellen sollte.

***

«Die Leute waren begeistert von deinen Blaawchabis-Häärdepfel-Chissi», lobte Hanny den Koch, als sie mit einer weiteren Ladung Geschirr aus der Gaststube in die Küche trat. Die letzten Gäste hatten erst vor einigen Minuten das Stybli verlassen. Sie hatte Nadine bereits vor einer Stunde nach Hause geschickt, weil sie mit den Gästen ohne Weiteres allein zurechtkam. Im Stybli brannten nur noch wenige Leuchten, was die Gaststube in ein behagliches Licht tauchte.

Es schepperte laut, als der Koch die sauberen Pfannen in den Regalen verstaute, und Hanny hätte ihn deswegen fast nicht verstanden.

«Ich habe auch lange genug daran herumgetüftelt», erklärte er ihr und griff nach der nächsten Kasserolle. «Mal war es zu säuerlich, dann wieder zu süss, und als ich endlich mit dem Geschmack zufrieden war, überzeugte mich die Farbe nicht. Schliesslich isst das Auge mit.»

«Weisst du, die Engenmatter haben es nicht so gern, wenn man ihnen zu viel Neues auf einmal auftischt. Hättest du ihnen ein scharfes Thai-Curry gekocht, wäre das bestimmt in die Hosen gegangen.»

«Im wahrsten Sinne des Wortes», lachte der Koch.

«Bitte?»

«Das scharfe Curry kann die Verdauung ziemlich überfordern, wenn man es nicht gewohnt ist.» Er grinste Hanny an, und die nächsten Minuten verrichteten sie schweigend die Arbeiten in Küche und Gaststube, bevor der Feierabend endgültig erreicht war.

Verstohlen betrachtete sie ihn. Ein stattliches Exemplar, das sie hier an Land gezogen hatte, bemerkte sie mit Freude. Seine dunkel behaarten Unterarme wirkten muskulös, die Venen traten deutlich hervor. Auch war er nicht zu gross, gerade richtig. Richtig wofür?, schalt sie sich selbst. Dummes Huhn, verrenn dich da bloss nicht. Obwohl, mit wem konnte sie sonst schweigsam nebeneinanderstehen und sich trotzdem sauwohl fühlen?

Unbestritten hatte er ein Händchen für das Zaubern exquisiter Speisen, ohne diese in Etepetete-Manier anrichten zu müssen.

«Ich habe mir überlegt, dass ich in diesem Stil weitermachen würde», sinnierte er laut vor sich hin. «Natürlich nur, wenn du damit einverstanden bist. Du bist schliesslich die Chefin.»

Einen Moment lang wusste Hanny nicht, was er damit meinte. Sprach er davon, in diesem Stil weiterhin zu arbeiten, quasi Seite an Seite, oder meinte er seine Menüauswahl?

Bevor sie sich blamieren konnte, sagte er: «Ich stütze mich auf die alten Gerichte und Produkte, die den Leuten bereits bekannt sind, und verbinde sie auf eine neue Art und Weise.»

Oha, da hatte sie sich aber gewaltig geirrt, dachte Hanny enttäuscht. Wie hatte sie bloss denken können, dass er in ihr mehr sah als nur die Chefin? Wenn irgendein schlauer Mensch den Kurs «Männergedankenlesen leicht gemacht» anböte, würde sie sich eine Dauerkarte besorgen. Sie füllte ein Glas mit kaltem Leitungswasser und trank es in langsamen Schlucken aus. Dann beschied sie dem Koch, dass dies bestimmt eine gute Idee sei. Gern solle er sich einige Menüvorschläge überlegen und dann mit ihr besprechen.

Mit einem kräftigen Wisch über die Chromstahlplatte verabschiedete er sich, und Hanny blieb allein mit ihrem Kloss im Hals zurück. Wie sie es drehte und wendete, inmitten all dieser Leute, die sie tagsüber um sich hatte, bewirtete oder herumscheuchte, sie war und blieb allein. Nach Feierabend gab es ausser Clara niemanden, mit dem sie die letzten Stunden des Tages vor dem Fernseher verbrachte. Da war sie nun alleinige Chefin eines immer besser laufenden Restaurants und trotzdem nicht zufrieden.

Kater miaute herzerweichend, weil er sein Abendessen wollte, und Hanny liess es sich nicht nehmen, dem Charmeur einige kräftige Streicheleinheiten zu verpassen, bevor sie seinen Futternapf füllte. Sein Fell war mittlerweile wieder glänzend sauber geleckt. Hoffentlich hatte sie daran gedacht, die Wohnungstür zu schliessen, ansonsten befänden sich nun die herrlichsten Pfotenabdrücke auf der frisch gewaschenen Bettwäsche. Sie stellte den Futternapf auf den Boden. Sofort verstummte sein Schnurren, nur das gegen den Napf baumelnde Halsband klingelte in unregelmässigen Abständen.

Hanny brühte sich einen Tee auf und ging mit der Tasse in der Hand in den Keller hinunter. Wenn die Gäste schon so begeistert von den alten Kerzengläsern waren, fände sich dort vielleicht noch die eine oder andere Kostbarkeit, mit der sie das Stybli schmücken konnte. Wenn der Koch moderne und alte Küche miteinander verbinden konnte, wollte sie dies in der Gaststube weiterführen, denn offensichtlich zeigten ihre Gäste Interesse an dieser Fusion.

Sie öffnete die Kellertür mit einem altmodisch anmutenden Schlüssel, dessen Bart eine erstaunliche Länge aufwies, und stand vor einem Höllenschlund, aus dem ein erdiger Geruch drang. Um das Licht anzuzünden, musste sie sich bis in die Mitte des Raumes vorantasten und dort an der Kordel ziehen, die von der Deckenlampe herunterhing. Früher war das eine beliebte Mutprobe zwischen den Geschwistern gewesen. Schritt für Schritt schlich sie nun hinein, wobei sie mit den Füssen den Boden absuchte, um sich nicht das Schienbein zu stossen. Endlich bekam sie die Kordel zu fassen und zog daran. Sofort erhellte die Glühbirne den Raum, nur die Ecken blieben immer noch im Dunkeln verborgen. Der gestampfte Lehmboden füllte den Raum mit seinem modrigen Geruch und hielt ihn winters wie sommers angenehm kühl und trocken. Grossmutter von Matt war oft hier unten zu finden gewesen. Fleissig hortete sie die selbst eingekochten Marmeladen neben den gedörrten Bohnen, den zu Kränzen geflochtenen Zwiebeln und den in Harassen gestapelten Kartoffeln.

Hanny stellte die Teetasse auf das Holzregal und kehrte kurz in die Küche zurück, um eine starke Taschenlampe zu holen. Von der Mitte des Kellerraumes aus leuchtete sie in alle Ecken. Aus dem Schatten heraus tauchten Türme von Kartonkisten auf, nur vereinzelt mit einem Etikett oder einer Beschriftung versehen, lediglich den ursprünglichen Kartoninhalt konnte sie entziffern, Frisco-Findus-Ravioli. Nun, so viel zum Thema Frische. Da machte der kleine rote Zipfelmützenzwerg auf der nächsten Kartonschachtel auch keine bessere Gattung. Allem Anschein nach beinhaltete der Karton ein Dutzend Menages mit der absoluten Neuheit namens Aromat. Mit leichter Wehmut dachte Hanny an den kleinen Knorrli, eine Werbefigur aus Plastik, der jahrelang an ihrer Schultasche gebaumelt hatte. Wo der wohl in der Zwischenzeit abgeblieben war? Sie trank den Tee aus und beschloss, in der linken Ecke zu beginnen und sich von dort aus durch die Kisten zu wühlen. So lange, bis sie weitere Dekorationsartikel gefunden hatte oder das Schlafbedürfnis zu gross wurde.

Nach einer Stunde war sie noch nicht viel weiter mit ihrer Suche nach alten Schätzen des Styblis. Zwar hatte sie damit begonnen, Berge von Kartons, Altpapier und Glasflaschen auszusortieren, aber nennenswerte Funde konnte sie nicht aufweisen. Von bauchigen Mostflaschen, gehäkelten Spitzendeckchen und ihren ersten Kinderschuhen einmal abgesehen. Beklommen hielt sie die winzigen blau-roten Sandalen in den Händen. Das abgeschabte Leder zeugte davon, dass sie noch nicht ganz sicher auf den Beinen gewesen sein konnte, als sie damit durch die Welt gestapft war. Hanny konnte sich nicht an die Schuhe erinnern, aber die Kartonschachtel war mit der Handschrift ihrer Mutter versehen, «Hannys erste Lebensjahre». Neben den Schuhen waren ein alter Tutsch, eine gestrickte Decke und ein Stoffhund mit zerkauten Ohren zum Vorschein gekommen. Hanny hatte Mühe, die Tränen zurückzuhalten. Mit den Erinnerungen an ihre Kindheit kam unweigerlich auch die Sehnsucht nach ihrer verstorbenen Mutter. Erst allmählich begann Hanny zu begreifen, wie sehr ihre Mutter unter ihrem Vater gelitten haben musste; so sehr, dass ihr schliesslich die Kraft zum Leben gefehlt hatte.

Mit einem Ruck stand Hanny auf und deponierte die Erinnerungsstücke auf der Kellertreppe, sie würde sie später mit nach oben nehmen und in aller Ruhe betrachten. Unschlüssig blieb sie mitten im Raum stehen. Ihre Arme und Beine schmerzten nach den langen Arbeitsstunden im Stybli, und die Aufräumarbeiten im ungeheizten Keller hatten ihren Teil dazu beigetragen. Sollte sie die weitere Suche abbrechen oder aber die letzte, noch nicht durchsuchte Ecke in Angriff nehmen? Wer weiss, wann sie wieder Zeit dafür haben würde. Seufzend hob sie den Deckel der nächsten Schachtel ab und spürte augenblicklich, dass sie auf Gold gestossen war.

Hefter und Ordner lagen darin gestapelt, Schulhefte mit Paketschnur zusammengebunden, sogar vollständig erhaltene Zeitungen, zwar arg vergilbt, aber immer noch gut lesbar. Den grössten Anteil jedoch machten Briefe aus. Dutzende aufgeschlitzte Briefumschläge von unterschiedlicher Dicke, jeweils zu Stapeln gebunden, bedeckten den Schachtelboden. Auf die Schnelle konnte Hanny nichts Besonderes daran erkennen. Es sah so aus, als hätte die Familie von Matt ihre private Korrespondenz aufgehoben. Jemand hatte es nicht übers Herz gebracht, die Briefe wegzuwerfen.

Hanny strich neugierig über die gefütterten Umschläge. Welche Klasse hatte dieses Briefpapier im Gegensatz zu den schnelllebigen Meldungen in Form von digitalen Kurzsätzen. Die Schreiber hatten sich Zeit genommen und mit teurem Briefpapier und Füllfederhalter wohlüberlegte Worte geschrieben. Keine Delete-Taste, die Gedankengänge verschwinden liess. Kein Rechtschreibprogramm machte den Schreiber auf Fehler aufmerksam, keine Grussformeln in zweibuchstabigen Abkürzungen, keine Gesichter, die die Gefühle des Schreibers wiedergeben sollten. Der Schreibende hatte sich in Worten so klar auszudrücken, dass seine Meinung keiner Untermalung bedurfte.

Hanny legte die Ordner, Briefe und Hefter wieder in die Schachtel zurück. Müde geworden, beschloss sie, die Kisten in ihre Wohnung zu schleppen. Sie würde später entscheiden, was sie behalten wollte und was definitiv entsorgt werden konnte.

***

Clara war wütend. So wütend wie noch nie in ihrem Leben. Am liebsten würde sie nach draussen eilen, Blumenbeete zertrampeln, Fensterscheiben einschlagen und in den Brunnen pinkeln. Nun gut, bei Letztem tat sie sich als Frau wohl eher schwer, wenn sie noch ein letztes Mass an Würde behalten wollte, aber es war der Gedanke, der zählte. Sie schnappte sich den Whisky vom obersten Küchenregal, den alten schottischen, öffnete den Drehverschluss und ging in ihre Puppenstube.

Was hatte sie sich nur dabei gedacht, ihre gute Stelle aufzugeben, alle Zelte abzubrechen, nur um in der Engenmatt zu stranden? Es hatte ja nicht gut gehen können! Immer wieder musste sie an ihre Ziele denken, hochgesteckte Ziele wohlgemerkt, aber doch auch machbare. Bislang hatte sie diese keineswegs erreicht. Sie hatte ihre Puppenstube zwar zum Laufen gebracht, denn sie war eine wahre Meisterin des Fachs, es fehlte jedoch die Laufkundschaft in der Engenmatt. Sie musste Unmengen an Geld in die Hand nehmen, um in Werbung zu investieren. Dies könnte sie noch verschmerzen, sie war in der Lage, die Verluste mit konsequentem Haushalten wettzumachen.

Zum Teufel mit dem Auftrag ihrer Mutter, den sie auf dem Sterbebett ausgesprochen hatte! Zwar hatte ihre Mutter ihr eine ordentliche Summe vererbt, damit Clara einige Monate in der Engenmatt leben und in die Vergangenheit eintauchen konnte, jedoch gestaltete sich dieses Unterfangen schwieriger als gedacht.

Heute Abend war sie wütend, weil sie ihrem Ziel noch keinen nennenswerten Schritt näher gekommen war. Der erste Schluck Whisky brannte wie Feuer in der Kehle, bereitete sie schmerzhaft darauf vor, dass noch mehr davon kommen würde. Sie wischte mit dem Handrücken über den Mund, liess gleich noch einen zweiten Schluck folgen. Die Wut brodelte in ihrem Magen, kroch hoch, pochte an ihrer Schläfe. Nirgends auf der ganzen Welt würde sich ein derartig toleranter Nachbar finden, wie sie ihn nun bräuchte. Sie liebte die Musik wie ihre Bettgeschichten, laut und hart. Die Flasche stellte sie auf ihren Arbeitstisch neben die geschändete Puppe, loggte sich in ihren Computer ein und entschied sich aus einer Laune heraus für die guten alten Toten Hosen. Nicht die braven Mainstreamlieder, mit denen die Punkband heute die Charts erstürmte, sondern die gitarren- und bassbeladenen Stücke, die das Gehirn zum Stillstand brachten und die Emotionen ausbrechen liessen. Dazu brauchte es wohl oder übel die Kopfhörer, die sie sich nun überstülpte. Es spielte keine Rolle, dass sie das Telefon oder die Türklingel nicht hörte. Wer sollte sie kontaktieren wollen?

Einsam war sie, noch einen Schluck des schottischen Wassers, so einsam fühlte sie sich. Wie erbärmlich war es denn, wenn ein torpedierendes Messer im Rücken der einzige ständige Begleiter im Leben einer jungen Frau war? Vor einem Jahr noch hatte es ihr nicht an männlicher Begleitung gefehlt, sofern es sie denn danach gelüstete. Einfach auf und davon, hiess es dann, und gemeinsam mit einer Freundin hatte sie die Clubs der Nacht durchforstet und mit dem erlegten Mann die Matratzen strapaziert. Manches Mal, wenn der Rausch der Hormone und des Alkohols nachliess, hatten sich danach nette Gespräche ergeben, oder aber der Kerl wurde aus der Wohnung geworfen, und sie hatte den Rest des Sonntagmorgens genussvoll verschlafen. Mit diesem Verhalten wäre jeder Mann als chauvinistisches Schwein betitelt worden, aber Clara scherte sich nicht um die Meinung der anderen. Bislang jedenfalls.

Eigenartigerweise bekümmerte sie nun das Verhalten der Engenmatter, obwohl die sie nicht mit offenen Armen in ihrer Gemeinschaft empfangen hatten. Eigentlich alle, mit Ausnahme von Hanny und Valentin. Mittlerweile hatte sich ihre Kehle an die Schärfe des Whiskys gewöhnt, und sie gönnte sich einen weiteren Schluck. Es war egal, dass der Alkohol sich nicht mit dem Antirheumatikum vertrug und sie morgen würde sterben wollen, who cares?

Clara war so unglaublich wütend auf das Leben! Wieso war sie nicht fähig, eine Beziehung zu führen? Weshalb plagte sie sich so sehr mit der Vergangenheit? Warum gelang es ihr nicht, die Mauern des Schweigens in der Engenmatt zu durchbrechen? Es fiel ihr zunehmend schwerer, das Gleichgewicht zu halten, und so setzte sie sich auf den Arbeitstisch. Pinsel, Leimtuben und Schraubenzieher polterten auf den Boden. Egal, dachte sie, sie würde das sowieso nicht mehr gebrauchen, wenn es mit der Puppenwerkstatt, ihrer eigenen Puppenstube, weiterhin so miserabel lief. Sie rutschte in die Mitte des Tisches, nahm die Puppe vom Bruderklausenbrunnen in die Hand und schaute tief in deren leere Augenhöhlen.

«Zum Teufel mit der Suche nach ihm! Ich kehre wieder nach Bern zurück und lass diese verstockten Engenmatter in ihrem elenden Quartier versauern. Niemals werden sie mir die Wahrheit sagen», schrie sie. Mit Schwung holte sie aus und warf die Porzellanpuppe an die gegenüberliegende Wand, wo sie zerschellte und dann auf den Boden fiel. Eine über hundertjährige Puppe, ein Meisterstück von Schildkröt, innert wenigen Sekunden zerstört.

Clara legte sich auf den Rücken, streckte die Beine aus, hörte den Hosen zu, die zum Kreuzzug ins Glück aufriefen. «Ja, wie denn, Campino, wenn das nur so einfach wäre», brummte sie.

Im Liegen aus der Flasche zu trinken, gestaltete sich schwieriger als gedacht, und sie schüttete sich den Whisky versehentlich in ihr Dekolleté. Als sie sich genervt aufsetzte, schlich das Rinnsal zwischen ihren Brüsten hinunter, bis sich das schottische Gewässer im Bauchnabel sammelte. Wo blieb denn nun der passende Mann, um ihn wieder sauber zu lecken? Ach, sie wollte in ihrem Elend schwelgen, die Stiche in ihrem Herzen fühlen, ihr Versagen laut hinausschreien, sie suhlte sich in ihrem Weltenschmerz. Das letzte Quäntchen Vernunft schlich sich leise davon. Sie stand mitten in ihrem Arbeitszimmer mit montierten Kopfhörern, Punkrock in ihren Gehirnwindungen, das Shirt whiskygetränkt, die Haare ungezähmt, das Messer im Rücken betäubt, und sie fühlte sich seit langer Zeit zum ersten Mal wieder wohl in ihrer Haut.

Mit einem Aufschrei griff sie nach dem Sekundenkleber, zeichnete mit ihm eine hässliche, klebrige Fratze an die Gipswand und klebte die zersplitterten Puppenteile daran fest. Ein garstiges Gesicht schaute ihr entgegen, klagte sie mit einem zum Schrei aufgerissenen Mund an. Die Musik schmerzte in ihren Ohren, der Bass wurde drängender, forderte sie dazu auf, noch schneller zu arbeiten, die Zerstörung zu beschleunigen. Das tat gut. All die geschluckten Bemerkungen der Engenmatter über die Fremde, sie schrie sie hinaus. Die Verlustängste, wenn sie Nacht für Nacht allein im Bett lag und sich wieder eine Familie wünschte, so wie früher sollte es wieder sein.

Die Einsamkeit, die sonst an ihrem Selbstwertgefühl nagte, sie wurde durch das Arbeiten erträglich. Sie tauchte den Pinsel in die schwarze Farbe, wo er sich genüsslich vollsog, dann hob sie ihn hoch und schaute zu, wie die Tropfen sich widerwillig von den Borsten trennten, um mit einem satten Geräusch auf dem Boden aufzuklatschen. Immer schneller drehte sie sich im Kreis, liess den Pinsel seine dunkle Last verlieren und die Farbe auf Wände, Regale und Fensterscheiben spritzen.

Sie würde tief fallen, das wusste sie, aber alles hatte seinen Grund, davon war sie überzeugt. Noch einen Schluck Whisky. Wärme im Bauch.

Das letzte Lied wurde eingespielt, Gitarre und rauchige Stimme: *Steh auf, wenn du am Boden bist, steh auf, auch wenn du unten bist, steh auf, es wird schon irgendwie weitergehen. Halt durch, schmeiss jetzt nicht alles hin, auch wenn du einsam bist, halt durch, auch wenn du allein bist, schmeiss jetzt nicht alles hin, und irgendwann wirst du verstehen, dass es jedem einmal so geht.*

Clara nickte einem imaginären Gegenüber zu, warf den nassen Pinsel auf den Tisch und gönnte sich zum Abschluss noch fünf grosse Schlucke, bevor sie in ihr Schlafzimmer ging und sich voll angekleidet aufs Bett warf, wo sie mit der Flasche in der Hand sofort einschlief.

Das Erwachen zwölf Stunden später war grauenvoll, und es brauchte einige Espressi, den starken Ristretto, nicht den Schwachstrom Cappuccino, um einigermassen auf die Beine zu kommen. Erst nach einem langen Bad war sie in der Lage gewesen zu arbeiten. Sie hatte das Durcheinander der letzten Nacht beseitigt, nur die Fratze aus den Porzellanscherben der Puppe an der Wand kleben lassen, und sich anschliessend leicht beschämt in ihre Arbeit als Puppenmacherin vertieft.

Vergessen, die rebellischen Gedanken der letzten Nacht. Selbstverständlich würde sie ihren Frust hinunterschlucken und ihrem Plan treu bleiben. Nur aus einem einzigen Grund war sie in die Engenmatt gekommen. Die Zeit war reif, Antworten auf die eine Frage zu bekommen, die in ihrem Herzen brannte. Wo war er? Noch in Bern hatte sie ihren Stiefvater zur Rede gestellt, jedoch nichts Neues von ihm erfahren. Auch der kurz darauf von ihr angeforderte Polizeibericht war nicht hilfreich. Sie hatte in der Wohnung ihrer Eltern vergebens nach Dokumenten gesucht, die ihr weiterhelfen konnten. Eines Abends hatte sie entnervt die soeben durchsuchte Schublade zugedonnert.

«Es hilft nichts, du musst da hoch», hatte ihr Stiefvater damals gesagt. «Wenn du jetzt nicht nach Antworten suchst, wirst du dein Leben lang auf der Suche sein. Genau wie deine Mutter.»

Sie hatte sich seine Worte zu Herzen genommen, sich in Bern ab- und in Sarnen wieder angemeldet und ihren Lebensmittelpunkt in die Engenmatt verlegt. Allerdings hatte sie ihrem Stiefvater verschwiegen, dass sie diesen Plan inkognito durchzuführen gedachte. Ihr war sogleich klar gewesen, dass sie niemals die nötigen Informationen erhalten würde, wenn sie offen danach fragte. Was sie brauchte, fand sich in keinem Büro, auf keiner Website und in keiner Zeitung. Sie war angewiesen auf die Geständnisse der Engenmatter.

Clara arbeitete lange Stunden durch, unterbrach ihre Arbeit nur, um zwischendurch etwas zu essen und auf die Toilette zu gehen. Sie schrak zusammen, als sie unvermittelt ein scharfes Geräusch hörte. Verwirrt legte sie Pinsel und Lupe auf die Tischplatte und blickte auf die Uhr. Vier Uhr morgens. Sie stand auf und streckte ihre müden Rückenmuskeln. Die Reparatur einer besonders schönen Biskuit-Puppe hatte sie so in den Bann gezogen, dass sie mehrere Stunden mit ihr verbrachte, ohne auf die Zeit zu achten. In ihren Schläfen rauschte die angenehme Wärme der Schmerzmittel.

Da! Schon wieder hörte sie das Geräusch, und diesmal konnte sie erkennen, dass es von aussen kam. Anscheinend warf jemand Kieselsteine an ihr erleuchtetes Fenster. Das war ihr nicht mehr passiert, seit vor langer Zeit ein liebeshungriger Jugendlicher in ihr Mädchenzimmer eindringen wollte, jedoch von ihrem Stiefvater mit zahlreichen unflätigen Ausdrücken vertrieben wurde.

Unvermittelt erinnerte sie sich an Hannys Warnung, sich in

den nächsten Tagen eher bedeckt zu halten und die Engenmatter möglichst zu meiden. War da jemand, der ihr die Schuld an Peters Tod gab und sie nun bedrohte? Vorsichtig schlich sie an der Wand entlang, um nicht durch das Fenster gesehen zu werden, bis sie mit den Fingern den Vorhang etwas anheben konnte. Zu spät realisierte sie, dass das Fenster einen leuchtenden Bilderrahmen für jeden Beobachter bot. Es wäre besser gewesen, sie hätte das Licht gelöscht. Der nächste Stein knallte direkt neben ihrem Kopf an die Scheibe. Aus dieser Distanz war das Knallen erschreckend laut.

Verdammt, sie würde noch eine neue Scheibe bezahlen müssen, wenn das so weiterging. Bei diesem Lärm würde demnächst das ganze Haus aufwachen, und Clara müsste sich morgen die Sprüche sämtlicher Nachbarn anhören. Darauf konnte sie verzichten, vielen Dank, die Leute sprachen schon genug über sie. Sie versuchte, auf dem dunklen Platz vor dem Haus den Steinwerfer auszumachen, sah aber nur einen Schatten, der zu ihr hochwinkte.

Vorsichtig öffnete sie das Fenster, streckte den Kopf hinaus und zischte: «Wer bist du und was zum Teufel suchst du hier mitten in der Nacht?»

Sie bekam keine Antwort, stattdessen trat die Person aus dem Dunkel in den vom Fenster erleuchteten Platz. Claras Atem ging schneller, als sie Valentin erkannte, der sie mit fragendem Gesicht anblickte. Sollte sie ihn mitten in der Nacht in ihre Wohnung lassen? Sie hatte erwartet, dass er sie wegen der Fotografie aufsuchen würde, aber doch nicht morgens um vier!

Valentin deutete auf seine Brust und zeigte dann zu ihr hoch.

Kein Zweifel, er wollte zu ihr. Clara seufzte auf und winkte ihn herein. Sie schloss das Fenster, entriegelte die Haustür im Erdgeschoss per Fernbedienung und wartete an ihrer Wohnungstür, bis Valentin die Treppen hochgestiegen war.

Valentins dunkle Haare waren nass und begannen sich im Nacken zu krausen, den Jackenkragen hatte er bis zu den Ohren hochgeschlagen, anscheinend hatte auch er die Nacht zum Tag gemacht.

«Nun komm schon rein», forderte Clara ihn auf und bemerkte

erst jetzt, dass sie keineswegs passend für Besuch gekleidet war. Aber wer rechnete um diese nachtschlafende Zeit mit Gästen? Ihre Haare hatte sie in einen nachlässigen Knoten geschlungen, und an ihren grauen Trainerhosen waren Farbflecke und Leimspuren erkennbar, sichtbare Spuren ihrer Arbeit. Das Shirt war in keinem besseren Zustand, und zu allem Übel trug sie an ihren Füssen dicke Filzpantoffeln. Sexy war anders. Verlegen nestelte sie in ihren Haaren, gab den Versuch, etwas anständiger aussehen zu wollen, jedoch schnell wieder auf.

«Ist mit Hanny alles in Ordnung?», fragte sie, und Valentin nickte ihr beruhigend zu. Clara seufzte auf, sie merkte erst jetzt, wie erschöpft sie eigentlich war und wie dringend sie eine Pause nötig hatte. «Möchtest du einen Tee?», wollte sie wissen und ging voran in die Küche, aber Valentin hielt sie an der Schulter zurück.

Langsam drehte sie sich zu ihm um, was wollte er von ihr? Sie stand hier mit einem in Sprachlosigkeit gefangenen Mann, nicht wissend, was er mitten in der Nacht von ihr wollte. Sie fühlte sich unsicher, wusste nicht, was er von ihr erwartete. Drohte ihr Gefahr? Immerhin hatte er sie soeben an der Schulter gepackt, nicht fest, aber doch bestimmt.

Valentin schien ihr Zögern zu bemerken, denn er liess sie unverzüglich los, stattdessen begann er, die Garderobe abzusuchen. Als er ihre Handtasche gefunden hatte, hielt er sie ihr auffordernd unter die Nase.

Clara wusste, was er wollte, aber tief in ihrem Innersten sträubte sich etwas dagegen. All die Wochen, in denen sie hatte schweigen müssen und ihre wahren Absichten ein Tabu gewesen waren.

Valentin kramte nach ihrer Brieftasche, aufmerksam von Clara beobachtet.

«Hör mal, kann das nicht bis morgen warten?», begann sie, aber Valentin schnitt ihr das Wort ab, indem er sie an die Hand nahm und in die Werkstatt zog.

Hier war es wesentlich dunkler als im Flur, nur die Tischlampe an ihrem Arbeitsplatz beleuchtete die Fratze aus der zerbrochenen Schildkrötpuppe, die sie in einem Akt der Trunkenheit an die

Wand geklebt hatte. Auf einem kleinen Tischchen flackerte eine fast schon heruntergebrannte Kerze.

Valentin hielt ihre Hand immer noch fest und schaute ihr in die Augen. Obwohl er nicht sprechen konnte, kommunizierte er. In seinen Augen spiegelte sich das Flackern der Kerze wieder, und sie merkte, dass er nicht nachlassen würde, bis sie ihm erzählte, was er wissen wollte. Sie wollte sich ihm anvertrauen, wollte ihm erklären, weshalb sie in die Engenmatt gezogen war, aber etwas hielt sie davon ab. Eine kleine Stimme in ihrem Kopf fragte, weshalb er sich bei ihr keineswegs schüchtern zeigte, wo er doch ansonsten Menschen mied. Konnte sie ihm tatsächlich vertrauen? Als sie ihn ansah, erkannte sie, dass er zu begreifen begann.

Mit einem tiefen Stöhnen atmete Valentin aus und löschte damit die Kerze aus. Ruckartig drehte er sich um, beugte sich zu ihr hinunter und packte ihr Gesicht mit seinen grossen Händen. Clara blickte im Dämmerlicht durch seine dunklen Augen bis in seine Seele, erahnte die grosse Sehnsucht darin, beugte sich ein wenig vor und liess ihre Lippen über die seinen gleiten. Valentins Hände strichen über ihre Schläfen, lösten den starken Druck darin und wickelten sich die Haarsträhnen um die Finger. Er legte seine Schläfe an die ihre, und Clara roch den Regen in seinen Haaren, den Wald und die frische Luft, dazu noch den männlichen Duft, der ihre weiblichen Hormone tanzen liess. Ihre Brustwarzen zogen sich schmerzhaft zusammen. Valentin zog sie näher heran, presste sie fest an sich und liess seine Hände unter ihr T-Shirt gleiten, fuhr mit seinen Fingerspitzen die Lendenwirbel hoch, wanderte nach vorne bis zur Brust. Er riss ihr das Shirt über den Kopf und betrachtete erstaunt die eigentümliche Zeichnung unter ihren Brüsten. Lange liess er sich davon aber nicht ablenken. Kurz bevor er sie auf den Tisch hob, löschte er die Arbeitslampe, ohne seinen Mund von dem ihren zu trennen.

Verwirrt lag Clara am nächsten Morgen in ihrem Bett und spürte die Spuren der vergangenen Nacht an ihrem Körper. Valentin war kein zurückhaltender Liebhaber gewesen, im Gegenteil, er hatte sich genommen, was er wollte, und trotzdem darauf geachtet, dass auch sie dabei nicht zu kurz kam. Mit einem Blick unter die Bettdecke stellte sie fest, dass sie eine Bissspur auf ihrem linken Busen hatte.

Mistkerl, nun ja, brauchte auch niemand zu wissen, schmunzelte Clara.

Irgendwann hatten sie von der Werkstatt in ihr Bett gewechselt und wieder da angefangen, wo sie nach dem ersten Mal aufgehört hatten. Danach hatte sich Valentin auf die Seite gedreht und mit dem Finger versonnen die Linien ihrer Tätowierung nachgefahren. Aussergewöhnlich fein war die Haut an dieser Stelle, und sosehr das Stechen der Zeichnung geschmerzt hatte, so intensiv empfand Clara diese Berührung nun.

Zwischen ihren Brüsten reckte sich ein schreiender Schnabel empor, der dazugehörige Kolkrabe hatte seine kräftigen Schwingen unter ihrem Busen ausgebreitet und bildete so eine Umarmung des ganzen Brustkorbes. Der Tätowierer war ein wahrer Meister seines Faches, denn obwohl das Tier in tiefstem Schwarz glänzte, wirkte die Zeichnung nicht plump und monochrom. Die Schwingen und Schwanzfedern waren ebenso von sicherer Hand gezeichnet wie das Auge und die klauenartigen Krallen.

Valentin hatte mit dem Zeigefinger auf die Stelle getippt, die dem Herzen am nächsten war, und Clara musste nicht hinschauen, um zu erkennen, was er wissen wollte. Die sechs in gotischer Schrift gestochenen Buchstaben, fast zu klein, um auf Anhieb erkannt zu werden, hatten sich nicht nur in ihre Haut, sondern auch in ihr darunterliegendes Herz gebrannt.

«Der Name eines Jungen», hatte sie ihm geantwortet. «Mehr brauchst du nicht zu wissen.» Mit diesen Worten hatte sie sich auf den Bauch gedreht und damit das Tattoo verdeckt. Es schmerzte sie noch immer, darüber zu sprechen.

Clara sah durch den Spalt der zugezogenen Vorhänge, dass es heller Tag war, und mit einem Blick auf den Wecker sprang sie endgültig aus dem Bett. Valentin musste schon vor einiger Zeit gegangen sein, seine Seite des Bettes war kalt. Clara zog erschrocken die Füsse hoch, als sie den kühlen Boden berührte. Nach kurzem Zögern huschte sie dennoch ins Badezimmer, vermied dabei den Blick in den Spiegel, um sich nicht selbst zu erschrecken, und sprang unter die Dusche. Das Wasser rieselte zuerst kalt, dann immer heisser auf sie herab. Sie verharrte mit geschlossenen Augen und fragte sich verwundert, wie es gestern Abend zu dieser Situation kommen konnte.

Weshalb hatte sich Valentin von einem schüchternen, zurückgezogenen Mann so plötzlich zu einem selbstbewussten Liebhaber entwickelt? Einen Grund für diese Verhaltensänderung gab es bestimmt, aber Clara kannte Valentin nicht gut genug, um diesen zu kennen, und ihre Freundin Hanny, immerhin Valentins Schwester, konnte sie kaum fragen. Das war ihr zu peinlich nach dieser Nacht. Sie griff blindlings nach dem Shampoo und seifte sich die Haare ein, bevor sie mit dem Ladyshave die unnötigen Härchen an den delikaten Körperstellen wegrasierte. Dabei bemerkte sie, dass Valentin nicht nur auf ihrem Busen seine Bissspuren hinterlassen hatte. Sie beschloss, ein ernstes Wörtchen mit ihm zu reden.

Nachdem sie fertig geduscht und sich angezogen hatte, brühte sie einen frischen Kaffee auf und begab sich in ihr Arbeitszimmer.

«Himmel, Arsch und Zwirn, Valentin!», rief sie laut aus, als sie die Sauerei auf ihrem Arbeitstisch erblickte.

Die gesamte Tischplatte war mit einem weissen Pulver bestreut, und wirre Linien liessen das dunkle Braun des Holztisches durchschimmern. Während sie selig schlief, musste Valentin sich hier ausgetobt haben. Sie war fuchsteufelswild über diese Sauerei, die sie nun mühsam zu putzen hatte, bevor sie sich ihrer Arbeit mit den Puppen widmen konnte. Langsam wurde sie Profi im Aufräumen und Putzen ihrer Puppenstube. Halb belustigt und doch mit einem leisen Knurren trat sie an den Tisch, streckte den Finger in den Mund und kostete anschliessend das weisse Pulver. Kein Zweifel, das war Zucker. Womöglich hatte Valentin ihn in ihrem Küchenschrank gefunden. Sie war erstaunt, dass sie so viel Zucker vorrätig gehabt hatte, Valentin musste mehrere Kilo davon verbraucht haben.

Sie wollte sich schon umdrehen und den Staubsauger aus dem Putzschrank im Flur holen, als sie irritiert stehen blieb. Irgendetwas an diesem Muster liess sie innehalten. Um es genauer betrachten zu können, stellte sie einen Stuhl an die Stirnseite des Tisches und kletterte hinauf. Von oben stellte sie fest, dass die Linien keineswegs zufällig, sondern sorgfältig und exakt mit einem Finger in den Zucker gemalt worden waren.

«Valentin ist schon ein Fall für sich», brummelte Clara. Um ganz sicherzugehen, dass die Botschaft dieses kurzlebigen Kunstwerks auch nicht verloren ging, hüpfte sie vom Stuhl, trennte im Schlafzimmer ihr Smartphone vom Ladegerät und kehrte ins Arbeitszimmer zurück. Sie fotografierte die Linien von allen Seiten und schlussendlich auch aus der Vogelperspektive, indem sie wiederum auf den Stuhl stieg. Wie sie so in aller Ruhe das Werk betrachtete, erkannte sie auf der gezuckerten Landkarte die Umrisse einzelner Häuser und, etwas grösser mit einem Kreuz ausgestattet, die Kirche. Sie folgte der angedeuteten Strasse von der Kirche bis zu ihrem Haus und bemerkte mit einem Schmunzeln, dass er die abgebrannte Kerze von gestern Abend auf dieses Haus gestellt hatte.

Was er mit der Landkarte bezwecken wollte, war ihr nicht klar, aber sie liess sich gern auf dieses Spiel ein, erinnerte es sie doch stark an das Schatzsuchen aus ihrer Kindheit. Ihr Murren über die bevorstehende Putzarbeit hatte sie schon wieder vergessen. Die Engenmattstrasse, die von Sarnen hinauf ins Dorf führte, war gut an ihrer Breite erkennbar, Valentin hatte sie jedoch noch weiter gezogen, aus dem Dorf heraus. Clara kannte diesen Teil der Engenmatt noch nicht, und sie prägte sich ein, dass Valentin seinen Weg noch viermal abzweigen liess, bevor er eine grosse Tanne und einen schwarzen Kreis dazu gezeichnet hatte. Clara konnte sich nicht vorstellen, was er ihr hier zeigen wollte, zoomte mit ihrem Handy jedoch diese Stelle heran und schoss ein Bild davon.

Nachdem sie sich mit einem letzten Blick vergewissert hatte, dass alle Linien fotografisch festgehalten waren, beschloss sie, dieser Sauerei ein Ende zu bereiten, und zog den Staubsauger aus dem Putzschrank. Schade um den guten Zucker. Clara widerstrebte es, Lebensmittel wegzuwerfen, aber Valentin hatte vor seiner kreativen Arbeit vergessen, die Tischplatte sauber zu wischen, und so hatten sich die weissen Kristalle mit Leim- und Lederresten vermischt. Sie startete das Gerät, und bevor sie den

Zucker aufsaugen konnte, gab es röchelnd seinen Geist auf. Sie griff fluchend zum Besen, erinnerte sich aber plötzlich an ihren Termin bei der Massage.

«Mist, elender», fluchte sie mit einem Blick auf die Uhr, sie würde sich beeilen müssen, wenn sie nicht zu spät kommen wollte. Sie liess den defekten Staubsauger im Flur und die gezuckerte Landkarte auf dem Tisch liegen und polterte mit wehenden Mantelschössen die Treppe hinunter.

# 8

Eine Puppe fest an die Brust gedrückt, betrat Arnold von Deschwanden das leere Stybli und setzte sich auf seinen Platz am Stammtisch. Die Puppe legte er vorsichtig auf den Tisch. Hanny, die in der Küche soeben eine Apfelwähe in den Ofen geschoben hatte, betrat das Restaurant und blieb verdutzt stehen. Arnold sass zusammengesunken, seine grauen, ungewaschenen Haare hingen ihm ins Gesicht. Gedankenverloren streichelte er das bleiche Kindergesicht. Er bot einen Anblick der absoluten Trostlosigkeit, hier wollte ein Mensch der Welt für einen kurzen Augenblick entfliehen.

Auf Hannys Nachfrage, welche Laus ihm über die Leber gelaufen sei, antwortete er kopfschüttelnd, dass er nicht weiterwisse. Er mache sich grosse Sorgen um seine Schwester, die von Tag zu Tag eigenartiger werde.

«Manchmal habe ich das Gefühl, sie lebt nur noch in der Vergangenheit.» Seine Hände griffen nach der Puppe. Langsam schlossen sich seine rauen Finger um den Puppenhals und drückten zu, bis es knirschte. Der Kopf der Puppe polterte auf den Holztisch und rollte bis zur Schnapsflasche, wo er liegen blieb.

Hanny löste seine Hände vom zersplitterten Porzellanhals, damit er sich nicht daran schnitt, und legte den Arm um seine Schulter. «Wo hast du denn dieses Ding her?», fragte sie ihn.

Die Puppe glich exakt der Schildkrötpuppe vom Brunnen, mit dem markanten Unterschied, dass diese Puppe kein schwarzes Kreuz auf der Brust hatte. Die bleiche Kinderbrust war unschuldig weiss, die Augen jedoch waren mit schwarzem Isolierband verklebt und entzogen sich dem Blick des Betrachters.

«Die lag im Taufbecken der Kirche», sagte Arnold.

Das Piepsen des Backofens hätte nicht unpassender sein können. Hanny löste vorsichtig ihren Arm von Arnolds Schulter, ging in die Küche und schaltete den Backofen aus. Die dampfende Apfelwähe stellte sie zum Abkühlen auf die Ablagefläche. Kater schnurrte um ihre Beine und erhoffte sich mit flehenden Augen ein Stückchen von der leckeren Köstlichkeit. Eigentlich durfte Kater aus hygienischen Gründen nicht in die Küche. Hannys Vater Glois musste jeweils nur drohend den Kochlöffel schwingen, und der Vierbeiner floh wie der Blitz durch die Schwingtür in das Treppenhaus. Seitdem Glois beerdigt war, schien sich Kater nicht mehr um das Verbot zu scheren, sondern stolzierte wie ein König herein, ganz genau wissend, dass die Geschwister von Matt ihm niemals eins mit dem Kochlöffel über den Schädel ziehen würden. Solange der Lebensmittler, die amtliche Kontrollinstanz der Gastrobetriebe, davon nichts mitbekam, ginge das wohl in Ordnung. Damit Kater sich nicht an der Apfelwähe gütlich tat, schüttelte Hanny Trockenfutter in ein Schälchen und lockte ihn damit aus der Küche hinaus.

Als sie in das Stybli zurückkehrte, war von Arnold nichts mehr zu sehen, lediglich die geköpfte Puppe mit einer Zwanzigernote auf dem Bauch thronte auf dem Stammtisch. Verwirrt versorgte Hanny die Banknote in der Kasse, räumte Gläser und Flasche ab und trug anschliessend die Puppe hoch in ihre Wohnung.

Sie würde die Gaststube gleich wieder öffnen müssen, schliesslich war früher Abend, und auf zahlende Kundschaft konnte sie nicht verzichten. Später würde sie auch diese Puppe zu Clara bringen. Vielleicht wusste sie, ob sich ein Hinweis auf die Täterschaft ausmachen liess. Hanny fragte sich, wer diese Puppen in der Engenmatt platzierte und was der- oder diejenige damit bezwecken wollte. Die erste Puppe war sehr provokant dem heiligen Bruder Klaus auf dem Kopf drapiert worden. Einen öffentlicheren Ort als den Dorfplatz gab es wohl kaum in der Engenmatt. Arnolds Puppe lag im Taufbecken der Kirche, wahrlich ein symbolträchtiger Ort.

An der Hintertür klopfte es, und Hanny stolperte über Kater, der zwischen ihren Beinen hindurchschoss und auf die Arbeitsfläche sprang, um einen kleinen Bissen von der Apfelwähe abstauben zu können. Fluchend stiess sie den Kater unsanft zu Boden und öffnete die Tür.

«Du siehst aus wie das blühende Leben!» Hanny umarmte Clara und roch das Honigshampoo in ihren frisch gewaschenen Haaren. Prompt erschienen rote Flecken auf deren Wangen, und

Clara verwies betont unschuldig auf die mörderische Massage, von der sie gerade käme.

Hanny löste sich aus der Umarmung und betrachtete Clara, deren Haare elektrisch geladen vom Kopf abstanden. War sie zumeist sorgfältig frisiert und gekleidet, so wirkte ihr Erscheinungsbild heute eher nachlässig. Die knappe Jeans betonte zwar den Apfelpo, Clara trug die Hose jedoch ohne Gürtel, und die karierte Bluse passte definitiv nicht zur gestreiften Jacke. Etwas schien die Arme ganz schön mitgenommen zu haben, dachte Hanny mitfühlend und wollte schon ihre Hilfe anbieten, als sie Claras leuchtende Augen bemerkte. Nein, diese Frau wirkte nicht verzweifelt, im Gegenteil, sie wirkte entspannt und fröhlich.

«Das muss eine kräftige Massage gewesen sein.» Hanny konnte sich die Bemerkung nicht verkneifen.

Clara kicherte mädchenhaft und bückte sich, um den beleidigten Kater hinter den Ohren zu kraulen. «Ich kann mich nicht beklagen.»

Kater drehte sich sogleich auf den Rücken und liess sich hingebungsvoll seinen beeindruckenden Bauch streicheln. Das Leben in der Restaurantküche schien ihm gut zu bekommen.

«Hast du eine Minute Zeit?», fragte Hanny und reichte Clara ein Glas gekühlten Weisswein.

«Für dich hab ich doch immer Zeit.» Clara blinzelte. Unter ihren Achseln sammelte sich verräterisch der Schweiss und färbte den Blusenstoff dunkel.

«Arnold hat eine weitere Puppe gefunden!», platzte Hanny mit der Neuigkeit heraus.

Ein lauter Rülpser entfuhr Clara, weil sie sich bei diesen Worten verschluckt hatte und nun mit heftigem Husten kämpfte, der ihr Tränen in die Augen trieb.

«Was?» Sie hustete erneut und wischte sich mit dem Ärmel die Wangen trocken. «Arnold wer?»

«Arnold von Deschwanden, der Bruder von Martha von Deschwanden», erklärte Hanny. «Er hat die Puppe im Taufbecken der Kirche gefunden.»

«In der Kirche?» Clara rang immer noch um Fassung, atmete

schwer ein und aus und versuchte, das innere Gleichgewicht wiederzuerlangen.

«Ja, er arbeitet als Kirchensigrist. Entschuldige, Clara, aber du wirkst heute etwas durch den Wind. Alles in Ordnung mit dir?»

Clara winkte ab. «Wo ist die Puppe? Ich will sie sehen!»

Hanny stieg die Treppe hinauf in ihre Wohnung und kehrte mit der Puppe im Arm zurück in die Küche, wo Clara mit einem nassen Küchentuch über ihren Nacken rieb.

«Sag mal, geht's noch? Das ist eine Restaurantküche! Du kannst gern mein Badezimmer benutzen, wenn dir das hilft, nüchtern zu werden», schimpfte Hanny.

Clara ächzte und erklärte, dass sie heute einfach keinen klaren Gedanken fassen konnte. Sie ging sogar so weit, zu behaupten, dass sie keine Ahnung habe, weshalb. Vielleicht stecke noch der Whisky von gestern Abend in ihren Hirnwindungen fest. Mit geschickten Händen flocht sie sich die Haare zu einem Zopf und machte sogleich einen gefassteren Eindruck.

«Das arme Kind», rief sie aus, als sie die Puppe in Hannys Armen erblickte, und streckte ihre Arme aus, um die Puppe an sich zu reissen.

Der kleine Körper wirkte unversehrt und gut erhalten, wenn man davon absah, dass jemand den Kopf abgetrennt hatte. Jeder der kleinen Finger und Zehen war detailliert geformt und mit Präzision herausgearbeitet worden. Clara drehte die Puppe um und erkannte die Buchstaben PB in einem sechszackigen Stern.

Leise pfiff sie durch die Zähne. «Eine von Schönau und Hoffmeister. Das Schätzchen ist über hundert Jahre alt! Schau, sie hat einen Kugelgelenkkörper.» Sie zeigte Hanny die Kugeln, die die Funktion der Gelenke übernahmen.

Wie die Puppe vom Bruderklausenkopf war auch diese Puppe gänzlich unbekleidet und wirkte in dieser Nacktheit noch verwundbarer. Die Wangen täuschten mit ihrem zarten Rotton eine strahlende Frische vor, das offene Mündchen schien dem Betrachter etwas sagen zu wollen. Von den einst hübschen Augen des Puppenkindes fehlte jedoch jede Spur, da dickes schwarzes Isolierband jeweils in Kreuzform über die Augen geklebt war.

«In der Kirche wurde sie gefunden, sagtest du?», fragte Clara nach und zupfte mit dem Fingernagel an den schwarzen Klebstreifen herum.

«Ja, Arnold hat sie im Taufbecken liegen sehen. Meinst du», Hanny deutete auf die Puppe, «das da hat etwas mit der Kirche zu tun?»

«Ich weiss es nicht, aber es ist schon auffallend, dass die Fundorte beide Male in einem Bezug zur Kirche stehen. Beim ersten Mal mit dem Nationalheiligen der Schweiz und jetzt sogar in der Kirche selbst. Ich finde es schon ziemlich frech, einem Heiligen eine Puppe auf den Kopf zu spiessen», fügte Clara noch hinzu.

Hanny schlug schnell das Kreuz über der Brust. «Die Puppe lag im Taufbecken. Da, wo Katholiken das erste Sakrament empfangen.»

Clara blickte sie fragend an. Obwohl sie katholisch war, gehörte sie zu den U-Boot-Katholiken, die genau zweimal im Jahr auftauchten, an Ostern und Weihnachten. «Sakrament?»

«Ja doch!», rief Hanny und zählte an ihren Fingern ab. «Taufe, Eucharistie, Firmung, Beichte, Ehe und Krankensalbung sowie das Sakrament der Weihe.»

«Das kann kein Zufall sein, wenn das Baby ausgerechnet im Taufbecken deponiert wurde.»

«Also bitte!» Hanny stemmte die Arme in die Seite. «Es ist eine Puppe, Clara, kein Mensch.»

«Wenn du es sagst.»

Clara verabschiedete sich von Hanny, die sich langsam um den Restaurantbetrieb kümmern musste. Vor der Tür blieb sie stehen und überlegte, was sie mit dem Rest des Tages anfangen sollte. Eigentlich hatte Clara vorgehabt, mit Hilfe der Fotos auf ihrem Smartphone Valentins in Zucker gemalte Spur zu verfolgen, ihr Rücken zwang sie jedoch nicht zum ersten Mal zu einer Planänderung. Sie würde sich zuerst etwas hinlegen müssen, bevor sie auf Schatzsuche ging. Ihr Liebhaber war letzte Nacht stürmisch gewesen, was sie nicht bedauerte, jedoch büsste sie es heute mit Rückenschmerzen, da vermochte auch die beste Massage wenig auszurichten. Valentin konnte sie später immer noch einen Besuch abstatten.

Zu Hause angekommen, begab sie sich sogleich ins Schlafzimmer, zog sich bequeme Kleidung über, füllte eine Wärmflasche mit heissem Wasser und legte sich damit in ihr Bett, nicht ohne zuvor noch zwei Schmerztabletten einzuwerfen. Obwohl sie vorgehabt hatte, nur eine Stunde ihre verspannten Muskeln zu lockern, zollte sie den wachen Stunden der letzten Nacht Tribut und verschlief den restlichen Tag.

***

Valentin wartete an diesem Tag vergeblich auf die Frau, die alles aufzudecken vermochte. Sie war die Einzige, die nicht Teil des Netzes war, das die Engenmatter miteinander verband und in deren Mitte jahrelang eine mächtige Spinne wachte. Alle hatten nach ihrem Willen gelebt, wobei die Spinne eine wahre Meisterin darin war, zu lenken, ohne dass die Leute bemerkten, wie sie geführt und auch verführt wurden. Was sich Valentin über lange Zeit gewünscht hatte, war mit dem Tod seines Vaters endlich wahr geworden. Die hinterhältige Spinne hatte das Zeitliche gesegnet, ins Gras gebissen, war elendiglich verreckt. Er konnte sein Glück kaum fassen.

Natürlich hatte Valentin an jenem Abend gehört, wie sein Vater auf dem Badezimmerboden aufschlug und ächzend um Hilfe gerufen hatte, aber er konnte seinem Vater nicht zu Hilfe eilen. Die jahrelangen Demütigungen wogen zu schwer. Sein Körper war in einer erwartungsvollen Starre blockiert, sein Gedächtnis jedoch lief auf Hochtouren.

Valentin hatte es mit sechs Jahren nach einem traumatischen Erlebnis die Sprache verschlagen, aber statt seinem Qualen leidenden Sohn beizustehen, hatte sein Vater ihn wie einen Dummkopf behandelt. Valentin hatte keine Chance, sich gegen das Familienoberhaupt zu wehren. Jahrelang hatte sein Vater ihn isoliert und zu strenger körperlicher Arbeit angehalten. Stets begleitet von Beleidigungen bezüglich seiner Intelligenz. Wenn da nicht seine Grossmutter gewesen wäre, er hätte seinem Vater womöglich alles geglaubt. Geregelter Schulunterricht war stets ein Wunschtraum von ihm geblieben, einzig seine Grossmutter hatte sich immer wieder seiner erbarmt und ihm die Grundlagen des Lesens, Schreibens und Rechnens beigebracht.

So hatte er sich an jenem schicksalshaften Abend auf sein Bett gesetzt, die Hände ineinandergefaltet und darauf gewartet, bis das Schreien seines Vaters aufhörte und endlich Ruhe einkehrte. Glücklicherweise war Hanny ausser Haus gewesen, bestimmt hätte sie die Ambulanz gerufen. Obwohl sie das ungerechte Verhalten Valentin gegenüber erkannt hatte, hätte sie sich niemals offen gegen ihren Vater gestellt. Zu Hanny war der Vater zwar streng, stets aber auch liebevoll gewesen, und so schlugen zwei Herzen in ihrer Brust. Sie hätte einem Vater, der zwar grob mit dem Bruder umging, ihr jedoch immer ein guter Vater gewesen war, unmöglich beim Sterben zusehen können.

Valentins Hass hatte über die Jugendjahre hinweg Zeit gehabt zu wachsen, und so verspürte er eine zufriedene Genugtuung, als die Hilfeschreie aus dem Badezimmer immer leiser wurden und schlussendlich verstummten.

Erst Stunden später wagte er es, im Badezimmer nachzusehen. Er musste um Fassung ringen, um nicht in Jubelgeschrei auszubrechen. Die Erleichterung war grenzenlos. Die einstmals so mächtige Spinne hatte ihn mit gebrochenen Augen angestarrt, Speichelfäden am Kinn, die Finger in die Brust gekrallt. Das Spinnennetz war herrenlos ohne seine Meisterin, und die Fäden würden sich im Laufe der folgenden Wochen auflösen. Von diesem Tag an war Valentin derjenige, der über sein Leben entschied. Es schien gar so, als ob ihm alle Wege offenstünden.

Sein Rückzugsort war von der Engenmatt aus nicht einfach zu erreichen, lag er doch über hundert Höhenmeter oberhalb des Dorfes in einem unwegsamen Waldstück. Die Höhle war verborgen hinter einem Schleier aus Ahornwurzeln, die den felsigen Eingang umrankten, aber trotzdem einen guten Ausblick auf das Sarneraatal ermöglichten. Bei gutem Wetter erkannte Valentin rechter Hand das Brienzerrothorn, links davon das kleine Dorf Lungern mit seinem Stausee und dahinter die phantastischen Berner Alpen. Direkt gegenüber seiner Höhle, auf der anderen Uferseite des Sarnersees, thronte die mächtige Sachsler Kirche, einstmals wichtiger Wallfahrtsort der Katholiken und Grabstätte des heiligen Bruder Klaus, inmitten eines stetig wachsenden Dorfes direkt am Seeufer. Blickte er noch weiter nach links, erkannte er bei sehr klarer Sicht sogar die stolze Rigi.

Die nächstgelegene Siedlung jedoch, die Engenmatt, befand sich unterhalb seiner Höhle, durch den Tannenwald verborgen. Weil das steile Waldstück neugierige Blicke verhinderte, hatte Valentin hier oben seine Ruhe. Niemand schalt ihn einen Dummkopf und behandelte ihn dementsprechend, denn in seiner Höhle war er König. Wenn es der Vater gar zu arg mit seinen Demütigungen getrieben hatte, war Valentin, wann immer möglich, hierhergeflüchtet. Manchmal blieb er sogar mehrere Tage am Stück, weshalb er die Höhle zwar äusserst einfach, aber auch zweckdienlich eingerichtet hatte. Im Laufe der Jahre war er immer mehr dazu übergegangen, die wärmeren Monate hier oben zu verbringen.

Grossmutter von Matt hatte sehr wohl bemerkt, wenn er wieder einmal etwas aus dem Restaurantbetrieb mitgehen liess, dies jedoch stets mit einem wissenden Lächeln quittiert. So stand etwa der Kerzenverbrauch des Styblis in keinem Verhältnis zur monatlichen Bestellung. Einen wackligen Tisch mit Stuhl, zwei verbeulte Pfannen, ein Besteckset, Gläser, Teigwaren, Konserven und ab und zu ganze Salamiwürste fanden so den Weg in die Höhle hinauf. Einmal trug Valentin sogar einen defekten Schaukelstuhl, den er im Keller des Styblis gefunden hatte, auf seinem Rücken hinauf. Die Lehne hatte er schnell repariert, und so war der Schaukelstuhl nun zu seinem Lieblingsplatz geworden.

Er hatte ihn so platziert, dass sein Gesicht von den in die Höhle einfallenden Sonnenstrahlen erfasst wurde. Mit dem rechten Bein stiess er sich sachte am Boden ab, sodass der Stuhl leicht zu schaukeln begann. Seine Hände auf dem Bauch gefaltet, genoss er nun die unerwartete Wärme der Novembersonne und wartete auf die Frau, die das Spinnennetz in der Engenmatt endgültig auflösen konnte.

Clara von Grünenstein hatte die nötige Verbindung zur Vergangenheit, zudem war sie keinem Menschen in der Engenmatt verpflichtet. Ausserdem besass sie eine Fähigkeit, die Valentin fehlte: Sie konnte sprechen. Auch nahm sie kein Blatt vor den

Mund und scheute sich nicht, die Männer und Frauen zur Rede zu stellen.

Lange würde er jedoch nicht mehr in der Höhle verweilen können. Wenn erstmals der Schnee auf dem Boden liegen bliebe, wäre der Weg hier hinauf zu gefährlich. Wohl oder übel würde er bis zum nächsten Frühling warten müssen. Ohne hinzuschauen, kramte er in der grossen Plastikbox, die neben dem Schaukelstuhl stand, nach einem Müsliriegel. Obwohl er die Nähe der Mitmenschen nicht mochte, sie sogar mied, hatte er die letzte Nacht mit Clara sehr genossen. Es war mehr als ein körperliches Vergnügen gewesen, wie ihm erst jetzt bewusst wurde. Er verschlang die Hälfte des Riegels mit einem Bissen und pulte danach ein Stück Haselnuss zwischen seinen Schneidezähnen heraus. Clara gab sich noch immer bedeckt. Sie hatte ihm auch nach der Bettgeschichte nicht verraten, weshalb sie in die Engenmatt gezogen war. Auch den unter ihren Brüsten eintätowierten Namenszug hatte sie nicht erläutert. Valentin jedoch hatte sich seine eigenen Gedanken gemacht, obwohl er die Buchstaben im schummrigen Licht nur schwer hatte entziffern können. Er hatte die Kinder auf der Fotografie in ihrem Portemonnaie erkannt und sich sogleich an den kleinen Jungen erinnert. Den ersten Verdacht hatte er gehegt, als er den zerzausten Teddybären auf Claras Bett gefunden hatte. In welchem Zusammenhang Clara zu dem Stofftier stand, war ihm damals noch nicht klar gewesen, schliesslich hätte sie es auf einem Flohmarkt gekauft haben können. Aber die Tatsache, dass sie gemeinsam mit seinem damaligen besten Freund auf einer Fotografie zu sehen war, deutete darauf hin, dass sie auch ihn damals gekannt hatte. Ob sie über die Tragödie Bescheid wusste?

Im dunklen Zimmer hatten sie nebeneinander auf dem Bett gelegen. Ihr Kopf hatte in der Kuhle unterhalb seiner Schulter gelegen, als ob die Natur diese extra für diesen einen Zweck erschaffen hätte. Claras Finger hatten die Haare unterhalb seines Bauchnabels gekrault, und er hatte alle Vorsichtsmassnahmen fallen lassen. Denn obwohl ursprünglich eine Engenmatterin, gehörte sie heute nicht mehr zu dieser eingeschworenen Gemeinschaft, und das war der ausschlaggebende Gedanke für Valentin gewesen.

Es war nicht der Sex gewesen, der etwas in ihm gelöst hatte, das wäre eine zu simple Erklärung. In Claras Schlafzimmer hatte er sich als Mann gefühlt, der ernst genommen wurde. Als einer, der selbst über sein Leben bestimmte. Die Laute hatten auf seiner Zunge gekitzelt, liessen sich gegen den Gaumen drücken und dem Atem den geforderten Widerstand leisten. Ohne Hemmungen hatte er versucht zu sprechen. Während Clara in seinen Armen schlief, war es ihm lediglich gelungen, Laute auszusprechen, aber der Damm, der die Sprache in seinem Kopf zurückhielt, begann zu bröckeln. Kaum hatte er morgens Clara verlassen und war durch die Haustür geschlüpft, spürte er, wie der Druck in seinem Innern erneut zunahm und sich seine Kehle wieder verschloss. Die Worte würden in seinem Kopf geduldig darauf warten, ausgesprochen zu werden. Er würde weiterüben, immer wenn er allein war, damit er in ferner Zukunft seine Umwelt endlich nicht mehr schweigend hinnehmen musste.

Ein kalter Wind blies in die Höhle, ihn fröstelte. Clara liess ihn ganz schön zappeln, obwohl er ihr den Weg deutlich in den Zucker gezeichnet hatte. Er genierte sich nun ein wenig über seinen kindlichen Einfall, aber er hatte sich frühmorgens so euphorisch gefühlt, weil es ihm gelungen war zu sprechen. Oder wenigstens einzelne Laute auszusprechen, korrigierte er sich sogleich. Bis er fliessend sprechen, schimpfen oder gar argumentieren könnte, dauerte es bestimmt noch eine ganze Weile.

Er stand auf und suchte in der Box nach dem Sagenbuch, das er aus Grossmutters Wohnzimmerschrank hatte mitgehen lassen. Sein vorgezogenes Erbe sozusagen. Behutsam wickelte er es aus seinem schützenden Umschlag und setzte sich wieder hin. Es wog schwer auf seinem Schoss. Die Seiten waren abgegriffen und teilweise mit Eselsohren versehen, der Einband war leicht fleckig. All das deutliche Zeichen für ein lieb gehaltenes und gern gelesenes Buch. Er blätterte durch die Seiten und entdeckte die Zeichnungen. Je ein Bild pro Sage. Als kleiner Junge hatten sie ihn genauso sehr fasziniert wie die Geschichten an sich. Er erinnerte sich daran, wie er mit seinem besten Freund diskutiert hatte, die Bilder auszumalen. Grossmutter von Matt hätte ihnen die Standpauke ihres Lebens gehalten, schmunzelte Valentin. Niemals hätten sie es tatsächlich gewagt, mit Farbe die Tiere, Menschen oder Sagengestalten auszumalen. Sie verstiessen schon gegen die Regeln, wenn sie das Buch ohne zu fragen aus dem Regal nahmen.

Plötzlich ging ein Ruck durch ihn. Er erinnerte sich an etwas in diesem Zusammenhang. Was war es? Nochmals liess er den Daumen über die Seiten gleiten. Er fand ihre Lieblingsseite von früher. Valentin studierte die gestochen scharfe Federzeichnung des Möörli-Blackvogels. Mit freudiger Furcht hatten sie damals die scharfen Krallen unter der Lupe betrachtet und immer wieder darüber diskutiert, ob der Vogel tatsächlich unbeaufsichtigte Kleinkinder packte und auf einem Stein, hoch über dem Dorf Giswil, auffrass. Denn dass der Vogel real war, das stand damals ausser Frage. Damals, als seine Welt noch unschuldig genug war, dass er an Sagen und Märchen glauben konnten.

Seufzend schüttelte Valentin der Kopf, wie kompliziert sein Leben seither geworden war. Mit dem Zeigefinger strich er über die Zeichnung, fuhr den Federn des Vogels nach. Das Federvieh machte ihn nervös. Irgendetwas hatten sie mit der Zeichnung angestellt. Valentin spürte ein latent schlechtes Gewissen, konnte aber keine Farbstiftspuren erkennen. Grinsend hielt er das Buch in die letzten einfallenden Sonnenstrahlen. Ja, er erinnerte sich, dass sie damals auf seinem Bett gesessen und etwas Verbotenes getan hatten. Die Sonne hob die schwarzen Linien der Zeichnung deutlicher hervor.

Da entdeckte er es. Kleinste Bleistiftlinien, die sich in diesem Licht klar vom Druck abhoben. In diesem Moment wusste er auch wieder, was sie beide zwischen die Federn des Möörli-Blackvogels gekritzelt hatten. Seinen eigenen Namen hatte er schnell gefunden. «Valentin von Matt» stand von kindlicher Hand geschrieben und daneben den einen Namen, den er laut seinem Vater hätte vergessen sollen, aber dennoch fest in seinem Herzen verschlossen hielt: «Hannes Burch». Sein bester Freund. Bis dieser im zarten Alter von sechs Jahren spurlos verschwand.

Er lehnte seinen Kopf an die Rückenlehne, schloss die Augen und bemühte sich, regelmässig zu atmen, dann öffnete er den

Mund und begann mit seinen eigens ausgedachten Sprechübungen. Allmählich war ein deutlicher Fortschritt erkennbar.

Eine halbe Stunde später schlich die Abenddämmerung empor, und er erhob sich aus dem Schaukelstuhl. Clara war auch gegen Abend noch nicht in seiner Höhle aufgetaucht, und so beschloss er, ins Stybli zurückzukehren. Dort wollte er seinen Hunger stillen, bevor er wieder durch den Wald zurück zu seinem Rückzugsort eilte, um hier die Nacht zu verbringen.

Vor seinem Aufbruch verstaute er Grossmutters Sagenbuch und den Kartonhefter, vorsichtshalber in Folie eingepackt, in einer seiner Plastikboxen.

## 9

Spät an diesem Abend begab sich Hanny müde auf den Friedhof, der unweit des Styblis gelegen war. Ein kalter Wind fuhr durch die dunklen Tannenspitzen und liess sie frösteln. Hanny zog die Mütze tiefer über die Ohren.

Früher hatte sie oft das Gefühl gehabt, nicht wirklich Teil der eingeschworenen Gemeinschaft in der Engenmatt zu sein, obwohl sie dank des Styblis jeden im Dorf kannte. Seit sie die Chefin des Styblis war, begegneten ihr die Menschen mit mehr Respekt. Sie war nicht mehr nur die junge Tochter des Stybli Glois, sondern erfolgreiche Geschäftsführerin, was ihr sehr gefiel.

Hanny wusste um die Charaktere der Engenmatter und um die Beziehungen, die sie miteinander pflegten oder eben auch nicht. Ihr wurde in der Behaglichkeit der Gaststube allerhand anvertraut. Die Engenmatter ihrerseits vergassen jedoch immer wieder, sich nach Hannys Befinden zu erkundigen. In aller Selbstverständlichkeit fragten die Leute sie um Rat, wenn die Abstimmungsbriefe zu kompliziert formuliert waren oder wenn am Ende des Monats zu wenig Geld für die Zahnarztrechnung übrig war. So hatten sie es schon bei ihrem Vater gehandhabt, und so hielten sie es auch bei ihr. Hanny wusste diese Ehre zu schätzen und ging sehr sorgsam damit um, denn es brachte sie in eine machtvolle Position. Trotzdem fehlte ihr ein Mensch, der sich auch um sie kümmerte.

Aus ihrer Jackentasche kramte sie einen Schokoladenriegel, öffnete gierig die Verpackung und biss hinein. Die Süsse des Zuckers beruhigte ihre Nerven ein wenig.

Seit Vaters Tod trug sie die volle Verantwortung für ihren Bruder und ihre Grossmutter, was sie mehr belastete, als sie zugeben wollte. Schlechtes Gewissen zwickte ihr Herz, als ihr bewusst wurde, dass bereits zwei Wochen vergangen waren, seitdem sie das letzte Mal bei ihr zu Besuch war. Immerhin schien es Valentin besser zu gehen, in den letzten Tagen wirkte er erstaunlich offen und suchte vermehrt den Kontakt zu seinen Mitmenschen.

Hanny hoffte, dass es ihm gelänge, sich aus seinem Schneckenhaus herauszubewegen und an Selbstständigkeit zu gewinnen.

Als sie Kinder und danach von Hormonen strotzende Teenager gewesen waren, hatten sie sich sehr nahegestanden und viele Stunden zusammen im Wald verbracht. Das Gasthaus war stets ein Ort der Geschäftigkeit, und sie wurden gern als Hilfskräfte gebraucht. Etwa wenn es galt, die Lieferungen in den Keller zu tragen oder die Tischwäsche zu bügeln. Schnell hatten sie herausgefunden, dass es besser war, um das Stybli, und somit auch um ihre Familie, einen grossen Bogen zu machen, wenn sie nicht arbeiten wollten. Valentin war ein Meister darin gewesen, kleine Leckereien aus der Küche zu stibitzen, die er gemeinsam mit ihr im Wald auf einem gefällten Baumstamm sitzend verspeiste. Obwohl Valentin nicht sprach, so hatten sie doch viel Spass miteinander, sie verstanden sich auch ohne Worte.

Hanny erreichte die Kirchenmauer und öffnete das quietschende Tor. Es war zwar nicht verboten, des Nachts hierherzukommen, trotzdem fühlte sie sich nicht wohl dabei. Sie schaute mehrmals über die Schulter auf das Dorf in ihrem Rücken. In den meisten Häusern brannte nur noch ein kleines Licht, die Engenmatter machten sich zum Schlafen bereit.

Wo Valentin, dieser Streuner, die Nacht verbringen würde? Hanny kannte die Ursache seiner Sprachlosigkeit nicht, aber ihre Grossmutter erwähnte einmal, dass er bis zu seinem sechsten Lebensjahr sehr wohl gesprochen habe. Grossmutter hatte sich stets dafür eingesetzt, dass Valentin gefördert wurde, aber ihr eigener Sohn, Hannys Vater, wollte nichts davon wissen.

Unter Hannys Sohlen knirschten die Kieselsteine, als sie an der Kirchenmauer entlang zum Friedhof schritt, ansonsten war es erstaunlich still, nicht einmal ein Käuzchen war zu hören. Durch die Buntglasfenster der Kirche sah sie das ewige Licht im Innern rot schimmern. Hanny erahnte mehr die Inschrift auf der Aussenmauer, als dass sie diese in der Dunkelheit hätte lesen können. Oft hatte sie in ihrer Jugend davorgestanden, bis sie die Sätze auswendig konnte, und doch war es ihr nur mit grösster Mühe gelungen, sie zu verstehen.

*Einsmals gsach ich ein arme Seel,*
*Deren bereit wahr ewig Pein und Quel,*
*Die klagt sich sehr und weynet grim,*
*Klagt yberen Leib mit solcher Stim:*
*O armess Fleisch, verdampt mit mihr,*
*Gschauw an die Peyn, die grüst ich dir.*
*O armess Fleisch, wärest doch ihe*
*Auff disse Welt gebohren nie.*

Wie eine Inschrift auf der kleinen Messingplatte an der Mauer erklärte, handelte es sich um einen Auszug aus dem «Totentanz», der in voller Länge im Jahre 1621 an die Mauer geschrieben worden war. Lediglich diese eine Strophe habe die vierhundert Jahre überlebt. Hanny wusste von ihrem ehemaligen Lehrer, dass der Tod in dieser Strophe zu den Menschen sprach, und sie hatte versucht, die Zeilen in ihre eigenen Worte zu übersetzen. Hanny hatte es nie geschafft, die Zeilen so zu formulieren, dass sie sich reimten und zugleich im Deutsch der heutigen Zeit verständlich waren. Sie verstand aber, dass der Tod erzählte, wie er einer Person begegnete, die Schmerzen litt und die den eigenen Körper verdammte. Der arme Mensch ging sogar so weit, sich zu wünschen, dass er nie geboren worden wäre.

Jedes Mal, wenn sie an dieser Mauer vorbeiging, fragte sie sich, ob auch Valentin tief in seinem Innern solche Qualen litt. Vielleicht so sehr, dass er sich wünschte, niemals geboren worden zu sein? Wie musste es sein, mit düsteren Gedanken im eigenen Körper eingesperrt zu sein, ohne dass man darüber sprechen konnte? Hanny seufzte tief. Obwohl ihr die Arbeit mit dem Stybli und den Angestellten fast über den Kopf wuchs, nahm sie sich trotzdem vor, mehr Zeit mit ihrem Bruder zu verbringen.

Nachdem sie die Kirche hinter sich gelassen hatte, erblickte sie acht Gräberreihen, die in exakt abgemessenen Abständen zueinander angelegt waren. Auf einzelnen Grabstätten brannten rote Grabkerzen und tauchten den Friedhof in ein stilles Flammenmeer. Hanny hatte die meisten der hier begrabenen Menschen gekannt, so war das eben in der Engenmatt, man blieb sich auch nach dem Tod nahe, es gab kein Entkommen. Das Grab ihres Vaters war das vorläufig letzte.

Die Kränze und Blumen auf dem Grab ihres Vaters wirkten zerzaust, weshalb sie in die Hocke ging und die verwelkten Blätter abzupfte. Sie vermisste ihren Vater, jedoch nicht so intensiv wie ihre Mutter, die immerhin schon einige Jahre tot war. Hanny entsorgte die Blätter in den dafür vorgesehenen Kompostbehälter.

Was wohl aus Valentin geworden wäre, wenn sich ihre Mutter Berta gegen ihren Mann hätte durchsetzen können? Bestimmt hätte Valentin eine normale Kindheit verbracht. Mit einem Seufzer rieb sich Hanny die Erde von den Händen und begab sich zum Grab ihrer Mutter, wo sie sich auf den Boden setzte und ein leises Gespräch mit ihr führte. Dies war der eigentliche Grund, weshalb sie sich nachts auf den Friedhof schlich. Niemand sollte sehen, wie sie, die standhafte Wirtin des Styblis, die die Verantwortung für Bruder, Grossmutter und Angestellte trug, vor dem Grab ihrer Mutter auf der feuchten Erde sass und von ihren Sorgen erzählte.

Ein Rascheln liess sie aufhorchen. Im fahlen Licht erkannte sie eine Person, die entlang der Kirchenmauer strich und dabei Kinderlieder sang. Plötzlich hielt sie inne und starrte in Hannys Richtung.

Das Gesicht von Martha wirkte eingefallen, die Haare hingen in fettigen Strähnen hinunter. Hanny stand auf und ging zu ihr, aber Martha erkannte sie nicht.

## 10

Pünktlich um neun Uhr dreissig betrat der Pöstler Toni die Bäckerei, und ohne dass ein Wort nötig gewesen wäre, verschwand die Verkäuferin Andrea in der Backstube, um kurz darauf mit einem heissen Kaffee und einem warmen Gipfeli für ihn zurückzukehren. Lächelnd reichte sie ihm das Gewünschte über die Theke.

Toni fiel erstmals auf, wie hübsch sie war. Er konnte kaum den Blick von den Grübchen in ihren Wangen abwenden. War er normalerweise niemand, der um Worte ringen musste, so brachte er in diesem Moment nichts Besseres als ein jämmerliches Krächzen zutage. Waschlappen, schimpfte er sich selbst, und je mehr er nach etwas Gescheitem suchte, das er Andrea erzählen konnte, desto grösser wurde seine Verlegenheit.

Andrea ihrerseits war scheuer als ein wildes Reh, wenn es um ihre Person ging, und so schlürfte Toni schweigend seinen Kaffee und blickte über den Becherrand hinweg in Andreas strahlende Augen. Er hatte bis zu diesem Augenblick nicht gespürt, dass ihm das Glück tagtäglich vor der Nase stand, nur durch Cremeschnitten, Erdbeertörtchen und Nussecken von ihm getrennt. Aber was sollte er ihr bloss erzählen? Das Wetter schien ihm viel zu banal, und auch über seine tägliche Zustellrunde der Post wollte er nicht reden. Es würde Andrea wohl kaum interessieren, dass er dem Stybli vier Rechnungen und dem Pfarrer einen parfümierten Brief geliefert hatte, von dem dicken Umschlag für die Grünenstein ganz zu schweigen. Wie langweilig war das denn? Gerade als er beschlossen hatte, über die zwei aufgefundenen Puppen zu sprechen, ging die Ladentür auf, und Emma Bucher trat ein. Käthy Rohrer folgte ihr auf dem Fuss, und als auch noch Antonella mit dem schreienden Kevin dazustiess, war das Chaos in dem engen Verkaufslokal perfekt.

Die Frauen brachten einen Schwall Winterluft hinein und bedeckten den grauen Linoleumboden mit braunem Schmutzwasser. Schnell bezahlte Toni seine Konsumation und verabschiedete sich zwinkernd von Andrea. Er würde sich heute Abend in aller Ruhe überlegen, was er ihr morgen ganz spontan erzählen könnte.

Etwas verdutzt blickten die drei frisch angekommenen Frauen ihrem Postboten nach.

«Was ist denn mit dem los?», kicherte Antonella und steckte dem kreischenden Kevin den Schnuller in den Mund. Augenblicklich herrschte wohltuende Stille in der Bäckerei, nur das Ticken der alten Standuhr und die Arbeitsgeräusche der Bäcker im Hintergrund waren zu vernehmen.

«Hat wohl ein Express auszuliefern», flüsterte Emma mit dramatischer Stimme und wedelte dazu theatralisch mit den Armen, worauf die Frauen in gackerndes Gelächter ausbrachen. Sogar Andrea konnte sich ein Schmunzeln nicht verkneifen, obwohl sie es nicht gern hörte, wenn man über Toni spöttelte.

«Hat er es nicht mehr nötig, mit uns Pause zu machen?», murrte Käthy und besah sich die Brotauswahl aufs Genauste, nur um wie immer das helle Pfünderli zu nehmen.

«Schlechte Laune?» Emma stiess sie mit dem Ellenbogen an.

Käthy zuckte bloss mit einer Schulter und bezahlte ihr Brot. «Wie soll ich gute Laune haben, hier in der Engenmatt? Am besten wäre es, ich würde nach Luzern zu meiner Nichte ziehen. Die hätte Platz genug in ihrem Haus für mich, und ich müsste hier nicht auf den langsamen Tod warten.»

Emma jedoch lachte sie nur aus. «Also ich weiss ja nicht, ob deine Nichte wirklich Lust hat, ein altes Weib wie dich zu hüten!»

«Na hör mal, du bist fast gleich alt wie ich.»

«Ganz genau.» Emma stiess Käthy den spitzen Zeigefinger gegen die Brust. «Und ich habe nicht vor, so bald die Blumen von unten zu betrachten, also hör auf, solchen Mist zu erzählen, und sei nicht so selbstmitleidig.» Sie runzelte missmutig die Stirn. Seit dem Tod ihres Mannes konnte sie Käthys Gejammere noch weniger leiden.

«Ich schimpfe doch nicht wegen meines Alters.» Käthys Wangen färbten sich rot. «Solange ich noch alle sieben Sinne beieinanderhabe, setze ich keinen Fuss ins Altersheim. Da warte ich halt hier oben auf den Tod. Aber merkt ihr beiden denn nicht, was hier los ist?»

«Fünf», flüsterte Andrea hinter ihnen, und die drei Frauen drehten sich zu ihr um.

«Wie bitte?», fragte Käthy.

«Wir haben fünf Sinne und nicht sieben», erklärte Andrea. «Sieben ist die Anzahl der Weltwunder.»

Käthy drehte sich kommentarlos um und fuhr fort: «Ich frag euch nochmals. Habt ihr denn immer noch nicht gemerkt, was in der Engenmatt vor sich geht?»

Emma und Antonella sahen sich verdutzt an.

Klar, Peter sei wirklich in tragischer Art und Weise ums Leben gekommen, aber das habe ja nicht direkt etwas mit ihr zu tun, versuchte Antonella die Situation zu entschärfen und deutete gleichzeitig auf ein Schwarzbrot und zwei Zigerkrapfen. Von Emma erntete sie für ihre Worte einen bösen Blick.

Andrea beeilte sich, das Gewünschte einzupacken, denn sie wollte nichts von dem Gespräch verpassen.

«Ja, ja, ihr Unwissenden», brummte Käthy. Sie stand schon unter der Ladentür, besann sich dann jedoch anders. «Ich sag es euch wieder und wieder, bis ihr mir endlich Glauben schenkt. *Es* geht um. Das Böse geht um! Dein Peter», sie schaute Emma direkt in die Augen, «er hat es dir doch im Spitalbett selbst gesagt, und du hast ihm nicht geglaubt. Wie konntest du nur?»

«Na hör mal! In welchem Ton redest denn du mit mir?», empörte sich Emma und ihre Laune verschlechterte sich zunehmend.

«Hättest du uns erzählt, dass Peter schon längere Zeit vom Toggeli geplagt wurde, hätte vielleicht jemand gewusst, was man dagegen tun kann. Wir wären gewarnt gewesen, dass das Böse in Form des Toggelis herumgeht. Mit einem Toggeli ist nicht zu spassen, das muss man ernst nehmen, sonst verhält es sich immer wilder. Es verdirbt den Schlaf des Menschen so lange, bis er seelisch und körperlich darunter leidet.»

Emma atmete tief durch. «Ich sag dir was, Käthy, der Arzt meinte, sein hoher Blutdruck sei schuld am Infarkt gewesen und dass er die letzten Nächte vor dem Infarkt so schlecht geschlafen habe. Nichts da mit Toggeli, das kannst du vergessen, und ich will nichts mehr davon hören.»

Sie besorgte sich Brot für das Abendessen und verliess schleunigst die Bäckerei. Nein, sie hatte keine Lust auf die miesepetrige Käthy, die solle doch bleiben, wo der Pfeffer wächst, und dort über das Toggeli jammern. Emma wollte nicht an dieses schreckliche Ding denken, denn wenn sie ganz ehrlich war, so war es auch ihr die letzten Nächte nicht ganz geheuer gewesen allein im Haus.

Antonella, immerhin bereits zwei Jahre in der Engenmatt wohnhaft, wusste nicht so recht, was es mit dem Toggeli auf sich hatte. Neugierig fragte sie Käthy danach und stiess damit auf offene Ohren.

«Ein verfluchter Senn ist es, das Toggeli», erklärte Käthy. Dieser plage nicht nur das liebe Vieh, das die Älpler in den Sommermonaten auf den Alpen weiden liessen. Nein, dem Toggeli sei das auf einmal nicht mehr genug gewesen, und es habe auch angefangen, den Menschen Angst und Schrecken einzujagen. Manchmal nütze es, wenn man neben dem Bett eine Holzpuppe mit langen Haaren hinstelle.

«Das Toggeli verwechselt die Puppe mit dem Menschen und zerzaust ihr das Haar so lange, bis es den Menschen, der gleich daneben schläft, vergisst. Bist du auch schon am Morgen mit Knoten in den Haaren aufgewacht, die sich kaum mehr ausbürsten liessen?»

Antonella sah Andrea an, und die beiden jungen Frauen griffen sich in ihre Haare. Beide kannten die Kämpfe mit zerzausten, verknoteten und verschlungenen Haaren.

«Das ist das Toggeli», fuhr Käthy fort. «Wenn es ihm zu langweilig ist, dann spielt es mit euren Haaren oder erschreckt die Hühner, sodass diese in Panik durch den Hühnerstall flattern. Das mag harmlos klingen, aber wenn es den Säuglingen das Bauchweh bringt, bis diese wegen der Krämpfe ihre Beinchen hochziehen, ist das nicht mehr lustig.» Sie hielt inne und schaute die jungen Frauen drohend an. «Wenn aber jemand das Toggeli unrecht behandelt, so kann es fuchsteufelswild werden!»

«Ja, aber wer könnte denn etwas gegen das Toggeli haben?», flüsterte Antonella. Ihr war bei Käthys Worten der Schreck in die Glieder gefahren, und sie hatte sich sofort vorgenommen, heute Abend eine Puppe neben Kevins Wiege zu legen. Nein, am besten, sie nähme den Bub zu sich ins Bett. Sachte strich sie Kevin über die Nasenspitze, die unter der selbst gestrickten Mütze hervorschaute. Ob sie die für den Frühling geplante Taufe doch vorziehen sollten?

«Diese Frage ist leicht zu beantworten. Das Toggeli hat sich jahrzehntelang mit harmlosen Spässen die Zeit vertrieben, ein kleiner Alptraum da, wirre Haare dort. Umständlich und manchmal ärgerlich, aber niemals gefährlich. Bis vor ein paar Wochen. Da hat das Toggeli angefangen, den Peter zu drücken. Es ist ihm schwer auf die Brust gesessen und hat ihm den Schnauf abgedrückt. Zuerst nur sachte, sodass er fast nicht erwachte, danach jede Nacht ein wenig mehr, bis schlussendlich der Druck zu mächtig für ihn geworden ist und das Herz nicht mehr schlagen konnte. So hat es mir Emma kurz nach seinem Tod erzählt. Sogar eine zusätzliche Warnung nebst Peters Leiden hat das Toggeli uns gegeben, und wir haben es alle mit Missachtung gestraft.»

Sie atmete tief ein und fuhr fort: «Eine Puppe hat es auf den Dorfbrunnen gelegt, ganz zuoberst auf den Heiligenschein von Bruder Klaus. Und ich sag euch nun eines, ich habe das mit eigenen Augen gesehen. Die Puppe hatte ein grosses schwarzes Kreuz auf der Brust. Puppen, immer wieder Puppen!»

Über die Dessertauslage hinweg starrte Käthy in Andreas entsetztes Gesicht. «Überlegt doch mal, wer erst in diesem Herbst zu uns in die Engenmatt gezogen ist. Eine Fremde ist sie obendrein, sie hat nichts mit diesem Ort hier gemein.»

Andrea vergass, sich stets im Hintergrund zu halten, und unterbrach Käthy: «Du meinst die Frau Grünenstein?»

«Genau. Die Clara *von* Grünenstein, wenn ich bitten darf! Scheint ja was Besseres zu sein mit ihrem ‹von› im Namen. Kommt in unseren Ort und bringt Hunderte von kaputten Puppen mit. Kein Wunder, dass das Toggeli da wütend wird. Die Grünenstein ist schuld, dass das Toggeli ausser Rand und Band ist, und niemand wird es mehr stoppen können. Es sei denn …» Käthy sprach das Ende des Satzes nicht laut aus, aber Andrea und Antonella war auch so deutlich bewusst, was sie sagen wollte.

Clara von Grünenstein musste verschwinden, ansonsten suchte sich das Toggeli das nächste Opfer aus.

***

Um zwanzig Uhr wurde Clara von den Regentropfen geweckt, die hart auf der Scheibe des Dachfensters aufschlugen. Sie streckte vorsichtig ihre steifen Glieder aus. Wie lange sie wohl geschlafen hatte? Clara tastete auf ihrem Nachttisch nach dem Handy und staunte nicht schlecht, dass es bereits Abend war. Ein kleiner pedantischer Teufel in ihrem Hinterkopf wollte ihr ein schlechtes Gewissen einreden, weil sie den lieben langen Tag schlafend im Bett verbracht hatte. Nachdem sie jedoch aufgestanden war und sich das Messer nicht wieder bemerkbar gemacht hatte, war sie überzeugt, mit dieser Pause genau das Richtige getan zu haben.

Sie öffnete die Vorhänge, ohne dass ein Lichtstrahl ins Zimmer gefallen wäre. Draussen herrschte stockdunkle Nacht. Der Regen fiel in harten Tropfen vom Himmel und liess den Schein der Strassenlaternen auf dem Asphalt golden schimmern. Anscheinend hatte der Föhn keine Kraft mehr gehabt und war eingebrochen. Der Winter zog nun endgültig ins Land, und es konnte nicht mehr lange dauern, bis die Regentropfen in Schneeflocken übergingen.

Clara merkte erst jetzt, wie hungrig sie war. Sie hatte Lust auf eine währschafte Mahlzeit. Ob sie wohl ins Stybli gehen und sich dort ein Menü leisten sollte? Ach nein, auf die Engenmatter Gesellschaft hatte sie im Moment keine Lust. Wie einfach war es doch gewesen, als sie noch mitten in der Stadt Bern gewohnt hatte und aus dem Haus gehen konnte, ohne von der gesamten Nachbarschaft beobachtet zu werden. Sie warf einen Blick auf das Thermometer, das sie hinter dem Fenster angebracht hatte, und stellte mit Erstaunen fest, dass die Temperatur stark gesunken war. In Bälde würden die ersten Eisblumen an den Fenstern prangen, so wie sie es als Kind immer geliebt hatte.

Clara lehnte ihren Kopf an die kalte Scheibe und versank in Erinnerungen. Noch niemandem in der Engenmatt hatte sie erzählt, dass sie in diesem Quartier ihre ersten Lebensjahre verbracht hatte. Sie hatte zusammen mit ihrem Bruder und ihren Eltern hier gelebt, bis das Unglück über sie hereingebrochen war. Zuerst starb ihr Vater bei einem Arbeitsunfall in der Sägerei. Das Verbrechen einige Zeit später war bis heute nicht aufgeklärt worden.

Claras Stiefvater erzählte ihr nach der Beerdigung, dass ihre Mutter mit ihr nach Bern gezogen war, um dort als freischaffende Hebamme zu arbeiten, und als sie schliesslich Dieter von Grünenstein kennengelernt und kurz danach geheiratet hatte, schien das Glück der kleinen Familie wieder intakt. Für Aussenstehende mochte dieser Eindruck durchaus stimmen. Die drei vermieden jedoch sorgfältig jede Andeutung über die Vergangenheit. Clara fragte sich im Nachhinein, weshalb ihre Mutter ihr nichts davon erzählt hatte, als noch genug Zeit dafür gewesen war, um gemeinsam auf die Suche zu gehen. Spätestens als die Krebsdiagnose gestellt war, wäre der Zeitpunkt gewesen. Warum hatte ihre Mutter ihr dieses Wissen so spät anvertraut?

Seufzend löste sich Clara von der kalten Scheibe und zog die Vorhänge zu. Ihr war nichts anderes übrig geblieben, als in die Engenmatt zu ziehen, um selbst herauszufinden, was damals geschehen war. Hier war grosse Geduld gefragt, denn die Engenmatter zeigten sich auf Fragen über die Vergangenheit verstockt, wenn nicht sogar erbost. Wenn sie mehr wissen wollte, musste sie sich unter die Leute mischen, ihr Vertrauen gewinnen und Augen und Ohren offen halten, auch wenn sie heute nicht damit anfangen wollte. Mit einem lauten Knurren meldete sich ihr Magen und erinnerte sie daran, dass es höchste Zeit für eine Energiezufuhr war.

Ihr blieb nichts anderes übrig, als sich selbst etwas zu kochen. Sie schlüpfte in ihre Filzpantoffel, zog zusätzlich einen alten Kapuzenpulli über und schlurfte in die Küche. Leise brummend erwachte ihre Kaffeemaschine, und kurze Zeit später zog der Geruch nach Rührei mit Schinkenstreifen und Käse durch die Lüftung in die Nacht hinaus.

Gern hätte sie dieses sehr späte Frühstück mit Valentin genossen, bemerkte sie auf einmal und fragte sich gleichzeitig, ob sie im Begriff war, sich zu verlieben. Der Gedanke löste Beklemmung in ihr aus. Nicht so sehr, weil Valentin auf seine eigene Art und Weise speziell war, sondern weil Liebe im Moment überhaupt nicht in ihren Plan passte. Sie musste ihren Kopf beisammenhalten und sich nicht durch hormonell bedingte Gefühlsschübe ablenken lassen. Das kleine pedantische Teufelchen flüsterte, dass die Liebe sich nicht planen lasse.

«Ach, hör auf, mich zu nerven», schimpfte sie laut, bevor sie mit den Händen in die Haare fuhr und sie zerzauste. Du meine Güte, reichte es denn nicht, dass sie mit ihren Puppen sprach? Nun redete sie schon mit einem imaginären Teufelchen in ihrem Kopf. Wenn das so weiterging, würde sie als schrullige alte Dame enden. Clara stand auf, räumte das schmutzige Geschirr in den Geschirrspüler und brühte sich den dritten Kaffee auf.

Mit dem heissen Getränk in der Hand ging sie durch den Flur auf ihre Puppenstube zu und bemerkte irritiert, dass die Tür verschlossen war. Normalerweise liess sie diese immer offen stehen, aber nun war sie eindeutig zu. Sie hoffte, dass ein Windzug die Tür zugestossen hatte. Da die Tür aus schwerem Holz gefertigt war, schied diese Möglichkeit eigentlich von vornherein aus. Clara überlegte, ob die Tür bereits zu war, als sie von Hanny nach Hause kam, konnte sich aber nicht mehr erinnern. Aufgrund ihrer Rückenschmerzen war sie sofort ins Bett gesunken und eingeschlafen.

Langsam streckte sie die Hand aus, umfasste die Klinke und drückte sie nach unten. Das Schloss schnappte auf. Fassungslos starrte Clara in das Zimmer. Entsetzt liess sie die Tasse fallen. Der Kaffee verbrannte ihren Knöchel, als er vom Boden wieder hochspritzte und die Wand mit braunen Sprenkeln verunstaltete. Der Becher rollte in die Werkstatt hinein und blieb unter dem Arbeitstisch liegen.

## *1650*

*«Jungfer Zumstein», sprach der Herr Pfarrer mit liebenswerter Stimme. «Du wirst dich sicherlich nicht dazu erdreisten, zu behaupten, dass du über mehr Wissen verfügst als die Kirche. Nicht wahr, mein Kind?»*

*Magdalena stand mit klopfendem Herzen in der guten Stube dem Pfarrer gegenüber. Im Hintergrund hörte sie die Pfarrhelferin das Fleisch für das Mittagessen anbraten, der hereinströmende Duft liess ihrem Magen ein lautes Knurren entlocken. Erschrocken presste sie die Hand auf den Bauch, und der Pfarrer, peinlich berührt ob solch weltlicher Geräusche, senkte angewidert den Blick zu Boden. Es war erstaunlich warm im Pfarrhaus. Der prächtige Kachelofen mit den blau lasierten Kacheln vermochte das ganze Gebäude zu wärmen. Des Pfarrers geschnitzter Lehnstuhl war perfekt vor den Butzenfenstern platziert, sodass der Besucher vor allem die Umrisse des Geistlichen, kaum jedoch seine feinen Gesichtszüge erkennen konnte. Lediglich die scharf geschnittene Nase stach markant hervor. Bei Sonnenschein schien es, als ob des Pfarrers Haupt von einer Corona gekränzt sei. Magdalena jedoch liess sich davon nicht beeindrucken, im Gegenteil. Trotz ihrer grossen Nervosität erkannte sie den weissen Belag auf seiner Schulter als Kopfschuppen, in der Zimmerecke spielten Staubmäuse, und die Staubmücken tanzten in der Luft.*

*Magdalena ärgerte sich darüber, dass der Pfarrer mit ihr wie mit einem Kind sprach, obwohl sie bereits erwachsen war, aber sie durfte sich dies nicht anmerken lassen.*

*«Mit Verlaub, Herr Pfarrer, ich stelle keineswegs die Kirche in Frage. Sie steht über allem, und ihr Wissen ist mir heilig. Jedoch», sie zögerte, «ich kann mir nicht erklären, weshalb in der Engenmatt andere Kirchengesetze gelten als in den restlichen Gemeinden des Kantons.»*

*Der Pfarrer lehnte sich langsam in den prächtigen Lehnstuhl zurück und betrachtete die vor ihm stehende Frau. Die Jungfer Zumstein stammte aus einer frommen und braven Bauernfamilie und sollte eigentlich wissen, dass man den Anweisungen des Herrn Pfarrers Folge zu leisten hatte. Was war denn in dieses Weibsbild gefahren, dass es sich ein solches Verhalten erlaubte?*

*Sie stand breitbeinig vor ihm und hatte die Fäuste in ihre Seiten gestemmt. Die braune Uisgschliffnig war sauber, im schwarzen Mieder steckten die Enden des seidenen Schultertuches und verdeckten die heftig atmende Weiberbrust. Alles, wie es sich für eine sittsame Jungfer geziemte. Die weisse Schürze darüber strahlte tadellos weiss, ebenso wie das in die Zipfe geflochtene Band. Der silberne Doppellöffel steckte sauber horizontal ausgerichtet in den Haaren und wies sie als Ledige aus. Sie machte einen braven und rechtschaffenen Eindruck, und doch traute er ihr nicht über den Weg. Ein Weibsbild, das sich herausnahm, dem Pfarrer zu widersprechen! So weit war es mit den Obwaldnern schon gekommen, dass das ungelernte Bauernvolk sich anmasste, über das Kirchenrecht Bescheid zu wissen.*

*«Nun, mein hübsches Kind, seitdem dein Vater vor vier Jahren zu unserem Herrgott gegangen ist, führt dein ältester Bruder den Hof, nicht wahr?»*

*Magdalena runzelte die Stirn, was hatte denn dies mit ihrem Anliegen zu tun?*

*«Nun, denke an deinen Vater, Magdalena, er hätte sicherlich gewollt, dass ein Mann gut für dich sorgt. Sei deinem Vater dankbar.* Dankbarkeit *kostet nichts und tut* Gott *und* Menschen *wohl. Wäre es denn nicht an der Zeit, zu heiraten und dem Herrn zu loben, so eine hübsche Jumpferä, wie du eine bist. Seid fruchtbar und mehret euch, Buch Genesis 1.28.» In seinem Gesicht spiegelte sich liebendes Wohlwollen ab. Sein Lächeln erreichte die Augen jedoch nicht und liess diese umso kälter wirken.*

*Vor Empörung schnappte Magdalena nach Luft, und sie brauchte einige Zeit, um die Sprache wiederzufinden. Genügend Zeit, damit der Pfarrer von seinem Lehnstuhl aufstehen, um den Tisch herumgehen und ihr die Tür aufhalten konnte. Ein klarer Wink mit dem Zaunpfahl, so viel zumindest hatte sie verstanden. Wäre sie ein Mann gewesen, hätte er zumindest ihre Bitte angehört und sie nicht vor die Tür komplementiert, ohne dass sie überhaupt die Gelegenheit gehabt hatte, ihr Anliegen anzubringen. Wie schon so oft ärgerte sich Magdalena darüber, dass in der Politik und der Kirche das Weibervolk nicht ernst genommen wurde. Ihrer Niederlage bewusst, drehte sie sich um und stand plötzlich unangenehm nahe vor dem Geistlichen.*

*«Möge Gott dich auf deinen Wegen begleiten, mein Kind.» Der*

*Pfarrer strich fahrig das Kreuzzeichen über ihrem Kopf und war bereits im Begriff wegzugehen, als er sich nochmals umdrehte. Seine grauen Augen blickten stahlhart, sein Gesicht zur monochromen Maske erstarrt, keine Spur mehr vom sich um seine Schäfchen kümmernden Seelsorger.*

*«Wie steht es denn bei dir mit dem Gebrauch des Mutterkorns, Fräulein Zumstein? Ich frage mich, ob es sich lohnen würde, den Scharfrichter zu beauftragen, um nachzuschauen, ob in deinem Hebammenkorb auch nichts Unerlaubtes zu finden ist.» Er strich mit dem ausgestreckten Zeigefinger unter Magdalenas Kinn entlang, suchte sich seinen Weg nach oben und blieb auf ihrer Unterlippe ruhen. «Was meinst du, mein Kind? Ob der Scharfrichter die klitzekleinen schwarzen Körner finden wird?»*

*Magdalenas Herz pochte schmerzhaft in ihrer Brust, und Hitze stieg in ihr empor, kroch den Hals hinauf und liess die Ohren leuchten. Sie zog das Schultertuch etwas hoch, die Seide kühlte ihre Haut. Zaghaft schüttelte sie den Kopf und spürte dabei, wie des Pfarrers Finger schwer auf ihren Lippen lag.*

# 11

Der Pfarrer verfluchte sich, dass er in der Eile vergessen hatte, die Thermowäsche unter dem Messgewand anzuziehen. Zusammen mit der halben Engenmatter Bevölkerung stand er vor der Kirche und blickte auf die eingestürzte Seitenwand des Gotteshauses. Die Szenerie wirkte aufgrund der wild herumschwenkenden Taschenlampen grotesk cineastisch. Das Gehirn vermochte das Gesehene kaum mit der Wirklichkeit in Verbindung zu bringen. Mittlerweile hatte sich der Regen in spitze Eiskristalle verwandelt, die auf die kapuzenbewehrten Köpfe prasselten, und der Wind schlüpfte durch Knopflöcher, Jackennähte und Reissverschlüsse.

«Wird wohl das Wasser gewesen sein», äusserte sich Arnold von Deschwanden, der als Kirchensigrist das Gebäude am besten kannte. «Ich habe immer wieder gemeldet, dass Wasser in die Mauer eindringt, aber auf mich hört ja niemand. Sogar noch als der Verputz bereits Blasen zu bilden begann, hiess es, man könne damit zuwarten, bis die Pfarrkirche in Sarnen ihren neuen Anstrich bekommen habe.» Er unterdrückte einen leisen Fluch und spuckte stattdessen zwischen seine Füsse.

Der Pfarrer gestand sich insgeheim die Schuld ein, auf die mehrmaligen Anträge von Arnold nicht eingegangen zu sein, aber die abzuarbeitenden Stapel auf seinem Pult wurden einfach nicht kleiner. Es wurde höchste Zeit, dass er eine zusätzliche Hilfe für die Sekretariatsarbeiten bekam. Nun galt es, die erhitzten Gemüter zu beruhigen und gleichzeitig das Gesicht zu wahren. Er entfernte sich von den anderen und trat näher an die Schutthalde heran. Nicht die ganze Wand war eingebrochen, jedoch klaffte in der Mitte ein grosses Loch. Ohne die Wand abzureissen und neu aufzubauen, würde der Schaden kaum zu beheben sein. Er hoffte, dass die Kirche dies aushalten und nicht in sich zusammenfallen würde, war sie doch mit ihren mehr als vierhundert Jahren ein Gebäude, das viel miterlebt hatte und das mit äusserster Vorsicht zu behandeln war.

Mit spitzen Ellenbogen drängte sich Käthy Rohrer nach vorne und schüttelte die hocherhobene Faust in der Luft: «Ich hab euch doch gesagt, dass das Böse kommt. Zuerst hat das Toggeli den Bucher Peter geholt, und nun ist die Kirche zusammengestürzt. Es ist da! Das Böse ist da! Oh, der arme Peter könnte noch leben, wenn wir die Warnungen des Toggelis ernst genommen hätten. Und nun hat es sogar das Haus Gottes einstürzen lassen.»

Die Engenmatter starrten Käthy mit betroffenen Gesichtern an, und ehe der Pfarrer sie zur Besinnung mahnen konnte, nahte der Kirchenratspräsident in seinem Jeep.

Mit quietschenden Reifen kam das Auto zu stehen, und ein Mittfünfziger sprang heraus, kaum dass der Motor abgestellt war. Er richtete seine runde Nickelbrille und stapfte mit Gummistiefeln durch das Gras in ihre Richtung. Der Pfarrer höchstpersönlich hatte Kurt Krummenacher gebeten, den Schaden zu beurteilen. Sie nickten einander zu und schüttelten sich die kalten Hände.

«Eine schöne Bescherung haben wir hier», brummte Krummenacher, und der Pfarrer war sich nicht sicher, ob er dies als Witz bezüglich der Weihnachtsgeschichte meinte, beschloss aber, vorsichtshalber den Mund zu halten.

Krummenacher leuchtete mit einer starken Lampe gegen die eingestürzte Mauer, kickte einzelne Mauerbrocken an und begab sich in die Hocke, um sie genauer begutachten zu können.

Hinter den beiden drängelten sich die neugierigen Engenmatter und beobachteten jeden der Handgriffe aufs Genauste. Die Kirche gehörte nach dem Gasthof Stybli zum wichtigsten Treffpunkt der Gemeinde, und alle waren äusserst besorgt über den Schaden. Ihre Augen weiteten sich, als Krummenacher auf die ruinöse Aussenwand kletterte und mit der Taschenlampe hineinleuchtete.

Manch einer hatte das Gefühl, Teil des Sonntagabend-«Tatort» zu sein, wo der Arzt als Erstes die Leiche auf die Todesursache hin untersucht. Wobei in diesem Falle ein Gebäude das Opfer zu sein schien.

«Schade um die alte Inschrift.» Krummenacher sprang auf den

Boden und hielt ein Mauerfragment in der Hand, auf dem ein geschwungener Buchstabe zu erkennen war. «Diese wird nur sehr schwer wiederherzustellen sein. Ob wir sie wieder in die Aussenmauer integrieren können, ist fraglich.»

Der Pfarrer räusperte sich und wollte wissen, ob er schon etwas zur Ursache des Einsturzes sagen könne.

«Nun ja, Genaueres kann ich erst sagen, wenn ich genügend Licht habe. Wir werden als Erstes die anderen Wände und die Decke abstützen, um zu verhindern, dass noch mehr einbrechen kann. Es sieht so aus, als ob vor einigen Jahrzehnten die Mauer mit einem fettenden Zementanwurf abgedichtet worden ist, dahinter ist vermutlich die ursprüngliche Mauer vollkommen erodiert.» Er leuchtete auf einen tiefen Riss im Gemäuer. «Die Linie zwischen diesen zwei Elementen ist ein heikler Punkt, da sich hier Risse bilden können, in denen sich Wasser sammelt und bei Kälte gefriert. Da Eis bekanntlich mehr Platz braucht als Wasser, war es nur eine Frage der Zeit, bis das alte Gemäuer auseinanderbrach.»

«Ich hab's ja gesagt!», rief Arnold von Deschwanden und drehte sich zu den Engenmattern um. «Immer wieder hab ich die Pfarrei darauf aufmerksam gemacht.»

«Nun ist aber gut!», brachte der Pfarrer ihn zur Raison und wandte sich an Krummenacher. «Machen Sie, was Sie tun müssen, damit der Rest der Kirche nicht heute Nacht auch noch einbricht. Alles Weitere besprechen wir morgen in aller Ruhe. Ich werde hierbleiben und auf die Kirche achtgeben.»

Krummenacher nickte und zückte sein Handy, um die nötige Manneskraft zu organisieren. Nachdem die Schaulustigen gemerkt hatten, dass dies doch einige Zeit in Anspruch nehmen würde und auch der Pfarrer nicht geneigt schien, etwas Spannendes zu unternehmen, trotteten sie in ihre Häuser zurück, wo sie ihre kalten Glieder an heissen Bettflaschen oder an ihren Liebsten wärmten.

Einige wenige zogen sich in die offenen Arme des Styblis zurück und diskutierten die Sachlage am Stammtisch weiter, sodass Hanny zwangsläufig mitbekam, wie es um den Zustand der Kirche stand. Sie zog sich mit den leeren Biergläsern in die Küche zurück, um Valentin zu berichten.

«Den Dreissigsten für Vater muss ich auch noch organisieren!», wandte sie sich an Valentin, der die Hackbratenreste löffelweise direkt aus der Tupperware verschlang. «Und im Übrigen wäre ich froh, wenn du mir mehr unter die Arme greifen würdest.»

Valentin reagierte weder auf die Nachricht, dass der Dreissigste, die Gedenkfeier für seinen Vater dreissig Tage nach der Beerdigung, nicht im Dorf abgehalten werden konnte, noch auf Hannys Bitte.

«Also wirklich, Valentin! Ich weiss, dass jetzt nicht mehr Vater das Sagen hat, aber allein schaff ich das hier einfach nicht. Die Harassen und Bierfässer sind für mich zu schwer, zudem brauche auch ich mal einen Tag, an dem ich persönliche Dinge erledigen kann. Ich wäre schon froh, wenn ich Grossmutter von Matt besuchen könnte, bevor sie ...» Hanny wagte es nicht, den Satz zu beenden, doch Valentin verstand sehr wohl, denn endlich senkte er den Löffel und blickte sie an.

Die Männer am Stammtisch hatten das erste Bier auf ex getrunken und gingen das zweite nun gemächlicher an. Nadine war im Service und hatte die Männer trotz oder gerade wegen ihres jugendlichen Charmes fest im Griff. Hanny müsste nicht so schnell wieder in die Gaststube zurückkehren. Valentin beschloss, es auf einen Versuch ankommen zu lassen.

Langsam stellte er den Plastikbehälter auf die Küchentheke und atmete tief ein und wieder aus. Dann schloss er die Augen und formte seine Lippen zu einer Art Kussmund. Ein feines U entwich seinen Lippen und liess Hanny innehalten. Fasziniert beobachtete sie sein Gebaren, Valentin versuchte zu sprechen. Hanny schossen Tränen in die Augen, und sie konnte den Blick nicht von ihm wenden. Er hatte aufgehört zu sprechen, bevor sie geboren wurde. Anstatt ihm die Zeit zu geben, weitere Laute zu formulieren, brach sie in ein lautes Schluchzen aus und warf sich in seine Arme. Ihre Gefühle überwältigten sie, und sie klammerte sich an ihm fest, spürte seine Stärke und Kraft. Obwohl sie komplett überarbeitet war und am liebsten alles hingeschmissen hätte, heulte sie vor lauter Freude und Erleichterung. Valentins

Brustkorb bebte unter ihrer Umklammerung, als er stimmlos lachte. Er stemmte sie von sich weg und schloss wieder die Augen.

«Duuuu», sprach er.

Hanny nickte ihm aufmunternd zu. «Ja, ich. Was ist mit mir?»

«Du-u.» Valentin brach atemlos ab und probierte den nächsten Laut, der ungleich schwieriger zu sein schien. Seine Stimme kratzte, wollte ihm nicht gehorchen. Verärgert runzelte er die Stirn, dann setzte er erneut an. «Heees.»

«Hes? Ich weiss nicht, was du damit meinst.» Hanny nahm seine Hände und hielt ihn fest. «Ich habe Zeit. Probiere es noch einmal. Du konntest es doch schon als Junge, bestimmt erinnert sich dein Körper daran.»

Noch mal versuchte er es. Liess den Atem durch seinen Mund strömen, bis es ihm gelang, den Gaumen korrekt zu verschliessen. «Gggehs.»

Hanny jubelte. «Gehs, du meinst gehst? Ich soll gehen?»

Valentin öffnete nun seine Augen und wusste in diesem Moment, dass er auch seiner Schwester bedingungslos vertrauen konnte. Ja, mach, dass du wegkommst, wollte er ihr sagen, stattdessen konnte er nur bestimmt nicken und sie mit seinen Händen aus der Küche bugsieren.

Laut jubelnd warf sich Hanny in seine Arme. «Sag noch was», forderte sie ihn auf. «Egal, was, ich möchte deine Stimme hören.»

Valentin lachte heiser auf, tippte auf die Sommersprossen auf ihrer Nase und zählte sie stimmlos.

Lachend befreite sich Hanny aus seinen Armen. «Wenn das die anderen hören. Sie werden vor lauter Staunen den Mund nicht mehr zukriegen!»

Valentin zerrte sie heftig am Ärmel zurück, schaute sie erzürnt an und schüttelte den Kopf.

«Du möchtest nicht, dass andere Leute das wissen?» Hanny war fassungslos. «Aber warum denn nicht? Das ist doch etwas so Schönes, ich würde es am liebsten der ganzen Welt erzählen.»

Valentins Gesicht verdüsterte sich noch mehr.

Hanny strich ihm die Haare aus der Stirn. «Also gut, du hast so lange geschwiegen, dass die Leute auch noch weiter auf deine Stimme warten können. Ich freue mich einfach für dich!» Sie band ihre Küchenschürze auf und hängte sie an den Wandhaken.

«Dann nehm ich dein Angebot gern an und überlass das Stybli deiner Obhut. Aber eines musst du mir versprechen, wenn dich etwas plagt, dann sagst du es mir, gell?»

Valentin brummte etwas Unverständliches und schob sie zur Restaurantküche hinaus.

***

Clara von Grünenstein hätte am liebsten die ganze Nacht damit zugebracht, die Sauerei in ihrem Puppenatelier aufzuräumen, jedoch fehlte ihr im Moment die Kraft dazu. Den über das ganze Zimmer verteilten Zucker hätte sie noch verkraften können, ebenso die mit roter Farbe an die Wände geschmierten Hassparolen, die wütende Zerstörung ihrer Puppen jedoch traf sie in ihrem Innersten. «Verpiss dich, hau ab» und «Schlampe» waren noch die harmloseren Ausdrücke, die mit roter Farbe an die Wand gepinselt worden waren.

Die kleinen Kindergesichter, von Stiefelabsätzen zertrümmert, die Porzellanfingerchen von den Händen getrennt und weggetreten, die Kleider mit einem Messer zerfetzt. Sie würde diese Stoffe nie mehr besorgen können, sie galten als alt und unersetzbar. Welcher Unmensch zerstörte Puppen, ihre Kinder, wie sie diese insgeheim nannte? Wer war so herzlos und liess seine Wut an den zerbrechlichen und zum Teil auch antiken Kostbarkeiten aus? Weshalb hatte diese Person nicht einfach ein Fenster eingeschlagen oder wenigstens den Mut dazu gefunden, ihr ins Gesicht zu sagen, was das Problem war? Clara war sich sicher, dass diese Tat gegen ihre eigene Person gerichtet war. Bei den im Dorf platzierten Puppen war unklar gewesen, wem die Botschaft galt, es hätte jeder gemeint sein können. Hanny und Valentin aus dem Stybli, der Pöstler Toni, die Rohrer Käthy, Martha, Hugo oder Antonella mit ihrem kleinen Kevin. Ja, sogar der Pfarrer könnte die Zielscheibe dieser Aktionen gewesen sein.

Aber die Verwüstung ihrer Wohnung war eine eindeutige Warnung gegen sie. Nur Hanny und Valentin waren bislang in ihrer Wohnung gewesen, jedoch war es in einem so kleinen Dorf wie der Engenmatt unumgänglich, dass jeder wusste, wo sie wohnte. In das Haus einzudringen, stellte keine Schwierigkeit dar, man musste nur unauffällig die schwere Haustür im Erdgeschoss im Auge behalten und auf den Moment warten, in dem sie das Haus verliess. Clara gestand sich schuldbewusst ein, dass sie nicht allzu sehr darauf achtete, ihre Wohnungstür im Dachgeschoss abzuschliessen. Das Dorf war ihr zu Beginn so friedlich und harmlos erschienen, dass sie schnell darauf verzichtet hatte. Heute Morgen beziehungsweise gestern Morgen, wie sie nach einem Blick auf die Uhr feststellte, hatte sie Hanny im Stybli einen Besuch abgestattet. Sicherlich hatte der Täter sie dabei beobachtet und dann in aller Ruhe ihre Wohnung durchsucht. Als sie nach dem Besuch bei Hanny nach Hause gekommen war, war die Person längst über alle Berge, und sie hatte sich nach der vergnüglichen Nacht mit Valentin völlig übermüdet in ihr Bett fallen lassen.

Nicht auszudenken, wenn der Täter bei ihrer Rückkehr noch im Atelier gewesen wäre. Hätte er sie tätlich angegriffen? Ihr schauderte bei dem Gedanken, und zum ersten Mal verliess sie die brodelnde Wut über die brutale Zerstörung ihres Ateliers mitsamt den darin befindlichen Puppen und machte der Angst Platz. Unter ihren Fusssohlen kribbelte es, und sie setzte sich schnell auf den Boden, bevor ihre Beine einknicken konnten. Ihre Schläfen fühlten sich abwechselnd heiss und kalt an. Der Puls pochte hart gegen die dünne Haut, sie presste die Hand vor den Mund, um sich nicht hier, mitten auf den Zimmerboden, zu übergeben. Lange Zeit sass sie so im Schneidersitz und bewegte den Oberkörper vor und zurück, leise vor sich hin summend, bis sich ihr Puls langsam wieder zu beruhigen begann. Erst jetzt verlor sich der Nebel vor ihren Augen, und sie konnte die Konturen der Puppenstube wieder genauer erkennen.

Aus dieser Perspektive sah sie den Zucker, der vom Arbeitstisch auf den Boden gewischt worden war. Darin lag die rote Kerze, die Valentin gestern Morgen auf dem Tisch so platziert hatte, dass sie das Ende des in den Zucker gezeichneten Weges markierte. Valentin. Wie gern hätte sie ihn jetzt bei sich, sie würde sich um einiges sicherer fühlen. Auch die Gegenwart von Hanny hätte ihr in diesem Moment gutgetan, aber diese hatte sicherlich alle Hände voll zu tun im Stybli, und Clara wollte sie nicht zusätzlich mit ihren Sorgen belasten. Verzweifelt rieb sie sich die Stirn und überlegte, wen sie sonst noch zu Hilfe rufen könnte. All ihre Bekannten waren weit weg in Bern, und zu keinem der Engenmatter hatte sie genug Vertrauen.

Kurz dachte sie daran, die Polizei zu rufen und den Einbruch anzuzeigen, aber wenn sie an ihr Ziel kommen wollte, ohne dabei Aufmerksamkeit zu erregen, musste sie wohl oder übel darauf verzichten. Sie hob die hinuntergebrannte Kerze auf und drehte sie in der Hand. War ihr sonst noch jemand auf die Schliche gekommen? Zwar ahnte Valentin ihre Verbindung zur Engenmatt, aber ansonsten dürfte keine andere Person sie identifiziert und somit ihren Geburtsnamen herausgefunden haben.

Als sie als kleines Mädchen hier gewohnt hatte, lautete ihr Familienname noch nicht von Grünenstein. Sie stand mit stechenden Schmerzen auf und streckte sich vorsichtig, das lange Sitzen auf dem harten Boden hatte ihrem Rücken nicht gutgetan. Ihr Name war schlicht gewesen, damals, bevor ihre Mutter ein zweites Mal geheiratet hatte. Ein Schmunzeln glitt über ihr Gesicht, als sie sich daran erinnerte, wie ihre Schulfreundinnen sie um den scheinbar adeligen Namen von Grünenstein beneidet hatten, dabei war an dem «von» in ihrem Namen nichts Adeliges, sondern es diente in früheren Zeiten wohl eher einer Ortsbezeichnung. Nun ja, sie hatte damals nicht nur einen Stiefvater, sondern auch einen neuen Namen bekommen. Der Mann hatte sich redlich bemüht, ihr ein Zuhause zu geben.

Mit hängenden Armen betrachtete Clara nochmals die Verwüstung in ihrem Atelier und fluchte laut auf, als ihr in den Sinn kam, dass der altersschwache Staubsauger vor einigen Tagen den Geist aufgegeben hatte. Es hatte keinen Sinn, nur mit Besen und Tüchern sauber zu machen, geschweige denn Wasser zu gebrauchen, wenn sie nicht alles in einen klebrigen Haufen verwandeln wollte. Sie würde doch zu Hanny gehen und sich deren Staubsauger ausleihen müssen.

Obwohl sie lediglich ihre schwarze Trainerhose und einen Kapuzenpulli trug, machte sie sich nicht die Mühe, sich umzuziehen, sondern schlüpfte in Winterstiefel und Parka. Diesmal verschloss sie bewusst die Haustür, dann machte sie sich auf den Weg zu Hanny ins Stybli. Während des kurzen Marsches durch das Dorf ging sie im Kopf alle möglichen Engenmatter durch, die als Täter für den Einbruch in ihre Wohnung und die Zerstörung der Puppenstube in Frage kamen. Zu ihrem eigenen Entsetzen traute sie dies einer ganzen Handvoll Personen zu. Vor dem Stybli zögerte sie. Sollte sie durch die Gaststube gehen und prüfend die Gesichter der Gäste studieren? Vielleicht verriete sich der eine oder andere durch ein hämisches Grinsen. Oder sollte sie den versteckten Hintereingang wählen? Da sie immer noch aufgewühlt war und sich nicht sicher war, ob sie die Kraft hätte, eine mögliche Konfrontation auszustehen, ging sie um das Haus herum, klopfte an die Hintertür und trat ein.

Prompt stolperte sie über Kater hinweg in die Küche des Styblis, und zu ihrem Erstaunen fand sie nicht Hanny, sondern Valentin vor, der an der Küchentheke die Bestellungen sortierte und den Ablauf koordinierte. Hinter ihm wirbelte der Koch an den Töpfen und zauberte betörende Düfte in die Luft. Ein knackiger Frauenhintern stiess die Schwenktür auf, und Nadine balancierte einen Stapel dreckiger Teller bis zum Abwaschbecken. Nadine nickte Clara lächelnd zu, bevor sie mit drei dampfenden Menüs erneut im Stybli verschwand.

«Hallo», stammelte Clara und fragte sich verzweifelt, wo ihre Coolness von vorletzter Nacht geblieben war. Mit einem schlechten Gewissen erinnerte sie sich daran, dass sie Valentins Zuckerkarte nicht Folge geleistet hatte, sondern aufgrund der Rückenschmerzen nochmals unter die Decke geschlüpft war.

«Ähm, eigentlich wollte ich zu deiner Schwester.» Mist, blöder, schimpfte sie sich in Gedanken. Nun dachte er bestimmt, sie sei eine arrogante Zicke, die nichts mit ihm zu tun haben wollte. Sie hatte sich nicht mal nach seinem Befinden erkundigt.

Valentin steckte zwei Kassenbons auf ein Nagelbrett neben

dem Koch und deutete mit Handzeichen an, dass Hanny nicht da sei. Sie öffnete den Mund und wollte etwas erwidern, blickte jedoch verlegen auf den Rücken des geschäftigen Kochs. Valentin begriff schnell, steckte die restlichen Bons auf die freien Nägel, bevor er Clara mit sich zog.

Hinter ihrem Rücken drehte der Koch langsam den Kopf und beobachtete, wie das Paar die Küche verliess. Während er die Tagessuppe rührte, fragte er sich, was sie mit seinem zugegebenermassen doch etwas seltsamen Chef in der Kühlkammer zu suchen hatte. Er zuckte mit den Schultern, eigentlich ging es ihn nichts an. Er war nicht von hier und interessierte sich auch nicht sonderlich für die Engenmatter. Ihm war wohl hinter dem Herd, und er erlaubte sich, immer kreativer und mutiger zu kochen. Hanny und den Gästen schien es zu gefallen. Mit einer Kelle schöpfte er den Schaum vom Sud, der in einer weiteren Pfanne kochte, und studierte schon wieder an seinem neuen Blaukraut-Kartoffel-Puffer herum. Irgendwie stimmte die Farbe des Endproduktes nicht mehr.

Unterdessen hatte Valentin Clara in den Kühlraum und die schwere Tür hinter sich zugezogen. Ein leises Zischen war zu vernehmen, und Clara beschloss, irgendwann, nur nicht jetzt, klaustrophobisch zu werden. Mit grosser Anstrengung verbot sie sich den Gedanken an Türen, die sich nie mehr öffnen und somit auch keinen Sauerstoff hineinliessen. Stattdessen schaute sie sich um. An den Wänden standen hohe Regale, gefüllt mit Salaten und farbigem Gemüse, und auf dem Boden stapelten sich mit Kartoffeln gefüllte Harassen.

Sie realisierte die Umarmung erst, als sich die Holzkante hart in ihren Rücken bohrte, weil Valentin sie nach hinten an ein Regal drückte. Er hielt ihr Gesicht in seinen Händen und berührte mit seiner Stirn die ihrige. Clara sah, wie er seine Lippen öffnete, aber anstatt des erwarteten Kusses entströmte lediglich heiserer Atem. Der zweite Versuch fiel genauso sehr ins Wasser wie der dritte. Valentin kämpfte mit sich selbst, versuchte, seine Gedanken in verbal formulierte Äusserungen zu kleiden, aber sein Körper gehorchte ihm nicht. Kein Laut, kein Wort entsprang seinem Mund. Frustriert löste er sich von Clara und schlug seine Faust in die gebürstete Chromstahlwand. Clara war sich nicht sicher, ob sie das Knirschen eines gebrochenen Handknochens oder das Aufprallen der Faust auf dem Stahl gehört hatte, sie musste jedoch mitansehen, wie Valentin immer wütender wurde, weil er sich nicht mit ihr unterhalten konnte.

«Vielleicht ist hier nicht der richtige Ort für dich», versuchte sie ihn zu beruhigen. «Komm doch zu mir, nachdem du deine Arbeit hier erledigt hast.»

Trotz seines Frustes blickte er sie schelmisch an und wackelte mit einer Augenbraue.

«Oh nein, mein Lieber, so hab ich das nicht gemeint», winkte sie ab. «Ich glaube nicht, dass der Sex mit mir so grossartig ist, dass ich dich damit zum Sprechen bringe. Solche Wunder kann ich nicht vollbringen. Aber vielleicht musst du einfach raus hier, raus aus dem Stybli.» Prüfend blickte sie in seine Augen: «Hast du dir schon überlegt, die Engenmatt zu verlassen?»

Kaum hatte sie es ausgesprochen, merkte sie, wie ungeschickt ihre Frage gewesen war. Bestimmt hatte sich Valentin schon tausend Mal gewünscht, seine Siebensachen packen und abhauen zu können. Für einen stummen Mann jedoch war dies fast unmöglich.

«Entschuldige, war dämlich von mir», murmelte sie mit heiserer Stimme.

Langsam drang die Kälte des Kühlraums durch ihre Kleiderschichten bis zu den Knochen hindurch. Für Claras Rücken kam dies einem Todesurteil gleich. Sie rieb ihre Hände aneinander und trat von einem Fuss auf den anderen. Es hatte den Anschein, als ob Valentin etwas zur Ruhe gekommen war, obwohl er sich die immer noch schmerzende Hand hielt, auf deren Knöcheln Flecken erschienen, die bestimmt in einem ansehnlichen Bluterguss enden würden. Er trat erneut zu ihr hin und rieb seine Schläfe an der ihren, und sie spürte seinen Atem ihr Schlüsselbein entlang nach unten wandern.

Leise, ganz leise flüsterte er ihr etwas ins Ohr, das wie ein «heute nicht» klang. Seine Körpersprache zeigte aber, dass er nur zu gern bei ihr liegen würde. Seine Hände wanderten nach unten und verschwanden unter ihrem Pullover. Clara schloss die

Augen und genoss den Moment, bis sie seine vom Kühlraum eisigen Finger auf ihrer kalten Haut spürte. Lachend löste sie sich von ihm und verschwand behände aus dem Kühlraum, den frustrierten Valentin liess sie allein zurück.

Clara eilte durch die Küche, wo sie über Kater hinweg durch die Hintertür ins Freie stolperte.

Eine Etage höher rubbelte sich Hanny die frisch gewaschenen Haare mit einem Handtuch trocken. Nach dem Abendservice rochen ihre Haare nach Küche, und sie fühlte sich verschwitzt, sodass sie es nicht erwarten konnte, unter die Dusche zu springen. In ihrem Kopf tobten die Gedanken, und sie versuchte immer noch zu begreifen, dass Valentin wieder mit dem Sprechen anfing. Bislang war sie davon ausgegangen, dass sein Zustand unveränderbar sei. Obwohl sie ihren Bruder sehr liebte, hatte sie ohne es zu merken die Haltung ihres Vaters kopiert und Valentin in den letzten Jahren nicht viel zugetraut, ja ihn lediglich als unwilligen Arbeiter gesehen. Um sich abzulenken, sortierte sie die Schmutzwäsche aus. Während die Maschine zum Leben erwachte, blickte sie aus dem Fenster und entdeckte Clara, die aus der Küche hinaus auf den Parkplatz stolperte. Reflexartig zog sich Hanny hinter den Vorhang zurück, sodass sie von aussen nicht mehr zu sehen war. Sie hatte keine Lust, sich mit Clara zu treffen, sie brauchte Zeit für sich allein, musste die neuen Erkenntnisse über Valentin in aller Ruhe wirken lassen.

Hanny beobachtete, wie Clara zügig die Strasse entlang in Richtung Dorfplatz schritt. Ob Clara sie wohl gesucht hatte und unverrichteter Dinge abziehen musste? Ein Treffen war nicht abgemacht gewesen. Normalerweise erkundigte sich Clara mit einer SMS, ob Hanny Zeit für einen Schwatz habe. Kurz darauf tauchte das grinsende Gesicht ihres Bruders in der Küchentür auf. Valentin schien glücklich zu sein, und ein spöttisches Lächeln umspielte seine Lippen. Was ihn wohl in diese Laune versetzt haben mochte? Konnte es mit Clara zu tun haben? Clara und Valentin? Sie konnte sich diese Verbindung nicht recht vorstellen, zumal Clara überstürzt aus der Küche geschossen war. Und weshalb rieb Valentin sich die ganze Zeit die Hand?

Hanny beschloss, jetzt nicht darüber nachzudenken, sondern endlich, endlich einige freie Stunden für sich zu geniessen. Sie wollte später am Abend endlich die Dokumente lesen, die sie kürzlich im Keller gefunden hatte.

Die nächste Kiste wog um einiges schwerer, und sie hinterliess einen tiefen Kratzer im Holztisch, als sie diese zu sich zog. Fluchend versuchte sie, den Kratzer mit Spucke wegzureiben, scheiterte jedoch kläglich. In dem Karton lagen Aktenordner. Die grau melierten Deckel waren mit der Zeit verblichen und zeugten vom Alter der Akten. Heutige Ordner waren zumeist aus Plastik und in leuchtenden Farben erhältlich, hier jedoch klebten beige Etiketten auf grauer Oberfläche, die zarte Sütterlinschrift darauf fast vollständig verblasst. Hanny strich über die geschwungenen Buchstaben, sie hatte die Schrift ihrer Mutter erkannt. Es war kaum vorstellbar, dass diese stille Frau eine solche Leistung vollbracht und einen Ordner nach dem anderen mit Briefen, Zeitungsausschnitten und Fotografien gefüllt hatte. Bereits vor einigen Wochen hatte sie ähnliche Ordner im Keller gefunden. Hanny überlegte sich, die Ordner nach Datum gereiht auf dem Boden auszulegen und einen nach dem anderen durchzusehen.

Was war ihrer Mutter, Gott hab sie selig, in ihrem Unglück so wichtig gewesen, dass sie es dokumentiert und aufgehoben hatte? Hanny leerte eine Kiste nach der anderen und musste feststellen, dass nicht alle Ordner mit den Gedanken ihrer Mutter gefüllt waren. Sie hatte auch Hannys Schulhefte der ersten Primarklasse beiseitegelegt sowie einen Stapel kariertes Papier, auf welchem Valentin zuerst einzelne Buchstaben und dann ganze Sätze geübt hatte. Hanny registrierte erstaunt, dass nicht nur Grossmutter von Matt und sie selbst, sondern auch ihre Mutter den Jungen unterrichtet hatte. Schlussendlich war es Valentin sogar gelungen, einen Brief an seine Mutter zu schreiben. Wenngleich er auch vor Fehlern strotzte, so war dessen Inhalt doch klar verständlich. Er schrieb, wie sehr er sich eine eigene Katze wünsche und dass er seine Mami sehr, sehr lieb habe. Neben seiner Unterschrift hatte er ein unförmiges Herz gekritzelt. Hanny schossen die Tränen in die Augen. Trotz aller Liebe, die die Kinder ihrer

Mutter entgegengebracht hatten, war ihr es nicht gelungen, die Kraft zum Leben wiederzufinden. Wärst du doch nur von hier weggegangen, dachte Hanny und erschrak zugleich über diesen Gedanken. Hätte die Mutter weiterleben können, wenn sie die Engenmatt verlassen hätte? Was um alles in der Welt hatte sie so sehr geplagt, dass sie es vorgezogen hatte zu sterben, anstatt wegzuziehen?

Seufzend griff Hanny nach dem nächsten Ordner. Diese Frage würde sie nie mit Sicherheit beantworten können, ihre Mutter hatte die Antwort dazu mit ins Grab genommen.

Ihre Mutter hatte diverse Zeitungsartikel ausgeschnitten und auf Papier geklebt, wobei sie jedes Mal Zeitung und Erscheinungsdatum dazu notiert hatte. Die meisten Textstellen waren lediglich zwei bis drei Spalten lang und nur wenige mit einer Fotografie illustriert.

Auf den ersten Blick konnte Hanny nichts Besonderes erkennen, aber als sie sich in den Inhalt der Artikel vertiefte, sah sie, dass allesamt mit der Engenmatt in Verbindung gebracht werden konnten. Ein kleiner Artikel, fast ein Einzeiler nur, stammte aus dem offiziellen Amtsblatt des Kantons Obwalden und machte die Bevölkerung darauf aufmerksam, dass die Sägerei in der Engenmatt per letzten Monat ihren Besitzer gewechselt habe. So hatte «Herr Arnold von Deschwanden, verheiratet, die Sägerei inklusive der tausendfünfhundert Quadratmeter Land von Niklaus von Matt, verheiratet, erworben». Hanny staunte nicht schlecht, dass dieser gut laufende Betrieb einstmals ihrer Familie gehört hatte. Sie war stets davon ausgegangen, dass die Sägerei auch von Arnold gegründet worden war.

Hanny erinnerte sich daran, dass er immer nach frisch geschlagenem Holz gerochen hatte, wenn er sie als kleines Mädchen auf seinen Schoss gehoben und ihr das Singspiel «Hoppe, hoppe, Reiter» vorgesungen hatte. Mit einem Lächeln legte sie diesen Zeitungsausschnitt beiseite, fragte sich jedoch gleichzeitig, weshalb ihre Mutter ihn aufgehoben hatte.

Sie nahm den Stapel alter Briefe von der Tastatur des Computers und legte sie daneben.

Morgen würde sie ihre Grossmutter im Pflegeheim besuchen,

heute aber wollte sie ergründen, weshalb Valentins Verhalten sich verändert hatte. Wie konnte es sein, dass er als Junge nach sechs normalen Entwicklungsjahren aufhörte zu sprechen, um dann mehr als dreissig Jahre in Schweigsamkeit zu versinken? Notfalls würde sie einen Facharzt deswegen aufsuchen, obwohl ihr Vater stets dagegen gewesen war. Scharlatane, Besserwisser und Halsabschneider hatte er die Ärzte genannt. Nach seinem Tod stand nun nichts mehr im Wege, der Sache auf den Grund zu gehen. Nur Valentin musste noch zustimmen.

Der Computer surrte leise, und die Startseite öffnete sich. Ihr Hausarzt würde über diese Thematik vielleicht nicht so gut Bescheid wissen, dann doch eher ein Psychologe oder ein Psychiater, wobei ihr der Unterschied nicht recht klar war. Was würde wohl eine Behandlung kosten? Käme sogar die Krankenkasse dafür auf? Obwohl das Stybli gut lief, fühlte Hanny eine unterschwellige Angst, finanziell nicht über die Runden zu kommen, schliesslich war sie nicht nur für sich selbst verantwortlich.

Sie öffnete die Suchmaschine und gab die Begriffe «stumm» und «Kind» ein. Sofort erschien ein neues Fenster, und eine Unzahl an Beiträgen zeigte sich auf dem Bildschirm. In einem Blog beschwerte sich eine Mutter über ihre Nachbarin, die ihre Kinder auf stumm schalten wolle. Nun, das war wohl nicht das richtige Thema. Der zweite Artikel beinhaltete die Inhaltsangabe des Buches «Das stumme Kind», worin eine Mutter nach traumatischen Kriegserfahrungen verstummte und ihr Kind sie imitierte. Auch dies traf nicht auf Valentin zu. Schlussendlich jedoch wurde Hanny auf einer Homepage für medizinisches Wissen fündig. Sie las, dass Valentins Schweigen auf einen Mutismus zurückzuführen sein könnte. Sie war zwar kein Arzt, konnte jedoch als Angehörige auf einen sehr grossen Erfahrungsschatz mit ihrem Bruder zurückblicken. Je mehr sie las, desto mehr bestätigte sich ihr Verdacht.

Mutismus sei sehr selten und lasse die Betroffenen verstummen, obwohl mit ihren Sprech- und Hörorganen alles in Ordnung sei. Da das soziale Leben durch diese Stummheit komplizierter werde, trete Mutismus häufig mit einer Sozialphobie auf. Hanny dachte über ihren Bruder nach. Valentin zog sich vor seinen

Mitmenschen zurück, verschwand in der Natur, und nur höchst selten taute er auf und konnte sich in Gegenwart von anderen entspannen. Vergass er die Menschen um sich herum, so sang er bisweilen mit einer erstaunlich wohltönenden Stimme.

So weit stimmte die Erklärung des Ratgebers mit dem Verhalten ihres Bruders überein. Neugierig las sie weiter. Wenn man von dieser Krankheit betroffene Menschen zum Reden zwinge, konnte sich dieses stumme Verhalten verschlimmern.

Hanny atmete schwer aus und erinnerte sich traurig an Vaters heftige Reden zu Valentins Verhalten. Mehr als einmal hatte er seinen Ledergürtel aus den Schlaufen und kurz danach über Valentins Rücken gezogen. Welches Unrecht er seinem Sohn antat, hatte er zeit seines Lebens nie begreifen wollen. Ergriffen las sie weiter, dass man zwischen einem selektiven und einem totalen Mutismus unterschied. Beim Ersteren hing es davon ab, mit wem der Betroffene im Dialog sprach. Es konnte durchaus sein, dass ein Kind zu Hause normal sprach und kommunizierte, im Kindergarten oder in der Schule jedoch kein Wort über die Lippen brachte. Beim totalen Mutismus, wie es der Begriff schon sagte, war das Schweigen total. Konnte es sein, dass Valentin die vielen Jahre in einem totalen Mutismus verbracht hatte und nun im Begriff war, in einen selektiven überzugehen? Möglicherweise, und hier gab sich das Nachschlagewerk erstaunlich vage, konnte ein Trauma den Mutismus verursachen. Eine Heilung oder zumindest eine Verbesserung sei mittels diverser Therapien, wie Psycho- und Sprachtherapie, durchaus möglich.

Benommen sass Hanny auf dem Bürostuhl und drehte die Sitzfläche hin und her. All die Jahre hindurch hatte sie Valentins Schweigen als selbstverständlich betrachtet, da sie ihn nie anders kennengelernt hatte, und nun zeigte sich womöglich auf, dass seine Symptome psychischen Ursprungs waren. Sie konnte es nicht fassen. Weshalb hatten sich Mutter und Grossmutter von Matt nicht gegen Vater wehren können? Wo war die Sozialbehörde geblieben? Sicherlich hatte es in den frühen siebziger Jahren bereits eine Kontrollinstanz gegeben, die den Schuleintritt der Kinder beaufsichtigte. Die ganz grosse Frage jedoch blieb

Hanny im Halse stecken. Ein heftiges Würgen drängte sich aus ihrem Magen die Speiseröhre hinauf und liess sich nicht mehr wegschlucken. Sie rannte ins Badezimmer. Weshalb um Himmels willen hatte Vater verhindert, dass Valentin wieder anfing zu sprechen?

Zwanzig Minuten später hatte sie sich ein wenig beruhigt, und sie lag erschöpft auf ihrem Bett, die Wärmeflasche zum Trost an sich gedrückt. Nur langsam drang die schreckliche Wahrheit zu ihr hindurch. Mehr als dreissig lange Jahre hatten die Erwachsenen Valentin Unrecht getan, und obwohl sie selbst es nicht besser hatte wissen können, spürte sie den spitzen Stachel des schlechten Gewissens in ihrem Herzen. Ihr Verstand war der klaren Meinung, dass sie ihren Bruder niemals sprechend erlebt hatte, da sie erst nach dessen Verstummen auf die Welt gekommen war und das Verhalten der Erwachsenen übernommen hatte, aber ihr Herz brannte ob der verpassten Möglichkeiten.

Wie wäre es Valentin ergangen, wenn sein Mutismus bereits in den Kinderjahren therapiert worden wäre? Hätte er eine normale Schullaufbahn absolvieren, vielleicht sogar eine Berufslehre machen können? Sie setzte sich auf und schnäuzte in ein Taschentuch. Seit Vaters Tod fühlte sie sich für ihren Bruder verantwortlich, und sie würde ihm einen Arztbesuch vorschlagen. Die Engenmatter sollten nur sehen, wie falsch sie alle mit ihrem Urteil lagen. Erschöpft fuhr sie den Computer herunter und schlüpfte unter die Bettdecke.

***

Am nächsten Morgen um zehn rief Antonella in der Schreinerei an und holte ihren Mann von seiner Arbeit weg. «Hugo, du musst nach Hause kommen. Sofort!»

«Was ist denn los?» Hugo erschrak heftig. Antonella rief nur in äussersten Notfällen in der Schreinerei an. «Ist was mit Kevin?»

«Nein, ich habe soeben Kevin gestillt, und weil er nach dem Trinken immer so braucht, bis er aufstösst, bin ich mit ihm auf dem Arm in der Stube herumgelaufen und habe dabei aus dem

Fenster geschaut. Dabei habe ich bemerkt, dass bei Martha noch alle Fensterläden geschlossen sind. Hugo, seit den zwei Jahren, in denen ich hier wohne, hat Martha immer um Punkt sieben alle Fensterläden geöffnet und das Haus durchgelüftet. Sommer wie Winter.»

Hugo war erstaunt, dass Antonella einen Umstand bemerkte, den er nie zur Kenntnis genommen hatte, obwohl er zeit seines Lebens in diesem Haus wohnte. «Bist du hinübergegangen und hast geklingelt?»

«Was denkst du denn von mir?», empörte sich Antonella. «Sicher bin ich hinübergegangen. Ich würde doch nicht einfach Alarm schlagen, wenn nicht ein dringender Verdacht vorliegt. Ich habe Kevin in seinen Stubenwagen gelegt und habe nachgesehen, ob etwas los ist. Das heisst, es war eben nichts los, und das ist das Eigenartige. Weisst du, Hugo, richtig beunruhigt war ich erst, als ich bemerkt habe, dass die Tür nicht zugezogen war. Verstehst du, was ich meine? Von Weitem konnte man meinen, sie sei geschlossen, aber als ich dagegengestossen bin, ist sie gleich aufgesprungen.»

«Merkwürdig», pflichtete ihr Hugo bei.

«Ich habe mich nicht getraut, ins Haus zu gehen», gab Antonella zu. «Sie hat doch erst gestern diesen Aufstand gemacht wegen dem Tiggeli.»

«Toggeli heisst das», korrigierte Hugo sie. «Aber du wirst doch nicht an dieses Ammenmärchen glauben? Martha ist eine alte Frau, Antonella.»

«Doch, amore, seit heute glaube ich an das Tiggeli. Ich sag dir, da stimmt etwas nicht. Ich habe Marthas Bruder angerufen, aber der Arnold war nicht zu Hause. Also musst du nun kommen und nachschauen. Allein betrete ich dieses Haus nicht, und Kevin kommt mir schon gar nicht in die Nähe dieses Tiggelis!»

Hugo seufzte tief. Wahrscheinlich steigerte sich seine Frau wieder in etwas hinein, allerdings, was sie erzählte, klang beunruhigend. Aber konnte er auf einen Verdacht, der auf weiblicher Intuition beruhte, seine Arbeit einfach so liegen lassen? Wenn er nicht wollte, dass die Polizei die Engenmatt wegen seiner Frau Antonella auf den Kopf stellte, würde er wohl oder übel seinen Chef bitten müssen, früher in die Mittagspause gehen zu dürfen. Er kannte seine Antonella, sie würde niemals Ruhe geben.

«Bleib, wo du bist», befahl er seiner Frau. «Ich bin in fünfzehn Minuten zu Hause.»

Hugo hielt sein Wort, und kurze Zeit später parkierte er den grünen Subaru Forester vor seinem Haus. Antonella mit Kevin auf dem Arm winkte ihm durchs Fenster wild zu. Mit einem Handzeichen deutete er an, dass er sofort bei Martha nach dem Rechten sehen wolle.

Die Haustür fand er so vor, wie es Antonella ihm beschrieben hatte, sie stand eine Handbreit offen. Er klingelte und stiess zugleich die Tür etwas weiter auf. Im fahlen Licht erkannte er den Flur mit Marthas soliden Halbschuhen und Gartenstiefeln, darüber an mehreren Holzhaken ihren beigen Regenmantel, den warmen Faserpelz und die braune gesteppte Winterjacke, die sie wohl demnächst gebrauchen könnte. Der Winter würde trotz des heutigen Wärmeeinbruchs nicht mehr lange auf sich warten lassen, das wusste Hugo aus Erfahrung.

Die Klingel verhallte im Haus, und nichts regte sich. Hugo vernahm kein Rufen, kein Husten oder Seufzen, es schien, als ob niemand anwesend sei, und doch, Hugo zögerte, etwas irritierte ihn. Als er den Flur betrat, wirkte der Raum durch sein Schattenbild noch finsterer, und er bemerkte es erst, als er hineintrat. Er war mit seinen schweren Arbeitsschuhen in eine glitzernde Lache getreten. Erschrocken machte er einen Schritt zur Seite und erblickte auf dem Boden mehrere kleinere Flecken, die im Sonnenlicht, das durch die offene Tür fiel, funkelten.

Seine Knie knackten, als er in die Hocke ging und langsam einen Finger in die Flüssigkeit tauchte. Erleichtert stellte er fest, dass sein Zeigefinger nicht wie befürchtet rot, sondern lediglich nass war. Um ganz sicherzugehen, roch er vorsichtig daran, konnte aber nichts Sonderbares feststellen, sein Finger roch nach dem Tannenholz, das er in der Schreinerei zugeschnitten hatte. Weshalb war im Flur der Boden nass? Hugo erhob sich wieder und schaute nach draussen. Gestern und heute war es weder regnerisch gewesen, noch hatte es geschneit, und unter Marthas

Schuhen war ebenfalls kein Wasser erkennbar. Ein lauter Knall liess ihn zusammenzucken.

«Wer ist da?», rief er laut. *Was* war da? Der Knall war aus einem der oberen Stockwerke gekommen, so viel war für Hugo klar, aber was hatte ihn verursacht? Er strich sich mit der Hand über sein unrasiertes Kinn und schalt sich selbst einen Feigling, seine Antonella hatte ihm einen schönen Floh ins Ohr gesetzt mit diesem Toggeli. Obwohl einige Engenmatter, so auch Hugo, behaupteten, dass dieser Nachtgeist nur eine Phantasiegestalt war, zweifelte er hier im Flur von Marthas Haus doch an dieser Aussage.

Hatte Martha nicht erst vorletzte Nacht verängstigt an seiner Haustür geklopft und um Einlass gebeten, da ein Toggeli sie plage? Nun, vom Toggeli war in jener Nacht zwar keine Rede gewesen, erst als Marthas Bruder Arnold gestern Morgen das Loch in der Holzwand entdeckt hatte, waren sie darauf zu sprechen gekommen. Der Pfarrer hatte nicht nur das Zimmer, sondern auch das ganze Haus gesegnet, zudem hatte Arnold das Loch mit einem Holzzapfen und einem Büschel Haare von einem Ziegenbock verpflöckt, trotzdem hatte Martha keine Ruhe gegeben und ihrem Bruder mitten auf dem Dorfplatz eine Szene geboten, wie es nur selten in der Engenmatt vorkam. Sie wollte, dass er zur Sicherheit eine Katze in das Haus sperre, bis das arme Tier verhungere. Erst dann, so Martha, habe das Toggeli, die arme Seele, seine Gier gestillt. Der Pöstler Toni, der die Diskussion wie so viele andere auf dem Dorfplatz mitverfolgt hatte, hatte den Streit schliesslich beendet, als er darauf aufmerksam machte, dass die Neue aus dem Fenster schaue. Vor Auswärtigen wollte man nicht über derartige Dinge sprechen. Arnold hatte sich am Stammtisch stante pede geweigert, weiter über dieses Thema zu spekulieren.

Und nun war er also hier, und er fühlte sich gar nicht wohl in seiner Haut. Nun war er schon so weit, dass selbst das Knacken des Holzes ihn fast aus der Haut fahren liess. Hugo ärgerte sich. Ausgerechnet er als Schreiner sollte doch wissen, dass Holz lebte und der Spannung immer wieder mit einem lauten Knacken nachgab.

Nun reiss dich zusammen und geh endlich nach oben, schalt er sich. Vorsichtig stieg er eine Stufe nach der anderen hoch, ignorierte deren protestierendes Knarren und blickte ängstlich ins Dunkle. Hugo spürte, dass sein Puls hart an der Schläfe pochte. Er bemerkte, dass sich auf vereinzelten Treppenstufen ebenfalls Wasserpfützen befanden, zartes Glitzern auf rauen Holzdielen. Erneut knarrte die Treppe unter seinen Schritten, und er hielt erschrocken inne.

Vielleicht war noch jemand hier und wartete nur darauf, dass er nach oben kam? Im Haus war es bitterkalt, und ein eisiger Hauch strich über seinen Nacken. Hugo drehte sich um und schaute die Treppe hinunter, sah aber nichts als leere Stufen und die Haustür, die sich langsam von allein schloss.

Hugo hielt den Atem an. Schnell atmete er ein paarmal tief ein und aus, um nicht ohnmächtig zu werden. Weshalb schloss sich die Tür von selbst? War das wirklich nur der Wind, oder trieb das Toggeli nun seinen Schabernack auch mit ihm?

Hugo, ansonsten die Logik in Person, schloss die Augen und fürchtete sich sehr vor dem Wesen, das ihn oben unter Umständen erwartete.

Nein, er war Mann, nicht Maus, er hatte es seiner Antonella versprochen! Er würde nur kurz nach dem Rechten sehen und dann wieder nach Hause zurückkehren. Würde er gehen, ohne dass er nachgeschaut hätte, würde ihm seine Frau die Feigheit ewig unter die Nase halten.

Schnell hechtete er die letzten beiden Stufen hoch und stand im Flur. Hugo vernahm aus der Stube das Ticken der Pendeluhr und stiess diese Tür als Erstes auf. Alles schien auf den ersten Blick normal zu sein, ausser dass die geschlossenen Fensterläden das Tageslicht nur spärlich eindringen liessen. Er erkannte einen alten Röhrenfernseher in der Ecke und Marthas Strickzeug auf dem durchgesessenen Kanapee. Hugo drehte sich um und wollte in der Küche nachschauen, als er im fahlen Licht die Wasserspur sah, die ihn schon vom Eingang in den ersten Stock geführt hatte.

Konnten dies die letzten Spuren der Segnung des Hauses durch den Pfarrer sein? Kaum, denn der Pfarrer würde das Weihwasser sicherlich nicht literweise verteilen, zudem wäre es seit gestern

Nachmittag bestimmt schon getrocknet. Hugo war kurz davor, Reissaus zu nehmen, folgte jedoch tapfer der Spur nach oben in den zweiten Stock, wo die Schlafräume lagen. Schon wieder krachte das vermaledeite Holz, als ob das alte Haus unter Schmerzen aufstöhnte und sich quälte.

Vor Marthas geschlossener Schlafzimmertür blieb er stehen und versuchte sich zu wappnen. Er wusste nicht, was ihn erwartete, aber er war überzeugt, dass dahinter das Böse lauern würde, sei es nun Mensch oder nicht. Er schloss die Augen, bis sich tiefe Falten in den Augenwinkeln bildeten, streckte die zitternden Hände nach der Klinke aus und öffnete die Tür. Mit einem Knarren in den Angeln offenbarte ihm diese einen Anblick, den er zeit seines Lebens nie mehr vergessen sollte.

Das Erste, was er wahrnahm, war ein beissender Geruch. Dann sah er in Marthas gebrochene Augen. Sie lag auf dem Rücken in ihrem Bett und hatte die faltigen Hände über der Bettdecke zum Beten gefaltet. Ihre grauen Haare lagen zu einem Heiligenschein gekämmt um ihren Kopf, an dem ein klaffendes Loch zu erkennen war. Bis auf den stechenden Geruch nach Exkrementen wirkte die Szenerie friedlich, beinahe so, als ob Martha von Deschwanden sanft im Schlaf verstorben sei. Wären da nicht die starren Augen gewesen.

Widerstrebend betrat Hugo das Zimmer und schlug pietätvoll das Kreuz über der Brust. Die Bodendielen waren feucht, und das Holz begann die Flüssigkeit aufzusaugen, es roch modrig. Obwohl er mit Martha nie viel zu tun gehabt hatte, verspürte Hugo doch eine Traurigkeit in sich, als er sie so daliegen sah. Immerhin war sie viele Jahre seine Nachbarin gewesen, und er hatte manchen Schwatz mit ihr gehalten. Er hob die Hand und wollte Marthas Augen schliessen, als er bemerkte, dass sie weinte. Der toten Frau rannen dicke Tränen aus den offenen Augen. Mit einem lauten Schrei verliess Hugo das Zimmer, polterte die Treppe hinunter und schaffte es gerade noch aus der Haustür, bevor er sich erbrach.

***

Einige Häuser weiter hatte Clara in der mühsam mit Kehrbesen gereinigten Puppenstube die kleine Puppe gesäubert, die mürben Gummibänder an den Gelenken ausgetauscht und zuletzt noch die lose Spitze des Kleidchens angenäht. Nun erstrahlte das alte Mädchen wieder in neuem Glanz.

Zufrieden mit ihrer Arbeit wickelte Clara die Puppe in Seidenpapier ein, bevor sie diese in eine Kartonschachtel legte. Dem Pöstler Toni wollte Clara die Puppe nicht mitgeben, sondern selbst nach Sarnen fahren, um das Paket persönlich nach Basel zurückzusenden. Toni schien ihr zwar ein braver Mann zu sein, eine Spur zu neugierig vielleicht, aber sie verspürte in immer kürzeren Abständen das Bedürfnis, der Enge dieses Dorfes zu entfliehen.

So schön die Aussicht auf die gegenüberliegenden Sachslerberge und den Sarnersee auch sein mochte, Clara vermisste das geschäftige Treiben der Stadt.

Sarnen hatte zwar nur knapp die Zehntausendermarke geknackt, ausserdem pflegte es seinen Dorfcharakter. Im Vergleich zur Engenmatt jedoch schien das Leben im Kantonshauptort zu pulsieren. Während des Sommers genossen die Einwohner die Bademöglichkeiten am See oder wanderten in den umliegenden Bergen, winters nutzten sie die diversen Skigebiete.

Sie legte den Kopfhörer ab, stellte den iPod aus, schrieb dann die Adresse auf das Etikett und schlüpfte in Mantel und Stiefel. Mit einem letzten Blick in den Garderobenspiegel strich sie sich die Haare glatt und wischte etwas verschmierte Mascara unter dem linken Auge weg.

Das Paket unter dem Arm geklemmt trat sie aus der Haustür und blieb von der Wärme der Sonne überrascht stehen. Wie wohl das tat! Sie atmete die frische Herbstluft tief ein und roch das feuchte Laub auf den Strassen. Die Sonnenstrahlen kitzelten in ihrer Nase, und sie musste prompt niesen. Eigentlich war der Tag zu schade, um ihn allein zu verbringen, und Clara beschloss, mangels männlichen Begleiters spontan bei Hanny vorbeizuschauen. Ihr würde es bestimmt auch guttun, dem Alltagstrott für ein paar Stunden zu entfliehen und mit ihr in der Sonne einen Kaffee zu trinken.

Vielleicht wäre ja auch noch Valentin dabei, flüsterte eine leise Stimme in ihrem Ohr.

Mit einem Grinsen ging Clara zu ihrem Opel Corsa, wischte die Blätter von der Frontscheibe und liess sich nicht wirklich elegant auf den Fahrersitz plumpsen. Das Messer hatte sich soeben zurückgemeldet, vielen Dank aber auch.

Während sie die Quartierstrasse hinunterfuhr und rechts auf den Dorfplatz abbiegen wollte, bemerkte sie zu ihrem Erstaunen, dass ein Krankenwagen sowie zwei Fahrzeuge der Polizei die Zufahrt blockierten.

Was um Himmels willen mochte geschehen sein? Sie hatte in den letzten drei Stunden in der Werkstatt gearbeitet und sich mit Kopfhörer über den Ohren ganz ihren Puppenkindern gewidmet, irgendwann musste sie ja ihre Brötchen verdienen. Während sie sich die Ohren mit Musik volldröhnte, hatte sie offensichtlich die Sirenen der Rettungskräfte überhört.

Nun herrschte eine gespenstige Stille auf dem Dorfplatz, nur die Lichter der Polizeiautos blitzten in regelmässigen Abständen blau auf.

Vor dem Eingang zu Martha von Deschwandens Haus hatten sich zwei Polizeibeamte postiert, die Marthas Bruder Arnold befragten. Einer der Beamten machte sich fleissig Notizen, der andere fixierte immer wieder die Umgebung, auch ihr Auftauchen schien er zu registrieren. Im offenen Sanitätswagen erkannte Clara den in eine wärmende Folie gewickelten Hugo Wagner. Er sah schlecht aus, sein Gesicht wirkte blass, und er hielt sich zitternd an einem Plastikkübel fest. Seine Frau, mit einem Baby auf dem Arm, strich ihm beruhigend über den Rücken und lamentierte auf Italienisch. In respektvollem Abstand hatten sich schweigend die Engenmatter versammelt und beobachteten das Geschehen.

Als ein Polizist auf Claras Opel zukam und ihr per Handzeichen zu verstehen gab, dass sie auf keinen Fall über den Platz fahren könne, wendete sie das Auto und parkierte es eine Strasse weiter. Sie musste unbedingt wissen, ob mit Hanny und Valentin alles in Ordnung war. Nach einigen Minuten war sie zurück und stellte sich zu den anderen Bewohnern neben den Bruderklausenbrunnen.

«Was ist denn passiert?», flüsterte sie Käthy Rohrer zu, die sie jedoch nur scharf anblickte. Irritiert von dieser Reaktion machte Clara einen Schritt zurück. Als sie Käthy erneut fragen wollte, öffnete sich die Tür zu Martha Haus noch etwas mehr, und Clara erblickte einen grauen Sarg, getragen von zwei Herren. Erst jetzt bemerkte sie den Leichenwagen in der Seitenstrasse neben dem Haus. Hier musste etwas Schlimmes geschehen sein, bei einem normalen Todesfall war nicht mit einem so grossen Polizeiaufgebot zu rechnen.

«Du willst wissen, was hier geschehen ist, Puppenmacherin?», zischte Käthy ihr ins Ohr. «Das Böse ist vorbeigekommen!» Sie spuckte einen zähen Schleimklumpen vor Claras Füssen auf den Boden. «Es war friedlich hier, bis du *es* mit deinen Puppen geweckt hast. Geh zurück, von wo du hergekommen bist.»

Der Pöstler Toni hielt Käthy am Arm von Clara weg. «Es reicht nun, Käthy. Nimm es nicht persönlich, Clara.» Er deutete mit einem Kopfnicken in Richtung des Leichenwagens. «Sie war ihre beste Freundin. Käthy ist durcheinander und weiss nicht, was sie sagt.» Mit festem Griff zog er Käthy mit sich fort.

Clara stand fassungslos da und brauchte einen Moment, um zu begreifen, was Käthy ihr soeben vorgeworfen hatte. Ihre Knie wurden weich, und ihr Magen zog sich krampfhaft zusammen. Ein Druck und ein Pfeifen begannen ihre Ohren zu füllen.

Oh nein, sie kannte diese Anzeichen nur zu gut! Niemals würde sie sich die Blösse geben und hier auf dem Dorfplatz vor den Augen aller in Ohnmacht fallen. Diesen Gefallen würde sie ihnen nicht tun. Mit letzter Selbstbeherrschung drehte sie sich langsam um und versuchte, so würdevoll wie nur möglich zu ihrem Auto zu schreiten.

Sie konnte die scharfen Blicke der Engenmatter in ihrem Rücken spüren, und die schmerzten noch heftiger als ihr rotierendes Messer.

***

Auf tragische Weise wurde unsere liebe Schwester und Freundin in ihrem 74. Lebensjahr aus dem blühenden Leben gerissen.

**Martha von Deschwanden**

Sie wird mit ihrem gütigen Wesen in unseren Herzen weiterleben.

| | |
|---|---|
| Traueradresse: | Arnold von Deschwanden, Stalderweg 5,<br>6060 Engenmatt |
| Beerdigung: | 5. November, 10.00 Uhr, Kirche Engenmatt |
| Dreissigster: | 4. Dezember, 18.00 Uhr, Kirche Engenmatt |

Im Sinne der Verstorbenen gedenke man des Frauenklosters Sankt Andreas in Sarnen.

«Memento homo, quia pulvis es et in pulverem reverteris, erstes Buch Mose.» Arnold, der seit Jahrzehnten das Amt des Kirchensigristen innehielt, übersetzte seine eigenen Worte ergriffen. «Bedenke, Mensch, dass du Staub bist und zum Staube zurückkehren wirst.»

Mit schreckverzerrtem Gesicht erblickte Arnold neben einem Oberschenkelknochen mehrere kleine Schädel. Sein erster Reflex, die nackten Knochen sofort wieder mit schützender Erde zu bedecken, wurde jäh unterbrochen, als der Baggerführer aus seiner Maschine sprang und sich zu ihm gesellte.

«Na, da hab ich doch fast schon damit gerechnet», schmatzte dieser. «Sehen alt aus. Ist jedenfalls kein Fleisch mehr an den Knochen.»

Arnold schob mit seinem Stiefel einige Erdkrumen in die soeben ausgehobene Grube. «Das ist Störung der Totenruhe.» Er liess noch mehr Erde auf die Knochen regnen, bis die Schädel wieder gänzlich damit bedeckt waren. «Wir behalten das für uns, und du gräbst dort drüben weiter. Diese Knochen hier lassen wir schön in Ruhe.»

«Nein, Mann, das ist nicht das erste Mal, dass ich beim Baggern etwas aushebe, was niemand erwartet. Ich muss das melden, sonst krieg ich höllischen Ärger mit meinem Chef.» Der Baggerführer machte kehrt und suchte in seiner Arbeitshose nach dem Handy.

Verärgert verschränkte Arnold die Arme vor der Brust. Er hatte eine Heidenangst vor den Armen Seelen. Diese waren auf ewige Zeiten dazu verdammt, zwischen Himmel und Erde umherzugehen. Wer konnte ihm garantieren, dass diese Knochen nicht einer Armen Seele gehörten?

Im Hintergrund hörte er den Baggerführer mit seinem Chef sprechen, und er erfuhr auf diese Art, dass nicht nur der Pfarrer aus Sarnen, sondern auch das gesamte Rösslispiel des Kantons mitsamt einem archäologischen Team auftauchen würde. Schlimmer hätte es für ihn nicht kommen können. Seine Ansichten über die Störung der Totenruhe vor einer so grossen Gesellschaft kundzutun, würde ihm bestimmt nicht leichtfallen. Er fühlte sich kraftlos, in Trauer um seine Schwester gefangen. Allein.

## *1650*

*Magdalena sass auf einem Stein am Ufer des Sarnersees und blickte entrückt in die sanften Wellen, die an ihren nackten Zehen leckten. Obwohl alles in ihrem Innern sich dagegen gesträubt hatte, hatte sie sich gestern dazu verpflichtet gefühlt. Noch immer hörte sie die schrillen Schreie der Frau in ihren Ohren, sie nisteten sich hartnäckig in ihrem Kopf ein. Niemals wieder würde sie ihre Arbeit verrichten können, ohne sie in ihrem Kopf zu haben. Sie warnten sie davor, das einzig Richtige zu tun. Magdalena wusste, dass sie recht handelte, aber die Obrigkeit sah dies anders. Eine Welle schlug bis an ihr Schienbein und benetzte ihren Wollrock. Sie wrang ihn aus, folgte der Spur der Nässe und liess ihre Finger in das eisige Wasser des Sees gleiten. Der Schlamm schloss sich um ihre Fingerspitzen, drang unter ihre Fingernägel, schwärzte die Falten der Fingerknöchel. Wütend schlug sie mit der Faust ins Wasser und verfluchte die Männerwelt, die lieber das Sterben ihrer Frauen hinnahm, als dass sie Geld aufbrachte oder alte Vorschriften über Bord warf.*

*Sie schaute nach links und erkannte durch die Bäume hindurch den dünnen Rauchfaden. Alles, was von Elisabeth Schälly, Tochter der weit herum bekannten Hebamme Margarett Schälly, übrig geblieben war, hatte sich wortwörtlich in Rauch aufgelöst. Vor vierzehn Tagen erst hatte der Scharfrichter Molch die junge Frau zum Verhör abgeholt. Im Rathaus war sie vor der Obrigkeit dazu aufgefordert worden, Besitz und Gebrauch des Mutterkorns zu gestehen. Sie sei eine Hexe, so hatten die Herren vermutet und sie sicherheitshalber im Verlies des Hexenturms nahe dem Dorfplatz ein paar Tage schmoren lassen, bevor der Scharfrichter sie einem peinlichen Verhör unterzog. Magdalena wusste, dass dies nichts anderes bedeutete, als dass Elisabeth körperlich gefoltert worden war. Wollte man dem Dorfgeschwätz Glauben schenken, so habe man sie an den Händen aufgezogen, einen halben Zentner Gewicht an ihren Füssen befestigt und sie zugleich mit gesegneten Ruten geschlagen. Kein Wunder, dass die junge Frau nach diesen unsäglichen Qualen alles gestanden hatte, was die Obrigkeit von ihr hören wollte. Laut dem endgültigen Richterspruch sei sie tatsächlich eine Hexe gewesen, die lange Zeit im Geheimen ihre* bösartige Tätigkeit ausgeführt habe. Ihre Schuld wiege doppelt so schwer, weil sie die unschuldigsten aller Menschen dem Bösen zugeführt habe. Acht Neugeborene seien in den drei Jahren, in denen sie als Hebamme in Sachseln gewirkt habe, gestorben, ohne dass der Pfarrer diese habe taufen können. Die Nottaufen, die durch eine Hexe, in diesem Falle Jungfer Elisabeth Schälly, durchgeführt worden seien, wären ein Fall für das Kirchenrecht und müssten auf ihre Gültigkeit hin überprüft werden. Den endgültigen Beweis für die Schuldigkeit der Hexe habe diese selbst erbracht. Die Jungfer habe dem Scharfrichter in Anwesenheit der Ratsherren das Versteck verraten, in dem sie das verbotene Mutterkorn aufbewahre. Die Mägde und Knechte auf dem Dorfplatz überschlugen sich damit, die Geschichte der Elisabeth Schälly mit Einzelheiten auszuschmücken, und so wurde in den Köpfen der Obwaldner Bevölkerung aus einer jungen Hebamme alsbald eine furchteinflössende Hexe, die seit drei Jahren nicht nur Säuglinge, sondern auch viele im Wochenbett verstorbene Mütter auf dem Gewissen habe.

Magdalena stand auf und schritt in den See hinein. Der Wollrock sog sich mit dem Wasser voll, klebte an ihren Beinen, zog sie mit seinem Gewicht nach unten. Sie breitete die Arme weit aus und lief weiter in den See hinaus. Ihr Gewissen war rein. Niemals hatte sie einer Mutter und deren Kind wissentlich Schaden zugefügt, niemals Hexenwerk ausgeübt, niemals eine Person verflucht. Und doch. Unter dem peinlichen Verhör würde auch sie zusammenbrechen. Alles gestehen, was man von ihr verlangte. Tränenüberströmt schritt sie weiter, liess zu, dass der hungrige See an ihren Kleidern zerrte, ihre Glieder auskühlte. Schon spürte sie die spitzen Kieselsteine nicht mehr, die zuvor in ihre Fusssohlen gestochen hatten. Das Wasser stand ihr bis zum Hals, benetzte ihre Ohren. Magdalena musste nicht weiter überlegen, sie hatte sich entschieden. Niemals würde sie es verantworten wollen, während der Folter eine weitere unschuldige Person der Hexerei zu bezichtigen und somit ebenfalls zum Tode zu verurteilen. Sie war mit Leib und Seele Hebamme. Ihre Aufgabe bestand darin, Leben zu erhalten, und nicht, dieses zu beenden.

Unendlich traurig blickte sie über den See. Ja, sie war bereit dazu. Bereit, Abschied zu nehmen von ihrem Daheim, von ihrer Familie. Keineswegs, weil sie ihrer überdrüssig war, sondern um ihre Liebsten vor ihrer Person, der Hebamme Magdalena Zumstein, zu schützen. Sie *schloss die Augen, wagte einen weiteren Schritt und trat ins Leere. Das Ufer fiel steil ab in die Tiefen des Sees. Sie sank. Der See zerrte wie ein wütendes Tier an ihrem Rock, unnachgiebig gierig. Magdalena hatte keine Chance. Ihre Lunge brannte, ihr Kopf explodierte, jede Faser ihres Leibes schrie nach Luft. Dann öffnete sie den Mund.*

# 12

Obwohl er den Winter und seine weisse, alles überdeckende Schicht liebte, war der Pöstler Toni jeden Morgen erleichtert, wenn die Strasse aaber war. Als Erstes fuhr er mit seinem Elektromotorrad zur Hauptstelle in Sarnen, um die Briefe, Pakete und Werbesendungen für die Engenmatter einzusammeln, bevor er später die steile Strasse wieder hinaufratterte. Bei Glatteis glichen diese Fahrten frühmorgens einem Kamikaze-Unternehmen, und nur mit viel Glück war bis anhin nichts Schlimmeres passiert, denn Toni musste die Fahrten zurücklegen, bevor die Gemeindearbeiter das Streusalz auf den Strassen verteilt hatten. Wahrlich kein Vergnügen und keine Menschenseele, die diese Waghalsigkeit zu schätzen wusste.

Immer wieder bekam er zu hören, wie schön er es doch habe, immer draussen an der frischen Luft zu sein und den mehr oder weniger bekleideten Hausfrauen die Post persönlich an die Haustür zu bringen. Keine Ahnung hatten die, welche Schmerzen die Kälte verursachen konnte, wenn die eingefrorenen Wangen, Finger oder die Nasenspitze wieder auftauten. Da waren auch die Hausfrauen in ihren Morgenröcken kein Trost dafür. Er seufzte tief und tat sich ein wenig leid. Noch ein letztes Paket musste er ausliefern, und dies ausgerechnet bei der von Grünenstein.

Danach war seine Arbeit für heute erledigt, und er könnte Andrea einen Besuch abstatten. Sofort begann er zu grübeln, was er zu ihr sagen könnte. Bislang war ihm einfach nichts Gescheites eingefallen, und er hatte immer nur einen Kaffee und ein Gipfeli bestellt. Cool wollte er rüberkommen, gescheit ebenfalls, und wenn es ganz gut kam, einfach unwiderstehlich. Oder war es im Moment gar unschicklich, einer jungen Frau Avancen zu machen, wenn kürzlich jemand gewaltvoll zu Tode gekommen war? Vielleicht würde er heute Abend am Stammtisch im Stybli einen der Männer danach fragen. Er schüttelte seinen behelmten Kopf. Oh nein, das war definitiv keine gute Idee. Er würde die Spötteleien seines Lebtags zu hören bekommen.

Das Elektromotorrad surrte tapfer die letzte Steigung hinauf, und Toni parkierte direkt vor der Haustür des Hauses, in dem Clara von Grünenstein wohnte. Es war jeden Tag ein schönes Gefühl, die letzte Post aus dem Anhänger zu nehmen und zuzustellen. Die Klingel hallte leise aus dem Hausinnern wider, jedoch öffnete niemand die Tür. Toni wollte schon aufgeben und den Abholschein ausfüllen, als von der Strasse jemand seinen Namen rief. Er drehte sich um und erblickte Clara, die winkend herbeieilte.

«Guten Tag, Toni, ich nehme an, es ist wieder eine Puppenlieferung für mich angekommen? Na, da habe ich ja ein Glück gehabt, dass ich Sie antreffe, so kann ich mir den Zettel ersparen.»

Er händigte Clara ein flaches Paket aus. «Man sieht sich!», murmelte er, stieg wieder auf sein Motorrad, klappte das Helmvisier hinunter und surrte davon.

Gern hätte Clara noch einige Worte mit ihm gewechselt, da Toni einer der wenigen Engenmatter zu sein schien, der sie nicht schnitt. Stets hatte er sich ihr gegenüber korrekt, ja sogar offen verhalten. Am Tag nach Marthas Tod hatte er sie sogar vor Käthys Anfeindungen in Schutz genommen. Nun hatte es jedoch ganz den Anschein, als ob Käthy Rohrer mit ihren giftigen Sticheleien erfolgreich gewesen war. Clara konnte nicht wissen, dass Toni schlicht und einfach nach einem richtig tollen Spruch suchte, den er der Andrea über die Theke hinweg zuschmettern konnte.

Nachdenklich wog Clara nun das Paket in ihrer Hand und stellte mit Erstaunen fest, dass es von ihrem Stiefvater Dieter kam. Die Adresse war unverkennbar in seiner gewohnt gestochen scharfen Schrift geschrieben. Obwohl sie keinen grossen Kontakt mehr pflegten, seit Mutter gestorben war, rief er sie doch ab und zu an. Weshalb schickte er ihr nun ein Paket? Clara hoffte inständig, dass nicht irgendwelche administrativen Erbangelegenheiten auf sie warteten. Wie sie das hasste, Dokumente aufs Genauste hin durchzulesen und schlussendlich jedes Mal mit einem mulmigen Gefühl, das Wichtigste überlesen zu haben, zu unterschreiben.

Sie öffnete die Haustür, stieg die drei Stockwerke zu ihrer Wohnung hinauf, wobei sie gleichzeitig aus der Jacke schlüpfte, die Mütze abnahm und das Paket in den Händen balancierte. Vor ihrer Wohnungstür hielt sie einen Moment inne. Ein mulmiges

Gefühl beschlich sie, als sie an den Einbruch von gestern dachte. Nach dem Schrecken wegen der Zerstörung der Puppenstube schloss sie nur zögernd auf, dann trat sie vorsichtig ein.

Stille empfing sie. Erst nachdem sie sich in allen Räumen nervös umgesehen und versichert hatte, dass niemand da war, setzte sie sich mit einer Tasse Kaffee an den frisch geputzten Arbeitstisch und legte das Paket vor sich hin. Sie blies in die dampfende Brühe, bevor sie den ersten Schluck trank, dann knibbelte sie an den Klebestreifen, um das Packpapier zu entfernen.

Es war nicht Dieters Art, über Gefühle zu sprechen, und so fiel auch diese Nachricht reichlich nüchtern aus. Auf der beiliegenden Karte hatte er lediglich notiert, dass er auf dem Dachstock seines Hauses noch einen Karton mit Dokumenten von Marie, Claras Mutter, gefunden habe. Er könne damit nichts anfangen, sie solle doch selbst entscheiden, ob sie diese aufbewahren oder ins Altpapier werfen wolle. Er erkundigte sich nicht einmal, wie es ihr denn in der Zwischenzeit ergangen sei, stellte Clara mit Bedauern fest, musste sich jedoch sogleich eingestehen, dass sie sich in letzter Zeit ebenfalls nicht um Kontakt mit ihm bemüht hatte. Vielleicht sollte sie doch öfters zum Telefon greifen, er war schliesslich ihr letzter, wenn auch nicht leiblicher, Verwandter.

Clara stand auf, lehnte sich gegen die kalte Fensterscheibe und trank, tief in Erinnerungen versunken, den Kaffee langsam aus. Versonnen blickte sie aus dem Fenster. Keine Menschenseele war auf den Strassen zu sehen, alle hatten sich in ihre warmen Häuser zurückgezogen. Einzig ein einsamer Kolkrabe sass auf dem Dachfirst gegenüber und beobachtete krächzend seine Umgebung. Ihm schien es nichts auszumachen, dass er allein war.

Nach einigen Minuten wischte sich Clara mit den Händen über das Gesicht. Sie war bereit. Sie öffnete das Paket und sortierte den Inhalt auf dem Arbeitstisch. Das Auffälligste waren die sechs unterschiedlich alten Bücher, die abgegriffen und verlebt wirkten, und darunter ein fragiles, mehrfach zusammengefaltetes Seidenpapier. Das zarte Einwickelpapier war stark zerknittert und knisterte trocken, als sie die Lagen behutsam auseinanderschlug. Als sie den fein gewobenen Baumwollstoff erblickte, stand Clara auf, um ihre Hände zu waschen. Trotz ihrer Neugier war sie doch Restauratorin genug, um zu wissen, dass man altes Gewebe nicht mit Fingern berührte, an denen der Dreck des Alltags klebte. Nachdem sie sicher war, dass sie den Stoff nicht verschmutzen würde, legte sie eine um die andere Stofflage herum und blickte schlussendlich auf ein weisses Trägerkleidchen, das an der Rückenpartie nicht geschlossen war. Den Brustteil schmückte ein mit beigem Faden zart gesticktes Muster. Das Kleid war offensichtlich für ein Kleinkind, eher sogar für einen Säugling gedacht, obwohl der Stoff dem Kind weit über die Füsschen hinwegragen musste. Claras Verdacht, dass es ein Taufkleid sein könnte, bestätigte sich, als sie auf dem unteren Teil des Kleides mehrere eingestickte Namen erblickte. Sie blinzelte, um die kleinen Buchstaben besser lesen zu können. Die exakt und gleichmässig gestickten Namenszüge zeugten von Könnerhand. Insgesamt zählte sie fünfzehn Namen, wobei der ihrige der letzte war.

Verblüfft schaute sie auf und versuchte vergebens, sich zu erinnern. Da ihre Mutter alle Erinnerungen an Claras erste Lebensjahre getilgt hatte, bewahrte sie auch keine Fotografien aus jener Zeit auf. Clara hatte niemals ein Bild von sich als Baby gesehen, und eine Erinnerung an die damalige Zeit war in Anbetracht ihres zarten Alters von zwei Jahren kaum denkbar. Sie war immer davon ausgegangen, dass ihre Mutter zu sehr um Claras leiblichen Vater trauerte und Erinnerungen, etwa in Form von Fotografien, zu schmerzhaft für sie waren. Seit dem Gespräch an Mutters Totenbett wusste sie es besser. Trotz aller Sturheit, diese Zeit aus ihrem Leben zu streichen, war ihre Mutter anscheinend nicht überall konsequent gewesen. Weshalb hätte sie sonst Claras Taufkleid aufbewahrt, wenn nicht aus sentimentalen Gründen? Sie betrachtete den Stoff und wünschte sich, er könnte ihr etwas über die vielen Kinder, deren Namen ihn zierten, erzählen, vor allem jedoch über sich selbst und ihre ersten zwei Lebensjahre.

Da stand ihr Name in akkurat gesetzten Stichen auf einem sehr alten Taufkleid: «Clara». Langsam strich sie mit dem Zeigefinger darüber und ertastete die Erhebungen und Täler, fuhr dann den gewobenen Stoff weiter hinauf zum Namen, der darüberstand, und es brach ihr fast das Herz, als sie dessen Buchstaben fühlte. Ein schwungvolles H, gefolgt von fünf Kleinbuchstaben. «Hannes».

Den Namen, den sie mit schwarzer Tinte unter ihre Brust hatte stechen lassen, einen Tag nach Mutters Beerdigung. Den Namen ihres Bruders vor sich zu sehen, erschütterte sie zutiefst. Obwohl sie es sich so sehr wünschte, endlich mehr über dessen Schicksal zu erfahren, und sie deswegen zurück in die Engenmatt gekehrt war, liess sie das Taufkleid im Innersten erbeben. All die Jahre hatte sie nichts von ihm gewusst, und nun stellte sich heraus, dass ihre Mutter das gemeinsame Taufkleid stets im Dachgeschoss aufbewahrt hatte. Trotz der Trauer über den Tod der Mutter fühlte sie auch einen Groll über ihre Verschwiegenheit. Weshalb hatte sie ihre eigene Tochter im Ungewissen gelassen?

Clara strich den Stoff auf dem Tisch glatt und beugte sich darüber, um die restlichen Namen besser lesen zu können. Sie fragte sich, wie das Kleid ursprünglich in den Besitz ihrer Mutter gekommen war. Hatte sie es von einer Bekannten geschenkt bekommen, oder wurde es in der Familie weitergegeben? Diese Frage klärte sich, als Clara den Namen ihrer Mutter ebenfalls auf dem Stoff eingestickt sah. «Maria». Nach dem Wegzug aus der Engenmatt hatte sich Mutter nur noch mit Marie vorgestellt, aber Clara erinnerte sich gut, dass in ihrem Pass und anderen offiziellen Dokumenten stets die deutsche Version dieses Namens geschrieben stand. Wenn dieses Kleid tatsächlich innerhalb der Familie weitergegeben wurde, dann stünde es folglich Clara an, für den nächsten Namen respektive das nächste Kind zu sorgen. Frustriert lachte sie auf. Sie war meilenweit davon entfernt, eine eigene Familie zu gründen. Zuerst musste sie mit der ursprünglichen ins Reine kommen.

Es war ihr nicht bekannt, dass sie Cousins oder Cousinen hatte, Mutter hatte niemals eine Verwandtschaft erwähnt. Wem aber gehörten die restlichen Namen auf dem Taufkleid, und waren diese Personen noch am Leben? Vielleicht eröffnete sich hier ein neuer Weg, etwas über Hannes' Schicksal zu erfahren.

Ohne Vorwarnung, dafür mit gnadenloser Brutalität stach das Messer zu. Clara schaffte es nur mit Müh und Not, sich wieder aufrecht hinzustellen. Ein Blick auf die Armbanduhr bestätigte, dass sie vergessen hatte, ihre Tabletten rechtzeitig einzunehmen. Das Messer war ein ernst zu nehmender Gegner, der sie bei der kleinsten Unaufmerksamkeit in die Knie zwang. Sie stützte sich mit beiden Fäusten auf der Tischplatte auf und entlastete für ein paar Sekunden ihre Wirbelsäule, bis sie schliesslich in der Lage war, ins Badezimmer zu laufen und eine Pille aus dem Blister zu drücken.

***

Valentin grübelte, seit er Martha von Deschwanden auf dem Boden hatte liegen sehen. Wie so oft war er in dieser Nacht unterwegs gewesen und hatte die Engenmatter in ihrem wahren Leben beobachtet. Zu Hause fühlten sich die Menschen unbeobachtet und sicher. Da musste sich niemand zusammenreissen, hier kam ihr wahres Naturell zum Vorschein, da sie sich allein wähnten.

Er hatte es gesehen, wie der Gurt sich um Marthas zierlichen, faltigen Hals geschlungen hatte. Mit ihrer kleinen Körpergrösse hatte sie keine Chance gehabt, sich zu wehren, trotzdem hatte sie nicht kampflos aufgegeben. Der Gurt hatte ihr die Luft abgedrückt, während ihre dünnen Beine in den verrutschten Stützstrumpfhosen hilflos zappelten. Ein Stuhl kippte um, riss Geschirr und Gläser mit sich auf den Boden, wo alles in kleinste Scherben zersprang.

Valentin hatte sich nicht gemüssigt gefühlt, Martha von Deschwanden beizustehen. Einerseits war er zu weit weg gewesen, um noch rechtzeitig eingreifen zu können, andererseits hatte das Toggeli mit seinem Erscheinen den Tod bereits angekündigt. Die Frau war gewarnt gewesen.

Peter Bucher war dem Toggeli ebenfalls nicht entkommen, und so würde auch Martha den Sonnenaufgang nie mehr sehen. Valentin hatte gewartet, bis der Mörder Martha auf den Boden gleiten liess und das Haus fluchtartig durch die Hintertür verliess. Valentin hatte unter den tiefen Ästen der Tanne gelegen und alles gesehen, dann hatte er lange über die Motive des Mörders gerätselt.

***

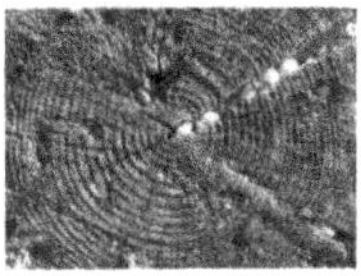

WIR DANKEN HERZLICH

für die Anteilnahme und Verbundenheit,
die wir erfahren durften
beim Abschied von unserem lieben Vater

**Niklaus von Matt-Gisler**

(Stybli Glois)

Wir fühlen uns getragen von den lieben Worten, den Blumengaben und Gesten von Verwandten, Bekannten und Freunden. Herzlich danken wir für die vielen Zeichen und Zuwendungen. Ein Dankeschön an alle, die mit uns in der Kirche und auf dem Friedhof Abschied genommen haben.

Besonders danken wir:
- dem Herrn Pfarrer für die Begleitung und das Sterbegebet und den feierlichen Abschiedsgottesdienst
- dem Männerchor Engenmatt für die musikalische Umrahmung des Trauergottesdienstes
- dem Notfall- und Ärzteteam des Kantonsspitals Sarnen für ihre Hilfe
- Herrn Dr. Melchior Ettlin für die jahrelange ärztliche Betreuung

Dank an alle, die Glois ein Stück auf seinem Lebensweg begleitet haben.

Engenmatt, im November
Die Trauerfamilie von Matt
Dreissigster: 27. November, 18.00 Uhr, Pfarrkirche Sarnen

Der Pöstler Toni und Andrea blickten nicht allzu erfreut, als Käthy am späteren Nachmittag die Bäckerei betrat. Betont langsam betrachtete diese die nun leeren Brotregale und hielt sich unnötig lange bei den ausgestellten Schokokläusen auf.

«Na, hat das Fräulein Käthy vergessen, Brot einzukaufen heute Morgen?», fragte Toni bissiger als gewollt.

Endlich hatte er den Mut gefunden und Andrea angesprochen, aber bevor sie seine Einladung zu einem Spaziergang annehmen konnte, war die alte Käthy reinmarschiert. Einen ungünstigeren Zeitpunkt hätte sie nicht wählen können. Und als ob es der Störung nicht genug wäre, stemmte Antonella, wie üblich Klein Kevin an die Brust gebunden, die Ladentür auf, um ihrerseits Emma Bucher den Vortritt zu lassen.

Andrea warf die Hände in die Höhe. «Da ist ja noch mal ganz schön was los.» Panisch überlegte sie, was sie ihren Kundinnen noch an frischen Backwaren anbieten könnte. Nur ein trockenes Tessinerli und zwei Schwarzbrote lagen noch im Regal, zudem gab es da noch die Aufbackbrote, ausserdem noch ein Salamisandwich, dessen Ränder jedoch schon etwas unappetitlich erschienen. Insgeheim hegte sie allerdings den Verdacht, dass die Frauen keineswegs der Brote wegen den Weg in die Bäckerei gefunden hatten.

«Hast du sie gesehen?», wisperte Antonella, und alle Anwesenden hielten verschwörerisch die Köpfe zusammen.

«Ich hab sie gesehen.» Emma schüttelte sich ein wenig. «Wahrlich, kein schöner Anblick!»

«Oh, ich will mir das gar nicht vorstellen.» Antonella strich ihrem schlafenden Kind über den Kopf. «Ich bin eigentlich nicht so zimperlich, aber momentan, ihr wisst schon. Die Hormone tanzen verrückt, und viele Sachen, die mich ansonsten kaltlassen, rühren mich nun zu Tränen. So eine Tragödie kurz nach dem Mord an Martha! Ich will mir das nicht anschauen, auf gar keinen Fall. Keine zehn Pferde bringen mich dahin. Auch wenn ihr mir eine Million bieten würdet.»

«Wir haben's kapiert, Antonella», bremste Käthy sie, dann schaute sie den Anwesenden der Reihe nach tief in die Augen. «Ich weiss gar nicht, wie oft ich es noch wiederholen soll. Es geht nicht mit rechten Dingen zu in der Engenmatt! Irgendwann müsst ihr mir Glauben schenken.» Sie nickte bedächtig, um ihren Worten die nötige Eindringlichkeit zu verschaffen. «Langsam komme ich mir vor wie diese Kassandra aus der griechischen Geschichte. Der hat auch niemand geglaubt, obwohl sie stets die Wahrheit gesagt hatte. Es ist doch offensichtlich, dass das Böse in unser Viertel gekommen ist, und ich kann nicht fassen, dass ich die Einzige bin, die das bemerkt. Peter und Martha sind bereits tot, wer muss denn sonst noch alles sterben, bevor ihr endlich aufwacht?»

Sie zählte an ihren Fingern ihre Argumente auf: «Als Erstes wurde dein Mann vom Toggeli geplagt, Emma. Zweitens wurde eine Puppe auf der Brunnenstatue gefunden und eine weitere in der Kirche. Tja, da staunt ihr, was ich alles weiss! Arnold von Deschwanden hat es mir erzählt. Er ist schliesslich Kirchensigrist, und wenn einer darüber Bescheid weiss, dann er. Ganz durcheinander war er, der Arme.»

Käthy legte eine bedeutungsvolle Pause ein, ehe sie fortfuhr: «Er hat gar nicht gewusst, was er mit diesem schmutzigen Ding anfangen soll, und so ist er ins Stybli, um sich einen Schnaps zu genehmigen. Vielleicht wollte er mit dieser unheimlichen Puppe nicht allein sein und ging deshalb in die Gaststube. Da hat sich die junge von Matt, die Hanny, die Puppe unter den Nagel gerissen. Bestimmt will sie die der Fremden zeigen. Aber was die von Grünenstein damit anfangen soll, ist mir ein Rätsel. Von der Engenmatt hat die jedenfalls keine Ahnung. Drittens der Mord an Martha. Und bisher weiss noch keiner, wer es war.» Sie nickte bedeutungsschwer.

«Und viertens ist nun die Kirchenmauer eingestürzt, was ein Zeichen ist, das an Deutlichkeit kaum zu überbieten ist. Das Schlimmste aber ist das, was beim Einsturz zum Vorschein gekommen ist.» Erschöpft hielt sie inne und blickte in die fassungslosen Gesichter ihrer Zuhörer. Sie war keine Frau grosser Reden, aber heute musste sie ihre Sorgen loswerden.

«Du hast recht, das ist wirklich schlimm!», stimmte Emma ihr zu, und Antonella murmelte etwas Unverständliches, bevor sie schleunigst das Weite suchte. Emma bekreuzigte sich und folgte ihr auf den Fersen.

Bevor auch Käthy verschwinden konnte, rief Toni sie laut zurück. «Du bleibst schön hier und erzählst uns, was hier eigentlich los ist.»

«Ja, habt ihr es denn nicht mitbekommen?»

Toni schüttelte den Kopf, und Andrea hob fragend die Schultern.

«Ich würde es euch gern erzählen, aber just in diesem Augenblick ist meine Kehle so trocken geworden. Ein guter Kaffee würde mir bestimmt helfen.»

Andrea verstand den Wink, verschwand in der Backstube, um kurz darauf mit einer dampfenden Tasse wieder herauszukommen.

Käthy schlürfte den ersten heissen Schluck und erzählte, dass die Sachverständigen die eingestürzte Kirchenwand untersucht hätten und dabei auf Ungereimtheiten gestossen seien. Sie hätten eine Unzahl Skelette, Kinderskelette, gefunden, die allesamt an der Kirchenmauer begraben worden waren, obwohl dort niemals Grabstätten markiert worden waren. Man hatte die Rechtsmediziner beigezogen, und nachdem festgestanden hatte, dass die Knochen deutlich über hundert Jahre alt waren, seien zusätzlich die Archäologen angefordert worden. Für die Fachleute waren dies vielleicht interessante Knochen, aus denen sie Fakten über die Vergangenheit gewinnen konnten, aber für sie, Käthy, stünde fest, dass man es hier mit suchenden Seelen, den Armen Seelen, zu tun habe. Als ob sie in der Engenmatt nicht schon genug Probleme hätten, sagte sie und stürmte hinaus, ohne den Kaffee zu bezahlen.

***

Da ihm sein eigenes Haus leer und einsam vorgekommen war, hatte Arnold sich in sein zweites Zuhause, das Stybli, geflüchtet. Ein verletztes Wild hätte sich in die dunklen Wälder oberhalb des Dorfes zurückgezogen, um seine Wunden zu pflegen oder um zu sterben.

Arnold jedoch brauchte die Anwesenheit eines anderen Menschen, konnte die tödliche Stille im Hause seiner Schwester und bei sich zu Hause nicht mehr ertragen. Alles erinnerte ihn daran, was beziehungsweise wen er verloren hatte.

«Sie hat geweint», schluchzte er. «Ich hab es selbst gesehen.»

«Wer hat geweint?»

«Mein Martheli!» Sein Schluchzen ging in ein verzweifeltes Heulen über, bis Hanny nichts anderes übrig blieb, als das Geschlossen-Schild an die Eingangstür zu hängen und sich neben ihn an den Stammtisch zu setzen.

«Ich hab sie ausgelacht. Meine eigene Schwester hab ich ausgelacht, vor dem ganzen Dorf», fuhr er fort. «Sie hat mir vom Toggeli erzählt, das sie in der Nacht so sehr plage, dass sie um ihr Leben fürchte. Und ich habe sie nicht ernst genommen. Schlimmer noch, ich habe ihr vorgeworfen, sich alles nur einzubilden. Sie werde alt, hab ich ihr gesagt. Oh, wie ich mich schäme.»

Sein Kopf sank noch tiefer, bis er mit der Stirn auf der Tischplatte aufschlug. «Meiner eigenen Schwester habe ich mein Haus verwehrt, weil ich allein sein wollte. Und jetzt bin ich allein und fühle mich schrecklich einsam.» Er liess die Stirn immer wieder auf das Holz knallen. «Sie wurde nicht nur umgebracht, verstehst du? Sie wurde zweimal ermordet. Hast du gehört, was ich gesagt habe?»

Hanny blickte ihn fragend an.

«Das hat die Gerichtsmedizin herausgefunden. Oh, myys Schweschterli!» Seine letzten Worte gingen in seinem lauten Schluchzen unter.

Hanny versuchte, Arnolds gestammelte Worte zu verstehen, aber sie ergaben keinen Sinn.

«Was redest du da für Unsinn, Arnold. Ich denke, Martha ist im Schlaf verstorben? Das Toggeli wird da kaum eine Rolle gespielt haben. Ich weiss, dass viele Leute Angst vor diesem Wesen haben, und ich nehme mich davon nicht aus. Aber weshalb sollte das Toggeli deine Schwester zweimal ermorden? Das ist nicht möglich, Arnold. Wer tot ist, kann nicht noch einmal ermordet werden.»

Abrupt setzte sich Arnold aufrecht hin und kippte den Schnaps in einem Zug hinunter.

«So ein Blödsinn! Die Polizei war stundenlang bei mir und wollte alles wissen. Regelrecht ausgepresst haben sie mich. Ob ich Streit mit meiner Schwester hatte, wo ich in jener Nacht war und was ich von ihr erben würde. Natürlich musste ich ihnen erzählen, dass ich mit meiner Schwester gestritten habe, kurz bevor sie starb, schliesslich hat das ganze Dorf mitgehört. Ich stand ganz schön blöd da, kann ich dir sagen. Alles wollten sie wissen, bevor sie mir endlich erzählten, dass mein Martheli nicht friedlich im Schlaf verstorben ist, sondern laut Amtsarzt umgebracht wurde. Zweimal!»

Kopfschüttelnd stand Hanny auf, um sich ebenfalls ein Schnapsglas zu holen, die Flasche stellte sie gleich auf den Tisch. Was Arnold erzählte, klang abenteuerlich.

«In der Küche hat die Polizei einen Ledergurt gefunden, und damit sei meine Schwester erdrosselt worden. Sie muss sich gewehrt haben, erklärten sie mir, denn in der Küche haben sie zerbrochenes Geschirr und einen umgekippten Stuhl gefunden.»

«Jetzt verstehe ich gar nichts mehr», unterbrach ihn Hanny. «In der Küche? Sie lag doch in ihrem Bett!»

«Ich weiss nicht, was meine Schwester Schreckliches verbrochen haben könnte, aber in dieser Nacht wurde sie zweimal getötet.» Er schenkte beide Gläser voll, bevor er fortfuhr. «Einmal in der Küche und danach in ihrem Bett. Ihr Mörder muss ihr dort literweise Wasser eingeflösst haben. Das Wasser ist auch in ihre Augen geflossen. Sie konnte ja nicht mehr schlucken.» Erneut liess er ein markerschütterndes Heulen vernehmen.

«Deshalb hat Hugo gemeint, sie weine. Weil sie das Wasser nicht mehr hinunterschlucken konnte, hat es sich über ihre Wangen, bis in die Augen verteilt. Der Mörder hat anscheinend nicht sehr sorgfältig gearbeitet, sogar das Kopfkissen und auch der Boden vor dem Bett waren nass.»

«Aber weshalb sollte jemand so etwas tun? Wenn sie doch schon tot war?», flüsterte Hanny, bevor sie schnell die Hände vor dem Mund zusammenschlug. «Verzeihung, Arnold, das war nicht taktvoll von mir.»

«Wenn ich das nur wüsste. Mit meinen eigenen Händen würde ich dem Kerl den Hals umdrehen!»

Hanny begab sich in die Küche und bereitete das Mise en Place vor. Sie hatte noch einige ruhige Momente für sich, bevor Nadine und der Koch eintreffen würden. Während sie Menükarten und Geschirr griffbereit auf der Ablage positionierte, liess ihr das Gespräch mit Arnold keine Ruhe. Man konnte von den Engenmattern behaupten, sie seien knorrig und zurückgezogen, aber in Notzeiten hielten sie fest zusammen. Komme, was wolle. Es war für Hugo eine Selbstverständlichkeit gewesen, dass er seine Arbeit liegen liess, um bei Martha nach dem Rechten zu sehen, so wie er dies davor schon getan hatte.

Der Pöstler Toni war zwar die Indiskretion in Person, dennoch zündete er in der Kirche immer eine Kerze an, wenn jemand die Hilfe Gottes besonders nötig hatte. Für Aussenstehende schien diese Art des Zusammenlebens aus Kontrolle zu bestehen, in

Wirklichkeit jedoch sorgte man sich um das Wohlergehen seiner Mitmenschen. Wenn jemand im Laden nach einem Hustensirup verlangte, hagelte es von den anderen Kunden gut gemeinte Ratschläge, womit man es versuchen solle: Holundersirup, Heublumensäckli, heisse Wickel mit Zitrone, nein, doch lieber mit warmem Öl. Die Meinungen gingen eigentlich immer auseinander, aber man sorgte sich.

Die Gemeinschaft stand über allem. Dieses Zusammengehörigkeitsgefühl war es, was Arnold nun so plagte. Er musste nicht nur den Tod seiner Schwester verkraften, sondern gab sich auch noch die Schuld daran, weil er ihr die Hilfe verwehrt hatte. Wohl war er kein Mörder, gewiss nicht, aber er hatte seiner eigenen Schwester das Haus verwehrt, obwohl sie dieses auf dem Dorfplatz vor allen Leuten erbeten hatte. Er hatte sich nicht wie ein Engenmatter verhalten. Mit katastrophalen Folgen. Die Scham wog schwer, und er würde zeit seines Lebens damit verbringen, sie zu tragen, wusste Hanny.

***

Clara sass neben Valentin in der Küche. Wie aus dem Nichts war er wieder einmal bei ihr aufgetaucht. Sie betrachtete ihre neueste Erbschaft. Das antike Kleidchen hing nun an einem Kleiderbügel und dieser wiederum an der Tür. So konnte sie es in seiner ganzen Pracht bestaunen. Es wirkte trotz oder gerade wegen seiner Schlichtheit besonders edel. Der Stoff war hauchdünn gewobenes Leinen, die Stickereien von wahren Künstlerinnen gefertigt. Clara wusste, dass die Nonnen des Frauenklosters Sankt Andreas in Sarnen bis vor wenigen Jahren bekannt für ihre Stickkünste gewesen waren. Heute fehlte, wie in so vielen Klöstern, der Nachwuchs, und so konnte dieses Wissen kaum mehr weitergegeben werden. In der Kirche des Frauenklosters bewahrten die Schwestern ein Jesuskindlein auf, das sie je nach Anlass in prächtigste kostbare Gewänder zu kleiden pflegten. Schon manches Wunder habe es in Gestalt dieser Puppe vollbringen können.

«Schon wieder eine Puppe», murmelte Clara, und ihre Stirn

zog sich in Falten. «Irgendwie landet alles immer wieder bei einer Puppe.»

Valentin versuchte vergeblich, seine Gedanken in Worte zu fassen, bis er schlussendlich mit den Zeigefingern ein Kreuz formte. Seine einsamen Übungsstunden schienen sich nur quälend langsam bezahlt zu machen. Doch es schien ihm, als löse sich ein Knoten, sobald er Claras Wohnung betrat. Er atmete freier.

«Ein Kreuz? Meinst du die Kirche?»

Valentin zog Clara zum Fenster und deutete in Richtung des Dorfplatzes.

«Du hast recht.» In ihren Augen blitzte Erkenntnis auf. «Die erste Puppe wurde auf dem Kopf des Nationalheiligen der Schweiz gefunden, des heiligen Bruders Klaus. Eindeutig eine Verbindung zur Kirche. Die zweite Puppe, die Hanny von Arnold bekommen und mir gegeben hat, wurde im Taufbecken der Kirche gefunden. Und jetzt der Einsturz der Kirchenmauer. Wenn du mich fragst, ein seltsamer Zufall.» Clara fuhr sich fahrig über die Stirn. «Allerdings hatte der Mord an Martha von Deschwanden nichts mit der Kirche zu tun.»

Valentin nickte und zog gleichzeitig beide Schultern hoch.

«Ich weiss auch nicht, wer in der Engenmatt sein Unwesen treibt.» Sie folgte Valentin mit ihrem Blick, als dieser in der Puppenstube umherging und einzelne Puppen aus dem Regal nahm, in ihre Gesichter blickte und sie wieder zurücklegte.

Clara sah in unzählige Puppengesichter, zarte, pausbackige, knubelnasige und einige defekte warteten darauf, wieder instand gesetzt zu werden. Obwohl sie beim Anblick der Zerstörung zuerst das Gefühl gehabt hatte, der Einbrecher habe alle Puppen zertrümmert, hatte sich schlussendlich herausgestellt, dass nur ein Teil davon betroffen war.

«Die Puppen sind meine Arbeit. Obwohl ich hin und wieder mit ihnen spreche, besteht für mich ganz klar ein Unterschied zwischen einer Puppe und einem Menschen. Weshalb legt jemand Puppen in der Engenmatt aus? Was will er uns damit sagen? Deine Schwester erzählte, dass Peter Bucher das Toggeli für seinen Druck auf der Brust verantwortlich machte. Das Toggeli, das sich nur durch langhaarige Puppen vertreiben lässt. Ausgerechnet

Puppen. Valentin, es ist unmöglich, dass eine Puppe bei einem Menschen einen Herzinfarkt verhindert. Das ist doch wohl zu viel des Guten», wehrte sie sich.

Valentin wackelte mit dem Kopf und sah sie skeptisch an.

«Es gibt kein Toggeli, auch keine Geister, Gespenster und dergleichen. Genauso wie der Osterhase sind alle Figuren lediglich der Phantasie entsprungen.»

Valentin lächelte, winkte aber mahnend mit dem Zeigefinger. Unvermittelt wurde er wieder ernst, packte Clara an der Schulter, bevor er ihr auf die Brust tippte. «Gfhr.»

«Gefahr! Jetzt komm du nicht auch noch damit. Deine Schwester hat schon vorgeschlagen, dass ich mich bedeckt halten soll, aber ich lass mich nicht noch mal von hier vertreiben!» Kaum hatte sie es ausgesprochen, schlug sie die Hand vor den Mund und blickte Valentin erschrocken an.

Er winkte ab. Er schien über diese Neuigkeit nicht überrascht.

«Ich erinnere mich. Als du Hanny hier abgeholt hast, nach der Beerdigung. Da hast du gemerkt, dass ich früher schon in der Engenmatt gelebt habe.»

Valentin stand auf, begab sich ungeniert in Claras Schlafzimmer, um kurz darauf mit dem zerzausten Bären in der Hand zurückzukehren.

«Falsch», zischte Clara und schnappte sich das Stofftier, bevor Valentin reagieren konnte.

Verärgert verzog er das Gesicht, dann deutete er abwechselnd auf den Bären und auf Clara.

«Das kann schon sein, aber er gehörte nicht mir, sondern meinem Bruder.»

Valentin fuhr mit der Hand unter ihrem Busen entlang, und Clara begriff, dass er die Tätowierung hatte lesen können, obwohl sie in jener Nacht versuchte hatte, dies zu verhindern. Valentin versuchte, den Namen auszusprechen. «Han, Han.»

Clara bekam eine Gänsehaut. Ihre Stimme war ein Flüstern, kaum mehr hörbar. «Ja. Du hast ihn auch auf dem Foto erkannt, als du meine Brieftasche durchsucht hast.»

«Hannes.» Valentins Beine wurden weich, und er setzte sich auf den Arbeitstisch. «Hannes?» Er schaute sie fragend an.

«Kurz nach Hannes' Verschwinden ist meine Mutter mit mir weggezogen. Sie hielt nichts mehr hier, da mein Vater ein Jahr zuvor bei der Arbeit tödlich verunglückt war. Sie hat sich in Bern niedergelassen, wo sie eine gute Stelle als Hebamme und irgendwann auch einen Mann fand. Dieter von Grünenstein.» Sie deutete auf das Packpapier, das immer noch auf dem Tisch lag. «Obwohl er mich adoptierte und mir so seinen Namen gab, verband uns nie mehr als Freundlichkeit. Aber es war in Ordnung, ich habe nicht gelitten.»

Valentin schloss die Augen und versuchte sich an Claras Eltern zu erinnern, aber in seinem Kopf war nur Dunkelheit. Es blieb ihm nichts anderes übrig, als sie fragend anzusehen.

«Ich kann mir das alles schwer erklären. Jedenfalls hat mir meine Mutter kurz vor ihrem Tod erzählt, dass ich einen Bruder hatte. Sie sagte, ich war noch zu klein, um das ganze Ausmass der Tragödie zu begreifen, aber trotzdem habe ich gespürt, dass etwas Schreckliches geschehen sein musste. Vor allem verstand ich nicht, weshalb mein Bruder nicht nach Hause kam. Überall haben sie nach Hannes gesucht, das ganze Dorf war auf den Beinen, aber irgendwann musste für die Engenmatter der Alltag weitergehen, und das vermisste Kind trat in den Hintergrund. Er war vom Erdboden verschluckt worden. Verstehst du? Bis vor einigen Monaten wusste ich gar nichts von einem Bruder, und als ich davon erfahre, stellt sich heraus, dass er als verschollen gilt. Meine Fragen hat meine Mutter nicht beantworten können. Auch nicht, warum sie nicht hiergeblieben ist. Es wundert mich aber, dass du nichts davon weisst.»

Valentin schaute betreten zu Boden.

«Wieso behielt dich dein Vater zu Hause?»

Valentin zuckte mit den Schultern.

«Hilfe, Liebe, Schutz?»

Er verneinte mit einer Kopfbewegung.

«Das tut mir leid.»

Valentin schenkte ihr ein hilfloses Lächeln.

Sie konnte es kaum ertragen, ihn so zu sehen. «Der Zucker war übrigens eine schöne Sauerei, du Schuft. Was hast du dir nur dabei gedacht?»

Er lächelte, und seine Augen blitzten vergnügt.

«Das war tatsächlich eine Überraschung. Aber was wolltest du mir mit der Zuckerkarte zeigen? Einen Ort?»

Er nickte, nahm sie in die Arme, und sein stimmloses Lachen klang in ihrem Brustkorb nach.

«An diesem Morgen hab ich total verpennt, entschuldige. Mir haben einige Stunden Schlaf gefehlt. Und als ich mich dann auf den Weg zu dir machen wollte, habe ich bemerkt, dass jemand in meine Wohnung eingebrochen ist und dabei auch deine Karte zerstört hat.»

Heftig stiess Valentin sie von sich, um ihr besser ins Gesicht blicken zu können. In seinen aufgerissenen Augen spiegelte sich die Sorge um Clara wider.

«Kein Grund zur Panik. Es ist ja nichts gestohlen worden. Lediglich die Zuckerkarte war zerstört und auf dem Boden verteilt worden. Die Schmierereien an den Wänden habe ich bereits weggewischt.»

«Poliz?», fragte Valentin aufgeregt.

Clara löste sich von ihm und stampfte auf. «Na hör mal, wie hätte ich denn bitte schön den ganzen Zucker auf dem Boden erklären sollen, immerhin hast du ja einige Kilo davon verbraucht. Ich denke nicht, dass es gut wäre, wenn die ganze Engenmatt erfährt, was hier läuft. Von meinem Vorhaben, herauszufinden, was mit meinem Bruder passiert ist, ganz zu schweigen.»

Betroffen schaute Valentin zu Boden. Er sah zwar ein, dass es keinen Sinn machte, ihre Beziehung, sofern es denn überhaupt eine war, in der Öffentlichkeit zu zeigen, aber dies aus Claras Mund zu hören, traf ihn hart. Ein spitzer Stachel hatte sich in sein Herz gebohrt und drehte sich unaufhörlich weiter. Bis jetzt hatten sie mit einer Leichtigkeit miteinander verkehrt.

Scheisse, wieso konnten Beziehungen nicht einfach ihren Lauf nehmen?, dachte Clara. Immer kam es unweigerlich zum Punkt, da man aussprechen musste, wie es weiterging. War man nun zusammen, oder blieb man lieber in lockerem Kontakt? Wie sie diesen Ringelreihen hasste.

Bevor sie sich weiter darüber Gedanken machen konnte, spürte sie Valentins Hand im Nacken. Unerbittlich zog er sie näher zu sich, bis sie seinen Atem auf ihren Lippen spüren konnte. Nun denn, sie war gern bereit, auf Worte zu verzichten. Manchmal war es besser, die Körper sprechen zu lassen.

## *1650*

*Ihre nackten Füsse berührten den Seegrund des nahen Ufers und wirbelten Schlamm auf, der das Wasser um sie herum schnell trübe werden liess. Nein. Sie wollte nicht sterben. Ihre Zeit war noch nicht gekommen. Just in dem Moment, als sie sich mit einem heftigen Abstossen aus der Tiefe des Sees an die Luft bringen wollte, verspürte sie ein mächtiges Ziehen. Jemand riss an ihren Haaren. Magdalena spürte, wie sich die Kopfhaut in die Länge zog, gleich würde sie sich vom Schädel trennen.*

*«Oh nein, mein Kind, so schnell kommst du uns nicht davon.»*

*Ein Blitz schoss abermals in Magdalenas Kopf. Unsanft wurde sie an die Luft gezerrt. Nach oben ans Licht, das sie durch die geschlossenen Augenlider hindurch erkennen konnte. Sogleich hockte sich eine schwere Last auf ihre Brust. Zwei kräftige Arme schleiften sie aus dem Wasser über das kiesige Ufer und legten sie schlussendlich auf dem Gras ab. Der Fels auf ihrer Brust drohte sie zu erdrücken, aber für Magdalena war dies trotz allem ein willkommenes Geschenk. Der See hatte sie nicht gewollt und wieder ausgespuckt, und nun würde die Atemnot sie hinüber zu Gott bringen. Wie sehr sie sich danach sehnte, endlich sterben zu können, damit der Schmerz in ihrer Brust endlich aufhören würde. Der Fels nahm nochmals an Gewicht zu und begann zu sprechen. Zuerst leise, dann immer deutlicher drangen seine gesprochenen Worte zu ihr durch, bis sie endlich auch einen Sinn ergaben.*

*«Fräulein, ich lass es nicht zu, dass du aufgibst, hast du mich verstanden?»*

*Magdalena wurde brüsk auf die Seite gelegt, eine kräftige Hand klatschte den Rippenbogen rauf und runter, ein heisser Schwall brackigen Seewassers drang ihre Kehle hoch. Sie spuckte das Wasser auf zwei geschnitzte Holzpantinen, in denen jeweils ein mit Hornhaut versehener Frauenfuss steckte.*

*«Da denkst du ganz falsch, wenn du dich einfach so davonschleichen willst, du hast Verantwortung. Vergiss das nicht.»*

*Wer sprach da mit ihr? Magdalena war noch nicht bereit, die Augen zu öffnen, aber sie begriff enttäuscht, dass diese Person sie soeben ins Leben zurückgeholt hatte. Jemand musste beobachtet haben, wie sie ins*

*Wasser gelaufen war. Jesus, Maria und Josef, hoffentlich niemand von der Obrigkeit! Sonst würde sie doch noch vor Gericht landen und dem peinlichen Verhör unterzogen. Alles, was sie nie gewollt hatte, war nun eingetreten. Sie begann zu schluchzen und krümmte sich immer noch auf dem Boden liegend zusammen, bis ihre Knie die Nasenspitze berührten.*

*«Nun ist aber gut.»*

*Die Stimme schimpfte nicht mehr, sondern sprach beruhigend auf sie ein. Irgendwoher erkannte Magdalena sie. Ihr Kopf wurde angehoben und in einen weichen Schoss gebettet. Endlich fühlte sie sich nicht mehr so verzweifelt. Ein Gefühl der Geborgenheit schlich sich in ihre Brust. Der schwere Druck auf ihrer Brust nahm stetig ab, und sie war langsam in der Lage, tief ein- und auszuatmen. Magdalena vernahm noch, wie die Frauenstimme jemanden dazu aufforderte, das Mädchen auf den Karren zu laden, dann verlor sie das Bewusstsein.*

# 13

Valentin spürte die Bedrohung mehr, als dass er sie benennen konnte. Ein feiner Atemstoss der Angst strich über seinen Nacken hinweg, liess ihn erschauern. Es war mittlerweile drei Uhr nachts, einige kurze Stunden noch, und der nächste Tag würde das Quartier aufwecken. Die Kieselsteine knirschten unter seinen Schuhen. Valentin schritt zügig aus, er hatte noch einiges geplant und wollte keine Zeit mehr verlieren.

Da, schon wieder! Ein Rauschen über die Tannenwipfel hinweg, sich schnell nähernd. Vergeblich versuchte er, in der Dunkelheit zu erkennen, wodurch das Geräusch verursacht wurde. Der eisige Nachtwind blies in sein Gesicht, trieb ihm die Tränen in die Augen. Zwar konnte er die Umrisse der nahe stehenden Bäume und Häuser erkennen, alles andere jedoch versank hinter dem dunklen Vorhang der Nacht. Mit einem mächtigen Rauschen fegte ein mächtiger Vogel über die Engenmatt hinweg. Panisch warf sich Valentin auf den Boden und verschränkte die Hände über dem Kopf. Das Rauschen nahm an Lautstärke zu, orkanartige Winde zerrten an seinen Haaren, liessen seine Kleider in der Luft flattern. Kleine Steinchen splitterten Valentin ins Gesicht, hinterliessen kleinste Krater in der Haut. So schnell, wie das Tier gekommen war, verschwand es auch wieder, und beängstigende Stille legte sich über das Quartier. Kein Lüftchen bewegte das Laub und die Gräser, die Zeit schien in einem Vakuum gefangen.

Verwirrt stand Valentin wieder auf und fegte den Strassendreck von seinen Kleidern. Tief in seinem Innern wusste er, was er soeben erlebt hatte, sein Verstand jedoch weigerte sich, dies zu akzeptieren. Den Blackvogel kannte er sehr wohl aus den Sagenerzählungen von Grossmutter Hedwig, diesen in der Realität zu erleben, war eine andere Sache. Zum ersten Mal in seinem Leben war Valentin dankbar, dass die Engenmatter nicht von ihm erwarteten, dass er die Bevölkerung vor dem Tier warnte. Noch immer waren sie der Meinung, er wäre nicht ganz zurechnungsfähig. Valentin schaute sich um. Alles wirkte, als ob nichts gewesen wäre. Er hörte nichts anderes als die normalen Nachtgeräusche eines Dorfes. Hier ein Auto, das in den nächsten Gang geschaltet wurde, da ein zuschlagender Fensterladen. Die Tiere, verborgen unter dicken Tannenwurzeln, in einer Asthöhle oder zwischen Felsspalten, hielten sich ruhig, fürchteten, vom umherstreunenden Dachs aufgespürt zu werden. Die Luft war eisig kalt. Trat er vom Dunkel ins Licht einer Strassenlaterne, erkannte er dicke Atemwolken vor seinem Gesicht. Valentin zog den Kragen seiner Jacke über den Mund und beugte die Schultern nach vorne, um der Kälte möglichst wenig Angriffsfläche zu bieten. Langsam nur konnte er sein Erlebnis mit dem Blackvogel als das anerkennen, was es war. Ein Streich seiner Phantasie, wohl aufgrund des Schlafmangels herbeigeführt.

Der Besuch bei Clara hatte doch etwas länger gedauert, als er ursprünglich gedacht hatte, erinnerte er sich grinsend. Nur zu gern würde er sich von seinen Gefühlen, oder vielleicht doch eher Trieben, korrigierte er sich, leiten lassen und die Zeit mit ihr verbringen. Doch er hatte schon zu lange auf die richtige Gelegenheit gewartet, und nun war es endlich so weit. Er durfte sich nicht von seinem Ziel ablenken lassen. Er hatte den Tod seines Vaters herbeigesehnt, sich Nacht für Nacht vorgestellt, wie es denn sein würde ohne das Familienoberhaupt. Nun, da der Vater beerdigt war, überschlugen sich die Ereignisse und hatten eine Eigendynamik entwickelt, die Valentin niemals hätte vorausahnen können. Anscheinend hatte nicht nur er auf dessen Tod gewartet.

Eine Person aus der Engenmatt suchte entweder nach Gerechtigkeit, Rache oder Genugtuung. Oder aber die Person hatte Angst, dass etwas ans Tageslicht kam. Nur was dieses Etwas sein könnte, das konnte Valentin sich beim besten Willen nicht vorstellen. Eines jedoch wusste er mit Sicherheit. Diese Person war bereit, über Leichen zu gehen, das hatte sie mit der Ermordung der armen Martha von Deschwanden eindeutig bewiesen.

Wenn er herausfand, was hinter dem Mord steckte, bekäme er endlich die Wahrheit über jenen Abend vor dreissig Jahren heraus. Valentin wusste, dass er seine Sprache aufgrund eines Traumas verloren haben musste, aber jedes Mal, wenn er sich zu erinnern versuchte, versank er in einem tiefschwarzen Abgrund. Dieser zog und zerrte an ihm, bis er nach Luft schnappend den Versuch schnell wieder aufgab. Er würde es niemals schaffen, allein hinter das Unglück zu kommen, er war auf Hilfe angewiesen.

***

Bereits zum zweiten Mal innerhalb von wenigen Tagen bekam Clara unangekündigten Besuch. Sie kroch gerade aus dem Bett und wankte noch schlaftrunken ins Bad, als jemand an der Haustür Sturm klingelte. Da sie annahm oder wohl eher hoffte, Valentin überrasche sie mit frischen Brötchen, drückte sie auf den Türöffner und begab sich ins Badezimmer. Bis ein Gast die drei Stockwerke hochgestiegen war, dauerte es immer seine Zeit. Clara stellte sich unter die Dusche und liess den heissen Wasserstrahl ihre Kopfhaut wecken. Langsam erwachte die verspannte Muskulatur. Mit leichten Bewegungen dehnte sie die schmerzenden Stellen und genoss die Wärme, die sich ausbreitete. Ein heimlicher Beobachter würde sich einer in Trance versunkenen Tänzerin gegenüber wähnen. Mit geschlossenen Augen suchte sie blindlings nach einem Duschtuch, um sich die Seife aus den Augen zu wischen. Eine hilfreiche Hand drückte es ihr in die Hand.

«Vielen Dank», sagte Clara, deren Kopf mittlerweile unter dem Tuch verschwunden war, «spielst du nun schon meinen Diener?»

«Aber gern doch», ertönte eine glockenhelle Stimme im dampferfüllten Badezimmer.

Schleunigst zerrte sich Clara das Duschtuch vom Gesicht und starrte durch ihre wilden Haarsträhnen hindurch in das lachende Gesicht von Hanny.

«Herrje, hast du mich jetzt erschreckt!»

Hanny zog sich in den Flur zurück. «Wen hast du denn erwartet? Ich nehme nicht an, dass du jedem die Tür öffnest und ihn dann splitterfasernackt unter der Dusche begrüsst.»

Ein empörtes Kreischen drang aus dem Badezimmer, als sich Clara vehement gegen diese Unterstellung wehrte.

«Mach dich nur fertig, ich mach mir unterdessen einen Kaffee.» Hanny verschwand in der Küche, und bald darauf war das Brummen der Kaffeemaschine zu vernehmen.

Aufgeregt huschte Clara ins Schlafzimmer und kontrollierte hektisch, ob sich auch keine verräterischen Spuren von Valentin im Raum fanden. Sie wusste keinen Grund, weshalb sie Hanny nichts von ihrer Liebschaft sagen sollte, aber doch hielt sie irgendetwas davon ab. Irgendwie war es Valentins Aufgabe, seine Schwester damit zu konfrontieren. Clara schlüpfte in einen weiten Pullover und enge Jeans, als ein gewaltiger Schmerz in ihren Rücken fuhr. Laut stöhnte sie auf und liess sich rücklings auf das Bett fallen.

Hanny eilte aus der Küche herbei. «Was ist denn hier los? Wieder dein Rücken?»

Clara biss fest die Zähne zusammen und brachte kaum ein Nicken zustande. «Hab vergessen, die Medikamente einzunehmen. Kannst du sie mir bitte rüberreichen?»

Hanny nahm die Tablettenpackung vom Nachttisch und füllte in der Küche ein Glas mit Leitungswasser.

Clara fingerte zwei Tabletten aus der Packung, schluckte sie hinunter und legte sich aufs Bett. «Komm mit deinem Kaffee doch zu mir. So schnell wirken die Medikamente nicht, dass ich mit dir in der Küche sitzen könnte.»

Hanny brühte für beide einen neuen Kaffee und legte sich anschliessend neben Clara ins Bett. Dieser entging die Absurdität nicht, dass sie innerhalb weniger Stunden Bruder und Schwester neben sich im Bett liegen hatte.

«So, nun will ich es aber genau wissen», drängte Hanny. «Wen hattest du zu Besuch?»

Clara antwortete mit einem Kopfschütteln, konnte jedoch nicht vermeiden, dass ihre Wangen sich rot färbten und sich ein pubertäres Grinsen in ihr Gesicht schlich.

Hanny brach in Gelächter aus und meinte, dass sie es irgendwann schon noch erfahren würde. Sie schlürften genüsslich den heissen Kaffee und tratschten über die Engenmatter Bevölkerung. Dass der Pöstler Toni endlich begriffen hatte, dass er jeden Morgen in der Bäckerei von der Liebe seines Lebens bedient wurde, und das ganze Dorf behauptete, dies schon von Anfang an erkannt zu haben. Dass ein Teil der Kirchenmauer eingestürzt war und deshalb viele auswärtige Fachkräfte hinzugezogen wurden, was wiederum für Hanny bedeutete, mehr Mittagessen verkaufen zu können. Wenn sie es gut machte und diese Leute mit der Qualität der Speisen und dem Ambiente des Styblis überzeugte, kämen sie in der Folge mit ihren Familien wieder. Dies sei weitaus effektiver, als die Werbung im «Obwalden Aktuell» zu schalten.

«Weisst du, dass Knochen unter der obersten Erdschicht gefunden wurden?», fragte Hanny.

«Nun, das nenn ich nicht ungewöhnlich auf einem Friedhof», bemerkte Clara lakonisch und bewegte dabei vorsichtig ihren Rücken, um zu kontrollieren, ob die Medikamente schon ihre Wirkung taten. Taten sie nicht. Sicherheitshalber warf sie noch eine weitere Tablette ein.

«Ja, lach du nur, aber die Knochen wurden nicht bei den Gräberreihen gefunden, sondern direkt an der Kirchenmauer. Anscheinend war dies auch früher unüblich. Jedenfalls beurteilen das nun die Archäologen.»

«Wie ging es eigentlich mit den Puppen weiter?», fragte Clara.

«Ich weiss nicht mehr als das, was ich dir erzählt habe. Die Puppe von der Bruderklausenstatue hast du ja selbst gefunden, und die zweite Puppe aus der Kirche habe ich dir auch gezeigt.»

«Ich frage mich heute noch, wer was damit bezwecken wollte. Und woher kommen diese alten Puppen? Die kann man nicht einfach in einem Geschäft kaufen.» Vorsichtig setzte sie sich auf und stellte die leere Tasse auf den Boden. «Kennst du eigentlich die Bedeutung der Puppen?»

Hanny, die sich ebenfalls aufrappelte, hob die Schultern. «Spielzeug?»

«Heute ist es das», erklärte Clara, «früher jedoch war dies anders. Interessanterweise finden sich in allen Kulturen Puppen, und sie dienten früher in erster Linie zu kultischen Ritualen. Sie waren, und sind es heute eigentlich noch immer, figürliche Nachbildungen des Menschen. Der Mensch in Kleinformat sozusagen. Man hat die Puppen benutzt, um die Naturkräfte zu beschwören. Vielleicht hast du schon von den Voodoo-Puppen gehört.»

Hanny meinte, sie habe im Fernsehen einen Bericht darüber gesehen. Eine angsteinflössende und blutrünstige Art des Zaubers sei das.

Clara winkte ab. «Die Medien berichten hauptsächlich von den schwarzen Zaubern, das Blut, die Angst und der Schrecken bringen Quoten. In der Regel aber helfen die Puppen bei der Heilung. Man ordnet eine Puppe einem bestimmten Menschen zu und spricht dann die heilenden Zauber darüber, vielfach wird dazu auch ganz praktisch eine Fotografie auf das Gesicht der Puppe gelegt. Wir brauchen die Puppen nicht mehr für Rituale, obwohl ich gehört habe, dass das Toggeli in der Engenmatt wieder auferstanden ist. Sobald die Menschen unruhig sind und Unterstützung brauchen, wenden sie sich an die altbekannten Hilfsmittel. Das Toggeli dient in erster Linie dem Fernhalten von einem Nachtgespenst.»

Sie wandte sich Hanny zu und blickte in ihr Gesicht. «Eine Puppe ist stets eine emotionale Projektionsfläche. Kaum einer schafft es, in ein Puppengesichtchen zu blicken und nichts dabei zu fühlen. Hier spreche ich nicht von den elenden Plastikdingern, die es heutzutage gibt, sondern von den handgefertigten Kunstwerken von früher.»

«Ich habe gelesen, dass in Japan nach dem Tsunami Puppen zur Trauerverarbeitung genutzt wurden.» Hanny zupfte einen Faden aus ihrer Bluse.

«Richtig, nach dem Erdbeben und dem verheerenden Tsunami waren viele Kinder verschwunden, und auch ihre sterblichen Überreste tauchten niemals wieder auf. Es muss unvorstellbar schrecklich sein, zu begreifen, dass das eigene Kind verstorben ist, wenn man es nie tot gesehen hat. Die Puppen wurden nach Fotografien der Kinder angefertigt und mit dessen Kleidern angezogen. Manche Eltern schafften es auf diese Weise, ihrem Kind Adieu zu sagen, andere stellten diese Puppen jahrelang in einen Schrein und haben das Kind auf diese Weise wenigstens als Puppe bei sich.»

«Das ist zu traurig.»

Beide schwiegen gedankenverloren. Hanny versuchte, den Faden in das entstandene Loch in der Bluse zurückzustopfen.

«Nun, genug der ernsten Gedanken. Die ganze Aufregung der letzten Tage hinterlassen ihre Spuren. Was machen wir heute?», fragte Clara.

«Ich habe gedacht, ich entführe dich nach Luzern. Ich brauche neue Kleider.»

«Was ist denn in dich gefahren? Erst die neue Frisur und nun neue Kleider, da muss ein Kerl dahinterstecken.»

Wie vor einer Stunde Clara, so schwieg nun auch Hanny beharrlich und verneinte grinsend.

«Ha! Das find ich schon noch raus, wart nur ab.» Clara stand auf und schüttelte die Bettdecke auf. «Wenn du gemeinsam mit mir in die Stadt willst, musst du dich darauf gefasst machen, dass ich mich immer wieder hinsetzen muss. Du weisst schon, der Rücken.»

«Das macht doch nichts, so haben wir mehr Zeit zum Schwatzen.» Hanny wollte sich an der Eingangstür die Stiefel anziehen, als sie über einen Stapel Bücher stolperte. «Sag mal, reichen dir die Puppen nicht, musst du auch noch Bücher sammeln?»

Clara streckte den Kopf aus dem Schlafzimmer. «Ach, die hat mir mein Stiefvater geschickt. Die waren noch bei den alten Sachen von meiner Mutter, und er wusste nicht, wohin damit.»

«Hast du etwas dagegen, wenn ich einmal einen Blick hineinwerfe, ich liebe alte Bücher.»

«Ich leih sie dir aus, so kannst du in Ruhe darin lesen, aber nun ab mit dir nach Luzern!»

## 14

Bevor sich Valentin in seine Höhle oberhalb der Engenmatt zurückzog, beschloss er, Grossmutter von Matt einen Besuch abzustatten. Zuletzt hatte sie so zerbrechlich gewirkt, dass er sich kaum getraut hatte, ihre Hand zu halten. So schmerzhaft der Gedanke war, aber er musste sich damit abfinden, dass sie den kommenden Winter wahrscheinlich nicht mehr erlebte.

Obwohl er mit Clara und Hanny mit einfachsten Worten kommunizieren konnte, so fühlte er sich doch noch nicht in der Lage, mit fremden Leuten in Kontakt zu treten. Wie üblich wartete er deshalb darauf, dass die Nacht über Sarnen hereinbrach. Er setzte sich an den See, der nun, da er ihn nicht mehr von der höher gelegenen Engenmatt aus betrachtete, viel grösser erschien, als er in Wirklichkeit war. Die siebeneinhalb Quadratkilometer boten nicht viel Fläche, und auch seine Tiefe von höchstens fünfzig Metern war nicht wirklich beeindruckend. Das gefährlichste Wesen, das der See beherbergte, war der Hecht, der immerhin stattliche hundert Zentimeter lang werden konnte. Manch ein Schwimmer verbot sich den Gedanken an dessen messerscharfe Zähne, wenn er denn nicht vor Angst schreiend aus dem Wasser hüpfen wollte. Valentin begnügte sich lieber damit, am Ufer hinter der alten Kollegibadi zu sitzen und flache Steine zu einem Steimandli aufzuschichten. Eine Geduldsprobe, die ihn beruhigte und den positiven Nebeneffekt hatte, dass dabei die Zeit schneller verging.

An diesem Ort trafen sich nicht die Familien mit ihren Kindern, auch nicht die älteren Leute oder die Hundebesitzer. Der Boden war übersät mit Resten von Filterpapier, die man für das Drehen eines Joints benötigte, zudem lagen Bierflaschen, Zigarettenkippen und grünschleimige Speichelflecken auf dem Kiesweg. Zeugen der letzten Besucher. Heute Abend jedoch war Valentin allein, und er hatte beobachtet, wie sich das Licht zuerst in die Dämmerung, danach in Dunkelheit wandelte. Die gelben Strassenlaternen der Brünigstrasse, die dem See entlang nach Süden führte, leuchteten als Spiegelbild auf der stillen Seefläche.

Erst als er die Glocken der Pfarrkirche zehn Mal schlagen hörte, stand er auf und ging in Richtung Altersheim. Er passierte die im Winter verriegelte Hafenbar, vor der sich in den Sommermonaten lange Warteschlangen bildeten, vorbei am heruntergekommenen Landkino, das sich nur mit Müh und Not über Wasser halten konnte. Er überquerte die Brünigstrasse, schlich an der Hecke der Psychiatrieabteilung entlang, marschierte schlussendlich am Spital vorbei. Sowohl in den Patientenzimmern im Neubau als auch in den Büros der Angestellten brannte zum Teil noch Licht. Valentin achtete darauf, im Schatten zu bleiben, und gelangte schliesslich über den Bahnübergang zum Altersheim. Hinter einem Baumstamm gegenüber dem Haupteingang wartete er darauf, dass jemand das Haus verliess. Schnell lief er durch die sich bereits wieder verschliessenden Schiebetüren und weiter bis ins Treppenhaus. Hier lief er weniger Gefahr, von jemandem entdeckt zu werden, als in einem der Aufzüge. So ging er lieber auf Nummer sicher und wählte statt des Fahrstuhls die Treppe.

Die Gänge des Stockwerks, wo Grossmutter von Matt lebte, waren menschenleer, nur die Tür zum Schwesternzimmer war geöffnet, und er konnte hören, wie sich die Nachtwache am Telefon über die Berichterstattung der Obwaldner Zeitung aufregte. Die Art und Weise, wie über den Mord an der alten Frau aus der Engenmatt berichtet wurde, sei schamlos und sensationsgeil, ereiferte sich die Sprecherin. Auf leisen Sohlen schlich Valentin weiter und schlüpfte in Grossmutters Zimmer.

Sie ruhte entspannt auf einem frisch aufgeschüttelten Kissen, die Hände lagen auf der blauen Bettdecke. Vorsichtig näherte sich Valentin, er wollte sie nicht wecken.

Grossmutter von Matt jedoch öffnete ihre Augen und blickte ihn im fahlen Schein der Nachttischlampe an. Ein Leuchten glitt über ihr Gesicht, und der Mund formte sich zu einem Lächeln.

Valentin war sich nicht sicher, ob er richtig gehört hatte, meinte jedoch, ein «mein lieber Bub» vernommen zu haben. Behutsam setzte er sich auf die Bettkante und legte sein Gesicht neben das ihre auf das Kissen. Seine Lippen berührten beinahe ihr Ohr. Er spürte ihr noch immer lockiges Haar an seinem Hals und roch, dass die Pflegerinnen Grossmutter von Matts Haut frisch eingecremt hatten. In Gedanken begann er ihr flüsternd zu berichten, wie er im Verlaufe der letzten Tage seine Sprache wiedergefunden hatte, und gestand ihr, dass er sich auf die Suche nach dem Grund für seine Stummheit machen wollte.

Er glaubte ein Strahlen in Grossmutters Gesicht zu erkennen, obwohl sie seine Gedanken gar nicht hatte hören können. Ihr Atem ging immer schneller, und ihre rechte Hand verkrampfte sich zur Faust. Valentin versuchte, sie zu beruhigen, und wollte die verkrümmten Finger auseinanderziehen, als er bemerkte, dass sie ihm etwas zu zeigen versuchte. Auch ihr war es nicht mehr möglich, ihre Gedanken auszusprechen, und deshalb musste sie an ihrem Lebensabend ebenfalls auf Gesten zurückgreifen. Wäre Valentin nicht aus eigener Erfahrung dafür sensibilisiert, hätte er womöglich niemals verstanden, dass sie mit ihrem Zeigefinger auf das Bücherregal an der gegenüberliegenden Wand zeigte.

Valentin beruhigte sie und stand auf, um seiner Grossmutter zu zeigen, dass die Schublade leer geräumt war. Er klopfte auf seine Brust, und sie schien zu verstehen, dass er die Unterlagen bereits an sich genommen hatte, um zu verhindern, dass sie in falsche Hände kamen.

Grossmutter von Matt stiess einen tiefen Seufzer aus und schlief mit einem Lächeln im Gesicht wieder ein.

***

Clara betrachtete die Kleidungsstücke, die sie gemeinsam mit Hanny in Luzern gekauft hatte. Die Rückenschmerzen hatten glücklicherweise nachgelassen, und so war es für sie ein lustiger und vor allem langer Tag in der Stadt gewesen, der in eine ausgelassene Nacht übergegangen war. Zwischendurch hatten sie die schweren Einkaufstüten im Auto deponiert, um sich dann ins Nachtleben zu stürzen. Es war eigentlich erstaunlich, dass beide ohne männliche Begleitung den Heimweg angetreten waren, obwohl es an Möglichkeiten wahrlich nicht gefehlt hatte. Wie zwei Honigkuchenpferde grinsend waren sie um drei Uhr morgens in die Engenmatt zurückgefahren und hatten sich über die Marotten einiger männlicher Exemplare dieser Nacht ausgelassen. Keiner wurde verschont, alle bekamen ihr Fett weg. Sei es der kleine Italiener, der konsequent mit Hannys Brüsten statt mit ihrem Gesicht gesprochen hatte, oder der vor Kraft strotzende Glatzkopf, der der Comicfigur Popeye wie aus dem Gesicht geschnitten war. Sogar der Ohrring hatte nicht gefehlt.

Nachdem Clara lange geschlafen, ausgiebig gefrühstückt und geduscht hatte, schnappte sie sich die Einkaufstüten und leerte sie auf dem Bett aus. Sie schnitt von den neuen Kleidungsstücken die Etiketten ab und sortierte sie für die Wäsche auf diverse Haufen, wobei sie erstaunt feststellte, dass sie kein einziges Teil in den Farben Schwarz oder Weiss gekauft hatte. Die Engenmatt schien sie stärker zu beeinflussen, als sie gedacht hatte. Sie blickte auf die Uhr.

Die Mittagszeit nahte, und Hanny stand bestimmt im Stybli, um die Gäste zu bewirten. Clara ihrerseits war keineswegs so fleissig. Sie hatte zwar noch versucht, ihrer Arbeit mit den Puppen nachzugehen, aber die Sache mit Hannes hatte sie unvermittelt eingeholt, und sie musste das konzentrierte Arbeiten aufschieben. Obwohl sie mit bester Laune eingeschlafen war, hatte ihr erster Gedanke ihrem seit Langem verschollenen Bruder gegolten. Es war nur ein geschenkter Moment zum Durchatmen gewesen, bevor sie wieder innere Unruhe befiel. Sie kam nicht von dem Gedanken an ihn los.

Sorgsam darauf bedacht, keine Aufmerksamkeit zu erregen, hatte sie aus dem Hintergrund heraus die Leute beobachtet, Nachforschungen angestellt, die Umgebung erkundet und mit einzelnen Einwohnern über die Vergangenheit gesprochen. Leider waren die Engenmatter noch verschlossener, als sie ursprünglich angenommen hatte, und ihr Plan ging definitiv nicht auf. Clara knüllte das letzte T-Shirt zusammen und warf es in die Wäsche. Es war Zeit, die Pferde scheu zu machen und das Ganze ein wenig zu beschleunigen.

Nachdem sie einen kleinen Imbiss zu sich genommen hatte, schlüpfte sie in Mantel und Stiefel, setzte sich die schwarze Bommelmütze auf und verliess das Haus, um in Richtung Kirche zu gehen. Hanny hatte ihr erzählt, dass die Archäologen, die der Kanton zur Beratung hinzuzog, festgestellt hatten, dass die Knochen aus dem freigelegten Graben definitiv älteren Datums waren. Sie wusste nicht, ob sie deswegen erleichtert sein sollte. Einerseits hatte sie gehofft, das Suchen nach Hannes hätte mit diesem Fund ein Ende genommen, aber andererseits blieb auf diese Weise die Hoffnung bestehen, ihn doch noch lebend zu finden. Sogleich drängte sich die Vernunft in den Vordergrund und massregelte das Hoffen und Bangen, indem sie darauf hinwies, dass nach mehreren Jahrzehnten kaum mit einem lebenden Bruder gerechnet werden konnte. Weshalb hätte er sich all die Jahre nicht melden sollen? Wie hätte der sechsjährige Junge allein überleben können? Und immer wieder die Frage, die über allen stand: Was war damals geschehen? Clara zwang den Kampf zwischen Hoffen und Vernunft nieder.

Ihre Stiefel hinterliessen nasse Abdrücke auf dem kleinen Weg, als sie zur Kirche hochschritt und schon von Weitem das Absperrband im Wind flattern hörte.

Menschliche Knochen mögen es nicht, entblösst zur Schau gestellt zu werden. Erfüllten sie zu Lebzeiten den Zweck als Stütze des Organismus und Schutz der inneren Organe, so sind sie die letzten Teile eines Körpers, die im Grabe übrig bleiben. Wenn die sterblichen Überreste sich nicht in der Luft, sondern in der Erde aufgelöst hatten, so trotzen die Knochen den Naturkräften. Bis zu dem Augenblick, da eine Kirchenmauer unverhofft zusammenfiel und entsetzte Menschen ihrer Gewahr wurden.

Rund acht Kilogramm wiegen die über zweihundert Knochen des Menschen zu dessen Lebzeit. Haben die Mikroorganismen der Natur ihr Werk vollbracht und ist sämtliches Wasser daraus entzogen worden, bleiben von den acht Kilogramm nicht mehr viel übrig. Entgegen der geläufigen Meinung, dass die menschlichen Überreste in ihren Särgen von Würmern aufgefressen werden, verhält es sich in der Realität doch gänzlich anders, denn das kriechende Getier pflegt sich in lediglich dreissig Zentimeter Tiefe durch die Erde zu bohren und ist seinerseits ein Pflanzenfresser. Vegetarier mögen kein Fleisch, auch kein menschliches.

Die Sanierung der eingestürzten Kirchenmauer machte es nötig, einen tieferen Graben auszuheben. Die gefundenen Knochen sollten zunächst vom Kriminaltechnischen Dienst der Kantonspolizei Obwalden sichergestellt werden, jedoch bestand schnell die Vermutung, es handle sich um menschliche Knochen älteren Datums. Ein aktueller Todesfall konnte laut Kriminaltechnischen Dienst ausgeschlossen werden. Nun galt es, die Überreste zu dokumentieren, zu bergen und zu weiteren Untersuchungen nach Zürich zu bringen, damit die Wand endlich neu aufgebaut werden konnte. Die Zeit bis Weihnachten war kurz, und der Pfarrer äusserte Bedenken, ob die Christmette an Heiligabend in der Engenmatter Kirche gefeiert werden könnte. Er würde die Engenmatter sehr gern in der grossen Sankt-Peter-und-Paul-Kirche begrüssen.

Frau Frunz vom Departement Kultur- und Denkmalpflege hatte ein Archäologen-Team aufgeboten, das sich zügig, aber mit der nötigen Sorgfalt den Knochen im Kirchengraben widmete. Einunddreissig Skelette hatten sie bislang in mühevoller Kleinarbeit mit Schaufeln und Pinseln freigelegt, und noch war ein gutes Stück Erde nicht untersucht. Als Clara sich der Kirche näherte, vernahm sie bereits Stimmen, die aufs Heftigste miteinander debattierten. Kurze Zeit später erblickte sie die zwei Streitenden.

Arnold von Deschwanden und Frau Frunz standen sich gegenüber. Arnold schnaufte wütend und war kurz davor, ihr an die Kehle zu gehen. Die Frau hatte die Hände erhoben und versuchte ihn mit sanfter Stimme zu beruhigen.

Clara gesellte sich zu Antonella Wagner, die danebenstand und das Geschehen neugierig verfolgte, ohne dabei das Schaukeln des Kinderwagens zu unterbrechen.

«Was ist denn hier das Problem?», fragte Clara, obwohl sie es sich denken konnte.

Antonella blickte sich rasch um, sie wollte nicht beim Tratschen erwischt werden. «Du weisst ja, wie der Arnold ist. Immer ein bisschen hitzig, nicht wahr? Jetzt will er die Grabungen unterbrechen, wegen der Armen Seelen.»

«Die Armen Seelen?»

«Ja, das waren seine Worte, nicht meine.» Sie deutete mit ausgestrecktem Zeigefinger auf die kleinen Skelette in der Grube. «Er sagte, dass dies die ungetauften Kinder sein müssten.»

Sie schaukelte den Kinderwagen hektischer, und Clara bereitete sich darauf vor, den herausfallenden Kevin in der Luft auffangen zu müssen.

«Weisst du, mein Schätzchen ist immer noch nicht getauft. Wir wollen doch auf die ganze famiglia warten, mittlerweile frag ich mich aber, ob wir die Taufe nicht vorziehen sollten.»

«Wegen dieser Ausgrabungen?»

Antonella fasste sich ans Herz. «Nicht nur das. Hast du etwa das Tiggeli schon wieder vergessen? Es geht um, sag ich dir! Legt Puppen in der Engenmatt hin, um uns irrezumachen, und dann hat es dem armen Bucher Peter das Leben aus dem Leib gesogen. Aber am schlimmsten hat es das Tiggeli mit meiner armen Nachbarin getrieben. Es hat sie erwürgt und dann ertränkt! Die brave Martha, sie konnte doch nichts dafür.» Sie wischte sich ein paar Tränen aus den Augenwinkeln.

Clara konnte nicht einschätzen, ob Antonella tatsächlich so aufgewühlt war oder ob der kalte Wind ihr Tränen in die Augen getrieben hatte. «Toggeli.»

«Mmmh?»

«Ich glaube, man nennt es Toggeli und nicht Tiggeli.»

«Mir doch egal.»

«Sie war Arnolds Schwester.»

«Wie bitte?», fragte Antonella.

Clara deutete auf ihn. «Arnold von Deschwanden war der Bruder der Verstorbenen. Vielleicht ist er deshalb etwas empfindlich, was die Einhaltung der Grabesruhe angeht.»

Antonella murmelte etwas, was Clara nicht ganz verstand, und machte sich nach einem Blick auf die Uhr daran, ein geeignetes Plätzchen zum Stillen zu suchen. Die Kirche wäre zwar windgeschützt und einigermassen warm, aber sie glaubte nicht, dass der Pfarrer es gutheissen würde, wenn sie ihre Brust im Gotteshaus entblösste, schliesslich war sie nicht die heilige Muttergottes. Trotzdem entfernte sie sich in Richtung des Kircheneingangs.

Clara begab sich näher zu der Ausgrabungsstätte, um der Diskussion besser folgen zu können. Frau Frunz machte ihrem Departement alle Ehre und bestand darauf, Kulturgüter und Denkmäler zu bewahren, so viel Zeit müsse sein, wenn man es in Zukunft nicht bereuen wolle. Sie war eine korpulente Frau Mitte fünfzig und war daran gewöhnt, in heftigen Debatten ihre Meinung zu behaupten. Mit festem Schuhwerk an den Füssen stand sie breitbeinig vor Arnold, und kein Zwinkern verriet ihre Stimmung, obwohl Arnold von Deschwanden mit seiner Villiger Kiel vor ihrem Gesicht herumwedelte. Der bissige Zigarrenqualm brannte Clara in den Augen, und sie unterdrückte ein Niesen.

«Ausgrabungen bedürfen sorgfältigster Untersuchungen, und das dauert eben seine Zeit», versuchte Frau Frunz zu erklären. «Die Knochen müssen zuerst mit kleinen Schaufeln und zuletzt sogar mit Pinseln freigelegt werden, bevor man ihre Lage genauestens skizziert und dokumentiert. Dazu kommen Foto- und Filmaufnahmen, und erst nachdem all dies erledigt ist, können sie geborgen werden. Sie wollen doch alle, dass wir in Ihrem Dorf sorgsam arbeiten, oder etwa nicht?»

Arnold war kurz davor, seine Zigarre an der Stirn seiner Gesprächspartnerin auszudrücken. Seine Augen blitzten wütend auf.

Ohne nachzudenken, drängte sich Clara dazwischen und sah beide an. «Bitte haben Sie ein wenig Nachsicht mit Herrn von Deschwanden. Er hat erst vor Kurzem seine Schwester verloren. Vielleicht könnten wir den Herrn Pfarrer aus Sarnen holen lassen, damit er eine Messe für die Verstorbenen liest. Wie wäre es zudem mit Grabkerzen, die wir die Nacht über an der Ausgrabungsstätte brennen lassen?»

Arnold wandte sich ihr sehr langsam zu, sein Atem ging immer noch schwer.

Wie ein wütender Stier, dachte Clara unvermittelt und fragte sich, ob sie nicht zu weit gegangen war.

«Du bist zwar eine Fremde, Clara von Grünenstein, aber langsam verstehst du es, wie eine echte Engenmatterin zu denken», brummte Arnold.

Das Aufatmen von Frau Frunz war nicht zu überhören. «Wenn es Ihnen recht ist, Herr von Deschwanden, dann telefoniere ich sogleich dem Herrn Pfarrer und bitte ihn darum, schnellstmöglich in die Engenmatt zu kommen.»

«So sei es.» Arnold drehte sich auf dem Absatz um und beschloss, im Stybli eine Stange zu heben.

# 15

Nachdem der vor Empörung schnaubende Arnold von Deschwanden das Weite gesucht hatte, wollte Clara es sich nicht nehmen lassen, dem Archäologenteam über die Schultern zu blicken. Über die Ausgrabungsstätte war ein grosszügiges Zelt gespannt, um die Funde vor der Witterung zu schützen. Gegen den bissigen Wind aber, der ihnen allen durch die Glieder fuhr, nützte es nichts.

Mittlerweile hatte sich auch Kater hinzugesellt, der erstaunt beobachtete, wie die Zweibeiner in der Erde wühlten. Vermutlich erhoffte er sich, dass durch die Grabungen eine fette Maus aufgescheucht würde und er ohne grosse Anstrengung zu einer Mahlzeit käme. Er tigerte entlang der Grube, verfolgte jeden Schritt der Archäologen mit Argusaugen und flitzte schlussendlich mit einem beherzten Sprung hinunter, nur um Sekunden später vom schimpfenden Archäologen hinausgejagt zu werden. Clara konnte sich ein Grinsen nicht verkneifen, zog ihre Bommelmütze tiefer über die Ohren und wickelte sich den Schal so um den Hals, dass lediglich die Augen und ihre Nasenspitze aus den Stoffschichten hervorschauten. Da sie sich im Gegensatz zu den arbeitenden Archäologen nicht bewegte, frass sich die Kälte in ihre Knochen hinein, liess sie zittern und frieren. Später würde sie sich in einer heissen Badewanne auftauen müssen. Der schlammbedeckte Kater scherte sich keineswegs um seine dreckigen Pfoten, setzte sich auf einen Erdhaufen und beobachtete weiterhin die Zweibeiner.

«Es ist nicht einfach, bei dieser Kälte sorgfältig zu arbeiten.» Frau Frunz war neben sie getreten und reichte ihr einen Becher heissen Tee, an dem sie sich die Hände wärmen konnte.

«Vielen Dank.» Clara trank einen Schluck und genoss die Wärme, die den Weg von ihrem Mund hinunter in den Magen fand und sich dort ausbreitete. «Aber eigentlich habe ich den Tee nicht verdient, immerhin stehe ich hier nur herum und kann nichts zur Arbeit beitragen.»

«Nun, das überlassen wir beide doch lieber dem Expertenteam, nicht wahr?» Frau Frunz nickte wohlwollend den Archäologen zu. «Glauben Sie mir, es würde die Leute mehr Zeit kosten, uns zu erklären, wie wir welche Arbeit auszuführen hätten, als es gleich selbst zu tun. Zudem ist das Wetter für eine Lehrstunde gar zu garstig. Ich möchte mich aber bei Ihnen nochmals bedanken, dass Sie bei der vorangegangenen Diskussion so gut vermittelt haben. Es ist für Aussenstehende nicht immer einfach zu begreifen, was unser Anliegen ist. Sie haben es verstanden, mit einem Satz beide Interessen unter einen Hut zu bringen. Ich arbeite zwar bereits seit einigen Jahren im Departement für Kultur- und Denkmalpflege in Sarnen, jedoch bin ich ab und zu auch auf die Hilfe von verständigen Einheimischen angewiesen.»

Clara brach in Gelächter aus und verschluckte sich prompt am heissen Tee. Ihre Augen begannen zu tränen, die Nase zu laufen, den restlichen Tee hatte sie sich zu allem Übel über ihre Winterjacke geschüttet. Sie war wirklich ein Tollpatsch in Person. Kater hatte sich ihretwegen erschreckt. Mit einem dick aufgeplusterten Schwanz und mit vor Dreck strotzendem Fell beobachtete er sie nun aus sicherer Entfernung. Mit einem Taschentuch wischte Clara Tränen, Rotz und Tee von Gesicht und Jacke. Gegen die vor Verlegenheit rot glühenden Ohren musste sie nichts unternehmen, der Bommelmütze sei Dank.

«Sie müssen entschuldigen, aber Sie haben mich eine Einheimische genannt. Noch weiter daneben könnten Sie nicht liegen. Ich bin vor drei Monaten erst in die Engenmatt gezogen, davor habe ich jahrelang in Bern gewohnt. Ich bemühe mich immer noch darum, von den Einheimischen akzeptiert zu werden, was mir ehrlich gesagt mehr schlecht als recht gelingt.»

«Nun, für Herrn von Deschwanden gehören Sie definitiv dazu.» Frau Frunz lächelte und eilte zur Thermoskanne, um einem durchgefrorenen Archäologen einen heissen Tee zu servieren.

Perplex blieb Clara zurück, und erst allmählich begann sie zu begreifen, was Frau Frunz ihr soeben mitgeteilt hatte. War es möglich, dass die Engenmatter sie schon als ihresgleichen akzeptierten, sie sich selbst jedoch immer noch als Auswärtige betrachtete?

Kater hatte sich von seinem Schreck erholt und strich nun um ihre Beine. Ohne sich dessen bewusst zu sein, beugte sie sich hinunter und fuhr mit ihren Fingern durch das dichte Winterfell, was prompt ein gut hörbares Schnurren auslöste. Als sie bemerkte, dass das Tier ihre Hose mit Erde vollschmierte, war es bereits zu spät. Seufzend versuchte sie, den Schmutz abzuwischen.

Vielleicht wollte sie in Wirklichkeit gar nicht zur Engenmatt gehören. Schliesslich wusste sie immer noch nicht, weshalb ihr Bruder verschwunden war. Bis jetzt war lediglich gewiss, dass er in der Engenmatt zuletzt gesehen worden war. Ein Kind von sechs Jahren konnte sich nicht einfach so in Luft auflösen, irgendjemand musste etwas damit zu tun haben. War es unter diesen Umständen wünschenswert, Mitglied einer Gemeinschaft zu werden, die einen Täter beherbergte und womöglich schützte? Clara begab sich zum Abfalleimer und warf den Teebecher hinein.

«Haben Sie schon einmal etwas von Traufkindern gehört?» Frau Frunz näherte sich Clara und lenkte sie damit von den dunklen Gedanken ab.

«Ich kenne Taufkinder, von Traufkindern habe ich noch nie gehört. Wobei, wenn ich es mir recht überlege, sagt man nicht, vom Regen in die Traufe kommen?»

«Ja, stimmt, dieses Sprichwort gibt es, und es existiert sogar ein Zusammenhang. Streng genommen ist die Traufe die Tropfkante des Daches, im Volksmund weitet man die Bedeutung jedoch etwas aus. Die Traufe ist derjenige Bereich zwischen der Hauswand und der Wassergrube, den das Regenwasser mit der Zeit bildet, wenn es vom Dach hinunterregnet. Verstehen Sie?» Frau Frunz sah Clara an, die sich beeilte, zustimmend zu nicken.

«Früher gab es an den Dächern noch keine Regenrinnen, die das Wasser sammelten und durch ein Rohr auf den Boden führten. Der Regen tropfte einfach auf das Dach und fiel von dort senkrecht hinunter auf den darunterliegenden Boden. Im Laufe von Wochen und Monaten hat sich so eine sichtbare Grenze in der Erde gebildet, die für die Menschen damals eine wichtige Bedeutung hatte. Man glaubte daran, dass der Bereich zwischen der Traufe und der Hauswand ebenfalls zum geschützten Bereich des Hauses gehörte. Die guten Hausgeister hielten das Böse an der Dachtraufe auf. Das galt nicht nur für Wohnhäuser, sondern auch für Kirchen.»

Nachdenklich betrachtete Clara die eingestürzte Mauer und die nun freigelegten Gräber. «Sie meinen, wir sind hier auf offizielle Gräber gestossen? Weshalb existieren denn keine Grabsteine? Oder sind die im Laufe der Zeit verloren gegangen?»

«Keineswegs! Hier wurden die Unglückseligen begraben, die kein Anrecht auf eine Bestattung im herkömmlichen Sinn hatten. Das heisst, sie durften nicht in geweihter Erde liegen und vom Herrn Pfarrer das Sterbesakrament empfangen.»

Da ihm die Damenwelt zu wenig Aufmerksamkeit schenkte, maunzte Kater einmal laut auf und stolzierte mit erhobenem Schwanz davon.

Clara liess sich das Gesagte durch den Kopf gehen. «Wer durfte denn nicht auf dem Friedhof beerdigt werden? Verbrecher, Hingerichtete?»

Frau Frunz nickte. «Genau, diese Leute wurden unterhalb des Galgens in ungeweihter Erde verscharrt, nachdem sie so lange am Galgen gehangen hatten, bis ihr Körper von allein runterfiel. Stellen Sie sich vor, wie das gestunken haben musste. Das Verscharren in ungeweihter Erde galt im Mittelalter als eine doppelte Bestrafung, denn man war so bis in alle Ewigkeit dazu verdammt, im Fegefeuer zu verharren und niemals in den Himmel zu gelangen.»

Sie deutete auf die Grube vor ihnen. «Was wir hier haben, ist aber etwas ganz anderes. Wenn Sie genau hinschauen, können Sie erkennen, dass es sich bei diesem Fund um auffällig kleine Knochen handelt.»

Clara beugte sich vor. Ein Archäologe, der anscheinend ihre Unterhaltung verfolgt hatte, deutete mit einem kleinen Spaten auf die Gebeine eines winzigen Menschen.

«Von Ausgrabungen im Kanton Bern wissen wir, dass es sich bei Knochenfunden in der Nähe der Kirche zumeist um Traufkinder handelt. Hier wurden die Frühgeburten und Kinder, die kurz nach der Geburt verstarben, begraben. Da sie noch nicht getauft waren, durften sie nicht in geweihter Erde, also auf dem Friedhof, beerdigt werden. Die unglücklichen Eltern begruben die Kinder entweder in ihrem eigenen Keller, da dort der Schutz des Hauses gewährleistet war, oder das verstorbene Kind wurde in einer heimlichen Nacht-und-Nebel-Aktion neben der Kirchenmauer bestattet.» Frau Frunz rieb kräftig die Handflächen aneinander, um die Kälte zu vertreiben.

«Die Kirchenleute sahen dies nicht gern, entsprach es doch keineswegs dem Usus der Kirche, und trotzdem wurden die Kinder hier bestattet. Ich kann mir aber nicht vorstellen, dass niemand darüber Bescheid wusste. Viel wahrscheinlicher ist, dass es ein stillschweigendes Übereinkommen zwischen der Kirche und der Bevölkerung gab.»

«Nach dem Motto, wenn wir nicht darüber sprechen, bin ich nicht verpflichtet, etwas dagegen zu unternehmen», fügte Clara hinzu.

Der Archäologe, der Clara vorher das Skelett gezeigt hatte, stand auf und streckte den schmerzenden Rücken. «Genau, salopp ausgedrückt, war es eine Vogel-Strauss-Taktik.»

Er lachte laut über seinen eigenen Witz. «Wir werden in den nächsten Tagen mit den Ausgrabungen und dem Bergen der Gebeine fertig sein. So, wie es aussieht, ähnelt dieser Fund denjenigen im Berner Seeland, denn dort wie auch hier in Sarnen wurden die Kinder parallel Seite an Seite bestattet, mit den Köpfen an der Kirchenmauer.»

Clara betrachtete den langen Graben und verstand erst allmählich das Ausmass. Sie musste sich eingestehen, dass keine Möglichkeit mehr bestand, Hannes in diesem Grab zu finden. Hier lagen verstorbene Säuglinge und kein Sechsjähriger. Verzweifelt versuchte sie, ihre Gefühle in den Griff zu bekommen, denn einerseits war sie erleichtert, dass ihr Bruder nicht unter den Verstorbenen war, andererseits wog die Ungewissheit schwer. Vergeblich versuchte sie, den dicken Kloss im Hals runterschlucken.

Ein wütendes Zischen riss sie aus ihren Gedanken, und als sie einen Blick um die Ecke der Kirchenmauer wagte, sah sie eine völlig aufgelöste Antonella Wagner den kleinen Kevin an der einen Schulter wiegen, damit das erlösende Bäuerchen seinen Weg fand. Die andere Schulter klemmte das Handy an ihr Ohr.

Ihr Gesprächspartner schien sie arg in Rage gebracht zu haben. Um dem Säugling schnellstmöglich Erleichterung zu verschaffen, vielleicht aber auch, um sich selbst zu beruhigen, hopste die junge Frau in einem Wiegeschritt hin und her, ganz so, als ob sie Tanzschritte einüben wollte.

Clara wurde schon vom Hinschauen seekrank, und gleichzeitig wunderte sie sich, dass Antonella nicht nach Hause gegangen war, um ihren Kevin zu stillen, schliesslich lag ihr Haus ganz in der Nähe der Kirche. Anscheinend hatte es die Südschweizerin doch vorgezogen, ihrem Kind in der Kirche die Brust zu geben.

Nun, warum auch nicht, in vielen katholischen Kirchen sah man die heilige Jungfrau Maria mit dem Jesuskind an der nackten Brust. Antonella war zwar weder heilig, noch konnte bei ihr von Jungfrau die Rede sein, aber sie schien keinerlei Hemmungen zu haben. Clara war es einerlei. Sie hatte keine Kinder, und so, wie sich ihr Leben momentan gestaltete, dachte sie nicht daran, welche in die Welt zu setzen.

Clara wollte sich diskret zurückziehen, kam aber nicht umhin mitanzuhören, wie Antonella ihren Mann am Telefon in einem Gemisch aus Deutsch und Italienisch darauf einschwor, die Taufe des Buben terminlich voranzutreiben. Keinesfalls könne darauf gewartet werden, bis die ganze famiglia aus dem Tessin und aus Italien Zeit und Laune habe, sich in die Engenmatt zu begeben. Sie schlug sogar vor, Kevin zweimal taufen zu lassen. Sofort und im kleinsten Kreise, am liebsten noch heute Abend. Das zweite Mal allerdings nur pro forma, um die leidige Verwandtschaft nicht vor den Kopf zu stossen. Hauptsache aber, der Kleine habe den Segen der heiligen Kirche.

«Amore, ich schlafe sonst keine Nacht mehr. Und du weisst doch, dass ich wegen Kevin immer wieder aufstehen muss. Der hat doch immer Hunger, und das ausgerechnet jetzt, wo meine Brustentzündung auch noch auf der anderen Seite angefangen hat. Sie sind ganz heiss und dick geschwollen, meine Brüste. Amore, du musst die Taufe umorganisieren, ich habe sonst keine ruhige Minute mehr. Versprichst du mir das?»

Clara konnte Hugos Antwort nicht verstehen, aber er schien Erfahrung damit zu haben, seine Frau zu beruhigen, denn ihre verkrampfte Haltung begann sich zu lösen, und nachdem Kevin einen für seine kleine Körpergrösse erstaunlich lauten Rülpser aufgestossen hatte, legte sie den Jungen sanft in den Kinderwagen, ohne das Handy deswegen wegzupacken. Clara staunte über das Multitasking der Frau. Nachdem sie den Säugling zugedeckt hatte, richtete sich Antonella sogleich Mantel und Frisur, und nur in ihren Gesichtszügen war noch zu erkennen, dass etwas im Argen lag.

«Was soll ich? Zu einem Arzt?» Antonella wedelte mit der Hand, obwohl ihr Mann definitiv nichts davon sehen konnte. «Bei einer Brustentzündung schmieren die Frauen kalten Quark auf die Brüste. So haben das auch meine Mutter und meine Grossmutter gemacht. Ich denke gar nicht daran, Tabletten zu schlucken. Das chemische Zeugs ruiniert nur meine starke Muttermilch, und das ist für unseren figlio nicht gut.» Bevor sie sich von ihrem Mann verabschiedete, versprach sie ihm jedoch, sofort die Hebamme aufzusuchen, sollte Fieber auftreten.

Clara wunderte sich, dass ein Mann über solch delikate Frauenprobleme Bescheid wusste, sie hatte von geschwollenen Brüsten keinen Schimmer. Bevor sie sich zurückziehen konnte, rauschte Antonella mit dem Kinderwagen bereits um die Ecke.

«Ach, Clara, bist du immer noch da?» Antonella setzte ihr strahlendstes Lächeln auf, und nichts liess darauf schliessen, dass sie nur Minuten zuvor noch aufgelöst in den Hörer geklagt hatte. «Nun, ich muss langsam heimwärts, um meinem lieben Gatten das Abendessen vorzubereiten. Siehst du, meine zwei Männer haben immer Hunger. Da fällt mir ein, ich muss unbedingt noch Magerquark einkaufen, bevor der Laden schliesst.»

*1650*

*Als sie aufwachte, vermeinte sich Magdalena in ihre jüngste Kindheit zurückversetzt. Sie lag in einer winzigen Schlafkammer, neben sich ein schlafendes Kind, das seinen warmen Atem in ihre Halsbeuge pustete. Ihre Füsse wurden gewärmt von einem in Lumpen gewickelten heissen Stein. Vorsichtig, um das Mädchen neben sich nicht zu wecken, setzte sie sich auf, konnte aber nicht verhindern, dass das mit Laub gefüllte Kissen knisterte. Sie schrak zurück, als ihre nackten Füsse den kalten Holzboden berührten, dessen Dielen von unzähligen Schritten glatt geschliffen worden waren. Die Kerze auf dem Nachttisch flackerte. An der Wand gegenüber dem Bett hing ein gerahmtes Bild, das eine lächelnde Muttergottes mit dem Jesuskind auf dem Arm darstellte. Daneben eine Zeichnung, von ruhiger Hand erschaffen. Eine Mutter in schwarzer Trauerkleidung weinte neben einem verstorbenen und zur Ruhe gebetteten Kleinkind. «Zur Erinnerung an unsere geliebten Kinder, Arnold und Theresia Riebli» konnte Magdalena entziffern, nachdem sie einen Schritt darauf zugemacht hatte. Darunter standen die Geburts- und Sterbedaten der Geschwister Riebli. Heute wären sie ungefähr in Magdalenas Alter.*

*Keines wurde älter als zwei Jahre. Kein glückliches Erwachen, dachte Magdalena und sah an sich hinunter. Jemand musste ihr die nassen Kleider ausgezogen und sie in ein Nachthemd gesteckt haben. Sie trat aus der Kammer und erkannte in der Stube ihre ehemalige Amme, die im Schein einer Kerze ein Hemd ausbesserte. Zu ihren Füssen lag der alte Bless, fast taub und blind. Trotzdem war es der alte Hund, der sie als Erster bemerkte und ein leises Wuffen ausstiess. Sofort liess Barbara Riebli ihr Flickwerk sinken und blickte auf. «Na sieh mal einer an, unsere Schlafmaus ist aufgestanden.»*

*«So hast du mich früher immer genannt.» Magdalena setzte sich neben Barbara auf die Holzbank. «Ich kann mich erinnern.»*

*«Hast du Hunger?»*

*Magdalena schüttelte den Kopf. Nein, Hunger hatte sie nicht. Sie fühlte sich zerschlagen, traurig und schwermütig, kein Gemütszustand, in dem man Hunger verspürte. «Hast du mich aus dem See gefischt?»*

*Barbara schnäuzte in ein Taschentuch und konnte nicht vermeiden, dass Magdalena die Tränen in ihren Augen bemerkte. «Deine Schwester hat mich gefragt, ob ich bei der Hinrichtung der Elisabeth Schälly ein Auge auf dich werfen würde, und so bin ich halt auch dabei gewesen. Ich habe aber bemerkt, dass es dich sehr mitgenommen hat, deshalb wagte ich es nicht, dich allein zu lassen. Schon habe ich gedacht, dass du dich am Seeufer beruhigt hast, bis du plötzlich aufgestanden und ins Wasser gelaufen bist. Was hast du dir bloss dabei gedacht? Du bist untergegangen wie ein Stein, und ich musste mich sehr beeilen, dich noch zu erwischen. Ich habe nur noch deine Haare zu fassen bekommen, so schnell bist du gesunken.»*

*Magdalena erinnerte sich an den blitzartigen Schmerz an ihrem Kopf und wusste nun, dass es Barbara gewesen war, die sie an den Haaren aus der Tiefe des Sees emporgezogen hatte.*

*Sie begann zu weinen. «Weshalb hat meine Schwester dich darum gebeten, mein Bruder hat mir doch verboten, der Hinrichtung beizuwohnen? Das sei zu gefährlich für eine Hebamme, hat er gemeint.» Ihre Nase begann zu laufen, und sie zupfte Barbara das Taschentuch aus der Hand, um ebenfalls hineinzuschnäuzen.*

*«Danke, das kannst du behalten, ich möchte es nicht wieder zurück», bemerkte diese lakonisch, und ein schwaches Lächeln stahl sich auf Magdalenas Gesicht.*

*«Deine Schwester wusste, dass du auf die Worte deines Bruders pfeifst, aber auch sie hatte Angst, dass dir etwas geschehen könnte. Wobei sie wohl eher daran dachte, dass die Obrigkeit dich als Hebamme zum Verhör einbestellt, als dass du aus eigenem Antrieb in den See schreitest.»*

*Ein leises Poltern ertönte vor der Haustür. Bless trottete hin, um Barbaras Mann, den Kirchensigrist Anton Riebli, zu begrüssen.*

*«Ach, sieh mal einer an, unser Fräulein ist aufgewacht.» Er freute sich, Magdalena auf den Beinen zu sehen. Verlegen hielt sie den Kragen des Nachthemdes zusammen und murmelte eine leise Begrüssung. Anton Riebli begrüsste seine Frau mit einem Kuss auf deren Scheitel, schöpfte sich heisses Wasser aus dem Feuertopf, gab einige trockene Blätter hinzu und liess die Melisse einige Minuten ziehen. Dann setzte er sich zu den Frauen an den Tisch. Ab und zu blies ein Windstoss durch eine Ritze in der Wand und liess die Kerze flattern, ansonsten herrschten Schweigen und Starre. Die Wände und Ecken des Wohnraumes waren in dunkelste Schatten getaucht, während sich auf den Gesichtern der*

*drei Menschen orange und gelbe Feuerzungen widerspiegelten. Anton fischte die Melissenblätter heraus und legte sie beiseite. Barbara würde sie morgen für das kleine Pflegekind nochmals aufbrühen können.*

*«Magdalena, wir kennen dich, seitdem du als unersättlicher Schreihals in unser Haus geschneit bist. Wir waren damals ziemlich überrumpelt von der Situation, war unser Ältester, Arnold, doch nur einige Wochen älter als du. Trotzdem haben wir dich wie unser eigenes Kind behandelt, und du bist und bleibst uns näher als andere Kinder, die wir im Laufe der Jahre bei uns aufgenommen haben.»*

*Magdalena sah in Richtung der Schlafkammer.*

*«Die kleine Christel aus Alpnach hat bei uns Unterschlupf gefunden, da ihr Vater vor einigen Monaten am Fieber starb und ihre Mutter, Gott hab sie beide selig, das Wochenbett nicht überlebt hat.»*

*«Schon wieder eine Tote im Wochenbett.» Magdalenas Tränen begannen erneut zu fliessen, obwohl sie die Eltern des kleinen Mädchens nicht einmal gekannt hatte.*

*Die Eheleute Riebli blickten sich über Magdalenas Kopf hinweg an. Barbara nickte mit dem Kinn in die Richtung ihres Mannes und forderte ihn dazu auf, weiterzusprechen, während sie Magdalenas Hand in die ihre nahm.*

*«Die Hinrichtung der Hebamme heute hat dich anscheinend ganz schön mitgenommen. Hast du zum ersten Mal zugesehen?», fragte Anton.*

*«Nein, Vater hat mich schon hingeschickt, damit wir ein Brot bekamen. Du weisst doch, was ich meine?»*

*«Bei einer Hinrichtung schenkt die Obrigkeit jedem Zuschauer ein Brot, damit möglichst viele kommen. Ich weiss.» Er nickte traurig. «Was aber hat dich denn so erschreckt, wenn es denn nicht die Hinrichtung war? Hast du die Elisabeth Schälly gut gekannt?»*

*Magdalena schüttelte den Kopf, bevor sie erklärte: «Nicht so gut, nein. Wir waren nicht für das gleiche Gebiet zuständig. Sie hat die Frauen nicht besser und nicht schlechter betreut als die anderen Hebammen in der Gegend.» Sie zögerte, sprach dann aber doch weiter. «Ich weiss, dass ich euch vertrauen kann wie sonst niemandem, aber ich möchte eure Familie nicht auch noch ins Unglück stürzen. Es reicht, dass meine Familie wegen meiner Arbeit in Gefahr gerät.»*

*«Was hast du angestellt?» Barbara sprach mit gepresster Stimme.*

*Aber erst als auch Anton nachbohrte, gestand Magdalena. Sie benutze in Fällen äusserster Not das Mutterkorn, um die Blutungen der Gebärenden zu stillen. Sie wisse sehr wohl, dass dies bei Todesstrafe verboten sei, aber sie könne nicht tatenlos zusehen, wie eine Frau verstarb, obwohl es doch eine Möglichkeit gebe, sie zu retten. Zu viele Frauen starben ohne Rettung während der Geburt oder im Wochenbett.*

*«Versteht ihr? Ich kann es mit meinem Gewissen nicht vereinbaren, den Frauen die Hilfe zu verwehren. Das Mutterkorn hilft, ich bin davon absolut überzeugt.»*

*«Erklär uns nochmals, weshalb dieses Mutterkorn verboten ist», forderte Anton sie auf.*

*«Ihr wisst doch, dass auf dem Getreide oftmals längliche Gebilde von schwarzer Farbe zu finden sind.»*

*Die Eheleute nickten ihr zu, sie hiessen die Kinder diese Körner ablesen, bevor sie das Getreide weiterverarbeiteten.*

*Magdalena fuhr fort: «Nun, die Einnahme derselben führt dazu, dass eine schwangere Frau ihre Leibesfrucht verlieren kann. Es hat nicht lange gedauert, bis eben die Hebammen diese Kügelchen zu Abtreibungszwecken bei Frauen in Nöten gebrauchten. Ihr wisst schon, Witwen und Jungfern, die aufgrund der Umstände eigentlich nicht schwanger werden konnten, oder Mütter, die bereits eine grosse Anzahl Kinder zur Welt gebracht und nicht die Kraft oder das Geld für weitere hatten. Der Kirche ist das natürlich ein Dorn im Auge. Das fünfte Gebot, du sollst nicht töten, bezieht sich auch auf die noch ungeborene Leibesfrucht. Nun ist der Gebrauch des Mutterkorns strengstens untersagt, allein der Besitz wird mit dem Tod bestraft. Leider haben die Kirche und die Obersten Herren nicht bedacht, dass Mutterkorn auch ein sehr wirkvolles Hilfsmittel zur Blutstillung ist. Ebenfalls kann die Hebamme damit Wehen auslösen, wenn dies bei einer Geburt erforderlich sein sollte.»*

*«Langsam verstehe ich deine missliche Lage.» Barbara streichelte noch immer Magdalenas Hand. «Du hast wie die Hebamme Elisabeth Schälly das Mutterkorn nicht nur im Besitz, sondern auch schon bei Gebärenden angewandt. Und nun hast du Angst, dass der Scharfrichter dich als Nächste holen wird.»*

*Magdalena winkte ab: «Wenn er mich holen wird, sei es so. Ich habe keine leiblichen Kinder, die von mir abhängig sind. Wenn nicht der Scharfrichter meinem Leben ein Ende setzt, dann irgendein Fieber. Ja, lacht nur über mein Klagen, aber ich meine es ernst. Was ich fürchte, ist meine Schwäche. Ich weiss, dass ich die peinliche Examination nicht ertragen würde. Unter dieser Art von Folter würde auch ich nicht den Schmerzen widerstehen können und den Oberen Herren beichten, was immer sie von mir hören wollten.»*

*«Magdalena, pass auf. Wir wissen, was du meinst, aber die anderen Leute könnten deine Ansicht schnell als Hexen-Gschnorr abtun.»*

*«Aber ich weiss, dass ich mich auf euch verlassen kann. Im Gegensatz zu mir selbst. Die Wahrscheinlichkeit, dass Elisabeth Schälly mich während der Folter als Hexe beschuldigt hat, ist ziemlich gross, üben wir doch die gleiche Tätigkeit aus.»*

*«Aber du weisst das nicht mit Sicherheit.»*

*«Nein, und ich will nicht darauf warten, bis der Scharfrichter mich holt.» Sie stand auf und weinte laut. «Unter der Folter würde ich vielleicht meine Geschwister oder sogar euch des Hexenwerks anklagen.»*

*«Nun beruhige dich erst mal.» Barbara reichte ihr einen weiteren Lappen, damit sie sich schnäuzen konnte. «Wir haben darüber keine Gewissheit.»*

*Anton nickte gemächlich. «Du hast sicherlich recht, dir Sorgen zu machen. In einer deutschen Stadt, ich glaube, es war in der Freien Reichsstadt Köln, wurden vor einigen Jahren alle Hebammen mitsamt ihren Töchtern hingerichtet. Man mag es sich kaum vorstellen, welches Leid dies über die Familien brachte. Die Stadt wollte damit sicherstellen, dass das Wissen um die Verhütung und die Abtreibung der Leibesfrucht erlosch.»*

*Als er in die panischen Augen Magdalenas schaute, fuhr er schnell fort: «Ich könnte mich vorsichtig umhören. Die Ratsherren kommen morgen in die Frühmesse. Sicherlich sprechen sie auch über die Hinrichtung der Hebamme. Die Herren meinen, niemand könne sie in ihren Ratsherrenstühlen in der Kirche hören. Oftmals sitze ich jedoch hinter ihnen und bekomme genau mit, über was oder wen sie debattieren. Aber Fräili, was du da im See vorhattest, kannst du dir gleich aus dem Kopf schlagen.»*

*Magdalena war schockiert über die Art und Weise, wie der Mann mit ihr sprach. Sie fühlte sich noch immer sehr erschöpft und zutiefst verzweifelt.*

*«Jungfer Magdalena Zumstein, du hast gegenüber dem Volk von*

*Sarnen eine Verpflichtung, derer du dich nicht entziehen solltest. Mit der Hebamme Schälly fehlt nun bereits eine Frau, die den Schwangeren und Gebärenden beistehen kann. Was sollen die Frauen machen, wenn auch du fehlst?»*

*Mit diesen Worten standen die Eheleute auf und begaben sich in ihre Schlafkammer. Magdalena hingegen war gänzlich verwirrt, aus diesem Blickwinkel hatte sie die Sache noch nie betrachtet. Zwar hatte sie unter Wasser im letzten Moment begriffen, dass sie keineswegs bereit war zu sterben; dass sie jedoch für andere Leute nicht nur nützlich, sondern auch wichtig war, war eine neue Erfahrung für sie. Magdalena sass die restliche Nacht neben dem glimmenden Feuer und dachte über ihr Leben nach. Sie musste wieder auf die Beine kommen, um den Frauen zu helfen, beschloss sie, auch wenn das bedeutete, dass sie sich selbst in Gefahr damit brachte. Unbedingt jedoch musste sie ihre Berichte über die Geburten aufrechterhalten, denn sie war überzeugt davon, dass eines Tages ein Weg gefunden werden konnte, um die Sterblichkeit der Frauen während und nach den Geburten zu senken.*

## 16

Nach dem ersten Schluck des heissen Getränks stellte sich der junge Archäologe als Marco Meyer, seines Zeichens Weltenreisender und Steinbeisser, vor. Schicht um Schicht entledigte er sich seiner Arbeitskleidung, und Clara begann zu verstehen, weshalb er in der Novemberkälte nicht gefroren hatte. Das Zwiebelprinzip hatte er zusätzlich mit Thermowäsche angewandt, trotzdem schien er froh zu sein, endlich in die Wärme zu kommen. Das Feierabendbier hatte er lachend abgelehnt und lieber einen Apfelpunsch bestellt. Die Hitze beschlug seine rechteckige Brille, und er blinzelte verschmitzt über den oberen Brillenrand hinweg.

Erst jetzt bemerkte Clara, wie Frau Frunz den jungen Mann von oben bis unten musterte. Auf der Holzbank sitzend, die Arme gestreckt vor sich auf dem Tisch die Kaffeetasse haltend, liess sie den Blick über den Körper des Archäologen fahren, bis sie Marcos sich unter dem T-Shirt abzeichnende Oberarmmuskeln genüsslich musterte.

Nur mit der Arbeit eines Archäologen waren diese kaum zustande gekommen, viel wahrscheinlicher war der abendliche Einsatz von Gewichten und Liegestützen. Clara konnte sich ein Grinsen nicht verkneifen, hielt sich aber mit einem Kommentar zurück. Frau Frunz würde diese Nacht bestimmt von einem hübschen Archäologen träumen.

«Wissen Sie schon, wie alt die äh …» Clara überlegte, ob Knochen wohl der korrekte Ausdruck dafür war, immerhin ging es hier um Menschen.

«Marco.» Der Archäologe hielt sein Punschglas in die Höhe und prostete den Frauen zu. «Ich bin mehr für das persönlichere Du.»

Wie es üblich war, stiessen sie an und tranken einen Schluck auf die neu entstandene Freundschaft. Frau Frunz erklärte lachend, dass das Anstossen mit einer Kaffeetasse eine Nouveauté sei, und bestellte daraufhin eine Flasche Tessiner Merlot.

Clara wunderte sich, dass Hanny nicht persönlich die Bestellung entgegennahm, und kramte in ihrer Handtasche nach dem Handy, um ihrer Freundin eine SMS zu schicken: «Wo bist du? Alles i.O.? Sitze im Stybli».

Marco bestellte sich ein gemischtes Faustbrot und wandte sich dann an Clara. «Nun, du kannst durchaus Knochen dazu sagen, ich denke nicht, dass dies pietätlos ist. Wenn es dir lieber ist, dann sag sterbliche Überreste oder Gebeine. Viel wichtiger ist es meiner Meinung nach, dass man damit respektvoll umgeht. Sie nicht achtlos in der Gegend oder in einer Schachtel herumliegen lässt, sondern sich genau überlegt, was man damit macht. Bei dem Fund von der Engenmatt stellt sich die Frage, ob man sie auf dem Friedhof erneut bestatten oder sie einem archäologischen Institut überlassen will.»

Frau Frunz prüfte den Wein mit einem lauten Schmatzen und nickte dann der jungen Serviertochter zufrieden zu. Sie beobachteten, wie die drei Gläser nacheinander gefüllt wurden, bevor alle schweigend die Gläser erhoben. Ihre Worte waren nicht für Auswärtige gedacht, und erst als Nadine sich anschickte, hinter dem Buffet die Gläser zu trocknen, fragte Clara: «Wer entscheidet denn, wie es nun weitergeht?» Sie konnte ihre Nervosität kaum mehr verbergen.

«Das werde wohl ich sein», meinte Frau Frunz. «Natürlich nicht ich allein, sondern gemeinsam mit dem Herrn Pfarrer und dem Archäologenteam. Aber zurück zu deiner Frage, wie alt die Knochen sind. Das interessiert mich ebenfalls brennend. Marco, weisst du schon Genaueres darüber?» Bei den letzten Worten legte sie ihre Hand auf Marcos Unterarm, was diesen nicht sonderlich zu stören schien.

«Ganz genau kann ich es noch nicht sagen, aber drei- bis vierhundert Jahre alt werden sie schon sein. Es ist jedoch auch gut möglich, dass nicht alle Knochen aus derselben Zeit stammen.»

«Lass mich rechnen, dann wurden sie zwischen 1615 und 1715 herum bestattet», murmelte Frau Frunz.

Ein Stein viel Clara vom Herzen. Auch wenn noch nicht feststand, wessen Gebeine nun ausgegraben wurden, war angesichts der Zeitberechnungen immerhin klar, dass ihr Bruder nicht darunter sein würde.

«Ja, das würde in etwa hinkommen», antwortete Marco. «Die Kirche der Engenmatt stammt aus der Mitte des 16. Jahrhunderts, wie die in Stein gemeisselte Inschrift auf dem Torbogen beweist.»

In Claras Hose vibrierte das Handy. Hannys Antwort: «Bin bei Grossmutter. Komme hoch. Bleib. LG».

Clara seufzte leise. Sosehr sie sich auch freute, Hanny zu sehen, so sehr schrie ihr Rücken nach einer heissen Wanne und Ruhe. Sie warf sich eine Schmerztablette ein und beschloss, im Stybli zu warten, bis Hanny aus dem Altersheim zurück war.

Frau Frunz und Marco waren näher gerückt und hatten die Köpfe zusammengesteckt. Leise unterhielten sie sich über die Datierungsmöglicheiten von Knochen, und spätestens beim Ausdruck «Radiokohlenstoff-Datierung» hatte Clara aufgegeben. Als sie dann noch mitbekam, dass ein Zahn oder zwei bis zehn Gramm nicht eingeäscherte Knochen genügten, um deren Alter zu bestimmen, hatte sie genug und erhob sich.

Sie schaute sich im Stybli um und stellte fest, dass Hanny bereits einige kleine, aber wirkungsvolle Änderungen vorgenommen hatte. So war Nadine im Service nicht mehr mit einem unscheinbaren T-Shirt bekleidet, sondern trug eine schlichte weisse Bluse mit dem eingestickten Schriftzug des Styblis auf der Brusttasche. Bestimmt dauerte es nicht mehr lange, und die vergilbten Vorhänge, die von einer raucherfreundlicheren Zeit zeugten, verschwanden im Müll, um einer freundlicheren Variante Platz zu machen. Im Hintergrund hörte sie das Klatschen des Fleischklopfers, und gleichzeitig schlich sich ein betörend leckerer Geruch nach frisch angebratenen Zwiebeln aus der Küche hervor.

«Tschüss, Clara, man sieht sich.»

Clara drehte sich um und bemerkte, dass Marco und Frau Frunz im Begriff waren aufzubrechen. Sie standen auf und zogen sich Schicht um Schicht die Winterkleider über, wobei der Archäologe wesentlich mehr zu tun hatte. Sie winkten Clara zu und verliessen gemeinsam das Lokal. Mit einem Blick auf die Uhr stellte Clara fest, dass doch mehr Zeit vergangen war, als sie gedacht hatte. Es konnte nicht mehr lange dauern, und Hanny würde aufkreuzen.

Aus der Küche war lautes Gepolter zu vernehmen, und Kater flitzte durch die Schwingtür in die Gaststube, wobei er eine dreckige Pfotenspur hinterliess. Da das Stybli bis auf die fleissige Nadine, die nun den Kater von der Eckbank des Stammtisches hob und nach draussen beförderte, und den in der Küche arbeitenden Koch leer war, beschloss Clara, die Gunst der Stunde zu nutzen, um sich in Ruhe in der Gaststube umzusehen.

Eine gerahmte Schwarz-Weiss-Fotografie erregte ihre Aufmerksamkeit. Fünf Personen hatten sich neben und hinter einem kapitalen Sechzehnender postiert, dem einer der Jäger ein Tannenzweiglein in den Mund geschoben hatte. Die Männer trugen allesamt schweres Schuhwerk, Drillichhosen und zumeist karierte Hemden. Clara trat näher an das Bild heran und studierte die Gesichter, ein schwieriges Unterfangen, waren vier der fünf von kräftigen Bärten zugewuchert, trotzdem hatte sie das eigenartige Gefühl, einige der Personen zu kennen. Sie trat einen Schritt zurück und kniff die Augen zusammen, studierte die obere Gesichtshälfte des Mannes im Zentrum. Er stand direkt hinter dem Hirsch, hatte einen Fuss auf dessen Leib gestellt und die Arme in die Seiten gestemmt. Keiner seiner Begleiter vermochte diese Aura der Dominanz zu durchbrechen, sie schienen nur Staffage zu sein für ihn.

Clara erkannte den Mann, obwohl sie ihm nicht sehr oft begegnet war vor seinem Tod. Glois von Matt schien der glückliche Jäger zu sein, der den finalen Schuss auf den Hirsch abgegeben hatte. Am unteren Bildrand hatte jemand mit Kugelschreiber das Jahr 1981 notiert, es jedoch versäumt, die Namen der abgebildeten Personen dazu zu vermerken. Vielleicht war dies bis anhin nicht nötig gewesen, die Einheimischen kannten sich untereinander.

Die Schwingtür zur Gaststube ging auf, und Hanny trat mit roten Wangen ein. Während sie mit der einen Hand versuchte, sich die Jacke auszuziehen, balancierte sie in der anderen ein Tablett voller Kerzendekorationen.

«Hey, du gibst schon wieder Vollgas, kaum dass du da bist», sagte Clara und nahm ihr das Tablett ab, damit Hanny in Ruhe die Jacke ausziehen konnte.

«Niemals leer laufen, das hat mir meine Grossmutter schon früh beigebracht.»

«Sollen diese Kerzen auf die Tische?»

«Ja, bitte immer drei zusammen.»

Clara bemerkte erst jetzt, dass die bis vor einigen Jahren in jeder Schweizer Gaststube noch übliche Menagere auf den Tischen fehlte. Der Gewürzständer mit Salz, Pfeffer und dem unverzichtbaren Aromat hatten im Stybli bis vor Kurzem überlebt, nun schien Hanny ihm doch noch den Garaus gemacht zu haben. Clara stellte die drei unterschiedlich hohen Glasgefässe in die Mitte der Tische und zündete anschliessend die Kerzen darin an. Der Kerzenschein spiegelte sich nicht nur in ihren Glasbehältern, auch auf den nachtdunklen Fensterscheiben tanzten jetzt orange Lichtpunkte.

«Wow, hast du das gewusst?» Clara drehte sich im Kreis und staunte über die Wirkung des Lichtspiels.

«Ich habe es vor einigen Jahren schon einmal zur Sprache gebracht, aber mein Vater wollte diesen Weiberkram, wie er es nannte, nicht im Stybli haben. Die Männer bekämen so noch das Fürchten. Als ob Männer Angst vor stimmungsvoller Atmosphäre hätten!» Hanny kicherte. «Jedenfalls habe ich heute Morgen die Kiste mit diesen gläsernen Kerzenständern aus dem Keller geholt, die Dinger abgestaubt et voilà!» Sie betrachtete stolz ihr Werk.

«Und eine Bedienung hast du auch eingestellt.»

«Nadine ist schon einige Wochen hier. Weisst du, ich will mehr im Hintergrund tätig sein. Die ganze Koordination übernehmen, da brauche ich eine fleissige Hand im Service.»

«So haben wir auch mehr Zeit zum Schwatzen.» Clara stiess Hanny leicht mit dem Ellenbogen in die Seite.

«Das war zwar nicht der Grund, aber eine nette Nebenwirkung. Ich habe jahrelang geackert wie ein Pferd und mir keine Minute Pause gegönnt.»

«Wegen deines Vaters?»

«Ach wo! Der wollte doch, dass ich auf Reisen gehe und was erlebe. Nein, ich hatte einfach das Gefühl, dass die zwei Männer, mein Vater und Valentin, ohne mich nicht zurechtkommen. Als Grossmutter von Matt immer vergesslicher wurde und sich langsam aus dem Geschäft zurückzog, wurde es noch schlimmer. Ich getraute mich kaum, einen Tag freizumachen. Vater und Valentin waren wirklich nicht gut aufeinander zu sprechen.» Sie seufzte. «Genug der trüben Gedanken, was möchtest du essen?»

«Ich habe zu Hause etwas gegessen, aber danke der Nachfrage. Hast du viele Reservierungen für heute Abend?»

Hanny nickte in Richtung der Küche. «Seit der neue Koch hier arbeitet, nehmen die Abendessen wieder zu. Es scheint sich herumzusprechen, dass er Geschick und Talent hat.»

«Oho, dann musst du nett zu ihm sein! Zu guten Leuten muss man Sorge tragen.» Sie ging zu der Fotografie zurück. «Sag mal, dürfte ich mir das Bild für eine Weile ausleihen?»

Hanny runzelte die Stirn und sah Clara unergründlich an.

In der Küche schepperte es, und sie hörten den Koch erneut lautstark über Kater fluchen. Anscheinend war das Tier, nachdem es von Nadine zur Vordertür hinausgelassen worden war, um das ganze Haus herumgerannt und durch das Katzentürchen wieder hineingeschlichen.

«Klar, kein Problem», rief Hanny und verschwand schnell durch die Schwingtür in die Küche.

Clara nahm die Fotografie vom Nagel, verstaute sie in ihrer Handtasche und trat in die dunkle Nacht hinaus. Die Strassenlampen vermochten kaum, den dichten Nebel zu durchdringen, und beleuchteten lediglich den Asphaltbereich direkt unter ihnen, dazwischen herrschte Dunkelheit. Beklemmende Dunkelheit. Ihr Rücken zerrte und zwickte, und in Gedanken malte sie sich bereits das wohltuende Bad aus. Eine Stunde Entspannung mit guter Musik, einem Glas Wein und einem dicken Schmöker würde sie sich gönnen. Ihre Schuhe schmatzten auf dem nassen Asphalt. *Links, rechts, links.* Sie genoss die Regelmässigkeit des Geräusches, das sie selbst verursachte, eine Regularität. Erleichternd vorhersehbar. *Links, rechts, links.* Erneut trat sie aus der Dunkelheit in den immer heller werdenden Schein der Strassenlaterne. Dem Geräusch ihrer Schuhe tat dies keinen Abbruch, das Auditive liess sich vom visuellen Wechsel nicht beeindrucken, behielt seinen sauberen Rhythmus stetig bei. *Links, rechts, links, rechts.*

Den Dorfplatz mit seinem Bruderklausenbrunnen hatte sie längst hinter sich gelassen, als sie in die Hauptstrasse einbog, noch etwa einen halben Kilometer, dann hätte sie ihre Puppenstube erreicht. Im Haus der verstorbenen Martha von Deschwanden zu ihrer Rechten brannte kein Licht, leblos blickten die Fenster, Augen des Hauses, auf die Strasse. Vor der Haustür flackerte eine Kerze in einer Grablaterne. Ein Wunder, dass sie bei dieser feuchten Kälte noch nicht ausgegangen war. Ein Armeseelenlicht für eine Arme Seele. Die alte Frau musste von ihrem Mörder in der eigenen Küche überrascht worden sein, so viel hatte die Polizei durchblicken lassen. Weder war die Haustür aufgebrochen noch ein Fenster eingeschlagen worden. Entweder hatte Martha den Täter selbst eingelassen, oder er hatte einen eigenen Schlüssel.

Clara erschauerte und musste sich dazu zwingen, geradeaus zu blicken. In beiden Fällen würde dies bedeuten, dass der Täter ein Einheimischer war oder zumindest eine Person, die Martha von Deschwanden nahestand. Sie hätte niemals eine fremde Person ins Haus gelassen, Hausierer hatte sie stets durch das Fenster abgewiegelt. Diese nach oben in den ersten Stock zu bitten, wo sich die Küche befand, wäre bestimmt nicht in Frage gekommen. Clara bemerkte, dass sie unbewusst den beruhigenden Schrittrhythmus verlassen hatte. *Links, rechts.*

Mach dich nicht verrückt, Clara, zu deiner Puppenstube hat der Täter sicher keinen Schlüssel.

Oder doch? Wie konnte sie sich da so sicher sein? Sie wusste schliesslich nicht, wie zuverlässig der Vermieter mit den Schlüsseln haushaltete. War nicht erst vor Kurzem bei ihr eingebrochen worden, ohne dass das Türschloss geknackt worden war?

Ihre Schuhe klatschten unregelmässig und viel schneller auf den Asphalt. Nur weg von diesem Todeshaus, dachte sie. Wieder trat sie aus dem Licht der Strassenlaterne in die Dunkelheit, die sie gänzlich einhüllte und in die Irre zu führen suchte.

Ein lautes Quietschen liess sie erstarren, Lichter blendeten ihre Augen, und über ihr Gesicht rauschte ein scharfer Wind. Bevor sie begreifen konnte, was geschah, war das Auto an ihr vorbeigerast. Einige Meter weiter bremste es scharf, legte den

Rückwärtsgang ein. Die gleissenden Lichter richteten sich auf Clara. Der Autofahrer liess den Motor aufheulen. Die Tür des Nachbarhauses ging auf, und jemand rief nach seiner Katze. Unvermittelt wechselte der Fahrer erneut den Gang und fuhr schnell davon.

Claras Knie wurden weich, und nichts wäre ihr lieber gewesen, als auf den Boden zu sinken und den Kopf in die verschränkten Arme zu betten. Nur ein klein wenig rasten. Zumindest bis der Herzschlag sich beruhigt hatte und sie wieder einen klaren Gedanken fassen konnte. Nein, sie durfte nicht hier, mitten auf der Strasse, stehen bleiben, das war zu gefährlich. Wie hatte ihr dies nur passieren können? Anscheinend hatte sie in der Dunkelheit die Orientierung verloren und war vom Trottoir runter auf die Strasse gelaufen. Sie zwang sich zur Ordnung, so schwer ihr das auch fiel, schluckte den Kloss im Hals hinunter, befahl ihren Beinen, vorwärtszugehen. Um sich von der immer noch lähmenden Angst abzulenken, schalt sie lauthals sich selbst, bis sie plötzlich begriff, was tatsächlich geschehen war. Der Fahrer war mit Absicht auf sie zugefahren, und als er sie verfehlte, hatte er abgebremst. Vielleicht hatte er den Rückwärtsgang eingelegt, um einen zweiten Versuch zu starten, als die Frau nach ihrer Katze zu rufen begann. Zu spät realisierte Clara, dass sie sich Fahrzeugtyp und Autonummer hätte merken sollen.

Zu Hause verspürte sie keine Lust mehr auf die gemütliche Wanne, im Gegenteil. Ihr Körper schwamm im Adrenalin, und sie hätte Holzbalken entzweischlagen mögen, Mauern einreissen, Berge versetzen. Es spielte keine Rolle, was, Hauptsache, sie konnte die angestaute Energie loswerden. Auf keinen Fall würde sie ihre Laufschuhe anziehen, um in der Dunkelheit Kilometer um Kilometer abzuspulen. Keine zehn Pferde brächten sie noch einmal hinaus! Sie tat, was sie in solchen Fällen zu tun pflegte, schenkte sich einen gehörigen Dalwhiny ein, setzte den Kopfhörer auf und hörte harte, bassschwere Musik. Der schottische Whisky wärmte von innen, und sie beruhigte sich langsam. So ausgerüstet setzte sie sich an ihren Arbeitstisch und legte die zwei gefundenen Puppen sowie die Fotografie aus dem Stybli vor sich hin und vergass für die folgenden zwei Stunden ihre Umgebung.

Ihre Ohren begannen schmerzhaft zu ziehen, und Clara war gezwungen, die Lautstärke leiser zu drehen. Sofort wurde die Musik von einem lauten Rauschen unterlegt. Ja, sie wusste ganz genau, dass sie wieder einmal zu weit gegangen war und die Musik zu laut eingestellt hatte, aber wie eine Süchtige brauchte sie von Zeit zu Zeit das Ausloten der Grenzen.

Wie weit konnte sie gehen? Wie lange konnte sie die Musik in dieser Lautstärke aushalten, ohne einen bleibenden Hörschaden anzurichten? Wie lange würde sie das Versteckspiel in der Engenmatt noch aufrechterhalten können, bevor ihre wahre Identität ans Tageslicht kam und der Täter auch in ihr eine Bedrohung sah? Wie lange würde sie das Spiel mit dem Feuer beherrschen, ohne sich dabei die Finger zu verbrennen?

Es kam mit Sicherheit der Moment, in dem sie zu weit ging und die Konsequenzen wohl oder übel akzeptieren musste. Clara war bereit, dieses Risiko auf sich zu nehmen, zu lange schon hatte sie in dieser quälenden Ungewissheit, in der Stille des Ungesagten verharrt.

Ihre Mutter und ihr Stiefvater hatten keine Frage nach der Engenmatt, dem leiblichen Vater, ja sogar nach dem verschwundenen Bruder beantwortet. Clara fühlte sich von ihren Eltern hintergangen. Die Schmach, nicht in das Geheimnis eingeweiht worden zu sein, brannte stark in ihrem Herzen. Ein Geheimnis, das immerhin ihre Existenz betraf. Streng auf den Platz des unwissenden Kindes verwiesen, schwelte in ihr ein glühendes Verlangen nach Aufklärung. Den Namen ihres Vaters kannte sie sehr wohl, darüber hinaus jedoch hatte ihre Mutter beharrlich geschwiegen, kein einziges Wort über die Engenmatt und die dort verbrachten Lebensjahre.

Und nun, endlich, hatte sie einen Faden gefunden, den sie hoffentlich würde aufwickeln können, bis sie schlussendlich das Knäuel ihrer ersten Kinderjahre in den Händen hielt. Sie zog die Stecker aus ihren Ohrmuscheln, richtete die Arbeitslampe sauber aus und schob die Fotografie vor sich hin. Ein beunruhigend lautes Pfeifen hallte in ihren Ohren nach.

Die Personen auf der Fotografie blickten sie auffordernd an. Drei Männer hinter und je einer links und rechts neben einem erlegten Hirsch. Den Mann ganz links hatte sie sofort als ihren eigenen Vater erkannt, dessen Fotografie jahrelang auf ihrem Nachttisch gestanden hatte. Im Zentrum des Bildes herrschte der Stybli Glois. Sowohl seine Körperhaltung als auch sein Gesichtsausdruck, sofern man diesen unter dem dichten Bartwuchs überhaupt erkennen konnte, drückten pure Dominanz aus. Der Platzhirsch hatte seinen Gegner besiegt. Rechts neben dem Tier vermeinte sie, unter der Hutkrempe ein ihr bekanntes Augenpaar zu erkennen, aber auch hier wurde der Rest des Gesichtes von einem Bart bedeckt. Was hatten denn die Männer damals bloss mit ihren Bärten?

Blindlings griff sie in die zweite Schublade und förderte eine grosse Lupe hervor, mit deren Hilfe sie ansonsten die kleinsten Puppengelenke reparierte. Durch die Lupe blickte ihr plötzlich der Kirchensigrist entgegen. Es gab keinen Zweifel mehr, sie hatte ihn trotz Bart und Hut erkannt. Arnold von Deschwanden, Bruder der getöteten Martha von Deschwanden, war ein Jägerkollege vom Stybli Glois gewesen. Sie überlegte, ob dieses Wissen sie in ihrer Suche weiterbrachte, kam aber auf kein schlüssiges Ergebnis. Hier waren einfach fünf Männer aus dem gleichen Quartier abgebildet, die gemeinsam auf die Jagd gegangen waren und einen Hirsch erlegt hatte.

Sie stand auf und trat ans Fenster, durch das sie nichts als undurchdringbare Schwärze ausmachte. Sie verspürte keine Lust, das Fenster zu öffnen, sich nach draussen zu beugen, um die hölzernen Fensterläden zuzuziehen und den Riegel einzuhaken. Abrupt drehte sie sich um, verliess ihre Puppenstube, um sich für die Nacht bereit zu machen. Zehn Minuten später stand sie frisch geduscht in langem Shirt und Shorts vor dem Lavabo und putzte sich die Zähne. Die Augen schon fast geschlossen, die Beine vor Müdigkeit schwer. Nicht mehr lange und sie läge im Bett. Das Kopfkissen rief, nein, schrie nach ihr, und diesem Wunsch kam sie nur zu gern nach.

Klack!

Nein, das durfte einfach nicht wahr sein. Sie spuckte die Zahnpasta ins Becken und spülte sich den Mund mit Wasser aus.

Klack. Tatsächlich, sie hatte sich das Geräusch nicht eingebildet. Klack.

«Himmel, Arsch und Zwirn, schmeiss mir doch eine Scheibe ein!» Sauer, da sie sich um ihren Schlaf gebracht fühlte, stampfte sie in ihr Arbeitszimmer, von wo das Geräusch herkam. «Bin ich denn ein Vierundzwanzig-Stunden-Betrieb? Wenn ich mir selbst die Nacht um die Ohren schlage, heisst das noch lange nicht, dass andere dasselbe mit mir machen können.»

Klack. Sie beeilte sich, das Fenster zu öffnen, bevor es tatsächlich noch zu Bruch ging, und schaute hinaus. Valentin stand im Hof und nickte zu ihr hoch.

«Ich mach auf», sagte sie mit einem heiseren Flüstern, schloss das Fenster und ging in den Flur, um den Türöffner zu betätigen. Mit verschränkten Armen wartete sie, bis Valentin die Treppe zu ihr hochgestiegen war. Als sie sein verkniffenes Lächeln sah, überlegte sie sich immer noch, die geplante Schimpftirade loszulassen. Nervös stand er vor ihr, die Augen blickten ruhelos. Ihre Wut verrauchte sofort. Sie winkte ihn in die Küche und setzte Wasser auf, dann suchte sie im Badezimmer ein sauberes Handtuch heraus, damit er sich die nassen Haare trocknen konnte.

«Ist es heute Abend schwierig?»

Ein quälendes Nicken war die Antwort. Schweigend warteten sie, bis das Wasser kochte und Clara die zwei Becher eingefüllt und mit Teebeuteln versehen hatte. Auch für eine leidenschaftliche Kaffeetrinkerin gab es eine Zeit, in der sie Tee den Vorzug gab.

«Stattest du mir einen Höflichkeitsbesuch ab, oder hast du was auf dem Herzen?» Sie schlürfte etwas Tee, zuckte aber sogleich zurück, weil er noch zu heiss war. «Entschuldige, aber es ist einfach zu spät für Höflichkeiten, und ich bin hundemüde.»

Valentin streckte Daumen und Zeigefinger in die Luft.

«Das zweite also. Du hast ein Problem?»

Valentin winkte ab und tippte mit dem Zeigefinger der linken Hand auf die zwei ausgestreckten Finger.

«Zwei.»

Valentin nickte.

«Ach, du meinst beides. Ein Höflichkeitsbesuch und dass ein Problem aufgetaucht ist?»

Er kratzte sich am Hinterkopf, überlegte, wie er sich verständlich machen konnte.

Auf einmal sprang er auf, eilte in den Flur, schnappte sich Claras Handtasche und stürmte dann weiter in die Puppenstube. Mit Gegenständen in beiden Armen kam er zurück in die Küche. Er suchte in ihrer Handtasche nach dem Portemonnaie und darin wiederum nach der Fotografie aus Claras Kindheit. Sorgfältig legte er das Bild auf den Küchentisch, bevor er die Fotografie mit den fünf Jägern danebenlegte. Da er nicht gewusst haben konnte, dass Clara im Besitz dieses Bildes war, musste er sich spontan dazu entschlossen haben, ihm ebenfalls eine Bedeutung beizumessen. Etwas umständlich platzierte er die Puppen mit ihren schrecklichen Malen aus Klebeband ebenfalls auf dem Tisch, und Clara staunte nicht schlecht, als er auch das zarte Taufkleid zutage förderte und an einem Kleiderbügel an den Kühlschrankgriff hängte.

Clara betrachtete die Gegenstände und versuchte zu verstehen, wie dies alles zusammenhing. Die Frage war nur, wie.

Valentin haute mit der Faust auf das Jägerbild, und Clara erschrak heftig. Erneut deutete Valentin auf die Jäger, liess seinen Zeigefinger jedoch ungenau über allen fünf Köpfen kreisen.

«Die Jäger sind es, die uns weiterhelfen können? Ist es das, was du meinst, Valentin? Hast du dich endlich erinnert? Die Jäger können mir helfen, meinen Bruder zu finden?»

Valentin schüttelte vehement den Kopf, und ein gefährliches Knurren drang aus seiner Kehle.

Clara fühlte sich auf einmal unsicher und befangen. Was versuchte er ihr mitzuteilen? Verdammt, er hatte doch so gute Fortschritte gemacht, weshalb war er wieder komplett in seiner Stummheit gefangen?

«Die Männer können uns also nicht helfen. Was willst du mir sagen, Valentin?» Clara umschloss sein Gesicht mit beiden Händen und blies behutsam auf seinen Mund. «Ich versuche doch zu verstehen, ich bemühe mich, Valentin. Aber hab Geduld mit mir, ich kenne die Engenmatt nicht so gut wie du.»

Ihre Lippen näherten sich den seinen, und bevor sie sich berührten, stöhnte Valentin gequält ein einziges Wort: «Mörder!»

Valentin war nicht bei ihr geblieben in dieser Nacht, sondern nach dem einen Wort sofort verschwunden. Er hatte das Weite gesucht, als ob der Leibhaftige hinter ihm her wäre. Der Schleier des Vergessens begann sich zu heben, und Valentin schien sich an immer mehr Details der Nacht zu erinnern.

Clara hätte es nicht für möglich gehalten, dass sie nach dieser Aufregung überhaupt Schlaf finden würde, aber sie hatte sich ins Bett gelegt, war sogleich eingeschlafen und erst zehn Stunden später wie gerädert erwacht. Das Messer drehte sich tiefer in ihren Rücken, zerschnitt ihre Innereien vom Unterleib her, hoch durch den Magen, die Lunge, das Herz bis zu ihrer Kehle. Irgendwann schaffte sie es, von Übelkeit geplagt, aufzustehen. Unter einer heissen Dusche entspannten sich ihre verkrampften Muskeln, und zwei Espressi und eine Pille später war sie so weit wiederhergestellt, dem Alltag gegenüberzutreten. In Gedanken versunken betrachtete sie die Gegenstände, die Valentin auf dem Küchentisch ausgelegt hatte, gleichzeitig wanderte ihre Hand zum Mund, und sie versuchte sich den ausgebliebenen Kuss vorzustellen.

Claras Blick wurde von der Jägerfotografie angezogen. Den Stybli Glois konnte sie nicht mehr um Hilfe bitten, aber bei Arnold hatte sie einen Stein im Brett, seitdem sie zwischen ihm und Frau Frunz von der Denkmalpflege vermittelt hatte. Immerhin hatte er Clara als Einheimische betitelt, folglich konnte er ihr gegenüber nicht allzu verschlossen sein. Froh, einen Plan zu haben, nahm sie das Tageswerk in ihrer Puppenstube in Angriff und plante, Arnold nach den anderen Männern auf der Fotografie zu fragen.

***

Schwer bepackt schritt Valentin die Endlose Strasse entlang zu seinem Rückzugsort oberhalb der Engenmatt, um dort die Ereignisse der letzten Tage zu überdenken. So viele Erinnerungen waren zurückgekehrt und hatten eine Flut von Erkenntnissen nach sich gezogen. Valentin blickte nach unten und staunte über die dunkle Farbe des Sarnersees, der unruhig und aufgewühlt wirkte.

Valentin kickte einen Kieselstein vor sich her und schulterte das Gewicht des Rucksacks neu. Er brannte darauf, die Wahrheit über die Geschehnisse von jener Nacht zu erfahren, zugleich fürchtete er sich davor. Ein Kolkrabe, schwarz wie die Nacht, drehte seine Runden auf der Suche nach einer Maus. Ein genügsamer Vogel, dachte Valentin. Man konnte wirklich nicht behaupten, dass er wählerisch bei der Nahrungssuche war. Mäuse, tot oder lebendig, zierten seinen Speiseplan genauso wie Regenwürmer, Nüsse und menschliche Nahrungsabfälle. Einen Augenblick liess Valentin sich verleiten, dem Tier im Flug zuzuschauen. Noch vor siebzig Jahren war der Kolkrabe vom Aussterben bedroht, weil die Menschen ihm die haarsträubendsten Attribute anhängten. Er greife Lämmer an, verzehre all den kostbaren Mais und sei ein Unglücks-, ja der Todesbote schlechthin. Ein abscheulicher Galgenvogel sei er, der die am Galgen baumelnden Leichen schände. Valentin mochte den Kolkraben nicht, sein Schreien löste in ihm grosses Unbehagen aus.

*Hoppe, hoppe, Reiter, wenn er fällt, dann schreit er*, begann Valentin zu summen und dachte mit einem Lächeln an Grossmutter Hedwig, die ihn zu diesem Kinderliedchen auf den Knien wippen liess, *fällt er in den Graben, dann fressen ihn die Raben*. Mit diesen Worten hatte sie sich nach vorn gebeugt und das Kind leicht hinunterfallen lassen. Valentin erinnerte sich noch gut an das Kitzeln im Magen. Der Rabe verschwand mit einem leisen Krächzen hinter den Bäumen.

Die Endlose war keineswegs eine trostlose Strasse, wie ihr Name vermuten liess. Sie führte von der wichtigen Wilerstrasse in unzähligen Windungen hoch zur Stalderstrasse. Valentin hatte es bislang nicht geschafft, jede der vielen abzweigenden Nebenstrassen, die allesamt ins Nirgendwo führten, abzulaufen. Es schien, als ob jede Wiese, jeder Gadä von der Endlosen mit dem Rest der Welt verbunden wurde. Genau hier, zwischen diesen zwei Strassen, lag das Engenmatt-Quartier. Die Endlose Strasse gab den Engenmattern die Gelegenheit, mittels Schleichwegen den Berg hoch oder runter zum See zu gelangen.

Valentins Magen verlangte knurrend sein Abendessen oder wenigstens ein Stück Brot oder einen Apfel, aber er würde nicht hier am Strassenrand eine Pause einlegen und etwas essen. Nein, der Hunger musste warten, zuerst wollte er den steilen Weg hinter sich bringen. Danach wollte er in seiner Höhle eine Kleinigkeit essen und dazu ein Bier trinken. Sein Atem bildete dicke Wolken vor dem Mund, und die kalte Luft brannte scharf in seiner Lunge, obwohl er Wind und Wetter sowie das zügige Marschieren seit seiner Kindheit gewohnt war. Valentin konnte sich nicht erklären, weshalb er sich heute so schwach fühlte, normalerweise strotzte er vor Gesundheit.

Weiter, alter Mann, nicht schlappmachen, sonst wirst du nie ankommen, versuchte er sich selbst anzuspornen.

Am Strassenrand erblickte er Baumnüsse, die allmählich verrotteten. Der eigentümliche Geruch nach Nuss und feuchtem Laub drang in seine Nase, nicht unangenehm, wenn man von der modrigen Nebennote absah. Seine Nase lief stetig, und mittlerweile verzichtete er darauf, immer wieder in ein Taschentuch zu schnäuzen, der Ärmel tat es auch.

Sieht ja niemand. Seufzend blickte er den Berg hinauf und rechnete aus, dass er noch gut und gern zwanzig Minuten Marschzeit vor sich hatte, bei dem gemächlichen Tempo, das er heute anzuschlagen gezwungen war. Seine Beine waren schwer wie Blei, und die Versuchung war gross, sich hinzusetzen und ein wenig auszuruhen. Heftig nach Luft schnappend, die Hände auf den Knien aufgestützt, lehnte er sich an einen Stein und überlegte, weshalb er so kraftlos war. Mühsam stemmte sich Valentin von der Mauer hoch, schulterte den Rucksack und setzte langsam einen Fuss vor den anderen. Schneller ging es nicht. Er schlurfte wie eine alte Jungfer, kam kaum vom Fleck, fühlte sich müde, so müde.

Weiter geht's, sonst ist es dunkel, bis du oben bist, versuchte er sich zu motivieren. Seufzend verzichtete er darauf, sich erneut hinzusetzen, putzte mit dem Ärmel die Nase und gab sich einen Ruck. In seinem Kopf breitete sich das Fieber weiter aus.

Kra, kra, hörte er über sich den Kolkraben. Wie er dieses Federvieh hasste! Seit er ein kleiner Junge war, tauchte es immer dann auf, wenn Gefahr im Anzug war.

Gehen, ich muss gehen, immer weiter, nicht stehen bleiben, immer weiter. *Fällt er in den Graben, fressen ihn die Raben.* Das Fieber liess einen kalten Schauer über seinen Rücken gleiten. *Fressen ihn die Raben.* Grau, alles ist grau. In meinem Kopf die gleiche Farbe wie der See, der Nebel, ja sogar der Reif auf dem dürren Grashalm ist grau.

Dunkle Augen in einem ansonsten fahlen Gesicht verfolgten seine Bewegungen, begleiteten ihn die letzten Meter hinauf. Gegenüber, hinter dem Haselstrauch versteckt, glänzte im letzten Tageslicht eine Stirn, weiss wie jungfräulicher Schnee. Der Galgenvogel krächzte von der Tanne herunter. *Fällt er in den Graben, fressen ihn die Raben.* Er schleppte sich mit letzter Kraft weiter.

Der verdammte Schädel wird gleich platzen. Egal, denk nicht darüber nach und geh weiter, du Schlappschwanz. Hier, diese Kurve noch, dann ist die Steigung nicht mehr so happig, und es geht einfacher. Kra, kra, das Federvieh soll seinen verfluchten Schnabel halten. Schmerz, Herrgott noch mal, ist ja schon gut, ich werde nicht mehr denken. Nicht stehen bleiben, immer weiter, diese Böschung noch. *Fressen ihn die Raben.* Hier, ich sehe schon die Tanne, weiter, weiter, Dammisiech! Wieso sehe ich fast nichts mehr, mein Kopf platzt, ich spüre meine Füsse nicht mehr, weiter, weiter. *Fressen ihn die Raben.* Noch einen Schritt, nur noch einen, und dann bin ich am Eingang der Höhle. Der Rucksack ist zu schwer. Meine Beine können mich nicht mehr tragen, nur eine kurze Pause, dann nichts wie hinein in die Höhle und schlafen. Mein Kopf pocht, im «Gleichschritt, Marsch» mit dem Takt des Herzens.

Was war das? Teufel noch mal, was war das? Etwas hat mich gestreift! Irgendetwas hat mich an der Wange berührt, ich kann es immer noch spüren. Ganz fein nur und dann ein Luftstrom und der scharfe Gestank nach altem Fleisch. Aas! *Und fällt er in den Graben, fressen ihn die Raben.* Ich muss hinein, hinein in den Berg, er wird mich schützen.

Der Blackvogel ist es, der mich sucht. Da! Schon kommt er

wieder über die Tannenwipfel auf mich zu. Seine Schwingen sind gewaltig, ein Schweben und Gleiten. Der Tod in luftiger Höhe! Ich hab keine Kraft, meinen Kopf zu schützen, die Arme wiegen tonnenschwer. Sie sind mit dem Boden verwachsen, lassen sich nicht heben. Mein Kopf! Das war es dann also. Der Blackvogel kommt näher, ich kann schon seinen fauligen Atem riechen, ich recke ihm meine Brust entgegen. Nimm. *Und fällt er in den Graben, fressen ihn die Raben.*

# 17

Den ganzen Nachmittag hatte sich Clara in ihrer Puppenstube verschanzt, um einem besonders geplagten Puppenkind die Elaste an den Hüft- und Kniegelenken zu ersetzen, was zwar eine knifflige Fingerarbeit, aber nicht besonders anspruchsvoll war. Sie überlegte, wie sie das zerkratze Celluloid behandeln sollte, damit die Puppe wieder im alten Glanz erstrahlte, als sie vom Piepen einer eingegangenen Nachricht auf ihrem Handy abgelenkt wurde. Die zwei Worte liessen ihr das Herz in der Brust gefrieren.

«Hilf mir!!!», hatte Hanny ihr mit drei Ausrufezeichen gesendet. Sofort schrieb Clara zurück, mit der Bitte um mehr Informationen. Da Hanny nicht antwortete, wählte sie deren Nummer, wurde aber zu ihrem Leidwesen nach einigen Klingeltönen aufgefordert, eine Nachricht auf der Mailbox zu hinterlassen.

Es musste etwas passiert sein, was es Hanny unmöglich machte, das Telefon zu bedienen. Wenigstens hatte sie es geschafft, den Notruf zu senden.

Sofort tauchten die Bilder der zerstörten Puppenstube vor ihrem inneren Auge auf. Auch an den mysteriösen Autofahrer, der sie in der Nacht überfahren wollte, musste sie denken. Der Schreck steckte ihr noch immer in den Knochen. Natürlich stand dies in keinem Verhältnis zum Mord an Martha von Deschwanden, aber der Einbruch in ihre Wohnung und der nur durch ihre guten Reflexe glimpflich ausgegangene Unfall waren nicht spurlos an ihr vorbeigegangen. Sie fühlte sich beobachtet und war deswegen nervös. Der Täter war nicht in irgendeine Wohnung eingebrochen und hatte auch nicht wahllos einen Fussgänger anfahren wollen, nein, er oder sie hatte sich gezielt Clara als Opfer ausgewählt.

Schleunigst schlüpfte sie in Mantel und Stiefel, stülpte eine Mütze über ihre strähnigen Haare und erhaschte einen schnellen Blick in den Garderobenspiegel. Ihre Augen lagen in schattigen Höhlen, und sie müsste viel Zeit investieren, um wenigstens ein bisschen Farbe in ihr fahles Gesicht zu bringen. Mit einem Seufzen stellte sie fest, dass sie schon frischer und ja, auch jünger ausgesehen hatte. Ohne sich weiter um ihr Aussehen zu kümmern, lief sie die Treppe hinunter. Erst im Erdgeschoss fiel ihr ein, dass sie schon wieder vergessen hatte, die Wohnungstür abzuschliessen. Egal, sie wollte so schnell wie möglich zu Hanny. Während sie die schwere Haustür aufstiess, wählte sie erneut Hannys Nummer. Keine Chance, ihre Freundin reagierte nicht auf den Anruf.

Clara rannte über den Parkplatz, und die schlimmsten Vorstellungen drängten sich in ihr adrenalindurchflutetes Gehirn. Hanny, in einer Blutlache liegend. Hanny, mit blauer Haut, eingeschlossen im Kühlraum. Hanny mit Blinddarm, Herzinfarkt, Brandwunden. Unvorstellbar, was einem Menschen widerfahren konnte. Es würde viel zu lange dauern, den Autoschlüssel in dem Ungetüm von Handtasche zu finden. Vielleicht hatte sie ihn auch in ihrer Wohnung liegen lassen.

So beschloss Clara, die Strasse hinunterzurennen. Ihre Ledersohlen fanden keinen Halt auf dem nassen Asphalt, und mehr als einmal schlitterte sie über eine vereiste Pfütze. An der Hauptstrasse bog sie nach rechts ab und konnte einige hundert Meter vor sich bereits den auf dem Brunnen thronenden Bruder Klaus ausmachen. In ihrer Lunge brannte die kalte Luft, und nicht zum ersten Mal in ihrem Leben beschloss sie, ab sofort mehr Sport zu treiben. Mit jedem Schritt, den sie auf dem Boden aufsetzte, begann das Messer in ihrem Rücken seine Drehzahl zu erhöhen. Wenn der Rücken nur durchhielte, bis sie bei Hanny war! Sie erreichte mit pumpenden Lungenflügeln den Dorfplatz, rannte am Brunnen vorbei und rammte mit voller Wucht in die verschlossene Eingangstür des Styblis. Der Rückstoss liess sie nach hinten schnellen, und unsanft landete sie mit ihrem Hintern auf der feuchten Fussmatte.

Geschlossen, das Stybli war geschlossen. Ächzend rappelte sie sich auf, rieb sich den schmerzenden Gesässmuskel und humpelte so schnell es ging der Hausmauer entlang zur Hintertür.

Hoffentlich ist sie nicht auch verschlossen, dachte Clara, bevor sie ihre Finger auf die Klinke legte. Langsam drückte sie diese nach unten, und mit einem leisen Klick öffnete sich die Tür. Gott sei Dank!

«Hanny, hallo?», rief sie in den Vorraum hinein.

Stille, nichts als Stille. Sie schritt zur Küche, öffnete auch hier die Tür, erblickte jedoch nur einen blitzblank sauber aufgeräumten Raum, von Hanny keine Spur. Das gleiche Bild bot sich in der Gaststube. Keine Menschenseele zu sehen. Das Stybli erholte sich nach dem Mittagsservice, um gegen Abend die ersten Gäste wieder zum Apéro zu begrüssen.

«Hanny?» Clara registrierte erstaunt, dass sie nur mehr zu flüstern wagte. Was, wenn jemand Hanny in seiner Gewalt hielt? Ihre Knie wurden weich, und die Versuchung, sich auf einen der Restaurantstühle zu setzen, war gross, aber Clara schluckte den Kloss in ihrer Kehle hinunter.

Kater kam aus der Küche auf sie zugetänzelt, den Schwanz hocherhoben und keineswegs beunruhigt.

«Na, du König!» Sie kraulte ihn hinter den Ohren. «Man sagt doch immer, Katzen warnen ihre Besitzer vor dem Bösen. So, wie du dich verhältst, muss alles in bester Ordnung sein. Andererseits bist du nicht wirklich eine treue Seele, nicht wahr?» Sie stand auf und ging hinter Kater zurück in die Küche, wo sich das Tier erwartungsvoll vor seinen Fressnapf setzte.

«Keine Chance, mein Lieber. Zuerst suchen wir dein Frauchen.» Clara ging zurück in den Vorraum und rief nochmals nach Hanny.

Kater miaute empört und veranstaltete ein grosses Theater vor Claras Füssen, um ihr zu versichern, dass er tatsächlich kurz vor dem Hungertod stand und sie für immer und ewig seine Freundin sein würde, wenn er denn endlich etwas zu fressen bekäme.

«Sei still, du Mistvieh!», herrschte sie ihn an, aber Kater fuhr fort, lautstark sein Recht einzufordern, bis Clara mit ihrer Hand unter seinen Bauch fasste, die Hintertür öffnete und das Tier kurzerhand nach draussen beförderte. Sein Fauchen und Reklamieren war zwar noch immer zu hören, jedoch konnte Clara nun eine weitere Stimme ausmachen.

«Hanny, bist du das?»

Ein lautes Stöhnen antwortete ihr vom oberen Stockwerk.

Clara rannte die Treppe hoch, nahm jeweils zwei Stufen auf einmal und stand kurz darauf in Hannys Wohnung. «Was ist los? Ich bin so schnell gekommen, wie ich konnte!»

«Hilfe, du musst mir helfen.» Hannys jammernde Stimme drang aus dem Badezimmer.

Clara stiess die Tür auf und sah Hanny auf dem Boden sitzend, das Gesicht verheult, die langen Haare in einem Gewittersturm vom Kopf abstehend. Glätteisen, Haarwickler, Bürsten und Haarföhn auf dem Boden verstreut. Der Geruch nach verbrannten Haaren stach Clara in die Nase.

«Du willst mir jetzt aber nicht weismachen, dass ich mich wegen eines Haarproblems fast zu Tode gehetzt habe?»

«Oh.»

«Ja, oh!» Clara liess sich neben Hanny auf den gekachelten Boden sinken, zog ihren Wintermantel aus und versuchte, ihre Fassung wiederzuerlangen. «Sorry, Hanny, aber du bist ein Oberhuhn!»

Hanny blieb still sitzen und versuchte weiterhin, die in ihren Haaren verwickelten Lockenwickler herauszufingern.

«Weshalb hast du nicht auf meine Rückrufe reagiert?»

«Oh, du hast zurückgerufen?» Hanny streckte ihren Arm aus, um ihr Handy auf dem Lavabo zu erreichen, und nach einem kurzen Blick auf das Display antwortete sie: «Tatsächlich. Wenn ich gewusst hätte, dass ich dich so in Panik versetze, hätte ich meine Worte sorgfältiger gewählt. Ich habe dir die SMS geschrieben und es dann doch nicht mehr ausgehalten, auf dich zu warten. Jedes Mal, wenn ich mich im Spiegel anschaue, bekomme ich einen Schreikrampf. Dabei hat mir die Coiffeuse ausdrücklich zu einem Glätteisen geraten. Siehst du? Hier sind meine Haare total verbrannt wegen diesem Scheissding.» Sie hielt Clara das Gerät vor die Nase. «Da habe ich die Haare sofort nochmals ausgespült, um zu retten, was zu retten ist. Dann wollte ich die verbrannten Stellen mit den Locken überdecken, aber auch das hat nicht funktioniert, wie du siehst.»

Mit einem Seufzer kniete sich Clara hinter Hanny hin. «Zeig mal her.» Sie versuchte, einen Wickler herauszudrehen. «Wie hast du denn das geschafft? Wenn ich schon mal da bin, dann kann ich das ganze Desaster auch gleich in Ordnung bringen.»

«Hey, ich hoffe, du weisst, was du tust.»

«Okay, Schätzchen, viel schlimmer als jetzt wirst du nach meinem Versuch nicht aussehen.»

Hanny strich sich durch die Haare und besah sich die zerstörte Haarpracht nochmals im Spiegel. «Nun gut, aber wir machen das nicht auf dem Boden. Warte hier, ich hole einen Stuhl aus der Küche.»

«Und bring gleich eine Flasche Wein mit, auf diesen Schrecken hin brauche ich etwas, um meine Nerven zu beruhigen.» Clara stand ebenfalls auf. «Du hast mich mit deiner SMS auf dem falschen Fuss erwischt. Ich muss wohl ein bisschen überspannt sein, wenn ich gleich das Schlimmste annehme.»

Hanny schleppte nicht nur einen Hocker aus der Küche an, sondern auch eine Flasche Rotwein, zwei Gläser und die Dockingstation für ihr Handy.

«Wenn schon die Haare ab müssen, dann bitt' schön mit Stil.» Sie wählte leichte Jazzmusik, passte die Laustärke an und goss danach den Wein in die Gläser. «Zum Wohl.»

Auf Claras Gesicht schlich sich ein Lächeln, die Spannung fiel langsam von ihr ab. «Zum Wohl, Oberhuhn!»

«Selber Suppenhuhn!»

Beide brachen in Gelächter aus und prosteten sich zu. Das erste Glas Wein war viel zu schnell ausgetrunken, und Hanny füllte die Gläser erneut auf.

«Nun denn, verehrte Frisöse, schlimmer kann es kaum werden, aber wenn du noch mehr Wein trinkst, dann sind meine Haare nicht nur kaputt, sondern auch noch schräg geschnitten.» Sie setzte sich auf den Hocker, blickte durch den Spiegel über dem Lavabo in Claras Gesicht und nickte ihr auffordernd zu. «Los jetzt.»

Eine Weile war es still, während Clara die Haarsträhnen durch ihre Finger gleiten liess und sich überlegte, was davon noch zu retten war. Schlussendlich griff sie zur Schere und begann zu schneiden. Lediglich in den Heizungsrohren knackte es von Zeit zu Zeit, und Kater miaute empört unter dem Fenster des Badezimmers.

«Clara, ich kenn dich ja noch nicht so lange, aber du bist mir in der kurzen Zeit sehr ans Herz gewachsen.»

Clara schnippelte einige Haare ab. «Gleichfalls.»

«Wenn ich dich nun etwas frage, versprichst du mir dann, ehrlich zu antworten?»

Claras Hand stoppte mitten in der Bewegung. Ihr Blick traf auf Hannys im Spiegel. Claras Gesicht schien eingefroren, trotzdem schaffte sie ein kleines Nicken. Ihr war klar, dass Hanny nach Valentin fragen würde, denn schliesslich war sie seine Schwester. Diejenige Person, die ihm am nächsten stand, seine Seelenverwandte seit Kindesbeinen sozusagen. Clara machte sich darauf gefasst, eine Moralpredigt vorgehalten zu kommen, und so war sie sehr überrascht, als Hanny zu grinsen begann.

«Es ist etwas peinlich zu fragen, ob du ein Verhältnis mit meinem Bruder hast, aber ich nehme an, ich liege nicht allzu sehr daneben. Habe ich recht?»

Clara brachte nur ein Nicken zustande, und eine verräterische Hitze stahl sich auf ihre Wange. Du meine Güte, dachte sie. Ich bin ja schlimmer als ein hormonstrotzender Teenager.

Hanny schaute ihr nun nicht mehr in die Augen, sondern bearbeitete den Fingernagel ihres Daumens, während sich eine Sorgenfalte auf ihre Stirn schlich. «Passt bloss auf, ihr zwei.»

Clara meinte sich verhört zu haben. «Wie bitte?»

«Ich kenne meinen Bruder seit meiner Geburt, und ich weiss, wie er auf andere wirkt. Die Engenmatter meinen immer noch, dass er geistig zurückgeblieben ist, aber ich weiss mit absoluter Sicherheit, dass ihm nur die Kommunikation Mühe bereitet. Wie mir Grossmutter von Matt erzählte, sprach Valentin bis zu seinem sechsten Geburtstag wie ein normaler Junge.» Sie atmete einmal tief durch.

«Clara, mit Valentin ist alles in Ordnung, er will nur nicht sprechen. Verstehst du, was ich meine? Die Engenmatter schauen aufeinander, und wenn eine Zugezogene, entschuldige den Ausdruck, aber nichts anderes bist du bis auf Weiteres für sie, wenn also eine Zugezogene ein Verhältnis mit einem Behinderten anfängt, dann könnte dies das Fass zum Überlaufen bringen.» Sie suchte nach Claras Hand und hielt sie dann fest. «Ich freue mich ehrlich für dich und Valentin, aber ich habe auch Angst. Kannst du das verstehen?»

«Also Verhältnis ist ein grosses Wort», stammelte Clara verlegen. «Wir haben etwas Spass zusammen, das ist alles.» Dann entzog sie Hanny ihre Hand und drehte deren Hocker so, dass sie einander ins Gesicht blicken konnten. «Valentin versucht, mit mir zu sprechen.»

Das sass. Hanny hatte das Gefühl, soeben eine gepfefferte Ohrfeige erhalten zu haben. Ihr Bruder sprach nicht mit ihr, sondern mit einer zugegebenermassen verflixt schönen, aber immerhin doch noch fremden Frau. Der Stachel der Eifersucht versuchte, sich einen Weg in ihr Herz zu bohren, aber Hanny erinnerte sich an die Worte, die sie vor einigen Minuten zu Clara gesagt hatte. Sie konnte die Beziehung nicht gutheissen und gleichzeitig eifersüchtig sein. Valentin, es ging hier einzig und allein um sein Wohlbefinden.

«Ich weiss, er versuchte es auch bei mir.» Hannys Stimme brach, und eine Träne perlte die Wange hinunter. «Kannst du dir vorstellen, was das für mich bedeutet? Ich bin einige Jahre jünger als er und habe ihn nie sprechend erlebt. Bislang konnten wir uns prima mit unserer eigenen Gebärdensprache verständigen, das gab uns auch einen gewissen Schutz.»

«Schutz, was meinst du mit Schutz?», fragte Clara.

«Nun, wenn man davon ausgeht, dass kein Defekt des Sprechapparates oder des Gehörs vorliegt, spricht man von Mutismus, und der kann, unter Umständen, durch ein Trauma ausgelöst werden. Oftmals ist dies verbunden mit dem Rückzug aus der Gesellschaft, was bei Valentin offensichtlich der Fall ist. Irgendein schlimmes Erlebnis muss Valentin dermassen geschockt haben, dass er deswegen die Sprache verloren hat. Verstehst du? Wenn er nicht darüber spricht, kann er auch nicht verraten, was er gesehen hat. Wenn er nicht spricht, schützt ihn das. Es kann kein Zufall sein, dass er in dem Jahr aufgehört hat zu sprechen, als Hannes verschwand.»

Empört stand Clara auf und musterte misstrauisch Hannys Gesicht. «Woher weisst du das?»

«Valentin hat es mir erzählt.» Sie hob beide Hände, als Clara entrüstet nach Luft schnappte. «Reg dich ab. Genau genommen hat Valentin dich nicht verraten, es ist ihm herausgerutscht.» Sie begann zu kichern. «Ironie des Schicksals, unsere Art, uns zu verständigen, funktioniert immer.»

Hanny griff zum Weinglas. «Verstehst du, was ich sagen will? Ich glaube nicht, dass Valentin Schuld am Verschwinden deines Bruders trägt. Aber, ich glaube, wenn er die Worte wiederfindet, wird er sich auch an jenen Tag erinnern. Und das wird bestimmt nicht allen gefallen. Was läge also näher, als Valentin wiederum in Unruhe zu versetzen. Zum Beispiel indem man eine Person, die er mag, beschuldigt, einen Behinderten zu missbrauchen.»

«Starker Tobak, was du da sagst.»

«Das ist nicht meine Meinung, Clara. Alles, was meinen Bruder glücklich macht, freut auch mich, und wenn die Person zudem noch meine Freundin ist, umso besser. Aber ich kenne die Engenmatter mein Leben lang, und ich fürchte, da kommt in der nächsten Zeit gewaltig etwas auf uns zu. Jedenfalls habe ich Valentin geraten, dass er sich im Dorf nicht zu häufig blicken lässt. Und mit dir schon gar nicht.»

Clara griff erneut nach der Schere, um Hannys Haarschnitt auszubessern. Sie zögerte einen Moment, bevor sie sagte: «Dann ist es wohl nun Zeit, reinen Wein einzuschenken.»

Hanny hob ihr Weinglas hoch. «Mach ich doch schon.»

«Ja, klar. Das meine ich nicht.»

Clara begann Hanny alles zu erzählen. «Ich bin nur hierhergekommen, um meinen Bruder zu finden. Auf dem Sterbebett hat meine Mutter mir von ihm erzählt und mich aufgefordert, ihn zu suchen. Erkennen würde ich ihn an seiner goldenen Halskette mit einem Schutzengel-Anhänger. Niemals habe er sie ausgezogen.» Clara stockte kurz in ihrem Erzählen und schluckte schwer.

«Mir war klar, dass ein eingeschworenes Dorf, das dreissig Jahre lang nichts über das Verschwinden eines Knaben verlauten lässt, einer Betroffenen keinesfalls die Wahrheit auftischen würde. Deshalb habe ich beschlossen, inkognito hierherzuziehen und mich umzuhören. Hanny, ich habe dich nie angelogen, ich habe dir nur nicht die volle Wahrheit erzählt.»

Sie legte die Schere beiseite und formte einige Haarsträhnen mit den Fingern zurecht, dann setzte sie sich auf den Rand der

Badewanne. «Die Engenmatter zeigen sich sehr verstockt, und ich bin in den letzten Monaten nicht wirklich weitergekommen mit meinen Nachforschungen. Lange werde ich es mir nicht mehr leisten können, hierzubleiben, denn das Porto für die Puppenlieferungen geht ganz schön ins Geld. Es ist besser, wenn ich in einer Stadt meinen Beruf ausüben kann. Einige Wochen werde ich noch bleiben können, aber dann …» Sie sprach den Satz nicht zu Ende.

«Was hast du denn bislang herausgefunden?», fragte Hanny.

«Das Wichtigste zuerst. Bei den ausgegrabenen Kindergebeinen an der Kirchenmauer handelt es sich nicht um meinen Bruder, da die Knochen einige hundert Jahre alt sind. Ob das ein Fluch oder ein Segen für mich ist, weiss ich noch nicht.» Sie sprühte reichlich Haarspray über Hannys Frisur.

«Zudem habe ich gelernt, dass die Engenmatter sehr traditionsbewusst leben und auch bei einem grausamen Mord wie bei dem von Martha nicht gewillt sind, mit Aussenstehenden zu sprechen. Wenn jemand das Verbrechen aufklären will, dann muss dies ein Verräter an der Engenmatter Gesellschaft sein.»

«Du musst das verstehen, eine Gemeinschaft funktioniert nur, wenn alle zusammenhalten. So war es schon immer hier», protestierte Hanny.

Clara wischte die abgeschnittenen Haare von Hannys Schulter. «Ich habe im Stybli eine Fotografie gefunden. Erinnerst du dich?»

Hanny nickte.

«Es ist eine Fotografie von einer Jagdgesellschaft, und ich habe darauf meinen Vater erkannt. Zudem den Bucher Peter, Arnold von Deschwanden und deinen Vater. Wenn ich mich nicht täusche, ist der fünfte Mann der Pöstler Toni im zarten Alter von etwa vierzehn Jahren. Sie schienen eine Truppe zu sein, die es gut miteinander hatte. Vielleicht waren sie Freunde. Zwei davon, genauer gesagt, unsere beiden Väter und Peter, sind bereits verstorben, über den Geistlichen weiss ich nichts, jedenfalls ist es nicht der heutige Pfarrer, bleibt noch Arnold von Deschwanden. Vielleicht kann er mir weiterhelfen.»

«Ach, ich weiss nicht. Er scheint mir im Moment ziemlich neben der Spur zu stehen. Arnold fürchtet, die Armen Seelen gingen in der Engenmatt herum, seit die Kirchenmauer eingestürzt ist.»

«Eigenartiger Zufall, findest du nicht?»

«Der Einsturz der Kirchenmauer?»

«Nein, dass der alte Mann plötzlich Angst hat.»

Hanny wich Claras Blick aus und griff sich stattdessen den Handspiegel. Hanny erblickte eine unbekannte Frau, die mit ihrem Kurzhaarschnitt rassig und verteufelt gut aussah. Sie drehte den Kopf verzückt hin und her.

Plötzlich schreckte sie auf. «Himmel, das Stybli!», schrie sie auf. «Ich muss sofort runter, die ersten Gäste sind bestimmt schon da. Gell, du bist ein Schatz und räumst hier für mich auf?» Ohne eine Antwort abzuwarten, stürmte sie in ihr Schlafzimmer, um sich umzuziehen und kurz darauf die Treppe hinunterzurennen.

Clara blieb überrumpelt im Badezimmer stehen und betrachtete die Sauerei um sich herum. Haare, wohin man blickte, dazu Föhn, Glätteisen und Lockenwickler, in deren Kabel sich der Kamm und zwei Haarbürsten verheddert hatten.

# *1650*

*Die letzten Wochen waren geprägt von den Arbeiten auf den Feldern und in den Schlafkammern der Gebärenden. Das Obst war mittlerweile zum grössten Teil verarbeitet und lagerte in Form von Most und Schnaps im Keller, das Heu lag trocken in der Tenne. Die Tiere, zwei Kühe mit ihren Kälbern sowie etliche Schafe und Ziegen, hatten von der Sommeralp in den heimischen Stall in der Engenmatt gezügelt. Der Herbst ging langsam, aber sicher in den Winter über, die Arbeiten für die Bauern liessen an Intensität nach. Es kam die Zeit des Flickens, Reparierens und Handelns.*

*Für Magdalena hiess es aber zugleich auch, dass sie mehr Zeit hatte, ihre Lebenssituation zu überdenken. Nicht nur in den kurzen Arbeitsstunden am Abend, bevor sie todmüde in ihr Bett fiel, sondern vermehrt auch tagsüber. Am schwersten fielen ihr die Stunden am Spinnrad. Sie spann den Flachs zu Garn, liess die Fasern durch ihre Finger gleiten, schaute entrückt der sich drehenden Spindel zu und versank immer wieder in Tagträume. Mehr als einmal schnitt sie sich deshalb schmerzhaft mit dem Garn in die Finger.*

*Sie vermochte sich kaum zu erinnern, weshalb sie vor einigen Wochen in den See geschritten war. Ihre Handlung glich im Nachhinein eher einer Kurzschlussreaktion als einer wohlüberlegten Tat. Sie erinnerte sich gut an den Funken Lebens, der sie dazu gebracht hatte, sich mit den Füssen am Ufergrund abzustossen, um wieder an die Oberfläche zu gelangen. Ob sie es aber geschafft hätte, wieder ans rettende Ufer zu gelangen, stand auf einem anderen Blatt. So oder so war sie nun froh, dass ihre Amme Barbara sie an den Haaren aus dem Wasser gezogen hatte. An den Haaren gezogen empfand sie ihre Gedanken jedoch nicht, im Gegenteil. Sie war immer noch wie gelähmt vor Angst, der Scharfrichter oder der Landjäger möge dereinst vor ihrer Tür stehen, um sie zu verhaften. Wieder schnippte sie mit den Fingern und versetzte die Spindel in Bewegung. Eine schöne Menge Garn hatte sie schon geschafft, hoffentlich blieb es nicht an ihr hängen, dieses auch noch in wärmende Socken und Pullover zu verstricken. Nur zu gern überliesse sie dieses Werk ihrer Schwester Hedwig. Magdalena würde sich dafür opfern, die Holunderblüten einzukochen. Der Holdersaft wirkte gut gegen den Winterhusten, die Verarbeitung der tiefschwarzen Beeren verursachte jedoch eine ziemliche Sauerei.*

*Blitz lag neben ihr zu einer Kugel zusammengerollt. Ein klares Zeichen für Magdalena, dass das Wetter schlechter wurde, ja vielleicht fiele bald der erste Schnee. Irgendwie dünkte es sie, dessen Geruch liege in der Luft. Eigenartig rein und klar, kein Geruch nach Feuchtigkeit oder Regen, geschweige denn Sonnenschein. Nein, der Schnee hatte sein ganz eigenes olfaktorisches Merkmal. Magdalena legte die Spindel auf ihren Schoss und rieb sich die schmerzenden Fingerbeeren. Wenn sie ehrlich zu sich selbst war, dann hatte sie damals der Familie Riebli nicht alles erzählt. Wohl war die Angst vor der Verhaftung, der Folter und der Gefahr, die eigene Familie zu verraten, sehr gross, etwas anderes jedoch liess sie Nacht für Nacht auf den Schlaf warten.*

*Kleine Gesichter, manche an Perfektion kaum zu übertreffen, andere mit Missbildungen unterschiedlichster Art, schlichen sich in der Dunkelheit in ihre Gedanken. Sie sah, wie die kleinen Menschen in dunkle Löcher geworfen oder in harter Erde verscharrt wurden. Mit keiner Hebamme, ja mit keiner Menschenseele hatte sie bis anhin darüber sprechen können, und doch war es an der Zeit, etwas dagegen zu tun, bevor die Anzahl der Säuglingsgesichter zunahm. Mehr und mehr verstorbene Kinder standen des Nachts vor ihrem Bett und brachten sie um ihren Schlaf. Jedes vierte Kind würde seinen ersten Geburtstag nicht erleben dürfen, so hatte die alte Hebamme Halter vor der hohen Säuglingssterblichkeit gewarnt.*

*Obwohl Magdalena sich wahrlich nicht immer an die Gesetze hielt und öfter, als ihr lieb war, auf das Mutterkorn zurückgreifen musste, verstarben allzu viele Neugeborene. Oftmals war es auch der Fall, dass die Kinder viel zu früh geboren wurden und noch nicht fähig waren zu atmen. Alle diese Kinderlein, die perfekt geformten, die missgebildeten, die winzig kleinen, aber auch die gross gewachsenen, liessen sie nicht zur Ruhe kommen. Magdalena seufzte tief auf und kraulte Blitz hinter den Ohren. Dieser drehte sich auf den Rücken und präsentierte ihr den gut genährten Bauch. Eine klare Aufforderung zum Kraulen. Vielleicht taugte sie ja doch nicht als Hebamme, dachte sie. Die alte Hebamme Halter hatte ihr all ihr Wissen weitergegeben, sogar ihr einziges Buch hatte sie der jungen Frau geschenkt, aber wie man die traurigen Schicksale verarbeiten konnte, das hatte sie ihr nicht beigebracht. Wie sollte sie bloss weiterarbeiten, ohne ihren Verstand zu verlieren?*

*Sie stand auf, öffnete die Holztür und blickte in die Abenddämmerung. Im Stall hörte sie ihren Bruder die Kühe melken, die Hühner gackerten, und ihre Schwester werkte im Holzschopf. Nun, weg mit den schweren Gedanken, sie würde noch verrückt deswegen. Sie schloss die Tür und ging zur Feuerstelle, wo sie die Glut neu entfachte, um das karge Znacht vorzubereiten.*

# 18

Die Engenmatter pflegten ihre Angewohnheiten nicht zu ändern, auch dann nicht, wenn Angst und Unsicherheit die Nachtruhe der Einwohner gestört hatten und sie Trost im gemeinsamen Gespräch zu finden hofften. Den beiden Todesfällen zum Trotz versuchten sie, den Alltag so normal wie möglich zu gestalten.

Am diesem Morgen verkaufte Andrea die gewünschten Brote, ein Pfünderli Halbweisses für Emma Bucher, ein Grahambrot für Käthy Rohrer, und zwei Cremeschnitten für die immer noch unter ihrer Brustentzündung leidende Antonella und staunte über die ungewohnt schweigsame Kundschaft. Mit einer einfachen Verabschiedung verliessen die Frauen die Bäckerei und gingen nacheinander über den Dorfplatz. An der Brunnenstatue tropfte der Nieselregen hinunter, sodass es aussah, als ob der heilige Bruder Klaus an Schnupfen leide. Nur der Pöstler Toni blieb in der Bäckerei zurück, um sich von der feschen Andrea schöne Augen machen zu lassen.

Emma und Käthy betraten das Stybli. Nachdem die Gaststube jahrzehntelang das Stybli des von Matt Glois gewesen war, hatte es sich innert kürzester Zeit zum Stybli der Hanny gewandelt. Glois' Lebenswerk geriet immer mehr in Vergessenheit.

«Pass doch auf, dui Haloodri!», schimpfte Käthy, als Arnold von Deschwanden direkt vor ihrem Gesicht den Regenschirm ausschüttelte.

Dieser kümmerte sich nicht um das Gezeter, trat ein und rief Nadine zu: «Ein Kafi im Glas mit zwei Zucker, bis so guät.»

Nach ihm trafen die restlichen Morgengäste ein, wobei Antonella Mühe hatte, den Kinderwagen mitsamt den daran befestigten Einkaufstaschen durch die Tür zu bugsieren. Bei diesem nassen Wetter wollte sie ihn nicht draussen stehen lassen. Normalerweise parkierte sie den Wagen vor dem Stybli und band sich den schlafenden Kevin mit dem Wickeltuch vor die Brust. In der Engenmatt brauchte niemand Angst vor Dieben zu haben, denn immer war ein wachsames Auge parat, und sei es auch nur, weil Emma während des Anbratens der Leberli aus dem Küchenfenster blickte.

Endlich hatte es auch der Rest der Truppe geschafft, sich rund um den Stammtisch zu platzieren und die verschiedenen Kaffeevarianten in Form von Café crème, Espresso und Cappuccino bei Nadine zu bestellen.

Antonella wickelte Kevin aus der warmen Wolldecke und zog ihm das Mützchen vom Kopf, ohne ihn dabei aufzuwecken.

«Hast du die Knochen gesehen?» Arnold löffelte seinen Kaffee aus dem Glas. «Die Behörden wollten doch tatsächlich die Gebeine mir nichts, dir nichts in Schachteln werfen und nach Zürich schicken. Aber nicht mit mir!» Er rührte den Löffel hektisch im Glas herum, bis Emma ihn ihm aus seiner Hand nahm, bevor das Glas zu Bruch gehen konnte. Stattdessen steckte sie Arnold einen Bierdeckel zwischen die Finger.

«Den musst du wenigstens nicht bezahlen, wenn er kaputtgeht.» Sie trank vorsichtig einige Schlucke des heissen Getränks. «Meinen Peter hätte der Fund furchtbar aufgeregt.

Die Schwingtür zur Küche öffnete sich, und Hanny begrüsste ihre Gäste persönlich reihum. Ihr fiel sofort auf, dass Arnold ziemlich derangiert wirkte, aber wenn man bedachte, dass seine Schwester vor Kurzem erst verstorben war, konnte man ihm dies nachsehen. Im Stillen korrigierte Hanny sich sofort. Nein, nicht verstorben, sondern ermordet. Martha von Deschwanden war keineswegs friedlich im Bett an Altersschwäche gestorben, sondern war im eigenen Haus grausam hingerichtet worden. Reihum wurden die Engenmatter nach Sarnen in das Hauptgebäude der Polizei an der Kernserstrasse zitiert, um ihre Aussagen zu machen, bisher ohne nennenswerte Erfolge.

«Ist es nicht so, Hanny?»

Ertappt blickte sie in drei fragende Gesichter.

«Entschuldigung, ich habe in der Küche etwas scheppern gehört und war ein bisschen abgelenkt», log sie. «Was wolltest du wissen, Emma?»

«Wir diskutierten darüber, ob der Knochenfund etwas zu bedeuten hat. Arnold und ich sind da nicht gleicher Meinung.»

Arnold prostete mit dem Kafiglas in die Runde. «Ja, bimäich!»

Hanny lachte laut heraus. «Ja, das hoffe ich doch.»

«Ich habe es dir doch gesagt, Emma», ereiferte sich Arnold. «Es ist offensichtlich. Nicht nur ich bin der Meinung, dass die Armen Seelen sofort in gesegneter Erde bestattet werden müssen, auch Hanny denkt das.»

Hanny erhielt keine Gelegenheit, zu Wort zu kommen, denn Arnold fuhr in seiner Argumentation sogleich weiter. «Die Polizei sucht nach einem Menschen, der meine geliebte Schwester auf dem Gewissen hat. Aber kann es denn nicht auch sein, dass die Armen Seelen ihr das angetan haben? Immerhin sprach sie selbst davon, dass das Toggeli sie heimsuche.»

Er bedeckte mit seinen Händen das Gesicht. «Oh, wenn ich nur daran denke! Sie hat mich um Hilfe gebeten, und ich habe sie ihr verwehrt. Bestimmt wird der Herrgott dereinst deswegen über mich richten! Und jetzt auch noch die freigelegten Knochen. Das kann kein gutes Ende nehmen. Hanny, ich bin so froh, dass wenigstens du dies einsiehst.»

«Ähm, eigentlich nicht.» Hanny räusperte sich. «Ich meinte eher, dass sehr wohl eine Veränderung in der Engenmatt eintreten wird, weil hoffentlich viele der Fachleute, die mit der Bergung der Knochen und dem Wiederaufbau der Kirche beschäftigt sein werden, sich bei mir verpflegen. Es tut mir leid, dich enttäuschen zu müssen, Arnold.»

Eine peinliche Stille trat ein, bis Hanny sich mit einem verlegenen Nicken bei ihren Gästen verabschiedete und in die Küche flüchtete.

Antonella hatte dem Gespräch interessiert zugehört. Sie hatte den anderen bislang verschwiegen, dass sie gestern die Ausgrabungen begutachtet hatte. Arnold erinnerte sich offenbar nicht daran, sie dort gesehen zu haben. Antonella hatte darauf gehofft, dass Arnold die Beherrschung verlieren würde und es zu einer Schlägerei käme, dann wäre endlich etwas los gewesen in diesem Nest. Aber nein, die Grünenstein hatte die Streitenden getrennt. Es war Antonella immer noch peinlich, dass diese Frau sie beim Stillen in der Kirche erwischt hatte. Ausserdem hatte sie sicher mitbekommen, wie Antonella am Telefon über ihre Brustschmerzen geklagt hatte. Unbewusst strich sie über die schmerzende Stelle. Sie durfte nicht vergessen, einen Quarkwickel aufzulegen, wenn sie zu Hause war. Der letzte hatte wahre Wunder gewirkt.

Arnold fuhr fort, seinen Ärger über das Beamtentum kundzutun, und warf dabei die Steuerbehörde, die Polizei und die seiner Meinung nach faulen Bürokraten im Gemeindehaus allesamt in denselben Topf.

Bevor Antonella fragen konnte, was denn die Steuerbehörde und die Gemeindearbeiter mit dem Fund an der Kirchenmauer zu tun hatten, fuhr Emma ihm über den Mund. «Nun tu nicht so heilig.» Sie tätschelte übertrieben liebevoll seine Hand, um ihren Worten die Schärfe zu nehmen. «Die Knochen liegen bestimmt seit Jahren, nein, seit Jahrhunderten in der Erde, und da kommt es nicht darauf an, wenn sie noch einige Wochen in einem Institut in Zürich warten müssen, bis sie in gesegneter Erde bestattet werden können.»

Arnold wackelte mit dem Kopf, unschlüssig, was er von ihren Worten halten sollte.

«Die Leute graben die Gebeine mit äusserster Sorgfalt aus», erklärte Emma weiter. «Ich habe im Fernsehen eine Sendung über Archäologie gesehen. Jedes noch so kleine Knöchelchen wurde mit Pinseln gesäubert, oder willst du etwa behaupten, sie hätten alles auf eine grosse Schaufel gehoben und in einer Garette wegtransportiert?»

«Nein, zugegeben, das haben sie nicht», murrte Arnold. «Aber die Armen Seelen gehen um, solange sie nicht wieder in geweihter Erde liegen, das ist so sicher wie das Amen in der Kirche. Und damit auch das Toggeli, denn nichts anderes als eine Arme Seele ist es!»

Antonella beobachtete, wie Emma die Augen verdrehte und ein leises Stossgebet mit der Bitte um Geduld zum Himmel schickte. «Langsam kann ich das Gejammer über die Armen Seelen nicht mehr hören. Abendelang habe ich mit Peter darüber diskutiert. Immerhin wird der Pfarrer eine Messe für die Verstorbenen lesen, und an der Ausgrabungsstätte wurden Arme-Seelen-Lichter angezündet. Das sollte euch doch beruhigen. Notabene beleuchten die Kerzen nun ein leeres Grab, denn die Gebeine befinden sich bereits auf dem Weg nach Zürich. Wenn immer noch eine Arme Seele herumgeistern sollte, und ich schwöre dir, dass es die nicht gibt, dann wird sie in Zürich herumspuken.»

Sie fuchtelte mit ihren Händen theatralisch vor Arnolds Gesicht herum. «Huhu, schau, ich bin ein ganz furchtbar schlimmes Gespenst und fliege durch die Zürcher Bahnhofsstrasse, um mir eine Guccifutschi zu kaufen.»

Eine geballte Faust krachte auf den Tisch und liess die Löffel in den Kaffeetassen klirren. «Wage es nicht, dich darüber lustig zu machen! Du solltest ein bisschen mehr Respekt vor der Totenwelt zeigen, und wenn ich schon dabei bin: Du hättest deinem Peter ruhig Glauben schenken dürfen, dass das Toggeli ihm den Schnauf genommen hat. Ein Herzinfarkt kommt nicht einfach so aus heiterem Himmel.»

Arnold hatte sich erhoben und stand mit hochrotem Kopf vor den Frauen, die Hände zu Fäusten geballt. Antonella hätte darauf gewettet, dass die Faust, die eben noch auf den Tisch geschlagen hatte, demnächst in Emmas Gesicht landete. Abrupt wandte sich Arnold ab und verliess das Stybli, die Tür hinter sich laut zuschlagend.

Hanny, die sämtliche Worte durch die Schwingtür hindurch gehört hatte, verzog das Gesicht und hoffte, dass die Haustür keinen Schaden genommen hatte. Da waren mit Arnold die Sicherungen durchgegangen, aber immerhin hatte er so viel Anstand besessen, das Stybli zu verlassen, bevor er endgültig explodierte. Das unbezahlte Kafi würde das Haus verschmerzen.

Verlegen nestelte Antonella an ihrem Schal. «Ich war gestern Abend bei der Kirche», gestand sie.

Emma fuhr sich mit den Händen durch die Haare und versuchte, Ruhe zu bewahren. War sie denn hier die Einzige, die noch vernünftig dachte? Peter war erst vor Kurzem verstorben, und doch glaubte sie nicht an seine suchende Seele.

«Weisst du, der Kevin ist noch nicht getauft, und da habe ich mir gerade überlegt, ob diese Seelen oder das Tiggeli ihm gefährlich werden könnten?» Ihre Augen weiteten sich angstvoll, und sie vergewisserte sich, dass das Kind noch schön atmete.

«Toggeli, das Hirngespinst heisst Toggeli, und genau wie die

Armen Seelen gibt es das nicht. Also kannst du mit der Taufe warten bis zum Sankt-Nimmerleins-Tag.» Emma stand auf, legte Münzgeld auf den Tisch und streichelte Antonella über die Wange. «Aber wenn es dich ruhiger macht, dann lass den Kleinen taufen. Er ist wirklich ein bezauberndes Kerlchen.»

Verdutzt strich sich Antonella über die Wange und schaute Emma nach, wie sie das Stybli verliess.

Normalerweise verliefen die Kaffeegespräche locker und durchaus auch lustig, wobei jeder sein Fett wegbekam, jedoch stets mit einer Prise Schalk versetzt. Aber heute Morgen ging Antonella keineswegs fröhlich nach Hause, im Gegenteil. Auf dem Heimweg beschloss sie, dass die Taufe stattzufinden habe. Nicht anwesende Verwandtschaft hin oder her.

Kaum zu Hause angekommen, verlangte der kleine Kevin nach seinem persönlichen Mittagessen in Form einer prall gefüllten Brust, und Antonella stellte beim Stillen mit Schrecken fest, dass das Kind leicht erhöhte Temperatur hatte. Kein Zweifel, Kevin war zum ersten Mal in seinem Leben krank.

***

Sie brannte lichterloh in dieser Nacht. Knisternde Haut, knirschende Knochen. Allein, vor Schmerzen und Einsamkeit weinend. Im Kampf Körper gegen Seele gefangen. Die Prognosen standen schlecht für sie. Der Schmerz, ein gieriges Wesen, das nach Nahrung lechzte, nahm an Intensität zu. Die Wirbelsäule loderte wegen der feurigen Zungen, die sich entlang der Knochen weiterfrassen, bis Clara das Gefühl hatte, in Flammen zu stehen. Ihre Nerven schrien nach Erlösung, verlangten verzweifelt nach Ruhe. Das Messer seinerseits war in Hochform, schnitt, säbelte und hobelte sich fröhlich durch Muskeln und Sehnen, bis es schliesslich ihre Seele erreichte.

Deprimiert verbrachte Clara den ganzen Tag auf dem Kanapee, liess sich von sinn- und geschmacklosen Fernsehsendungen berieseln und wartete geduldig darauf, dass die Schmerzmittel endlich wirkten und sie ihrem gewohnten Tagesablauf nachgehen konnte. So mühsam es auch war, ab und zu diese Zwangspausen einschalten zu müssen, so boten sie ihr auch die perfekte Gelegenheit zum Innehalten und Nachdenken. Ihrem Kopf ging es im Gegensatz zum restlichen Körper hervorragend, wenn auch ihre Laune zurzeit unterirdisch war. Genervt drückte sie die Stumm-Taste auf der Fernbedienung. Sie hatte genug gehört von B- und C-Promis, die sich im Dschungel Australiens lächerlich machten.

Sie richtete die nur noch lauwarme Bettflasche an ihrem Rücken und erinnerte sich an das Gespräch von gestern Nachmittag mit Hanny. Endlich war die Wahrheit ans Licht gekommen, und sie musste zumindest ihre Freundin nicht mehr anlügen. Mit schlechtem Gewissen stellte Clara fest, dass sie ihre alten Freunde aus Bern während der letzten Monate arg vernachlässigt hatte, indem sie ihre Telefonate und SMS nicht beantwortete. Wenn sie sich doch einmal aufraffte, eine Mail zu schreiben, war diese knapp und ohne grosses Gefühlstamtam in nüchterne Worte verpackt. Solange sie in der Engenmatt nach dem Verbleib von Hannes forschte, hatte sie keine Energie, ihr normales Leben in Bern weiterzuführen. Es wäre ihr momentan zu abstrus vorgekommen, jedes Wochenende durch die Lokale der Hauptstadt zu ziehen, auf der Suche nach dem nächsten kurzweiligen Kick.

Das Wasser in der Bettflasche war endgültig abgekühlt, und Clara warf sie auf den Boden, wo sie glucksend liegen blieb.

Was meinte Hanny damit, Clara solle sich in der Engenmatt bedeckt halten? War Hanny tatsächlich davon überzeugt, dass ihr Gefahr von der Engenmatter Bevölkerung drohte? Clara fand dies reichlich übertrieben, allerdings musste sie sich eingestehen, dass Hanny die Leute viel besser kannte als sie. Nun, dann würde sie halt in den nächsten Wochen ihre Einkäufe in Sarnen tätigen. So müsste sie sich jedenfalls nicht mehr den kritischen Blicken stellen, wenn sie für ihren Singlehaushalt einkaufte, der Alkoholkonsum jedoch das übliche Mass eines solchen bei Weitem überstieg.

Ächzend dehnte und lockerte sie die Muskeln in ihrem Rücken und stand vorsichtig auf. Wer war sie denn, dass sie sich von ein paar wenigen Hysterikern vorschreiben liess, was sie zu tun und zu lassen hatte? Nein, sie würde sich nicht kleinkriegen lassen. Wenn sie jetzt aufgab, würde sie niemals erfahren, was mit Hannes geschehen war. Nur deswegen war sie hierhergezogen.

Sie schlurfte in die Küche, wo sie Pasta kochte, frische Tomaten in Würfel schnitt und diese mit einer Handvoll Kräuter darübergab. Schmerzen legten einem nicht nur Steine in den Weg, sondern verbrauchten auch unglaublich viel Energie. War die Attacke erst einmal überstanden, überfiel Clara der Heisshunger. Sie nahm den dampfenden Teller mit in die Puppenstube und setzte sich auf den Drehstuhl an ihrem Arbeitstisch. Die vormals weisse Wandfläche gegenüber war immer noch übersät mit Farbspritzern, unter denen ab und an rosa Porzellanscherben einer Puppe aufblitzten. Etwas beschämt dachte sie daran zurück, wie sie den Whisky getrunken und danach ein wenig über die Stränge geschlagen hatte. Eine alte Puppe zu zerdeppern, die Scherben an die Wand zu kleben und mit Farbe zu beschmieren, zeugte nicht wirklich von erwachsenem Verhalten. Lediglich die Spuren der Verwüstung durch den Einbrecher hatte sie beseitigt. Sie konnte darauf verzichten, jeden Tag die Beschimpfungen lesen zu müssen. Sie stand mit dem Pastateller in der Hand auf und stellte sich vor die Wand, strich mit der flachen Hand darüber. Rosa Fingerchen, die sich durch schwarze Farbschichten kratzten. Füsse, die gegen die Decke aus getrockneter Acrylfarbe strampelten. Blinde Augen, die den Blick des Betrachters forderten.

Ihr missglücktes Kunstwerk war wohl eher ein visuell umgesetztes Gefühlschaos. Da hatte sie wahrlich getobt, dachte Clara und schob sich die nächste Gabel Pasta in den Mund. Trotz allem hatte es irgendwie gutgetan. Schade war es trotzdem um die alte Puppe, die Valentin auf dem Bruderklausenbrunnen gefunden hatte. Ihr Berufsethos, Antiquitäten, und nichts anderes war diese Puppe gewesen, stets mit Respekt zu behandeln, weckte ein schlechtes Gewissen in ihr. Sie kratzte die letzten Reste aus dem Teller, wischte sich den Mund mit einem Tempo-Taschentuch sauber und stellte den leeren Teller auf den Tisch.

Sie versuchte, eine Scherbe von der Wand zu lösen. Leider hatte sie die Puppenteile mit Sekundenkleber befestigt, weshalb es mühsam werden würde, diese wieder sauber und glatt zu bekommen. Von der weissen Farbe, die die Wand ursprünglich einmal gehabt hatte, ganz zu schweigen. Sie ruckelte am Porzellanarm. Keine Chance, das Ding hielt wie Beton. Ebenso die zerbrochenen Teile des Schädels und des Bauches, nur die Beinchen hatte Clara nicht sorgfältig genug angeklebt. Was ihr nun zugutekam. Sie rüttelte sachte daran, um nicht zu viel Gips aus der Wand zu lösen, und hielt einige Minuten später beide Puppenbeine in der Hand.

Sie waren zu stark zerstört, als dass sie weiterhin gebraucht werden konnten. Clara griff zu einer Kiste, um sie zu verstauen, als sie ein feines Knistern aus einem der Beinchen vernahm. Vorsichtig schüttelte sie es und bemerkte, dass etwas tief im Innern versteckt sein musste. Auf der Arbeitsfläche faltete sie ein Baumwolltuch auseinander und hielt das Bein mit der Öffnung nach unten darüber. Ein kleines, zusammengefaltetes Papier rutschte heraus. Sie hatte schon öfter Gegenstände im Innern von Puppen gefunden, von rohen Teigwaren über Schnuller, die eifrige Puppenmütter ihren Spielgefährten eingegeben hatten, bis hin zu kleinen Schmuckstücken. Es war Ehrensache, dass man die Fundstücke dem Besitzer aushändigte, aber auf einen wirklichen Schatz war sie bisher nicht gestossen. Vielleicht änderte sich das mit diesem Fund?

Freudig griff sie nach dem Papier und wickelte es auseinander, wobei sie mit einer leichten Enttäuschung feststellen musste, dass es keineswegs so alt war, wie es zuerst den Anschein gemacht hatte. Also wird es nichts mit einem vergrabenen Piratenschatz, dachte sie. Das Papier mass ungefähr sechs auf vier Zentimeter und war mit zart geschwungener Sütterlinschrift beschrieben, wie sie bis 1941 an den Schweizer Schulen gelehrt wurde. Im Rahmen ihrer Ausbildung hatte Clara Stunden damit verbracht, diese gestochen scharfe Schrift, die üblicherweise mit der Spitzfeder geschrieben wurde, zu erlernen. Immerhin hatte sie es so weit gebracht, die Schrift lesen zu können. Sie jedoch sauber und mit regelmässigen Buchstabenlinien auf Papier zu bringen, war eine ganz andere Sache.

Sie griff nach der Lupe und versuchte die Buchstaben zu

entziffern, trotzdem wurde sie aus dem Satz nicht schlau: «Vor Geld fallen Glois' Brüder wie vor dem Goldnen Kalb nieder.»

Clara verstand nur Bahnhof. Auf Anhieb konnte sie sich darauf keinen Reim machen. Der Satz tönte jedoch verdächtig nach der Bibel. Sie öffnete den Laptop und fuhr ihn hoch. Wie mit ihrer Haustür, so verfuhr sie auch mit dem Passwort ziemlich nachlässig. Wer ein Interesse daran bekundete, ihre Daten zu durchforsten, hätte mit Sicherheit auch das Wissen, ihr Passwort zu knacken. Der Bildschirm leuchtete auf, und sie wählte das blaue E, um ins Internet zu gelangen, wo sie Google, weltweiter Hilfsapostel in allen Lebenslagen, aufrief. Clara verzichtete darauf, ihre Mails zu checken, da sie mit Sicherheit ein schlechtes Gewissen dabei bekommen würde. Dutzende Mails ihrer Freunde warteten darauf, beantwortet zu werden. Nein, das konnte sie im Moment nicht gebrauchen. Die Freunde mussten warten. Auf einen Tag oder eine Woche mehr kam es nun auch nicht mehr an. Das Freundschaftsdesaster war bereits angerichtet.

Sie tippte das Sprichwort vom Papierstreifen in die Suchmaschine ein, wurde aber auf Anhieb nicht fündig. Auf dem Bildschirm boten sich Webseiten an, die entweder Auskunft über das Goldene Kalb gaben oder aber diverse Vorschläge von Personen mit dem Vornamen Glois. So kam sie nicht weiter.

«Vor Geld fallen Glois' Brüder wie vor dem Goldnen Kalb nieder», las sie laut, irgendetwas irritierte sie. Das Goldene Kalb musste mit der Bibel zu tun haben. Eine vage Erinnerung an den Religionsunterricht tauchte auf, Clara konnte sich an den Kontext jedoch nicht mehr erinnern. Das Gefühl, über etwas gestolpert zu sein, verstärkte sich jedes Mal, wenn sie den Satz las, mehr. Vermutlich drehten die Schmerzmittel ihre letzten Runden in ihren Hirnwindungen und verlangsamten das Denken. Endlich fiel es ihr wie Schuppen von den Augen, weshalb hatte sie es nicht gleich gesehen? Glois, sein Name wirkte auffallend unpassend in diesem Satz. Klar, Google konnte mit dem Namen Glois in diesem Zusammenhang nichts anfangen.

Sie änderte ihre Suchanfrage und erfuhr, dass ursprünglich der Name Baal im Zusammenhang mit dem Goldenen Kalb verwendet worden war, den der unbekannte Verfasser des Papiers in Glois umgewandelt hatte. Oder die Autorin, kam Clara nicht umhin zu denken. Die Sütterlinschrift wirkte grazil und filigran, sie beschlich das Gefühl, dass eine Frau den Satz geschrieben und im Puppenbein versteckt haben musste. Beweise dafür hatte sie jedoch nicht, das gute alte Bauchgefühl liess grüssen. Sie las die Internetbeiträge weiter. Wikipedia meinte, dass der korrekte Satz früher im deutschen Sprachgebrauch bekannt gewesen sei, heute aber immer mehr in Vergessenheit geriet.

*Vor Geld fallen Baals Brüder wie vor dem Goldnen Kalb nieder.* Clara las, dass Baal im Altertum eine Bezeichnung für verschiedene Gottheiten gewesen sei, so könne der Namen zum Beispiel ein Synonym sein für Meister, Herr, Besitzer, aber auch für König oder Gott. Da die Puppe, in der das Papierstück versteckt war, in der Engenmatt aufgefunden worden war, ging Clara davon aus, dass die Nennung des Namens Glois nicht zufällig war. Sie war überzeugt, dass damit Glois von Matt gemeint war, der frühere Wirt des Styblis und seines Zeichens inoffizieller Mittelpunkt dieses Quartiers. Irgendwer wollte darauf hinweisen, dass der Status von Glois in der Engenmatt desjenigen eines Meisters, ja sogar einer Gottheit gleichkam beziehungsweise gleichgekommen war. Das winzige Papier wog plötzlich schwer in ihrer Hand, schwer in seiner Aussage.

Clara musste sich frische Luft verschaffen, die Lungen mit Sauerstoff füllen, den Kopf frei kriegen. Einige Minuten stand sie am geöffneten Fenster und atmete die nebelfeuchte Luft des beginnenden Abends ein. Sie spürte, wie der kalte Luftzug ihre Füsse badete und langsam die ganze Puppenstube erfüllte. Gedankenverloren strich sie sich durch die Haare, kratzte die Kopfhaut, bis sie zu bluten begann. Du meine Güte, zum ersten Mal, seit sie hierhergezogen war, fand sie einen richtigen Hinweis darauf, dass Glois von Matt nicht der Saubermann gewesen sein konnte, für den ihn alle hielten. Clara gab sich keineswegs der Meinung hin, dass mit «Glois' Brüder» seine Brüder im genetischen Sinne gemeint waren. Eher die Brüder im Geiste. Gleichgesinnte, enge Freunde. Männer, die guthiessen, was auch immer Glois tat. Männer, die mit ihm auf die Jagd gingen.

Langsam wurde Clara kalt, und sie verfluchte nicht zum ersten

Mal in diesem Jahr den Winter. Plötzlich graute ihr davor, sich weiter mit dem Papier auseinanderzusetzen, denn Glois war schliesslich Hannys und Valentins Vater.

Sie schloss das Fenster, zog die Vorhänge zu, um die Puppenstube in der beginnenden Dunkelheit nicht als leuchtendes Schaufenster zur Schau zu stellen. Ihr Herz stolperte. Da war sie, die Gelegenheit, auf die sie die vergangenen Wochen gewartet hatte, Freundschaften hin oder her. Das Ziel war und blieb, das Verschwinden von Hannes aufzuklären, auch wenn das bedeutete, dass sie über den Vater ihrer Freunde Erkundigungen einziehen und gegebenenfalls richten musste. Es war ihre verdammte Pflicht, das zu tun.

Auf YouTube wählte sie eine noch ziemlich unbekannte Punkband aus Deutschland, stöpselte die Kopfhörer in ihre Ohrmuscheln und liess die Musik ihr Gehirn malträtieren. In einem der ruhigeren Lieder fragte der Sänger, wer denn besser lüge. Das war die Frage allen Übels, überlegte sie. Wer in dieser geschlossenen Gesellschaft lügt am besten, und vor allem, wer hält das Lügengeflecht am längsten aufrecht? Clara schloss die Augen und gab sich für einen kurzen Augenblick der sonoren Stimme hin. Sie seufzte und richtete sich bequemer vor dem Computer ein.

Wiederum gab sie den Satz des Papierstreifens in die Suchmaschine ein. Der Computer spuckte aus, was sie nicht hatte lesen wollen. «Baal» war im Verlaufe der Geschichte zu «Baal Zebub», heidnische Gottheit, und anschliessend zu «Beelzebub» geworden, was nichts anderes bedeutete als Herr der Fliegen. Der Teufel höchstpersönlich. Da war er also, der Beweis. Wenn man denn einen in einer Puppe versteckten Zettel als Beweis gelten lassen wollte, widersprach eine fiese Stimme in ihrem Kopf. Der Schreiber hatte Glois von Matt mit dem Teufel gleichgesetzt. Jetzt musste sie nur noch herausfinden, was Glois in seinem Leben verbockt hatte, um diese Beschuldigung zu verdienen. Von Anfang an war Clara misstrauisch gegenüber dessen Heldengeschichten gewesen, sie waren ihr zu sauber, zu glatt. Ihr Gefühl hatte sie anscheinend nicht getäuscht.

Nun galt es, nicht in falsche Hektik zu verfallen und genau zu überlegen, wie sie vorgehen wollte. Sie zog die Stöpsel aus den Ohren, ohne die Musik zu unterbrechen, und ging in die Küche, um eine Flasche Rotwein zu entkorken. Die Musik war trotz des Kopfhörers in der Küche als leises Zwitschern zu vernehmen. Sie musste sich wirklich angewöhnen, die Lautstärke zu minimieren. Tinnitus wartete bereits auf seinen Einsatz. Mit einem bis zum Rand gefüllten Glas setzte sie sich erneut an ihren Arbeitstisch, frönte dem Punk in den Ohren und dem Alkohol im Blut.

Wen konnte sie nach dem wirklichen Glois fragen? Welche Person in der Engenmatt hatte Kenntnis vom wahren Charakter des Mannes und war auch gewillt, dieses Wissen mit ihr zu teilen? Der Wein füllte ihren Mund, liess die Geschmacksknospen explodieren, bevor er ihren Rachen hinunterperlte, um im Magen eine wohlige Wärme zu verbreiten. Am sinnvollsten war es, Hanny danach zu fragen, schliesslich war sie Glois' Tochter. Sie zögerte. Keineswegs zweifelte sie an der Integrität ihrer Freundin, aber einerseits war Glois ihr Vater gewesen, und andererseits stellte sich die Frage, ob Hanny tatsächlich Kenntnisse über dessen Machenschaften hatte. Es war gut möglich, dass sie ihn nur als das Familienoberhaupt angesehen und so auch akzeptiert hatte, ohne sein Verhalten in Frage zu stellen. Schliesslich hatte sie sich nie öffentlich gegen ihn gewandt, als es um Valentins Misshandlungen ging. Hatte Hanny unbewusst Angst davor gehabt, das gleiche Schicksal zu erleiden wie ihre Mutter, die an der Härte des Lebens neben ihrem Ehemann zugrunde gegangen war? Clara stellte sich mit Grauen vor, wie schrecklich es sein musste, aus freien Stücken in den See zu waten, um nie mehr aufzutauchen. Sie schüttelte den Kopf, versuchte, das traurige Bild loszuwerden.

So oder so, Hanny sah sich heute in der Funktion, den Familienbetrieb aufrechtzuerhalten. Schliesslich galt es auch, genügend Geld für sich und ihren Bruder zu verdienen, der noch immer gänzlich abhängig von ihr war. Clara nippte am Wein und stellte erstaunt fest, dass sie bereits das ganze Glas ausgetrunken hatte. Seufzend platzierte sie es auf den Tisch neben den Papierstreifen. *Glois' Brüder.* Somit kämen theoretisch sämtliche Männer der Engenmatt in Frage, denn sie alle konnten Glois' Brüder, seine Freunde und Bewunderer sein und somit nicht unvoreingenommen berichten. Clara zog eine Schnute, das machte die ganze Sache nicht wirklich einfacher.

Ursprünglich hatte sie gedacht, dass Arnold von Deschwanden ihr Auskunft über Glois geben könnte, aber was, wenn auch er zu Glois' Männern gehörte? Ihr wurde bewusst, dass sie nahezu alle Männer der Engenmatt im Vorneherein verdächtigte. Sie konnte, nein, wollte nicht glauben, dass Menschen, die sie hier kennengelernt hatte, Menschen, die ihr direkt in die Augen geblickt hatten, dass diese Menschen schuld am Verschwinden ihres kleinen Bruders sein konnten.

Hannes, was um Himmels willen ist nur mit dir geschehen?

Sie griff nach dem Papier und las den Satz nochmals durch. «Vor Geld fallen Glois' Brüder wie vor dem Goldnen Kalb nieder.» Geld, es ging schlussendlich immer nur um das verdammte Geld. Es weckte die niedersten Triebe des Menschen, liess ihn gierig und selbstsüchtig werden. Brachte seine Schattenseiten zum Vorschein.

Plötzlich erinnerte sie sich daran, wer Glois von Matt sehr gut kannte, ohne dass er sich von dessen Reden, seinen Besitztümern und Beziehungen hatte blenden lassen. Ein Mann, der zeit seines Lebens dem Herrn der Fliegen hatte dienen müssen. Ohne die Möglichkeit zu haben, ihm zu entkommen und ohne jemals das Wort gegen ihn richten zu können.

***

«Sei endlich still, dui Weschwyyb, sonst hört sie uns noch!»

«Hat sie doch schon längst. Die ist schliesslich nicht dumm, die Grünenstein.»

Ein heiseres Lachen drang durch die Fensterscheiben, suchte sich seinen Weg durch die geschlossenen Läden bis an Claras Ohr. Irritiert klopfte sie erneut an der Haustür, nachdem sie sich versichert hatte, dass die Klingel tatsächlich kaputt war. Oder ausgeschaltet, der Gedanke schlich sich in ihr Gehirn, weckte jenen nagenden Begleiter der letzten Monate, den Selbstzweifel. War sie denn tatsächlich von der Gemeinschaft der Engenmatter akzeptiert, wie Arnold auf dem Friedhof unlängst behauptet hatte? Der Wind drang durch ihre Kleider, frass sich durch die Haut in ihre Knochen und saugte die Energie aus ihren Muskeln. Sie war sich sicher, dass sie eine Frauenstimme lachen hörte. Hatte Arnold etwa Frauenbesuch? Weshalb eigentlich nicht, schliesslich war er seit einigen Jahren verwitwet, dachte Clara. Mit einem Blick auf die Uhr stellte sie fest, dass es erstaunlicherweise erst siebzehn Uhr war, obwohl die Dunkelheit in dieser Zeit des Jahres bereits allumfassend war. Abgesehen von den hellen Nebelschlieren, die durch das Dorf schlichen, versanken die Hausecken, die Briefkästen, Strassenschilder und Dachgiebel im tiefen Schwarz.

Clara wartete eine weitere Minute. Offensichtlich wollte Arnold die Tür nicht öffnen, obwohl er zu Hause war. Sie hätte von einem gestandenen Mannsbild ein mutigeres Verhalten erwartet und ärgerte sich. In ihrer Umhängetasche kramte sie nach der Fotografie mit den Jägern und schrieb mit Kugelschreiber eine Notiz auf die Rückseite, dass sie sich freuen würde, mit ihm einmal über die Vergangenheit der Engenmatt zu sprechen. Ein riskantes Unterfangen war das, hatte sie doch erst vor einer Stunde sämtliche Männer verdächtigt, mit Glois unter einer Decke zu stecken. Und dass Glois sich während seines Lebens die Hände schmutzig gemacht hatte, davon war sie immer mehr überzeugt. Sie zögerte, sollte sie die Nachricht wirklich hinterlassen?

Eigentlich war sie aufgebrochen, um Valentin zur Rede zu stellen, hatte aber im letzten Moment nach der Fotografie gegriffen und beschlossen, zuvor einen kurzen Abstecher zu Arnold zu machen. Ihre Hände begannen in dieser Kälte bereits steif zu werden. Sie gab sich einen Ruck, es war Zeit, volles Risiko zu gehen. Schnell schob sie das Bild in den Briefkastenschlitz. Das Türchen schepperte in der Stille, als sie die Hand zurückzog. Tief in ihre Jacke eingemummt, machte sie sich auf den Weg zu Valentin. Das hätte sie schon längst tun sollen, schalt sie sich. Nach dem einen beunruhigenden Wort war er ohne weitere Erklärungen verschwunden. Mörder, hatte er ihr ins Ohr geraunt, mit solch einer Inbrunst, dass das Wort seinen Weg durch ihren Kopf bis hinein ins Herz gefunden hatte, wo es die nächsten Stunden köchelte und schlussendlich zu einem Aufschrei emporgequollen war. Weshalb hatte er ausgerechnet dieses Wort ausgesprochen? Mörder. Wen meinte er damit? Entschlossen schritt sie über den Dorfplatz zum Stybli.

## *1650*

*Wütend stapfte Magdalena durch den kniehohen Schnee. Jetzt war ein für alle Mal Schluss mit dem frommen Getue des ach so hochverehrten Herrn Pfarrer! Was in anderen Ständen der Innerschweiz gang und gäbe wäre, musste doch auch in Obwalden durchführbar sein. Sie hielt an, um das verrutschte Schultertuch über ihren Haaren zu richten, und nutzte die Gelegenheit, ein wenig Atem zu schöpfen.*

*Ganze vierzehn Stunden hatte diese Geburt gedauert. Die neunte war es für die Frau gewesen. Die erste mit Steisslage des Kindes. Da die Frau während der Schwangerschaft keine Hebamme aufgesucht hatte, weshalb sollte sie auch, die vorangegangenen Geburten waren alle problemlos verlaufen, war Magdalena vor ein grosses Problem gestellt worden. Sie hatte alles versucht, was in ihrer Macht stand, jedoch vergebens. Sie hatte sogar versucht, das Kind im Bauch der erschöpften Frau zu drehen. Leider gab das Neugeborene keine Lebenszeichen von sich. Magdalena vermutete, dass es bereits im Bauch der Mutter verstorben war. Obwohl sie dem Buben sogleich die Nottaufe gespendet hatte, wäre der Pfarrer niemals dazu bereit, ein nicht in der Kirche getauftes Kind zu beerdigen.*

*Sie hatte das Büblein gesäubert, in ein frisches Leinen gewickelt und der untröstlichen Mutter in die Arme gelegt. Nachdem sie dem in der Stube wartenden Vater von dem Verlust berichtet hatte, liess sie die Eltern in der Schlafkammer allein Abschied nehmen.*

*Die anwesenden Geschwister blickten sie mit traurigen Augen an, und es schien, als ob auch die Jüngsten bereits verstünden, dass sich eine dicke Decke der Traurigkeit über das stattliche Bauernhaus legte. Magdalena öffnete trotz des kalten Wintermorgens ein Fenster, damit die Arme Seele den Weg hinausfand, und kniete sich mit den Kindern hin, um für das Brüderchen zu beten.*

*Endlich ging die Tür zur Schlafkammer auf, und Magdalena stand einem um Jahre gealterten Mann gegenüber. Das Gesicht des Bauern war tief eingefallen, die Blässe war einem kranken Grau gewichen. Er setzte sich zu seinen Kindern auf die Bank und wickelte das Gesicht des Bübleins aus. Ehrfürchtig traten die acht Kinder näher, und ein jedes nahm auf seine Art Abschied. Einige schluchzten, andere murmelten ein Gebet, verharrten in tiefem Schweigen, und die vierjährige Margreth sang mit klarer Stimme ein Heile-heile-Segen.*

*Nach einiger Zeit stand der Vater auf, drückte das Bündelchen in Magdalenas Arme und forderte sie auf, ihm zu folgen. Unter der Stiege, die hinauf in den oberen Stock führte, öffnete er eine Falltür. Mit einem Knarren gab der Boden eine Luke in den Keller frei. Er griff sich eine Kerze und kletterte die Leiter hinunter, dann liess er sich von Magdalena das Kind geben und forderte sie auf, ebenfalls hinunterzukommen. Der Kellerboden bestand aus gestampfter Erde, die einen beruhigenden Geruch verströmte. Magdalena bemerkte, dass an allen vier Wänden mit Speisen gefüllte Regale standen. Körbe voller Äpfel, Kohlköpfe sowie Zuckerstöcke trugen ihren Teil zum Geruch bei. Von der Decke baumelten Würste und Schinken. Wahrlich kein ungemütlicher Ort, obwohl es hier im Winter ganz schön kalt war. Entschlossen übergab der Bauer Magdalena das Kind und schritt mit einem Spaten in der Hand zu einer Ecke. Er hob ein kleines Grab aus, legte dann das Büblein, in eine einfach gezimmerte Kiste gebetet, hinein. Bevor er das Grab mit Erde zuschüttete, hielten sie einige Minuten in stillem Gebet inne.*

*Das alles war vor einer Stunde erst passiert, und in Magdalenas Körper pumpte das Adrenalin immer noch, vermischte sich mit der immer grösser werdenden Wut auf den Pfarrer. Nicht genug, dass sie es nicht geschafft hatte, das Kind lebend auf die Welt zu bringen, nein, sie hatte dem armen Vater auch noch helfen müssen, das ungetaufte Kind im Keller zu verscharren. Wütend trat sie mit dem Stiefel auf und geriet auf dem gefrorenen Boden prompt aus dem Gleichgewicht.*

*Sie hatte sich so sicher gefühlt. Die letzten fünf Geburten waren mehr oder weniger problemlos verlaufen, und sie hatte den strahlenden Müttern gesunde Kinder in die Arme legen können. Das war ein anderes Heimkehren gewesen, und sie hatte sich jedes Mal einen grossen Löffel Honig direkt aus dem Glas gegönnt. Mittlerweile schaute sie ihre Schwester Hedwig deswegen nicht einmal mehr böse an, sondern nickte mit einem wissenden Lächeln. Aber heute? Sie musste sich arg zusammenreissen, um nicht auf direktem Weg zum Pfarrhaus zu laufen und vor dem frommen Mann zu toben.*

*Andere katholische Stände beerdigten die ungetauften Verstorbenen ebenfalls auf dem Friedhof, weshalb sollte gerade Obwalden eine Ausnahme machen? Während Magdalena die letzten Wegkurven hinunter in die Engenmatt mehr schlitterte denn schritt, fasste sie einen Plan, wie sie diese Seelennot der Eltern mildern könnte, ohne das Wissen des Pfarrers. Nun musste sie nur noch eine Person finden, die ihr dabei helfen könnte.*

*«Sag mal, bist du denn von Sinnen?» Anton Riebli sprang auf, wodurch er die Kühe im Stall aufschreckte. «Was du von mir verlangst, ist einfach unmöglich! Es ist nicht nur unmöglich, es ist sogar gotteslästerlich!»*

*Magdalena und der Kirchensigrist standen einander gegenüber, die Wärme der Tiere vermochte nicht zu verhindern, dass ihr Atem kleine Wölkchen bildete.*

*«Ich glaube, dass du Gott mit unserem Herrn Pfarrer verwechselt. Ich kann mir nicht vorstellen, dass der Herrgott einen Unterschied macht, ob ein Kindlein getauft oder ungetauft auf seinem Friedhof bestattet wird. Unserem Pfarrer ist dies aber ein Dorn im Auge, weil er so ein Paragrafenreiter ist.» Sie tätschelte der Kuh den Hintern und schritt etwas zur Seite, damit Anton, mit dem Milchschemel an den Hintern gebunden, sich zum Euter der Kuh hinunterbegeben konnte.*

*Während er nicht nur diese, sondern auch die anderen sieben Kühe molk, vertieften sie sich in einen Disput über das korrekte Verhalten nach dem Tod eines ungetauften Säuglings. Magdalena hatte noch nie in ihrem Leben ein solches Gespräch geführt. Sie hatte sich während der letzten Abende am Spinnrad genau überlegt, mit welchen Argumenten sie Anton überzeugen könnte.*

*«Immer wieder höre ich von den Männern den leidigen Spruch, Gaulverrecken, grosser Schrecken, Weibersterben, kein Verderben. Ich weiss aber, dass nicht alle Männer so denken. Fast alle sind fürsorgliche Väter und Ehemänner. Und du bist das auch!»*

*Anton leerte den letzten Kessel Milch in die Bränte und hievte sie sich anschliessend auf den Rücken. «Unter einer Bedingung», er fasste sie an den Oberarmen und drückte sie schmerzhaft, «Barbara darf nichts davon erfahren, es würde sie nur an unsere toten Kinder erinnern.»*

# 19

Die alten Knochen knackten brechend laut, als Käthy Rohrer sich an Arnold von Deschwandens Schulter abstützte, um sich aus der Hocke zu erheben. «Ich bin zu alt für solche Kapriolen.»

Nacheinander erhoben sich nun auch Arnold und Toni. Völlig unerwartet hatte die Klingel ihre Debatte über das weitere Vorgehen bezüglich des Dorffriedens unterbrochen, und als zu allem Übel noch ein Schatten am Fenster erschienen war, ging das Quartett in guter alter Rekrutenmanier auf Gefechtsstation. Da Käthy bereits im Pensionsalter war, konnte sie dieses Wissen unmöglich in der Schweizer Armee erworben haben, durften die Frauen doch erst seit einigen Jahrzehnten Wehrdienst leisten, trotzdem gehorchte sie dem Herdentrieb und warf sich schwungvoll auf den Boden. Nun rieb sie sich die schmerzenden Kniegelenke und ärgerte sich, dass sie sich zu dieser lächerlichen Posse hatte hinreissen lassen.

«Du meine Güte. Wir sind hier doch nicht im Schützengraben.»

«Bist aber ebenfalls nicht stehen geblieben, Käthy», brummte Arnold, der sich schnaufend auf einen Stuhl fallen liess. «Du hättest der Grünenstein gern die Tür öffnen können. Schliesslich bist es auch du gewesen, die uns hier zusammengetrommelt hat. In meiner Stube notabene.»

Die Kaffeegläser klirrten, als der Pöstler Toni den Zwetschgenschnaps über die zwei Stück Würfelzucker goss und dann heissen, sehr dünnen Kaffee darübergab. Sie hatten in Arnolds Wohnzimmer rund um den Esstisch Platz genommen, jeweils eine Hand am Stiel des Kaffeeglases und mit der anderen versonnen darin rührend, bis der Zucker sich aufgelöst hatte. Erst jetzt legten sie in einer stillen Gleichzeitigkeit die Löffel auf den Tisch und erhoben die Gläser zu einem Prost. Toni nippte vorsichtig an seinem Zwätschgä, da er sich nicht den Mund verbrennen wollte. Im Hintergrund tickte in wohltuender Regelmässigkeit die Wanduhr, die jede Viertelstunde einen hellen

Ton von sich gab, ansonsten war lediglich das Knarren der Stühle zu vernehmen, wenn die Engenmatter das Gewicht auf den mit Spitzenbesätzen verzierten Kissen, ein Relikt von Arnolds verstorbener Frau, verlagerten.

«Und ich sage es euch gern noch einmal.» Käthy nahm den Faden des abrupt beendeten Gesprächs als Erste wieder auf. «Den Infarkt hat Peter nicht wegen seines Bluthochdrucks bekommen, da können die gescheiten Leute im Spital erzählen, was sie wollen. Emma hätte es doch bemerkt, wenn bei ihm etwas nicht in Ordnung gewesen wäre. Euch kann ich es erzählen, Emma will ja nichts mehr davon wissen. Ständig faucht sie mich an deswegen, sie könne mein Gerede über das Toggeli nicht mehr aushalten, ich mache mich noch zum Gespött der Leute. Ich sei ein Laferi, hat sie mir sogar gestern vor der Bäckerei unter die Nase gerieben.»

Das Brummen der Männer bestätigte Käthy in ihrem Urteil, dass Emma doch zu arg mit ihr ins Gericht ging, und so liess sie es sich nicht nehmen, ihre Erfahrungen mit dem unsäglichen Wesen, das die Leute des Nachts zu besuchen pflegte, in allen Einzelheiten zu beschreiben. Sie schilderte die Angst, die den Menschen vor seinem Infarkt urplötzlich befiel, das Ziehen in den Eingeweiden, wenn das Toggeli sich auf den Brustkorb setzte. Um ihre Schilderung zu unterstreichen, malte sie dessen Antlitz mit ihrem Zeigefinger ins Tischtuch. Wie es die Leute verzaubert mit seinem Lächeln und den unschuldigen Äugelein. Wie ein liebreizendes Mädchen. Und wie es auf einmal sein wahres Gesicht zeigt, eine Fratze, gezeichnet von Hass, gierig nach Leid lechzend. Und diese spitzen Zähnchen! So erzählten es sich die Alten seit Generationen.

Ihre Zuhörer nickten unisono, als Käthy verkündete: «Das Toggeli ist aufgewacht, und wir wissen alle, wer es geweckt hat.»

Ein lautes Schlucken übertönte den Halbstundenklang der Wanduhr. «Jedes Mal, wenn ich ihr wieder ein Paket ausliefern muss, graut mir davor.» Toni schaute auf seine Hände, als ob sie dadurch besudelt worden wären. «Ich meine, die Frau muss Hunderte von Puppen in ihrer Wohnung stapeln, wenn nicht sogar Tausende. Ständig muss ich neue Pakete anliefern, jedes von der Grösse eines Kleinkindersarges. Ich stelle mir vor, wie sie diese in ihrem Schlafzimmer aufstapelt und sich daran ergötzt.» Er schüttelte sich ein wenig zu theatralisch, trotzdem lauschten die anderen weiterhin konzentriert.

«Sie täuscht uns, die Grünenstein. Sie sieht so anständig und brav aus, dabei hat sie es faustdick hinter den Ohren! Ich möchte ja nicht wissen, weshalb sie in die Engenmatt gezogen ist. Es muss einen Grund geben, weshalb sie sich bei uns versteckt, und allem Anschein nach macht sie mit ihren schmutzigen Geschäften hier weiter. Und ständig diese Fragen von ihr.»

Arnold formte mit seinen Händen Form und Grösse eines Puppenkörpers, sodass sich das Bild in aller Deutlichkeit in ihre Netzhaut einbrennen konnte. «Die Gescheiten können uns noch lange sagen, dass wir auf einen alten Aberglauben hereinfallen und wissenschaftlich nichts bewiesen werden könne. Aber, meine Freunde, wir wissen es besser. Toni, Käthy, es ist in unserer Pflicht, die Engenmatt von der Plage zu befreien. Das Toggeli war erst der Anfang. Zuerst hat unser lieber Stybli Glois das Zeitliche gesegnet, dann ist der Peter verstorben, und schliesslich wurde meine Schwester, Gott hab sie selig, in ihrem eigenen Haus zu Tode gefoltert.» Er schluckte schwer.

«Und der Täter läuft immer noch frei herum. Wo ist denn bitte schön die Polizei, wenn man sie braucht? Die stellen lieber Radarkästen auf, um uns Steuerzahlern den letzten Rappen aus dem Portemonnaie zu ziehen. Sie sollen endlich Resultate liefern. Endlos befragt haben sie mich, und was hat es gebracht, ausser dass die Bullen mir gehörig auf den Sack gegangen sind?»

Eine zweite Runde Kafi Zwetschge wurde ausgeschenkt.

Käthy blickte ernst in die Runde. «Wir haben die Puppen vergessen. Jemand legt Botschaften für uns aus, um darauf hinzuweisen, wie gefährlich die Situation für die Engenmatter geworden ist. Ein nackter Körper auf dem Bruderklausenbrunnen, ich bitte euch, öffentlicher kann man kaum auf sich aufmerksam machen, und dann noch eine im Taufbecken der Kirche.»

«Ob es wohl ein Zufall ist, dass die Kirche ausgerechnet jetzt zusammengestürzt ist?», fragte Toni unbedarft.

«Zufälle gibt es keine, Toni.» Arnold spann Käthys Gedanken

weiter. «Die Kirche wurde dem Erdboden gleichgemacht, weil das Böse auf dem Vormarsch ist.»

Käthy beugte sich über den Tisch und schaute die Männer durchdringend an. «Apropos, seid ihr euch bewusst, wer die erste Puppe gefunden hat?»

«Clara von Grünenstein», kam die zweistimmige Antwort.

«Wollen wir doch mal schauen, was das Weib in den Briefkasten geworfen hat!»

***

Im Keller des Styblis war Hanny wieder einmal damit beschäftigt, Ordnung in das von den früheren Generationen hinterlassene Chaos zu bringen. Sie stapelte die drei Kartonkisten so aufeinander, dass sie mit ihnen bis in ihre Wohnung hochsteigen konnte. Sie hatte festgestellt, dass darin private Korrespondenz zu finden war. Bevor sie diese dem Altpapier übergab, wollte sie sicherstellen, dass sich kein wichtiges Dokument zwischen den Seiten versteckte.

Hanny spürte den Restaurantbetrieb des vergangenen Tages nun definitiv in den Beinen und hatte keine Lust auf die einzig vernünftige Lösung, die Kisten in zwei Gängen nach oben zu tragen. Sie balancierte den ganzen Turm auf einmal die Kellertreppe hinauf, was in der Theorie leichter erschien, als es dann tatsächlich war. Die Kinderschuhe auf der obersten Kiste kamen ins Rutschen, Hanny versuchte, die Bewegung aufzuhalten, wobei die Sandalen sich in ihrer Achselhöhle verkeilten. Eine Kante des untersten Kartons schnitt ihr schmerzhaft in den Unterarm. Mit einem letzten Energieschub hievte sie die Kisten in den ersten Stock und stellte sie in ihrer Wohnung auf den Wohnzimmertisch.

Erschöpft liess sie sich daneben auf einen Stuhl fallen, ihr Kopf jedoch war hellwach, und Hanny konnte sich nur mit grosser Mühe davon abhalten, die Kisten sogleich zu öffnen, um deren Inhalt einer genaueren Untersuchung zu unterziehen. Schwerfällig stand sie auf und schlurfte ins Badezimmer, wo sie die nach Restaurantküche stinkenden Kleider in den Wäschekorb stopfte und unter die heisse Dusche stieg. Sie liess den harten Wasserstrahl ihren Nacken massieren, und die Müdigkeit übermannte sie endgültig. Sie wusste nicht mehr, wie sie es geschafft hatte, die Zähne zu putzen und in ihr Nachtzeug zu schlüpfen, lediglich den schnurrenden Kater auf ihren Füssen nahm sie noch wahr. Wie schön, dass ihr jetzt jemand die Füsse wärmte.

Wegen Hannys Arbeiten im Keller wirkte das Stybli von aussen verlassen. Die Fensterläden waren geschlossen, die Räume allesamt verdunkelt, keine Menschenseele auszumachen. Enttäuscht, dass Hanny nicht zu Hause war, drehte sich Clara um und stapfte den Fussweg entlang, der an der Kirche vorbei hoch hinauf in den Wald führte. Nach einigen hundert Metern überlegte sie, dass es wohl eine bessere Idee gewesen wäre, bei Tageslicht Valentins Höhle aufzusuchen, aber aufgrund ihrer immer wiederkehrenden Rückenschmerzen war es für sie zur Gewohnheit geworden, die Nacht zum Tag zu machen. Sie hatte in diesem Moment schlicht und einfach nicht über die Tageszeit nachgedacht.

Nachdem sich die Augen erst einmal an die Dunkelheit gewöhnt hatten, konnte sie erstaunlich viel von ihrer Umgebung erkennen. Im Dorf erhellten Strassenlaternen, Schaufenster und Wohnzimmer die Nacht, liessen das Dunkel noch tiefer im Schatten versinken, hier im lichten Wald jedoch überwand das Mondlicht seine Scheu und suchte sich seinen Weg durch die Tannenwipfel, bis es den Boden mit einem sanften Licht streichelte. Nur im äussersten Notfall, wenn sie gar nicht mehr wusste, welchen Weg sie zu nehmen hatte, liess Clara das Display des Smartphones aufleuchten und orientierte sich anhand des Fotos mit der Zuckerkarte, die Valentin vor einigen Tagen auf ihren Arbeitstisch gezeichnet hatte. Es dünkte sie, als ob Monate vergangen waren, seit ein Unbekannter in ihre Wohnung eingedrungen war, ihr Arbeitszimmer auf den Kopf gestellt und die Zuckerkarte zerstört hatte. Glücklicherweise war sie damals geistesgegenwärtig genug gewesen, die Karte zu fotografieren. Noch immer hatte sie keine Ahnung, wer ihr übelwollte, und schlimmer noch, sie konnte kein Motiv für die Tat erkennen. Nur Valentin und Hanny wussten von ihrer Absicht, das Verschwinden ihres Bruders in der Engenmatt aufzuklären.

Nach einem letzten Blick auf ihr Handy erkannte Clara, dass eine kurvenreiche Strasse den Berg hinaufführte, die vor einer mächtigen Tanne zu enden schien. Das Licht ihres Telefons erlosch, und sie wartete, bis sich ihre Augen wieder an die Dunkelheit gewöhnt hatten. Valentin hatte auf seiner improvisierten Karte einen klar umrissenen Weihnachtsbaum in den Zucker gezeichnet. Kein Zweifel, es würde ihr nichts anderes übrig bleiben, als den steilen Hang hinaufzuklettern und aufzupassen, dass sie auf dem nassen Gelände nicht ins Rutschen kam. Vorsichtig begann sie den Anstieg, sie hatte keine Lust, auf dem Hosenboden den Berg hinunterzuschlittern. Das Geläster der Engenmatter in diesem Fall wollte sie sich nicht einmal vorstellen.

Obwohl Arnold von Deschwanden eindeutig seine Scheu ihr gegenüber verloren hatte, so war sich Clara bei Weitem nicht sicher, wie sich der Rest der Dorfbewohner verhalten würde. In der Öffentlichkeit demonstrierten sie zurückhaltende Höflichkeit, man grüsste sich, erkundigte sich mit ein paar knappen Sätzen nach dem Befinden, mehr aber auch nicht. Tiefere Gespräche oder gar das Einweihen in die wahren Probleme der Engenmatter Ureinwohner, daran konnten Fremde nicht einmal im Traum denken. Mindestens eine ganze Generation war vonnöten, bis jemand als einheimisch angesehen wurde. Eigentlich war es Ironie des Schicksals, dass sie einen waschechten Engenmatter Familienstammbaum aufweisen konnte, also einheimischer war als manch ein Einheimischer. Sowohl ihre Mutter als auch ihr Vater waren hier aufgewachsen, und sie hatten ihrerseits zwei Kinder in dieses Dorf gesetzt. Grossmütter und deren Ehemänner waren früh verstorben, ebenso Claras Vater und vor einigen Monaten auch ihre Mutter. Tanten und Onkel, die noch einen Bezug zu Sarnen und der Engenmatt hatten, gab es keine. Nun war nur noch Clara übrig, wenn man davon ausging, dass Hannes nicht mehr lebte.

Bestimmt hätte er sich bei jemandem gemeldet, dachte Clara zum tausendsten Mal. Was aber, wenn er nicht in der Lage war, sich an seine Familie zu erinnern? Was, wenn er sich gar nicht mehr melden konnte, weil er schon am Tag seines Verschwindens gestorben war? Ein eisiger Wind blies in Claras Gesicht und riss blutende Schrunden in ihre Lippen. Sie schluckte den bitteren Nachgeschmack dieser Möglichkeit hinunter und zwang sich tapfer, die bevorstehende Aufgabe zu Ende zu führen: Valentin zu suchen und ihn zur Rede zu stellen, basta. Er wusste definitiv etwas. Ob er sich erst seit Kurzem daran erinnerte oder ob er dieses Wissen all die Jahre hindurch geheim gehalten hatte, konnte Clara nicht einschätzen. Es war aber in diesem Moment nicht von Belang, viel wichtiger war, dass endlich jemand seinen Mund aufmachte und die Wahrheit sagte.

Der Fussweg wurde nun immer unwegsamer, er gewann an Steigung und wurde zunehmend schmaler. Clara spürte ihn mehr, als dass sie ihn tatsächlich sah. Jedes Mal, wenn sie mit ihren Schuhen im knöcheltiefen Gras versank und den darauf gefrorenen Tau zertrat, suchte sie sich wieder den knirschenden Untergrund der Kieselsteine, nur um kurz darauf den nächsten Fehltritt zu machen. Es war nicht mehr an schnelles Marschieren zu denken. Clara war gezwungen, das Tempo zu reduzieren. Die Kälte zwickte in den Fingerspitzen, trotzdem spürte sie, wie sich der Schweiss an ihrem Rücken sammelte, in einem dünnen Rinnsal nach unten wanderte und in ihrem Hosenbund verschwand. Die nass geschwitzten Haare in ihrem Nacken fühlten sich bald kalt an, und Clara stopfte sie unter die Mütze zurück, damit sie sich nicht erkältete. Sowieso war sie stolz auf sich, wie sie hier den Berg hinaufkraxelte, ohne sich vor Rückenschmerzen auf dem Boden zu winden. Voller Freude schritt sie ein wenig schneller aus und trat prompt in ein Schlagloch. Seufzend strich sie die Tautropfen von ihrer Jeans. Es gab sie nicht oft, die seltenen Momente der Schmerzfreiheit, umso mehr genoss sie diese. In jenen Momenten fühlte sie sich wie die junge Frau, die sie wirklich war, und nicht wie ein in einen Maschendrahtzaun gesperrtes, waidwundes Tier. Sie bemerkte die Kraft ihrer Muskeln, die Gelenkigkeit, die Jugend.

Als sie eine Atempause einlegte und sich umsah, erblickte sie den ersten rosa Streifen hinter dem Stanserhorn. War es möglich, dass sie die ganze Nacht hindurch auf gewesen war? Einem silbernen Teller gleich lag der Sarnersee in würdevoller Erhabenheit unter ihr. Kein Wind, kein Boot, kein Schwimmer oder Surfer störte die Wasseroberfläche in ihrer Ruhe. Berge, Dörfer, ja sogar einzelne Bäume würden sich detailreich auf seiner Fläche spiegeln, wenn denn die Sonne hoch genug gestiegen war.

Nicht mehr lange und das Tageslicht erhellte den Weg hoch zu Valentin, trotzdem wollte Clara sich keine längere Pause gönnen und darauf warten. Sie wanderte weiter den Berg hinauf. Aus einer Tanne zu ihrer Rechten drang ein Knistern, schliesslich krächzende Laute und hektisches Flügelschlagen. Auch die Kolkraben machten sich für ihr Tageswerk parat, plusterten das Gefieder auf, befreiten ihr Nest von Unrat und begannen mit der Federpflege.

Clara beschlich das eigentümliche Gefühl, dass nicht nur die Vögel ihr Tun beobachteten, konnte aber in der Dämmerung nichts ausmachen. Sie drehte sich im Kreis und beobachtete die Gegend. Lediglich die Umrisse der weit unter ihr gelegenen Häuser, die sich windenden Strassen, die im fahlen Licht orangen Kreise der Strassenlaternen konnte sie erkennen, jedoch keinen Menschen. Bei jedem Schritt zerbrachen knisternd die gefrorenen Blätter unter ihren Schuhsohlen. Es roch nach Moos und frischer Erde, ein urtümlicher und zugleich auch beruhigender Duft. Clara atmete tief ein und wanderte weiter.

Noch eine letzte Biegung und dann hätte sie das kleine Plateau erreicht, das laut Karte vor dem Höhleneingang lag. Die mächtige Tanne davor war schon von Weitem erkennbar und hatte Clara als Richtungsweiser gute Dienste erwiesen. Ein Aufleuchten liess sie innehalten. Sie stand schwer atmend auf dem Wanderweg, die Hände in die Seiten gestützt, und überlegte, was sie gesehen haben könnte.

Da, schon wieder. Ein helles Gesicht blitzte daraus hervor. Was war da? Sie wartete noch einmal einige Augenblicke und ging dann langsam weiter. Ob ihr Valentin mit einer Taschenlampe den Weg beleuchten wollte? Aber weshalb sollte er dies tun? Er konnte schliesslich nicht wissen, dass sie ausgerechnet jetzt auf dem Weg zu ihm war. Plötzlich beschlich sie Unruhe. Gerade als Clara entschieden hatte, sich auf einen Stein zu setzen und abzuwarten, bis der Tag endgültig erwachte, blitzte das Licht erneut auf. Diesmal hatte sie erkannt, dass es aus den Ästen der mächtigen Tanne und keineswegs aus der Höhle kam. Sie warf ihre Pläne über den Haufen und beschloss, sofort nachzusehen.

***

Valentins Brust brannte wie Feuer, drohte ihn von innen heraus zu verglühen. Alles, was er war, sein Wesen, sein Geist, sein Feingefühl für die Umgebung, seine Fähigkeit, hinter die Fassaden zu schauen, all das drohte den gefrässigen Flammen zum Opfer zu fallen. Vergeblich suchte er nach Linderung der Schmerzen. Er drehte seinen verkrampften Körper auf den eisigen Boden, wälzte und rollte sich über nackten Felsen, Kieselsteine und Morast, bis die Muskeln schreiend nach Ruhe verlangten.

Kra, kra! Valentin hielt sich die Ohren zu. Er lag auf dem Bauch, das Gesicht in Mutter Erde vergraben, und strich mit den Fingerspitzen über die nackte Felswand, wo sich Feuchtigkeit in Form von Wassertropfen den Weg nach unten suchte. Es gelang ihm, einen Tropfen auf dem Finger zu balancieren und seine Lippen damit zu benetzen. Die Kühle legte sich wohltuend darüber, breitete sich in seinem Gaumen aus, dann verschwand ihre Wirkungskraft. Nein, er brauchte mehr davon, mehr, immer mehr! Wenn er nur nicht solchen Durst hätte. Er presste die ganze Handfläche an den Felsen, strich über dessen Oberfläche, hin und her, wie ein unerfahrener Liebhaber, der niemals genug von seiner Liebsten bekam. Jeden einzelnen Tropfen Wasser leckte er von seiner Haut, bemerkte dabei den modrigen Geschmack nicht. Mehr, mehr, ich brauche mehr.

Kra, kra! Sei still, du Teufel!

In seinem Delirium reagierte Valentin instinktiv. Er hatte wahnsinnigen Durst und fürchtete zugleich nichts mehr, als nach draussen zu gehen und dem Untier zu begegnen. Nicht auszudenken, was das Tier mit ihm machen würde, verliesse er seine Höhle. Es wartete dort auf ihn, das gierige Federvieh, der Teufel mit seinem hungrigen Schnabel. Er konnte hören, wie ihm der Blackvogel auf der Tanne sitzend auflauerte und dabei den Schnabel wetzte. Kra, kra, kra.

Ah, das Krächzen, er konnte es nicht mehr hören! Der Teufel

lachte ihn schmählich aus. *Hoppe, hoppe, Reiter, wenn er fällt, dann schreit er. Fällt er in den Graben, dann fressen ihn die Raben.* Valentin wollte sich noch etwas erholen, um Kraft zu tanken, bevor er sich doch noch dem Monster der Alpen entgegenstellte. Er musste nach draussen, sonst würde er verdursten. Er presste beide Fäuste gegen die Ohren und vergrub das Gesicht im erdigen Boden. Nur kurz schlafen und dann würde er dem Blackvogel zeigen, wer schlussendlich schrie.

# 20

Obwohl erst sechs Uhr morgens, erwachte Hanny ausgeruht und freute sich auf den Tag. Sie hatte heute Morgen genügend Zeit, bei Kaffee und Gipfeli gemütlich die Zeitung zu lesen. Sie schlüpfte in Jogginghose und Schlabberpulli und polterte dann, Kater im Schlepptau, die Treppe hinunter in die Küche des Stybli. Sie füllte Katers Napf mit frischem Wasser, das er beleidigt verschmähte, und gab Trockenfutter in einen zweiten Napf. Während er sich darüber hermachte, schnitt sie Früchte für ihr Müsli und brühte sich einen Kaffee, stellte beides auf ein kleines Tablett und begab sich wieder in ihre Wohnung.

Erst jetzt fiel ihr auf, dass sie Valentin schon länger nicht mehr gesehen hatte. Sicherlich trieb er sich wieder in den Wäldern herum oder hockte in seiner Höhle. Valentin hatte keine Ahnung, dass sie von der Höhle wusste, aber sie war ihm vor einigen Jahren einmal von Neugierde geplagt gefolgt und hatte so seinen Rückzugsort entdeckt. Da es keinen Grund gab, weshalb Valentin dort oben nicht seine Ruhe finden sollte, hatte sie beschlossen, dies niemandem zu verraten, und sich bis heute daran gehalten. Sie stellte das Tablett auf den Tisch und rückte die Kellerkisten ein wenig beiseite. Ihre Kinderschuhe deponierte sie, frisch abgestaubt, auf dem Fernseher. Ihr gefiel die Vorstellung, eine Erinnerung an ihre ersten Gehversuche zu haben. Wie viele Schritte sie seit damals gemacht hatte? Ein leiser Hauch von Nostalgie umwehte sie, liess die Erinnerung an ihre Mutter aufleben, brachte ein längst verlorenes Gefühl von Geborgenheit mit sich.

Um sich abzulenken, löffelte sie ihr Müsli aus und trank mit kleinen Schlucken den Kaffee. Danach stand sie auf und öffnete den obersten Karton. Er war gefüllt mit einfachem, aber auch fein gezeichnetem weissem Porzellan, mit Tassen, Krügen und Saucieren. Sie stellte die Teile im Flur in eine Reihe und beschloss, sie nach der Prüfung auf etwaige Schäden im Industriespüler der Restaurantküche zu waschen. Die Krüge ergäben wunderbare

Gefässe für Blumenarrangements, und für die Tassen und Saucieren würde sich sicherlich ein Zweck finden.

Als sie nach einem der Ordner greifen wollte, rutschte ein zusammengefaltetes Papier heraus, segelte auf den Boden und verschwand unter dem Kanapee. Murrend schälte sie ihre Füsse aus der Wolldecke und erschrak über den kalten Fussboden. Sie liess sich auf die Knie nieder, reckte ihren Hintern in die Höhe und versuchte, mit Kopf und Schulter unter dem Kanapee das Papierstück zu fassen, das bis in die hinterste Ecke geflogen war. Endlich hielt sie es in den Händen und richtete sich wieder auf.

Es riss an den Faltlinien leicht ein, und sie musste aufpassen, es nicht komplett zu zerreissen. Es war ein nüchterner Artikel über eine Gesetzesänderung des Paragrafen 857.5 «Bundesgesetz über die Schwangerschaftsberatungsstellen» vom 9. Oktober 1981. Hanny las weiter, dass die Kantone eine Beratungsstelle einzurichten hatten, bei der sich Schwangere unentgeltlich Hilfe und Beratung holen konnten. Sie würden zudem informiert über mögliche Unterstützung, auf die sie bei der Fortsetzung der Schwangerschaft zählen konnten, aber auch über die medizinischen Folgen bei einem Schwangerschaftsabbruch.

Hanny wunderte sich, dass ihre Mutter diesen Artikel beiseitegelegt hatte. Aus heutiger Sicht waren die damaligen Erneuerungen eine Selbstverständlichkeit. Wenn man die Augen offen hielt, konnte man überall Plakate und Inserate entdecken, auf denen die Telefonnummern der Beratungsstellen abgedruckt waren. Ehe-, Lebens- und Schwangerenberatung, kurz elbe, in Luzern, die Frauenkontaktstelle Obwalden und die Sozialdienste der Einwohnergemeinden des Kantons waren nur einige davon. Mit einem Achselzucken legte Hanny den Bericht weg.

Sie wollte zum nächsten Dokument greifen. Zu ihrem Erstaunen entpuppte sich dieses als Kartonkiste, die wie ein normaler Ordner ins Regal gestellt werden konnte. Sie legte sie auf den Tisch und öffnete den Deckel. Eine immense Auswahl an Briefen lag vor ihr.

Auch das noch! Sie würde kostbare Zeit damit vertun, diese nach Absender geordnet zu sortieren, um auch nur im Entferntesten einen Überblick über den Inhalt zu erlangen. Sie nahm die obersten Briefe heraus und entdeckte, dass ihre Mutter, ihr diese Arbeit bereits abgenommen hatte. Die Briefbündel waren sorgfältig mit Paketschnur zusammengebunden. Noch mehr Briefe! Erst vor einigen Wochen hatte sie mit Valentin Kisten nach oben getragen und dann in stundenlanger Arbeit aussortiert.

Aus der unteren Etage hörte sie die Bedienung nach ihr rufen, der Bierlieferant sei da und wolle möglichst schnell wieder fahren. Hastig stand sie auf, bündelte die Briefe aufeinander, warf sie zurück in die Kiste und stürzte ins Schlafzimmer. Heute musste eine französische Dusche herhalten, sprich Katzenwäsche, Parfüm drüber und fertig. Schnell schlüpfte sie in die Kleider, kämmte sich die Haare, putzte die Zähne, legte Make-up auf. Sie war schon halb die Treppe hinuntergepoltert, als sie umkehrte, die Kiste packte und zuhinterst unter das Kanapee stiess. Erst dann ging sie hinunter ins Restaurant.

***

Mit einem giftigen Stechen unter ihren Rippen stieg Clara weiter die Endlose Strasse hoch, und bei jeder neuen Kurve stiess sie einen währschaften Obwaldnerfluch aus. Andere Leute mochten sich mit aufmunternden Sprichworten, innerer Ruhe oder Gesang motivieren, sie jedoch begnügte sich mit unflätiger Wortwahl. Über ihrem Kopf drehte ein Rabe seine Runden, bis er unerwartet eine Nuss aus seinem Schnabel fallen und auf einem grossen Felsbrocken aufprallen liess. Sie staunte über die Cleverness des Vogels, als sie beobachtete, wie die harte Schale der Nuss auf dem Felsen aufplatzte, der Rabe landete und anschliessend genüsslich das Fruchtfleisch verspeiste. Obwohl der Vogel in der Innerschweiz heimisch war, hatte sie ihn doch selten zu Gesicht bekommen und starrte den grossen Vogel erstaunt an. Etwas schien das Tier gestört zu haben, denn plötzlich nahm es die letzten Nussreste in seinen Schnabel, flog in die Höhe und verschwand hinter den Tannen.

Schicksalsergeben schritt sie weiter. So lange konnte es nicht mehr dauern, bis sie bei Valentin war, denn sie konnte schon den Felsen erkennen, in dem die Höhle versteckt lag. Ihre Nase tropfte, die Lunge brannte ob der kalten Luft, und das Seitenstechen nahm an Schärfe zu.

Du lieber Himmel, war sie untrainiert. Wieder schaute sie den Hang hinauf und bemerkte erleichtert, dass es sich nur noch um zwei bis drei Haarnadelkurven handeln konnte.

Sie hatte endlich das Plateau vor der Höhle erreicht und war fasziniert unter der Tanne stehen geblieben. Daher musste das Glitzern hergekommen sein, denn etwas anderes kam nicht in Frage, wie sie nach einer weiteren Überprüfung der Örtlichkeit feststellte. Ein Schauer liess sie frösteln, sie verschränkte die Arme vor der Brust und hopste auf und ab, um die Kälte abzuwehren. Ihr Knöchel begann zu pochen. Immer wieder war sie vom Fussweg abgekommen und hatte sich dabei unglücklich den Fuss verknackst, was zu einer kleinen Schwellung geführt hatte.

Welche Schnapsidee, in einer Nacht-und-Nebel-Aktion hier hinaufzuklettern. Da war sie wieder, die wohlbekannte Suche nach Grenzen. Die Regeln der Vernunft missachten und im Dunkeln einen Berg besteigen oder mit kreischender Punkmusik die Ohren bis kurz vor der Schmerzgrenze beschallen lassen und gern noch ein wenig darüber hinaus. Ihr Verhalten wäre ein gefundenes Fressen für einen Psychologen. Sie streckte sich, spürte die Wirbel im Rücken knackend aufseufzen und schaute in das erwachende Sarneraatal hinunter. Die Strassenlaternen leuchteten nicht mehr, trotzdem liessen die Obwaldner das Licht in ihren Wohnzimmern, Büros und Werkstätten brennen. Im dunklen Monat November vermochte die Sonne mit ihrem müden Schein die Häuser und Menschen nicht zu erreichen.

Clara zog die verrutschte Mütze wieder über die Ohren, stopfte verirrte Haare darunter und beobachtete fasziniert den schwarzen Vogel auf der Tanne, der sich von der Obskurität um ihn herum nicht beeindrucken liess. Er plusterte sein dichtes Gefieder, bis es im Sonnenlicht glänzte, dann spreizte er seine Schwingen aus, und mit einem unmelodiösen Krächzen erhob er sich in die Luft. Nach einigem Kreisen schoss er zielsicher hinunter und verschwand in den Ästen eines Nussbaums. Clara sah, dass die Äste erzitterten, und kurz darauf erschien der Rabe mit einer Nuss im Schnabel wieder in der Luft. Das reife Fruchtfleisch hatte er bereits abgeschält. Clara stand still und beobachtete ihn fasziniert. Der Rabe flog in einem steilen Bogen über das Plateau, dann liess er die Nuss auf dem Felsen aufprallen, wo sie entzweisprang. Clara hatte gewusst, dass Raben als kluge Vögel galten, aber dass sie so zielgerichtet und clever handelten, hatte sie nicht geahnt. Im Gegenteil, im Mittelalter sei dieses Federvieh der Bote für Not und Teuerung gewesen, so hatte sie es im Geschichtsunterricht gelernt. Sie hätte dem Tier noch lange zuschauen können, hätte nicht ein ungewöhnliches Geräusch ihre Aufmerksamkeit auf sich gezogen. Zuerst dachte sie an ein verletztes Tier, bis sie realisierte, dass jemand stöhnte. Eigenartigerweise verspürte sie keine Angst, obwohl sie ganz allein im Wald weit weg von der nächsten Siedlung war.

Clara blickte sich suchend um und bemerkte, dass die Geräusche aus dem Innern der Höhle kommen mussten. Vorsichtig setzte sie einen Fuss vor den anderen und näherte sich dem dunklen Eingang, der von herunterhängendem Gestrüpp überwuchert wurde. Das Wimmern wurde immer deutlicher, und nun hörte sie auch ein Kratzen und Schaben, das ihr eine Gänsehaut auf dem Rücken verursachte. Sie streckte die Hand aus und schob einen Zweig beiseite.

***

Kurz vor neun hielt es Hanny nicht mehr zu Hause aus und beorderte ihre Belegschaft in die Küche. Sie erklärte, dass sie unvorhersehbare Geschäfte in Sarnen zu erledigen habe und kaum vor dem Mittagsservice zurück sein würde, was ihre Angestellten erstaunt zur Kenntnis nahmen. Flugs eilte Hanny in ihre obere Wohnung, wo sie in Winterstiefel und Mantel schlüpfte und sich ihre Tasche schnappte. Einige Minuten später fuhr sie die Engenmattstrasse hinaus aus dem Quartier, grüsste an der Sägerei die Arbeiter mit einem Winken und bog schlussendlich an der Pfarrkirche Sarnen rechts ab.

Mitten im Dorf Sarnen musste sie vor der Barriere warten, bis der Golden Panoramic Express, früher schlicht Brünigbähnli genannt, passiert hatte. An den Fenstern der Eisenbahnwaggons erkannte Hanny verschwommene Gesichter hinter Displays versteckt. Mit stetigem Klingeln hob sich endlich die Barriere, Mütter mit Kinderwagen beeilten sich, über die Gleise zu kommen, im Gegensatz zu einigen jungen Männern, die mit einem betont lässigen Gang darüberschlenderten.

Der Morgen weigerte sich, Tag zu werden, und so blickte sie in nebelverhangenes Grau und wünschte sich in diesem Moment nichts sehnlicher, als zurück unter ihre Bettdecke zu kriechen. Eine seltsame Unruhe hielt sie davon ab, zurückzukehren, und so beschloss sie, mit ihrem Auto die paar hundert Meter weiter zum Gemeindehaus zu fahren. Bei diesem Wetter schien ihr jeder Schritt zu viel.

Sie parkte vor dem braunen Gebäude im Siebziger-Jahre-Stil und kramte auf dem Rücksitz nach ihrer Tasche. Durch eine Schiebetür gelangte sie in das Innere des Gebäudes. Hanny ging an den Schalter, schilderte dem Beamten ihr Anliegen und wurde aufgefordert, einige Minuten zu warten. Hanny hatte kaum Gelegenheit, ihre Gedanken zu ordnen, als eine zweite Tür aufgestossen wurde und ein attraktiver Mittvierziger im Anzug und ohne Ehering am Finger vor ihr stand. Ihm folgte sie nur zu gern in das erste Obergeschoss.

***

Die Natur bereitete den Abschied vor, die Luft roch nach Endgültigkeit und Verfall. Bleiche Gesichter, eingefallene Wangen, leere Augenhöhlen empfingen die kleine Gruppe, zeigten ihr auf, dass sie das Ziel ihrer langen Wanderung erreicht hatte. Sie waren nur einen kurzen Augenblick sichtbar und versteckten sich sogleich wieder hinter einem Tannenzweig. Kein Gesicht glich dem anderen, allesamt jedoch wiesen sie einen etwas angestrengten Gesichtsausdruck auf. Spuren der Verwitterung waren auf den Antlitzen zu erkennen. Hier hingen sie, die Fuss- und Händelosen, die Geköpften, die Zerdrückten. Die Aufgerissenen, die Zerkratzten, die Blicklosen. Die Zu-Tode-Geliebten. Allesamt stumm.

Die Köpfchen mit ihren leeren Augenhöhlen begrüssten jeden

unwillkommenen Besucher, der es wagte, ungefragt einen Schritt auf das Plateau vor der Höhle zu setzen. Willkommene Besucher gab es nicht, niemals und unter gar keinen Umständen. Valentin wollte allein sein mit den leeren Köpfen, den gebrochenen Armen und Beinen. Den Füsschen, den Händchen. Den kalten Bäuchlein und den starren Hälsen.

«Wir sind hier definitiv richtig», keuchte eine Männerstimme nach Luft japsend. «Seid still, sonst hören sie uns. Es ist schon ungünstig, dass ausgerechnet heute die Sonne scheinen muss. Das Nebelmeer hätte ruhig noch einen Tag länger bleiben können.» Er blies in seine Hände und versuchte, sie wenigstens ein bisschen zu wärmen. Klare Himmelsverhältnisse hatten unweigerlich klirrende Kälte zur Folge.

«Wenn er die Nacht hier oben verbracht hat, ist er jetzt sicher stocksteif gefroren.» Eine leise Frauenstimme gesellte sich dazu, und auch sie versuchte vergeblich, das angestrengte Keuchen zu unterdrücken. «Dass dieser Hang auch so verdammt steil sein muss. Ich hab keine Lust, eine Leiche diesen Berg hinunterzuschleppen. Ich weiss nicht mal, wie ich selbst heil hinunterkomme.»

«Hör auf zu jammern und geh hinter der Tanne in Deckung.»

Die mächtige Tanne dominierte das kleine Plateau und spendete mit ihren ausladenden Ästen sowohl Schutz bei garstiger Witterung als auch Schatten an heissen Sommertagen. Einige Meter hinter der Tanne zog sich eine verwitterte Felswand empor, in deren moosbedeckten Ritzen und Rillen Wasserrinnsale ihren Weg nach unten suchten. Ein schmaler Eingang, kaum breiter, um einem ausgewachsenen Mann Einlass zu gewähren, war von den Wurzeln eines Ahornbaums halb bedeckt. Es bedurfte eines geübten Auges, um die Höhle dahinter zu vermuten.

«Ich gehe nicht in die Nähe dieser Toggelifiguren!» Sie huschte etwas weiter nach links und setzte sich hinter einem Haselstrauch auf einen Felsvorsprung.

«Gelobt seist du, Maria, voll der Gnaden, der Herr sei mit dir ...» Sie leierte das Gebet ein ums andere Mal flüsternd vor sich hin und bekreuzigte sich am Ende jedes Mal, bevor sie wieder von vorne begann.

Die Zweige vor ihrem Gesicht waren an der Unterseite mit filigranen Eisgebilden geschmückt, ein jedes ein Kunstwerk der Natur. Wo der Hauch ihres hektischen Atems das Eis traf, begann dieses aufzutauen. Wenn sie ihre Sitzposition änderte und die Äste in Bewegung gerieten, fielen Eiskristalle in ihren Nacken, wo sie auf der heissen Haut verglühten. «Und ich sag euch, das hier ist nicht normal. Ein zweites Massengrab ist das hier!»

«Von was sprichst du denn bitte? Das sind Puppen, hörst du? Nur Puppen, keine Menschen. Mein Gott, nun stell dich nicht so an! Und wieso nennst du das ein zweites Massengrab, wenn die Knochen von der Kirchenmauer alle uralt sind? Ich denk immer noch selbst und sehe hier mit meinen eigenen Augen, dass die baumelnden Körper aus Plastik sind. Siehst du?» Er tippte an ein Kinderbein und liess es vor ihrem Gesicht schaukeln.

«Jesses!» Sie schaute erneut zum Höhleneingang. «Und er ist schuld, das kann ich beschwören! Er hat das Toggeli geweckt.» Um ihren Worten die nötige Wichtigkeit zu verleihen, deutete sie auf die an Schnüren hängenden Puppen in der Tanne.

«Dieser Kerl ist mir im Moment egal, seine Zeit wird kommen. Einem, der zeitweise in einer Höhle wohnt und deren Eingang mit nackten Puppenleibern schmückt, glaubt kein vernünftiger Mensch, da kann der Valentin erzählen, was er will. Um ihn kümmern wir uns später.»

Arnold von Deschwanden spuckte einen zähen Schleimmocken ins Gras, genau vor Käthy Rohrers Füsse, wo er auf dem gefrorenen Tau kleben blieb. «Wo bleibt denn Toni?» Arnold schlich an den Rand des Plateaus, blickte hinunter und erkannte Toni, der, typisch Jäger, durch sein Fernglas nach Wild Ausschau zu halten schien.

«Noch einige Minuten, dann ist auch er hier oben», raunte Arnold und versteckte sich seinerseits hinter der Tanne. Toni schien es nicht eilig zu haben, doch schliesslich tauchte auch sein Kopf hinter dem Felsen auf.

«Verdammt!»

«Halt's Maul, du Holzkopf.» Arnold schoss wie von der Tarantel gestochen auf und riss dem schockierten Toni das Jagdgewehr aus der Hand. «Was soll das? Ich habe dir doch gesagt, dass du deine Waffe zu Hause lassen sollst, und nun fuchtelst du damit vor meiner Nase herum.»

Dieser, ansonsten eher phlegmatisch, ignorierte den erbosten Arnold und starrte fassungslos um sich. Valentin hatte nicht nur die mächtige Tanne, sondern fast alle Bäume auf dem kleinen Plateau mit den alten Puppenkörpern geschmückt. Da baumelten sie nun mit ihren defekten, verwitterten Gliedmassen und versetzten Toni in Angst und Schrecken. Mit Inbrunst schlug er das Kreuz über der Brust.

«Das geht hier nicht mit rechten Dingen zu, Arnold.» Toni zeigte erschrocken auf die Puppen. Die blanken Porzellangesichter leuchteten bleich im fahlen Morgenlicht.

«Das Toggeli, ich sag euch, hier ist das Toggeli zu Hause. Dem Valentin habe ich noch nie über den Weg getraut, das habe ich euch immer gesagt, das ist ein ganz Hinterlistiger.» Toni zog geräuschvoll die Nase hoch. «Und nun her mit meinem Gewehr!»

Arnold machte einen Schritt rückwärts, wobei er über eine Wurzel der Tanne stolperte und unglücklich auf dem Rücken landete. Ein Stechen schoss in seine Niere, und der Atem blieb ihm weg. Krampfhaft versuchte er, den lebenswichtigen Sauerstoff zu inhalieren, vergeblich. Der Krampf hielt an, in seinem Kopf dehnte sich die Dunkelheit aus, wurde allumfassender, verlangte gierig nach mehr Raum, bis sie schlussendlich das Augenlicht kappte. Er spürte, wie Toni das Gewehr aus seiner Hand nahm, ihm aber nicht aufhalf. Endlich, mit einem Pfeifen kam er, der ersehnte Atemzug. Das Leben kehrte so schnell in seinen Körper zurück, wie es in Gefahr gewesen war zu verschwinden. Trotzdem gelang es ihm erst nach mehreren Anläufen, sich aufrecht hinzusetzen und prüfend die schmerzende Stelle am Rücken abzutasten. Gebrochen schien zum Glück nichts zu sein, aber die Niere hatte einen argen Stoss zu verarbeiten. Die nächsten Tage würde er wohl heftige Schmerzen erdulden müssen. Erschrocken hielt er inne. Toni richtete die Waffe nun auf ihn und machte dabei einen beunruhigend aufgewühlten Eindruck. Arnold bemerkte die pochende Ader auf Tonis Stirn, und nachdem er den zuckenden Zeigefinger am Abzug entdeckt hatte, konnte er die Augen nicht mehr davon lösen.

«Nun mal ganz ruhig, Toni!» Er hielt die Hände in die Höhe. «Ich werde nicht hier auf dem Boden sitzen bleiben und mir das Geschehen von unten aus ansehen. Siehst du meine Hände, ja? Ich nehme sie nun herunter, damit ich besser aufstehen kann. Alles klar, Toni? Ich nehme die Hände jetzt herunter.» Er sprach mit der liebenswerten, ruhigen Stimme, die er ansonsten für Kinder bereithielt.

Ohne den Finger am Abzug aus den Augen zu lassen, senkte er Millimeter für Millimeter die Hände, positionierte diese dann neben seinen Oberschenkeln im nassen Gras und stemmte sich schlussendlich ab, um besser auf die Beine zu kommen. Sein rechtes Hüftgelenk knackte laut in der Stille, die Niere schmerzte, trotzdem gelang es ihm, einigermassen geschmeidig aufzustehen.

«Nun mach keinen Blödsinn und gib mir die Waffe, bevor ein Unglück geschieht.» Arnold sprach weiterhin beruhigend auf ihn ein.

Sofort zielte Toni auf dessen Brust. «Nichts da! Wenn ihr alle zu feige seid, erledige ich, was wir geplant haben.»

Käthy, die Hände vor dem Mund haltend, wagte nun endlich einzugreifen. Arnold konnte Toni offensichtlich nicht im Zaun halten. «Ja, sag es uns, Toni, über was genau haben wir denn in Arnolds Stube gesprochen? Es scheint mir fast, du hast daraus die falschen Schlüsse gezogen. Wir sind alle davon ausgegangen, dass du dein Nachtsichtgerät meintest, als du gesagt hast, du willst die Jagdausrüstung mitnehmen. Erzähl es uns, Toni, was hast du denn vor?»

Toni schaute verunsichert in die beiden Gesichter. Sie waren um eine Generation älter als er, und so war er ihnen körperlich bei Weitem überlegen, trotzdem fühlte er sich in die Ecke gedrängt.

Zum Teufel, er hielt eine Waffe in der Hand! Er war schliesslich der Stärkste hier, und er sollte das Sagen haben, nicht diese Greise. Diese Toggeli in den Bäumen verwirrten ihn. Sie baumelten über seinem Kopf, drehten sich im Wind. Oh Gott, wenn die ihn bloss in Ruhe liessen! Nervös richtete er das Gewehr auf die Alten, den Kopf hocherhoben, verlieh er sich so selbst die Grösse, die ihm von ihnen versagt blieb.

«Vom Toggeli habt ihr gesprochen, gestern Abend erst, als wir zusammen die Zwetschgenschnäpse geleert haben. Ausrotten müsse man es, bevor noch eine Person zu Schaden komme, habt ihr gesagt. Allesamt Feiglinge seid ihr! Deine eigene Schwester haben wir erst kürzlich begraben, und auch Peter musste wegen ihm das hölzerne Hemd überziehen.»

Käthy schlich wie eine Katze immer näher an ihn heran, bis sie schliesslich nur noch die Hand hätte ausstrecken müssen, um ihm die Waffe abzunehmen, stattdessen beugte sie sich vor und näherte ihren Mund langsam seinem Ohr. «Hör mir gut zu, mein Kleiner. Wir meinen es nur gut mit dir. Du gehörst doch zu uns, zu den richtigen Engenmattern. Was soll das, dass du die Waffe auf deine einzigen wahren Freunde richtest?» Ihr Atem roch ranzig, trotzdem lauschte Toni gebannt ihren Worten.

«Das Böse muss ausgerottet werden», erklang eine aufgeregte Frauenstimme von draussen. «Hörst du mir zu, mein guter Bub? Wir wollen dasselbe wie du, also richte die Waffe nicht auf uns, sondern finde in der Höhle das Böse und vernichte es. Wir sind zu alt dafür, aber du bist noch jung und kräftig dafür. Mach es für deine Freunde, die dich seit deiner Geburt kennen und immer an deiner Seite stehen. Tu es für die Engenmatt!»

Obwohl Arnold einige Meter abseits stand, konnte er hören, wie sie immer drängender auf den verwirrten Toni einredete. Er glaubte seinen Ohren nicht zu trauen, als er mitbekam, wie sie Toni dazu aufforderte, die Höhle zu betreten und das Böse zu erschiessen. In diesem Fall stand ausser Frage, dass Clara von Grünenstein damit gemeint war, waren sie ihr doch in den letzten Stunden den Berg hinaufgefolgt. Viel zu spät begriff er die Ernsthaftigkeit der Lage, und bevor er Toni zurückhalten konnte, schritt dieser mit seiner Jagdwaffe im Anschlag auf die Höhle zu.

«Was hast du angerichtet?» Fassungslos wandte sich Arnold an Käthy und presste dabei die Hand auf sein überanstrengtes Herz. «Du machst ihn zum Mörder!»

Sie lächelte süffisant. «Ich? Ich bin eine alte Frau und habe nur versucht, ihn zu beruhigen, damit er seine Waffe nicht mehr auf uns richtet. Oder hast du etwas anderes gesehen?» Die angewinkelten Arme in die Taille gestemmt, stand sie breitbeinig da und sah ihn auffordernd an.

Arnolds Niere pochte heftig, der Schmerz raubte ihm fast den Atem, trotzdem pumpte er viel zu schnell Luft in seinen Brustkorb, hyperventilierte, nötigte seinen Lungenflügeln zu viel Sauerstoff zu.

Endlich eilten Arnold und Käthy hinterher.

***

Mit einer Telefonnummer und der Aufforderung zu einem Date verliess Hanny das Gemeindehaus in Sarnen, öffnete ihren Wagen, warf Tasche und Akten auf den Beifahrersitz und setzte sich hinter das Steuerrad. Mit einem Kopfschütteln dachte sie an die vergangenen dreissig Minuten zurück, die mit einer Durchsicht über ihre Familiendaten begonnen und mit einem offensichtlichen Flirtversuch des Mittvierzigers geendet hatten. Sie konnte sich ein Grinsen nicht verkneifen und kontrollierte im Rückspiegel die Frisur. Auf alle Fälle hatte sie beim männlichen Geschlecht Eindruck gemacht, und dies, obwohl sie die überflüssigen zehn Kilo trotz Diät immer noch nicht verloren hatte. Streng genommen war es beim Versuch einer Diät geblieben. Das Leben forderte ihr einfach zu viel ab, als dass sie auf anständige Nahrung verzichten könnte, und da war schliesslich noch der junge Koch im Stybli, der verflixt gut kochte.

Ihr gefiel die neue Hanny von Matt, die so gar nichts mehr gemeinsam hatte mit der zurückgezogenen Wirtstochter. Diese hatte sich stets dem Willen des Familienoberhauptes gebeugt. Hanny hatte zwar nicht direkt darunter gelitten, aber sie hatte doch immer in Glois' Schatten gestanden. Vor allem hatte sie schlicht und einfach nicht gewusst, wie frei sie all die Jahre hätte sein können. Hanny wusste noch nicht, ob sie der Bitte des Mittvierzigers um ein Date nachkommen wollte, da eine Beziehung die neu gewonnene Freiheit vermutlich sogleich wieder zunichtemachen würde.

Nach ihrem Besuch in der Gemeindekanzlei war sie mehr denn je davon überzeugt, dass bei Valentins Entwicklungsförderung böse geschlampt worden war. Niemals war überprüft worden, wie es dem Kind ging und ob es spezielle Förderung nötig hatte. Sie setzte sich ins Auto und fuhr los. Kein Mensch hatte sich darum gekümmert, dass der Junge niemals eingeschult wurde. Der Gemeindebeamte betonte, dass er die Daten über ihren Bruder niemandem herausgeben dürfe, einzig andere Amtsstellen bildeten da eine Ausnahme. Immerhin hatte er durchblicken lassen, dass für den Einwohner Valentin von Matt vor Jahren eine Adresssperre hinterlegt worden sei. Hanny hatte nachgefragt, was genau dies bedeute, und wurde belehrt, dass für eine Adresssperre ein wichtiger Grund vorliegen müsse, etwas wie Verfolgung oder Bedrohung, und keinerlei Auskünfte an Fremde abgegeben werden dürfen.

Hanny dachte darüber nach, dass ihr eigener Vater diese Adresssperre für Valentin ausgestellt haben musste. Valentin war dazu auf jeden Fall nicht in der Lage. Fürchtete Glois um das Leben seines Sohnes? Aber wer könnte Informationen über Valentin einholen wollen und vor allem: weshalb?

Hanny hatte versucht, mit ein bisschen Wimperngeklimper mehr aus dem Beamten herauszukitzeln, aber dieser blieb standhaft korrekt. Mit seinen zurückgegelten Haaren und dem Poloshirt wirkte er zwar keineswegs wie ein bürokratischer Pedant, aber sein Verhalten war tadellos. Kein weiteres Wort über Valentin. Ohne grosse Hoffnung hatte sie sich nach ihrer Mutter Berta von Matt-Gisler erkundigt und die Geburts-, Heirats- und Sterbedaten erfahren. Der Beamte gab erleichtert Auskunft und erwähnte, dass hier keine Adresssperre ausgesprochen worden sei. Auf ihre Frage, was die Todesursache betraf, konnte er bedauerlicherweise keine Auskunft geben. Weder die Umstände noch Hintergründe des Suizides waren notiert. Dies werde seit längerer Zeit nicht mehr gemacht, hatte ihr der Beamte noch zu erzählen gewusst. Lediglich die nüchternen Daten, Zahlen und Fakten über die Einwohner wurden auf der Gemeindekanzlei beziehungsweise auf dem Einwohneramt aufbewahrt.

Etwaige Unfallberichte seien in den ärztlichen Todesbescheinigungen zu finden, aber ob sie darin Einsicht bekäme, sei äusserst fragwürdig, denn auch das Zivilstandesamt erfahre darüber nichts.

Eines jedoch hatte Hanny überrascht. Sie war stets davon ausgegangen, dass ihr Vater der Vormund Valentins gewesen war, in Wirklichkeit jedoch war Valentin ein mündiger Schweizer Staatsbürger mit allen Rechten und Pflichten. Hanny überlegte, dass ihr Vater für seinen Sohn die Steuern bezahlt haben musste, damit niemand misstrauisch wurde. Die Aushebung der Schweizer Armee dürfte kein Problem gewesen sein, da Valentin dabei sicherlich kein einziges Wort gesprochen hatte und mit grösster Wahrscheinlichkeit sofort ausgemustert worden war. Jede Kontrollinstanz hatte die vorgespielten Tatsachen geglaubt. Ihr Vater musste viel Zeit und Energie dafür aufgebracht haben, dachte Hanny und fragte sich gleichzeitig, was der Beweggrund dafür gewesen sein mochte.

Sie schüttelte den Kopf, machte das Radio an und beobachtete durch die Windschutzscheibe die Szene auf dem Zebrastreifen vor ihr. Endlich waren alle Kinder mit und ohne die besorgten Mütter sicher über die Strasse gelangt, und Hanny bog in die Rütistrasse ein, von wo sie die Pfarrkirche über Sarnen thronen sah.

Ernüchtert traf sie wieder in der Engenmatt ein. Sie hatte sich mehr von ihrem Ausflug nach Sarnen erhofft. Nun hatte sie sich einen Tag freigenommen, um diese Sache zu klären, und war bereits nach einer knappen Stunde zurück in der Engenmatt, ohne einen bedeutenden Schritt weitergekommen zu sein. Sie parkte den Wagen hinter dem Stybli und blieb noch einige Minuten im Auto sitzen. Die Rückseite des Hauses wirkte mit seiner verwitterten Fassade keineswegs so stattlich wie die einladende Vorderseite. Jetzt war sie Herrin dieses Hauses. Von der schwer schuftenden Tochter zur Chefin, nicht schlecht, sinnierte sie nicht ohne Stolz. Endlich konnte sie ihre Fähigkeiten ausleben und als eigene Herrin aus der Kneipe eine florierende Gaststube machen. Ideen hatte sie genug, fragte sich nur noch, wo sie anfangen sollte.

# 21

Als sie die Höhle betrat, lag Valentin fiebernd auf dem Boden und rieb mit seiner Hand immer wieder über die Felswand, in der Absicht, ein wenig Flüssigkeit zu gewinnen. Seine Haut riss dabei auf und blutete. Unter grösster Anstrengung führte er die zitternde Hand vor seinen Mund und leckte die verschwindend kleinen Tropfen von den Fingern. Niemals fand das Sprichwort «einen Tropfen auf den heissen Stein» so sehr seine Berechtigung wie in diesem Moment.

Bestürzt über diesen Anblick, liess Clara ihre Tasche zu Boden fallen und ging neben Valentin in die Hocke. Sie strich ihm die Locken aus dem Gesicht und suchte vergebens ein Wiedererkennen in seinem Blick. Er schaute durch sie hindurch. Besorgt setzte sie sich auf den Boden und bettete seinen Kopf auf ihre Beine. Er wog erstaunlich schwer in ihrem Schoss, sein Atem wärmte ihren weiblichsten Körperteil, und trotzdem war ihr kalt. Viel kälter, als es die Wintertemperatur vermuten liess, denn die Panik jagte ihr immer wieder eisige Wellen über den Rücken.

«Scheisse, was machst du hier?»

Er liess keine Reaktion erkennen.

Sie schüttelte Valentin an der Schulter, drehte sein Gesicht zu sich hin und legte die Hand auf seine Stirn. «Du glühst ja!»

Valentins verkrampfte Gesichtszüge begannen sich zu entspannen, als er ihre kühle Hand auf der Stirn fühlte.

Das ist gut. Ich will mehr davon. Bald bin ich kräftig genug, um dem Blackvogel entgegenzutreten.

Geschwächt versuchte er, sich aufzurichten. Die Höhle, in ihrer natürlichen Form durch das Wasser von Jahrtausenden rund geschliffen, begann sich zu drehen. Schnell legte er den Kopf wieder in den weichen Schoss.

«Wa», flüsterte er.

Der Schoss bewegte sich weg, liess seinen Kopf zwar sanft auf den nackten Boden gleiten, jedoch war dieser von spitzen

Steinen bedeckt. Sein Schädel drohte zu zerspringen. Valentin hörte ein Schaben, dann ein Schleifen, schliesslich ein Zischen, und plötzlich perlte kühles Wassers in seinen Mund.

Mehr! Wie ein Verdurstender in der Wüste lechzte er nach dem Lebenselixier. Der Schoss – das musste ein Engel sein – hob seinen Kopf ein wenig in die Höhe, damit er sich nicht verschluckte, und hielt erneut die Flasche an seinen Mund. Zunächst gierig, dann immer bedächtiger trank er, bis diese ihm plötzlich weggerissen wurde. Finger drängten seine Lippen auseinander und stiessen etwas Rundes in seinen Mund. Bevor er protestieren konnte, schoss bereits wieder Wasser seine Kehle hinab und beförderte die Tablette dorthin, wo sie ihren Dienst tun sollte. Kaum hatte er geschluckt, schlief er erschöpft ein.

Clara rollte ihn auf eine Seite, faltete ihren Mantel zusammen und schob diesen unter seinen Rücken, dann liess sie Valentin darauf zurückgleiten. Zu seinen Füssen erkannte sie eine zusammengeknüllte und leidlich saubere Decke, die modrig und nach feuchter Wolle roch. Trotzdem zog sie diese über Valentin. Obwohl das Fieber seinen Körper aufheizte, wollte sie ihn nicht auskühlen lassen. Sie gönnte ihm einen Moment Ruhe. Es war äusserst wichtig, dass er auf die Beine kam, sie würde ihn niemals den Berg hinuntertragen können. Sie setzte sich hin und beobachtete seinen Atem. Erschöpft liess sie ihren Blick durch die Höhle schweifen. Das Tageslicht wurde durch das Laub des Ahornbaumes gebrochen, der seine Äste tief über den Höhleneingang hängen liess, trotzdem erkannte sie in den Nischen der Felswände kleine Objekte. Sorgsam drapierte Püppchen und Holzfiguren.

Neugierig stand sie auf. Die Puppen nahmen sie sogleich in ihren Bann, und Clara erkannte, dass sie alt und einstmals kostbar gewesen sein mussten. Hier in der Höhle jedoch war kaum der richtige Ort, um sie richtig aufzubewahren, und so hatten die Kleidchen arg unter der Feuchtigkeit gelitten. Der Stoff begann grünstichig zu werden und zerfiel zunehmend, aber auch die Puppenkörper, aus Porzellan und Celluloid, wiesen Splitter und wüste Verfärbungen auf. Die professionelle Puppenmacherin schmerzte dieser Anblick sehr, und sie konnte es nicht unterlassen, die ein oder andere Puppe herunterzunehmen und notdürftig zu reinigen. Spucke und Finger mussten in diesem Fall reichen.

Langsam dämmerte ihr, dass Valentin die Puppen auf dem Bruderklausenbrunnen und im Taufbecken der Kirche hinterlegt haben musste. Was er damit bezwecken wollte, konnte sie sich nicht vorstellen. Sie kam immer mehr zur Überzeugung, dass der liebe Herr von Matt junior mehr wusste, als er ihr gesagt hatte, und somit bestünde zumindest theoretisch die Möglichkeit, dass er auch etwas über das Schicksal ihres Bruders wusste. Sie beschloss, ein ernstes Wörtchen mit ihm zu reden, sobald er wieder unter den Lebenden war.

Puppen auf dem Dorfplatz zu drapieren und die Leute damit aufzuschrecken, war eine Sache, aber weshalb nur hatte er seinen eigenen Rückzugsort damit geschmückt? Sie stellte ein kaum fingergrosses Biskuitpüppchen aus zweimal gebranntem, jedoch nicht glasiertem Porzellan an seinen Platz im Felsen zurück. Einer weiteren Puppe wischte sie das Moos aus dem feinen Gesichtchen.

Sie betrachtete Valentin. Er war in einen ruhigeren Schlaf gefallen, sein Gesicht wirkte nun entspannt, die verkrampften Züge um seinen Mund hatten sich gelöst. Hatte sich Valentin in der Höhle seine eigene kleine Welt aufgebaut? Eine Welt, in der er das alleinige Sagen hatte, so wie es Vater Glois in der Engenmatt jahrelang getan hatte? Sie konnte sich den Druck und die Not, unter denen Valentin all die Jahre hindurch unter seinem Vater gelitten haben musste, kaum vorstellen.

Müde setzte sie sich auf eine Kiste, deren Deckel unter ihrem Gewicht nachgab und sie unsanft auf den Boden beförderte. Sie verkniff sich einen Fluch, rappelte sich auf und hob den zersplitterten Deckel hoch. In der Höhle war es zu dunkel, sodass sie nicht erkennen konnte, was darin lag. Nach einem prüfenden Blick auf Valentin schob sie die Kiste näher ans Licht. Zwischen allerlei Werkzeug und Kleinkram wie Büroklammern, Filzstiften und Klebebändern entdeckte sie einen Kartonhefter. Sie versicherte sich, dass Valentin immer noch schlief, und zog den Hefter unter dem Schreibzeug hervor. Im Gegensatz zu den Puppen schien dieser erst kürzlich in diese Höhle gebracht worden zu sein, denn das Papier wirkte trocken und roch keineswegs nach Feuchtigkeit. Sie löste den Knoten, wickelte die Schnur auf und öffnete den Hefter.

«Ach du Schande.» Sogleich schloss sie ihn wieder. In jeder Minute ihrer Erziehung war ihr eingeimpft worden, niemals und unter keinen Umständen die privatesten Gedanken eines anderen Menschen zu lesen, die dieser in einsamen Stunden in sein Tagebuch geschrieben hatte.

«Valentin, hast du das gelesen?» Er reagierte nicht auf ihre Frage.

Noch zögerte sie, das Tagebuch zu lesen, aber da sie wusste, dass ihre Neugierde schliesslich überhandnehmen würde, steckte sie es in ihren Hosenbund und zog Pullover und Jacke fest darüber.

«Du musst hier raus», sagte sie laut.

Eine liebliche, aber auch sehr bestimmende Stimme liess ihn nicht ruhen. Langsam wurde es lästig, weshalb liess man ihn nicht schlafen? Er war so müde und wollte nichts anderes tun.

«Nun schau mich doch an.»

Eine kühle Hand tätschelte sanft seine Wangen. Er war so müde, nur müde. Das Tätscheln wurde ein wenig fester und begann ihn zu ärgern, es hinderte ihn am Schlafen.

«Jetzt ist aber genug!»

Die Stimme wurde herrischer, und ein lautes Klatschen begleitete die saftige Ohrfeige, wobei sein Gehirn zuerst das Geräusch registrierte, lange bevor das Brennen auf der Wange begann. Valentin rappelte sich auf.

Verdammt, er wollte nichts anderes als schlafen, und da haute ihm jemand eine runter. Mit grosser Anstrengung gelang es ihm schliesslich, die Augenlider zu heben und einige Sekunden offen zu halten. Ständiges Blinzeln verlangsamte die Fokussierung, jedoch schaute er in das Gesicht eines Engels. Eine riesige Bommelmütze verdeckte fast vollständig die darunterliegenden Augen, aber er erkannte endlich, dass Clara ihn besorgt anblickte.

«Untersteh dich, gleich wieder einzuschlafen, Valentin.» Sie hielt seine Schultern beidseitig im festen Griff, damit er nicht nach hinten kippte. «Seit wann bist du denn schon hier oben? Es ist eisig kalt. Sag nicht, dass du die ganze Nacht in dieser Höhle verbracht hast?»

Heisser Atem suchte sich den Weg aus seiner Kehle, aber kein Ton kam heraus. Resigniert hob er die Schultern.

«Du musst hier sofort raus, sonst holst du dir noch den Tod.» Sie schaute auf ihre Uhr und erschrak, sie waren schon viel zu lange in der Höhle. Es war bereits nach Mittag, und wenn sie Valentin bei Tageslicht in die Engenmatt zurückbringen wollte, war Eile angesagt. Auf dieser Seeseite verschwand die Sonne Ende November bereits in den Nachmittagsstunden. Eine weitere Nacht in der Höhle und der Kälte würde Valentin gewiss nicht überleben. Von draussen drang das Krächzen des Rabens bis zu ihnen und liess Valentin ängstlich aufhorchen.

«Fol!» Valentin sah in Richtung Höhlenausgang.

«Fol, Fogl?», wiederholte Clara fragend. «Meinst du Vogel?»

Valentin nickte.

«Ja, draussen krähte vorhin ein Rabe. Bestimmt hockt er noch in der Tanne und beobachtet uns», versuchte sie zu scherzen und strich ihm beruhigend über die schweissnasse Stirn.

So gern hätte Valentin ihr seine Befürchtungen mitgeteilt, aber er war zu erschöpft, um sich zu artikulieren. Er hatte ihn gehört. Er lachte ihn aus, der Blackvogel. Er wartete nur darauf, dass Valentin in den Graben fallen würde, um ihm mit seinem spitzen Schnabel das Herz aus der Brust zu reissen. Alles wollte er fressen. Alles! Der Blackvogel würde nichts übrig lassen. Aber Valentin blieb stumm.

Er beobachtete, wie Clara erneut in ihrer Handtasche kramte und eine zweite Tablette zutage förderte. «Hier, nimm noch eine. Das ist zwar starker Tobak und nur für Notfälle gedacht, aber im Moment dürfte es seine Richtigkeit haben. Zwei nacheinander sind mehr als genug, aber du musst hier raus. Ich kann dich nicht den Berg hinuntertragen!»

Ohne seine Antwort abzuwarten, steckte sie ihm die Pille in den Mund und hielt die Wasserflasche hin, damit er sie hinunterspülen konnte. Erneut griff sie in die Tasche, zog ihr Handy heraus und suchte nach Empfang. Ein paar Meter vor dem Eingang tauchten die ersehnten Balken tatsächlich auf dem Display auf. Im Internet suchte sie nach der Nummer von Arnold von Deschwanden, weil der Alte ihrer Meinung nach die Gegend sehr gut kannte und bestimmt einen Weg wusste, wie man am besten einen kranken Menschen hinunter ins Tal brachte. Als sie merkte, dass niemand den Anruf entgegennahm, wählte sie die Nummer von Hannys Mobiltelefon. Auch hier verstrichen kostbare Sekunden, bis die automatische Stimme sie dazu aufforderte, dieser Nummer eine Nachricht zu hinterlassen. Ohne Valentin aus den Augen zu lassen, der nun auf wackligen Beinen stand und versuchte, sein Gleichgewicht zu halten, erzählte sie Hanny in einer Kurzversion, wie sie Valentin hier vorgefunden hatte und dass sie dringend Hilfe benötigten. Sie beendete gerade das Telefonat, als sie von draussen Stimmen hörte. Welch Glück, dass Hilfe nahte! Sie stopfte das Handy in ihre Jackentasche. So brauchte Hanny nicht den Berg hochzuklettern, und Valentin käme noch schneller zu einem Arzt. Sie wollte schon rufen, als sie einen wütenden Aufschrei hörte.

«Verdammt!»

«Halt's Maul, du Holzkopf!» Eine zweite Person schimpfte aufgeregt. «Was soll das? Ich habe dir doch gesagt, dass du deine Waffe zu Hause lassen sollst, und nun fuchtelst du damit vor meiner Nase herum.»

Clara presste sich fassungslos an den Felsen und winkte Valentin gleichzeitig zu, sich in den hinteren Teil der Höhle zu begeben. Sie beobachtete, wie Valentin ohne ein Wort des Widerspruchs zurück in die Dunkelheit schwankte, und lauschte dabei angestrengt den Stimmen von draussen. Auf dem kleinen Plateau vor der Höhle schienen sich mittlerweile mehrere Personen zu befinden. Sie vermeinte, die Stimme von Toni zu erkennen.

«Das geht hier nicht mit rechten Dingen zu, Arnold.»

Clara schlug sich die Hand vor den Mund. Arnold von Deschwanden befand sich hier, und er schien nichts Gutes im Schilde zu führen. Weshalb sonst hätte er von einem Gewehr gesprochen? Ihr wurde angst und bang, wenn sie daran dachte, wie sie vor wenigen Minuten ausgerechnet Arnolds Nummer gewählt hatte, um von ihm Hilfe zu erbitten. Sie schluckte mühsam den dicken

Kloss in ihrer Kehle hinunter. Wie hatte sie sich nur so täuschen können?

Vorsichtig beugte sie sich etwas weiter nach vorne, um einen Blick aus der Höhle zu wagen, was aber vom dichten Blätterwerk verhindert wurde. Was hatten diese Leute hier oben zu suchen? Hatte Hanny schlussendlich doch recht gehabt, indem sie Clara vor den Engenmattern gewarnt hatte? Immerhin war bereits in ihre Wohnung eingebrochen und sie fast von einem Auto angefahren worden.

Sie zog sich wieder in das Innere der Höhle zurück. Verdammt, was sollte sie tun? Wenn sie davon ausging, dass diese Personen nichts Gutes im Sinn hatten, und davon war sie überzeugt, dann steckte sie ganz schön in Schwierigkeiten. Waren die Männer und Frauen nun gekommen, um ihr das Verhältnis mit Valentin zu verbieten? Nervös knetete sie ihre Finger, bis die Gelenke knackten. Oder ging es hier doch um das Verschwinden von Hannes, das wie ein dunkler Schatten jahrelang über der Engenmatt gehangen hatte?

Clara hörte, wie draussen ein Gerangel in Gange kam, anscheinend waren die Engenmatter untereinander nicht einer Meinung. Sie beschloss, diese Gelegenheit zu nutzen und ihrerseits einen Überraschungsangriff zu starten, als sie hörte, wie draussen über die Puppen diskutiert wurde.

«Das Toggeli, ich sag euch, hier ist das Toggeli zu Hause. Dem Valentin habe ich noch nie über den Weg getraut, das habe ich euch immer gesagt, das ist ein ganz Hinterlistiger.» Der Sprecher zog geräuschvoll die Nase hoch. «Und nun her mit meinem Gewehr!»

Clara musste fassungslos mitanhören, wie die Waffe ihrem rechtmässigen Inhaber zurückgegeben wurde. Die wollten doch tatsächlich Valentin eine Kugel in den Kopf jagen. Die Situation kam ihr zu absurd vor, fast schien es Clara, als ob sie selbst Zuschauerin eines Filmspektakels war, aber das Stöhnen des kranken Valentin aus dem Innern der Höhle und das Gekeife von draussen waren definitiv real. Siedend heiss begriff Clara, dass sie die Verfolger zu Valentin geführt haben musste. Die Engenmatter hatten nichts anderes zu tun, als ihr den Berg hinaufzufolgen. Zu allem

Übel hatte sie Arnold noch die Fotografie in den Briefkasten geworfen.

Erschüttert über ihre Fehleinschätzung schüttelte sie den Kopf. Und sie Vollpfosten hatte den Mann noch aufgefordert, mit ihr über die Vergangenheit zu sprechen. Wütend biss sie sich auf die Unterlippe, presste ihre Hand auf das heftig pochende Herz und versuchte, sich zu beruhigen. Aus dem Dunkel der Höhle raschelte es, und Clara erkannte lediglich schemenhaft, wie sich eine Wolldecke über einen kauernden Körper senkte.

«Sei still, egal, was passiert», flüsterte sie Valentin zu.

«Das Böse muss ausgerottet werden», erklang eine aufgeregte Frauenstimme von draussen. «Hörst du mir zu, mein guter Bub? Wir wollen dasselbe wie du, also richte die Waffe nicht auf uns, sondern finde in der Höhle das Böse und vernichte es. Wir sind zu alt dafür, aber du bist noch jung und kräftig dafür. Mach es für deine Freunde, die dich seit deiner Geburt kennen und immer an deiner Seite stehen. Tu es für die Engenmatt!»

Clara suchte in ihrer Jacke nach dem Handy, tippte etwas hinein, dann schnappte sie sich die Handtasche, sammelte die Trinkflasche und den Blister des Schmerzmittels ein, bevor sie eine erstaunte Miene aufsetzte.

Auf dem Plateau vor der Höhle drehten sich Arnold von Deschwanden, Käthy Rohrer und der Pöstler Toni wie auf Kommando zu ihr um. Letzterer mit einem Jagdgewehr in den Händen, das er bei ihrem Anblick sicherte und über seine Schultern hängte.

«Dachte schon, ein Hirsch liefe von allein vor meine Flinte», moserte er.

Ausser Atem protestierte Clara, dass sie keineswegs das Gewicht eines Hirsches aufweise und zum Verspeisen gänzlich ungeeignet sei, was Käthy ein anerkennendes Grinsen entlockte.

Clara hielt das Handy demonstrativ vor sich hin. «Ihr seid ja schneller als die Polizei.»

Arnold sah in ihre Augen, als suchte er nach einer Bestätigung ihrer Arglosigkeit. «Polizei? Hast du die Polizei gerufen?»

«Nein, viel besser. Vor Kurzem erst habe ich Hanny auf die

Mailbox gesprochen, dass ich hier oben Hilfe brauche, da ich mir den Knöchel verstaucht habe und befürchte, nicht mehr allein den Berg hinunterzukommen.» Um ihren Worten Nachdruck zu verleihen, zog sie die Hose des rechten Beines etwas nach oben, bückte sich, um die Socke herunterzuziehen, und präsentierte in der Tat einen geschwollenen Knöchel. «So wie ich das sehe, seid ihr gerade zur rechten Zeit gekommen.»

Toni blickte angespannt zwischen Clara und Arnold hin und her. Er würde gewiss nicht den entscheidenden ersten Schritt tun, zumal er immer noch mit seinem Gewissen rang. Er konnte unmöglich tun, was Käthy von ihm verlangte. Niemals brächte er es über sich, die Waffe auf eine Frau zu richten, sie war kein ebenbürtiger Gegner. Nervös trat er von einem Bein aufs andere, bis er von Arnold zur Ruhe gerufen wurde.

Arnold stand bewegungslos und mit versteinerter Miene vor der Höhle und dachte angestrengt nach. Seine Stirn runzelte sich, bis er schlussendlich die Mundwinkel spöttisch nach unten zog und sich stöhnend auf einem Stein niederliess, die Hand auf die schmerzende Stelle am Rücken gepresst.

Toni ahnte, dass Arnold seine Entscheidung getroffen hatte und das nichts Gutes für Clara bedeuten konnte.

Plötzlich klingelte das Telefon in ihrer Hand, und sie ging ran. «Ach, das ist aber lieb von dir, Antonella», sagte Clara erleichtert.

Die anderen auf dem Plateau sahen sie erstaunt an.

«Was sagst du, Antonella, die Andrea von der Bäckerei steht direkt vor dir?» Sie schaute die Engenmatter an und nickte ihnen zu, bevor sie wieder in das Telefon sprach. «Nein, nein, es ist nicht nötig, noch mehr Personen die Endlose Strasse hinaufzuschicken, denn gerade sind Arnold, Käthy und der Toni aufgetaucht, um zu helfen. Was? Ja genau, das ist wirklich lieb von ihnen.»

Sie hielt inne und lauschte, während sie die Personen vor sich beobachtete, die deutlich angespannt vor ihr standen. Claras Blick blieb an Arnold hängen. «Antonella, wenn ich die Situation hier recht einschätze, wäre es doch das Beste, die Ambulanz zu rufen. Arnold scheint es nicht gut zu gehen.»

Arnold winkte erbost ab, noch immer sass er schwer atmend auf dem Stein und presste die Hand auf die Niere.

Clara verabschiedete sich dankend von Antonella und beendete das Telefonat mit den Worten, dass sich die Ambulanz beeilen solle. Mit einem zufriedenen Lächeln beendete Clara das Telefonat. «Nun heisst es warten.»

Arnold schimpfte leise, dass er sehr wohl den Berghang hinunterkomme und keineswegs die Ambulanz brauche.

War die Luft noch einige Minuten davor erfüllt gewesen vom Rauschen des Windes in den Baumwipfeln, dem Krächzen des Kolkraben und den entfernten Verkehrsgeräuschen aus dem Sarneraatal, so war es jetzt absolut still. Toni blickte verunsichert zu Käthy, die neben Arnold kniete und beruhigend auf ihn einsprach.

«Du bist ein schlaues Mädchen», flüsterte Arnold so leise, dass Toni, der direkt neben ihm stand, sich nicht sicher war, ob Clara die Worte gehört hatte.

Diese blickte selbstsicher in Arnolds Augen. Dessen Mund öffnete und schloss sich, Speicheltröpfchen schossen in ihre Richtung, fielen zu Boden, und erst nach einigen Sekunden begriff sie die gezischten Worte.

«Verfluächts Wyybervolch!» Sein ranziger Atem blies bis in ihr Gesicht. «Fremdi wollen wir hier nicht.» Er atmete noch immer schwer.

Clara blieb äusserlich ruhig, obwohl ihr Herzschlag den Brustkorb zu sprengen drohte. «Ich bin eine echte Engenmatterin, echter als manch einer von euch.» Ohne Furcht ging sie einen Schritt auf ihn zu, bis sie nur noch eine Handbreit von ihm entfernt war. «Na los, alter Mann, schau mich an. Merkst du nichts?»

Fassungslos fuhr sein Blick über ihr Gesicht, und er suchte fieberhaft nach der Verbindung dieser Frau zur Engenmatt.

«Ich war nicht immer die Puppenmacherin, als die du mich kennst. Schau nochmals gut hin, Arnold, mein Gesicht sollte dir bekannt vorkommen.»

Arnolds Gesichtszüge erschlafften, als er seinen Fehler erkannte.

Clara nickte und beugte sich nach vorne, bis sie ihm ins Ohr flüstern konnte: «Hoppe, hoppe, Reiter, wenn er fällt, dann schreit er. Erinnerst du dich, Arnold? Hoppe, hoppe, Reiter, wenn er fällt, dann schreit er. Und fällt er in den Graben, dann fressen ihn die Raben.» Sie hielt ihm ihren Zeigefinger vor die Nase.

«Ich habe im Stybli eine alte Fotografie gefunden, der inoffizielle Häuptling der Engenmatt mit einem erlegten Hirsch, umringt von seinen getreuen Vasallen. Auf einmal habe ich mich an einen der Männer darauf erinnert. Dein Bart war um einiges buschiger vor dreissig Jahren, aber die Augen sind dieselben geblieben, Arnold. Ich weiss nicht, was ihr Alten hier spielt, aber ab sofort ist fertig mit dem Versteckspiel. Denn merke dir, ich bin in die Engenmatt zurückgekehrt und werde nicht eher wieder von hier verschwinden, bis ich weiss, weshalb mein Bruder Hannes von einem Tag auf den anderen verschwunden ist.» Sie sah Arnold eindringlich an.

«Noch weiss ich nicht, was damals in der Engenmatt geschehen ist, aber einer von euch wird es mir erzählen, Arnold, da bin ich mir sicher. Alle haben bislang dem von Matt Glois gehorcht und die ganze schändliche Geschichte unter den Teppich gekehrt. Aber er ist nicht mehr hier, Arnold, der Glois liegt unter der Erde und wird von den Maden aufgefressen, bis nichts mehr von ihm übrig bleibt.»

Sie strich ihm sanft über die Wange, spürte die Bartstoppel darauf und sprach mit bedauernder Stimme weiter: «Aber du hast nicht das Format eines von Matt Glois. Die Engenmatter werden zu sprechen beginnen, um ihre Seele von der schweren Last der Sünde zu befreien, bevor auch sie vor das endgültige Gericht treten müssen. Und eines sage ich dir, mein Lieber, ich kann warten. Ich habe beinahe mein ganzes Leben nichts von meinem Bruder gewusst, auf die nächsten Tage, Wochen oder Monate kommt es mir nicht mehr an. Und weisst du, was das Beste daran ist? Die erste Nachricht habe ich bereits bekommen.»

Sie hielt inne und legte ihren Kopf schief. «Horch, da kommt die Ambulanz. Und jetzt, Toni, verschwinde von hier, bevor es dich zu sehr im Zeigefinger juckt und du eine grosse Dummheit mit deinem Gewehr begehst, denn dann habt ihr die gesamte Streitmacht des Kantons in der Engenmatt, und die wird mit

Sicherheit nicht lockerlassen, bis sie hier jeden Stein umgekehrt hat.» Die Sirene ertönte aus weiter Ferne.

«Du hast nicht geblufft.» Arnolds Bewegungen wirkten steif, er sah erschüttert und zutiefst verstört aus, als er die anderen mit einer Kopfbewegung aufforderte zu verschwinden. Käthy schüttelte nur stumm den Kopf und hielt ihn weiterhin in aufrechter Position, um ihm das Atmen zu erleichtern. Tonis Sohlen knirschten auf dem Felsplateau, und kurz darauf war er im dichten Wald unterhalb der Endlosen Strasse verschwunden.

Clara sank auf den Boden. Und ob sie geblufft hatte! Sie hatte in der Höhle zwar eine SMS an die Notrufzentrale geschickt, mit den Angaben, wer und wo sie sei, aber niemals hätte sie zu hoffen gewagt, dass die Hilfe so schnell kam. Sie wollte sich nicht vorstellen, was geschehen wäre, wenn Arnold ihr Theater mit dem vorprogrammierten Anruf durchschaut hätte.

***

In der Verkaufsstube der Bäckerei hielt Andrea die Unruhe nicht mehr aus, da sie immer wieder an ihre letzte Begegnung mit Toni denken musste. Sein Blick hatte ihre Knie weich werden lassen. Ihr Herz schlug schneller, wenn sie mit ihm zusammen war, ihr ganzer Körper schrie nach Liebe, und trotzdem blieb ein merkwürdiger Zweifel in ihrem Inneren zurück.

Auf jeden Fall war es Andrea im Verlauf der letzten Tage gelungen, die rosa Brille auszuziehen und der Realität in die Augen zu sehen. Keiner ihrer Kunden hätte hinter ihrem freundlichen Lächeln das Dilemma vermutet, das ihr Nacht für Nacht den Schlaf raubte. Wenn sie jemandem erzählen würde, was Toni ihr auf dem Spaziergang anvertraut hatte, wäre jede Möglichkeit auf eine Beziehung mit ihm dahin, denn dann würde er ihr mit grosser Wahrscheinlichkeit die Liebe kündigen.

Diesen Vertrauensbruch würde keine Beziehung überleben. Nun aber hatte sie Toni seit einigen Tagen nicht mehr gesehen, und so war Andrea seinem unterschwelligen Charme nicht mehr gedankenlos erlegen. Er hatte keine Möglichkeit mehr, sie um den Finger zu wickeln. Stattdessen begann sie, sein Verhalten der letzten Wochen in Frage zu stellen. Hatte er es jemals ernst mit ihr gemeint? Wollte sie wirklich einen Mann haben, der in Stresssituationen zur Waffe griff?

Andrea drehte den Schlüssel an der Tür. Heute mussten die Engenmatter etwas länger auf ihre Brote warten, sie hatte ein dringendes Gespräch zu führen.

# 22

Valentins Husten rasselte bei Weitem nicht mehr so furchteinflössend, wie das noch eine Woche zuvor der Fall gewesen war, als Hanny ihren Bruder nach Sarnen zum Arzt gefahren hatte. Dieser hatte eine zünftige Grippe diagnostiziert, die zurzeit die ganze Schweiz ans Bett fesselte. Dabei betonte er den ausgesprochen frühen Beginn der diesjährigen Grippesaison, die normalerweise erst in den Monaten Januar und Februar erfolgte. Den Kranken konnte das einerlei sein, die Viren tobten in ihren Körpern, erfreuten sich an matten Muskeln, schmerzenden Hälsen und wunden Lungenflügeln, als ob es kein Morgen gäbe.

Clara hatte Hanny sofort angerufen und über die Geschehnisse auf dem Plateau informiert. Detailliert hatte sie erzählt, wie Toni mit dem Jagdgewehr in der Hand von Käthy dazu angestachelt worden war, zu schiessen. Wie sie in der Notaufnahme einen Stützverband um den Knöchel angelegt bekam, während Arnolds Schmerzen in der Nierengegend sich glücklicherweise als weniger schlimm herausstellten als zuerst befürchtet. Einige Tage Bettruhe und die geprellten Muskeln hätten sich erholt.

Angesichts der noch andauernden Erkältung waren sie übereingekommen, dass Valentin die Grippe in Claras Puppenstube auskurieren sollte, da er nur hier die nötige Ruhe dazu fände. Denn die gute Küche des Styblis sprach sich weit im Kanton herum, und so war die Gaststube an den meisten Abenden ausgebucht und Hanny vollauf damit beschäftigt, Service, Küche und Bedienung zu koordinieren.

Hanny war sich bewusst, dass sie den Aufschwung des Styblis dem neuen Koch zu verdanken hatte, und sie hatte sich fest vorgenommen, bald mit dem Mann über eine Lohnerhöhung zu sprechen. Wenn sie denn nur einmal eine ruhige Minute dafür hätte. Das Telefon klingelte fleissig, die morgendliche Kaffeerunde gab den Mittagsgästen die Türklinke in die Hand, und nachmittags blieb nur eine kurze Pause, ehe die Vorbereitungen für die Abendessen getroffen werden mussten.

Zu ihrer Schande musste sich Hanny eingestehen, dass sie es noch nicht einmal geschafft hatte, ihren kranken Bruder zu besuchen, obwohl Claras Wohnung nur einige hundert Meter vom Stybli entfernt lag. Sicherlich, sie hatte mit Clara telefoniert und Valentin Grüsse ausrichten lassen, aber trotzdem plagte der Stachel des schlechten Gewissens sie sehr.

Je mehr Zeit verging, desto mehr fragte sich Hanny, weshalb die drei Engenmatter ebenfalls den Berg hinaufgeklettert waren, denn sie glaubte keine Sekunde daran, dass es ein Rettungskommando für Clara gewesen war, wie diese behaupteten. Wie hätten sie von Claras Wanderung zur Höhle wissen können, wenn sie ihr nicht selbst gefolgt waren?

Hanny biss in einen rotbackigen Apfel und wischte sich den Saft vom Kinn. Ihr wollte noch immer nicht einleuchten, weshalb der Pöstler Toni sein Jagdgewehr mit auf den Berg genommen hatte, zumal in den Obwaldner Wäldern keine für den Menschen gefährlichen Tiere hausten, seit Bär und Wolf daraus vertrieben worden waren. Na gut, Letzterer schlich sich auf leisen Pfoten wieder heran, aber ein Treffen mit ihm glich immer noch einem Lottosechser. Je nachdem, welche Meinung der Mensch von diesem Tier haben mochte, schmunzelte Hanny. Toni musste das Gewehr wegen Clara mitgenommen haben, und sie dankte dem Schicksal, dass ihre Freundin in dem Moment schlau genug gewesen war, ihnen etwas vorzuspielen. Hanny wusste nicht, ob sie die Nerven dazu gehabt hätte. Auf jeden Fall hatte sie Clara geraten, sich in der Wohnung einzuigeln und den Kontakt mit den Engenmattern auf ein Minimum zu beschränken.

Sie ging zum Fenster, drehte den Apfel in ihrer Hand und biss wieder knackend hinein. Vor der Kirche brannten die Aller-Seelen-Laternen rot auf dem Friedhof und leuchteten mit feurigen Augen in die beginnende Dämmerung, obwohl es erst später Nachmittag war. Nur noch wenige Wochen und die Tage würden ab Ende Dezember wieder länger werden. Hanny konnte es kaum erwarten. Sie blickte auf die Uhr und überlegte sich, ob sie Valentin besuchen oder sich eine Verschnaufpause auf dem Kanapee gönnen sollte. Sie blickte auf besagtes Möbelstück, auf dem Kater zu einem Fellknäuel zusammengerollt schlief und sie kurz mit einem Kontrollblick beobachtete. Schliesslich konnte es ja sein, dass der Zweibeiner etwas Gescheiteres ass als einen langweiligen Apfel. Eine Scheibe Zopfbrot oder ein Joghurt käme ihm durchaus gelegen. Er gähnte, streckte alle viere von sich und begann schmatzend seine Pfoten zu putzen.

Hanny entsorgte das Apfelgehäuse und setzte sich neben Kater, der es sich sofort auf ihrem Schoss bequem machte. Ihr Blick fiel auf die Akten, die seit Tagen auf dem Boden herumlagen und auf deren Deckblatt mittlerweile Abdrücke schmutziger Katzenpfoten zu sehen waren. Verärgert bückte sie sich, strich die Erdspuren so gut es ging ab. Von unten hörte sie Nadine rufen, die ersten Gäste seien auf den Parkplatz gefahren. Seufzend legte sie die Akten zurück, irgendwann einmal hätte sie Zeit genug, weiter darin zu lesen. Sie stand auf. Kater rollte sich auf ihren Beinen auf die andere Seite und wäre um ein Haar auf den Boden gepurzelt, wenn sie ihn nicht rechtzeitig aufgefangen hätte.

***

«Du kannst dich nicht endlos hier verkriechen und dich vor der Welt verstecken, Valentin, wenigstens mit deiner Schwester musst du sprechen.»

Valentin wickelte die Wolldecke noch fester um sich und zog die Beine an seinen Körper. Wie er so auf dem Stuhl kauerte, kam er ihr wie ein misstrauischer Waldkauz vor, der sich vor der ganzen Welt versteckte und nur auf den rechten Moment wartete, um seine Flügel auszubreiten und sich auf sein Opfer zu stürzen.

«Chaaalt.»

«Wie kann dir kalt sein, wenn du immer noch Fieber hast?»

Valentins Laute glichen eher einem heiseren Gekrächze als einer gesunden Männerstimme, und sie konnte nicht verstehen, was er sagen wollte, bis er sich auf den Brustkorb schlug, genau da, wo das Herz verborgen war.

«Kalt», wiederholte er.

Aus dem Treppenhaus drang das monotone Brummen des Staubsaugers. Die Familie aus der unteren Wohnung schien gewillt, das ganze Haus vor Weihnachten auf Hochglanz zu polieren. Jedenfalls war das Schreien der Tochter, welches Putzmittel sie denn für die Abzugshaube benutzen solllte, durchs ganze Treppenhaus zu hören.

Clara stand auf, strich Valentin über die Haare und ging in ihre Puppenstube, um zu arbeiten.

«Das ist der Schock, der dir immer noch in den Gliedern sitzt. Warte ab, bis das Fieber gesunken ist, und du wirst sehen, dass die Welt dann nicht mehr so schwarz sein wird. Ich für meinen Teil muss endlich wieder für meine Kunden arbeiten, sonst wird es allmählich eng mit dem Geld. Eine gute Woche hat mich das Messer ins Bett gezwungen. Lass du dir nur schön Zeit mit der Genesung. Solange du noch Fieber hast, solltest du dich schonen.»

Der Staubsauger im Treppenhaus wurde abgestellt, und Valentin konnte hören, wie ein nasser Wischmopp über die Stufen klatschte, was ihn prompt an Grossmutter von Matt erinnerte, die mit Hingabe die Böden des Styblis gepflegt hatte. Nur unter Todesgefahr war es den Kindern möglich gewesen, mit dreckigen Schuhen das Haus zu betreten, und wehe, sie wurden dabei von Grossmutter von Matt erwischt. Die Kopfschmerzen hatten an Intensität nachgelassen, stellte er mit Erstaunen fest. Langsam erhob er sich und schlich zu Clara in die Puppenstube, wo sie die Werkzeuge auf dem Arbeitstisch bereitlegte. Bei seinem Anblick hielt sie inne und schaute ihn fragend an.

Valentin zupfte abwechslungsweise an seinem Pullover und an der Hose.

«Reichen dir die Kleider nicht, die ich dir das letzte Mal geholt habe?»

Er schüttelte vehement den Kopf und sah sie flehend an.

«Valentin, muss das wirklich sein?», stöhnte sie auf. «Ich wollte gerade mit meiner Arbeit beginnen.»

Kein Laut kam über seine Lippen, stattdessen nickte er heftig.

Clara seufzte. «Also gut, aber ich hole dir nur schnell frische Klamotten, und dann lässt du mich arbeiten. Versprochen?»

Die Erleichterung war Valentin anzusehen, als er sich wieder in die Decke wickelte.

Clara schlüpfte in die Winterstiefel und legte eine Jacke um. «Bin gleich wieder da.»

Valentin blieb allein mit seinen Gedanken zurück. Er brauchte keineswegs neue Kleider, sie hatte das letzte Mal genügend mitgebracht, aber er musste sie aus dem Haus haben, um sich ungehindert aus dem Staub machen zu können. Er zog die Decke von den Schultern, faltete sie zusammen und legte sie über einen Küchenstuhl. Dann begab er sich ins Schlafzimmer, wo er den Trainingsanzug mit Jeans und Shirt tauschte.

Ein Schluchzen drängte sich seine Kehle hinauf, und er musste angestrengt schlucken, um nicht in heftiges Weinen auszubrechen. Ein leises Stöhnen schaffte es dennoch aus seiner Kehle, und er hielt erschrocken die Hand vor den Mund. Angestrengt lauschte er, hörte aber nur das nervtötende Geträller eines Schlagers aus dem unteren Stockwerk.

Ihm war nicht kalt von den Fieberschüben, es war sein Gewissen, das ihn plagte. Der Nebel des Vergessens hob sich allmählich und offenbarte Valentin die dunkelste Stunde seines Lebens.

Clara hatte Gott sei Dank nichts von seiner inneren Unruhe mitbekommen, aber er hatte beschlossen, sich bis auf Weiteres abzusetzen. Einfach abzuhauen, unterzutauchen und auf nichts und niemanden Rücksicht zu nehmen. Solange Valentin denken konnte, hatte sein Vater bestimmt, was mit ihm geschah, wo er zu wohnen und zu arbeiten habe.

Seit diese fette Spinne, die alle Menschen in der Engenmatt kontrolliert hatte, gestorben war, und nein, Gott sei seiner Seele nicht gnädig, seit jenem Zeitpunkt zog es ihn immer mehr von der Engenmatt weg. Aber bevor er den Absprung endgültig wagte, musste er noch etwas ins Reine bringen.

Die Hausfrau aus der unteren Etage schien das Treppenhaus fertig geputzt zu haben, denn ihre Gesangskünste wurden immer leiser, und Valentin hörte das Zuknallen einer Tür. Er strich sich mit beiden Händen über das Gesicht, wischte den kalten Schweiss ab, der seine Stirn bedeckte, spürte dabei das Jochbein in seinem hageren Gesicht. Die Grippe hatte arg an seinen Kräften gezerrt. Obwohl Valentin der Diagnose des Arztes kaum Glauben schenkte, denn er war immer kerngesund gewesen, niemals hatte ihn eine Krankheit längere Zeit ans Bett gefesselt. Stets hatten die Grippeviren gnädig einen Bogen um ihn, der Tag und Nacht durch die Wälder zu streifen pflegte, gemacht.

Valentin war sich sicher, dass seine persönliche Krise das hohe Fieber ausgelöst hatte. Er musste grinsen, wenn er an die Angst der Engenmatter vor dem Toggeli dachte. Wenn er es nicht besser wüsste, könnte er dieses Wesen dafür verantwortlich machen. Aus der unteren Wohnung schallte der nächste Schlager empor, was schon bald an Folter grenzte. Er konnte die erzwungene Fröhlichkeit in diesen Liedern nicht ertragen, den Herzschmerz und das Hopsasa genauso wenig. Er stand auf und schloss das Kippfenster, sogleich wurde es ruhig, und er sank erschöpft auf einen Stuhl.

Valentin gefielen seine Erinnerungen nicht. Nein, sie flössten ihm kalte Angst ein, liessen ihn erneut in die Sprachlosigkeit versinken. Das wollte er auf keinen Fall, dreissig lange Jahre hatte er in der starren Unfähigkeit verharrt, seine Bedürfnisse in Worte zu kleiden. Lieber würde er sterben, als diesen Horror noch einmal zu erleben. Es wurde Zeit, er hatte lange genug gelitten. Nun, da er vom eigenständigen Leben gekostet hatte, war er nicht gewillt, es wieder aufzugeben.

Leise liess er die Luft aus seinem Brustkorb entweichen. Die Zeit war gekommen, sich nicht mehr im Hintergrund zu halten und zuzusehen, wie die Mitmenschen ihr Leben lebten, aus der Ferne zu beobachten, was andere taten. Valentin wollte selbst leben. Er erschauerte. Eine kalte Hand umfasste seine Brust, drang tiefer hinein und umklammerte schlussendlich sein Herz mit hartem Griff, bis er kaum mehr Luft bekam. Wie sollte er Clara jemals wieder in die Augen sehen können, nach all dem, was er ihr verschwiegen hatte? Er konnte ihre Nähe nicht ertragen. Er konnte sie nicht ertragen.

***

Leise fluchend schlich Clara über den Dorfplatz. Valentins Bitte kam ihr sehr ungelegen, denn endlich war auch sie so weit wiederhergestellt, dass sie ihrer Arbeit nachgehen konnte. Es hatte sie eine grosse Portion Durchhaltevermögen gekostet, ihn zu pflegen, während ihre Rückenmuskeln bei jeder Bewegung aufschrien. Wenn sie ehrlich war, musste sie zugeben, dass Valentin ein sehr braver Patient gewesen war, der nur äusserst selten nach etwas zu trinken oder einer Wärmflasche verlangte. Aber ausgerechnet heute musste der Herr frische Kleider haben. Sie kickte einen Kieselstein weg, der bis zum Brunnen kullerte und dort liegen blieb. Dabei hatte sie heute Morgen gedacht, dass er mindestens so weit genesen war, um ins Stybli zurückzukehren. Sie brauchte dringend etwas Zeit für sich allein.

Den Kopf gesenkt, eilte sie weiter. Durch die geschlossene Tür des Styblis drang lautes Stimmengewirr auf den Dorfplatz, und Clara erkannte durch das Fenster, dass die Gaststube brechend voll war. Hanny hatte nicht gelogen, das Stybli wurde von Gästen überrannt. Sie wollte soeben eintreten, als sie sich an Hannys Worte erinnerte, sich von den Engenmattern fernzuhalten. Clara verspürte keinesfalls das Verlangen, Arnold, Toni oder Käthy gegenüberzutreten, kaum auszudenken, welch peinliche Situation dies herbeiführen würde.

Sie machte auf dem Türabsatz kehrt, lief um das Haus herum bis zum Hintereingang und trat ein. Im Treppenhaus war noch deutlicher zu vernehmen, dass eine grosse Anzahl an Gästen in diesem Moment zu Abend ass. Messer und Gabeln kratzten über die Teller, Gläser wurden zusammengestossen, und ab und an erklang ein «Prost!». Links von Clara war eine Drehtür in die Küche, und sie presste mit der Hand dagegen.

«Zweimal Kürbispasta, einmal ohne Knoblauch und Zwiebeln», drang Hannys resolute Stimme bis zu Clara hinaus.

«Immer diese Extrawürste», brummte der Koch.

«Die Gäste bezahlen, also können sie auch wünschen», wies ihn Hanny zurecht und fuhr fort, die Bestellungen aufzugeben.

Hier störe ich nur, dachte Clara, liess die Tür wieder zugleiten und stieg die Treppe in den zweiten Stock hoch, wo Valentin nun allein wohnte. Die Wohnungstür war offen. Sie ging in sein Zimmer, öffnete Schrank und Schubladen und suchte nach Unterwäsche, Jeans und Shirt, dabei fiel ihr Blick auf das Bett.

Sofort erinnerte sie sich wieder an die peinliche Episode, als sie darauf aus ihrer Ohnmacht erwacht war und Valentin dabei ertappt hatte, wie er in ihrer Brieftasche kramte. Es schien ihr, als ob bereits Jahre seit damals vergangen waren, obwohl es erst wenige Wochen her war. Sie schüttelte leicht den Kopf, um die schmähliche Erinnerung loszuwerden. In der Küche suchte sie nach einem Plastiksack und legte die Wäsche hinein. Schnellen Schrittes verliess sie die Wohnung und rannte die Stufen hinunter, als ein Geräusch sie innehalten liess.

Sie blieb stehen, hielt sich am hölzernen Treppengeländer fest und horchte. Ein Lächeln schlich sich auf ihr Gesicht, als sie Kater erbost hinter Hannys Tür miauen hörte. Entweder hatte ihn Hanny in der Wohnung vergessen, oder aber er hatte sich ohne ihr Wissen darin versteckt. Sie musste ihn herauslassen, wenn er nicht das Wohnzimmer mit dem Katzenklo verwechseln sollte. Clara überlegte kurz, ob sie Hanny darüber informieren sollte, schliesslich wollte sie nicht ohne deren Wissen die Wohnung betreten, entschied sich dann aber dagegen. Kater unterstrich sein Miauen, indem er mit den Krallen über das Türblatt strich.

Clara öffnete die Tür zu Hannys Wohnung. «Katerchen?», rief sie nach ihm. Der angesprochene Kater flitzte keineswegs aus der Tür hinaus, wie sie vermutet hatte, sondern liess sich mit einem schweren Plumpsen auf den Boden im Flur fallen und verlangte nach Streicheleinheiten.

Lachend legte sie die Tasche hin und trat über die Türschwelle. «Na gut, du Charmeur.» Sie ging neben ihm in die Knie und strich ihm den mächtigen Bauch, unter dem die Rippen kaum mehr zu erahnen waren. Eine Weile liess sie sich davon verleiten, seinem Schnurren zuzuhören und die Feinheit des Fells zu fühlen. Plötzlich hatte der Vierbeiner genug. Er stand auf und rannte zur Wohnung hinaus und die Treppe ins Erdgeschoss hinunter, wo kurz darauf das Scheppern des Katzentürchens zu vernehmen war.

«Undankbares Vieh», murrte Clara und stand auf, wobei sie unbewusst in Hannys Stube blickte. Auf dem Tisch erkannte sie unter anderem die Bücher, die ihr Stiefvater in den Unterlagen ihrer Mutter gefunden und ihr in die Engenmatt geschickt hatte.

Clara beschloss, dass Hanny nun genug Zeit gehabt hatte, in den alten Hebammenbüchern zu schmökern, und wollte sie wieder an sich nehmen. Sie holte die Tasche mit Valentins Kleidern aus dem Treppenhaus und ging in die Stube zurück. Die Bücher fanden ohne Weiteres Platz neben der Wäsche, und Clara war froh, dass sie nicht allzu viel wogen. Prüfend liess sie ihren Blick durch den Raum schwenken, ob sie nicht etwas vergessen hatte, als sie mehrere sehr alt aussehende Ordner entdeckte. Neugierig geworden, steckte sie diese kurzerhand ebenfalls in die Tasche. Hanny hätte bestimmt nichts dagegen, schliesslich hatte sie Claras geerbte Bücher ebenfalls durchlesen dürfen, entschied sie. Sie durfte aber nicht vergessen, ihrer Freundin eine SMS zu schicken und sie darüber zu informieren, dass sie die Dokumente an sich genommen hatte.

So unsichtbar, wie sie gekommen war, verschwand Clara wieder aus dem Stybli und beeilte sich, zurück in ihre eigene Wohnung zu kommen.

Müde stampfte Hanny die Treppe zu ihrer Wohnung hinauf. Heute war einer der umsatzstärksten Tage des Styblis gewesen, seit sie die Gaststube von ihrem Vater übernommen hatte. Den ganzen Abend über war es bis auf den letzten Platz ausgebucht gewesen, und die Gäste hatten nicht mit Lob über das Essen und, genauso wichtig, mit Weinbestellungen gegeizt. Jetzt wollte sie so schnell wie möglich unter die Dusche und dann ins Bett. Sie öffnete die Wohnungstür und blieb wie angewurzelt stehen, denn sie hatte sogleich erkannt, dass jemand hier gewesen sein musste. Die Bücher auf dem Tisch fehlten.

Panisch blickte sie sich in jedem Zimmer um, stets bereit, vor dem Einbrecher zu flüchten, fand jedoch keine Menschenseele vor. Ernüchtert setzte sie sich auf das Kanapee. Völlig übermüdet hatte sie keine Nerven für Bücher, die sich in nichts auflösten. Ihre Nerven flatterten, als ob sie sechs Espressi getrunken hätte, kein Gedanke daran, schlafen zu gehen. Sie war viel zu aufgeregt. Sie griff nach einem Sofakissen und zupfte an einem losen Faden herum, bis er nachgab und ein Loch im Stoff hinterliess. Fluchend warf sie das Kissen in die Ecke. Fehlte sonst noch etwas?

Sie sprang auf und kontrollierte ihren geerbten Schmuck, der zwar monetär nicht wertvoll, aber von symbolischer Bedeutung für sie war. Der Ehering ihrer Grossmutter zum Beispiel oder der Trachtenschmuck ihrer Tante. Nein, alle Schmuckstücke lagen unangetastet in ihren Schächtelchen in der Nachttischschublade. Ihre elektronischen Geräte waren zudem so alt, dass der Einbrecher ihr mit der Entsorgung sogar noch einen Dienst erwiesen hätte. Weshalb also waren nur die Bücher weg und vor allem, wer hatte sie geklaut? Sie brühte sich einen Tee auf und hoffte, ihre Nerven damit ein wenig beruhigen zu können. Mit der Tasse in der Hand setzte sie sich erneut aufs Kanapee und fuhr wie von der Tarantel gestochen auf.

Die Dokumente ihrer Mutter waren ebenfalls weg! Versteinert stand sie mitten in der Stube, während ihr Verstand auf Hochtouren lief. Wer könnte ein Interesse daran haben, die Vergangenheit aufleben zu lassen? Langsam drehte sich ihr Handgelenk, und der Tee in der Tasse begann auf den Boden zu tropfen. In Gedanken ging Hanny alle möglichen Einwohner der Engenmatt durch. Sie liess die Tasse auf den Boden fallen und lief ohne Jacke aus dem Haus, um die Person zur Rede zu stellen.

## *1650*

*«Herrgott Sakrament! Sei doch leise.»*

*«Und du verfluche nicht den Namen des Herrn, wenn du schon heimlich seinen Garten umgräbst.»*

*Ihre Atemzüge würden dicke Wolken in die Luft zeichnen, wenn denn nur die Hand vor Augen zu sehen sein würde. Lediglich ein kurzer Kerzenstumpen klebte mit etwas Wachs auf einem Stein und beleuchtete die knietiefe Grube, die Anton Riebli mit kraftvollen Schaufelzügen aushob. An der Bergseite der Engenmattkapelle verschmolz tiefster Schatten in dunkelster Schwärze, nicht einmal des Mondes Schein vermochte die Szenerie zu erhellen. Plötzlich liess sie ein Knirschen zusammenfahren. Das Schaufelblatt war an einem Steinbrocken abgeprallt.*

*«Halt ein, vielleicht hat uns jemand gehört.»*

*Gemeinsam standen sie vor dem Erdloch nebeneinander mit einem kleinen Bündel in den Armen. Sie lauschten konzentriert in die Stille der Nacht hinein, kein Laut war zu vernehmen. Kein Husten und Schnaufen der Schlafenden, kein Stöhnen und Klönen der noch Wachen, kein Gebell, Gebrüll oder Gezwitscher der Tiere. Es schien die Welt in diesem Moment stillzustehen. Ein kleiner Körper, zu schwach, um auf dieser Welt zu leben, jedoch mit einer grossen Seele, war hinübergegangen. Die Natur gebot auch dem Kleinsten ihren Respekt und hielt einige Atemzüge inne.*

*Magdalena drückte das winzige Mädchen an ihre Brust, hielt es warm. Erst einige Stunden war es her, dass es viel zu früh das Licht der Welt erblickt hatte. Wohl hatte es auf dem Bauch der Mutter noch einige Atemzüge vollbracht, dann jedoch war es für immer entschlafen. Da Magdalena eine anerkannte Hebamme war, durfte sie das Sakrament der Taufe aussprechen, wenn es denn zu lange dauern würde, den Herrn Pfarrer zu holen. Niemals hätte der es hinauf zum Hof der Familie geschafft, und so hatte sie das Mädchen auf den Namen Emma getauft und es dem Segen des Herrn anvertraut.*

*Für die Familie, gefangen in ihrer Erschöpfung und Trauer, bedeutete diese sogenannte Nottaufe viel, durfte das kleine Menschenkind nun direkt ins Paradies übergehen und musste nicht im Feuer brennen.*

*Diejenigen Kinder, die noch keine Sünde begangen hatten, mussten in der Vorhölle ausharren, dem Ort der Seelen ungetaufter Kinder. Eine bewusste Unterscheidung zu der Hölle, in der die Sünder landeten. Wie wichtig war es doch, dass die Kinder sofort nach der Geburt das Sakrament der Taufe gespendet bekamen. Magdalena hatte die Nottaufe schon einmal bei einem Kindchen gespendet, das fast noch gänzlich im Mutterleib steckte. Sobald ein Körperteil herausragte, durfte sie die Taufe aussprechen.*

*«Wenn der Herr Pfarrer uns hier sieht, landen wir auf dem Scheiterhaufen», zischte Magdalena.*

*Ein Stöhnen drang aus der Finsternis. «Das hättest du dir überlegen sollen, bevor du mich dazu überredet hast. Bringen wir es hinter uns und verschwinden dann so schnell wie möglich.»*

*«Bist du auch wirklich unter der Traufe?» Magdalena versuchte vergeblich, im Dunkel der Nacht das Kirchendach zu erkennen.*

*«Ja, ich hab gestern vorsorglich die Gräberreihe gleich hinter uns gepflegt und so die Beschaffenheit des Bodens begutachtet und den Abstand zur Kirchenwand gemessen. Es sind genau fünf Fuss.» Anton hob die letzte Schaufel Erde aus dem kleinen Grab, legte dann die Schaufel ins nasse Gras und wischte sich die Hände an den Hosenbeinen trocken.*

*«Du oder ich?» Seine Stimme war kaum mehr als ein Flüstern.*

*«Ich hab ihr auf die Welt geholfen, nun helf ich ihr auch wieder hinaus.» Magdalena sank in die Knie, das Stoffbündel mit den sorgfältig über Kreuz gebundenen Bändern fest im Arm. Sie sammelte sich für einen Moment, bereit, das letzte Gebet zu sprechen, als sie von Anton unsanft in den Arm genkniffen wurde.*

*«Au, sag mal, spinnst du?»*

*«Sei still! Da kommt jemand.»*

*Sie hörten das Knirschen von schwerem Schuhwerk auf Schotter. Vor Schreck hätte Magdalena fast das Gleichgewicht verloren und wäre kopfüber in das Kindergrab gekippt. Nicht auszudenken. Schnell beugte sie sich über das Grab, legte die kleine Emma hinein. Just bevor Anton die erste Schaufel Erde hineinwerfen konnte, zeichnete sie dem Mädchen das Kreuz auf die Stirn und legte die erste Osterglocke des Jahres dazu. Anton schaufelte wie ein Verrückter die Erde hinein, bevor Magdalena es geschafft hatte, auf die Beine zu kommen und die nasse Erde aus dem Rock zu streichen. Die Tritte kamen immer näher, und nun hörten sie auch das schwere Schnaufen. Rotz wurde hochgezogen und mit einem lauten Räuspern ausgespuckt. So viel zu anständigem Verhalten auf Friedhofsarealen. Anton hatte die Schaufel hinter einen Hagebuttenbusch geworfen und stampfte mittlerweile die frische Erde fest. Magdalena pustete die Kerze aus und presste sich dann flach gegen die Kirchenmauer. Der Verputz stach in ihren Rücken, liess die Kälte in sie eindringen, oder war es das Gefühl von Angst?*

*Erschrocken stellte sie fest, dass die zu Beginn sorgsam freigelegten Grasnaben noch eingesetzt werden mussten, damit die Grasfläche morgen unversehrt aussah. Ein frischer Erdhaufen würde bei Tageslicht doch zu viel Aufsehen erregen. Der nächtliche Friedhofsbesucher begann ein Trinklied zu johlen und drohte somit das ganze Dorf aus dem Schlaf zu reissen. Nicht auszudenken, wenn dieser Säufer alles zunichtemachte. Eine ledige Hebamme und ein Kirchensigrist begruben des Nachts entgegen dem Willen des Pfarrers ein ungetauftes Kind auf Kirchengrund! Einen schönen Skandal ergäbe dies. Magdalena ging in die Hocke und wollte doch noch schnell die Grasnaben hineinpflanzen, als sie von Anton unsanft emporgezogen wurde. Er presste sie mit seinem ganzen Körper an die Wand, schirmte sie mit seinem breiten Rücken ab und senkte den Kopf zu ihr hinunter.*

*Obwohl Magdalena keine klein gewachsene Frau war, überragte er sie um Haupteslänge. So nahe war ihr noch nie ein Mann gekommen, und sie konnte sich nicht entscheiden, ob ihr diese Nähe gefiel. Sie spürte die Wärme seines Atems an ihrem Hals, die feste Umarmung liess sie von seinem Körper mehr erahnen, als ihr lieb gewesen wäre. Das Herz schlug ihr bis zum Hals, wohin bloss mit ihren Händen? Gesegnete Muttergottes, lass diesen Säufer an uns vorbeigehen. Nur einige Schritte von ihnen entfernt stoppten die Schritte, das Singen ebenso. Magdalena schloss die Augen und sackte in sich zusammen. Es war vorbei, er hatte sie erkannt, alles würde ans Tageslicht kommen und sie auf den Scheiterhaufen. Aber wenigstens konnte sie eine Kinderseele retten. Anton drückte ihre Arme, forderte sie auf diese Art auf, sich um Himmels willen zusammenzureissen. Ein Plätschern durchbrach die Stille der Nacht, während der Säufer den Hagebuttenbusch mitsamt der verborgenen Schaufel mit seinem Urin düngte. Unvorstellbar, wie lange es dauern konnte, wenn ein Mann sein über alle Massen hinaus genossenes Bier ausscheiden musste.*

*Magdalena wagte kaum zu atmen, hielt sich mucksmäuschenstill, gefangen in der festen Umarmung von Anton. Oder war es gar ein Gehaltenwerden, ein Gefühl von Sicherheit? Endlich, es dünkte sie eine Ewigkeit, hatte der Säufer der Erleichterung genug und nestelte an seiner Hose herum. Einige torkelnde Schritte, dann hatte er seinen gewohnten Gang wiedergefunden und schritt an ihnen vorbei. Anton lockerte den Druck seiner Arme und begann sich langsam von Magdalena zu lösen. Mit seinem Mund immer noch nahe an ihrem Ohr flüsterte er: «Er hat uns nicht bemerkt.»*

*Kaum hatte er dies ausgesprochen, begann der Säufer zu singen: «Wein, Weib und Gesang, und das Ganze ein Leben lang, wenn das nicht mehr wär, ich armer Tor, dann wär mir angst und bang, ja dann wär mir angst und bang.»*

*Ob er dieses Lied auf das vermeintliche Liebespaar an der Kirchenmauer bezog? Magdalena vermochte es nicht zu sagen.*

# 23

Ein eisiger Schock weckte Hanny abrupt auf. Adrenalin brannte in ihrem Körper, liess die Magensäfte brodeln, das Gehirn kochen und die Nackenhaare sich aufstellen. Verzweifelt schnappte sie nach Luft, es brennt, die Lunge brennt, ich brauche Luft. Atme! Sie atmete tief ein, aber es gelangte nur brackiges Wasser in ihre Lunge, liess diese sich krampfartig zusammenziehen und erstickte die Atmung. Ihre Nackenmuskeln verkrampften sich, so sehr bemühte sie sich, ihr Gesicht aus dem Wasser an der lebenserhaltenden Luft zu halten. In letzter Sekunde hatte sich ihr Körper gegen die lähmende Ohnmacht gewehrt und sie aufwachen lassen, damit sie ihren Kopf aus der nassen Erde heben konnte.

Endlich, ihre Lungenflügel füllten sich dankbar mit Luft, das Herz pochte viel zu schnell, während Adrenalinschübe durch ihren Körper flossen. Sie schrie aus Leibeskräften nach Hilfe, aber ihre Stimme verlor sich in der Tiefe der Grube. Schluchzend begnügte sie sich damit, Stossgebete zum Himmel zu schicken. Schemenhaft erinnerte sie sich daran, wie er sie über seine Schultern gehoben und hierhergetragen hatte, um sie schlussendlich wie ein Stück Fleisch liegen zu lassen. Ihr Kopf schmerzte vom harten Schlag auf den Hinterkopf, den er ihr verpasst hatte, und sie spürte, wie Blut seinen Weg durch die Haare in den Nacken fand. Hannys Blick wurde getrübt vom nassen Lehm, der ihr ganzes Gesicht bedeckte, und erst jetzt bemerkte sie, dass ihre Hände hinter dem Rücken gefesselt waren. Der Scheisskerl hatte zudem ein Seil von ihrem Hals bis zu den Füssen geführt, sodass sie zu ersticken drohte, wenn sie die Beine streckte.

Glücklicherweise hatte sie die Ohnmacht reglos gemacht, just bis zu dem Moment, da Regenwasser in die Grube floss und ihre Atemwege blockierte. Stöhnend versuchte Hanny, sich auf die Seite zu drehen, wobei sie automatisch die Beine ein wenig streckte. Sofort straffte sich das Seil um ihren Hals enger. Luft,

Luft, gierig sog sie Sauerstoff ein, ein wenig mehr, und es wäre vorbei gewesen. Komm schon, altes Mädchen, du schaffst das, dreh dich, sonst ersäufst du hier in der Erde. Wiederum spannte sie die Bauchmuskeln an, begann ganz vorsichtig, ihre Schultern zu drehen, und liess das Becken folgen, ohne dass die Beine ihren Winkel veränderten. Die Erde schmatzte unter ihr, als sich ihr Oberkörper aus dem Lehm erhob, und tatsächlich drehte sich ihr Körper allmählich um die eigene Achse.

Ja, sie hatte es geschafft. Sie würde nicht in diesem Loch ersaufen! Hanny gönnte sich einige Minuten, in denen sie ihre Muskeln lockerte und sich von euphorischen Gefühlen tragen liess. Auf der Seite liegend, konnte sie ihre angewinkelten Beine in die Erde stemmen, ohne dass das Seil ihren Hals einschnürte. Während der Regen ihr Gesicht reinwusch und ihr Körper auszukühlen begann, versuchte sie sich an die letzten Stunden zu erinnern.

Sie war sich nicht sicher, wie lange sie schon in diesem tiefen Erdloch gelegen hatte, bevor sie panisch aufgewacht war, aber sie schätzte, dass nicht mehr als ein bis zwei Stunden vergangen waren. Obwohl es Nacht war, wurde die Finsternis doch immer wieder von vorbeifahrenden Autos erleuchtet. Wenn sie nur wüsste, wo sie sich befand. Sie war definitiv unter der Erde, denn wenn sie nach oben schaute, erkannte sie sauber ausgehobene Erdschichten, die mindestens mannshoch sein mussten. Der Scheisskerl hatte ganze Arbeit geleistet. Mit Grauen wurde ihr bewusst, dass er dieses Grab, denn nichts anderes war es, bereits früher ausgehoben hatte. Niemals wäre er in der Lage gewesen, in der kurzen Zeit ein so tiefes Loch auszuheben, zumal die Erde nass und somit tonnenschwer war. Regen, seit wann regnete es? Sie blinzelte, streckte die Zunge aus dem Mund und fischte nach den kühlen Tropfen. Wieso regnete es?

*Regen, Regentropf*, das Kinderlied tanzte durch ihren Kopf, *es regnet auf meinen Kopf.* Wie hatte sie sich so sehr von diesem Scheisskerl täuschen lassen? In aller Ruhe hatte er sie hineingebeten und sich die Briefe zeigen lassen. Interessiert nachgefragt und sie naives Huhn hatte zu keinem Zeitpunkt bemerkt, dass er lediglich wissen wollte, wie viel sie wusste. Nichts hatte er ihr verraten, rein gar nichts! *Wenn's regnet, werden alle Blumen nass und alle Kinder in der Gass'*, zarte Kinderstimmchen wisperten das Lied in ihr Ohr. Zuerst war es nur eine einzige Mädchenstimme, dann kamen weitere dazu, bis schlussendlich ein Chor von glockenhellen Kinderstimmen die Grube und Hannys Herz füllte.

Sie war eingenickt, wachte auf, als sie ein Auto vorbeifahren hörte. Sie füllte ihre Lungen mit Luft und schrie nach Hilfe, aber nur ein klägliches Krächzen drang aus ihrer Kehle. Panisch realisierte sie, dass das Motorengeräusch sich entfernte. Niemand würde sie hier finden, und die Nacht dauerte noch so lange. Das Regenwasser in der Grube stieg und begann ihre Gehörgänge mit eisigem Wasser zu füllen. Der Scheisskerl hatte sich doppelt, nein, dreifach abgesichert, denn wenn sie nicht ertrank, würde sie erfrieren. Und wenn die Naturgewalten es nicht schafften, sie umzubringen, dann erledigte dies das Seil um ihren Hals.

Was hatte sie ihn bloss zur Rede stellen wollen? Sie wusste nur noch, wie sie erzürnt über den Diebstahl ihrer Dokumente und Bücher über den Dorfplatz bis zu seinem Haus gestürmt war, dann setzten ihre Erinnerungen aus. Das Nächste, an das sie sich erinnerte, waren nackte Panik und das verzweifelte Japsen nach Sauerstoff. Die Kälte breitete sich in ihrem Körper aus, sie schlotterte schon längst nicht mehr, liess ihn müde werden.

Ich muss wach bleiben, darf nicht einschlafen! Mir ist kalt, so kalt. Mir ist so kalt, kalt, kalt. In ihrer Verzweiflung beschloss sie, sich mit singen wach zu halten. Das war das Einzige, das sie in ihrer verzwickten Lage machen konnte, und wenn sie Glück hatte, hinderte es sie am Einschlafen, und vielleicht, wenn ein Quäntchen Glück übrig war, hörte sie jemand.

Dann begannen die Kinder wieder zu singen und halfen ihr, wach zu bleiben. Ihre glockenhellen Stimmchen mischten sich mit Hannys Gestöhne, und gemeinsam sangen sie im Chor. *Regen, Regentropf. Es regnet auf meinen Kopf. Wenn's regnet, werden alle Blumen nass und alle Kinder in der Gass'.*

***

Als Clara in ihre Wohnung zurückkehrte und Valentin nicht angetroffen hatte, fühlte sie sich einerseits übers Ohr gehauen, weil er so vehement auf frische Wäsche bestanden hatte, andererseits machte sich ein Gefühl der Erleichterung in ihr breit. Endlich allein. Auf nichts und niemanden Rücksicht nehmen. Erfreut nahm sie die Bücher und den Kartonhefter aus der Tasche, legte diese auf den Küchentisch. Die Kleider hängte sie im Flur an die Garderobe. Der kurze Marsch durch die Engenmatt hatte genügt, um sie trotz Regenjacke bis auf die Knochen auszukühlen, weshalb sie einen Kaffee machte und sich die Hände an der warmen Tasse wärmte, noch bevor sie einen Schluck daraus trank.

Sie zog den Küchenstuhl heran und setzte sich, ohne den Blick von den Büchern abzuwenden. Sie wirkten gebraucht und alt, die Einbände wiesen Stockflecken auf. Nebeneinandergelegt zeigten sie eine stattliche Grösse. Versonnen schlug Clara eines der Bücher auf und las quer über die Seiten hinweg. Sogleich war sie gefangen in den Schilderungen einer jungen Hebamme namens Magdalena Zumstein, wie sie auf der ersten Seite erfahren konnte. Die Hebamme hatte ihre knappen Beobachtungen über die begleiteten Geburten in ungelenken Buchstaben aufgeschrieben. So hatte sie im Laufe der Jahre Seite um Seite gefüllt. Clara registrierte entsetzt, wie viele Kinder und Mütter die Geburten nicht überlebt hatten. Im Vergleich zu heute war unverhältnismässig oft von Fiebererkrankungen der Mutter einige Tage nach der Geburt die Rede, was in der Regel zum Tode der Frau führte.

Erschüttert hielt Clara inne und erinnerte sich an die Äusserungen ihrer Mutter, dass Hygiene für eine Hebamme überaus wichtig sei. Sie hob die Tasse an den Mund, zog aber eine Grimasse, als sie den inzwischen kalten Kaffee schmeckte. Sie stellte die Tasse auf den Tisch. Die Bücher vor ihr zeigten die tragische Realität der Frauen in den Jahren nach 1650 auf. Da sah sie unter einem der Bücher eine Ecke des Kartonhefters hervorschauen, den sie ebenfalls aus Hannys Stube mitgenommen hatte. Obwohl sie ihr schlechtes Gewissen plagte, schliesslich hatte sie Hanny nicht gefragt, beschloss sie, darin zu lesen.

Ihre Hand fuhr über die grobe Linie der Hanfschnur, die den

Hefter zusammenhielt, spürte den Rillen nach und löste den Knoten schlussendlich.

«Hoppla, da scheine ich einen Volltreffer gelandet zu haben», murmelte sie, weil ihr als Erstes drei gefaltete Blätter in den Schoss fielen. Die Überschrift auf den Briefen war jedes Mal dieselbe: «Marie ist eine Mörderin». Darunter standen die Buchstaben, jeder einzelne sorgfältig aus Zeitschriften ausgeschnitten und auf das Papier geklebt, in wackligen Reihen. Alle sagten mehr oder weniger das Gleiche aus. Marie sei eine Mörderin, sie habe Blut vergossen, das Unrecht werde gesühnt.

Wie war Hanny an diese Drohbriefe gelangt, überlegte sie sich, denn an wen diese ursprünglich gerichtet waren, schien auf der Hand zu liegen. Obwohl der Name der Muttergottes mit all seinen Variationen in Form von Maria, Marie, Mara, ja sogar Marie-Therese und Maria-Theresia, in der Innerschweiz ein beliebter Vorname war, konnte Clara sich des Eindrucks nicht erwehren, dass die Drohungen gegen ihre Mutter, Marie Grünenstein ehemals Burch, gerichtet waren. Sie schob die Hebammenbücher nach hinten und breitete die drei mit Buchstaben beklebten Briefe fächerförmig vor sich aus.

Leider konnte sie ihre Mutter nicht mehr danach fragen, ebenso wenig ihren Vater. Mit Sicherheit hatte ihre Mutter diese Briefe aufbewahrt, weil sie ihnen eine wichtige Bedeutung zugemessen hatte. Wäre der Inhalt im Verlaufe der Jahre unwichtig geworden, hätte sie diese sicherlich weggeworfen. Aber wie war Hanny in deren Besitz gekommen? Clara erinnerte sich daran, dass ihre Freundin den Keller des Styblis aufgeräumt und dabei allerlei Nützliches gefunden hatte. War es möglich, dass dieser Hefter jahrelang in einer Kiste gelegen hatte? Sie hob ihn ans Gesicht und roch den erdigen, leicht modrigen Geruch eines alten Kellers.

Die Engenmatter pflegten ihre Probleme auf direkte Art zu lösen, ohne den Umweg über die Polizei in Sarnen unten zu machen. Clara war davon überzeugt, dass jemand aus Engenmatt diese Briefe geschrieben beziehungsweise die Buchstaben geklebt hatte. Aber aus welchem Grund?

In jedem Brief wurde auf ein vergangenes Unrecht hingewiesen, das der Empfänger, Claras Mutter Marie, getan haben sollte. Sie konnte sich an ihre Mutter nur als ruhige, in sich gekehrte Frau erinnern, die ganz in ihrer Aufgabe als Mutter und Hebamme aufgegangen war, bis der Krebs sie in die Knie zwang. Was auch immer der Drohbriefschreiber ihrer Mutter vorhalten mochte, Clara konnte sich keinen Reim darauf machen.

Nachdenklich zupfte sie an einer Ecke des ersten Buchstabens herum, bis sich dieser gänzlich vom Papier löste, was aufgrund des spröden Leims besser vonstattenging als gedacht. So verfuhr sie Buchstabe um Buchstabe, bis sie fündig wurde. Auf der Rückseite eines Papierstücks war klar und deutlich das Datum des erschienenen Zeitungsartikels zu lesen. Die Briefe waren älter, als sie ursprünglich gedacht hatte. Sie war lediglich zwei Jahre alt gewesen, als ihre Mutter diesen Brief erhalten hatte.

***

In der Gaststube des Styblis knackte es von Zeit zu Zeit in den Leitungen, bis sich mit einem lauten Knall plötzlich die Spannung im Holz löste. Den Eindringling erschreckte dies nicht, denn er kannte dieses Haus seit seiner Geburt. Valentin wusste, wie das Haus atmete, wenn es draussen kalt und nass war wie heute, und er wusste auch, wie es an heissen Sommertagen im Keller roch. Der trockene Geruch nach Erde war für ihn für alle Zeit mit dem kalten Keller verbunden. Nur allzu oft hatte sein Vater ihn dort eingesperrt, um ihn aus dem Weg zu haben, wenn mal wieder einer aus Sarnen den Weg in die Engenmatt gewagt hatte, um sich nach dem Verbleib des Buben zu erkundigen. Valentin hatte während dieser Stunden nicht gelitten, denn seine Mutter und danach seine Grossmutter hatten ein Depot für ihn eingerichtet, in dem er eine Taschenlampe, eine Flasche Wasser und einen Schokoladenriegel fand. Er hatte die Lampe so ausgerichtet, dass sie die Raummitte beleuchtete, und legte sich dann auf die blanke Erde. Wenn es nicht allzu kühl war, zog er sich bis auf die Unterhosen aus und legte sich nackt auf Mutter Erde. Er konnte spüren, wie sie atmete, er konnte sie riechen, und mehr als einmal benetzte er seinen Zeigefinger, bohrte ihn tief in die gestampfte Erdschicht, um ihn anschliessend genüsslich abzulecken.

Nein, wahrlich, dieses Haus mit seinem Keller jagte ihm keinen Schrecken mehr ein. Valentin stand auf der untersten Stufe der Treppe, den Kopf schräg gestellt wie ein aufmerksamer Jagdhund, und horchte in die Dunkelheit. Das Haus füllte die Stille mit seinen eigenen Geräuschen. Der Kühlschrank in der Küche brummte, und aus den oberen Stockwerken mahnte die Wanduhr die Bewohner zur Eile. Ein Rattern liess Valentin laut auflachen, und als sich Sekunden später der in die Breite gegangene Kater durch die Katzentür zwängte, ging er ihm entgegen, um ihn zu streicheln. Kater dachte jedoch nicht daran, sich liebkosen zu lassen, sondern jagte blitzschnell die Treppe hinauf und blieb vor Hannys Wohnung sitzen.

Valentin verzichtete darauf, in seine Wohnung zu gehen, die er seit seiner fiebrigen Erkrankung nicht mehr betreten hatte, sondern stiess ohne anzuklopfen die Tür von Hannys Wohnung auf, versuchte, nicht auf den hineinstürmenden Kater zu treten, und rief nach seiner Schwester. Verwundert stellte er fest, dass sie nicht zu Hause war, denn normalerweise war sie immer im oder zumindest in der Nähe des Styblis zu finden. Es roch eigenartig muffig in der Wohnung, als ob Hanny schon lange nicht mehr gelüftet hätte. Als Erstes suchte er ihr Schlafzimmer auf und versicherte sich, dass sie nicht in ihrem Bett lag.

Hätte sie schlafend darin gelegen, hätte ihn das vor kein grösseres Problem gestellt, denn er war es gewohnt, leise und unauffällig durch die Häuser zu schleichen. So hatte er das auch bei Martha von Deschwanden gehalten, als sie in ihrem Bett gelegen hatte und er ihr literweise Wasser einflösste, ohne dass die alte Frau sich dagegen hätte wehren können. Dicke Tränen waren aus ihren weit aufgerissenen Augen geflossen, hatten sich ihren Weg über die faltige Wange gesucht und waren schlussendlich im grauen strähnigen Haar gelandet, dass er ihr zuvor breit aufgefächert über das Kopfkissen gebürstet hatte. Sie hatte es nicht anders verdient, die Hexe, und er hatte Wasser in ihre Kehle gegossen, ihren Brustkorb hin und her geschüttelt, in der Hoffnung, noch etwas mehr Wasser vom Giglenbach in sie hineingiessen zu können.

Gesegnetes Wasser brauchte der Pfarrer, wenn er die Säuglinge taufte und sie in die Gesellschaft der Gläubigen aufnahm. Und Wasser brauchte Valentin, als er Martha als Verräterin und Hure taufte. Auf die Vergebung ihrer Sünden würde die Alte vergebens hoffen, denn niemals konnte er vergessen, was sie ihm damals angetan hatte. Die Hexe war eine Braut des Teufels gewesen, und als solche sollte sie auch gefunden werden. Er arrangierte ihr mit Spitzen besetztes Nachthemd sorgfältig um ihren Körper, sodass sie brav und gottesfürchtig auf ihrer Bettstatt lag. Die Hände zum meineidigen Gebet gefaltet, so wie sie die letzten Jahrzehnte bei jedem und einem sonntäglichen Gebet gelogen hatte, wenn der Pfarrer vom Frieden auf Erden sprach.

Sie hatte gelogen, wenn sie mit scheinheiligem Lächeln mit ihrer rechten Hand die Hände ihrer Banknachbarn geschüttelt hatte. Niemals hatte sich an ihrem Äusseren widergespiegelt, welch abgrundtief verachtenswerte Kreatur in ihrem Inneren herrschte.

Valentin registrierte das leere Bett in Hannys Schlafzimmer und hinderte Kater nicht daran, auf die Matratze zu springen und dabei schmutzige Pfotenabdrücke auf dem Leintuch zu hinterlassen. Sogleich liess das Tier sich nieder und begann seine Pfoten zu schlecken. Ein reinliches Tier, der Kater, stellte Valentin mit Befriedigung fest, während er das Schlafzimmer verliess.

Unwillkürlich tauchte eine Küche vor seinem inneren Auge auf, die nichts mehr mit Reinlichkeit zu tun hatte. Er presste beide Hände gegen die Schläfen, aber das Bild grub sich hartnäckig tiefer, verlangte nach Aufmerksamkeit, obwohl er krampfhaft versuchte, es zu verdrängen.

Auf dem Boden der Küche, im Haus der Hexe, hatte er die roten Spuren des Teufels gefunden. Sie hatten ihn vom Eingang auf der Treppe nach oben geführt, wobei die Blutspur immer mehr an Farbe zunahm. Mitten im sündigen Büsserrot lag die Hexe, den Mund zum Schrei aufgerissen. Auf dem Herd quoll die Milch über und verbreitete einen verbrannten Geruch. Wie in Trance hatte er einen grossen Schritt über die Alte getan und sich nach dem Knopf am Herd gestreckt, um ihn auszuschalten. Die Hexe sollte nicht in ihrem eigenen Haus brennen, Valentin hatte etwas anderes mit ihr im Sinn. In der reinigenden Wirkung des Feuers würde sie ihm davonkommen, und das konnte er nicht riskieren. Er wollte sie zwingen, ihr Teufelswerk einzugestehen und den Engenmattern zu zeigen, welch schändliche Lügnerin sie gewesen war. Er hatte sie auf die Arme gehoben, was ihm einige Mühe bereitete, denn das Blut liess ihre Haut glitschig werden, zudem wirkte ihr Körper eigenartig steif. Schlussendlich hatte er es dennoch geschafft, sie die Treppe nach oben zu tragen und sie in ihrem Bett als gefallenen Engel zu drapieren. Leichter war es da gewesen, die Blutflecken aufzuwischen und stattdessen Wasser auf den Treppenstufen und in ihrem Schlafzimmer auszugiessen. Gesegnetes Wasser war es zwar nicht gewesen, aber das hätte die Hexe auch nicht verdient.

Valentin betrat Hannys Wohnzimmer, wo er nichts Ungewöhnliches feststellen konnte. Die Stühle des Esstisches standen kreuz und quer im Raum verteilt, die Sofakissen lieblos auf das Kanapee gepfeffert, Hannys Handcreme, die sie stets beim Fernsehen aufzutragen pflegte, lag ohne Deckel unter dem Salontisch. Mit der Fussspitze hob Valentin einen Papierstapel hoch und entdeckte einen grauen Bundesordner unter einer Kartonschachtel. Er bückte sich, um ihn genauer betrachten zu können. Weil er darauf verzichtet hatte, Licht in der Wohnung anzuzünden, wurde das Wohnzimmer nur durch das vom Fenster einfallende Licht der Laternen erhellt, trotzdem erkannte er zwischen den Schatten die Schrift seiner Mutter.

Erinnerungen aus seiner Kindheit drängten sich auf. Seine Mutter war es gewesen, die stundenlang mit ihm die Buchstaben geübt hatte. Noch heute würde er ihre Schwünge und Linien unter tausend Schriften wiedererkennen. Sie war das einzig Gute in seinem Leben gewesen, und er hatte sie wie eine Heilige verehrt. In ihren Augen spiegelte sich die Liebe zu ihrem Sohn, wenn sie ihn anblickte, und doch hatte sich immer ein trauriger Schleier darübergezogen. Aber auch sie hatte irgendwann die Kraft verlassen, sich gegen den Alten zu stellen, und hatte es vorgezogen, ihren wortlosen Sohn mit ihm alleinzulassen. Valentin runzelte die Stirn, als er sich erinnerte, wie sehr er sich von seiner Mutter verraten gefühlt hatte, bevor er viele Jahre später begriff, dass sie nur wegen ihm überhaupt so lange auf der Erde ausgehalten hatte.

Aus Hannys Schlafzimmer drang Katers wohliges Schnurren, unterbrochen nur von den Schleckgeräuschen. Er bückte sich erneut und hob ein Blatt Papier auf, worauf Hanny zwei Fragen hingekritzelt hatte. «Was weiss Käthy? Wer hat die Puppen in die Engenmatt gelegt?»

Anscheinend hatte sich seine Schwester während seiner Genesungszeit in Claras Wohnung nicht nur mit dem Tagesgeschäft des Styblis beschäftigt, sondern sich auch eifrig Gedanken darüber gemacht, was in der Engenmatt vor sich ging. Er konnte sich ein Grinsen nicht verkneifen. Hanny hätte lediglich ihn zu fragen brauchen, woher die beiden aufgefundenen Puppen stammten und wer sie auf den Kopf vom Bruder Klaus beziehungsweise im Taufbecken der Kirche abgelegt hatte. Ein bisschen enttäuschte ihn die Tatsache, dass Hanny die Puppen nicht als das Eigentum von Grossmutter von Matt erkannt hatte. Aber sie war wohl zu jung, um sich zu erinnern, wie diese antiken Spielzeuge auf dem hintersten Regal des Vorratsschrankes gesessen hatten, bevor Glois, man staune, es plötzlich mit der Angst vor dem Toggeli bekam und von seiner Mutter verlangte, die Puppen wegzuräumen. Grossmutter hatte ihre Sammlung seufzend zusammengepackt und in den Keller getragen.

Die Puppen hatten Valentin die Zeit im Keller verkürzt, indem sie gemeinsam auf der Erde gelegen und sich an den Händen gefasst hatten, um einander Mut zu machen. Winzig kleine Porzellanhände und kurze Kinderfinger mit Dreck unter den Fingernägeln. Vor einigen Jahren, kurz nachdem er seine Höhle oberhalb der Engenmatt ausfindig gemacht hatte, waren die Puppenkinder mit ihm gemeinsam dorthingezogen. Bis vor kurzer Zeit hatten sie sorgfältig in Stoffbahnen gewickelt in Kisten gelegen. Valentin hatte die Puppen vor einigen Wochen in den Bäumen vor der Höhle aufgehängt, weil er sich zu erinnern begann, aber niemals auf die wahre Ursache seines Verstummens stiess, denn sein Gedächtnis verweigerte ihm die letzte Wahrheit. Er wollte die Engenmatter aufrütteln, sie wecken und plagen, bis einer von ihnen die Nerven verlor und etwas gegen das vermeintliche Toggeli unternehmen würde. Dass dabei Martha von Deschwanden das Zeitliche segnen würde, hätte er sich nicht in seinen kühnsten Träumen auszumalen gewagt. Eines Morgens jedoch hatte er festgestellt, dass die zwei schönsten Puppen fehlten. Irgendjemand musste hochgestiegen sein und sie aus den Ästen der Tanne entfernt haben. Eigenartigerweise hatte sich diese Person auch von dem schwarzen Klebeband bedient, das er in einer Kiste in der Höhle aufbewahrte. Erst als er gemeinsam mit Clara die Puppe auf dem Bruderklausenbrunnen entdeckt hatte, war ihm klar geworden, dass damit die Augen beziehungsweise das Herz der Puppen verklebt worden waren. Lange hatte er darüber nachgedacht, wer der Puppendieb gewesen sein könnte, bis er sich endlich an Grossmutters Worte erinnerte.

***

Clara hatte die letzten Stunden in ihrem Arbeitszimmer verbracht, wo sie Hebammenbücher und den Kartonordner auf der grossen Tischplatte ausgebreitet hatte. Sie wunderte sich, dass Valentin ohne ein Wort zu sagen verschwunden war, nicht einmal bedankt hatte er sich. Zwar schien er die Grippe überstanden zu haben, jedoch verständigte er sich noch immer nur mit ihr und mit seiner Schwester, soweit Clara das beurteilen konnte. Seit seiner fiebrigen Erkrankung hatte sie sogar das Gefühl, dass Valentin sich immer mehr von ihr zurückzog. Nein, sie würde gewiss nicht im Herzschmerz zerfliessen, aber dennoch fühlte sie eine Enttäuschung darüber, dass er sich ihr nicht mehr öffnete. Gerade jetzt, wo endlich Bewegung in ihre Suche nach Hannes zu kommen schien.

Sie stützte die Ellenbogen auf der Tischplatte auf und legte das Kinn auf ihre Hände. Mit einem mulmigen Gefühl erinnerte sich Clara an die nur knapp gut ausgegangene Begegnung auf dem Plateau vor Valentins Höhle. Es hätte nicht viel gefehlt, und sie hätte Arnold so weit gehabt, dass er den Mund aufmachte und von der Vergangenheit erzählte. Zu schade, dass der alte Mann es dann noch vorgezogen hatte zu schweigen.

Moment mal. Sie sprang auf. In Valentins Höhle hatte sie ebenfalls ein Dokument gefunden, das sie heimlich unter ihren Pullover geschoben und nach Hause geschmuggelt hatte. Das hatte sie in all der Aufregung total vergessen. Der Stuhl kratzte über den Holzboden, als sie schnell aufstand und in ihr Schlafzimmer eilte. In der Unterwäscheschublade, wo sie das Dokument hastig versteckt hatte, wühlte sie unter ihren Slips, bis sie den Karton ertastete. Sie zog ihn heraus und setzte sich auf die Bettkante. Auf dem Deckblatt war keinerlei Beschriftung zu erkennen, weshalb sie ihn schleunigst öffnete und durchblätterte.

Es war ein Tagebuch, so viel hatte sie schon in der Höhle herausgefunden, jedoch hatte der Schreiber nicht jeden Tag seine Gedanken notiert, denn die Daten zu Beginn jedes Eintrages waren in unterschiedlichen Abständen erfolgt. Sie begann zu lesen, und rasch war ihr klar, dass Glois von Matts Mutter, von Hanny stets Grossmutter von Matt genannt, einzelne Geschehnisse im Stybli aufgeschrieben hatte. Es fiel Clara nicht schwer, die gestochen scharfe Sütterlinschrift zu lesen, denn die Frau hatte ihre Gedanken mit sauberer Handschrift niedergeschrieben. In ihrer Ausbildung hatte Clara einige Stunden über Büchern in Sütterlinschrift gesessen und dabei festgestellt, dass auch in der alten Schrift sich die Handschriften sehr wohl unterschieden haben. Je nachdem, wer der Schreiber gewesen war, standen die Buchstaben enger beieinander, die Bogen waren ausgeprägter oder die Querstriche kürzer. Irgendwie kam ihr die Schrift bekannt vor. Wo hatte sie diese bloss schon einmal gesehen?

Plötzlich lachte Clara laut auf. «Du warst ganz schön gerissen!» Anerkennend nickte sie, als sie realisierte, dass genau die gleiche Handschrift den Papierstreifen im Innern des Puppenkörpers beschrieben hatte. Mitsamt dem Tagebuch ging Clara in ihre Puppenstube zurück. Sie versuchte sich an den Zettel, der im Puppenbein versteckt gewesen war, zu erinnern. Wie lautete der korrekte Spruch darauf? Etwas mit Brüdern und Kühen.

Nein, jetzt fiel es ihr wieder ein, es waren Kälber. «Vor Geld fallen Glois' Brüder wie vor dem Goldnen Kalb nieder», sagte sie laut.

Potztausend, da hatte die Frau ihren eigenen Sohn angeklagt, sich seine Freunde mit Geld untertan zu machen. Ganz schön harter Tobak, dachte Clara. Nun war auch klar, wem die Puppen ursprünglich gehörten, denn Grossmutter von Matt hätte ihre Botschaft bestimmt nicht in einer fremden Puppe platziert. Weshalb sie dies gemacht hatte, darüber konnte Clara nur spekulieren, denn es erübrigte sich, die alte Frau danach zu fragen. Wie Hanny ihr erzählt hatte, war die Dame nicht mehr in der Lage, Auskunft zu geben. Aufgrund ihres schlechten Gesundheitszustandes konnte sie kaum diejenige gewesen sein, die die Puppen auf dem Dorfbrunnen und ins Taufbecken gelegt hatte. Wenn man davon ausging, dass die Puppen innerhalb der Familie weitergegeben wurden, kamen nur die Geschwister von Matt in Frage, und wenn sie an die Puppen in Valentins Höhle dachte, landete sie bei ihm.

«Was hast du ausgefressen?», fragte sie in die Stille hinein.

Mit einem Blick auf die Uhr stellte sie fest, dass es stramm gegen Mitternacht zuging und sie folglich schon mehrere Stunden in der Puppenstube zugange war. Leise meldete sich ihr Magen, da sie seit dem Apfel am frühen Nachmittag nichts mehr gegessen hatte. Auf die Toilette musste sie auch, aber sie konnte ihren Blick nicht vom Tagebuch lösen. Grossmutter von Matt hatte in kurzen, dafür prägnanten Sätzen das Alltagsleben im Stybli beschrieben. Im Verlauf der Einträge wurde immer deutlicher, wie sehr sie sich um die sensible Ehefrau ihres Sohnes sorgte, die umso mehr zu verstummen schien, wie Glois an jähzornigen Gefühlsausbrüchen zulegte.

Kurz darauf hatte sie nur einen einzigen Satz geschrieben: «Berta ist in den See gegangen.»

Sechs Worte, die niemals die Tragödie dahinter aufzuzeigen vermochten und in ihrer Schlichtheit umso mehr Erschütterung in Clara auslösten. Nach diesem Tag wurden die Einträge immer kürzer, bis sie schlussendlich etwa in der Mitte des Tagebuches ganz aufhörten.

Mit einem lauten Seufzen beschloss sie, aufzustehen, um sich die Beine zu vertreten und frische Luft in die Puppenstube zu lassen. Sie öffnete das Fenster, und ein Schwall kalter Luft kühlte das Zimmer rasch ab, während von draussen das Geräusch des Regens, der hart auf den Asphalt aufprallte, zu vernehmen war. Rasch schloss sie das Fenster wieder.

Bevor sie sich wieder auf ihren Arbeitsstuhl setzte, fiel ihr Blick auf die Puppenteile, die sie in einem ihrer seltenen Wutanfälle an die Wand geklebt und mit Farbe bespritzt hatte. Zwar hatte sie die meisten Teile in der Zwischenzeit wieder von der Wand abgenommen und in eine Kiste gelegt, aber trotzdem hatte sie es bislang noch nicht geschafft, alle Teile, mit Ausnahme des Beinchens, genauer zu untersuchen. Nun, Zeit hatte sie in dieser Nacht mehr, als ihr lieb war.

Sie legte die Kiste auf den Arbeitstisch und richtete die Lampe neu aus. Oh ja, wütend war sie in jener Nacht gewesen, dachte sie und hob die Augenbrauen. Zwar lagen rund zwei Dutzend Einzelteile vor ihr, trotzdem erkannte sie die Puppe als diejenige aus dem Taufbecken mit den zugeklebten Augen. Arnold von Deschwanden hatte sie in der Kirche gefunden und sie Hanny gebracht. Ausgerechnet Arnold, dachte sie zähneknirschend. Der alte Mann hatte ihr zuerst Honig um den Mund geschmiert und sie dann vor der Höhle mehr oder weniger offen bedroht. Was auch immer er angestellt hatte, von der Bedeutung der Puppen schien er keine Ahnung zu haben, ansonsten hätte er sie nicht ins Stybli gebracht, sondern sie ganz einfach in den nächstbesten Abfalleimer geworfen.

Sie hob die Scherben einzeln aus der Kiste und ordnete sie der korrekten Stelle des Porzellankörpers zu. Niemals wieder ergäben sie ein hübsches Puppenkind. Schlussendlich blieb nur noch die kleine Papierrolle übrig, die sie in einem der Beinchen gefunden hatte. Sie fetzelte die kleine Rolle auseinander, wobei einige Papierflocken auf den Tisch rieselten. Das Papier war definitiv alt und schon anno dazumal von schlechter Qualität gewesen.

«Vor Geld fallen Glois' Brüder wie vor dem Goldnen Kalb nieder.» Sie hatte sich also richtig erinnert. Feine Sütterlinschrift, zarte Bogen, spitze Haken, die gleiche Handschrift wie im Tagebuch. Für Clara jedoch war es mittlerweile offensichtlich, dass Glois von Matt sein Quartier beherrscht hatte, wohl nicht nur mit guten Argumenten, sondern auch mit Hilfe von Geld. Viel Geld.

***

Valentin setzte sich aufs Kanapee in Hannys Stube, um sich einige Minuten der Ruhe zu gönnen, denn auch ein Nachtschattengewächs, wie er eines war, konnte nicht dauernd unterwegs sein, ohne sich ein paar kurze Stunden Schlaf zu gönnen. Vielleicht wäre er dann auch in der Lage, über Hannys andere Frage, was Käthy wusste, nachzudenken, momentan schwirrte ihm der Kopf. Die soeben überstandene Erkrankung forderte noch immer ihren Tribut. Er hob ein heruntergefallenes Kissen auf und warf es auf das Kanapee.

Bevor er jedoch dazu kam, sich hinzulegen, vernahm er ein eigenartiges Geräusch aus Hannys Schlafzimmer. Es stand ausser Frage, dass Kater der Verursacher war, aber Valentin konnte sich beim besten Willen nicht vorstellen, was das Vieh nun wieder anstellte. Obwohl seine Beine schwer waren und er nichts lieber getan hätte, als seinen Kopf in ein Sofakissen sinken zu lassen, beschloss er, seiner Neugier nachzugehen.

Kater lag lang gestreckt auf der Matratze, die Vorderpfoten vor der Schnauze zusammengepresst, dazwischen ein dürres Stück Holz. Sein Fell wurde vom fahlen Licht der Strassenlaterne beleuchtet, das durch das Fenster hineinschien. Erst jetzt bemerkte Valentin, dass Kater nicht nur etwas schmutzig war, sondern im wahrsten Sinne des Wortes strotzte vor Dreck. Es schien, als ob er sich durch einen Komposthaufen gewühlt hatte, und dementsprechend roch der Raum. Ein Geruch nach feuchter Erde, gestandenem Wasser und Fäule drang in Valentins Nase.

Pfui Teufel, du Mistfink. Er stiess das Tier leicht in die Flanke, um es vom Bett zu stossen, als er merkte, dass sich seine Fingerkuppen klebrig anfühlten. Verwundert betrachtete er die roten Flecken darauf. Eiligst drückte er den Lichtschalter und sah mit Entsetzen, dass Kater Hannys Bett nicht mit Erde vollgeschmiert, sondern getrocknetes Blut aus seinem Fell geschüttelt hatte. Valentins Finger fuhren durch das dichte Winterfell des Katers, fühlte den Muskeln, Knochen und Gelenken nach, aber nie miaute das Tier vor Schmerzen auf, niemals zuckte es zusammen oder duckte sich ängstlich in die Ecke. Nein, Kater ging es, abgesehen von der Unmenge an Blut in seinem Fell, hervorragend.

Valentin stand in der Mitte des Schlafzimmers, die Hände vor dem Gesicht gefaltet, als ob er betete, und betrachtete Kater auf dem ehemals weissen Leintuch, das nun aussah, als ob es Ort eines Massakers geworden war.

Was hast du gemacht?, fragte er das Tier in Gedanken. Kater miaute leise und versuchte weiterhin, das kleine Holzstück zu knacken.

Valentin ging näher an das Tier heran, wischte dabei seine Hände am Leintuch sauber, da es auf einige Flecken mehr oder weniger nicht mehr ankam, und bekam so die Gelegenheit, Katers Beute genauer zu betrachten. Was er zuerst für ein Stück Holz gehalten hatte, schien ihm nun zu dünn und zu gleichmässig geformt dafür. An beiden Enden wies es beidseitige Knubbel auf, eindeutig ein Knochen. Valentin streckte die Hand aus und wollte ihn untersuchen, in dem Moment juckte das Tier auf, fauchte zum ersten Mal in seinem Leben seinen Lieblingsmenschen an und raste zur Tür hinaus. Valentin rutschte auf dem glatten Holzboden aus, fing sich mit einer Hand ab und jagte dem Kater nach. Was immer das Tier ausgegraben haben mochte, es war definitiv nicht der Knochen eines Nagetieres. Valentin war jahrelang durch die Wälder gestreunt und kannte die Gebeine der heimischen Tiere. Dieser Knochen sah anders aus.

Als er im Treppenhaus die erste Stufe hinunterrannte, hörte er im Erdgeschoss die Katzentür klappern. Es war offensichtlich, dass Kater mit seinem dicken Bauch Probleme damit hatte, hindurchzupassen, und so kratzten seine Krallen auf dem Boden und versuchten, Halt zu gewinnen. Valentin hatte ihn fast erreicht und wollte soeben zupacken, als sich das Tier mit einem letzten Stoss in die Freiheit beförderte. Frustriert stöhnte Valentin auf, drehte mit vor Nervosität zitternden Fingern das Drehschloss und atmete erleichtert auf, als es mit einem Klicken nachgab und die schwere Tür sich öffnete. Valentin rannte hinaus, um wenigstens einen letzten Blick auf Kater werfen zu können, bevor er endgültig in den Büschen verschwunden war, und blieb abrupt stehen.

Er kämpfte mit dem Gleichgewicht und vor allem um seine Fassung, als er realisierte, dass Kater mitten auf dem Parkplatz hockte, den Knochen quer im Mund, und leicht ungeduldig auf ihn wartete, was das unregelmässige Zucken seines Schwanzes verriet. Mit offenem Mund starrte Valentin das Tier an. Katzen waren Einzelgänger, und sie hielten sich die Menschen als Personal, niemals als Freunde. Kater trug diese Verhaltensweisen in extenso in sich, und nun schien er mit seinem Menschen kommunizieren zu wollen.

«Was?», flüsterte Valentin und hielt die Arme hilflos in die Höhe.

Er glaubte keine Sekunde daran, dass ihn Kater verstehen würde, aber zu seinem Erstaunen erhob sich das Tier von seinem fetten Hintern und ging einige Dutzend Schritte voran, wobei es sich durch Blicke immer wieder vergewisserte, dass sein Mensch ihm folgte. Valentin rätselte noch immer über die Tatsache, dass eine überaus egoistische Katze sich auf einmal wie ein Hund verhielt, als er bemerkte, dass das Tier genau wusste, wohin es wollte.

***

Mit dem letzten Quäntchen Kraft schaffte es Hanny, ihr Gesicht aus der nassen Erde zu heben. Sie drehte es in Richtung des Himmels, liess ihm die Schultern folgen, bis die Schwerkraft nachgab und sie mit einem lauten Platschen auf den Rücken fiel. Der Regen spülte das Blut aus ihren Augen und in ihren Mund. Sie schmeckte den kupfrigen Geschmack auf ihrer Zunge. Dass sie eine Platzwunde am Kopf haben musste, begriff sie erst in diesem Moment. *Regen, Regentropf. Es regnet auf meinen Kopf.* Die Kinder leisteten ihr Gesellschaft in der dunkelsten Nacht ihres Lebens. Kalt war ihr schon lange nicht mehr, obwohl sie die Regentropfen immer noch auf ihrer Haut spüren konnte. *Wenn's regnet, werden alle Blumen nass und alle Kinder in der Gass'.* Ihre Wahrnehmung machte keinen Unterschied mehr zwischen ihrem Körper und der Umgebung, alles war eins. Sie war eins geworden mit der Erde. Die Kinderchen tanzten um sie herum, spielten mit ihren Haaren, zwirbelten darin Zöpfe, lösten diese wieder auf, nur um die Strähne erneut zu wickeln. Hanny genoss diese Liebkosungen, sie fühlte sich leicht im Wasser, das sich immer höher in der Grube sammelte. *Wenn's regnet, werden alle Blumen nass und alle Kinder in der Gass'*. Sie fühlte sich geborgen und sicher, so nahe dem Boden und doch schwerelos, keine Sorgen vermochten diesen Zustand zu überdecken. Weder die Familie noch das Stybli oder die Engenmatt kümmerten sie. Alles war gut, so wie es war. Sie musste nur noch warten. Sie schloss die Augen, das Wasser formte einen Bilderrahmen um ihr fahles Gesicht. Hannys Körper schwamm.

***

Der Kater wählte kurze Strecken die Strasse entlang, keine Umwege unter Zäunen hindurch oder über Autodächer hinweg. In einiger Entfernung erkannte Valentin das erleuchtete Fenster von Claras Arbeitszimmer, ihrer Puppenstube, in der sie nun bestimmt auf ihn wartete. Er hatte ihr nicht mehr in die Augen blicken können, nachdem er begriffen hatte, wie sehr er ihr den Kummer hätte ersparen können. Feige war er gewesen, als er sich aus ihrer Wohnung geschlichen hatte. Zu feige, um ihr die Wahrheit über die letzten Wochen zu offenbaren. Valentin war aus der Wohnung geflohen, damit er sich nicht ihren Fragen stellen musste, aber mehr noch, weil er sich seines Verhaltens ihr gegenüber nicht mehr sicher war.

Valentin strich sich das Regenwasser aus den Augen, das in Bächen aus seinen Haaren floss und ihn völlig durchnässt hatte. Bei der Abzweigung vor der Kirche setzte sich Kater erneut hin, liess den Knochen auf den Boden fallen und sah seinen Menschen durchdringend an.

Und jetzt? Valentin war es leid, noch länger durch diese Sintflut zu wandern, zumal es eisig kalt geworden war. Wenn diese Wetterlage die ganze Nacht hindurch andauern würde, hätten die Engenmatter morgen ein grosses Problem mit Glatteis auf den

Fahrbahnen. Valentins Muskeln begannen zu brennen, erinnerten ihn schmerzhaft daran, dass er vor kurzer Zeit noch krank im Bett gelegen hatte und noch keineswegs dazu in der Lage war, nachts durch die Strassen zu schleichen.

Was willst du? Mir tut alles weh, und ich will nur noch ins Bett, dachte er und wollte sich bereits abwenden, um nach Hause zurückzukehren, als ein heiseres Miauen ihn davon abhielt. Kater strich ihm um die Füsse, drängte ihn in Richtung der Kirche, und um sicherzugehen, dass sein Mensch ihm auch wirklich Folge leistete, biss das Tier ihm leicht in die Wade. Erbost schüttelte Valentin das schmerzende Bein, holte Atem, um dem Tier die Leviten zu lesen, als er es plötzlich hörte. Das Lied aus seiner Kindheit, das Lied, das tief in seinem Herzen begraben und weggeschlossen war. Helle Kinderstimmen riefen ihn, fragten ihn an, ob er sie denn hörte.

Hörst du uns?, wisperten sie in einem fort, bevor sie mit dem Kinderlied weiterfuhren. Wie in Trance setzte Valentin einen Schritt vor den anderen, Kater dicht an sein Bein gepresst, und betrat so den Friedhof. *Regen, Regentropf. Es regnet auf meinen Kopf.* Er erkannte die Stimme!

Hannys Stimme rief ihn, lockte ihn zu der Ausgrabung vor der freigelegten Kirchenmauer. Die von den Archäologen befestigte Blache hatte den Regenmassen nicht standhalten können und lag nun auf dem Boden. Die frisch ausgehobenen Gräber, deren Inhalt unter grossem Protest der Engenmatter Bevölkerung doch noch nach Zürich gebracht worden war, lagen ungeschützt vor ihm. Daneben erkannte er eine weitere Grube, die er bislang nicht realisiert hatte. Etwas ratlos begab sich Valentin näher heran und sah, dass die Seitenwände dieser Grube nachzugeben begannen. Sicherheitshalber machte er einen kleinen Schritt zurück, um nicht noch mehr Erde aufzurütteln. Nur spärlich erhellte das Licht der Strasse den Ort, und Valentin hörte mehr, als dass er es sah, wie sich das Regenwasser auf dem Boden der Grube sammelte.

Kater miaute und setzte zum Sprung an. Mit einem Aufklatschen landete er auf allen vieren im Wasser, wobei einige Tropfen nach oben in Valentins Gesicht spritzten. Sofort roch er den gleichen Geruch, den er in Hannys Zimmer wahrgenommen hatte und den Kater in seinem Fell mit nach Hause getragen haben mochte. Gute eineinhalb Meter unter ihm streckte Kater seinen Kopf empor und miaute jämmerlich. Valentin stellte mit Erschrecken fest, dass der Gesang verstummt war. Stille beherrschte die Nacht. Seine Haut begann zu brennen, als das Adrenalin durch seinen Körper schoss und jede Faser seines Körpers nach Flucht verlangte. Bevor die Angst überhandnehmen konnte, gab er sich einen Ruck und sprang ebenfalls hinunter, wobei sich ein grosses Stück Erde an der Seite löste und mit ihm in der Grube landete.

Oh Gott, oh Gott, was mach ich hier bloss? Ich muss wahnsinnig sein, dass ich einem Kater hinterherlaufe und mitten in der Nacht in ein Grab hechte.

Krampfhaft versuchte er, sich an ein Gebet zu erinnern, das ihm über die Angst hinweghelfen könnte, aber die Panik beherrschte seine Gedanken. Er bückte sich und wühlte mit beiden Händen in der Erde, als gleich neben ihm die Stimme erneut anfing zu singen und er nichts lieber getan hätte, als weit, weit wegzurennen.

*Regen, Regentropf. Es regnet auf meinen Kopf.*

Panisch wischte er mit blossen Händen die Erde weg, bis er sein Liebstes blutüberströmt und an Händen, Knöchel und um den Hals gefesselt daliegen sah. Unter all der Erde war Hannys Gesicht leichenblass, nur von ihrer Kehle suchte sich eine verräterische blaue Färbung den Weg zu ihren einstmals roten Wangen. Valentin säuberte ihr Gesicht und sank in die Knie, um seine Schwester zu retten. Das Seil um ihren Hals drang tief ins Fleisch, schnitt die Sauerstoffzufuhr ab, liess ihre Lippen blau werden. Er kramte in seiner Hosentasche nach dem Sackmesser, wählte die schärfste Klinge und begann dann hektisch, die Hanfstränge zu zerschneiden. Ein leises Röcheln liess ihn erleichtert innehalten. Da, noch ein letzter Schnitt und das Seil löste sich, fiel auf den Boden, wo es im stehenden Wasser versickerte.

Hätte Kater Valentin nicht zur Kirche gelockt und hätte er ihn nicht in die Wade gebissen, so wäre Hanny in den nächsten Minuten entweder erstickt oder ertrunken, da war Valentin sicher. Er konnte die Tränen nicht mehr zurückhalten. Sie flossen über seine Wangen, tropften auf Hannys Gesicht in seinen Armen und vermischten sich schlussendlich mit dem fauligen, nach Kompost riechenden Abwasser.

Valentin beeilte sich, auch die Fesseln von Hannys Händen und Füssen zu lösen, bevor er seine Schwester mit all seiner Kraft unsanft aus dem Erdloch zu hieven versuchte. Die Seitenwände begannen sich aufzulösen, immer mehr Erde drang in die Senke hinunter. Es würde ihm niemals gelingen, seine Schwester in den Armen zu halten und so die rutschige Wand zu bezwingen. Hektisch blickte er sich um. Das Wasser in der Grube stieg immer höher. Es blieb keine Zeit mehr, jemanden um Hilfe zu bitten, denn dann wäre seine Schwester längst ertrunken.

Sein Blick fiel auf die roten Wunden an Hannys Handgelenken, wo sich der Strick tief in ihre Haut eingegraben hatte. Der Strick! Er lehnte Hanny an die Wand, wobei er darauf achtete, dass sie nicht kippte, und begann dann hektisch, mit den Händen unter der Wasseroberfläche nach dem Strick zu suchen. Immer wieder griff er ins Leere oder packte einen kleinen Ast, einen Stein, bis er ihn endlich doch noch zu fassen kriegte. Schnell band er ihn seiner Schwester unter den Armen entlang über die Brust, das andere Ende knotete er an seinem Gurt fest. Mit beiden Händen griff er nach oben, suchte einen festen Griff am Rande der Grube, bevor er mit den Fussspitzen fest in die Erde trat und sich so, Tritt für Tritt, immer höher nach oben arbeitete. Kaum hatte er es geschafft, stand er auf und begann Hanny nach oben zu ziehen. Zentimeter für Zentimeter, es ging so langsam, seine Hände brannten wie Feuer, er brachte all seine Kraft auf. Endlich war ihr Haarschopf zu sehen, und er fasste neuen Mut. Mit einem energischen Ruck zog er sie zu sich und wollte sich neben sie auf die Erde fallen lassen, als er ein nasses Fellbündel in der Grube zittern sah. Nein, er würde es sich niemals verzeihen, den tapferen Kater seinem Schicksal überlassen zu haben. Wider besseres Wissen sprang er erneut hinunter, legte sich Kater über die Schultern und stiess mit seinen Füssen in dieselben Löcher in der Wand, die er zuvor benutzt hatte. Keine Sekunde zu früh, denn die Wände gaben endgültig dem erdrückenden Gewicht des Regenwassers nach und stürzten in die Grube.

Schwer atmend legte sich Valentin neben Hanny auf den

Boden, Kater tat das Gleiche pitschnass auf seiner Brust, und Valentin gelobte, alles Erdenkliche zu tun, wenn denn nur seine Schwester überlebe. Ermattet tastete er nach ihren eiskalten Fingern, umschloss sie mit seiner Faust und hielt irritiert inne. Irgendetwas stimmte nicht, es kam ihm vor, als sei ein sechster Finger vorhanden. Langsam drehte er den Kopf zu ihr, und im orangen Schimmer der Strassenlaterne erkannte er zwischen ihrem Ring- und dem Mittelfinger einen blossliegenden Fingerknochen von filigraner Grösse.

*1653*

*In allen katholischen Ländern bestattete man auch ungetaufte Kinder auf dem Friedhof, manchmal legte man sie einem kürzlich verstorbenen Erwachsenen mit in den Sarg. Nur der ehrenwerte Herr Pfarrer aus Sarnen gedachte keinesfalls, dies ebenso zu halten. Magdalena verbot sich stets den Gedanken an einen zeitnahen Tod des Pfarrers, ertappte sich jedoch immer wieder dabei. Obwohl der Herr Pfarrer bereits in ein gewisses Alter gekommen war, wollte er nicht kürzertreten, und so blieb Magdalena nichts anderes übrig, als mit ihrem Tun fortzufahren und zu akzeptieren, dass Jahr für Jahr mehr ruhelose Seelen neben ihrem Bett auf sie warteten.*

*Anton verstand ihre Träume nicht. Für ihn war dies eine Ausgeburt ihrer Phantasie. Sie solle sich nicht in etwas hineinsteigern. Das sei heidnischer Aberglaube oder auch katholischer, da war er sich nicht so sicher. Trotzdem wich er nie von ihrer Seite, wenn es wieder einmal galt, im Schutz der Dunkelheit ein Kind innerhalb der Dachtraufe der Kirche zu begraben.*

*Sie wusste, dass das Toggeli, das neben ihrem Kopfende auf dem Boden stand, am nächsten Morgen zerzauste Haare haben würde. Die ruhelosen Seelen spielten mit ihm, vertrieben sich die Zeit damit, der Holzpuppe die Haare zu durchwühlen, dafür würden sie eine gewisse Zeit lang die schlafende Magdalena in Ruhe lassen.*

*«Schlaf doch noch ein wenig», brummte es dicht an ihrem Ohr, und ein kräftiger Arm suchte ihre Taille, zog sie näher an seinen Bauch heran. Magdalena dachte an das erste Mal, als er sie fest in seinen Armen gehalten hatte. Damals, in jener Nacht auf dem Friedhof, als der Säufer den Hagebuttenbusch gedüngt hatte.*

# 24

Sie fragte sich, ob Valentin heute Abend noch zurückkehren würde. Sollte sie wach bleiben und auf ihn warten oder ins Bett gehen und riskieren, von der Türklingel aus dem Schlaf gerissen zu werden? Verflixt noch eins, konnte dieser Querkopf nicht einmal etwas normal machen? Sie stopfte das Papier entnervt in das Puppenbein zurück und legte dieses zusammen mit den Scherben in die Kiste, bis sie auf einmal irritiert innehielt. Das kleine Füsschen kratzte an ihrem Zeigefinger. Clara drehte es um und betrachtete die Fusssohle genauer, konnte aber auf Anhieb nichts Besonderes erkennen. Routiniert griff sie nach der Lupe und richtete die Lampe neu aus. Mit der Spitze einer feinen Feile fuhr sie den Linien nach und begriff, dass es sich dabei um Buchstaben handeln musste. Mit der Feile vertiefte sie die Einkerbungen, bis sie deutlicher zu lesen waren. Tatsächlich, was sie gespürt hatte, waren mehrere Buchstaben, in Porzellan geritzt, dazwischen ein geschwungenes Zeichen: «GvM & MvD».

Auch hier dieselbe Sütterlinschrift, wenn auch beträchtlich eckiger als auf dem Papier. Clara musste sich nicht allzu sehr anstrengen, um herauszufinden, wer mit «GvM» gemeint war. Glois von Matt schien wieder der Dreh- und Angelpunkt zu sein. Die Schreiberin, die offensichtlich auch hier Grossmutter von Matt gewesen sein musste, schien kein grosses Ansehen von diesem Mann zu haben, trotzdem jedoch genug Angst, um ihr Wissen nicht offen kundzutun.

Wen sie wohl um Hilfe bitten konnte? Hanny und Valentin hatte sie bereits ausgeschlossen, Arnold und die zänkische Käthy ebenso. Blieb noch der Postangestellte Toni.

Er war zwar zu jung, um beim Verschwinden von Hannes als Erwachsener dabei gewesen zu sein, aber vielleicht wusste er trotzdem etwas darüber. Arnold von Deschwanden schien den denkenden Part dieses Duos auszumachen, aber Toni hatte die Kraft und den nötigen Durchhaltewillen, um Arnolds Befehle auszuführen. Bestimmt könnte er ihr etwas über ihren Bruder erzählen, sie müsste Toni nur allein antreffen. Sie überlegte sich, wie sie sich ihm nähern konnte, ohne dass er gleich Verdacht schöpfte und auf seinem Motorrad davondüste. Wie sie schon einige Male bemerkt hatte, schien er ein eher einfach gestricktes Männerexemplar zu sein. Auf alle Fälle glotzte er ihr jedes Mal in den Ausschnitt, wenn er ihr die Pakete brachte. Verärgert war sie dazu übergegangen, einen Schal um den Hals zu binden, um so den Effekt ihrer weiblichen Rundungen ein wenig zu mildern.

Was aber wäre, wenn sie nun das Gegenteil tun würde? Clara grinste spöttisch und hob ihre Brüste hoch, sodass sie fast aus dem BH zu fallen drohten. Ja, auf diese zwei Argumente konnte sie sich verlassen. Toni würde die Augen nicht mehr abwenden können und ihr erzählen, was sie wollte. Dagegen würde Arnold nichts machen können. Sie kicherte bei diesem Gedanken. Ihr Magen begann zu knurren, und sie fragte sich, wie lange sie Valentins Eskapaden noch mitzumachen bereit war, als an der Türklingel Sturm geläutet wurde.

Valentin! Empört pumpte sie Luft in ihre Lunge, um ihm die Meinung zu sagen. Ohne nachzudenken warf sie das Puppenbein sowie die Feile zu der Schriftrolle in den Karton. Der Schlüssel drehte sich im Schloss. Clara stemmte die Fäuste in die Seite, bereit, ihren Ärger loszulassen. Die Tür öffnete sich.

In dem Moment, als sie in sein kalkweisses Gesicht blickte, mit den schreckhaft geweiteten Augen und dem verzerrten Mund, blieben sämtliche Beschimpfungen in ihrer Kehle stecken. Valentin kam kein Laut über die Lippen, er starrte sie nur panisch an und atmete dabei schwer. Sie bemerkte, dass er über und über mit Erde und Blut besudelt war, zudem roch er äusserst unangenehm. Irgendwie modrig. Mit in die Taille gestützten Händen stand sie stirnrunzelnd vor ihm, keineswegs bereit, ihm die Sache leichter zu machen, aber doch auch beunruhigt über seinen Auftritt. Seine Augen sahen sie durchdringend an, während sich sein Mund verzweifelt öffnete und wieder schloss, ohne dass ein einziger Laut zu vernehmen gewesen wäre. Er stand unter grossem Stress und würde es niemals schaffen, ihr sein Anliegen zu erklären, begriff Clara in diesem Moment.

Er fuchtelte wild vor ihrem Gesicht hin und her, bis sie ihn scharf unterbrach.

«So geht das nicht, Valentin», zischte sie. «Was denkst du eigentlich, wer du bist, dass du einfach mir nichts, dir nichts verschwindest, nachdem du mich davor überredet hast, meine Arbeit liegen zu lassen, um dir frische Wäsche zu holen? So, wie du auf den Beinen stehst, hättest du das ruhig selbst erledigen können. Ich bin nicht dein Dienstmädchen!»

Ihre Worte schienen ihn nicht zu erreichen, denn er ging zurück in den Flur, um ihren Mantel und die Stiefel zu holen, die er ihr dann auffordernd unter die Nase hielt.

«Das kannst du vergessen. Ich habe Hunger, und ausserdem muss ich wirklich dringend aufs Klo.»

Sie stiess ihn beiseite und wollte soeben an ihm vorbei, als sie merkte, wie sich sein Arm um ihre Taille schloss und sie in die Luft gehoben wurde.

«Stell mich sofort wieder ab, du Lump. Ich schwöre dir, wenn du mich nicht sofort wieder auf den Boden stellst, rede ich nie mehr ein Wort mit dir!»

Valentin blieb stocksteif stehen und liess sie langsam runter, wobei er ihr jedoch Mantel und Stiefel energisch gegen den Bauch drückte.

«Es ist wirklich ernst?», fragte Clara, nun doch verunsichert wegen seiner Hartnäckigkeit. Noch nie hatte er sich so verhalten. Sie gab sich einen Ruck.

Valentin nickte heftig.

«Keine Zeit für Küche und Klo?»

Bestimmtes Kopfschütteln.

«Hanny?»

Nicken.

Mit einem flauen Gefühl im Magen schlüpfte sie in die Stiefel, stürmte kopflos die Stufen hinunter und versuchte gleichzeitig, den Mantel überzuziehen. Das letzte Mal, als sie Hanny zu Hilfe eilen wollte, hatte diese lediglich ein Problem mit ihren Haaren gehabt, Valentin aber würde wegen solch einer Lappalie niemals ein derartiges Theater veranstalten. Es musste etwas geschehen sein!

Valentin bewies immerhin so viel Geistesgegenwart, dass er Claras Handy aus der Küche holte und ihr erst danach folgte.

Clara und Valentin kamen nicht weit. Bereits auf der Treppe vor ihrer Wohnung wurden sie von einem geladenen Jagdgewehr aufgehalten und zurückbeordert. Zu verdattert, um sich ernsthaft zu wehren, stolperten sie rückwärts die Stufen hinauf und versuchten im engen Durchgang neben der Garderobe stehen zu bleiben. Ein schwieriges Unterfangen für Clara und Valentin, die in der Enge immer wieder zusammenstiessen und Clara deshalb mit ihrer Schulter gegen das Schuhregal stolperte, das anschliessend mit grossem Gepolter auf den Boden kippte.

Toni hielt das Gewehr weiterhin auf sie gerichtet, blickte ihnen jedoch nicht in die Augen.

So viel zum Thema einfaches Männerexemplar, dachte Clara. In letzter Zeit schien sie sich immer mehr in ihren Mitmenschen zu täuschen.

«Hier ist es ja enger als in einem Holzsarg», fauchte eine Frauenstimme hinter Toni, und der graue Haarschopf von Käthy Rohrer tauchte auf. «Macht Platz und geht in das Wohnzimmer. Die gnädige Frau *von* Grünenstein hat bestimmt nichts dagegen.» Fluchend kickte sie einen Winterschuh zur Seite, sodass sie eintreten konnte.

«Wie seid ihr hier hereingekommen?», fragte Clara mehr erstaunt als verängstigt, betrat aber dennoch hinter Valentin das Arbeitszimmer.

«Ach, dein Liebchen hat die Haustür sperrangelweit offen gelassen», antwortete Käthy mit einem Kopfnicken in Valentins Richtung. «Meine Kleine, die ersten Wochen wussten wir nicht, wer uns da in die Engenmatt geschneit war, aber nachdem das Toggeli aufgewacht war, mussten wir natürlich Nachforschungen anstellen. Irgendeiner von uns musste das Nachtwesen schliesslich aufgeweckt haben. Was lag da näher, als die Puppenfrau einmal genauer unter die Lupe zu nehmen?» Sie nickte in Richtung des Pöstlers. «Toni ist sehr aufmerksam, wenn er die Pakete zustellt.»

Toni und Käthy standen mittlerweile in der Tür zum Arbeitszimmer, und wäre die Waffe nicht gewesen, so hätte man sie gut für Mutter und Sohn beim täglichen Spaziergang halten können. Toni wirkte neben der zierlichen Käthy wie ein Hüne, und seine Silhouette füllte beinahe den gesamten Türrahmen aus. Valentin und Clara waren gezwungen, Schritt für Schritt rückwärtszugehen.

Toni nickte, ohne Clara und Valentin, die sich nun gegen die Kante des Arbeitstischs drücken mussten, aus den Augen zu lassen. «Dieter von Grünenstein.»

«Mein Stiefvater», entfuhr es Clara. «Du hast dir die Angaben des Absenders auf dem Paket gemerkt.»

«Es bedurfte nur noch einiger Telefonate, um die endgültige Bestätigung dessen zu bekommen, was wir seit unserem Treffen vor der Höhle wissen: dass Clara von Grünenstein mit Clara Burch identisch ist», bestätigte Käthy. «Clara, Clara Schätzchen. Wir kannten dich als kleinen Wirbelwind mit Pausbäckchen, aber als erwachsene Frau haben wir dich nicht wiedererkannt. Hast einen schönen Namen bekommen. *Von* Grünenstein tönt fast ein bisschen zu nobel für unsereiner, findest du nicht auch?»

Clara schoss auf Käthy zu, wollte sie an den Haaren reissen, ihr die Augen auskratzen, auf sie einschlagen. «Du Miststück, was habt ihr mit meinem Bruder gemacht?» Ein stechender Schmerz stoppte sie, als Toni den Lauf des Gewehrs in ihre Kehle drückte.

«Zurück oder ich drück ab.»

Clara begann zu würgen, der Stahl blieb unnachgiebig. «Das würdest du wirklich tun?», krächzte sie.

Toni blickte ihr jetzt zum ersten Mal in die Augen, und sie sah nichts Beruhigendes darin. Kalt und leer wirkten sie, die Pupillen klein und stechend. «Ja, das würdest du tun!»

Sie weigerte sich, den Blick als Erste abzuwenden. Wenn sie denn sterben sollte, dann wollte sie ihrem Mörder dabei in die Augen sehen. Ihr Blick sollte ihn bis an sein Lebensende und gern auch darüber hinaus verfolgen.

Schweigen breitete sich in der Puppenstube aus, nur die Regentropfen, die an die Fenster prasselten, waren zu hören.

«Ja, Clara, er würde abdrücken. Toni ist ein zuverlässiger Mann.» Eine ruhige Männerstimme drang aus dem Flur zu ihnen, und Arnold kämpfte sich einen Weg frei zwischen umherliegenden Schuhen, Stiefeln und Handtaschen, die bei dem Überfall aus dem Regal gefallen waren.

Arnold hatte in den vergangenen Minuten das Gespräch belauscht und nun den Moment der Stille genutzt, um in Erscheinung zu treten. Er wirkte selbstbewusst, wie er da zwischen seinen zwei Gehilfen stand. Von seinem durchnässten Filzhut tropfte Wasser, das langsam einen dunklen Fleck auf dem Holzboden bildete.

Wie eine Blutlache, dachte Clara bei diesem Anblick. Da eine Hand in der Tasche der grünen Fleecejacke steckte, vermochte Clara nicht zu sagen, ob er ebenfalls bewaffnet war oder ob er sich gänzlich auf Tonis nervösen Zeigefinger verliess. Arnold tippte den Lauf des Gewehrs leicht an, und Toni trat einen Schritt zurück, sodass Clara wieder schmerzfrei schlucken konnte. Obwohl die Waffe immer noch keine dreissig Zentimeter von ihrer Brust entfernt war, fühlte sie sich sogleich etwas sicherer. Ein hysterisches Kichern drängte sich in ihrer Brust hervor, und es bedurfte all ihrer Willenskraft, es zurückzuhalten.

Mit einem kurzen Kopfnicken in Richtung Valentin fragte Arnold schliesslich: «Was ist denn mit dem?» Er stiess Käthy mit dem Ellenbogen in die Seite. «Der spinnt ja noch mehr als sonst.»

Gackerndes Lachen ihrerseits, ein leises Brummen von Toni als Antwort. Clara drehte sich zur Seite, sodass sie Valentins Gesicht sehen konnte. Zwar war er bereits ausser sich vor Sorge um seine Schwester gewesen, als er bei ihr geklingelt hatte, aber nun war der Ausdruck von Angst demjenigen der Erkenntnis gewichen.

Valentin wackelte mit seinem Kopf, die Arme still an den Oberkörper gepresst. Kein Wort kam über seine Lippen, trotzdem ahnte Clara, dass er in diesem Moment einiges begriffen haben musste.

Clara bemerkte, dass ihre Brust zum Platzen gespannt war, da sie in den letzten Minuten mehr ein- als ausgeatmet hatte, in ihren Ohren fühlte sie den Druck. Mühsam versuchte sie, regelmässig zu atmen und so wieder die Kontrolle über ihren Körper zu gewinnen. Neben ihr stand Valentin, der anscheinend seine letzten offenen Fragen geklärt sah, jedoch nicht in der Lage war, Anklage zu erheben. Sie selbst wäre um Worte zwar nicht verlegen, hatte jedoch keinen Durchblick.

«Was soll das, Arnold, weshalb bedrohst du mich schon wieder? Hat es dir nicht gereicht, als wir uns vor der Höhle getroffen haben?» Mutig beugte sie sich nach vorne, wurde aber erneut vom aufmerksamen Toni mit dem Gewehrlauf vor ihrer Brust gestoppt. Sie warf die Hände in die Höhe und fauchte ihm zu: «Ist ja schon gut, Hundchen, ich greif deinen Herrn und Meister bestimmt nicht an.»

Der Gewehrlauf bohrte sich schmerzhaft in die linke Brust, direkt über dem Herzen. Clara biss auf die Zähne, um nicht laut aufzuschreien, aber vor diesem Lakaien würde sie sich keine Blösse geben.

«Oh, nicht ich bin derjenige, der andere Leute bedroht, Fräulein Burch», antwortete Arnold.

Käthy fuhr an seiner Stelle fort: «Kommt aus der Fremde in unser Quartier und stellt Fragen. Fragen über die Vergangenheit, die wir unter uns ausgemacht haben. Wir haben uns gut arrangiert hier. Alle Engenmatter gehen einer geregelten Arbeit nach, sofern sie nicht schon pensioniert sind, wohnen in guten Häusern und leisten untereinander Nachbarschaftshilfe. Und dann hast du alles auf den Kopf gestellt und damit das Toggeli aufgeweckt. Eine verdammte Hexe bist du!» Sie holte tief Atem und spuckte Clara ins Gesicht.

«Meine Schwester, Gott sei ihrer Seele gnädig», Arnold bekreuzigte sich, «meine Schwester musste deswegen sterben.»

«Arnold, deine Schwester musste sicherlich nicht sterben, weil ich ein paar Fragen nach dem Verbleib meines seit Jahrzehnten verschollenen Bruders gestellt habe. Da ihr ja meine echte Herkunft herausgefunden habt, brauche ich kein Geheimnis mehr um mein Ziel in der Engenmatt zu machen.»

Clara holte Atem und fuhr dann fort: «Deine Schwester ist nicht einfach so gestorben, Arnold, sie wurde getötet. Ermordet von einer feigen Person. Da lohnt es sich doch allemal, Fragen zu stellen, könnte man meinen, oder habt ihr kein Interesse, herauszufinden, wer Martha getötet hat? Die Polizei scheint ja nicht recht vom Fleck zu kommen bei der Suche nach dem Täter. Sind halt keine Einheimischen. Ist es nicht so?»

Schweigen breitete sich aus, nur Arnold von Deschwanden

nickte in Gedanken versunken. Clara stand immer noch breitbeinig mit verschränkten Armen vor ihm, den Blick starr auf ihn gerichtet. Toni hatte das Gewehr zwar von ihrer Brust genommen, trotzdem befand es sich immer noch in gefährlicher Nähe. Die zähe Spucke aus Käthys Mund floss obszön langsam Claras Wange hinunter.

Mit grosser Kraftanstrengung gelang es ihr, die zusammengebissenen Backenzähne voneinander zu lösen. «Gehe ich recht in der Annahme, dass du längst Selbstjustiz ausgeübt hättest, wenn du den Mörder deiner Schwester kennen würdest?»

Arnold blickte ihr finster ins Gesicht.

«Nun, ich kann dir zumindest sagen, dass ich es nicht war. Bleiben also noch genug andere, die ihr mit dem Jagdgewehr einschüchtern könnt.» Clara konnte sich nicht mehr zurückhalten und wischte mit dem Ärmel die Spucke von der Wange.

«Ihr habt euch alle wirklich gut arrangiert.» Sie wandte sich mit diesen Worten zwar an Käthy, blickte jedoch unentwegt in Arnolds Gesicht. «Allen Engenmattern geht es gut, sagt deine alte Freundin. Aber sie hat einige Engenmatter vergessen aufzuzählen. Scheint mir schon unter Arterienverkalkung zu leiden, die gute Käthy.»

Clara erschrak über ihre aggressiven Worte. Was hatte sie sich bloss dabei gedacht, die anderen so zu reizen? Immerhin standen ihr diese zu dritt gegenüber, einer davon mit einem Jagdgewehr bewaffnet.

In diesem Augenblick begriff Clara, dass sie nichts mehr zu verlieren hatte. Alle Menschen, zu denen sie ein wirklich inniges Verhältnis gehabt hatte, waren tot. Zuerst war ihr Vater bei einem Arbeitsunfall gestorben, dann ihr Bruder Hannes verschwunden und schlussendlich vor einigen Monaten ihre Mutter vom Krebs dahingerafft. Nein, sie hatte nichts mehr zu verteidigen ausser der Familienehre. «Nicht alle Engenmatter konnten vom Geld profitieren, mit dem der von Matt Glois die Engenmatt zu lenken pflegte», sagte sie deshalb leise, aber bestimmt. «Muss ja ein mächtig wohlhabender Mann gewesen sein, der Stybli Glois. Reiche Erbschaft in Form von Geld und Land, nehme ich an.»

Nichts regte sich in den Gesichtern ihrer Gegner, aber von Valentin kam ein leises, aber doch deutlich vernehmbares Räuspern. So falsch konnte sie mit ihrer Vermutung also nicht liegen. Genau wie Clara, so stand auch er mit der Rückseite der Oberschenkel an den Arbeitstisch gepresst. Sie merkte, wie er Millimeter für Millimeter näher zu ihr rückte. Er hat etwas vor, dachte sie auf einmal, sie musste die anderen ablenken.

«Vor Geld fallen Glois' Brüder wie vor dem Goldnen Kalb nieder», sprach Clara und schaute die Engenmatter herausfordernd an. Diese jedoch schienen keine Ahnung zu haben, was sie damit meinte. Clara streckte ihnen ihre leere Handfläche entgegen, um zu beweisen, dass sie nichts in der Hand hielt und folglich ungefährlich war.

«Kann ich euch gern erklären, falls eure Bildung da nicht ausreichen sollte.» Langsam drehte sie sich um und streckte sich über den Arbeitstisch, bis sie mit ihrer Hand nach der Kiste mit den Puppenscherben greifen konnte. Eine Weile wühlte sie darin herum, bis sie ein Beinchen daraus hervorzog und es den anderen vor die Nase hielt. «Dieses Bein stammt von der Puppe, die ich dem Bruder Klaus vom Kopf gepflückt habe.»

«Ausgerechnet du!», zischte Käthy.

«Ja, ausgerechnet ich. Aber ich habe die Puppe nur gefunden, nicht dorthingelegt.»

«Beweise es!» In Käthys Augen brannte lodernder Zorn.

Bevor Clara etwas entgegnen konnte, mischte sich Arnold ein: «Dein Liebhaber wird uns sicher erklären können, wie die Puppen dorthingekommen sind. Nicht wahr, Valentin?»

Valentin nickte.

Claras Vermutung hatte sich bestätigt. «Valentin, ich habe die Puppen in deiner Höhle gesehen und in der Puppe eine Nachricht gefunden, die deine Grossmutter geschrieben haben muss, also schien es mir nur logisch, dass du die Puppen geerbt hast und zwei davon im Dorf ausgelegt hast. Ich nehme an, du wolltest damit Aufmerksamkeit erregen, oder?»

Sie würde auf keinen Fall über das Tagebuch der Grossmutter sprechen, solange sie nicht wusste, was hier gespielt wurde. Die Personen ihr gegenüber schienen nicht zu merken, dass sie ohne dieses Tagebuch niemals herausgefunden hätte, dass die beiden Handschriften von ein und derselben Person stammen mussten.

Nicht fähig, in dieser Stresssituation Laute zu formulieren, setzte Valentin stattdessen ein hämisches Grinsen auf und zeigte auf Arnold von Deschwanden.

Arnold nickte wissend und begann mit jovialem Gesichtsausdruck zu erzählen: «Mir war sofort klar, dass Valentin diese Puppen seiner Grossmutter gestohlen haben musste. Grossmutter von Matt hatte diese Puppen während ihrer jahrelangen Tätigkeit als Dorfhebamme geschenkt bekommen, da die frischgebackenen Eltern in der Engenmatt stets den Tipp dazu bekamen. Die ältere Generation wusste noch, dass Hedwig ihre Freude an den kleinen Kindergesichtern hatte, und je feiner die Linien der Fingerchen und Zehen gezeichnet waren, je älter die Kleidung, desto mehr erfreute sie sich daran. So hat sie es mir selbst erzählt. Als kleines Mädchen sei es ihr mangels Geld nie vergönnt gewesen, eine eigene Puppe in den Armen zu halten, weshalb ein mit Lumpen überzogener Holzscheit habe herhalten müssen.»

Arnold wischte sich mit dem Handrücken den Speichel von der Lippe und fuhr mit seiner Erzählung fort: «Im Erwachsenenalter holte sie anscheinend nach, was sie in der Kindheit verpasst hatte. Die Puppen stellte sie keineswegs in der guten Stube aus, das gehörte sich nicht für eine gestandene Hausfrau und Hebamme. Nein, in der Stube hingen die Kränze und Treicheln des Ehemannes, der einige Erfolge im Schwingen aufzuzeigen hatte. Ihren persönlichen Erfolgen, den glücklich verlaufenen Geburten zumindest, widmete sie ein ganzes Regal in einem Raum, in den kaum jemals ein richtiger Mann seinen Fuss setzte. Im Vorratsraum hinter der Küche, neben Mehlsack, Zuckerstock und Äpfeln in Harassen, sassen sie einträchtig auf einem Regal nebeneinander. Erinnerst du dich an das Regal, Valentin?»

Der Angesprochene enthielt sich einer Antwort.

«Ich habe mich jedenfalls erst wieder daran erinnert, als ich den Berg zu deiner Höhle hinaufgeklettert bin und die erste Puppe im Morgenlicht zwischen den Tannenzweigen erkannt habe. Damals ist Hedwig von Matt zu mir, dem jungen Schreinerlehrling, in die Sägerei gekommen und hat mir einige Batzen bar auf die Hand versprochen, wenn ich ihr dafür ein feines Regal zimmere.» Arnold hielt kurz inne.

«Einen Batzen gab es obendrein noch, wenn ich verspräche, meinen Mund zu halten und niemandem davon zu erzählen. Es sei ihr doch nicht komood, wenn die ganze Gesellschaft davon wüsste. Ich muss schon sagen, Valentin, sie war ein gestandenes Weibsbild, deine Grossmutter. Eine ehrbare Hebamme, die mit Puppen spielte, diese auf einem Altar drapierte und sich jeden Tag daran erfreute. Das würden die Engenmatter nicht goutieren, war sie der Meinung. Allerdings wusste ich bis zu unserem Zusammentreffen vor der Höhle nicht, wer die Puppen auf den Dorfbrunnen beziehungsweise im Taufbecken drapiert haben könnte, denn dass Hedwig das nicht mehr tun kann, war mir klar.»

Süffisant fuhr Arnold fort: «Ich habe keinen Grund gesehen, das aufzulösen, denn schliesslich ist unsere Puppenmacherin ganz schön nervös geworden, als da auf einmal zerstörte Puppen aufgetaucht sind, sie hat sie als Drohung verstanden. War es nicht so, liebe Clara?»

«Du täuschst dich. Puppen machen mich niemals nervös, alter Mann, nur Menschen, die daraus ein Schreckgespenst wie das Toggeli machen.»

«Ich wollte nur, dass du aus unserem Dorf verschwindest, dahin, wo du hergekommen bist. Wie ich schon gesagt habe, wer, wenn nicht die Puppenmacherin, hat das Toggeli aufgeweckt? Das Dorf hat Käthys Worten immer mehr Glauben geschenkt. Du und deine Sucherei nach Antworten! Hast wohl gedacht, wir merken nicht, wer du bist und welche Antworten du von uns erhoffst? Aber Geheimnisse aufzudecken, kann gefährlich sein, mein Kind, deshalb solltest du aus der Engenmatt verschwinden.»

Gefährlich für wen?, wollte Clara fragen, zog es aber vor zu schweigen. Stattdessen hielt sie das Puppenbein verkehrt herum und liess die Papierrolle in ihre offene Hand gleiten. Arnold schnappte sie sich, bevor Clara hätte reagieren können. Schien doch mehr unter Spannung zu stehen als gedacht, der alte Mann, schoss es Clara durch den Kopf.

Das Röllchen wirkte im Gegensatz zu seinen dicken Fingern geradezu winzig. Er rollte es mühsam auseinander und las den Satz stumm, seine Lippen bewegten sich synchron dazu.

«Der Spruch stimmt mit dem überein, was sie gesagt hat. Aber was bedeutet er, und weshalb hat ihn Grossmutter von Matt aufgeschrieben und in der Puppe versteckt?» Arnold wandte sich an Valentin. «Ist es denn zu viel verlangt, dass ihr die Geschichte auf sich beruhen lasst? Muss denn alles wieder ausgegraben werden?» Er umgriff Valentins Kinn so stark, dass dessen Wangen schmerzhaft zusammengepresst wurden.

Warum wehrt er sich nicht? Für einen kräftigen Mann wie Valentin müsste es ein Leichtes sein, den Alten zurückzustossen, dachte Clara fassungslos.

Valentin stand unbeweglich vor Arnold, schüttelte den Kopf und hob dabei die Schultern. Zu gern hätte er dem Jugendfreund seines Vaters erzählt, dass Grossmutter sich nicht von ihrem eigenen Sohn und dessen Freunden hatte blenden lassen, sondern alles glasklar erkannt hatte. Valentin hatte mehr als einmal in seinen Verstecken belauscht, wie Grossmutter von Matt das Wort gegen Glois erhoben hatte. Der hatte seine Mutter zwar angehört, ihr jedoch den Mund verboten. Mehr als einmal war es nicht nur bei Worten geblieben, und Grossmutter blieb mit einer aufgeplatzten Lippe in der Küche zurück. Heute lag sie praktisch bewegungslos im Pflegeheim, und ihr Enkel, der alles hätte erklären können, war genauso sprachlos wie sie.

Von der unteren Etage war die Toilettenspülung zu hören. Erschreckendes Zeugnis von Normalität in einer von Wahnsinn geprägten Situation. Toni lockerte mit kreisenden Bewegungen die Schultern, die Waffe schwankte währenddessen bedenklich auf und ab, während Käthy die Wände der Puppenstube musterte und von Zeit zu Zeit ein Zungenschnalzen vernehmen liess. Ein penetranter Schweissgeruch hing in der Luft. Ihre Schritte wurden immer hektischer, und ein Seufzer wechselte den anderen ab. Vor dem Taufkleid blieb sie mehrere Minuten stehen und liess schlussendlich ein Schluchzen vernehmen. Clara erkannte, dass ihre Schultern zu beben begannen.

Sie weint, dachte Clara. Was hatte sie so sehr aufgewühlt?

## *1653*

*Zwar war es ihr nicht mehr vergönnt gewesen, eigene Kinder zu gebären, aber als Hebamme hatte Magdalena vielen Dutzend Buben und Mädchen auf die Welt geholfen. Die stummen Kindergesichter erschienen nicht mehr Nacht für Nacht an ihrem Bett, sondern hatten sich im Laufe der Jahre in die Dunkelheit zurückgezogen. Ganz selten besuchten sie Magdalena noch in der Nacht, indem sie unvermittelt mit voller Wucht zuschlugen. Leere, glanzlose Augenhöhlen durchdrangen ihren Schlaf, weckten sie mit ihren bittenden Mündern. Flüsterten ihr leise, ganz leise zu. Hilf uns, hilf uns. So auch in dieser Nacht.*

*Mit einem Ruck setzte Magdalena sich auf und presste ihre Hand aufs Herz, dessen Pochen sie beinahe schmerzte, so aussergewöhnlich schnell und stark schlug es. In ihrer Schlafkammer war es still.*

*Die Kinder suchten den Weg zurück zu ihr, brauchten ein sicheres Grab in gesegnetem Boden, wenn sie nicht ruhelos wandelnde Seelen bleiben wollten. Mitten unter den Menschen, aber doch nicht mit ihnen, harrten sie aus, bis ihre Seelen endlich Frieden finden konnten. Alle während oder kurz nach der Geburt verstorbenen Kinder, die Magdalena in ihren Händen gehalten hatte, standen plötzlich neben ihr und verlangten nach ihrem Recht. Einzig die Kleinen, die sie gemeinsam mit Anton in der Kirchentraufe bestattet hatte, liessen sie in Ruhe. Die anderen zischten mit ihren zahnlosen Mündern in ihr Ohr.*

*Aber was sollte sie tun, wenn die Eltern ihr totes Kind im eigenen Keller haben wollten? Unmöglich konnte Magdalena sich in deren Stube stellen und die Herausgabe des Leichnams verlangen. Sie würde lediglich Unverständnis und vielleicht sogar den Verrat ihrer Tätigkeit riskieren.*

*Vielfach jedoch erkundigten sich die verzweifelten Eltern nach einer Möglichkeit, die Kleinen in gesegneter Erde zu begraben, obwohl der Herr Pfarrer dagegen sei. Magdalena drehte sich in der Bettstatt, das trockene Laub knisterte im Stoffbezug. Obwohl sie wollene Socken trug, hatte sie immer kalte Füsse.*

*Es war mitten in der Nacht, der Mond war im Sinken begriffen, von der Morgendämmerung war noch nichts zu sehen, und solange der Hahn nicht krähte, würde sie keinesfalls aufstehen. Langsam beruhigte sich ihr Herzschlag wieder. Morgen würde sie es endlich tun. Bislang hatte sie zu grosse Angst vor den Folgen gehabt, wenn ihr Geständnis in die falschen Hände geriete, aber sie würde keine Ruhe finden, bis sie ihre Taten schwarz auf weiss in ihr Buch geschrieben hätte. Morgen, ja morgen würde sie notieren, dass sie die ungetauft verstorbenen Säuglinge im Traufgrab zu bestatten pflegte.*

# 25

Ein erlösender Schmerz liess Clara auf die Zähne beissen, damit niemand etwas bemerkte, noch nie hatte sie einen Stich so sehr willkommen geheissen wie in diesem Augenblick. Die kleine Feile, mit der sie zuvor den Buchstaben auf dem Puppenfuss nachgefahren war, lag nun versteckt in ihrer linken Faust. Während sie Arnold und seinen Gehilfen mit der Papierrolle abgelenkt hatte, war es Valentin gelungen, in der Kartonkiste zwischen den Porzellanscherben nach der Feile zu greifen. Käthy stand immer noch leise schluchzend mit dem Taufkleid in der Hand vor der Wand.

Aber weshalb gab er die Feile ihr? Clara wagte nicht, den Kopf zu drehen und ihn anzuschauen. Womöglich lenkte sie die Aufmerksamkeit der anderen auf ihn. Von der unteren Etage war kein Geräusch mehr zu vernehmen, der nächtliche Toilettengang schien ein Ende gefunden zu haben. Was hatte Valentin vor? Sie spürte, dass er sich langsam ihr und somit dem Ausgang näherte. Er bedrängte sie spürbar. Clara bemerkte, dass Toni seinerseits ebenfalls unsicher wurde, da er immer wieder Arnolds Blick suchte und dabei jedes Mal von einem auf das andere Bein wechselte. Erstaunt stellte Clara fest, dass sie ihre volle Blase nicht mehr spürte. Sie hatte einmal gelesen, dass in Zeiten von grossem Stress der Körper seine Kräfte auf das Minimum beschränkte. Mit anderen Worten, verdauen konnte warten, davonrennen jedoch nicht. War es das, was Valentin von ihr wollte, dass sie davonrannte?

Ein Rascheln liess sie aufblicken. Käthy stellte sich erneut zwischen Toni und Arnold, wobei ein Stück Stoff zwischen ihren Fingern raschelte. Sie wirkte noch immer derangiert und um Fassung ringend.

Arnold wiederholte erneut seine Forderung, dass sie die Nachforschungen unverzüglich einzustellen hatte, ansonsten könne dies schlimme Konsequenzen für sie haben. Welche das waren, liess er nicht verlauten. Aber Clara begriff auf einmal, dass er, wie zuvor auf dem Plateau vor der Höhle, lediglich hergekommen war, um sie einzuschüchtern, nicht um sie zu töten.

«Ihr sollt euch um den eigenen Kram kümmern», fügte Arnold hinzu, und an seiner Stimme erkannte Clara, dass er seine Selbstbeherrschung nur mühsam halten konnte. «Ihr alle drei.»

Bevor sie nachhaken konnte, wen er genau damit meinte, drückte ihr Valentin seinen Ellenbogen unangenehm in die Rippe. Wenn er denn so zur Eile drängte, sollte er doch selbst etwas unternehmen, dachte Clara verärgert. Je länger diese Auseinandersetzung dauerte, desto nervöser wurden alle, bemerkte Clara und sah ängstlich auf Tonis nervöses Getue. Seine Gesichtsmuskeln machten sich selbstständig und zuckten in unregelmässigen Abständen, er schien den Druck nicht mehr lange aushalten zu können.

Egal, sie war bereit, das Risiko einzugehen, denn endlich stand sie kurz davor, alles über ihren Bruder zu erfahren. Sie würde den Teufel tun und klein beigeben. Auf einige Minuten mehr oder weniger mit diesen Verrückten in der Puppenstube kam es nun nicht mehr an.

Sie startete einen verbalen Frontalangriff: «Wer hat meinen Bruder umgebracht?»

Drei unbewegte Gesichter blickten sie an. Valentins Ellenbogen stupste immer drängender. Sie stupste genervt zurück.

«Du stellst die falsche Frage, Mädchen», flüsterte Käthy.

Clara registrierte erstaunt, dass aller Jähzorn aus ihrer Stimme gewichen war. Irgendetwas hatte Käthy in den letzten Minuten so sehr erschüttert, dass ihr lange aufrechterhaltenes Selbstbewusstsein in sich zusammengebrochen war. Die alte Frau hatte aufgegeben, begriff Clara in diesem Moment.

«Stell eine andere Frage, vielleicht kann ich sie dir beantworten.» Käthys Stimme klang rau und war kaum zu verstehen.

Clara presste die linke Hand zur Faust, wobei sich die Spitze der Feile erneut in ihre Haut frass. Was wollte sie ihr mitteilen? Sie musterte das vom Leben gezeichnete Gesicht. Täuschte sie sich, oder lag unter den missmutigen Gesichtszügen ein Hauch von Trauer? Was hatte sie übersehen? Clara beobachtete, wie Arnold in seiner Jackentasche kramte und Toni seine schweissnassen Hände an den Hosen abwischte.

Valentin stiess sie erneut an. Keiner der Männer bemerkte, dass

Clara und Käthy ohne Worte miteinander sprachen. Langsam, aber umso bedeutsamer senkte Käthy ihren Blick und liess ihn auf dem Taufkleid in ihren Händen ruhen. Ihr Zeigefinger fuhr langsam den eingestickten Buchstaben nach. Jedes Kind, das in der Familie Burch getauft wurde, trug an der Taufe das weisse Kleid mit seinem eingestickten Namen darauf. Mittlerweile wurde der Saum von drei Reihen Namen geziert. Jede Reihe beinhaltete mindestens acht Namen.

Namen, war es das, was Käthy ihr mitteilen wollte? Käthys Zeigefinger tippte erneut auf den Stoff, und Claras Gehirn schloss Querverbindungen, versuchte, zu verstehen, inwiefern die eingestickten Kindernamen ihr die Lösung zeigen sollten. Fieberhaft überlegte Clara, in welchem Zusammenhang die Namen mit ihrem Bruder stehen konnten. Sie beobachtete, wie sich eine Träne in Käthys Auge sammelte, sich träge in die Länge zog und schlussendlich nach unten fiel. Die eingestickten Buchstaben des Namens «Hannes» sogen die Träne auf. Auf einmal wusste Clara, weshalb Käthy Rohrer, zeit ihres Lebens eine ledige Jungfer der Engenmatt, ebenfalls trauerte. Sie trauerte nicht um Hannes. Nein, viel schlimmer, sie trauerte um ein eigenes Kind.

Vielleicht weil sie nie Mutter werden durfte? Clara korrigierte sich selbst, kaum hatte sie den Gedanken zu Ende gesponnen. Nein, das ergab keinen Sinn. Viele Frauen wurden niemals Mutter, und trotzdem arrangierten sie sich mit dem Schicksal. Was blieb ihnen denn anderes übrig? Käthy musste etwas viel Schlimmeres erlebt haben, etwas, was in ihrem Alter immer noch auf der Seele brannte. Was hatte sich so in ihr Herz gefressen, dass die Not sich in ihren Gesichtszügen spiegelte und ihr Innerstes gefrieren liess. Das Leiden fest im Innern verschlossen, bis sie heute Abend den eingestickten Namen des kleinen Buben auf dem Taufkleid entdeckt hatte und der Panzer des Schweigens aufzubrechen begann.

Clara merkte kaum, dass die Spitze der Feile die Hautschicht durchdrungen hatte, sich das Blut in ihrer Faust sammelte und langsam zwischen den Fingern auf den Boden tropfte. Jemand musste Käthy vor langer Zeit unrecht getan und sie dann zum Stillschweigen gezwungen haben. So sehr, dass sie nicht einmal jetzt offen zu sprechen wagte. Wer anders als Toni oder Arnold könnten etwas dagegen haben?

Clara blickte sich in der Puppenstube um, sah die angeklebten und übermalten Puppenscherben an der Wand, ihre Werkzeuge und die wartenden Puppen auf den Regalen und schlussendlich das Taufkleid in Käthys Hand.

Hatte sich Clara all die Wochen in Käthy getäuscht? War sie womöglich gar nicht die streitsüchtige Schabracke?

«Wo ist dieses Kind?» Die Frage war über ihre Lippen gekommen, bevor sie deren Bedeutung genau begriff.

Die drei Männer im Raum blickten sie erschrocken an, sogar Valentin vergass für einen Augenblick sein Drängen.

Alle Blicke konzentrierten sich auf Käthy, die noch immer den Blick auf das Taufkleid gerichtet hielt und heftig zu zittern begann.

«Ich wollte doch nur das Beste», schluchzte sie. «Wie soll ich nur wissen, wem ich vertrauen kann? Ich soll nichts verraten, haben sie mir gesagt. Alle sagen mir, was richtig ist, aber nicht alle meinen damit die gleiche Sache. Verstehst du, Clara?»

Bedrückt nickte Clara und schaute Käthy fest in die Augen.

Käthy rang heftig mit sich, bis sie sich endlich einen Ruck gab. «Es liegt nicht allein.» Weniger als ein Flüstern, kaum mehr als ein Hauch kam aus ihrer Kehle, als sie das Taufkleid zu Boden fallen liess. Sofort sog sich der weisse Stoff mit dem Blut aus Claras Hand voll.

Claras Beine gaben unter ihr nach. Sie hatte die Botschaft von Käthy verstanden, obwohl sie nur vier an sich harmlose Worte beinhaltete. Die Feile, von Valentin zwecks Angriffs zugesteckt, fiel nutzlos zu Boden. In diesem Moment preschte Valentin unvermittelt vor, fasste Clara an der verwundeten Hand und zerrte sie mit sich in Richtung Tür.

Trotz seines Alters reagierte Arnold erstaunlich behände und zog blitzschnell ein Jagdmesser aus seiner Jackentasche. In Sekundenbruchteilen begriff Clara, dass er das Messer die ganze Zeit bereitgehalten haben musste und keineswegs gewillt war, sie gehen zu lassen.

Valentin schien die Gefahr nicht zu bemerken, wie ein gehetztes Tier preschte er vor, riss Clara mit sich und spürte den Schnitt an seiner Kehle zu spät. Wäre Käthy nicht gewesen, die Arnold mit ihrem ganzen Gewicht in den Arm fiel, wäre das Messer tief genug eingedrungen, um die Halsschlagader zu zerschneiden. Trotzdem klaffte eine tiefe Wunde an Valentins Hals. Clara konnte den Blick nicht von dem Gewehrlauf richten, der sie abrupt ausbremste. Das Metall stach schmerzhaft in ihre Rippen.

«Keinen Schritt weiter.» Tonis Zeigefinger krümmte sich.

Clara öffnete den Mund, streckte die Hand aus, wollte ihm Einhalt gebieten. Toni schoss ihr direkt in die Brust, wobei er seinen Blick nicht von ihren Augen wandte.

Sie brannte. Sie brannte lichterloh, und in dieser Hitze begannen ihre Augen zu tränen, bis sie fast nichts mehr sehen konnte. In ihren Ohren klingelte ein ganzes Glockenensemble. Clara hob in Zeitlupe ihre rechte Hand. Tastete den Brustkorb ab. Wo war das Blut, wo die Wunde? Sie schaute an sich hinunter. Atmen, ich kann nicht mehr atmen. Suchte nach der tödlichen Wunde. Sah nichts durch ihre Tränen, blinzelte. Weshalb bekomme ich keine Luft? Schwarze Punkte tanzten vor ihren Augen, in den Ohren ein schrilles Pfeifen. Ihre Bluse roch nach Rauch und dem stechenden Geruch von Schwarzpulver, aber sie erkannte kein Blut darauf. Der Krampf im Brustkorb liess nach, und sie sog gierig die Luft ein. Sie fühlte mit ihren Fingern dem Rippenbogen nach, nichts. Keine offene Wunde, nur eine schmerzhafte Prellung. Fassungslos sah sie auf, atmete schwer.

Toni runzelte die Stirn, zog sein Gewehr zurück und öffnete den Verschluss, um der Fehlzündung auf den Grund zu gehen.

«Platzpatronen», kicherte Käthy und schluchzte gleichzeitig auf. Sie war am Ende ihrer Kräfte, die seelische Belastung war zu gross geworden. «Toni, du solltest bei deinen Rendezvous nicht so sehr von deinen Waffen schwärmen und zeitgleich betonen, wen du damit am liebsten ins Jenseits befördern würdest. Andrea war gar nicht angetan von deiner Prahlerei. Da haben deine schmachtenden Blicke auch nichts mehr genützt.»

Käthy wischte mit dem Handrücken Tränen und Rotz aus ihrem Gesicht. «Wir sind in deine Wohnung eingestiegen, die Andrea und ich. Du brauchst gar nicht zu gucken wie ein Schaf, schliesslich hast du jedem, der dir über den Weg lief, vorgeschwärmt, dass die Engenmatt so sicher sei, dass man nicht einmal seine Haustür zu verschliessen brauche. Tja, die Munition war schnell durch Platzpatronen ausgetauscht.» Sie begann erneut zu kichern, bis ihr Lachen schlussendlich in ein stummes Schreien überging. Die Arme um den Brustkorb verschränkt, den Kopf in den Nacken gedrückt, begann sie hin- und herzuschaukeln.

Tonis Gesicht färbte sich, während Käthy sprach, dunkelrot, und sein Brustkorb hob und senkte sich heftig. Er fühlte sich hintergangen und beschämt. Er spürte, wie die Wut in ihm überkochte. Heisser, glühender Zorn. Er drehte die Waffe in seinen Händen, holte Schwung und liess den Gewehrkolben mit viel Kraft auf den Schädel von Käthy krachen.

Mehr von Valentin gezogen als selbstständig gehend, stolperte Clara an Toni vorbei aus der Puppenstube, die vielen Treppen hinab bis zur Haustür. Hinter sich hörte sie Käthy auf dem Boden aufprallen und Arnold gottjämmerliche Flüche ausstossen. Valentin hielt ihre Hand auch dann noch eisern umfasst, als sie über den Kiesweg hoch zum Friedhof rannten. Panisch drängte er zur Eile, und mehr als einmal drohte Clara zu fallen, schaffte es aber immer im letzten Augenblick, das Gleichgewicht wiederzuerlangen. Wind und Regen peitschten in ihr Gesicht, im Nu war sie völlig durchnässt.

Im Nachhinein würde sie sich nicht mehr daran erinnern können, wie sie neben der Grube auf dem Boden kniete und Hannys Gesicht vor dem Regen schützte. Sie konnte auch nicht mehr sagen, wann sie den Rettungsdienst mit ihrem Handy alarmiert hatte und wie sie ruhig die Namen und den Ort des Unglücks nennen konnte. All das würde sie vergessen haben. An den Anblick des winzigen Knochens in Hannys Hand jedoch würde sie sich zeit ihres Lebens erinnern.

***

Das pochende Blut neben ihnen verschwand genauso wie das regelmässig schlagende Herz, das sie alle aus dem tiefen Schlaf geholt hatte. Noch nie hatte im Traufgrab ein lebendiges Menschenkind, ein schlagendes Herz, gelegen. Es hatte die Kinderchen mit den suchenden Seelen aufgeschreckt. Es hatte sie neugierig werden lassen. Sie waren wach. Wach und aufmerksam. Sie hatten erkannt, dass es nicht hierhergehörte, das pochende Herz, denn seine Zeit war noch nicht gekommen. Sie wollten das Herz zurückschicken, zurück ins Leben. Weg von ihnen. Gemeinsam hatten sie die Lieder gesungen, Lieder, die nie weg gewesen waren. Immer hatten sie zugehört, wenn über ihnen die Kinder und Frauen die Lieder für sie gesungen und die Erde über ihnen mit heissen Tränen aufgetaut hatten. Sie hatten gemeinsam zugehört und gelernt.

Die Männer in den weissen Anzügen hatten nicht alle gefunden und ausgegraben, als sie nach dem Zusammenbruch der Kirchenmauer zu ihnen hinabgestiegen waren. Nein, viele von ihnen waren unentdeckt geblieben, da die Männer die Stabilität der übrig gebliebenen Kirchenwand nicht gefährden wollten. Sie waren schon fast wieder in der Dunkelheit versunken, als die verzweifelte Anstrengung eines ums Überleben kämpfenden Menschen sie erneut geweckt hatte. Erneut waren sie in ihrer Ruhe gestört worden. Es hatte sie erschreckt, das pochende Herz. Dann wollten sie ihm helfen. Ein lustiges Kinderlied hatten sie ihm vorgesungen. Über den Regen, der auf ihre Köpfe tropfte. Nun war es weg, das Menschenkind mit dem schlagenden Herzen. Sie hatten ihr Ziel erreicht und es zurück ins Leben geschickt. Sie jedoch blieben zurück in der starren Kälte, die zwischen ihren Knöchelchen in die Erde drang. Sie lagen wieder in Ruhe in ihrem Grab. Kein Mensch mehr, der um sie weinte. Niemand, der sie beweinte. Alle hatten sie vergessen.

Der am ältesten gewordene Junge unter ihnen hielt den Kleinsten auf seinem Brustkorb umarmt und horchte dem leiser werdenden Gesang der Kinder, bis dieser allmählich verstummte und wieder Stille herrschte. Wie gern wäre er dem schlagenden Herzen gefolgt. Ohne dieses waren die beiden Buben allein in der Dunkelheit. Allein mit all den anderen. Sechs Lebensjahre trennten die Buben, trotzdem waren sie am selben Tag aus der Welt gerissen worden. Seit dem Abend vor drei Jahrzehnten harrten sie gemeinsam aus und warteten darauf, mit ihrem

Wiedererscheinen die offenen Fragen ihrer Liebsten klären zu können. Wo blieben sie denn bloss, warum brauchten sie so lange, um sie zu finden?

***

Valentin hielt die Hand seiner Schwester und versuchte mit geschlossenen Augen, Leben darin zu ertasten. Sie fühlte sich eiskalt an, keine Bewegung, kein Zucken war zu bemerken, nichts. Es war, als hielt er die Hand einer Toten, wäre da nicht das stetige Piepen des Monitors gewesen, den die Sanitäter angeschlossen hatten. Diese wirkten konzentriert, als sie sich mit sicheren Handgriffen um Hannys Leben bemühten.

«Valentin, lass ihnen Platz zum Arbeiten.» Clara sprach mit leiser Stimme auf ihn ein und ermunterte ihn schlussendlich erfolgreich dazu, ein wenig von seiner Schwester abzurücken und seine eigene Wunde am Hals behandeln zu lassen.

Mit Entsetzen erinnerte sich Clara später daran, wie sie Hanny leblos neben der mittlerweile eingestürzten Grube nahe der Kirchenmauer gefunden hatten. Kater zu einer Fellkugel gerollt auf ihrer Brust liegend. Beide waren sie voller Dreck und Lehm, sodass sie auf der von Regen durchtränkten Erde kaum auszumachen gewesen waren. Sofort hatte sich Clara vergewissert, dass die bewusstlose Hanny noch atmete, bevor sie diese in eine stabile Seitenlage brachte und ihren Mantel über sie legte. Umständlich suchte sich Kater einen neuen Platz an Hannys Seite, um diese oder aber auch um sich selbst zu wärmen. Valentin hatte Clara das Handy vor die Nase gehalten, womit sie umgehend die Ambulanz angerufen hatte.

Während sie darauf warteten, dass Hilfe eintraf, hatte sie mehrmals versucht, aus Valentin herauszubekommen, was mit Hanny passiert war, aber er schüttelte immer nur apathisch den Kopf. Er harrte neben seiner Schwester aus, der letzten verbliebenen Familienangehörigen, sah man von Grossmutter von Matt ab, die wohl in nicht allzu ferner Zeit ebenfalls das Zeitliche segnen würde. Kurz nach dem Krankenwagen fuhr die Polizei auf den Dorfplatz und eilte an den Ort des Unglücks.

«Valentin, lass ihnen Platz zum Arbeiten», wiederholte nun Clara erneut und zog ihn an seiner Jacke.

Die Sanitäter hoben Hanny auf die Rollbahre und deckten sie mit einer wärmeisolierenden Folie zu, bevor sie mit ihr über den Kiesweg zum wartenden Krankenwagen ratterten, der bereits mit offener Tür und blinkenden Signallichtern wartete.

Valentin blieb mit hängenden Schultern stehen, den Hals nur notdürftig von einem Sanitäter verbunden, und blickte der Truppe regungslos nach. Währenddessen unterhielt sich Clara mit der Polizei, gab Namen und alle erforderlichen Daten von Hanny, Valentin und sich selbst an. Sie machte deutlich, dass Valentin von Matt vermutlich Mutist sei und keinesfalls einem normalen Verhör unterzogen werden dürfe. Im letzten Moment erinnerte sie sich daran, dass Käthy noch in ihrer Wohnung lag. Sie beeilte sich, den Notfallarzt zu informieren, aber für die alte Frau sollte jede Hilfe zu spät kommen.

Kaum hatte der Polizeibeamte alle wichtigen Informationen mittels souveränem Zehn-Finger-System in den Laptop getippt, der Kollege den Tatort mit flatterndem Absperrband gesichert und die Personalien aller Beteiligten aufgenommen, fuhren die Beamten zurück in ihre Büros, um das weitere Vorgehen in der dicken, aber dafür geheizten Luft zu besprechen.

Gegen Morgen landete Clara selbst in der Notaufnahme des Kantonsspitals, wo die diensthabende Ärztin die Wunde an ihrer Hand säuberte und anschliessend nähte. Ohne es zu merken, hatte sie sich mit der scharfen Feile nicht nur heftig gestochen, sondern sich auch einen tiefen Schnitt quer über die Handinnenfläche zugefügt. Die Ärztin erkundigte sich bei ihr, ob sie ein Zeugnis für ihren Arbeitgeber bräuchte, da sie in den nächsten Tag unmöglich würde an ihren Puppen arbeiten können, aber Clara winkte lediglich müde ab.

Es stand ausser Frage, dass Valentin und Clara nochmals eingehender befragt werden würden. Ungeduldig warteten alle darauf, dass Hanny das Bewusstsein wiedererlangte, zumal ihr Zustand von der Notfallärztin zwar nicht als lebensbedrohlich, aber immerhin als besorgniserregend eingestuft wurde.

Alle hofften, dass Hanny ihren Peiniger erkannt hatte, und warteten nun darauf, dass sie aufwachte und den einen wichtigen Namen sagte. Die Nennung des Täters würde das Quartier aus seiner Schreckstarre erwachen lassen, die seit dem Mordversuch vor einigen Stunden die gesamte Bevölkerung lahmlegte.

Am besten erkannte diese ungewohnte Situation eine junge Frau, die ruhig und unscheinbar die meisten Bewohner und Bewohnerinnen der Engenmatt mit einem «Guten Morgen» begrüsste und ihnen das tägliche Brot verkaufte.

Tapfer verliessen die Frauen zur gewohnten Zeit ihre Häuser, um bei Andrea einzukaufen, blieben aber nicht wie üblich beieinanderstehen, um einen kurzen Schwatz zu halten. Wer konnte denn schon wissen, ob das Gegenüber nicht doch Dreck am Stecken hatte? Den Tod von Martha von Deschwanden hätte man noch einem Auswärtigen unterschieben können, um die Normalität aufrechtzuerhalten, aber ein weiterer Mord, auch wenn es Gott sei Dank nur bei dessen Versuch geblieben war, war nicht mehr zu verschweigen. Einer oder eine unter ihnen hatte Blut auf seiner weissen Weste. Wer sich unschuldig nennen konnte, was öffentlich natürlich jeder tat, fragte sich doch insgeheim, wem er in der letzten Zeit auf die Zehen getreten war und ob ihm deshalb Schlimmes vom unbekannten Täter drohte.

Nicht nur auf den Strassen, in den Geschäften, am Arbeitsplatz oder im Stybli mied man sorgsam dieses Thema, auch an den Mittagstischen, wo die Engenmatter Familien gern und ausgiebig zu palavern pflegten, begnügte man sich damit, über den aussergewöhnlich heftigen und ausdauernden Regen zu rätseln. Wagte es ein Kind dennoch, nachzufragen, was die Polizeiautos zu bedeuten hätten, wurde es mit einem drohenden Blick eines Elternteils zum Schweigen gebracht. Alle Bewohner und Bewohnerinnen der Engenmatt warteten darauf, dass der Täter einen Fehler machte und sich somit offenbarte oder aber dass die Taten niemals aufgeklärt werden würden und allmählich Gras über die ganze Angelegenheit zu wachsen begann. Letztere Haltung hatte sich auch vor dreissig Jahren bewährt, und weshalb sollte sie nicht noch einmal funktionieren?

## *1653*

*Magdalena wog die schwarzen Kügelchen in ihrer linken Hand ab. Noch nie war ihr eine Entscheidung so schwergefallen wie in diesem Moment. War sie bislang die wissende Ratgeberin bei Frauenfragen gewesen, so hätte sie heute selbst einen guten Rat gebraucht. Ihre heimlichen Treffen mit Anton waren nicht ohne Folgen geblieben, obwohl sie alle Vorkehrungen getroffen hatte, die sie in ihrem Hebammenbuch gefunden hatte. Der Essigschwamm schien definitiv wirkungslos zu sein. Sie stand auf, die Faust mit dem Mutterkorn fest geschlossen, und ging zur offenen Feuerstelle.*

*Ihre Geschwister ahnten schon lange, dass Magdalena sich mit einem verheirateten Mann traf, zogen es aber vor, zu schweigen. Immer wieder war Magdalena nachts weggeblieben, um sich mit ihrem Liebsten an einem geheimen Ort zu treffen. Stets hatte sie ihren Geschwistern von einer bevorstehenden Geburt erzählt, bei der sie als Hebamme unbedingt dabei sein musste. Auch einem Blinden musste klar sein, dass nicht so viele Kinder geboren wurden, wie Magdalena ausser Haus war.*

*Bei diesen Treffen flüsterte Anton immer wieder in ihr Ohr, wie gern er jede Nacht bei ihr liegen würde, dies aber erst möglich sei, nachdem sein Eheweib dem Herrgott gegenübertrete. Antons Frau, Barbara, war die einzige Schwachstelle in dieser Liaison, denn Magdalena verspürte heftige Gewissensbisse ihrer ehemaligen Amme gegenüber. Zumal Barbara ihr einmal das Leben gerettet hatte, als sie Magdalena aus dem See gefischt hatte.*

*«Soll ich oder soll ich nicht?» Magdalena goss sich heisses Wasser in eine Tasse und hielt die geschlossene Faust darüber. In der Hoffnung auf Leckereien sprang Blitz auf den Tisch und beäugte ihr Tun skeptisch.*

*«Was meinst du, Blitz? Soll ich es beenden, indem ich das Mutterkorn zu mir nehme, oder lass ich es in meinem Bauch weiterwachsen? In diesem Fall müsste ich den Namen des Vaters vor den Obrigkeiten zu Protokoll geben, wobei ich unweigerlich seine und Barbaras Ehre in den Schmutz ziehen würde. Wenn ich den Erzeuger verschweige, werde ich einem Verhör unterzogen. Die Folter überstehe ich in keinem Fall, da kenn ich mich gut genug.»*

*Noch immer die Faust über der Tasse haltend, strich sie mit der anderen Hand über Blitz' seidenes Fell. «Unter den Schmerzen würde ich dem Henker alles gestehen, was er will.»*

*Sie dachte an ihre Geschwister, die sich wie Eltern um sie gekümmert hatten. Nein, das durfte sie ihnen nicht antun. Sie streckte den kleinen Finger aus, dann den Ringfinger. Die schwarzen Kügelchen perlten einzeln in die Tasse. Blitz versuchte, sie einzufangen, schreckte jedoch vor der Hitze des Wassers zurück. Fünf Monate hatte sie diesen Moment hinausgezögert, noch länger konnte sie nicht mehr warten, dann wäre ihr Bauch zu gross, um ihn länger unter einem weiten Rock zu verstecken. Sie griff nach der Tasse, hob sie an ihre Lippen und trank vorsichtig einen Schluck. Nun denn, sie musste sich auf einen langen und vor allem schmerzvollen Abschied von ihrem Kind gefasst machen.*

# 26

Die nassen Gummisohlen von Antonellas Winterstiefeln quietschten auf dem Linoleum, als sie die Bäckerei betrat und dabei heftig schnaufte. Wie so oft hatte sie Kevin mit einem Tragetuch vor die Brust gebunden, da der kleine Mann ansonsten noch häufiger nach der mütterlichen Nahrungsquelle verlangte. So schlief er wenigstens selig und bescherte ihr einige Momente der Ruhe, was jedoch zur Folge hatte, dass sie vermehrt unter Rückenschmerzen litt und abends ihrem Hugo auf die Finger klopfte, wenn er es denn wagte, ihr zu nahe zu kommen. Wenn sie schon den lieben langen Tag einen Menschen auf ihrem Busen liegen hatte, konnte sie abends getrost darauf verzichten.

«Du meine Güte, diese Backen werden ja immer runder», rief Andrea begeistert aus, während sie in die Hände klatschte und hinter dem Verkaufstresen hervorkam. «Die Muttermilch scheint ihm ja prächtig zu bekommen.»

Andreas Hand wurde von Antonella vehement abgewehrt, als diese dem Kleinen über die Wangen streicheln wollte. «Weck ihn bloss nicht auf, sonst will er schon wieder. Der saugt mir noch den letzten Tropfen Kraft aus dem Körper.»

Andrea betrachtete ihr müdes Gesicht und bemerkte die dunklen Schatten unter den Augen im ansonsten fahlen Teint. Während das Kleinkind rote Wangen besass, gesund und kugelrund wirkte, fiel seine Mutter dagegen durch ein erschöpftes Aussehen auf.

«Du siehst wirklich nicht gut aus», meinte Andrea besorgt.

«Na vielen Dank aber auch.»

«Bist du schon mal bei der Mütterberatung gewesen?» Andrea zog Antonella mitsamt angeschnalltem Kevin hinter die Theke und liess sie auf einem Hocker Platz nehmen, während sie ihr einen starken Kaffee aus der Maschine liess. «Ich meine, ich habe zwar keine eigenen Kinder, aber die Beratung dort soll echt gut sein. Von wegen Stillen und Schoppen und so.»

Die Maschine fauchte erbost und tröpfelte dann die schwarze Flüssigkeit in einen Plastikbecher.

«Scordatelo! Vergiss es.» Antonella winkte ab und nahm dankbar den Kaffee entgegen. «Ich weiss selbst, was gut für mein Kind ist. Eine Mutter spürt das. Bei der Mütterberatung sind die Kinder bestimmt alle zu dick oder zu dünn, weil die Beraterinnen mir ein superteures Schoppenpulver verkaufen wollen, von dem sie dann einen grossen Batzen als Provision einstreichen. No grazie.»

Sie nahm einen grossen Schluck Kaffee und spürte, wie die Energie langsam in ihre Glieder zurückkehrte. Vielleicht war Kevin doch zu schwer geworden, um ihn überallhin mitzuschleppen. Nun, sie würde auf alle Fälle warten, bis die ganze famiglia zu Besuch kam, bevor sie etwas änderte. Ihre mamma würde sicherlich besser Bescheid wissen, was gut für Mutter und Kind war, als irgendwelche Beraterinnen. Dabei fiel ihr plötzlich ein, dass sie noch immer nicht mit Hugo über Kevins Taufe gesprochen hatte. Als sie ihm von ihren Befürchtungen bezüglich des Tiggelis erzählt hatte und dass sie deshalb den Kleinen schon vor dem grossen Familienfest taufen lassen wollte, sozusagen in einem kleinen intimen Kreis, dies hatte er jedoch zurückgewiesen und etwas von Wyyberzyyg und Hormonen geschwafelt. Aber noch war das letzte Wort nicht gesprochen, denn schliesslich verfügte sie über Geduld und Ausdauer. Heute Abend würde sie so lange auf ihn einreden, bis er klein beigab und der heimlichen Taufe zustimmte, zumal ihre famiglia den Besuch wieder einmal aufgeschoben hatte, da Zia Anna, die Schwester von mamma, mit Schmerzen in der Hüfte ins Spital eingeliefert worden war.

Andrea griff nach der Brotzange, fischte ein Gipfeli aus dem Korb und hielt es Antonella hin. «Da, geht aufs Haus. Ich kann es ja als Spende für notleidende Mütter abbuchen.»

«Hahaha. So lustig», murrte Antonella, biss aber gierig in das noch warme Croissant.

«Guten Morgen», rief Emma Bucher in den Laden, während sie noch damit beschäftigt war, die Regentropfen aus dem Schirm zu schütteln. «Ein Pfünderli Weisses, bitte.»

«Auch dir einen guten Morgen.» Andrea wickelte das Brot in Papier. «Darf es sonst noch etwas sein?»

«Nein.»

Andrea kassierte den von Emma wie üblich rappengenau abgezählten Betrag ein. Emma verstaute das Brot in ihrer Einkaufstasche, ging ohne ein weiteres Wort aus der Bäckerei und liess die beiden Frauen fassungslos zurück.

«Was war das denn?» Antonellas Mund stand offen, auf ihren Lippen klebten die letzten Krümel des Croissants. «Die ist doch sonst nicht so schweigsam und will doch immer alles von jedem wissen.»

Andrea zuckte mit den Schultern. «Seit die Hanny von Matt aus der Grube neben der Kirche gerettet wurde, sind alle Engenmatter ein bisschen eigenartig. Sie kommen rein, kaufen so schnell wie möglich das Nötigste und verschwinden sofort wieder.»

«Da sieht man es wieder einmal», schimpfte Antonella und überprüfte mit einem Handgriff, ob Kevins Windel noch dicht hielt. «Ich bin immer noch keine Einheimische, obwohl ich einen kleinen Engenmatter auf die Welt gebracht habe. Da verstehe einer diese Leute hier. Wenn etwas Schlimmes passiert, dann trifft man sich auf dem Dorfplatz oder bei dem Sauwetter wie heute meinetwegen in der Bäckerei oder im Sybli, und dann diskutiert man darüber, was geschehen ist. Jedes Detail wird ausgeschlachtet, alle Möglichkeiten werden ausgelotet. Aber heute sitzen alle in ihren Häusern und fürchten sich vor ihrem eigenen Schatten, ist es nicht so?»

«Nun ja, normalerweise sind die Engenmatter tatsächlich neugieriger und einander sehr verbunden, aber dieses Mal scheint es anders zu sein. Aber Antonella, mach dich nicht lustig über die Angst der Engenmatter, denn hätte der Täter sein Ziel erreicht, dann wäre dies bereits der zweite Mord innert kürzester Zeit in diesem Quartier gewesen.»

«Mamma mia, was sagst du da?» Antonella erhob sich aufgeregt, wobei sie sich links und rechts an der Regalen abstützte. «Hanny ist nicht ausgerutscht und in den Graben gefallen? Oh, ich bin ganz durcheinander. Mein kleiner Liebling, nur keine Angst, Kevin-Schätzchen, ich werde auf dich aufpassen, es kann dir nichts passieren bei mir.» Sie schaukelte das Kind an der Brust, mehr um sich selbst zu beruhigen, denn der kleine Junge hatte den Daumen in den Mund gesteckt und nuckelte zufrieden im Schlaf.

Antonellas Augen begannen zu funkeln. «Der soll nur nach Hause kommen, mein herzallerliebster Hugo! Erzählt mir nur die halbe Wahrheit, um meine Nerven zu schonen, dabei geht der Teufel im Quartier um. Vom Tiggeli ganz zu schweigen! Hanny habe das Grab ihres Vaters besuchen wollen und sei wegen des nassen Wetters auf der Erde ausgerutscht und in die Grabungsstätte neben der Kirchenmauer gefallen, das hat mir mein werter Gatte vorgelogen. Ich werde dem die Ohren lang ziehen, und auf ein warmes Mittagessen kann der Herr lange warten.»

Sie legte die Hand unter den Popo ihres Babys und ruckelte ihn vor ihrer Brust in eine angenehmere Position. «Ich werde die Koffer packen und so lange zu mamma ziehen, bis das Tiggeli mitsamt seiner Teufelsbrut aus der Engenmatt verschwunden ist.»

Sie hielt Andrea den Zeigefinger unter die Nase. «Und dass du ihn ja nicht bemitleidest, wenn er hier auftaucht und jammert. Schliesslich ist er der Mann im Haus und dafür verantwortlich, dass ich mich in Sicherheit um Kevin kümmern kann», sagte sie und rauschte durch die Tür hinaus, noch bevor Andrea dazu gekommen wäre, sie zu beruhigen.

«Aber es heisst doch Toggeli und nicht Tiggeli», flüsterte sie verwirrt in die leere Bäckerei und liess sich auf den Hocker niedersinken, wo sie Antonellas Kaffee austrank. Diesen Tag würde sie zeit ihres Lebens nicht mehr vergessen. In aller Herrgottsfrüh hatte die Polizei an das Fenster der Backstube geklopft und um heissen Kaffee gebeten, und kaum war der Laden geöffnet, waren die Engenmatter hineingestürmt. Schön einer nach dem anderen, als ob sie einander beobachteten, um keinesfalls gleichzeitig im engen Verkaufslokal aufeinanderzutreffen. Nicht dass man noch miteinander hätte sprechen müssen, Gott bewahre, nein!

Der Einzige, der bislang noch nicht aufgetaucht war, war der Pöstler Toni, ansonsten die Pünktlichkeit in Person, wenn es darum ging, seine Morgenpause einzulegen. Andrea rechnete jedoch nicht mit ihm, da der gestrige Spaziergang zwar mit kichernder Nervosität beiderseits begonnen, dann aber mit peinlichem Schweigen unter strömendem Regen geendet hatte.

Was um Himmels willen hatte sich Toni bloss dabei gedacht, als er sie zu einem Spaziergang eingeladen, dann aber keinen einzigen vernünftigen Satz über die Lippen gebracht, sondern immerzu nur von seinem Jagdgewehr geschwärmt hatte? Sie öffnete die Ladentür und blickte in den strömenden Regen hinaus.

Im Nachhinein wünschte sie sich, sie hätte es nicht getan, dann hätte sie noch einige Stunden länger in der seligen Unwissenheit verharren können, so aber wurde ihr die Wahrheit im wahrsten Sinne des Wortes vor Augen gehalten. Der Pöstler Toni, ihr Toni, schaute über den Dorfplatz hinweg und suchte ihren Blick, bis er von zwei Uniformierten unsanft in den Polizeiwagen befördert wurde. Die Hände waren ihm mit Kabelbinder hinter dem Rücken zusammengebunden, die grau-gelbe Jacke der Post war ihm über die Schultern gerutscht, und seine Haare tropften vor Nässe. Kein schönes Bild, um es als letzte Erinnerung einer möglichen Liebschaft im Gedächtnis zu halten.

Andrea drehte sich erschrocken um. Wie hatte sie sich so in einem Menschen täuschen können? Niemals hätte sie es für möglich gehalten, dass Toni zu solch einer brutalen Tat fähig war. Sie hatte doch gemeinsam mit Käthy Platzpatronen in Tonis Gewehr geladen, damit er keine Dummheiten begehen konnte. Und dann hatte er sich doch nicht beherrschen können und hatte die gute Käthy totgeschlagen. Die Kundschaft hatte Andrea erzählt, was geschehen war, und sie konnte es immer noch kaum glauben. Eine alte Frau! Andrea verbot sich den Gedanken daran, wie es ihr in einer Ehe mit diesem Mann ergangen wäre. Die Fragestellung überforderte Andrea, und sie beschloss, es wie die Engenmatter zu halten und vorerst keine weiteren Fragen zu stellen. Sie ging einfach ihrem normalen Alltag nach.

***

Ihre Hoffnung, den grossen Bruder freudig in die Arme schliessen zu können, zerschlug sich für immer, als sie ihn, oder was von ihm übrig geblieben war, in der Grube liegen sah. Obwohl sie im Innersten stets geahnt hatte, dass er seit rund dreissig Jahren tot war, hatte sie die winzige Flamme der Hoffnung stets am

Leben gehalten, sich geweigert, die endgültige Entscheidung zu akzeptieren, solange nichts anderes bewiesen war. Genau dieser Beweis lag nun eineinhalb Meter unter ihr mit Erde verdreckt in einer Grube auf dem Friedhof.

Nachdem Hanny daraus gerettet worden war, hatte die Polizei das Friedhofsgelände abgesperrt, bevor kurz darauf die Gerichtsmedizin kam, um die Gebeine genauer zu untersuchen. Wie sich nach der ersten Begutachtung herausstellte, waren diese Knochen keineswegs mehrere hundert Jahre alt, sondern neueren Datums.

Clara hatte sich gegen den Protest der Polizei durchgesetzt, indem sie tränenreich log, dass sie bereits ihr ganzes Leben darauf warte, ihren Bruder zu finden, und nun keineswegs die Absicht habe, hinter der Absperrung, weit entfernt von der Ausgrabung, der Bergung zuzusehen. Ob ihre Tränen, die durchaus echt waren, oder seine gestressten Nerven schlussendlich den Ausschlag dazu gaben, dass der Gerichtsmediziner ihr einen kleinen Platz neben der Grube zuwies, war Clara einerlei. Wichtig war nur, dass sie das Geschehen mit eigenen Augen beobachten konnte.

Sie spürte weder Angst noch Hoffnung, als die Erde vom kleinen Kinderschädel gepinselt wurde, auch kein Ekel oder Abscheu, gewiss nicht. Sosehr sie sehnsüchtig auf diesen Tag gewartet hatte, an dem sie endlich Gewissheit erlangen und danach hoffentlich zur Ruhe kommen konnte, so sehr blieb sie im Innersten kalt und starr.

Clara stand mit beiden Beinen fest auf dem Friedhofsboden, die Arme gegen die Kälte in die Manteltaschen gesteckt. Sie war eine Beobachterin in diesem Moment. Wie eine Kamera zeichnete sie alle Details auf, um sie später, wenn sie nachts im Bett liegen würde, nochmals heraufzubeschwören, dessen war sie sich gewiss. Als der goldene Anhänger mit dem Schutzengel darauf ans Tageslicht kam, drängte sich das Gefühl von Bestätigung auf. Das war es nun, ihren Auftrag in der Engenmatt hatte sie erfüllt. Nur während eines einzigen winzigen Augenblicks packte sie bereits auf dem Friedhof das Entsetzen, als der Gerichtsmediziner mit vorsichtigen Pinselstrichen die Erdschicht auf Hannes' Rippen entfernt hatte und das ganze Ausmass sichtbar wurde.

Auf dem Brustkorb ihres sechsjährigen Bruders war ein weiteres Kind in gebeugter Fötushaltung beigelegt. Wie die Knochen einer schlafenden Katze schmiegte sich das Kleine an den grossen Buben, um nicht allein in der kalten Erde liegen zu müssen.

Abrupt wandte sich Clara ab, sie hatte genug gesehen. Sie schulterte ihre Tasche, in der sie den Kartonhefter von Grossmutter von Matt trug, und ging in Richtung des Styblis, wo sie jedoch feststellen musste, dass der Abendservice in vollem Gange war. Da sie den Betrieb nicht stören wollte, schlich sie sich in deren Wohnung, legte den Hefter wieder dorthin, wo sie ihn gefunden hatte, und ging rasch nach Hause.

Sie fühlte sich müde und emotional ausgelaugt, ausserdem hatte sie keine Lust, mit jemandem zu reden, solange sie nicht selbst verdaut hatte, was in den letzten Tagen und Wochen geschehen war. In ihrer Wohnung liess sie sich ein heisses Bad ein, schluckte vorsichtshalber zwei Schmerztabletten, um sicherzustellen, dass sie nicht mitten in der Nacht durch das Messer geweckt wurde, und ging dann früh schlafen.

Wohl hatte das Messer, ihr ach so treuer Begleiter, sie schlafen lassen, jedoch trieb es sein Unwesen am nächsten Morgen gar arg. Es rotierte nicht nur, sondern stach bei jeder Bewegung gnadenlos zu. Wie sie bereits auf dem Friedhof geahnt hatte, wechselten sich die Erlebnisse von gestern mit eindrücklichen Bildern in ihren Träumen ab, weshalb sie unruhig geschlafen hatte und nun mit einer inneren Nervosität erwacht war.

Hannes in seinem kalten Grab, Hannes mit dem Säugling auf seiner Brust, Hannes wach, die panisch geöffneten Augen auf die Schaufel gerichtet, die die Erde auf seinen zarten Körper warf. Hannes, der seine Hände in das Baby auf seiner Brust krallte. Zwei Buben, die um ihr Leben schrien. Spätestens hier hatte Clara krampfhaft versucht aufzuwachen, um dem Horror ein Ende zu bereiten. Vielleicht war es doch keine so gute Idee gewesen, der Ausgrabung beizuwohnen.

Sie blinzelte mehrmals, versuchte, die entsetzlichen Bilder aus dem Kopf zu bekommen, und rollte sich fluchend vom Bett auf den Boden, stützte sich dabei unglücklich auf ihre frisch genähte Wunde an der Hand und landete unelegant auf dem Bauch. Nun denn, dachte Clara, auf einen Schmerz mehr oder weniger kam es nicht mehr an. Kein schönes Erwachen, wahrlich nicht. Sie streckte sich aus und langte nach ihrer Handtasche, die sie vor einigen Stunden achtlos auf den Fussboden geworfen hatte. Sie durchsuchte jedes Seitenfach darin, ebenso ihre Brieftasche und sogar eine leere Taschentuchverpackung, aber ihre Medikamente fand sie nirgends. Sie staunte selbst über das Sammelsurium, das sich im Laufe der Zeit in ihrer Tasche angesammelt hatte, aber wenn sie ihre Schmerzen nicht mit Ricola Schweizer Alpenkräuter stillen wollte, musste sie wohl oder übel aufstehen.

Langsam erhob sie sich und versuchte ihren Rücken Wirbel um Wirbel aufrecht zu halten. Vergebens, das Messer zwang sie dazu, in einer gebückten Haltung zu gehen, was durch die Tatsache, dass sie dringend aufs Klo musste und sich beeilen wollte, nicht begünstigt wurde. Behutsam, einen kleinen Schritt vor den anderen, trippelte sie aus dem Schlafzimmer und danach ins Bad.

«Der Hexe fehlt nur noch der Besen.» Wenn sie sich nicht heulend unter der Decke verstecken und auf das Ende aller Tage warten wollte, war Galgenhumor kein schlechter Geselle im Umgang mit dem Messer.

Im Bad durchsuchte sie das Schränkchen nach Schmerzmitteln, fand ausser einer unangetasteten Packung Antibabypillen jedoch nur Unmengen an Arnikasalbe. Ein kleines Töpfchen erregte ihre Neugier, sie hatte es in der Apotheke als Gratismuster bekommen und zu Hause achtlos ins Regal geworfen. «Muiggäfett», Murmeltierfett, stand in Schönschrift auf der Etikette. Angeekelt stellte Clara die Salbe wieder zurück, dann doch lieber Arnika. Sie drückte auf die Tube, strich das Doppelte der empfohlenen Menge in ihre Hand und verrieb es an der schmerzenden Stelle. Sofort bereitete sich Wärme aus, die in eine leicht unangenehme Hitze überging.

«Super, nun habe ich ein brennendes Messer im Rücken», schimpfte sie äusserst übel gelaunt.

Irgendwie schaffte sie es auf die Toilette. Anschliessend wusch sie sich über dem Lavabo das Gesicht und putzte die Zähne.

Wie eine bucklige Hexe schlurfte sie in die Puppenstube. Die vergangene Nacht hockte ihr immer noch im Nacken, und es würde eine lange Zeit brauchen, bis sie die Geschehnisse verdaut haben würde.

Sie fühlte sich weiterhin wie in einem Traum gefangen, einem Alptraum. Valentins sonderbares Verhalten, der Überfall der drei Engenmatter und schlussendlich Hanny, leichenblass und ohne Bewusstsein. Vor allem der Anblick ihrer Freundin ging ihr noch immer sehr nahe. Wie sie Hannys Gesicht im dämmrigen Licht der Taschenlampe erblickt hatte, bewegungslos und dem Tode näher als dem Leben. Sie seufzte, schüttelte den Kopf, um die schrecklichen Erinnerungen loszuwerden.

Sie blieb an der Schwelle zur Puppenstube stehen und betrachtete den Raum, der zuerst vom Notarzt und danach von der Polizei gestürmt worden war. Erst jetzt durfte sie ihn wieder betreten, und sie spürte sogleich, dass die Puppenstube ihren Zauber verloren hatte. Sie war von Fremden durchsucht, betatscht und besudelt worden. Hier war kein Ort mehr für Kreativität und Musse. Lange würde sie nicht mehr in dieser Wohnung leben, beschloss sie, immerhin war ein Mensch darin gewaltsam zu Tode gekommen. Sobald alles geklärt war, würde sie ihre Sachen packen und aus der Engenmatt verschwinden.

Traurig trat Clara ein, wobei sie darauf achtete, dass sie nicht auf den dunklen Fleck trat. Ein rotes Mahnmal an Käthy Rohrers Tod. Weisse Markierungen der Polizei darum gezeichnet. Sie beugte sich über den Arbeitstisch, stützte die Ellenbogen auf und legte den Kopf in die Hände. In dieser Position hielt sich das Messer still, obwohl das Arnika immer noch verflixt stark heizte. Von unten hörte sie die Stimmen ihrer Nachbarn, die das Treppenhaus erneut für die Weihnachtszeit auf Vordermann brachten, indem sie bereits zum zweiten Mal die Böden schrubbten, den Handlauf polierten und die Fenster mit Sternen aus Seidenpapier beklebten, denn die Aufregung hatte auch Spuren im Treppenhaus hinterlassen. Die Geräusche gelangten in unregelmässigen Abständen zu ihr, vermochten Claras Konzentration jedoch nicht zu stören.

Sie liess ihren Blick über den Arbeitstisch gleiten und bemerkte erleichtert, dass die Polizei die alten Hebammenbücher nicht mitgenommen hatte.

Aus dem Treppenhaus drang das laute Geräusch eines altersschwachen Staubsaugers zu ihr hoch, dazu kamen menschliche Geräusche, die wohl in der Schweiz toleriert, in Asien jedoch reines Entsetzen ausgelöst hätten. Nicht wenige Nasen schnäuzten trompetengleich in baumwollene Taschentücher, nachdem zuvor ein herzhaftes Niesen das Treppenhaus erfüllt hatte. Der Staubsauger schien mehr Staub aufzuwirbeln, als einzusaugen, dachte Clara.

Sie überlegte, ob sie sich im Stybli eine Mahlzeit gönnen wollte, entschied sich allerdings dagegen, weil sie nicht als Bucklige den ganzen Weg hinunter ins Dorf über den Dorfplatz bis zur Gaststube humpeln wollte. Bestimmt würden alle wissen wollen, was genau in jener Nacht geschehen sei. Wie sollte sie dies erklären können, wenn sie es selbst noch nicht ganz begriffen hatte?

Nein, ich weiss nicht, weshalb Valentin aus meiner Wohnung verschwunden ist und wo er die Stunden verbracht hat, bis seine Schwester mehr tot als lebendig aufgefunden wurde, und nein, ich denke nicht, dass er gefährlich ist. Zumindest vermute ich das, setzte sie in Gedanken dazu.

Wie um Himmels willen sollte sie jemandem erklären, dass Hanny von Matt auf dem Friedhof in einem Graben neben der Ausgrabungsstätte der Archäologen gefunden wurde? Die Polizei hatte Clara erläutert, dass die Grube, in der Hanny gefunden wurde, von einer bislang unbekannten Person frisch ausgehoben worden war. Mit der offiziellen Baustelle der Kirche und des Denkmalschutzes habe dies nichts zu tun. Wer also hat in jener Nacht einen Graben ausgehoben, der gerade einmal gross genug war, um eine junge Frau darin zu verscharren, und weshalb hatte der Täter darauf verzichtet, Hanny sofort zu töten? Indem er sie gefesselt hatte liegen lassen, ging er das Risiko ein, dass sie gefunden und gerettet werden würde, was schlussendlich auch eingetroffen war.

Vielleicht aber, überlegte Clara, hatte der Täter in letzter Minute den Mut verloren und deswegen darauf verzichtet, sein

Opfer mit Erde zu bedecken. Clara streckte ihre Arme, indem sie sich auf der Tischplatte abstützte, und versuchte sich langsam aufzurichten. Während Hanny um ihr Leben gekämpft haben musste, hatte sie in ihrer Puppenstube in den alten Büchern gestöbert und über die Verstrickungen innerhalb der Engenmatter nachgedacht.

Valentin war erst mitten in der Nacht bei ihr aufgetaucht, wie auch Minuten später Käthy, Arnold und Toni. Sie alle hätten die Möglichkeit gehabt, Hanny niederzuschlagen, sie zu fesseln und in die Grube zu werfen. Sogleich verwarf Clara diese Theorie zumindest für Käthy, denn die alte Frau hätte nicht mehr die Kraft gehabt, eine eineinhalb Meter tiefe Grube auszuheben.

Blieben noch Arnold oder Toni, vielleicht haben sie sogar gemeinsame Sache gemacht. Clara hatte es mittlerweile geschafft, sich gänzlich aufzurichten, und so begann sie, mit vorsichtigen Schritten ihren Arbeitstisch zu umkreisen. Diese Arnikasalbe heizte nicht nur ordentlich ein, sie wirkte ausserdem verflixt gut, musste sie zugeben, bevor sie weiter über jene unheilvolle Nacht nachdachte.

Was genau hatte Käthy Rohrer damit gemeint, als sie betonte, dass Hannes nicht allein lag? Interpretierte Clara zu viel in diese Worte hinein, wenn sie annahm, dass Käthys Kind neben ihrem Bruder beerdigt wurde? Sie wurde einfach nicht schlau aus Käthys Verhalten und aus dem Verhalten der Engenmatter im Allgemeinen. Ob am Ende sie selbst das Problem darstellte? Sollte sie doch ihre Siebensachen zusammenpacken und wegziehen? War es wirklich zu viel erwartet, wenn sie darauf beharrte, zu erfahren, weshalb ihr Bruder hatte sterben müssen?

Bevor sie in Selbstmitleid zerfliessen konnte, beschloss Clara, sich erneut in die Hebammenbücher zu vertiefen. Sie legte die Bücher chronologisch nach deren Alter aus, wobei sie immer wieder um den grossen Arbeitstisch in der Mitte des Raumes herumlaufen musste.

Die Hebammenbücher waren älter, als sie bislang angenommen hatte, das älteste stammte aus dem 17. Jahrhundert. Anscheinend hatten die Engenmatter Hebammen kein Vertrauen in die Bürokratie des Kantons besessen, denn ihre Bücher mit den mehr oder weniger ausführlichen Einträgen über die betreuten Geburten gehörten in die Hände eines Archivars und nicht in Kellerkisten verstaut.

***

Genervt tastete Clara nach ihrem Handy, das sie aus dem Tiefschlaf gerissen hatte, bis sie feststellte, dass sich ihr Nachttisch auf der anderen Seite des Bettes befand. Seit dem gewaltsamen Eindringen der Engenmatter in ihre Privatsphäre vor zwei Wochen hatte sich nicht nur die Position dieses Möbelstückes geändert. In den letzten Stunden war die Wohnung geputzt, geschrubbt und was ihr Arbeitszimmer, die Puppenstube, betraf, auch teilweise frisch gestrichen worden. Clara war nach dieser Arbeit hundemüde ins Bett gesunken und hatte erstaunlicherweise tief geschlafen. Trotzdem fühlte sie sich weiterhin bedroht, und sie wollte sich nach einer neuen Wohnung umsehen, die keineswegs in der Engenmatt zu liegen hatte.

Weder mit Valentin noch mit Hanny oder einer anderen Person aus der Engenmatt hatte sie bislang über das Geschehen gesprochen. Zu viel Verrat war ihr in diesem Quartier begegnet. Zu viele Lügen und zu viel Unausgesprochenes, das das Leben an diesem Ort lahmlegte. Alles hatte seinen Zauber für Clara verloren, das Quartier, die atemberaubende Landschaft und vor allem ihre Puppenstube. An normales Arbeiten darin war nicht zu denken. Noch immer trötete das Handy und weckte sie endgültig. Ohne hinzusehen stellte sie das Gerät auf Freisprechanlage und liess sich wieder rückwärts in die weichen Kissen sinken.

«Hab ich dich geweckt, Schnarchnase?» Die heitere Stimme Hannys schallte etwas blechern in das Schlafzimmer, wo die zugezogenen Vorhänge die Sonnenstrahlen nur unzureichend abzuhalten vermochten.

Clara vermutete, dass sie bis weit in den Morgen hinein geschlafen hatte. Kein Wunder, so lange, wie sie gestern Abend noch geputzt hatte. Na gut, einige Dosen hoch dosierte Schmerzmittel hatten auch dazu beigetragen.

«Kein Problem, jetzt bin ich ja wach.» Sie rieb sich die Augen und streckte sich lang im Bett aus, schob die Zehen unter der Bettdecke hervor und wackelte mit ihnen. «Ist wohl nicht das Schlechteste, wenn ich endlich aufwache, sonst mutiere ich endgültig zum Nachtschattengewächs.»

«Ja, das bist du doch schon.» Hanny lachte und begann, Clara mit ihrer guten Laune anzustecken. «Ich habe Neuigkeiten für dich.»

«Sag nichts und lass mich raten. Du bist verliebt, verlobt oder verheiratet?» Clara kicherte in den Hörer. «Nein? Dann bist du wenigstens schwanger?»

Clara war erstaunt, wie fröhlich Hanny angesichts des Erlebten klang. Sie verspürte einen dicken Kloss im Hals, wenn sie daran dachte, dass ihre Freundin beinahe nicht überlebt hätte. Nach dem kurzen Spitalaufenthalt war Hanny in ihre Wohnung zurückgekehrt, wo sie von Valentin gepflegt wurde und sich brav an die Anweisungen der Ärztin, sich zu schonen und keinesfalls zu arbeiten, halten sollte.

Beide redeten um den heissen Brei herum, indem sie einige Minuten über die Männerwelt und die nicht vorhandenen Traumprinzen, so diese denn überhaupt existierten, lästerten, bis Hanny unvermittelt einen ernsteren Tonfall annahm.

«Ich hatte gestern ein längeres Gespräch mit der Kantonspolizei, das heisst, ich habe Valentin begleitet, da er in Gegenwart von Fremden immer noch nicht gut sprechen kann. In meiner Gegenwart ist er geradezu zu einer echten Plaudertasche mutiert, und es scheint, dass all die unausgesprochenen Gedanken der letzten Jahre auf einmal rausmüssten.» Sie holte Atem. «Wo war ich stehen geblieben?»

«Nun rück schon raus damit, was ist jetzt die Neuigkeit? Hast du das Stybli verkauft?», fragte Clara ungeduldig.

«Nein, das Stybli läuft blendend, und ich denke ernsthaft darüber nach, es auszubauen. Ich merke selbst, dass ich um den heissen Brei herumrede. Du brauchst gar nichts zu sagen.»

Sie atmete tief durch. «Ich spreche nicht gern über die Nacht, die ich in meinem eigenen Grab auf dem Friedhof verbracht habe, denn in meinem Kopf ist alles zu einer eigenen, höchst mysteriösen Geschichte gewachsen. Du weisst schon, Wirklichkeit und

Phantasie haben sich vermischt, und ich träume davon, dass die kleinen Kinder, die in diesen Traufgräbern beerdigt wurden, mich mit ihren Liedern am Leben gehalten haben, bis mich jemand gefunden hat. Ganz schön angsteinflössend, obwohl sie es ja gut mit mir meinten. Jedenfalls lassen sich meine Erfahrungen nicht so einfach mit der Wissenschaft erklären. Valentin hat mir gesagt, dass ich es gewesen sei, die gesungen habe. Verstehst du, was ich meine? Mein eigener Bruder glaubt mir nicht.»

Clara war mittlerweile aus dem Bett gestiegen und bemühte sich, mit ihrer gesunden Hand die Socken anzuziehen, da der Boden in der Wohnung noch immer empfindlich kühl war. Noch einmal hörte sie, wie Hanny tief Luft holte.

«Also gut, Clara, ich wollte es eigentlich nicht erzählen, weil es dich bestimmt beunruhigen wird. Nachdem ich ein paar lange Abende darüber nachgedacht habe, bin ich zum Schluss gekommen, dass du ein Recht darauf hast, es zu wissen. Sitzt du bequem?» Sie hielt inne und stöhnte leise auf. «Clara, ich habe die Hand deines Bruders gehalten. Verstehst du? Hannes hat mir beigestanden, als ich auf euch gewartet habe.»

Clara wunderte sich über Hannys Beichte, denn die Tatsache, dass ihr Bruder Hannes ausgerechnet in derjenigen Grube gefunden wurde, in die der Täter Hanny geworfen hatte, wusste sie, seitdem die Knochen geborgen worden waren. Sie erinnerte sich, wie ihre Mutter auf dem Sterbebett eine Halskette mit Anhänger beschrieben hatte, die Hannes am Tag seines Verschwindens getragen hatte. Clara hatte der Bergung der sterblichen Überreste gebannt zugesehen. Als der kleine Schutzengel auf dem Gold sichtbar geworden war, war es Clara klar gewesen. Sie brauchte keine DNA-Beweise mehr, um zu wissen, dass hier die sterblichen Überreste ihres Bruders lagen. Sobald diese freigegeben wurden, wollte Clara diese nach Bern überführen lassen, wo sie in einer kleinen Feier, die sich lediglich aus ihrem Stiefvater, dem Pfarrer mitsamt seinen Ministranten, dem Kirchensigristen und ihr zusammensetzen sollte, im Grab ihrer Mutter beigesetzt werden sollten. Wenn schon nicht im Leben, so würden Mutter und Sohn sich doch im Tod wiederfinden. Um kein Geld der Welt konnte Clara es zulassen, dass Hannes auf dem Friedhof in der Engenmatt seine letzte Ruhestätte bekäme.

Die beiden Frauen schwiegen betreten, die Leere rauschte zwischen den Telefongeräten. In belastenden Situationen gab es Personen, die wirr und leicht hysterisch zu plappern begannen, andere verstummten. Hanny und Clara hingen ihren Gedanken nach, und das Schweigen verband sie darin.

Behutsam verabschiedete sich Clara von Hanny und versprach, sich bald wieder zu melden, dann drückte sie auf ihrem Handy das Symbol mit dem roten Hörer. In Gedanken versunken schloss sie das Fenster und begab sich in die Küche, hantierte an ihrer Kaffeemaschine und verbrannte sich schlussendlich den Mund am heissen Espresso, wobei sie Kaffee auf ihr Leibchen schüttete. Schimpfend versuchte sie, den Fleck auszureiben. Dies war kein Morgen nach ihrem Geschmack. Zuerst vom Klingeln des Telefons geweckt, dann wurde ihre heitere Laune durch traurige Erinnerungen verdorben und nun auch noch eine verbrannte Zunge, vom Fleck auf dem Stoff ganz zu schweigen. Mist, elender. Sie zog einen der Hocker unter dem Küchentisch hervor und liess sich darauffallen.

Da war sie wieder, die Frage, was sie noch in der Engenmatt hielt. Sie rieb sich über das Gesicht, drückte die Daumen so lange in die Augenhöhlen, bis die hellen Flecken im Schwarz erschienen. Als sie die Augen wieder öffnete, brauchte sie einige Sekunden, um scharf sehen zu können.

Dabei fiel ihr Blick auf ihr Taufkleid, das sie nach dieser unseligen Nacht auf einen Bügel gehängt und anschliessend am Rahmen der Küchentür eingehakt hatte. Deutlich waren die Knitterfalten in dem feinen Leinen zu sehen, wo Käthy Rohrer den Stoff zusammengeknüllt hatte. Diese würde sie wohl ausbügeln können, aber die Blutflecken hatten sich zu gierig in das alte Gewebe gefressen, sie würden auf ewig daran erinnern, wie Toni der alten Frau den Kopf eingeschlagen hatte. Nein, in diesem Taufkleid würde keine Mutter ihr Neugeborenes mehr taufen lassen. Sie zog an dem Kleid, bis dessen Träger langsam vom Plastikbügel rutschten und das Kleid in ihren Schoss fiel.

Sie legte es vor sich auf den Küchentisch. Nun brauchte sie

sich keine Sorgen mehr über Flecken zu machen. Mit dem Zeigefinger fuhr sie den gestickten Namen nach, bis sie den Namen ihrer Mutter fand. Marie, die Buchstaben waren mit winzigen Stichen gesetzt und zeugten von meisterlicher Arbeit der Klosterfrauen von Sarnen. Eine Linie weiter unten fand sie ihren Namen gleich neben dem ihres Bruders. Clara und Hannes. Sie hatte ihn gefunden, ihren Bruder. In einem kalten Grab zwar und nicht lebend, wie ein winziger Funken in ihrem Herzen immer gehofft hatte, aber sie wusste nun Bescheid über seinen Verbleib. Er würde neben seiner Mutter auf einem Berner Friedhof liegen.

Clara merkte, dass es gut war.

Sie hatte einen Abschluss für ihr monatelanges Bangen und Suchen gefunden, und zu gern hätte sie diesen auch ihrer Mutter gegönnt. Traurig sinnierte sie darüber nach und fuhr fort, mit dem Finger die Buchstaben auf dem Leinen nachzufahren. Nach dem Namen ihres Bruders befand sich kein weiterer Name darauf, da weder er noch sie Kinder in die Welt gesetzt hatten. Ob hier eine über Generationen hinweg andauernde Tradition ihr Ende gefunden hatte? Mit dem Fingernagel blieb sie an einem Fadenstück hängen. Sie blickte den Stoff genauer an und entdeckte eine leichte Erhebung dort, wo der nächstfolgende Taufname zu sticken gewesen wäre. Sie machte sich nicht die Mühe, ihn genauer zu betrachten, sondern schlitterte sofort auf ihren Socken über das alte Holzparkett im Flur, um in ihrer Puppenstube die Lupe zu holen. Zurück in der Küche, richtete sie den Stoff so auf dem Tisch aus, dass er direkt unter der Deckenlampe zu liegen kam.

Tatsächlich, hier hatte jemand noch etwas hineingestickt, und sie hatte es bisher übersehen, da sie sich nie die Mühe gemacht hatte, genauer hinzuschauen. Sie verfluchte ihre eigene Schludrigkeit. Als Puppenmacherin sollte sie es gewohnt sein, exakt zu arbeiten und auf jedes Detail zu achten. Durch die Lupe erkannte sie, dass es nicht Buchstaben waren, wie sie erhofft hatte, sondern Zahlen. Vier winzige Zahlen. Was war vierstellig? Der Code für den Bankomaten, nein, der hatte mindestens sechs Ziffern, und was hätte der auf einem Taufkleid zu suchen? Sie musste wider Willen grinsen. Den Code für einen Tresor in den Stoff zu sticken, war genauso unsinnig. Eine Jahreszahl? Sie starrte durch die Lupe, glättete mit der Fingerkuppe den Faden, bis sie diejenige Zahl erkannte, die sich für immer in ihr Herz gebrannt hatte. 1985.

In diesem Jahr war ihr ganzes Leben zusammengebrochen, aber weil sie zu diesem Zeitpunkt ein unschuldiges Kleinkind gewesen war, erinnerte sie sich nicht an diesen einschneidenden Wendepunkt in ihrem Leben. Von einem Moment auf den anderen hatte es den von ihr so bewunderten und innigst geliebten grossen Bruder nicht mehr gegeben. Hannes war nach dem Spielen mit seinem besten Freund Valentin nicht mehr nach Hause gekommen. Bestimmt hatte die kleine Clara Stunde um Stunde vor dem Fenster ausgeharrt und nicht wahrhaben wollen, was die Nachbarsleute bereits hinter vorgehaltener Hand munkelten. Dass der sechsjährige Hannes nie mehr den Weg nach Hause finden werde. Sie musste Valentin unbedingt zur Rede stellen.

Ja, diese Jahreszahl war sehr wohl aussagekräftig. In diesem Jahr brach ihre Welt zusammen. Clara liess die Lupe achtlos auf das alte Leinen fallen und starrte den Stoff böse an. Hatte ihre Mutter diese Zahl in den Stoff gestickt, um eine Erinnerung an den kleinen Buben aufrechtzuerhalten? Clara schüttelte den Kopf, nein, das sah ihrer Mutter nicht ähnlich. Nach dem Verlust ihres ersten Ehemannes und dem ihres Sohnes war sie zu einer ganz und gar nüchternen Person geworden, die sich schwer damit tat, Gefühle an sich heranzulassen. Was war 1985 noch geschehen, das eine gestickte Erinnerung wert war?

Sie stand auf, dabei streifte sie das Taufkleid, das von der Tischplatte rutschte und auf den Boden segelte. Clara merkte, wie sie wütend wurde. Verflucht noch eins! Kaum hatte sie mit der Vergangenheit ein Friedensabkommen geschlossen, oder zumindest einen Waffenstillstand, so brach eine neue Welle von Fragen über sie herein. Sie ging zum Fenster, lehnte sich mit der Schulter dagegen und blickte in den trüben Tag hinaus.

Sie hatte zwei Möglichkeiten. Entweder sie packte jetzt ihre Siebensachen und verschwand aus diesem Kaff, oder sie harrte noch einige Zeit länger hier aus und brachte zu Ende, weshalb sie hergekommen war. Kälte drang durch das Fensterglas an ihren Arm und liess sie frösteln. Sie seufzte. Im Grunde konnte sie es sich ersparen, die Optionen abzuwägen, sie hatte sich bereits entschieden. Sie beugte sich nahe ans Fenster und suchte mit ihren Augen das Stybli, dessen Fenster einladend leuchteten. Soeben betrat eine Handvoll Gäste das Restaurant. Nicht nur in ihrer Familie war 1985 eine Veränderung eingetreten, auch die Familie von Matt musste sich neu sammeln und trotz der widrigen Umstände nach vorne in die Zukunft blicken. Zwei Personen hatten dies nicht geschafft. Die eine beschloss, nicht mehr zu sprechen, die andere hatte sich ein paar Jahre später das Leben genommen. Für zwei Familien hatte sich in diesem Jahr alles verändert.

Aber ob dies die Gründe dafür waren, eine Jahreszahl in das Taufkleid zu sticken, bezweifelte Clara. Nachdem sie so lange ergebnislos darüber nachgedacht hatte, dass ihre Schulter am Fensterglas angefroren schien, beschloss sie, ihren Auftragsarbeiten nachzugehen und währenddessen ihr Unterbewusstsein für sich arbeiten zu lassen. Achtlos schritt sie über das entehrte Taufkleid hinweg in ihre Puppenstube, räumte die gröbste Unordnung mit einer Armbewegung beiseite, bevor sie sich die Ohrstöpsel einsetzte und schmerzhaft laute Punkmusik hörte.

Stunden später pfiffen ihre Ohren, die steifen Rückenmuskeln beschwerten sich, und ihr Magen verlangte ebenso sehr nach Essen wie die Blase nach Erleichterung, und trotzdem fühlte sich Clara seltsam zufrieden.

Sie hatte die Aufträge erledigt. Diverse defekte oder nur lose Puppenglieder wieder an ihre angestammten Plätze geknotet beziehungsweise mit Draht befestigt, Rechnungen geschrieben und schlussendlich eine knifflige Feinarbeit ausgeführt, bei der sie den Spalt im Kopf einer Porzellanpuppe klebte, bevor sie ihn vorsichtig anschliff und anschliessend neu bemalte. Es war niemals einfach, den richtigen Ton der Hautfarbe zu treffen, und erforderte einiges an Geschick und Erfahrung. Eventuell müsste sie dem kleinen Puppenmädchen noch neue Haare einsetzen, um die Narbe endgültig zu überdecken. Zuerst wollte sie aber die Farbe vollständig trocknen lassen. Der Geruch des Leims stach in ihre Nase, suchte sich seinen Weg hinauf in die Stirnhöhle und breitete sich zu einem pochenden Schmerz aus.

Sie erhob sich, warf zwei Schmerztabletten ein und stellte sich ans Fenster. Sie sog die Kälte in ihre Lunge und bemerkte, dass sie während der letzten beiden Stunden an nichts anderes als an ihre Arbeit gedacht hatte. Und auf einmal war alles ganz klar gewesen! Auf dem Taufkleid war nicht der Name des letzten Kindes eingestickt worden, sondern sein Geburtsjahr. Mit grösster Wahrscheinlichkeit hatte das Kind nicht lange genug gelebt, um getauft werden zu können. Weshalb es jedoch keinen Namen erhalten hatte, wusste Clara nicht. Noch nicht.

Nur so viel hatte sie mittlerweile erkannt: dass ihre Mutter dabei eine tragende Rolle gespielt haben musste. Weshalb sonst wären die Hassbriefe an sie adressiert gewesen? Hannys Mutter, Berta von Matt, schien die Briefe all die Jahre abgefangen und aufbewahrt zu haben. Oder ob sie gar die Autorin der Briefe gewesen war und sie vielleicht geschrieben, aber niemals abgeschickt hatte? Clara konnte dies noch nicht endgültig eruieren, aber Marie von Grünenstein-Burch hatte während der ganzen Zeit in der Engenmatt als Hebamme gearbeitet, bevor sie mit ihrer Tochter nach Bern geflüchtet war.

# 27

Clara liess die Zeitung auf den Stammtisch sinken und starrte fassungslos auf den Zeitungsartikel vor ihr, der die Tötung von Käthy thematisierte. Welch abscheuliche Hinterhältigkeit von Arnold, dachte sie. Er hatte es geschafft, die Tat so zu verdrehen, dass Toni als der Schuldige angesehen wurde und dieser allein die Folgen zu tragen hatte. Dabei war es Arnold gewesen, der mit seinen Worten den Mann so weit gebracht hatte, zu schiessen. Steter Tropfen höhlt den Stein, wie man so schön sagte, und so hatte Arnold bestimmt bei jeder sich bietenden Gelegenheit Toni ins Gewissen geredet, bis dieser dem Geschwätz des Alten geglaubt hatte. Clara traute Toni intellektuell nicht zu, die gesellschaftlichen Veränderungen innerhalb der Engenmatt erkannt und Lösungsansätze dagegen ausgearbeitet zu haben.

Arnold hingegen hatte begriffen, was Claras Fragen auslösten. Längst vergessen geglaubte Ungerechtigkeiten waren wieder ans Tageslicht gekommen, und als Arnold erfahren hatte, dass Valentin sich erinnerte, wurde ihm die Situation zu brenzlig. Clara faltete die Zeitung zusammen und legte sie für den nächsten Gast zurück auf die Theke. Sie hatte Arnold seit diesem Abend nicht mehr zu Gesicht bekommen. Wahrscheinlich verkroch er sich in seinem Haus, und wenn er nicht der Polizei seine Lügen unterbreitete, so mied er die Engenmatter wie den Teufel. Dass seine Aussage sich nicht mit derjenigen von Clara deckte, schien für den Journalisten unwichtig zu sein. Er hatte klar Partei für den Engenmatter ergriffen.

Sie grinste, als sie sich vorstellte, wie er in Sarnen in den bislang verhassten Supermärkten seine Einkäufe tätigte, um keinem Bekannten begegnen zu müssen. Sie trank den letzten Schluck Kaffee aus, suchte in ihrer Handtasche nach einem Taschentuch und putzte sich dann die tropfende Nase, da sie sich eine leidige Erkältung aufgelesen hatte. Sie fischte auch die Packung Schmerztabletten heraus und warf gleich drei davon ein, da die letzten beiden ihre Wirkung kaum gezeigt hatten.

Sie schaute sich suchend nach Hanny um, die den Rat des Arztes, sich Ruhe zu gönnen, in den Wind geschlagen hatte und im Stybli umherwuselte. Das Restaurant hatte sich unter ihrer Führung wahrlich zu einer bekannten Gaststube gemausert, der unlängst in einer namhaften Gourmetzeitung ein kleiner Artikel gewidmet war. Der gute Ruf der Abendmenüs für den etwas exquisiteren Gaumen schien sich herumzusprechen, und mit ihrem Sinn für ein stilvolles Ambiente hatte Hanny es geschafft, dass sich sowohl die Arbeiter am Mittag als auch die Abendgäste wohlfühlten.

In der Küche hörte Clara die Geschwister von Matt diskutieren. Erstaunlicherweise sprach Valentin in Gegenwart seiner Schwester, als ob es nie anders gewesen wäre, ja er hatte sogar begonnen, ihr die Leviten zu lesen, wenn er deren Meinung nicht teilte. Je mehr er sich seiner Schwester genähert hatte, desto mehr distanzierte er sich jedoch von Clara, was ihr erstaunlicherweise mehr ausmachte, als sie gedacht hatte.

Seit jener traumatischen Nacht sprach er kaum mehr mit ihr, einige alltägliche Satzfragmente, aus mehr bestand ihre Gesprächskultur zurzeit nicht, zumal er den Kontakt auf ein Minimum einschränkte. Clara liess einen Fünfliber auf den Holztisch kullern, da von der Serviertochter Nadine keine Spur zu entdecken war, und verliess dann das Stybli, ohne ihren Freunden Auf Wiedersehen zu sagen.

Sie fühlte sich vernachlässigt und enttäuscht. Wenn sie ehrlich war, so musste sie zugeben, dass sie sich einsam fühlte. Hanny und Valentin hatten sehr wohl mitbekommen, dass Clara allen Mut zusammengenommen hatte, um im Stybli den Morgenkaffee zu trinken, sie sozusagen die Höhle des Löwen betreten hatte. Keiner der Engenmatter bot ihr einen Platz an oder richtete gar das Wort an sie, als sie sich ungefragt an den Stammtisch setzte. Nachdem ihr das Schweigen zu peinlich wurde, verschanzte sie sich hinter der Tageszeitung, wo sie auf den Artikel über das Tötungsdelikt an Käthy gestossen war. Valentin und Hanny waren sowohl in der Küche des Restaurants als auch in der Gaststube tätig gewesen und hatten sie sehr wohl gesehen, aber keiner der beiden hatte es für nötig befunden, sie zu grüssen oder mit ihr zu sprechen.

Verwirrt trat Clara aus dem Stybli und ging über den Dorfplatz, wo sie vor dem Brunnen mit der Statue des heiligen Bruder Klaus stehen blieb, weil ihr leicht schwindelig war. Hier hatte alles angefangen, dachte sie und erinnerte sich daran, wie Valentin sie mit seinem wilden Herumgefuchtel auf die Puppe aufmerksam gemacht hatte.

Bruder Klaus stand immer noch steckengerade auf seinem Sockel und blickte konsterniert in die Welt hinaus, den Rosenkranz mit den grossen Perlen locker in seinen gefalteten Händen haltend. Clara nickte der Staute zu und beeilte sich, weiterzugehen. Just in diesem Augenblick hatte sie sich entschieden, ihre Sachen zu packen und sobald wie möglich die Engenmatt zu verlassen. Sollte doch die Polizei herausfinden, wer Martha umgebracht hatte, beschloss sie, denn dieser Mord hatte nichts mit ihr zu tun. Schweren Herzens konnte sie zudem akzeptieren, dass sich niemals definitiv klären würde, wer die anonymen Hassbriefe geschrieben hatte.

Hannes' Gebeine würden im Grab ihrer beider Mutter in Bern ruhen. Was wollte sie noch mehr? Sobald sie eine Wohnung in der Hauptstadt gefunden hatte, würde sie umziehen. Notfalls würde sie in einem Studentenwohnheim nächtigen oder bei ihrem Stiefvater Dieter unterkommen. Unvermittelt hatte sie das Gefühl, der heilige Bruder Klaus brummte hinter ihrem Rücken. Hatte sie tatsächlich ein Geräusch gehört?

Sie drehte sich um. Die Statue stand unverändert auf dem Brunnensockel, was hatte sie auch anderes erwartet? Clara fühlte sich einsam. Es war wirklich an der Zeit für sie, dieses Quartier mitsamt seinen versponnenen Einwohnern zu verlassen, sonst käme es noch so weit, dass sie ebenfalls Stimmen aus Kindergräbern hörte und an Toggelis und sprechende Statuen zu glauben begann. Sie wollte weitergehen, als ihr Blick zufällig auf das Haus zu ihrer Rechten fiel. Das vormals einladende und stets mit Blumen geschmückte Haus wirkte seit Marthas Tod verlassen und abwehrend, fast schon feindselig. Die Fensterläden waren zugezogen, der Kamin kalt, im Vorgarten verfaulte das Laub auf dem Rasen. Sie beugte sich über die Hecke, die das Trottoir vom Vorgarten trennte, und pflückte einige welke Blätter aus den

Berberitzen. In ihren Schläfen pochte das Blut aussergewöhnlich heftig.

Noch immer tappte die Polizei im Dunkeln, wer die alte Frau getötet hatte. Clara seufzte, jedenfalls liessen sich die Beamten nicht in ihre Karten schauen, vielleicht verfolgten sie einen Verdächtigen, und die Engenmatter sollten nichts davon wissen. Bedächtig schüttelte sie den Kopf, was einen leichten Schwindel auslöste. Das konnte kaum sein, denn in diesem kleinen Quartier wäre eine unauffällige Beobachtung schlichtweg unmöglich. Als sie erst einmal angefangen hatte, die Hecke vom Laub zu befreien, lief währenddessen ihr Hirn auf Hochtouren. Ihre Entscheidung, nicht mehr weiter darüber nachzudenken, löste sich wieder einmal in Luft auf.

Wer zog einen Vorteil aus Marthas Tod? Da diese keine Kinder gehabt hatte, fiel ihr Vermögen wohl ihrem nächsten noch lebenden Verwandten zu, ihrem Bruder Arnold. Schon wieder Arnold, ärgerte sich Clara, immer wieder stolperte sie über dessen Namen, als ob er Dreh- und Angelpunkt in der ganzen Angelegenheit sei. Obwohl sie sich kaum vorstellen konnte, dass Arnold seine Schwester umgebracht hatte, nur um ein altes Haus überschrieben zu bekommen.

Clara wischte sich die Hände an der Jeans trocken und liess ihren Blick über den Dorfplatz gleiten. Wenn der Klaus doch nur sprechen könnte. Bestimmt wüsste er, wer des Nachts über die Pflastersteine geschlichen war, um in Marthas Haus einzudringen. Sie fühlte sich eigenartig benommen, es wurde Zeit für sie, nach Hause zu gehen.

Sie musste sich an einem Pfosten des Gartenzauns abstützen, um das Gleichgewicht nicht zu verlieren, denn der Boden begann sich leicht auf- und abzubewegen. «Verdammte Pillen», murrte sie.

Auf einmal blieb ihr Blick am Stybli auf der gegenüberliegenden Seite des Dorfplatzes hängen. Was war es, das sie irritierte? Sie bemerkte eine leichte Bewegung des Vorhangs und sah noch einmal genauer hin.

Da, hinter dem Fenster, standen Hanny und Valentin und beobachteten, wie sie vor Marthas Haus stand und die Berberitzen vom Laub befreite. Die beiden mussten längst erkannt haben, dass Clara sie entdeckt hatte, trotzdem blieben sie weiterhin bewegungslos stehen, keine Regung war in ihren Gesichtern zu erkennen, kein Winken, nichts. Nur feindselige Kälte.

In Claras Bauch loderte ein Feuer auf, das sich brennend in ihre Brust ausweitete und ihr Herz schneller klopfen liess. Enttäuscht wandte sie sich ab. Sollte sie sich so sehr getäuscht haben? Sie bemerkte, wie ihre Knie weich wurden, und beschloss deshalb, das Weite zu suchen, solange sie das noch konnte. Ihr Puls schlug immer heftiger gegen die Schläfen, vor ihren Augen tanzten Schatten, und doch erkannte sie in diesem Moment das Gesicht, das sie schon einmal hinter einer Windschutzscheibe gesehen hatte. Ihr Unterbewusstsein hatte es immer gewusst, nur hatte ihr Verstand sich geweigert, dies zu akzeptieren. Clara stöhnte auf, tastete mit den Händen nach Halt. Er stand vor ihr. Der, der versucht hatte, sie mit seinem Auto zu überfahren, streckte nun die Arme nach ihr aus. Vor ihren Augen wurde es endgültig dunkel, und sie sackte zusammen.

***

Sie roch den fauligen Altmänneratem, bevor sie des Raums um sich herum gewahr wurde. Wie hatte es dieser Saukerl geschafft, sie zu überwältigen und hierher zu verschleppen? Sie wollte um Hilfe schreien, ihre Wut diesem Bastard ins Gesicht brüllen, ihn zur Hölle schicken und ihm die schwärzeste Pest an den Hals wünschen. Wie um alles in der Welt hatte er sie in dieses Kellerverliess tragen können? Arnold von Deschwanden war zwar rüstig, aber eine gross gewachsene Frau hochzuheben und über eine Strecke zu tragen, war ungemein anstrengend.

Clara versuchte zu schlucken, aber ihre geschwollene Zunge klebte an einem Stück Stoff fest. Panisch versuchte sie, den Knoten aus ihrem Mund zu stossen, aber er wurde von einem Band daran gehindert, das fest an ihrem Hinterkopf verknotet war. Speichel sammelte sich in ihrem Mund, durchnässte den Stoff. Sie schmeckte Erde und noch etwas, das ihr vage bekannt vorkam. Ihr Kopf pochte, und fast hätte sie erneut das Bewusstsein verloren.

Fixieren, ich muss mit meinen Augen einen Punkt fixieren und mich daran festhalten, sonst gleite ich wieder ins Dunkel hinab, motivierte sie sich. Das Pochen nahm zu, als sie ihren Kopf auf der Suche nach etwas Licht drehte. Blitze schossen an ihren Augen vorbei. Als sie das nächste Mal blinzelte, vermochte sie nicht zu sagen, ob nur einige Sekunden vergangen waren oder ob sie stundenlang bewusstlos auf der Erde gelegen hatte. Die Schmerzen in ihrem Hinterkopf hatten ein wenig nachgelassen. Ein Stöhnen drang aus dem fahlen Licht zu ihr hinüber. Clara schrak zusammen und wollte nach hinten kriechen, sich verstecken, sich aus der Schusslinie nehmen. Sogleich knackten ihre Schultergelenke laut in die Stille hinein und liessen sie vor Schmerz in den Stoffknebel heulen.

«Nicht, Kleine, beweg dich nicht, sonst erstickst du.»

Clara wand sich hilflos auf dem Boden, versuchte in ihrer Panik, vor der Stimme zu fliehen, und machte damit alles nur noch schlimmer. Ihre Hände und Füsse waren nach hinten gebunden und so miteinander verknüpft, dass die Bewegung der einen höllische Schmerzen in den andern verursachte. Streckte Clara ihre Beine aus, bestand die Gefahr, dass sie sich die Schultergelenke auskugelte, und wenn sie versuchte, ihre Arme nach vorne zu ziehen, brannte ein Feuer in ihren Lenden. Keine Chance, vor der Gefahr zu fliehen, keine Chance, sich selbst zu befreien und davonzurennen. Wie eine gebogene Mondsichel musste sie auf der nackten Erde ausharren und auf ihren Peiniger warten. Nachdem sie das schmerzhaft erkannte, heulte sie panisch hinter ihrem Knebel hervor.

«Nicht weinen, sonst kriegst du keine Luft mehr.»

Schon wieder flüsterte ihr die heisere Stimme zu, wie sie sich zu verhalten habe.

«Sei still, beweg dich nicht, vielleicht hast du dann noch eine Möglichkeit, lebend aus dem Ganzen herauszukommen.» Die heisere Stimme räusperte sich. «Wenigstens du.»

Clara wimmerte leise. Wenn sie doch nur mit ihm reden könnte.

«Ich kann nicht zu dir hinüberkommen, Clara, ich bin hier festgekettet.»

Er kannte ihren Namen! Wer war der Mann, der ihr in diesem Keller gegenübersass und Ratschläge erteilte? War es derselbe Mann, der ihr auf dem Dorfplatz aufgelauert hatte, derselbe Mann, der versucht hatte, sie zu überfahren? Wieso lebte sie dann noch? Mit winzigen Schaukelbewegungen ihrer Hüfte schaffte sie es schlussendlich, sich so zu positionieren, dass sie wenigstens in seine Richtung blicken konnte. Ihre Bemühungen waren umsonst. Der zarte Lichtstreifen, der durch den Türspalt vom oberen Ende der Treppe herunterfiel, reichte nicht aus, um in ihrem Gegenüber mehr als einen vagen Schatten zu erkennen.

Frustriert liess sie ihren Kopf auf den Boden fallen. Gnadenlos schossen die Blitze wieder hervor, stachen in ihren Schädel, lockten sie mit der erlösenden Ohnmacht. Galle suchte sich ihren Weg durch die Speiseröhre nach oben. In einem letzten Akt von Klarheit erkannte Clara, dass sie sich dagegen wehren musste, wenn sie nicht qualvoll an ihrem eigenen Erbrochenen ersticken wollte.

Vor ihrem Gesicht sass ein fetter Kater und sang. Sie wollte ihm sagen, dass seine Fistelstimme nicht zum Kinderlied passte, dass er die Töne nicht richtig traf und die Einsätze verpasste, aber sie beobachtete, wie er sein Mäulchen weiterhin öffnete und schloss und mit Inbrunst ein Lied über Raben und Reiter sang. Seine spitzen Zähnchen blitzten bei jedem Laut in der Dunkelheit auf.

Nach einem weiteren Abtauchen in wohltuende Schwärze, gefolgt vom mühsamen Erwachen, sass der Kater zwar immer noch vor ihrem Gesicht, aber die Fistelstimme hatte einem satten Schnurren Platz gemacht. Steinchen stachen sie schmerzhaft in die Wange, und ihre linke Schulter brannte unter der Last ihres Gewichts. Vorsichtig hob sie das Kinn ein wenig an und bemerkte, dass ihr Knebel dabei etwas verrutschte. Ein klein wenig nur, aber genug, um bemerkt zu werden. Vielleicht, wenn sie immer wieder die gleiche Bewegung machte, könnte sie sich vom Knebel befreien. Aufgeregt versuchte sie es erneut. Ja, wenn sie ihr Gesicht auf der Erde rieb, bewegte sich der Stoff ebenfalls, allerdings scheuerte sie sich dabei auch die feine Haut unter dem linken Auge auf. Sie spürte, wie die Haut zwischen Knochen und Erdboden eingeklemmt wurde, schliesslich aufriss und zu bluten begann.

Kater sass derweil vor ihr und beobachtete stoisch ihr Tun. Wenn das Mistvieh ihr doch nur helfen könnte, aber der war bestimmt auch zu dumm zum Mäusejagen. Endlich rutschte der Knebel über ihre Unterlippe, und sie schnappte keuchend nach Luft, ihre Kiefergelenke lösten sich mit einem lauten Knacken aus der starren Blockierung. Luft, sie sog die Luft ein, und als wäre eine Schranke gebrochen, begannen die Tränen zu fliessen. Nun, wo sie keine Angst mehr haben musste, daran zu ersticken, begann sie hemmungslos zu schluchzen. Endlich wieder richtig atmen, schlucken, sprechen. Was für eine Erleichterung.

«Leise, sei leise», erinnerte sie die Stimme von der anderen Seite des Raumes.

Kater stand auf. Sein imposanter Bauch strich über den Boden, als er sich ihrem Gesicht näherte und das Blut unter ihrem Auge aufzulecken begann. Sie zuckte zurück, als die raue Schmirgelpapierzunge des Katers über die Wunde kratzte, aber das Tier liess sich nicht beirren und drängte mit seiner Zunge tiefer in ihre Wunde. Clara stöhnte auf, versuchte den Kopf abzuwenden. Erst als sie die blutende Kopfseite wieder auf die Erde drehte, gab das Tier auf und zog beleidigt von dannen.

Sie kannte die Katze, begriff Clara auf einmal. Wieso hatte sie nicht schon vorher bemerkt, dass dieser Kater *der* Kater war, den Valentin einstmals aufgepäppelt hatte und der ihm auf Schritt und Tritt folgte. Sie spuckte einige Erdkrumen aus, die durch die Befreiung vom Knebel in ihren Mund geraten waren. Langsam begann ihr Gehirn seine gewohnte Tätigkeit aufzunehmen, und sie konnte wieder logische Schlussfolgerungen ziehen. Sie musste im Keller des Styblis sein, zu welchem Gebäude sonst hätte Kater ungehindert Zutritt?

In ihrem Oberschenkel begann die Dehnung unerträglich zu werden. Sie versuchte sich etwas Linderung zu verschaffen, indem sie die Beine ein klein wenig streckte, aber sofort blockierten die Schultergelenke. Wenn sie die Bewegung auch nur ein bisschen fortsetzte, würde sie sich selbst die Schultergelenke auskugeln, und so musste sie die Füsse mit schmerzverzerrtem Gesicht wieder nach hinten ziehen. Wie ein Spanferkel, dem man die Extremitäten in Richtung Rücken anstatt in Bauchrichtung gezogen hat, so kam sie sich vor. Bereit, um langsam über dem Feuer gebraten und anschliessend gegessen zu werden. Der Krampf nahm zu, ihre Oberschenkelmuskulatur zerrte und zog, wehrte sich gegen die unnatürliche Haltung. Sie biss sich die Lippen blutig, versuchte, den Schmerz zu ignorieren. Der Krampf breitete sich aus, schlich die Leiste hoch, zu ihrem Rücken, wo er vom lauernden Messer willkommen geheissen wurde. Hiermit war die Grenze überschritten. Clara gab auf. Sie schrie sich den Schmerz aus dem Leib, während ihr Mitgefangener hektisch dagegen anzischte.

# *1653*

*Magdalena war erstaunt, wie leicht das Stoffbündel in ihren Händen war. Zerbrechlich wie ein aus dem Nest gefallenes Vögelchen. Mit pochendem Unterleib liess sie sich auf die Knie nieder. Die feuchte Erde durchdrang sofort den schweren Wollstoff an ihren Knien, der modrige Geruch von Mutter Erde war allgegenwärtig. Es war die Nacht des Neumonds, und sie sah kaum die Hand vor Augen. Schon viele Male hatte sie hier im Dunkeln gestanden, zu oft, wenn sie an die Kinderchen dachte, die sie des Nachts in ihren Träumen besuchten. Meistens fühlte sie sich wohl bei ihren Besuchen. In der letzten Zeit jedoch waren diese einsamen Stunden der Nacht zunehmend beängstigender geworden.*

*Ihre Finger weigerten sich, das Stoffbündel loszulassen. War es ihr bislang niemals schwergefallen, die Kleinen in ihr Bett bei Mutter Erde zu legen, gut geschützt unter der Traufe der Kirche, so gelang ihr dies heute nur mit blutendem Herzen. Noch nie hatte sie hier allein gekniet, stets war Anton bei ihr gewesen. Für diesen Abschied, den schmerzvollsten von allen, wollte sie allein sein. Sie hatte dieses Leben geschaffen, sie hatte ihm wieder ein Ende gesetzt. Mit dieser Schuld würde sie bis an ihr Lebensende fertig werden müssen. Ihr perfektes und wunderschönes Mädchen, das aus Liebe entstanden war, durfte niemals das Licht der Welt erblicken. Es würde Magdalena in ihren Träumen besuchen, und es würden keine netten Begegnungen sein, da war sie sich sicher.*

*Die kleinen Finger begannen sich zu lösen, dann folgten die restlichen. Magdalena beugte sich vor, liess ihre tot geborene Tochter sanft in die Erde gleiten. Sie legte ihren Rosenkranz auf das weisse Bündel, ebenso den Strauss aus Wiesenblumen, bevor sie begann, das Kind mit einer schützenden Schicht Erde zu bedecken.*

# 28

«Fällt er in den Graben, fressen ihn die Raben.» Die Fistelstimme, die zuvor das Kinderliedchen gesungen hatte, klang nun keineswegs mehr liebevoll. Eine schwere Holztür am oberen Treppenende fiel ins Schloss. Erregt wiederholte der Sänger diese Liedzeile immer wieder, während er die Steinstufen hinabstieg.

Clara konnte hören, wie die Schuhsohlen über die raue Oberfläche der Stufen schabten. Fieberhaft versuchte sie herauszufinden, wer ihr Folterknecht war, aber sie konnte sein Gesicht nicht erkennen. Sie hörte, wie er direkt vor ihr stehen blieb und in die Hocke ging. Unvermittelt blickten sie zwei Augen an. Augen, die sie sehr wohl kannte und in denen sie gebadet hatte. In denen sie eine geschundene Seele erkannt hatte. Augen, die *sie* nun nicht mehr zu erkennen schienen.

«Fällt er in den Graben.» Valentin flüsterte ihr die Worte ins Gesicht, Speicheltröpfchen fielen auf ihre rechte Wange. «Fressen ihn die Raben. Fällt er in den Sumpf, dann macht der Reiter plumps.»

Mit diesen Worten streckte er den Zeigefinger aus und stiess sie an der rechten Schulter an, sodass sie hilflos nach hinten auf den Rücken fiel. Unfähiger als jemals zuvor lag sie ihm ausgeliefert zu Füssen, die Arme und Beine im rechten Winkel nach hinten gebeugt, die Brust und ihre Weiblichkeit ihm unfreiwillig weit entgegengestreckt.

Fassungslos starrte sie ihn an. Sie hatte diesen Mann in ihren Armen gehalten, ihn auf ihrer Brust schlafen lassen, und nun stand er ihr als Fremder gegenüber. Hatte er sie die ganze Zeit über nur benutzt und für seine eigenen Zwecke missbraucht? Sie konnte es nicht fassen, wollte ihn danach fragen, ihn zur Rede stellen. Vergessen war der Schmerz im Oberschenkel, die Krämpfe am ganzen Körper. Sie wollte Antworten, diejenigen Antworten, auf die sie seit Monaten wartete.

Elender Heuchler! Sie benetzte die Lippen, schmeckte das Blut, spürte die brennende Wunde dort, wo sie sich gebissen hatte. Valentin erhob sich, die Melodie des Kinderliedes summend, und schlenderte in die Mitte des Raumes, wo er den Arm nach oben streckte und an einer Leine zog. Sofort blendete Clara das Licht der nackten Glühlampe. Valentin stand vor ihr und sah gesünder, kräftiger, ja selbstbewusster denn je aus. Claras Hoffnung, ihn durch gutes Zureden doch noch umlenken zu können, schwand endgültig. Dieser Mann war sich seiner Taten sehr wohl bewusst, und er wirkte keineswegs schwächlich oder gar unsicher genug, um noch umgestimmt zu werden.

«Rabenmädchen.» Er kniete sich vor ihr hin und strich mit beiden Händen unter ihrem Busen entlang, dort, wo ihr Rabe seine Schwingen ausbreitete. Er schien genau zu wissen, an welcher Stelle die Tätowierung sass, obwohl ihre Kleider die Haut verdeckten. «Schade, so schade.» Sein Mund berührte ihr Ohr, während er die Worte hineinflüsterte.

Verzweifelt versuchte Clara, sich wieder auf die Seite zu drehen, damit ihr Körper nicht mehr seinen Berührungen ausgesetzt war, aber die Fesseln sassen zu fest.

«Hast du mit mir gespielt?» Ihre Stimme, ein jämmerliches Krächzen.

Valentin lachte auf, liess seine Hände über die Rundungen ihrer Brüste fahren. «Mal mehr, mal weniger.»

Unvermittelt spuckte Clara ihm ins Gesicht. So schnell, dass er es nicht geschafft hatte, auszuweichen.

«Fotze!» Er stand behände auf, wischte sich mit dem Jackenärmel die Stirn sauber. Ohne sie eines weiteren Blickes zu würdigen, begab er sich auf die andere Seite des Kellerraums.

Endlich erkannte Clara ihren Mitgefangenen. Arnold von Deschwanden sass an der Wand, die Hände hinter seinem Rücken an ein Weinregal gefesselt. Ein dicker Bluterguss zierte sein linkes Auge. Er hatte versucht, sie mit seinem Auto zu überfahren. Weshalb befand er sich gefesselt in diesem Keller? Weshalb war er in der gleichen Situation wie sie?

«Lass sie gehen, Valentin, sie weiss nichts.» Arnold sprach drängend auf ihn ein. «Sie wollte nichts anderes als ihren Bruder finden und wird bald wieder aus der Engenmatt verschwinden. Lass sie frei, bitte!»

Valentin holte aus und versetzte ihm einen heftigen Tritt in die Seite.

Ein Knacken verriet das Brechen einer Rippe. Arnold schrie vor Schmerz gepeinigt auf.

Valentin krallte sich Arnolds Haare und zog dessen Gesicht zu sich heran. Blut tropfte aus Arnolds Mund, beschmutzte Valentins Hose. Der Fusstritt musste ihn schwerer verletzt haben, als es von aussen den Anschein machte, erkannte Clara. Fassungslos hörte sie sich an, wie der alte Mann mit seinen Worten um ihr Leben kämpfte. Er wollte nichts anderes, als dass sie freigelassen wurde. Weshalb hatte er seine Meinung plötzlich geändert? Oder war es schon immer sein Ansinnen gewesen, sie vor den Engenmattern zu schützen? Schliesslich hatte er soeben selbst zugegeben, dass er sie lediglich ein wenig verwirren, dann aber weiterziehen lassen wollte. Claras Verstand raste, versuchte Ordnung in das System zu bringen, wer war Freund, wer Feind?

Valentin ging zur Treppe und zog die Puppe, die Arnold im Taufbecken gefunden hatte, von einer Treppenstufe. Er musste sie aus der Puppenstube mitgenommen haben, als er das Weite gesucht hatte, überlegte Clara. Er hielt den Kopf der Puppe in der einen und den Körper in der anderen Hand und ging damit in Arnolds Richtung.

«Martha», drang es mit einiger Mühe aus seinem Mund, wobei er gleichzeitig mit dem Puppenkopf auf seinen Brustkorb deutete und den Kopf hin- und herdrehte.

«Du meinst, Martha hat die Puppen ausgelegt und nicht du?», übersetzte Clara fassungslos.

Valentin senkte die Arme, liess die Puppenteile achtlos auf den Boden fallen und nickte bedächtig.

«Martha war das?», fragte Arnold erstaunt. Er stöhnte zuerst laut auf und spuckte dann Blut auf den Boden. «Nach Glois' Tod war sie völlig durcheinander, ich habe das leider zu spät begriffen. Ich glaube, sie wollte nicht mehr schweigen. Allen wollte sie die Wahrheit erzählen. Wenn ich es geahnt hätte, ich hätte versucht, sie davon abzubringen. Es tut mir leid, was ich dir angetan habe, Clara. Entschuldige die Schmiererei in deiner Werkstatt, aber ich wollte dich so sehr erschrecken, dass du das Weite suchst. Scheint mir nicht gelungen zu sein.»

Er atmete immer mühsamer. «Nicht einmal der fingierte Autounfall hat dich überzeugt. Du bist ziemlich dickköpfig, nicht wahr? Lässt dich nicht so schnell einschüchtern wie die Engenmatter.» In Arnolds Worten klangen fast Respekt und Lob durch.

Valentin ging vor ihm in die Hocke. Er hielt Arnolds Kopf fest im Klammergriff.

Arnold begehrte mit zittriger Stimme und seinen letzten Kraftreserven auf: «Sag du mir eines noch, Valentin, bevor du mich tötest, denn das wirst du tun. Ein Jäger erkennt schliesslich den anderen.»

Valentin hörte für einen Moment auf, an ihm zu rütteln, und hörte ihm mit schräg gestelltem Kopf zu.

Arnold lachte krächzend. «Wieso habt ihr meine Schwester zweimal umgebracht, hä?» Wiederum spuckte er Blut zwischen seinen Beinen auf den Boden, und ein Zahn landete im Dreck.

Clara starrte die beiden Männer an. Sie hatte sich so sehr getäuscht. Arnold beschuldigte Valentin, Martha ermordet zu haben. Nicht Arnold war der Täter, sie hatte den Falschen verdächtigt, sondern Valentin.

«Hat es denn nicht gereicht, sie zu töten, musstet ihr sie noch im Tode quälen? Deine Schwester ist eine ganz Brutale.» Arnold spie die Worte gemeinsam mit all dem aufgestauten Hass heraus.

Hanny war ebenfalls in diesen teuflischen Plan involviert, begriff Clara entsetzt. Und sie selbst war ihnen gegenüber so vertrauensvoll gewesen und hatte sie über ihre Absichten immer auf dem Laufenden gehalten.

Schreiend umfasste Valentin den Kopf des anderen mit festem Griff und schüttelte ihn. Plötzlich liess er Arnold los. Dessen Kopf kippte ungebremst nach hinten weg und knallte an die Kante des Regals. Arnold stöhnte kurz auf, bevor er stumm zusammensackte und leise Worte murmelnd auf dem Boden liegen blieb.

Ungerührt über dessen Zustand stellte sich Valentin in die Mitte des Kellers, dehnte den Kopf nach hinten, streckte die Arme aus, begann sich unter der Glühbirne zu bewegen und dabei leise zu summen. Wie in Trance drehte er sich ein ums andere Mal um die eigene Achse, dabei tief ein- und ausatmend, bis er in langsam und überdeutlich betonten Worten sprach: «Rabenmädchen, weshalb bist du nicht gegangen, als noch Zeit dazu war?» Noch eine Drehung. «Wir haben Hannes, meinen Freund, gefunden und nach Hause gebracht. Wir beide haben das zusammen geschafft. Reicht das nicht? Mein kleiner Rabe, musst du unbedingt wissen, wer ihn getötet hat? Weshalb konntest du nicht zufrieden sein?»

Wiederum eine Drehung, die Arme weit von sich gestreckt, die Finger gespreizt, kontrollierte Atmung. «Vielleicht hätte ich dich in Bern besucht. Ganz sicher hätte ich das getan. Mein Rabenmädchen, was soll nur aus dir werden?» Drehung. «Breitest du deine Schwingen aus und beginnst zu fliegen, oder landest du im Graben?»

Valentin stoppte seine Bewegung abrupt, hielt schwankend inne. Längere Zeit stand er mit seitwärts ausgestreckten Armen da, die Augen geschlossen, als er mit eiskalter Stimme flüsterte: «Für deine Schwester, Arnold, die heuchlerische Jungfer von Deschwanden, war kein Tod schmerzvoll genug.»

Er öffnete die Augen, senkte die Arme und blickte Arnold zu seinen Füssen an, atmete tief ein. «Es war nicht geplant, dass sie so viel Gegenwehr leistete. Nun, der Schlag auf ihren Kopf war wohl etwas zu heftig gewesen, und sie ist schneller gestorben. Mein Schwesterchen schien die Kontrolle verloren zu haben.» Er schmunzelte und zeigte die Treppe hoch. «Ist es nicht so, Hanny?»

Verblüfft folgte Clara seinem ausgestreckten Arm und sah im Schatten der Kellertür ihre Freundin stehen. Wie eine Königin schritt Hanny die Treppe herunter. Ohne Clara eines Blickes zu würdigen, ging sie an ihr vorbei und stellte sich breitbeinig vor Arnold auf. Clara vermutete, dass sie bereits die ganze Zeit unter der Tür gestanden hatte, und begriff in diesem Augenblick, dass Hanny nichts dafür getan hatte, um ihr zu helfen. Die Wahrheit schmeckte bitter, und Clara schluckte die Galle tapfer hinunter.

«Deine Martha hat alles kaputt gemacht.» Hannys Stimme troff vor Hass. «Sie ist der Grund für Valentins jahrelanges Schweigen.

Verantwortlich am Suizid meiner Mutter und den im Laufe der Jahre immer mehr ausufernden Jähzorn unseres Vaters. Ja, dein liebes Schwesterchen ist sogar am Tod und am Verschwinden des kleinen Hannes schuld, obwohl sie niemals selbst Hand an das Kind gelegt hat.»

Clara beobachtete, wie Arnold schuldbewusst die Augen niederschlug. Er wusste, worauf Hanny anspielte. Er hatte die ganze Zeit gewusst, was seine Schwester getan hatte. Er wusste, weshalb die Geschwister von Matt in einem so trostlosen Elternhaus hatten aufwachsen müssen. Er wusste, weshalb er hier in einem Erdkeller angekettet auf seinen Tod wartete. Clara fühlte sich wie eine Zuschauerin. Alle ausser ihr schienen zu wissen, was hier los war, obwohl sie eine tragende Rolle in diesem Drama spielte.

«Es ist mir klar geworden, als ich die Tagebücher meiner Grossmutter gelesen habe.» Hanny drehte sich zu Clara um. «Da waren noch mehr davon in diesen Kisten. Von Valentin weiss ich, dass er den Kartonhefter mit den Tagebucheinträgen auf deinem Arbeitstisch gesehen hat, da war es nicht schwierig, herauszufinden, wer der heimtückische Dieb gewesen ist. Allerdings hat es die Sache auch nicht mehr verbessert, dass du eines Tages erneut in meine Stube geschlichen bist, um ihn zurückzulegen. Niemals hätte ich von dir gedacht, dass du hinter meinem Rücken agierst und Spiele mit mir spielst, *Fräulein von Grünenstein.*»

Clara wollte aufbegehren und erklären, wie es tatsächlich gewesen war, dass sie lediglich die Hebammenbücher zurückholen wollte und den Hefter aus einem naiven Entschluss heraus mitgenommen habe. Niemals hatte sie daran gedacht, ihre Freundin zu hintergehen.

Hanny winkte mit einer raschen Handbewegung ab, Entschuldigungen interessierten sie nicht mehr, sagte sie, bevor sie fortfuhr, über die Tagebucheinträge zu erzählen: «Ein saftiges Frauenstück, so hatte mein Vater Martha genannt und die Finger nicht von ihr lassen können, schrieb meine Grossmutter.»

«MvD», murmelte Clara.

«Was sagst du?»

«Ich habe auf einem Puppenfüsschen die Buchstaben MvD

eingeritzt gefunden. Jetzt wird mir klar, dass Martha von Deschwanden damit gemeint war. Ein klarer Hinweis darauf, dass Glois von Matt und Martha von Deschwanden ein Verhältnis miteinander hatten. Kommt noch dazu, dass die Buchstaben in einen Puppenfuss geritzt waren, der dem eines Säuglings nicht unähnlich sieht.» Clara stöhnte auf. «Ich hätte das früher begreifen müssen, aber die Ereignisse haben sich an diesem Abend überschlagen.»

«Tja, meine Grossmutter hat sich wohl nicht damit begnügt, alles aufzuschreiben. Anscheinend hat sie auch ihre Puppen entsprechend präpariert. Sie ist eine starke Frau gewesen, jedoch musste sie hinter dem Rücken ihres Sohnes agieren und konnte nicht laut ihre Meinung sagen. Sie hat auch über meine Mutter geschrieben. Ihre Schwiegertochter habe es nicht geschafft, ihn zu halten. Erst als alles zu spät war und zwei Kinder den Tod gefunden hatten, sei er zu ihr zurückgekrochen und habe seiner Ehefrau ein Versöhnungskind in den Bauch gesteckt. Mich! Dreissig Jahre lang habe ich gedacht, dass meine Eltern mich aus Liebe gezeugt haben, und dann erfahre ich nach dem Tod meines Vaters, dass mein einziger Zweck auf Erden sinnlos war. Ich war das Kind, das alles wieder kitten sollte. Kannst du dir vorstellen, wie traurig es ist, zu lesen, dass man nur gezeugt wurde, um den Ehefrieden wieder ins rechte Lot zu rücken? Anscheinend habe ich nicht gehalten, was sie sich von mir erhofften. Jedenfalls hat es unsere Mutter vorgezogen, uns mit diesem Scheusal zurückzulassen.»

Sie blickte zu Valentin. «Wie viele Stunden hast du in diesem Keller ausgeharrt, bevor Vater dich wieder hinausgelassen hat?»

Valentin winkte ab und murmelte etwas von Puppen, die ihm dabei Gesellschaft geleistet hatten.

Clara hatte begriffen, dass sie mit Erklärungsversuchen über ihr eigenes Verhalten nicht weit kommen würde. Hanny fühlte sich von ihr verraten, obwohl sie sich nur einen Hefter ausgeliehen hatte, wohlgemerkt, ohne zu fragen, musste sie eingestehen. Das konnte nicht der Hauptgrund für Hannys Geisteszustand sein, eher war es der berühmte Funken am Pulverfass gewesen. Um Hanny nicht noch mehr gegen sich aufzubringen, beschloss sie, dieses Thema beiseitezulassen.

«Zwei?», fragte sie deshalb, während sie vergeblich versuchte sich aufzurichten. «Wieso zwei Kinder? Du hast gesagt, dass zwei Kinder den Tod fanden. Meinst du damit Käthy Rohrers Kind, das auf der Brust meines Bruders lag?»

Hanny lachte und setzte sich vor sie hin. «Du bist so herrlich naiv.» Sie strich Clara eine Haarsträhne aus dem Gesicht und herrschte Valentin unvermittelt an: «Geh und hol mir das grosse Fleischermesser aus der Küche.»

Da Valentin zögerte und unsicher stehen blieb, fuhr sie ihn an: «Steh nicht da wie ein Idiot und mach, was ich dir gesagt habe.»

Erst als Valentin sich mit hängenden Schultern die Treppe hinaufbegab, wandte sich Hanny wieder an Clara. «Käthy Rohrer ist so unberührt gestorben, wie sie auf die Welt gekommen ist. Sie lebte als Jungfrau, bis dieser Vollidiot Toni keine bessere Idee hatte, als ihr mit seinem Jagdgewehr einen über den Schädel zu ziehen. Dabei hatte er nicht den blassesten Schimmer, dass Käthy immer nur Marthas Handlangerin gewesen war. Nein, Clara, das tot geborene Kind, das in Hannes Armen beerdigt wurde, war von meinem Vater und von Martha von Deschwanden. Es war mein kleiner Bruder. Verstehst du? Valentin und ich hatten einen kleinen Bruder, von dem wir all die Jahre nichts gewusst haben.»

Ihr Atem ging schneller, und Clara erschrak heftig, als Hanny plötzlich laut nach Valentin schrie: «Valentin, wie lange dauert das denn noch? Mach endlich vorwärts!»

Erneut wechselte sie Lautstärke und Stimmlage innert Sekunden, und sie erklärte Clara ruhig die näheren Umstände: «Genauer gesagt mein Halbbruder. Laut der Gerichtsmedizin ist das Kind viel zu früh auf die Welt gekommen und war deshalb nicht lebensfähig. Es muss während oder gleich nach der Geburt gestorben und dann anonym im Traufgrab begraben worden sein. Martha von Deschwanden war die Mutter des toten Säuglings und für uns die Wurzel allen Übels.»

Niemals hätte Clara vermutet, dass Martha ein Kind geboren hatte. Clara sah die sanfte, leicht rundliche Frau vor sich, der sie nur bei wenigen Gelegenheiten begegnet war. Trotz einiger Kilos zu viel, die die alte Dame mit erstaunlicher Eleganz und

Würde mit sich herumtrug, wirkte sie erstaunlich zerbrechlich, fast schon durchsichtig. Clara wusste eigentlich nicht viel mehr über sie, nur dass sie die Schwester von Arnold gewesen war. In den letzten Wochen vor ihrem Tod hatte sie tatsächlich verwirrt und aufgelöst gewirkt.

«Die Martha, die in ihrem eigenen Bett ermordet wurde?», fragte sie, obgleich sie die Antwort schon wusste.

«Ja, genau die. Mit ihr hatte mein Vater vor dreissig Jahren eine heimliche Affäre.»

Hanny verschränkte die Arme vor ihrer Brust, als ob sie sich mit dieser Umarmung ein wenig Halt geben wollte. «Er hat sie geschwängert und von ihr verlangt, dass sie den Balg abtreibe. Da hat er jedoch die Rechnung ohne den Wirt gemacht. Beziehungsweise ohne die Hebamme, denn deine Mutter, Clara, deine Mutter weigerte sich, eine Abtreibung vorzunehmen. Da Martha nicht wusste, an wen sie sich sonst wenden sollte, blieb das Kind halt da, wo es war. In ihrem Bauch. Marthas Bauch wurde wohl nicht sehr ausladend, und weil das Kind viel zu früh geboren wurde, hat niemand etwas von der Schwangerschaft mitbekommen.» Hanny hielt kurz inne.

«Die Polizei hat Valentin und mir viel von DNA-Spuren erzählt, im Detail kann ich es nicht mehr genau wiedergeben, aber es steht ausser Frage, dass unser Vater und Martha ein Kind gezeugt haben, das sie nach der Geburt in aller Heimlichkeit verscharrt haben.»

Hanny stand so schnell auf, dass ihre Schuhsohlen Erde aufwühlten und Clara in die Augen spickten. Sie blinzelte heftig, um den Dreck herauszubekommen und wieder klar sehen zu können. Zumindest ihr Gehör funktionierte noch tadellos, und sie hörte, dass Valentin die Treppe herunterkam und von seiner Schwester missmutig empfangen wurde.

«Wenn ich dir sage, dass du das Messer holen sollst, dann machst du das einfach, haben wir uns verstanden?»

Sie tätschelte ihrem Bruder die Wange und fuhr mit honigsüsser Stimme fort: «Jemand muss den Laden hier führen, wenn wir Erfolg haben wollen, und dass du das nicht kannst, ist ja offensichtlich. Entweder du stehst deinen Mann und lernst endlich, dich zu wehren, anstatt dich immer vor allen zu verstecken, oder aber du richtest dich nach mir. Beides geht nicht, Bruderherzchen.»

Sie liess von Valentin ab und ging vor Arnold in die Hocke. «Niemand hat etwas von der Schwangerschaft mitbekommen. Das haben alle gedacht, aber Martha hat sich an ihren Bruder gewandt, und der liess sich sein Schweigen teuer bezahlen, nicht wahr, Arnold?»

Arnolds Kopf baumelte kraftlos auf seiner Brust, und Clara konnte nicht erkennen, ob er noch am Leben war.

«Kratz nicht ab, bevor ich es dir erlaube!», kreischte Hanny, packte Arnold an den Schultern und begann ihn zu schütteln. Arnolds Kopf fiel haltlos von einer Seite zur anderen.

Valentin drehte sich im Kreis und summte Kinderlieder.

«Teuer bezahlt hat dich mein Vater. Die Sägerei mitsamt dem Waldstück hat er dir überlassen, damit du deinen Mund hältst. Gierig hast du eingesackt, was du konntest, und dir damit ein schönes Leben gegönnt, du Sauhund.» Hanny stockte und nahm Arnolds Gesicht in beide Hände. «Scheisse, der ist hinüber.»

Sie spuckte vor ihm auf den Boden, wischte ihre Hände an ihrer Hose ab und erhob sich. «Kümmerst du dich darum, Valentin?»

Aber Valentin schien sie nicht zu hören, sondern drehte weiterhin gedankenverloren seine Runden unter der Glühbirne.

«Du meine Güte, Valentin, hör auf mit dem Blödsinn, du kannst nachher wieder rumspinnen.» Sie ging an ihm vorüber, wobei sie ihn unsanft in den Rücken stiess.

Sofort stellte er sich neben sie hin und betrachtete Clara, wobei er wie Hanny den Kopf ein wenig zur Seite neigte.

«Und weshalb bin ich hier?», fragte Clara, sich ihrer aussichtslosen Lage immer deutlicher bewusst. «Ich habe mit dieser ganzen Sache von damals nichts zu tun. Ihr allerdings auch nicht.»

«Du solltest auch gar nicht hier sein», erklärte Hanny. «Du bist sozusagen ein Kollateralschaden.» Sie lachte laut und blickte Valentin beifallheischend an, der jedoch verzog keine Miene.

«Weshalb bloss bist du heute vor Marthas Haus stehen geblieben? Wir konnten zusehen, wie die kleinen Zahnrädchen in deinem Gehirn in diesem Moment an der richtigen Stelle eingerastet sind. Als du uns dann hinter dem Fenster entdeckt hast, mussten wir handeln. Ausgerechnet Arnold bist du ohnmächtig in die Arme gefallen.» Hanny warf ihr einen verächtlichen Blick zu.

«Dein Kreislauf ist wohl nicht der stärkste, oder hast du dir wieder zu viele Pillen eingeworfen? Schon fast Ironie des Schicksals, nicht wahr? Valentin brauchte Arnold nur noch mit einem gezielten Faustschlag niederzustrecken. So schnell, wie wir konnten, haben wir euch hinter die hohen Hecken vor Marthas Haus gezerrt und von dort ausser Sichtweite von Neugierigen zum Stybli geschleppt. Zwei Fliegen mit einer Klappe.»

Hanny ging dicht vor Claras Gesicht in die Hocke und zog dabei ein scharfes Filetiermesser aus der Gesässtasche ihrer Jeans. «Ein frischer Koch bringt auch frische Messer mit. Scharfe Messer.» Sie zog das Messer aus seiner schützenden Scheide.

«Wir konnten doch nicht zulassen, dass du mit Arnold ein Kaffeekränzchen abhältst und ihr euch die neuesten Erkenntnisse über die Geschwister von Matt erzählt. Der Weg zur Polizei wäre da nicht mehr weit gewesen.»

Hanny strich mit der breiten Seite des Messers über Claras Wange, die Schläfe hoch, bis sie mit einem schnellen Ruck eine Haarsträhne abschnitt. Bevor Clara reagieren konnte, hielt Hanny bereits die Strähne Valentin hin, mit der Aufforderung, diese als Andenken sorgfältig aufzubewahren.

Zeit, dachte Clara, ich muss Zeit schinden. «Weshalb musste Hannes sterben?»

«Du hast doch bereits vor deiner Ankunft in der Engenmatt gespürt, dass er nicht mehr lebte, Clara, aber du wolltest unbedingt wissen, weshalb er sterben musste.» Noch immer strich Hanny mit dem Messer durch Claras Haare und schnitt Strähne um Strähne davon ab.

«Martha hatte Blutungen und fragte bei deiner Mutter nach Rat. Obwohl Marie ihr die Hilfe bei einer Abtreibung verweigert hatte, wandte sich Martha erneut an sie. An wen hätte sie sich sonst wenden können? Um kein Geld der Welt wäre sie nach Sarnen ins Kantonsspital gegangen, jemand hätte sie erkennen können. Und um nach Luzern zu fahren, damit sie dort anonym gebären und das Kind anschliessend zur Adoption freigeben konnte, dafür reichte der Mut nicht aus. Deiner Mutter blieb nicht viel mehr übrig, als Martha auf das Bett zu legen und ihr bei der bevorstehenden Geburt beizustehen, obwohl es viel zu früh dafür war. Die Schwangerschaft hätte noch mindestens zwei Monate dauern sollen. Als gelernte Hebamme wusste sie, was zu tun war, und so bereitete sie alles Nötige vor, denn Martha hat sich standhaft geweigert, ein Spital zu betreten. Aber dann machte deine Mutter den einen entscheidenden Fehler, der deinen Bruder das Leben gekostet hat.»

Hanny hielt inne, lockerte den Griff am Messer und blickte gedankenverloren in eine Ecke, bevor sie erneut eine Haarsträhne griff und diese absäbelte. «Valentin und Hannes spielten bei euch vor dem Haus, bis sie eine Frau vor Schmerzen aufschreien hörten. Neugierig, wie alle Buben in diesem Alter sind, gingen sie nachsehen und standen unvermittelt einer heftig blutenden Frau gegenüber. Deine Mutter, Clara, deine eigene Mutter schickte die beiden Buben zu unserem Vater, um sie einerseits aus dem Weg zu haben und um andererseits die weinende Martha zu beruhigen, die hysterisch nach dem Mann verlangte, der das alles verursacht hatte.» Hanny sah zur Seite auf Valentin.

«Hannes und Valentin rannten so schnell sie konnten ins Stybli, fanden unseren Vater und versteckten sich anschliessend im Wald. Mein Vater musste dafür sorgen, dass die Buben nichts ausplauderten, wie hätte er sonst in der Engenmatt dagestanden? Sein guter Ruf wäre ruiniert gewesen, nicht wahr?»

Hanny schaute Clara verständnisheischend an, die ihr nur fassungslos zuhören konnte.

«Mein Vater hat sich für seine eigene Familie entschieden und gegen einen kleinen Jungen, zu dem er keinerlei Verbindung hatte. Er hat Hannes an den Schultern gepackt und wohl zu fest gestossen. Er verlor das Gleichgewicht und prallte mit dem Kopf an einem Stein auf. Er war sofort tot.»

Hysterisch lachend unterbrach Hanny ihre Erzählung und rannte in die andere Ecke des Kellers, wo Arnold leblos auf dem Boden lag. Ihr meckerndes Lachen löste bei Clara Gänsehaut aus. Sie erkannte ihre ehemalige Freundin nicht wieder, Hannys Bewegungen, ihre Worte, ja ihr ganzes Verhalten hatte sich verändert. Nichts war mehr zu erkennen von der liebenswerten jungen Frau.

Hanny stiess Arnold leicht mit dem Fuss an, und als dieser nicht reagierte, stolzierte sie wieder zu Clara, wobei sie in der Mitte des Raumes einen kleinen Hüpfer einfügte. «Dass Valentin kein Wort über das Ganze verlor, dafür hat unser Vater gesorgt, die ganzen Jahre hinweg. Käthy hätte nicht sterben müssen, denn sie hat nichts falsch gemacht. Toni folgte Arnold wie ein Welpe seinem Herrchen. Er hat wohl gespürt, dass Arnold Käthy daran hindern wollte, zu viel auszuplaudern, und da hat er halt zugeschlagen.»

Ein Hauch von Bedauern schlich sich in ihr Gesicht. «Die treue Käthy wollte für alle nur das Beste, und mit diesem Verhalten hat sie unabsichtlich so viel Kummer verursacht. Gemeinsam mit unserem Vater hat sie Hannes in ein Traufgrab an der Kirchenmauer gelegt und das ungetaufte Neugeborene in die Arme deines Bruders gebettet, weil Martha nach der Geburt noch zu schwach dazu war. Valentin erzählte mir, dass sie in der Puppenstube das Taufkleid nicht mehr aus den Händen legen konnte. Anscheinend schlich sich das schlechte Gewissen zu guter Letzt doch noch in ihr Herz.»

Claras Gesicht war tränennass. Ihre Mutter hatte den eigenen Sohn ausgerechnet zu seinem zukünftigen Mörder geschickt. Bestimmt hatte sie bis zu ihrem Tod eine Ahnung gehabt, wer Hannes auf dem Gewissen hatte, aber niemals war es ihr möglich gewesen, Beweise dafür zu erbringen. Das Dorf hatte gemauert und sich schützend vor den beliebten Patriarchen gestellt. Dass dessen eigene Frau daneben immer blasser wurde, schien dabei niemandem aufzufallen.

«Aber woher weisst du das alles?», fragte Clara. «Alle damals Beteiligten sind mittlerweile gestorben.»

Grinsend deutete Hanny auf die vielen Kisten im Keller, die sich immer noch stapelten, obwohl sie bereits einige davon aussortiert hatte, um Papier, Glas und Karton zu recyceln.

«Der Kartonhefter meiner Grossmutter, den du mir schamlos

gestohlen hast, war nicht das einzige Dokument, das Zeugnis über die Vergangenheit ablegen konnte. Mein Vater, Glois von Matt, mochte zwar mit harter Hand in der Engenmatt regiert haben, aber seine beiden Frauen, Mutter und Ehefrau, hatten ihrerseits alles fein säuberlich notiert. Sie hatten die belastenden Schriften aufbewahrt und in Kartons in den Keller gestellt, damit die Wahrheit gefunden werden konnte. Valentin und ich haben bereits am Tag nach Vaters Tod damit begonnen, die Kisten zu sichten, weil wir hier aufräumen wollten. Dass wir da auf eine emotionale Bombe stossen, hätten wir nicht zu träumen gewagt.»

«Die Drohbriefe?»

«Ach ja, diese Drohbriefe», murmelte Hanny. «Meine Mutter hat solch einen Hass auf deine verspürt, weil sie keine Abtreibung bei Martha durchgeführt hat. So absurd es klingen mag, aber meiner Mutter wäre es lieber gewesen, wenn ihr Mann weiterhin seine Affäre mit Martha ausgelebt und sie dafür in Ruhe gelassen hätte. Ein wachsender Babybauch stand da natürlich im Weg und hätte viele hämische Kommentare der Engenmatter zur Folge gehabt. Deine Mutter, Clara, hätte mit einem kleinen Eingriff alle vor dem Unglück bewahren können.»

«Alle sind tot.» Valentins tonlose Stimme hallte im Kellerraum wider.

Hanny nickte bestätigend. «Alle, die teilhatten an diesem verfluchten Tag, sind tot. Unsere Eltern genauso wie deine, Clara. Käthy, Marthas Seelenfreundin, der sie alles erzählt hat. Martha ist bereits begraben, und ihren gierigen Bruder haben wir vor einigen Minuten ins Jenseits befördert. Der Pöstler Toni zählt nicht, denn er hat noch nie eine Sache begriffen.»

Hanny hatte es mittlerweile fast ganz geschafft, Claras gesamte Haare abzusäbeln. «Weiss also nur noch eine Person davon.»

Hanny hielt nun das Messer mit der Spitze nach unten und übte leichten Druck aus, während sie eine Linie von der Fontanelle nach vorne zur Stirn zog.

Clara war bereits so sehr von Schmerz gepeinigt, dass sie diese zusätzliche Qual nicht mehr wahrnahm. Sie wehrte sich mit aller Macht gegen die nun wieder tobenden Blitze hinter ihren Augen. Sie wollte unter keinen Umständen das Bewusstsein verlieren.

Sie wollte bis zum bitteren Ende wach bleiben, wollte wissen, weshalb Hanny und Valentin sich vom Bösen antreiben liessen. Clara versuchte, die Worte zu formulieren, brachte aber nur noch unartikulierte Wortfetzen heraus.

Hanny begutachtete ihren Schnitt in Claras Kopfhaut und wollte zu einem zweiten ansetzen, als Valentin ihr Einhalt gebot. «Halt, lass sie sprechen!»

«Warum?»

«Du willst wissen, warum wir einen Schlussstrich unter eine ganze Generation gezogen haben?» Hanny sah sie spöttisch an. «Eine verlogene, eigennützige Generation ist das.» Sie korrigierte sich kichernd. «Eine verlogene, eigennützige Generation *war* das. Verstehst du denn nicht, Clara?»

Hanny machte eine ausladende Bewegung mit den Armen. «Endlich bin ich frei! Es ist niemand mehr da, der mir sagt, was ich wie zu tun habe. Im Gegenteil, ich habe nun das Zepter in der Hand, und ich bin nicht gewillt, es so schnell wieder abzugeben. Und da kommst du fröhlich aus Bern in die Engenmatt spaziert und verlangst zu erfahren, was im Jahr 1985 geschehen ist.»

Sie schnaufte empört. «Wir wollten dir helfen, deinen Bruder zu finden. Wir waren der Meinung, dass du alles Recht der Welt dazu hattest. Aber du, Clara, hast nicht aufgehört zu bohren und hast tiefer gegraben.»

Clara starrte sie erschüttert an.

«Da haben wir jahrelang unter dem Joch unseres Vaters ausgeharrt, bis er dann endlich gestorben ist, und dann verliert Martha die Nerven. Sie wollte alles ans Licht bringen, und das, obwohl sie dreissig Jahre Stillschweigen bewahrt hatte. Die Affäre, die Totgeburt und auch die Ermordung deines Bruders. Das war mir klar, nachdem ich Grossmutters Tagebuch gelesen hatte. Das Stybli ist unter meiner Führung aufgeblüht. Wie haben wir uns gefreut, dass es uns endlich gelungen ist, frei zu sein. Da konnten wir nicht dulden, dass ausgerechnet diejenige Frau, die die Schuld an allem trägt, alles in der Öffentlichkeit ausbreitet. Kein Mensch hätte mehr einen Fuss in das Stybli gesetzt.»

Ein Lächeln stahl sich in ihr Gesicht. «Nun, ich habe Martha einen kleinen Besuch abgestattet, den sie nicht überlebte. Was musste das verwirrte Huhn sich auch so hartnäckig zeigen und stur darauf beharren, vor Gott und der Welt ein Geständnis abzulegen? Die Beichte beim damaligen Sarner Pfarrer, mit dem unser Vater übrigens immer auf die Jagd ging, hat wohl nicht ausgereicht, um ihr Seelenheil wieder ins rechte Lot zu rücken. Ich musste dafür sorgen, dass sie ihren Worten nicht Taten folgen lassen konnte. Ich wusste nicht, dass Valentin mich dabei durch ein Fenster beobachtete. Schliesslich wollte er jeden Verdacht von mir ablenken und hat die tote Martha in ihr Bett getragen und ihrer Leiche einen dramatischen Auftritt verpasst.»

Hanny nickte in die gegenüberliegende Ecke des Kellers. «Arnold hat erst nicht begriffen, wer seine Schwester getötet hat. Aber irgendwann hat er die richtigen Schlüsse gezogen und wie ein guter Jäger auf den passenden Moment gewartet. Fälschlicherweise habe ich ihn beschuldigt, das Tagebuch meiner Grossmutter gestohlen zu haben, und bin ihm sozusagen in die offenen Arme gelaufen. Er hat mich in den Graben geworfen, es aber nicht übers Herz gebracht, ihn zuzuschütten. Dachte wohl, dass die Kälte und der Regen mich erledigen würde.»

Lange Zeit blieb es still im Keller.

Clara war erschüttert von Hannys Beichte. Es war kaum zu glauben, welche Auswirkungen auf die heutige Zeit die Fehlentscheidungen der Elterngeneration haben konnten. Dreissig lange Jahre litten die Geschwister von Matt unter dem strengen Regime ihres Vaters, verloren ihre Mutter und sahen keinen Ausweg, als sich zu ducken, die körperliche, aber auch die psychische Gewalt zu erdulden und auf Besserung zu hoffen. Mit dem Tod des Vaters hatten sie sich erhoben und konnten zum ersten Mal in ihrem Leben frei durchatmen.

Clara wollte sich nicht vorstellen, welche Gewalt Valentin und Hanny als Kinder erlebt hatten, dass da ein Trauma hängen blieb, war durchaus denkbar. Ein kleines bisschen konnte Clara die beiden sogar verstehen, wäre da nicht die Brutalität gewesen, mit der sie vorgegangen waren.

Hannys Worte rissen sie aus ihren Gedanken. «Mach deinen Frieden mit Gott, gleich wirst du ihm gegenüberstehen.»

Clara schloss die Augen und hörte in ihrem Kopf eine Kinderstimme, die beruhigend für sie sang.

Ja, sie war bereit dafür. Die letzten Fragen waren geklärt, ihr Körper den Schmerzen nicht mehr gewachsen. Sie atmete tief ein und wieder aus und wartete auf den erlösenden Schnitt an ihrer Kehle.

Stattdessen hörte sie ein lautes Krachen, ein röchelndes Ausatmen, dann nahmen die Blitze hinter ihren Augenlidern überhand.

## 29

«Wach auf, mein Rabenmädchen.»

Ein starker Arm hielt ihren Kopf umfasst, Finger strichen über die geschundene Kopfhaut, ihre verkrampften Beine waren in einen warmen Schoss gebettet. Claras Augenlider flatterten kurz, bevor sie sich wieder für eine lange Zeit schlossen. Erst als sie erneut erwachte, realisierte sie, dass Valentin im Schneidersitz auf dem Boden sass und sie über seinen Beinen lag, sodass er ihren Kopf bequem in seiner Armbeuge halten konnte.

Unverändert strich er über ihren fast kahlen Schädel und sprach leise Worte zu ihr. Clara versuchte, ihre Füsse zu bewegen, dann die Beine und Arme und bemerkte schliesslich erstaunt, dass sie keine Fesseln mehr trug und gänzlich unverletzt davongekommen war, wenn man davon absah, dass ihre Kopfhaut einem frisch gerupften Huhn glich und ein langer Schnitt ihren Schädel verunzierte. Sie versuchte, sich aufzurichten.

Als Valentin sich vergewissert hatte, dass sie selbstständig sitzen konnte, erhob er sich und stieg die erste Stufe der Kellertreppe hoch. «Flieg, mein Rabenmädchen, flieg und kehre niemals wieder in dieses Dorf zurück.» Mit diesen Worten rannte er die restlichen Stufen hoch, stiess die schwere Holztür auf und verschwand in der Dunkelheit.

Clara blieb allein auf der Erde des Kellerraums zurück und schaute sich um. Arnold lag zusammengekrümmt auf dem Boden, die Arme immer noch ans Weinregal gefesselt, sein gebrochener Blick stierte ins Leere. Als Clara sich auf die andere Seite drehte, sah sie in den verzerrten Gesichtsausdruck ihrer einstmals besten Freundin. Hannys Kopf stand in einem unnatürlichen Winkel von ihrem Hals ab.

Nur noch eine kurze Weile, dann würden ihre Beine sie wieder tragen. Die Treppe hinauf, in die Nacht und nie wieder zurück.

***

Die faltige Hand ruhte bewegungslos in der Männerhand, die sie sanft wie ein Vögelchen hielt. Grossmutter von Matts Leben war kaum noch mehr als ein letztes Aufflackern im Wind. Valentin tastete an ihrem Handgelenk nach dem Puls. Er fand ihn nach einigem Suchen lediglich schwach und unregelmässig vor. Keinen Moment länger hätte er mit seinem Besuch warten dürfen. Vorsichtig lehnte er sich vor und bettete seinen Kopf neben den seiner Grossmutter. Er roch den säuerlichen Duft des Verwelkens und rutschte so nahe an sie heran, bis sein Mund fast ihr Ohr berührte. Vor Kurzem erst war ihm alles klar geworden.

Ihre Worte, die sie ihm vor etwas mehr als drei Stunden im Keller des Styblis entgegengeschleudert hatte, zeigten ihr wahres Wesen auf. Er hatte seine Schwester endlich als das erkannt, was sie war. Zu dem sie gemacht worden war. Zur würdigen Nachfolgerin des Stybli Glois.

Niemals, niemals wieder, hatte er sich gedacht und sein Schicksal zum ersten Mal in seinem Leben selbst in die Hand genommen.

«Ich bin frei, endlich frei.»

Ein wissendes Lächeln schlich sich auf das Gesicht von Grossmutter von Matt, bevor sie einen letzten Atemzug nahm.

Ja, sie hatte ihn schon immer am besten verstanden, seine Grossmutter, dachte Valentin.

# Glossar

*aaber* – schneefrei
*Älpler* – Senn
*Aromat* – Würzmittel, Natriumglutamat
*Batzä* – Münze
*bigoscht* – Ausdruck der Überraschung
*bimäich* – Kraftausdruck
*bis so guät* – bitte, sei so gut
*Blaawchabis-Häärdepfel-Chissi* – Rotkraut-Kartoffel-Kissen
*Bräntä* – Milchgefäss aus Holz, das am Rücken getragen wird
*Bräschti* – Gebrechen
*Chacheli* – kleines Trinkgefäss aus Ton
*Chilbi* – Kirchweihfest
*Chilter* – Verehrer
*Chügeli* – homöopathisches Kügelchen
*Dammisiech* – Kraftausdruck
*Dank häigisch* – hab Dank
*Faustbrot* – Sandwich
*Filzfinken* – Pantoffeln aus Filz
*Frai* – Frau
*Fräili* – Fräulein
*Fremdi* – fremde Frau
*Fünfliber* – Fünf-Franken-Stück
*Gadä* – Stall
*Garettä* – Schubkarre
*Gipfeli* – Croissant
*Grosi* – Grossmutter
*Gschnorr* – Gerede
*Haloodri* – leichtsinniger Mensch

*Harassen* – Lattenkiste
*hölzernes Hemd* – Sarg
*Jesses* – Ausdruck des Erschreckens
*Juiz* – Jauchzer
*Kirchensigrist* – Küster, Mesmer
*Kollegibadi* – Badeanstalt des Gymnasiums
*komood* – angenehm
*Laferi* – dummer Schwätzer
*Läidhelgäli* – Erinnerungsbildchen an einen Verstorbenen
*Landjäger* – Polizist
*Lavabo* – Waschbecken
*Lebensmittler* – Lebensmittelkontrolleur
*Menagere* – Tischgestell für Salz, Pfeffer, Zahnstocher, Maggi, Aromat
*Metzgete* – Schlachtplatte
*Mise en Place* – Vorbereitung des Arbeitsplatzes
*myys Schweschterli* – mein Schwesterchen
*notabene* – wohlgemerkt
*Pfünderli* – 500 g Weissbrot
*Prichti* – Erzähler, Schwätzer
*Rösslispiel des Kantons* – Karussell
*Sackerdiär* – Kraftausdruck
*Schemel* – kleiner Hocker
*Stände* – alter Ausdruck für Kantone
*Steimandli* – aus Steinen aufgeschichteter Kegel
*Trainer* – Trainingsanzug
*Töffli* – Motorrad
*Totsch* – dummer Mensch
*Trescht di God diä armä Seelä* – Gott sei ihnen gnädig
*Trottoir* – Gehweg
*Tutsch* – Schnuller

*Villiger Kiel* – Zigarre
*währschaft* – solide
*Weschwyyb* – Waschfrau, geschwätzige Frau
*Wyybervolk* – Frauen
*Wyyberzyyg* – Frauenangelegenheit
*Zaine* – Weidenkorb
*Znacht* – Abendessen
*Znüni* – Imbiss am Vormittag
*Zuächägluffnig* – Zugezogene (despektierlich)
*zügeln* – umziehen
*Zvieri* – Imbiss am Nachmittag, Vesper
*Zwätschgä* – Kaffee mit Zwetschgenschnaps

## Nachwort

Wie schon mein erster Roman «Die schwarze Schwester – Grimoire einer Hexe», so ist auch «Weibersterben» ein Werk meiner Phantasie, inspiriert von Sagen und Erzählungen aus dem Kanton Obwalden in der Innerschweiz. Obgleich ich Namen verwende, die in Obwalden geläufig sind, basiert ausser dem heiligen Bruder Klaus keine der Figuren auf einer wahren Person. Auch historische Fakten können von mir aus erzähltechnischen Gründen abgeändert worden sein, weshalb allfällige Fehler allein mir zuzurechnen sind.

Einige Tatsachen möchte ich jedoch besonders betonen: Die Gemeinde Sarnen ist der Hauptort des Kantons Obwalden, im Herzen der Schweiz gelegen und wie alle Siedlungen in mehrere Quartiere aufgeteilt. Die Engenmatt gehört jedoch nicht dazu, ich habe dieses Quartier, eingeklemmt zwischen den Quartieren Dorf, Wilen und Stalden, aus meiner Phantasie heraus entstehen lassen. Ich habe dort des Nachts Häuser gemauert, Bäche gezähmt, Friedhöfe abgesteckt, Kirchenglocken geläutet. Der unheimlichen Begegnung mit dem Raben, die Valentin von Matt erlebt, liegt die meiner Meinung nach höchst brutale Sage des Möörli-Blackvogels zugrunde: eines schwarzen Vogels von immenser Grösse, der kleine Kinder entführt und diese danach auf einem ganz bestimmten Stein oberhalb des Dorfes Giswil auffrisst. Dieser «Gnagistein» kann heute noch besichtigt werden.

Der wunderbare Brunnen mit der Statue des heiligen Bruder Klaus schmückt in Wirklichkeit den Dorfplatz in Sarnen, und Bruder Klaus wüsste wohl auch von dort so einiges zu berichten. Beobachtet er doch Jahr für Jahr das wilde Fastnachtstreiben aus nächster Nähe, hält wacker still, wenn die Trinkler mit ihren schweren Schellen um ihn herumschreiten, um die bösen Geister zu vertreiben, und löscht mit seinem Brunnenwasser im Sommer den Durst der Wanderer und Schulkinder.

«Rossverrecken, grosser Schrecken, Weibersterben, kein Verderben.» Ebenfalls aus dieser Zeit stammt das Sprichwort: «Frauen sterben, kein Verderben, Pferde tot, bringt Not».

Starb im Mittelalter eine Frau, suchten sich die Männer eine neue Ehefrau und Hüterin über das Haus. War das Pferd, auf das man bei der täglichen Arbeit angewiesen war, eingegangen, blieb einem nichts anderes übrig, als ein neues zu kaufen. Dafür brauchte man Geld, und das hatten die Bauern und Arbeiter damals kaum. Ich halte fest, dass in früheren Zeiten im täglichen Sprachgebrauch der Wert eines Pferdes anscheinend höher anzusetzen war als derjenige einer Frau. Selbstverständlich wird diese schmerzvolle Redewendung in Wirklichkeit wohl ihre löblichen Ausnahmen gehabt haben.

Laut Dr. theol. Bernhard Willi, Pfarrer von Sarnen, wurden in Sarnen niemals Traufkinder gefunden. Jedoch hat er mir viel über die früheren Bestattungsrituale von verstorbenen Säuglingen erzählt. Ein Thema, das mir sehr naheging und mich einmal mehr mit Dankbarkeit erfüllt, zwei gesunde Kinder in meine Arme schliessen zu dürfen.

Das beschriebene Taufkleid existiert tatsächlich. Meine Grossmutter Marie Anderhalden liess es von den Klosterfrauen des St. Andreasklosters in Sarnen anfertigen. Die Namen ihrer Gross- und Urgrosskinder wurden vor jeder Taufe mit feinen Stichen in das Leinen gestickt. Die Tradition wird weitergeführt.

Unweit von Obwalden, nur einige Kilometer über den Brünigpass im Kanton Bern, wurden Traufgräber gefunden und von Archäologen sorgfältig dokumentiert. Diese Funde geben wichtige Rückschlüsse auf das Verhalten, die Ernährung und die Krankheiten der Menschen, die zu dieser Zeit lebten. Wer es genauer wissen möchte, lese die «Festschrift für Hans R. Stampfli» (siehe Bibliografie), eine Lektüre, die, so sachlich sie auch formuliert ist, mich dennoch zu Tränen rührte.

Selektiver Mutismus bezeichnet in der Kinder- und Jugendpsychiatrie eine emotional bedingte psychische Störung, bei der die sprachliche Kommunikation stark beeinträchtigt ist. Selektiver Mutismus ist durch selektives Sprechen mit bestimmten Personen oder in definierten Situationen gekennzeichnet. Im Unterschied zum totalen Mutismus ist die Verstummung nicht vollständig.

Artikulation, Sprachverständnis und -ausdruck der Betroffenen liegen hingegen in der Regel im Normbereich, allenfalls sind sie leicht entwicklungsverzögert.

Nach heutigem Erkenntnisstand erscheint die Begrifflichkeit des selektiven Mutismus als passendere Beschreibung, da das Verstummen keinesfalls frei gewählt wird und damit also nicht im Wortsinne selektiv ist. (Wikipedia «Mutismus», 21.1.2016)

# Dank häigisch

Schreiben ist eine einsame Tätigkeit, und so musste sich meine Familie des Öfteren mit meiner Rückenansicht begnügen, wenn ich gedankenverloren über meinem Manuskript gebrütet habe. Ein inniges Merci für das Verständnis! Immer wieder haben sich meine Töchter neben mich gesetzt, um ihre Hausaufgaben zu erledigen, während ich mit Clara und ihren Puppen beschäftigt war. Vielleicht finden sich zwischen den Zeilen noch ein unabsichtlicher Hinweis auf die ein oder andere Mathematik- oder Französischfrage. Die Leserschaft möge es mir verzeihen.

Eine besonders wertvolle Unterstützung bei meinen Nachforschungen war das Buch «Gebresten, Pest und Badestuben» meines Vaters Andreas Anderhalden (siehe Bibliografie). Während ich vor zwei Jahren sein Manuskript durchlas, um zu überprüfen, ob auch ein medizinischer Laie den Inhalt verstehen kann, nutzte ich seine Forschungen, um meiner Geschichte die nötige Authentizität zu verleihen. Herzlichen Dank auch für die strenge Rückmeldung nach dem ersten Lesen.

Vielen Dank an Frau Stefanie Rahnfeld und meiner Lektorin Frau Christine Derrer vom Emons-Verlag, die mit ihren scharfsinnigen Rückmeldungen dem Buch den letzten Schliff gegeben haben. Frau Derrer schnitt, hobelte und sägte gnadenlos an meinen Sätzen. Es hat sich gelohnt!

Dr. theol. Bernhard Willi, Pfarrer von Sarnen, machte mich auf eine Besonderheit des Friedhofs in Sarnen aufmerksam, die ich (wie passend) an einem düsteren Winternachmittag mit ordentlichem Herzklopfen besichtigen durfte. Allerdings habe ich versprochen, darüber nicht zu viele Worte zu verlieren, weshalb ich nun schweige.

# Bibliografie

Andreas Anderhalden, Gebresten, Pest und Badestuben – Medizinhistorisches aus Obwalden, Kriens 2013.

Robert Durrer, Die Kunstdenkmäler des Kantons Obwalden, Basel 1971.

Karl Imfeld, Obwaldner Mundart-Wörterbuch, Kriens 2000

Franz Niederberger, Sagen und Gebräuche aus Unterwalden, Zürich 1978.

H. Niederberger, Chr. Hirtler, Geister, Bann und Hergottswinkel, Kriens 2000.

J. Schibler, J. Sedlmeier, H. Spycher, Festschrift für Hans R. Stampfli – Beiträge zur Archäozoologie, Archäologie, Anthropologie, Geologie und Paläontologie, Helbling & Lichtenhahn Verlag, Basel, 1990.